HEYNE <

J. R. Ward

# BLACK DAGGER LEGACY

## KUSS DER DÄMMERUNG

Roman

WILHELM HEYNE VERLAG
MÜNCHEN

Titel der amerikanischen Originalausgabe
BLOOD KISS – BLACK DAGGER LEGACY
Deutsche Übersetzung von Julia Walther



MIX
Papier aus verantwortungsvollen Quellen
FSC® C014496
FSC
www.fsc.org

Verlagsgruppe Random House FSC® N001967

3. Auflage
Deutsche Erstausgabe 06/2016
Redaktion: Bettina Spangler

Printed in Germany
Umschlaggestaltung: Animagic GmbH, Bielefeld,
unter Verwendung eines Motivs von Fotolia / VALUA VITALITY
Satz: Buch-Werkstatt GmbH, Bad Aibling
Druck und Bindung: GGP Media GmbH, Pößneck

ISBN 978-3-453-31777-2

www.heyne.de

*Für den Kleinen, in Liebe.*

## Danksagung

Ein riesengroßes Dankeschön an meine Leser und alle, die die Bruderschaft der Black Dagger so sehr lieben wie ich. Mein Dank gilt außerdem Steven Axelrod, Kara Welsh, Leslie Gelbman und allen Mitarbeitern bei NAL! Vor allem aber danke ich Team Waud und meiner Familie, sowohl der blutsverwandten als auch der frei gewählten. Und wie immer meinem wunderbaren WriterAssistant Naamah.

## Glossar der Begriffe und Eigennamen

**Ahstrux nohtrum** – Persönlicher Leibwächter mit Lizenz zum Töten, der vom König ernannt wird.

**Die Auserwählten** – Vampirinnen, deren Aufgabe es ist, der Jungfrau der Schrift zu dienen. Sie werden als Angehörige der Aristokratie betrachtet, obwohl sie eher spirituell als weltlich orientiert sind. Normalerweise pflegen sie wenig oder keinen Kontakt zu männlichen Vampiren; auf Weisung der Jungfrau der Schrift können sie sich aber mit einem Krieger vereinigen, um den Fortbestand ihres Standes zu sichern. Einige von ihnen besitzen die Fähigkeit zur Prophezeiung. In der Vergangenheit dienten sie alleinstehenden Brüdern zum Stillen ihres Blutbedürfnisses. Diese Praxis wurde von den Brüdern wieder aufgenommen.

**Bannung** – Status, der einer Vampirin der Aristokratie auf Gesuch ihrer Familie durch den König auferlegt werden kann. Unterstellt die Vampirin der alleinigen Aufsicht ihres *Hüters*, üblicherweise der älteste Mann des Haushalts. Ihr *Hüter* besitzt damit das gesetzlich verbriefte Recht, sämtliche Aspekte ihres Lebens zu bestimmen und nach eigenem Gutdünken jeglichen Umgang zwischen ihr und der Außenwelt zu regulieren.

**Die Bruderschaft der Black Dagger** – Die Brüder des Schwarzen Dolches. Speziell ausgebildete Vampirkrieger, die ihre Spezies vor der Gesellschaft der *Lesser* beschützen. Infolge selektiver Züchtung innerhalb der Rasse besitzen die Brüder ungeheure physische und mentale Stärke sowie die Fähigkeit zur extrem raschen Heilung. Die meisten von ihnen sind keine leiblichen Geschwister; neue Anwärter werden von den anderen Brüdern vorgeschlagen und daraufhin in die Bruderschaft aufgenommen. Die Mitglieder der Bruderschaft sind Einzelgänger, aggressiv und verschlossen. Sie pflegen wenig Kontakt zu Menschen und anderen Vampiren, außer um Blut zu trinken. Viele Legenden ranken sich um diese Krieger, und sie werden von ihresgleichen mit höchster Ehrfurcht behandelt. Sie können getötet werden, aber nur durch sehr schwere Wunden wie zum Beispiel eine Kugel oder einen Messerstich ins Herz.

**Blutsklave** – Männlicher oder weiblicher Vampir, der unterworfen wurde, um das Blutbedürfnis eines anderen zu stillen. Die Haltung von Blutsklaven wurde vor Kurzem gesetzlich verboten.

**Chrih** – Symbol des ehrenhaften Todes in der alten Sprache.

**Doggen** – Angehörige(r) der Dienerklasse innerhalb der Vampirwelt. *Doggen* pflegen im Dienst an ihrer Herrschaft altertümliche, konservative Sitten und folgen einem formellen Bekleidungs- und Verhaltenskodex. Sie können tagsüber aus dem Haus gehen, altern aber relativ rasch. Die Lebenserwartung liegt bei etwa fünfhundert Jahren.

**Dhunhd** – Hölle.

**Ehros** – Eine Auserwählte, die speziell in der Liebeskunst ausgebildet wurde.

**Exhile Dhoble** – Der böse oder verfluchte Zwilling, derjenige, der als Zweiter geboren wird.

**Gesellschaft der *Lesser*** – Orden von Vampirjägern, der von Omega zum Zwecke der Auslöschung der Vampirspezies gegründet wurde.

**Glymera** – Das soziale Herzstück der Aristokratie, sozusagen die »oberen Zehntausend« unter den Vampiren.

**Gruft** – Heiliges Gewölbe der Bruderschaft der Black Dagger. Sowohl Ort für zeremonielle Handlungen als auch Aufbewahrungsort für die erbeuteten Kanopen der *Lesser.* Hier werden unter anderem Aufnahmerituale, Begräbnisse und Disziplinarmaßnahmen gegen Brüder durchgeführt. Niemand außer Angehörigen der Bruderschaft, der Jungfrau der Schrift und Aspiranten hat Zutritt zur Gruft.

**Hellren** – Männlicher Vampir, der eine Partnerschaft mit einer Vampirin eingegangen ist. Männliche Vampire können mehr als eine Vampirin als Partnerin nehmen.

**Hohe Familie** – König und Königin der Vampire sowie all ihre Kinder.

**Hüter** – Vormund eines Vampirs oder einer Vampirin. Hüter können unterschiedlich viel Autorität besitzen, die größte Macht übt der Hüter einer gebannten Vampirin aus.

**Jungfrau der Schrift** – Mystische Macht, die dem König als Beraterin dient sowie die Vampirarchive hütet und Privilegien erteilt. Existiert in einer jenseitigen Sphäre und besitzt umfangreiche Kräfte. Hatte die Befähigung zu einem einzigen Schöpfungsakt, den sie zur Erschaffung der Vampire nutzte.

**Leahdyre** – Eine mächtige und einflussreiche Person.

**Lesser** – Ein seiner Seele beraubter Mensch, der als Mitglied der Gesellschaft der *Lesser* Jagd auf Vampire macht, um sie auszurotten. Die *Lesser* müssen durch einen Stich in die Brust getötet werden. Sie altern nicht, essen und trinken nicht und sind impotent. Im Laufe der Jahre verlieren sie ihre Haare, Haut und Iris ihre Pigmentierung, bis sie blond, bleich und weißäugig sind. Sie riechen nach Talkum. Aufgenommen in die Gesellschaft werden sie durch Omega. Daraufhin erhalten sie ihre Kanope, ein Keramikgefäß, in dem sie ihr aus der Brust entferntes Herz aufbewahren.

**Lewlhen** – Geschenk.

**Lheage** – Respektsbezeichnung einer sexuell devoten Person gegenüber einem dominanten Partner.

**Lhenihan** – Mystisches Biest, bekannt für seine sexuelle Leistungsfähigkeit. In modernem Slang bezieht es sich auf einen Vampir von übermäßiger Größe und Ausdauer.

**Lielan** – Ein Kosewort, frei übersetzt in etwa »mein Liebstes«.

**Lys** – Folterwerkzeug zur Entnahme von Augen.

**Mahmen** – Mutter. Dient sowohl als Bezeichnung als auch als Anrede und Kosewort.

**Mhis** – Die Verhüllung eines Ortes oder einer Gegend; die Schaffung einer Illusion.

**Nalla oder Nallum** – Kosewort. In etwa »Geliebte(r)«.

**Novizin** – Eine Jungfrau.

**Omega** – Unheilvolle mystische Gestalt, die sich aus Groll gegen die Jungfrau der Schrift die Ausrottung der Vampire zum Ziel gesetzt hat. Existiert in einer jenseitigen Sphäre und hat weitreichende Kräfte, wenn auch nicht die Kraft zur Schöpfung.

**Phearsom** – Begriff, der sich auf die Funktionstüchtigkeit der männlichen Geschlechtsorgane bezieht. Die wörtliche Übersetzung lautet in etwa »würdig, in eine Frau einzudringen«.

**Princeps** – Höchste Stufe der Vampiraristokratie, untergeben nur den Mitgliedern der Hohen Familie und den Auserwählten der Jungfrau der Schrift. Dieser Titel wird vererbt; er kann nicht verliehen werden.

**Pyrokant** – Bezeichnet die entscheidende Schwachstelle eines Individuums, sozusagen seine Achillesferse. Diese Schwachstelle kann innerlich sein, wie zum Beispiel eine Sucht, oder äußerlich, wie ein geliebter Mensch.

**Rahlman** – Retter.

**Rythos** – Rituelle Prozedur, um verlorene Ehre wiederherzustellen. Der Rythos wird von dem Vampir gewährt, der einen anderen beleidigt hat. Wird er angenommen, wählt der Gekränkte eine Waffe und tritt damit dem unbewaffneten Beleidiger entgegen.

**Schleier** – Jenseitige Sphäre, in der die Toten wieder mit ihrer Familie und ihren Freunden zusammentreffen und die Ewigkeit verbringen.

**Shellan** – Vampirin, die eine Partnerschaft mit einem Vampir eingegangen ist. Vampirinnen nehmen sich in der Regel nicht mehr als einen Partner, da gebundene männliche Vampire ein ausgeprägtes Revierverhalten zeigen.

**Symphath** – Eigene Spezies innerhalb der Vampirrasse, deren Merkmale die Fähigkeit und das Verlangen sind, Gefühle in anderen zu manipulieren (zum Zwecke eines Energieaustauschs). Historisch wurden die Symphathen oft mit Misstrauen betrachtet und in bestimmten Epochen auch von den anderen Vampiren gejagt. Sind heute nahezu ausgestorben.

**Trahyner** – Respekts- und Zuneigungsbezeichnung unter männlichen Vampiren. Bedeutet ungefähr »geliebter Freund«.

**Transition** – Entscheidender Moment im Leben eines Vampirs, wenn er oder sie ins Erwachsenenleben eintritt. Ab diesem Punkt müssen sie das Blut des jeweils anderen Geschlechts trinken, um zu überleben, und vertragen kein Sonnenlicht mehr. Findet normalerweise mit etwa

Mitte zwanzig statt. Manche Vampire überleben ihre Transition nicht, vor allem männliche Vampire. Vor ihrer Transition sind Vampire von schwächlicher Konstitution und sexuell unreif und desinteressiert. Außerdem können sie sich noch nicht dematerialisieren.

**Triebigkeit** – Fruchtbare Phase einer Vampirin. Üblicherweise dauert sie zwei Tage und wird von heftigem sexuellem Verlangen begleitet. Zum ersten Mal tritt sie etwa fünf Jahre nach der Transition eines weiblichen Vampirs auf, danach im Abstand von etwa zehn Jahren. Alle männlichen Vampire reagieren bis zu einem gewissen Grad auf eine triebige Vampirin, deshalb ist dies eine gefährliche Zeit. Zwischen konkurrierenden männlichen Vampiren können Konflikte und Kämpfe ausbrechen, besonders wenn die Vampirin keinen Partner hat.

**Vampir** – Angehöriger einer gesonderten Spezies neben dem Homo sapiens. Vampire sind darauf angewiesen, das Blut des jeweils anderen Geschlechts zu trinken. Menschliches Blut kann ihnen zwar auch das Überleben sichern, aber die daraus gewonnene Kraft hält nicht lange vor. Nach ihrer Transition, die üblicherweise etwa mit Mitte zwanzig stattfindet, dürfen sie sich nicht mehr dem Sonnenlicht aussetzen und müssen sich in regelmäßigen Abständen aus der Vene ernähren. Entgegen einer weit verbreiteten Annahme können Vampire Menschen nicht durch einen Biss oder eine Blutübertragung »verwandeln«, in seltenen Fällen aber können sich die beiden Spezies zusammen fortpflanzen. Vampire können sich nach

Belieben dematerialisieren, dazu müssen sie aber ganz ruhig werden und sich konzentrieren; außerdem dürfen sie nichts Schweres bei sich tragen. Sie können Menschen ihre Erinnerung nehmen, allerdings nur, solange diese Erinnerungen im Kurzzeitgedächtnis abgespeichert sind. Manche Vampire können auch Gedanken lesen. Die Lebenserwartung liegt bei über eintausend Jahren, in manchen Fällen auch höher.

**Vergeltung** – Akt tödlicher Rache, typischerweise ausgeführt von einem Mann im Dienste seiner Liebe.

**Wanderer** – Ein Verstorbener, der aus dem Schleier zu den Lebenden zurückgekehrt ist. Wanderern wird großer Respekt entgegengebracht, und sie werden für das, was sie durchmachen mussten, verehrt.

**Whard** – Entspricht einem Patenonkel oder einer Patentante.

**Zwiestreit** – Konflikt zwischen zwei männlichen Vampiren, die Rivalen um die Gunst einer Vampirin sind.

# 1

*Audienzhaus des Königs*
*Caldwell, NY*

Manche Abschlussfeiern fanden in ganz privatem Rahmen statt.

Manche dieser wichtigen Meilensteine zu Beginn eines neuen Lebenskapitels brauchten weder Hut noch Talar und erst recht kein Orchester, das den typischen »Pomp and Circumstance«-Marsch der Menschen spielte. Es gab keine Bühne zu betreten, kein Diplom, das man sich an die Wand hängen konnte. Und auch keine Zeugen.

Manche dieser einschneidenden Momente zeichneten sich dadurch aus, dass sie ganz unspektakulär und überhaupt nicht besonders waren. Wie zum Beispiel, wenn jemand den Finger nach einem Dell-Computermonitor ausstreckte, um den kleinen blauen Knopf in der rechten unteren Ecke des Bildschirms zu drücken. Eine völlig alltägliche Handlung, die viele Male pro Woche, pro Monat, pro Jahr ausgeführt wird – und doch symbolisierte sie in diesem speziellen Fall eine einschneidende Trennung zwischen Vorher und Nachher.

Paradise, Tochter des Abalone, oberster Berater von Wrath, Sohn des Wrath, Vater des Wrath, König aller Vampire, lehnte sich in ihrem Schreibtischstuhl zurück und starrte auf den nun schwarzen Bildschirm vor sich. Wow.

Die Nacht, auf die sie so lange gewartet hatte, stand fast vor der Tür.

Während der vergangenen acht Wochen war die Zeit größtenteils im Schneckentempo vorangekrochen, um in den letzten Nächten dann plötzlich einen Zahn zuzulegen und auf Turbomodus zu schalten. Nachdem Paradise endlose Stunden des Wartens bis zum Aufgehen des Mondes ertragen hatte, verspürte sie auf einmal das Bedürfnis, das Tempo wieder zu drosseln.

Ihr erster Job gehörte nun der Vergangenheit an.

Nach einem letzten Kontrollblick über den Schreibtisch stellte sie das Bürotelefon ein paar Zentimeter weiter nach rechts, um es dann auf seine ursprüngliche Position zurückzuschieben. Sie rückte den Buntglasschirm der Tiffany-Lampe gerade. Vergewisserte sich, dass die blauen Stifte im einen und die roten ordentlich im anderen Behälter steckten. Strich mit der Hand über die staubfreie Schreibunterlage und die Oberkante des Monitors.

Das Wartezimmer war leer, die seidenbezogenen Stühle nicht besetzt. Alle Zeitschriften lagen ordentlich gestapelt auf den Beistelltischen, und die von den *Doggen* vorhin für die Wartenden servierten Getränke waren wieder weggeräumt.

Der letzte Zivilist war vor ungefähr einer halben Stunde gegangen. Bis zur Morgendämmerung blieben noch etwa zwei Stunden. Alles in allem ein normales Ende einer Nacht harter Arbeit, der Zeitpunkt, an dem ihr Vater und sie üblicherweise nach Hause zurückkehren würden, um eine Mahlzeit einzunehmen, sich respektvoll zu unterhalten und Pläne zu schmieden.

Paradise beugte sich vor und spähte durch den Torbogen des Empfangszimmers hindurch. Auf der anderen Seite der Eingangshalle war die große Flügeltür geschlossen, die in den ehemaligen offiziellen Speisesaal des Anwesens führte.

Ja, eine ganz gewöhnliche Nacht, abgesehen von dem höchst ungewöhnlichen Treffen, das in diesem Raum gerade stattfand. Direkt nachdem der letzte Termin gegangen war, hatte man ihren Vater ins Audienzzimmer gerufen und diese Tür fest verschlossen.

Abalone war nun mit dem König sowie zwei Mitgliedern der Bruderschaft der Black Dagger dort drin.

»Tut mir das nicht an«, murmelte sie. »Nehmt mir das nicht weg.«

Paradise stand auf und ging im Zimmer umher, wobei sie die Zeitschriften erneut gerade rückte, die Dekokissen aufschüttelte und schließlich vor dem Ölgemälde eines französischen Königs stehen blieb.

Auf dem Weg zurück zum Torbogen konnte sie den Blick nicht von der geschlossenen Holztür des Speisesaals abwenden, während sie dem lauten Pochen ihres Herzens lauschte.

Sie hob die Hände und studierte die Schwielen in ihren Handflächen. Sie stammten nicht von ihrer Arbeit hier für ihren Vater und die Bruderschaft während der vergangenen paar Monate, wo sie die Termine organisiert und über die verschiedenen Angelegenheiten, Entscheidungen und Konsequenzen Buch geführt hatte. Nein, zum ersten Mal in ihrem Leben war sie im Fitnessstudio gewesen. Hatte Gewichte gestemmt. War auf Laufbändern gejoggt. Hatte sich auf dem Stairmaster gequält. Klimmzüge, Liegestützen, Crunches, Rudermaschine.

Bis dato hatte sie nicht einmal gewusst, was eine Rudermaschine war.

Und alles als Vorbereitung auf morgen Nacht.

Vorausgesetzt, diese Gruppe von Männern im Audienzzimmer des Königs nahm ihr das nicht weg.

Morgen, um Mitternacht, sollte sie eine ihr unbekannte Anzahl anderer Vampire und Vampirinnen an einem geheimen Ort treffen, wo sie versuchen würden, sich für das Trainingsprogramm der Bruderschaft der Black Dagger zu qualifizieren.

Es war ein guter Plan. Etwas, das sie sich in den Kopf gesetzt hatte, eine Chance, unabhängig zu werden, es mal ordentlich krachen zu lassen und sich selbst zu beweisen, dass sie mehr war als ihr Stammbaum. Das Problem dabei war, dass sich Adelstöchter der *Glymera,* wenn sie noch dazu aus einer der Gründerfamilien stammten, nicht zu Kriegerinnen ausbilden ließen. Sie hantierten nicht mit Schusswaffen oder Messern. Sie lernten nicht, zu kämpfen oder sich zu verteidigen. Sie wussten nicht einmal, was ein *Lesser* war.

Sie hatten mit Soldaten absolut nichts zu tun.

Töchter wie Paradise wurden in der Kunst des Stickens, in klassischer Musik und Gesang ausgebildet. Man brachte ihnen gute Manieren bei und wie man einen riesigen Haushalt voller *Doggen* führt. Man erwartete von ihnen, dass sie mit dem komplizierten Kalender gesellschaftlicher Ereignisse und den Festivitätenzyklen vertraut waren, sich mit der damit verbundenen Kleiderordnung und Ähnlichem auseinandersetzten und den Unterschied zwischen Van Cleef & Arpels, Boucheron und Cartier kannten. Sie wurden sicher verwahrt, gehegt und behütet, wie man das mit kostbaren Dingen eben so tat.

Das einzig Gefährliche, das man ihnen gestattete, war sich fortzupflanzen. Und zwar mit einem *Hellren,* der von der Familie auserwählt wurde, um die Reinheit der Blutlinie zu sichern.

Es war ein Wunder, dass ihr Vater ihr das mit dem Trainingsprogramm nicht strikt verboten hatte.

Als sie ihm die Ausschreibung das erste Mal gezeigt hatte, war er natürlich dagegen gewesen – aber dann hatte er es sich anders überlegt und ihr erlaubt, sich zumindest dafür zu bewerben. Die Überfälle vor ein paar Jahren, bei denen so viele Vampire durch die Gesellschaft der *Lesser* getötet worden waren, hatten schließlich gezeigt, was für ein gefährlicher Ort Caldwell, New York, sein konnte. Außerdem hatte Paradise ihm versichert, dass sie nicht in den Krieg ziehen und kämpfen wollte. Sie wollte bloß lernen, sich selbst zu verteidigen.

Sobald sie es ihm als Investition in ihre persönliche Sicherheit verkauft hatte, hatte ihr Vater seine Meinung geändert.

In Wahrheit wollte sie einfach nur etwas haben, das ihr gehörte. Eine Identität, die einer anderen Quelle entstammte als das, was ihr Geburtsrecht ihr auferzwungen hatte.

Außerdem hatte Peyton behauptet, dass sie es nicht schaffen würde.

Weil sie eine Frau war.

Bullshit.

Paradise warf wieder einen Blick auf die geschlossenen Flügeltüren. »Kommt schon …«

Auf ihrer unruhigen Wanderung gelangte sie schließlich hinaus in die Empfangshalle, aber sie wollte den Männern bei ihrem Treffen nicht zu nahe kommen, als könne das Unglück bringen.

Himmel noch mal, was redeten denn die da drin so lange?

Normalerweise brach der König direkt nach der letzten Audienz der Nacht auf. Wenn er und die Bruderschaft irgendwelche privaten Angelegenheiten oder Dinge bezüglich des Krieges zu klären hatten, dann taten sie das in der Residenz der Hohen Familie, einem Ort, der so geheim war, dass nicht einmal ihr Vater je dorthin eingeladen gewesen war.

Also musste es hier tatsächlich um sie gehen.

Paradise kehrte an ihren Schreibtisch zurück und rechnete nach, wie viele Stunden sie wohl dort gesessen hatte. Sie hatte den Job zwar nur ein paar Monate gemacht, aber die Arbeit gefiel ihr – bis zu einem gewissen Punkt. In ihrer Abwesenheit, vorausgesetzt sie wurde tatsächlich in das Trainingsprogramm aufgenommen, würde eine Cousine sie vertreten. Die vergangenen sieben Nächte hatte Paradise damit verbracht, das Mädchen einzulernen und ihm die Abläufe zu erklären, um sicherzugehen, dass der Wechsel reibungslos verlief.

Sie lehnte sich in ihrem Stuhl zurück, zog die mittlere Schublade auf und nahm ihre Bewerbung heraus, als könnte ihr diese irgendwie Sicherheit geben, dass es noch klappen würde.

Mit den Unterlagen in der Hand überlegte sie, wer morgen wohl sonst noch zur Einführungsveranstaltung kommen würde … und musste prompt an den Kerl denken, der hier im Audienzhaus aufgetaucht war und um eine ausgedruckte Version der Bewerbungsunterlagen gebeten hatte.

Groß, breite Schultern, tiefe Stimme. Eine Syracuse-Baseballkappe auf dem Kopf und mit Jeans, die von echter Arbeit abgewetzt zu sein schienen.

Die Gemeinde der Vampire war nicht gerade groß, aber ihn hatte sie zuvor noch nie gesehen. Vielleicht war er Zivilist? Auch das war eine weitere Änderung in den Statuten des Trainingsprogramms. Bisher durften sich nämlich lediglich männliche Vampire aus der *Glymera* der Bruderschaft anschließen.

Er hatte ihr zwar seinen Namen genannt, sich aber geweigert, ihr die Hand zu geben.

Craeg. Das war alles, was sie wusste.

Unhöflich war er aber nicht gewesen. Um genau zu sein, hatte er sie in ihrer Bewerbung bestärkt.

Er war außerdem auf eine Art … faszinierend gewesen, die Paradise geschockt hatte. Und zwar so faszinierend, dass sie wochenlang darauf gewartet hatte, ob er seine Unterlagen persönlich abgeben würde. Hatte er aber nicht. Vielleicht hatte er das Ding eingescannt und per Mail geschickt.

Oder er hatte beschlossen, sich gar nicht erst für das Programm zu bewerben.

Es schien verrückt, enttäuscht darüber zu sein, dass sie ihn vielleicht nie wiedersehen würde.

Als sich ihr Handy meldete, zuckte sie zusammen und zog es aus der Tasche. Peyton. Schon wieder.

Sie würde ihn bei der Einführungsveranstaltung morgen Nacht sehen – und das wäre noch früh genug. Nach diesem Streit wegen ihrer Bewerbung hatte sie sich von ihm zurückgezogen.

Andererseits, falls die Bruderschaft da drin mit ihrem Vater ein Machtwort sprach? Dann konnte sie sich ihren Ärger über den Kerl sparen. Aber es hieß doch ausdrücklich, dass Frauen sich ebenfalls bewerben durften!

Paradise war nur leider keine »normale« Frau.

Verdammt, sie hatte keine Ahnung, was sie tun sollte, falls ihr Vater seine Erlaubnis zurückzog. Die Bruderschaft konnte ihr doch aber nicht im allerletzten Moment einen Platz verweigern.

Oder etwa doch?

Am anderen Ende der Stadt lehnte sich Marissa, *Shellan* von Butch O'Neal alias *Dhestroyer,* Mitglied der Bruderschaft der Black Dagger, in ihrem Bürostuhl im Refugium zurück. Als das Ding dabei ein Knarzen von sich gab, tippte sie ungeduldig mit dem Kugelschreiber auf die Office-Max-Schreibtischunterlage und schob den Telefonhörer ans andere Ohr.

Den geschwätzigen Redestrom unterbrechend, sagte sie: »Ich weiß die Einladung durchaus zu schätzen, aber ich kann leider …«

Die Frau am anderen Ende ließ sich jedoch nicht aus dem Konzept bringen, sondern plapperte einfach unbeirrt weiter, wobei ihr vornehm näselnder Tonfall die gesamte Bandbreite der Datenübertragung einzunehmen schien – sodass es an ein Wunder grenzte, dass nicht der gesamte Stadtteil einem Stromausfall zum Opfer fiel. »… und da könnt Ihr sicher verstehen, weshalb wir Eure Hilfe benötigen. Es handelt sich um den ersten festlichen Ball, der seit den Überfällen veranstaltet wird. Als *Shellan* eines Mitglieds der Bruderschaft und Angehörige einer Gründerfamilie wärt Ihr die perfekte Vorsitzende für dieses Ereignis …«

Marissa versuchte ein zweites Mal, mit ihrem Nein dem Redefluss Einhalt zu gebieten: »Ich weiß nicht, ob Ihr Euch dessen bewusst seid, aber als Leiterin des Refugiums arbeite ich Vollzeit und …«

»… und Euer Bruder meinte, Ihr wärt eine gute Wahl.«

Marissa verstummte.

Ihr erster Gedanke war, dass es höchst unwahrscheinlich war, dass Havers, der Arzt der Vampirspezies und Marissas nächster Angehöriger, sie für irgendetwas anderes als einen frühen Tod vorschlug, zumal sie völlig mit ihm zerstritten war. Ihr zweiter Gedanke war eher eine Rechnung: Wie lange war es her, seit sie das letzte Mal mit ihm gesprochen hatte? Zwei Jahre? Drei? Seit er sie damals aus dem Haus geworfen hatte, ungefähr fünf Minuten vor Tagesanbruch, weil er herausgefunden hatte, dass sie sich für einen Menschen interessierte.

Der sich dann als Wraths Cousin und die Verkörperung der *Zerstörer*-Legende entpuppt hatte.

*Na, was sagst du jetzt,* ging es ihr durch den Kopf.

»Deshalb *müsst* Ihr einfach den Vorsitz für das Event übernehmen«, schloss die Dame. Als wäre damit alles geklärt.

»Ich bitte vielmals um Verzeihung.« Marissa räusperte sich. »Aber mein Bruder hat keinerlei Befugnis, meinen Namen für irgendein Amt vorzuschlagen, da wir schon seit geraumer Zeit keinen Kontakt mehr haben.«

Als daraufhin eine geballte Ladung Schweigen aus dem Hörer drang, kam Marissa zu dem Schluss, dass sie die schmutzige Wäsche ihrer Familie bereits vor zehn Minuten hätte waschen sollen: Angehörige der *Glymera* hatten einen strengen Verhaltenskodex zu befolgen, und offen über das ungeheure Zerwürfnis in ihrer Familie zu sprechen, gehörte – obwohl ohnehin jeder davon wusste – zu den Dingen, die man einfach nicht tat.

Da war es schon wesentlich angebrachter, dass andere sich hinter vorgehaltener Hand das Maul darüber zerrissen.

Leider erholte sich die Dame am anderen Ende schnell und änderte ihre Taktik. »Wie dem auch sei, es ist von großer Wichtigkeit für alle Mitglieder unseres Volkes, die Feste wieder aufleben zu lassen …«

Ein Klopfen an der Bürotür zog Marissas Aufmerksamkeit auf sich. »Ja, bitte?«

Woraufhin die Anruferin erfreut zwitscherte: »Wunderbar! Ihr könnt zu mir nach Hause in mein Anwesen …«

»Nein, nein. Hier ist jemand, der zu mir will.« Dann sagte sie lauter: »Herein.«

Beim Anblick von Marys Gesichtsausdruck fluchte sie innerlich. Keine guten Nachrichten. Rhages *Shellan* war der Inbegriff von Professionalität, und wenn sie so eine Miene machte, dann gab es wirklich ein Problem.

War das etwa *Blut* auf ihrer Bluse?

Marissa wandte sich wieder dem Telefon zu und ließ

nun sämtliche Zugeständnisse an die Höflichkeit fallen. »Meine Antwort lautet Nein. Mein Beruf nimmt meine gesamte Zeit in Anspruch. Außerdem solltet Ihr die Aufgabe am besten selbst übernehmen, wenn Ihr so begeistert davon seid. Auf Wiederhören.«

Sie legte auf und erhob sich. »Was ist passiert?«

»Wir haben einen Neuzugang, der sofort medizinische Hilfe braucht, aber ich erreiche weder Doc Jane noch Ehlena. Ich weiß nicht, was ich machen soll.«

Marissa lief um den Schreibtisch herum. »Wo ist sie?«

»Unten.«

Die beiden eilten im Laufschritt die Treppe hinunter, Marissa vorneweg. »Wie ist sie zu uns gekommen?«

»Keine Ahnung. Eine der Überwachungskameras hat sie draußen auf dem Rasen entdeckt, auf allen vieren.«

*»Wie bitte?«*

»Daraufhin hat mein Handy Alarm geschlagen, und ich bin sofort mit Rhym rausgerannt. Wir haben sie in den Salon getragen.«

Als Marissa unten um die Ecke bog, rutschte sie beinahe auf einem der Läufer aus.

Dann blieb sie wie angewurzelt stehen.

Beim Anblick der Frau auf dem Sofa schlug sie die Hand vor den Mund. »Um der Jungfrau willen …«, flüsterte sie.

Blut. Überall war Blut, in Rinnsalen auf dem Fußboden, es durchweichte weiße Handtücher auf Wunden und sammelte sich in einer Lache unter einem der Füße der jungen Frau.

Das Mädchen war dermaßen schlimm zugerichtet, dass man es unmöglich identifizieren konnte. Anhand des zugeschwollenen Gesichts hätte man nicht einmal sagen können, ob sie Mann oder Frau war, wären da nicht die langen Haare und ein zerrissener Rock gewesen. Ein Arm war eindeutig ausgekugelt und baumelte vom Schultergelenk herab. Am linken Fuß trug sie einen hochhackigen Schuh, ihre Strümpfe waren zerrissen.

Ihre Atmung war schlecht, sehr schlecht. Nur noch ein Rasseln in ihrer Brust, als würde sie an ihrem eigenen Blut ertrinken.

Rhym, die verantwortlich war für die Aufnahme der Patientinnen, blickte von ihrer hockenden Haltung vor der Couch auf. Mit Tränen in den Augen flüsterte sie: »Ich glaube nicht, dass sie es schafft. Wie soll sie überleben …?«

Marissa musste sich zusammenreißen. Sie hatte keine andere Wahl. »Doc Jane und Ehlena sind beide nicht erreichbar?«, krächzte sie.

»Ich habe es im Wohnhaus versucht«, antwortete Mary. »In der Klinik. Auf dem Handy. Alles zweimal.«

Für den Bruchteil einer Sekunde wurde Marissa von Angst gepackt, was das für ihr eigenes Leben bedeuten könnte. Steckte die Bruderschaft in medizinischen Schwierigkeiten? War mit Butch alles in Ordnung?

Doch das dauerte nur einen Augenblick. »Gib mir dein Telefon – und bring die anderen Patientinnen in den Wellsie-Trakt. Ich will, dass alle sich dort sammeln, falls ich ein männliches Wesen ins Haus lassen muss.«

Mary warf ihr das Telefon zu und nickte. »Bin schon unterwegs.«

Das Refugium war genau das, was sein Name versprach – ein sicherer Rückzugsort für weibliche Opfer häuslicher Gewalt, die dort Schutz suchen und sich zusammen mit ihrem Nachwuchs erholen konnten. Und nachdem Marissa unzählige sinnlose Jahrhunderte in der *Glymera* verbracht hatte, wo sie nichts war als die verschmähte Verlobte des Königs, hatte sie hier ihre Berufung gefunden, im Dienste jener, die im besten Fall verbal gedemütigt und im schlimmsten auf entsetzliche Art misshandelt worden waren.

Männer hatten hier keinen Zutritt.

Aber um das Leben dieser Frau zu retten, würde sie die Regel brechen.

*Geh an dein Handy, Manny,* dachte sie, als das erste Klingelzeichen zu hören war. *Geh an dein verdammtes Handy …*

# 2

Es hatte sich nicht die gesamte Bruderschaft der Black Dagger versammelt.

Um genau zu sein, waren es nur zwei Brüder und der König.

Als Abalone, oberster Berater von Wrath, Sohn des Wrath, Vater des Wrath, das Audienzzimmer betrat, weil ihn sein Herrscher gerufen hatte, war er sich der Anwesenheit der anderen beiden Vampire jedoch nur allzu bewusst. Zwar hatte er keinen dieser Krieger jemals anders als hilfsbereit und zivilisiert erlebt, doch in Anbetracht der Tatsache, dass er drauf und dran war, ihnen sein einziges Kind anzuvertrauen, schrien ihre eher auffälligen Merkmale förmlich nach Beachtung.

Der Bruder Vishous starrte ihn mit seinen Diamantaugen an, ohne zu blinzeln, und diese Tattoos an seiner linken Schläfe wirkten heute besonders finster. Sein muskulöser Körper war in Leder gekleidet und mit Waffen ausgestattet. Neben ihm stand Butch, alias der *Zerstörer* – ein früherer Mensch mit Bostoner Akzent, der von Omega infiziert und, wie man zunächst dachte, getötet worden war – nur um dann als einer von wenigen eine Turbo-Transition zu überleben.

Die beiden tauchten selten unabhängig voneinander auf, und es war verlockend, ihnen die Rollen des Guten Bullen/Bösen Bullen zuzuweisen. Jetzt gerade hatte sich das übliche Muster aber verschoben. Butch, der normalerweise eher lächelte und sich mit den Leuten unterhielt, wirkte heute wie jemand, dem man in einer dunklen Gasse lieber aus dem Weg ging. Der Blick seiner haselnussbraunen Augen war prüfend und stechend.

»Ja?«, wandte sich Abalone an seinen König. »Wie kann ich zu Diensten sein?«

Wrath streichelte den blonden Kopf seines Blindenhundes George. »Meine Jungs hier wollen mit dir reden.«

*Aha,* dachte Abalone. Er hatte auch schon einen Verdacht, worum es dabei ging.

Butchs Lächeln blitzte einmal kurz auf, als wollte er dem, was gleich aus seinem Mund kommen würde, vorab die Schärfe nehmen. »Wir wollen nur sicher sein, dass du dir darüber im Klaren bist, was dieses Trainingsprogramm beinhaltet.«

Abalone räusperte sich. »Ich weiß, dass es Paradise sehr wichtig ist. Und ich hoffe, dass einige Selbstverteidigungskurse angeboten werden. Es wäre mir lieb, wenn sie … besser geschützt wäre.«

Dieses Argument war das einzig Positive gewesen, was ihm über den Schock hinweggeholfen hatte, dass sie anscheinend etwas ganz anderes tun wollte als das, was er sich für sie und ihr Leben gewünscht hatte.

Als keine Reaktion kam, sah Abalone zwischen den Brüdern hin und her. »Was verschweigt ihr mir?«

Vishous öffnete den Mund, doch Butch bedeutete ihm zu schweigen. »Deine Aufgaben hier bei Wrath haben absoluten Vorrang.«

Abalone zuckte zurück. »Soll das heißen, dass Paradise wegen meiner Position nicht zugelassen wird? Gütige Jungfrau der Schrift, warum habt ihr uns das nicht …«

»Du musst dir im Klaren darüber sein, dass es bei dieser Ausbildung nicht nur um Bücherwissen geht, sondern um die Vorbereitung auf den Krieg.«

»Aber die Schüler müssen dabei nicht zwangsläufig kämpfend durch die Straßen ziehen, oder etwa doch?«

»Wir machen uns Sorgen um das hier.« Der Bruder zeigte auf das Zimmer. »Wir können nicht zulassen, dass irgendetwas deine Beziehung zu Wrath und deine Dienste für den König beeinflusst. Paradise ist in diesem Programm ebenso willkommen wie jeder andere Bewerber, vorausgesetzt, es sorgt nicht für Spannungen zwischen uns, falls sie durchfällt oder das Training abbricht.«

Abalone atmete erleichtert aus. »Macht euch deswegen keine Sorgen. Paradise soll ausschließlich aufgrund ihrer Leistungen beurteilt werden. Ich erwarte keine Ausnahmebehandlung für sie. Und wenn sie nicht mithalten kann, dann sollte sie ausscheiden müssen.«

Um ehrlich zu sein, war genau das seine heimliche Hoffnung, und er rechnete sogar damit, auch wenn er das nie laut aussprechen würde. Er war nicht eben erpicht darauf, dass Paradise von sich selbst oder ihren Leistungen enttäuscht wurde … aber das Letzte, was er für seine Tochter wollte, war, irgendwelchen Abscheulichkeiten ausgesetzt zu sein, oder, noch schlimmer, sich tatsächlich dem Kampf auszusetzen.

Letzteres mochte er sich nicht einmal ausmalen.

»Keine Sorge«, bekräftigte er den Brüdern und dem König. »Alles wird gut.«

Butch sah Vishous an. Dann wieder Abalone. »Du hast die Bewerbungsunterlagen gelesen, nehme ich an?«

»Sie hat sie selbst ausgefüllt.«

»Dann hast du sie nicht gelesen?«

»Sie hat das ganz eigenständig in die Hand genommen. Hätte ich die Bewerbung als ihr Vater und Hüter unterschreiben müssen?«

Vishous zündete sich eine Selbstgedrehte an. »Du willst aber vielleicht doch vorbereitet sein, oder?«

Abalone nickte. »Das bin ich. Ich verspreche euch, das bin ich.«

Paradise war eine Vampirin, die in der Tradition des Adels angemessen erzogen worden war. Während der vergangenen zwei Monate hatte sie an ihrer körperlichen Fitness gearbeitet – ziemlich hartnäckig sogar –, und er spürte ihre vorfreudige Aufregung, während sie ihre Pflichten hier zu Ende brachte und sich darauf vorbereitete, die Anstellung zu verlassen. Die Chancen standen allerdings nicht schlecht, dass sie nach der Einführungsveranstaltung morgen Abend, wenn die echte Arbeit begann, entweder selbst ihren Hut nahm … oder gebeten wurde zu gehen.

Es würde ihn umbringen, mit ansehen zu müssen, wie sie scheiterte.

Aber immer noch besser als ihr Tod draußen auf den Straßen, bloß um zu beweisen, dass sie mehr war, als es ihre aristokratische Abstammung vorsah.

Da die beiden Brüder ihn weiterhin anstarrten, ließ Abalone den Kopf sinken. »Ich weiß, es wird nicht gut für sie laufen. Darauf bin ich mehr als vorbereitet. Ich bin nicht naiv.«

Nach kurzem Schweigen sagte Butch: »Okay. Na gut.«

»Gibt es noch etwas anderes, mein Gebieter?«, fragte Abalone, an den König gewandt.

Als Wrath den Kopf schüttelte, verbeugte Abalone sich vor allen dreien. »Vielen Dank, dass ihr euch so sorgt. Paradise ist das Kostbarste – das Einzige, was mir von meiner geliebten *Shellan* geblieben ist. Ich weiß, dass sie ab morgen in guten Händen sein und man sie fair behandeln wird.«

Die Brüder blickten weiterhin grimmig drein, als er sich zum Gehen wandte, aber andererseits war er ja auch nicht eingeweiht, was aktuell im Krieg passierte – da gab es immer irgendetwas. Mit dem Kampf und der Strategie hatte er nie etwas zu tun gehabt, und dafür war er dankbar.

Genau wie er es sein würde, wenn Paradise aus diesem Programm ausschied.

Fürwahr, er wünschte, ihre *Mahmen* wäre noch am Leben. Vielleicht wäre all das hier hinfällig, wenn seine *Shellan* da wäre, um das Mädchen zur Vernunft zu bringen.

Als er die Doppeltür öffnete, hörte er es im Wartebereich klappern. »Paradise?«

Er durchquerte das Foyer, und als er um die Ecke in den Salon bog, richtete sich seine Tochter gerade mit einer Handvoll roter Stifte wieder auf, die vom Tisch gefallen waren.

»Alles in Ordnung?«, erkundigte er sich.

Sie begegnete seinem Blick. »Sag du es mir. Erlaubst du mir, morgen Abend zur Einführungsveranstaltung zu gehen?«

Abalone lächelte und bemühte sich, seine Traurigkeit weder in seinen Augen noch in seiner Stimme zu zeigen. »Natürlich. Du bist in das Programm aufgenommen, das wurde doch schon vor Monaten entschieden.«

Sie rannte auf ihn zu und umarmte ihn. Dabei drückte sie ihn so fest, als wäre sie überzeugt gewesen, dass er ihr ihren großen Wunsch verweigern würde.

Während Abalone die Umarmung seiner Tochter erwiderte, nahm er entfernt wahr, wie die Brüder und der König das Haus verließen, schenkte ihnen aber keine Beachtung.

Er war viel zu sehr mit seinem eigenen Wunsch beschäftigt, seine Tochter vor jeglicher Enttäuschung bewahren zu können. Das gehörte jedoch leider nicht zu den elterlichen Fähigkeiten, die ihm bei ihrer Geburt gewährt worden waren.

Oh, wie sehr er sich wünschte, seine *Shellan* wäre hier bei ihnen statt im Schleier.

Sie hätte das alles so viel besser hinbekommen.

Marissa stand über die schwer verletzte Frau gebeugt und schloss die Augen, weil sie zum dritten Mal nur Mannys Mailbox erreichte. Was um alles in der Welt war in der Klinik nur los?

Als sie gerade auf Wahlwiederholung drücken wollte, fing ihr Handy an zu klingeln. »Der Jungfrau sei Dank! Manny? Manny?«

Etwas in ihrer Stimme brachte die verwundete Vampirin mit dem blutigen Gesicht dazu, sich auf dem Sofa zu regen. Beim Schleier, das Geräusch dieses rasselnden Keuchens reichte aus, um einem das Herz stillstehen zu lassen.

»Nein, Ehlena hier«, sagte die Stimme an Marissas Ohr. »Manny und Jane führen eine Notoperation an Tohr durch. Er hat einen komplizierten Oberschenkelhalsbruch erlitten, und ich muss gleich zurück in den OP. Oder ist etwas passiert?«

»Wie lange brauchen sie noch?«

»Sie haben gerade erst angefangen.«

Marissa schloss die Augen. »Okay, bitte sag ihnen, dass sie mich zurückrufen sollen, sobald sie können, ja? Ich habe hier eine ...« Sie drehte sich weg und senkte die Stimme. »Ich habe hier eben erst eine Traumapatientin reinbekommen. Ich weiß nicht, ob uns viel Zeit bleibt.«

Ehlena fluchte. »Wir können gerade niemanden erübrigen. Kannst du Vishous anrufen? Vielleicht kann er sie mit seiner medizinischen Ausbildung stabilisieren.«

Marissa versuchte sich vorzustellen, wie dieser Bruder hier durchs Haus ging. Nicht ihre erste Wahl, und zwar nicht, weil sie ihm nicht getraut hätte. Der beste

Freund ihres *Hellren* war in jeder Hinsicht ein brillanter Vampir.

Seine äußere Erscheinung aber war schlicht furchterregend.

Andererseits, wenn sich alle im Nebengebäude befanden …

»Gute Idee. Danke.«

»Ich sorge dafür, dass sie sich bei dir melden, sobald wir fertig sind.«

»Ja, bitte.«

Marissa beendete das Gespräch, drückte auf die Kurzwahltaste für V und bekam nur die verdammte Mailbox dran. *»Scheiße!«*

Rhym, die ein Handtuch auf die tiefe Wunde in der Schulter der Frau presste, erkundigte sich: »Wann kommen sie?«

Die Nacht würde bald zu Ende sein. V befand sich möglicherweise bloß im Transit zwischen den Straßen von Downtown Caldwell und dem Wohnhaus. Oder … er war damit beschäftigt gegen denjenigen zu kämpfen, der Tohr verletzt hatte.

Als die Vampirin auf dem Sofa anfing, zu husten und nach Luft zu schnappen, war Marissas Entschluss innerhalb einer Sekunde gefällt. Das Letzte, was sie wollte, war, ihren Bruder um Hilfe zu bitten, aber sie würde es sich nie verzeihen, wenn ihre privaten Probleme jemanden das Leben kosteten.

Marissa kannte Havers' Handynummer auswendig und hoffte, dass sie sich nicht geändert hatte. Einmal Klingeln, zweimal …

»Hallo?«, ertönte seine Stimme.

»Ich bin's.« Bevor es irgendeine Art peinlicher Stille oder Begrüßung geben konnte, sagte sie: »Wir haben hier im Refugium einen medizinischen Notfall. Du musst sofort herkommen – oder jemanden schicken. Die Ärzte der Bruderschaft sind mitten in einer Operation, und uns bleibt nicht viel Zeit.«

Es folgte eine kurze Pause, als würde der oberste Heiler des Vampirvolkes vom Privatmodus in den geschäftlichen schalten. »Bin gleich da. Wurde sie Opfer von Gewalt?«

»Ja.« Marissa senkte wieder die Stimme. »Sie ist zusammengeschlagen worden und ... brutal verletzt. Außerdem blutet sie stark. Ich weiß nicht ...«

»Ich bringe eine Krankenschwester mit. Hast du die anderen Patientinnen außer Reichweite gebracht?«

»Schon passiert.«

»Schließ die Eingangstür auf.«

»Ich warte dort auf dich.«

Und das war's.

Offenbar war das Universum entschlossen, ihren Bruder heute Nacht zum Thema zu machen. Zuerst der idiotische Anruf von dieser feinen Dame, und jetzt das.

Marissa nickte Rhym zu. »Hilfe ist unterwegs.«

Mit dem Auge, das nicht zugeschwollen war, versuchte die verletzte Vampirin zu blinzeln.

Marissa beugte sich vor und ergriff vorsichtig ihre blutige Hand. »Mein Bruder wird sich bestens um dich kümmern.«

Für den Bruchteil einer Sekunde sorgte sie sich, ob sie besser hätte verschweigen sollen, dass ein männlicher Vampir sie behandeln würde. Doch die Vampirin schien diese Tatsache gar nicht zu registrieren.

Gütige Jungfrau der Schrift, was, wenn sie starb, bevor er hier ankam?

Marissa ging in die Hocke und strich sich ihre blonden Haare hinter die Ohren. »Du bist in Sicherheit, alles wird gut.« Der Blick des einen Auges wanderte über ihr Gesicht. »Hast du Angehörige? Jemanden, den wir anrufen sollen? Können wir jemanden für dich herholen?«

Die Vampirin schüttelte mühsam den Kopf.

»Nein? Bist du sicher?« Das Auge schloss sich. »Kannst du mir sagen, wer dir das angetan hat?«

Sie drehte das Gesicht weg.

*Mist.*

Marissa zog sich zurück und ging nach vorne in den Eingangsbereich des Hauses. Die Tür wurde von langen, schmalen Fenstern flankiert, durch die sie hinaus auf den Rasen blickte. Erst vor wenigen Wochen waren die Bäume noch so atemberaubend bunt gewesen, bevor die leuchtend roten, goldenen und gelben Blätter abgefallen waren und die spindeldürren Gliedmaßen darunter wie das Skelett eines abgemagerten Hundes zum Vorschein kamen.

Sie konnte es sich nicht verkneifen, einen Blick in den Spiegel neben der Tür zu werfen und zu überprüfen, ob ihre Frisur saß und ihr Make-up nach einem Zehn-Stunden-Tag noch hielt.

Damals, als sie noch mit ihrem Bruder zusammenwohnte, war sie mit seidenen Gewändern und Juwelen ausstaffiert gewesen, das Haar kompliziert hochgesteckt. Und jetzt? Jetzt trug sie eine Hose von Ann Taylor, eine schlichte Bluse mit Stehkragen und Mokassins der Marke Cole Haan, weil sie so bequem waren. Kein Schmuck außer einem winzigen Goldkreuz, weil Butchs Gott ihm wichtig war und ihr *Hellren* ihr das Kettchen letztes Jahr zur Weihnachtszeit geschenkt hatte. Ach ja, und ihre Ohren zierten Perlenstecker.

Trotz Butchs Hauruck-Wandlung und seines Status als Bruderschaftsmitglied und Verwandter des Königs war der Kern seines Wesens menschlich geblieben, angefangen bei seinem katholischen Glauben, über seinen Buch- und Filmgeschmack bis hin zu seinen Wünschen an eine »Ehefrau« – alles ein Ergebnis seiner Erziehung als Homo sapiens.

Als Marissa nun das Goldkettchen an ihrem Hals berührte, registrierte sie zu ihrem Verdruss den Impuls, es abzunehmen, weil ihr Bruder es nicht gutheißen würde.

Also bitte! Ob das Symbol ihrer Beziehung nun ihren Hals zierte oder nicht, änderte überhaupt nichts. In den Augen ihres Bruders hatte sie eine schwanzlose Ratte zum *Hellren* genommen, und einmal in Ungnade gefallen, würde er ihr nie vergeben.

Eine Sekunde später materialisierten sich auf dem Gehsteig draußen zwei Gestalten: eine größer und männlicher, mit einem weißen Kittel bekleidet, die andere kleiner und weiblich, in traditioneller Schwesterntracht.

Beim Näherkommen wurden sie vom Licht der Bewegungsmelder erfasst. Marissa wischte sich die verschwitzten Handflächen an ihrer Hose ab. Havers sah genauso aus wie immer, angefangen bei seiner Fliege über die Hornbrille bis hin zum dunklen Haar mit Seitenscheitel im *Mad Men*-Look.

In letzter Sekunde schob Marissa doch noch das Kreuz nach hinten in den Nacken und öffnete die Tür. Sie bemühte sich, nicht nervös zu klingen. »Sie ist im Salon.«

Kein »Hallo, wie geht's?« oder »Bist du immer noch so ein beschissenes Arschloch voller Vorurteile?«. Andererseits war das hier auch ein medizinischer Notfall und kein Höflichkeitsbesuch.

»Marissa.« Ihr Bruder nickte ihr zu und trat an ihr vorbei ins Haus. »Das ist Cannest, meine Oberschwester.«

»Ist mir ein Vergnügen«, murmelte die Schwester.

Marissa begrüßte sie mit einem Nicken. »Hier entlang.«

Ihre Beine fühlten sich steif und ungefähr so staksig an wie die eines Flamingos, als sie die beiden in das unauffällige Gebäude mit der bescheidenen Einrichtung führte. Direkt unter der Oberfläche ihres Bewusstseins brodelte ein ganzer Eintopf aus Erinnerungen. Nur die schreckliche Tragödie, die sich im Nebenzimmer abspielte, hinderte ihre Gefühle am Überkochen.

Ihr Bruder blieb im Durchgang zum Salon stehen und reichte seiner Assistentin die Arzttasche. »Cannest wird die Erstuntersuchung vornehmen und mich über den Zustand der Patientin informieren. Das wird besser sein, als wenn ein männlicher Vampir das macht.«

Marissa sah Havers zum ersten Mal in die Augen und stellte fest, dass sie immer noch dasselbe Blau hatten wie ihre. Aber wieso hätte sich das auch ändern sollen.

»Das ist sehr rücksichtsvoll von dir«, sagte sie. Dann wandte sie sich an seine Mitarbeiterin. »Kommen Sie.«

Im Salon ging die Krankenschwester direkt zum Sofa und nahm Rhyms Platz ein. Das Opfer bewegte sich, als würde sie die Anwesenheit einer neuen Person spüren. Während ihr Puls und der Blutdruck gemessen wurden, stöhnte sie.

Marissa stand etwas abseits, die Arme vor der Brust verschränkt, die Hand vor den Mund geschlagen. Dass sie sich rührte, war ein gutes Zeichen, sagte sie sich. Denn es bedeutete, dass das arme Mädchen noch am Leben war.

»Vorsicht!«, platzte sie heraus, als die Schwester den Arm abtastete und sich Tränen in die Blutschmierer auf dem Gesicht mischten.

Gütige Jungfrau, wer hatte das getan? Es musste ein Mitglied der Spezies gewesen sein, denn sie roch keinen menschlichen Duft an ihr.

Marissa musste den Blick abwenden, als die Untersuchung intimer wurde, und bedeutete Rhym, ihr wenigstens in den Durchgang zu folgen, um so die Privatsphäre der Patientin zu schützen, die ihr Bruder bereits respektierte.

Nach einer gefühlten Ewigkeit sprach die Krankenschwester leise mit der Vampirin und kam dann zu ihnen herüber. Mit einem Nicken forderte sie Marissa auf, ihr nach draußen zu folgen, wo Havers mit hinter dem Rücken verschränkten Händen wartete. Er beugte den Kopf und lauschte seiner Mitarbeiterin, die mit leiser Stimme berichtete.

»Sie hat schwere innere Verletzungen und muss umgehend operiert werden, wenn sie überleben soll. Der Arm ist das geringste Problem.«

Havers nickte und sah dann Marissa an. »Ich habe mir erlaubt, einen Transport zu organisieren. Der Wagen sollte in etwa einer Viertelstunde hier sein.«

»Ich fahre mit.« Marissa bereitete sich auf Widerspruch vor. »Bis ihre Angehörigen kommen, bin ich ihre Hüterin.«

»Selbstverständlich.«

»Und ich werde die Kosten für die Behandlung übernehmen.«

»Das wird nicht nötig sein.«

»Es ist durchaus nötig. Erlaubt, dass ich kurz meine Sachen hole.«

Sie verließ die beiden, und nachdem sie kurz mit Rhym gesprochen hatte, lief sie in ihr Büro hinauf, um sich Handy, Handtasche und Mantel zu schnappen.

Sie dachte kurz daran, Butch Bescheid zu sagen, da es gut möglich war, dass sie den Tag über weg sein würde, aber das würde sie erst später sicher wissen. Und wenn sie jedes Mal ihren *Hellren* anrief, wenn es bei der Arbeit eine Krise gab, dann würde die Batterie seines Handys schnell schwächeln.

Auf halber Treppe wurde ihr klar, dass es noch einen anderen Grund gab, weshalb sie sich nicht bei ihm meldete.

Die Sache hatte einfach zu große Ähnlichkeit mit dem, was seiner Schwester passiert war.

Und es bestand die Gefahr, dass es genau gleich laufen könnte, falls diese Vampirin ihren Verletzungen erlag.

Nein, dachte sie, als sie das Erdgeschoss erreichte. Er hatte auch ohne zusätzliche Erinnerung an die Vergangenheit schon genug am Hals.

»Ich bin dann so weit«, erklärte sie ihrem Bruder nachdrücklich, falls er es wagen sollte, seine Meinung zu ändern.

»Der Krankentransport ist in zwei Minuten da. Ich werde auch mitfahren müssen, denn wenn sie eine Überlebenschance haben soll, muss sie genährt werden.«

Mit einer leichten Verbeugung zog sich Havers zur Haustür zurück. Als er um die Ecke verschwunden war, schüttelte Marissa den Kopf.

Die Vorstellung, dass er mit seinem eigenen Blut irgendeiner fremden Vampirin half, die wahrscheinlich bloß eine Zivilistin war, war sowohl beeindruckend … als auch frustrierend.

Dass er zu seinen Patienten so fürsorglich sein konnte und so grausam zu ihr, erschien Marissa wie ein unvereinbarer Widerspruch.

Aber so war die *Glymera* eben. Beherrscht von der Doppelmoral.

Vor allem wenn es um Töchter, Schwestern und Mütter ging.

# 3

Butch stand im herrschaftlichen, farbenfrohen Foyer des Anwesens der Bruderschaft der Black Dagger und sah auf sein Handy. Wie spät es war, hatte er vor etwa drei Minuten auf seiner Audemars-Piguet-Armbanduhr nachgesehen, aber vielleicht würde ihm sein Samsung Was-auch-immer ja eine Antwort geben, mit der er besser leben konnte.

Negativ.

Und sein siebter Anruf bei Marissa war unbeantwortet geblieben. Genau wie die sechs davor.

Aus der Ferne drangen das Geschnatter und leise Klappern des Letzten Mahls aus dem Speisesaal herüber.

Ohne speziellen Grund musste er an den ersten Abend denken, als er solchen Geräuschen gelauscht hatte. Es war in dem Gebäude gewesen, das jetzt als Audienzhaus diente. Damals war er noch bei der Mordkommission gewesen, völlig neben der Spur und auf der Suche nach totaler Zerstörung, damit er das Leben hinter sich lassen konnte.

Und dann kam das Kaninchenloch.

Beth war als Erste hineingefallen. Ihre Abstammung – halb Mensch, halb Vampir – hatte sie hineingezogen. Seine Wandlung hingegen war ganz anders verlaufen.

*Falls noch Blut fließen sollte, könntet Ihr die Sache dann netterweise in den Garten verlegen?*

»Hast du sie inzwischen erreicht?«

Beim Klang der vertrauten Männerstimme schloss Butch die Augen. Auch wenn es nicht mal ansatzweise stimmte, kam es ihm manchmal so vor, als hätte er Vishous' Gemurmel schon sein ganzes Leben im Kopf gehabt.

»Nein.«

Der Geruch nach türkischem Tabak ging dem Bruder voraus, als er näherkam, und Butch atmete tief ein. Vielleicht lag es am Nikotin durchs Passivrauchen oder auch nur an der Anwesenheit des Mistkerls, aber die kreischende Panik in seinen Ohren ließ ein wenig nach.

»Hast du bei ihr im Büro angerufen?«, fragte V und stieß eine Rauchwolke aus.

»Anrufbeantworter. Bei Mary hab ich es auch versucht. Nichts.«

»Verdammte Sch…«

Beim leisen Geräusch der Überwachungsanlage fuhr Butchs Kopf ruckartig herum. Als er die Gestalt auf dem Bildschirm sah, stürzte er auf die Tür der Vorhalle zu und riss das schwere Teil beinahe aus den Angeln.

»Mein Gott, wo bist du gewesen?«

Der Rest seines Gestammels ging unter, weil er seine Marissa so fest an sich drückte.

»Es tut mir so leid«, sagte sie mit erstickter Stimme. »Ich hatte mit einem Fall zu tun. Und weil die Zeit so knapp war, hab ich dich gar nicht erst angerufen.«

Er ließ sie los, nahm ihr Gesicht in beide Hände und sah sie aufmerksam an. »Ist alles in Ordnung?«

»Absolut. Und es tut mir wirklich furchtbar leid.«

Er küsste sie und erschauderte, als ihre Hände seinen Rücken hinaufwanderten. »Nein, nein. Dir muss nichts leidtun. Mir ist nur wichtig, dass es dir gut geht.«

Verdammt, diese Sonne war wirklich furchterregend. Ein Vampir im Morgengrauen draußen war nicht mehr als ein Lagerfeuer in Klamotten – und auch wenn Marissa im Refugium gut geschützt war, konnte eine Menge Scheiß passieren: Die Menschen waren unberechenbare Idioten und die Killer absolut tödlich.

Sie löste sich von ihm und lächelte. »Es geht mir gut, wirklich.«

Ja, klar, dachte er, als sie seinem Blick auswich.

Er fasste sie am Arm. »Komm mal mit.«

»Aber das Letzte Mahl steht schon auf dem Tisch.«

»Wen juckt's.«

Er zog sie mit ins Billardzimmer und hätte die Tür hinter sich geschlossen, wenn es eine gegeben hätte.

»Was ist passiert?«, wollte er wissen.

Sie ging ein wenig umher, wobei die schlichte Kleidung, die sie trug, durch ihren unglaublichen Körper in Haute Couture verwandelt wurde. »Nichts, was du nicht schon mal gesehen hättest, leider.«

Butch schloss die Augen. Manchmal hasste er ihren Job wirklich. Doch je härter es wurde, je mehr kämpfte sie, er hatte einen Heidenrespekt vor dem, was sie für das Vampirvolk tat, obwohl es ihn schmerzte, sie so erschöpft, so ausgelaugt und mitunter entmutigt zu sehen. Aber es war auch nicht alles schlecht. Wenn Patientinnen, denen sie geholfen hatte, wieder ein unabhängiges Leben führen konnten, dann strahlte seine *Shellan* mit der Sonne um die Wette.

Er nahm ihre Hand, ging rückwärts zu einem der Pool-Tische und zog sie zwischen seine Schenkel. »Erzähl es mir trotzdem.«

Ihr Blick wanderte unruhig durchs Zimmer, doch er ließ sie nicht aus den Augen. Und, bei Gott, selbst nach einer langen, harten Nacht raubte sie ihm immer noch den Atem. Ihre Schönheit war legendär, etwas, über das seit Generationen voller Ehrfurcht gesprochen wurde, und es war offensichtlich, warum. Ihr Gesicht bestand aus perfekten Schwüngen, ihre Haut war so zart und schimmernd wie eine Perle, ihre Lippen rosa und weich, und ihre Augen hatten die Farbe von Kornblumen. Dann waren da noch die blonden Haare, die ihr bis über die Schultern reichten, und, ja, diese Figur, die aus Männersicht einfach nur umwerfend war – und die einen nicht wieder aufstehen ließ.

Immer wieder staunte er darüber, dass sie mit ihm zusammen war. Ausgerechnet mit ihm. Einem Kerl aus Southie, mit angeknackstem Schneidezahn, mieser Vergangenheit und einer ganzen Latte an Süchten, die er erst in den Griff bekommen hatte, als er sie kennenlernte.

Von dem ganzen Omega-Scheiß mal ganz abgesehen.

Und trotzdem liebte ihn seine *Shellan* aus irgendwelchen unerfindlichen Gründen.

»Du redest nicht mit mir«, flüsterte er und strich ihre Haare zurück, damit er ihren Nacken massieren konnte, ihre verkrampften Schultern, ihre angespannten Arme. »Du weißt doch, dass ich es hasse, wenn ich nicht weiß, was los ist.«

Aus dem Speisesaal drang Lachen herüber. Marissa schmiegte sich an ihn, wodurch ihre Hüften mit gewissen Spaßregionen in Berührung kamen.

Prompt ließ seine Erektion nicht lange auf sich warten. Hinter dem Reißverschluss seiner Lederhose wurde sein Schwanz dick und lang.

Sie schlang ihm die Arme um den Hals, beugte sich vor und drückte ihre Brüste an seinen Oberkörper. »Hast du keinen Hunger?«

Mit einem kehligen Knurren griff er nach ihrem Hinterteil. Eine Handvoll auf jeder Seite, mehr nicht, so fest wie bei einer Turnerin – oh Gott, jetzt fing er an zu schwitzen.

Trotzdem schüttelte er den Kopf. »Keine Chance. Du wirst mich nicht ablenken.«

Ehe er sich's versah, öffnete Marissa den Mund und entblößte ihre Fänge. Dicht an ihn gedrängt fuhr sie mit einem der Eckzähne über seine Unterlippe. Das Gefühl, wie die scharfe Spitze über seine Haut strich, ließ ihn aufstöhnen.

»Du klingst, als würdest du etwas brauchen«, flüsterte sie dicht an seinem Mund. »Möchtest du mir sagen, was es ist?« Mit ihrer Zunge bahnte sie sich einen Weg zwischen seinen Lippen hindurch. »Was ist es, Butch? Sag mir, was du brauchst …«

»Dich«, stöhnte er. »Ich brauche dich.«

Nach seiner Transition, als sein Körper dermaßen viel Muskelmasse aufgebaut hatte und er zu diesem stämmigen Kraftpaket geworden war, hatte er sich nach und nach an die physische Stärke gewöhnt – genau wie an diese enorme Schwäche, wenn es um seine Frau und Sex ging. Damals, als er noch ganz Mensch war, hatte er auch dann und wann Frauen gebraucht, doch das war nichts im Vergleich zur tosenden Lust, die Marissa im null Komma nichts in ihm wecken konnte. Ein Blick, eine Berührung … ein Satz, oder zwei … manchmal genügte schon ihr frischer Duft, der an das Meer erinnerte.

*Bumm!* Als hätte jemand sein Gehirn in die Luft gesprengt.

*»Marissa …«*

Sie rieb ihre Lenden kreisend an seiner Erektion, und dann trat sie einen Schritt zurück. »Komm her.«

Sie hätte ihm alles befehlen können – »Mach einen Kopfstand, rasiere dir die Augenbrauen ab, reiß dir den Arm aus« –, er hätte es augenblicklich befolgt. Ihr gehorchen? Mit der Aussicht, ihr einen Orgasmus zu verschaffen oder auch sechs?

*Ja, bitte, danke, Ma'am, wie kann ich Ihnen dienen?*

Marissa führte ihn hinter die Bar und drückte ihn gegen die Regale mit den Schnapsflaschen. Ihre flinken Hände wanderten zu seinem Hosenladen. Der Herrgott möge ihm beistehen! Butch packte die Kante der marmornen Tresenplatte, während er zusah, wie sie einen Knopf nach dem anderen öffnete und die Spitze seiner Erektion ins Freie drängte, je weiter sie kam.

Dann packte sie ihn.

»Fuuuuck …« Am liebsten hätte er den Kopf in den Nacken geworfen, aber er wollte sie sehen.

Sein ganzer Körper schwankte, als sie seinen Schaft bearbeitete.

»Siehst du mir gerne zu, wenn ich das mache?« Mit köstlicher Langsamkeit fuhr sie auf und ab. »Sag schon, Butch!«

»Ja«, flüsterte er gedehnt. »Ich mag … deine Hände … auf mir sehen …«

»Und was ist mit meinem Mund?«

Seine Eier zogen sich zusammen, und ein Orgasmus schoss in die Spitze seines Gliedes, bereit zu explodieren. Das war noch, bevor sie vor ihm auf die Knie ging und hinter dem Sichtschutz der Barverkleidung verschwand.

Er würde nicht lange durchhalten, aber fuck noch mal, er wollte dieses Gefühl, dieses warme, feuchte Ziehen, wenn auch nur für eine Sekunde. Hinschauen durfte er aber nicht. Er musste die Augen fest zusammenkneifen. Wenn er sie dort sah, den Mund weit geöffnet, während ihre Haare über seine in Leder gehüllten Schenkel fielen, wie sie mit ihren blauen Augen zu ihm aufblickte, als genieße sie seinen Geschmack …

Was natürlich nicht stimmen konnte. Aber gegen diese eine Illusion würde er sicher nicht rebellieren.

Ihr Name vibrierte in seiner Kehle, weil dieses saugende Gefühl genau das war, was er sich ersehnt hatte, so schlüpfrig und weich, so heiß, dass sich seine Lider flatternd öffneten. Da sein Kopf in diese Richtung geneigt war, erhaschte er einen kurzen Blick auf die Ledersofas, den Pool-Tisch und den Bogendurchgang ins Foyer. Wenn jetzt irgendjemand hereinkommen sollte – was in Anbetracht des Letzten Mahls unwahrscheinlich war –, würde man nur ihn mit seiner Pornovisage sehen. Marissa war hinter dem langen, hohen Tresen der Bar verborgen. Und was noch besser war: Sein Bindungsduft wehte bis ganz weit dort hinaus, die dunkle Gewürznote heftig genug, als Warnung zu dienen, dass hier etwas abging, wobei keine Störung erwünscht war.

Marissa massierte seinen Schaft samt der pochenden Spitze mit ihrem Mund und bearbeitete ihn, wie er es liebte. Butch schloss wieder die Augen und zwang sich, an Football zu denken … daran, was wohl im Speisesaal aufgetischt wurde … ob Lassiter sie wieder zwingen würde, *Der Bachelor* zu schauen oder ob es eine dieser bescheuerten Kochsendungen von Rachael Ray mit ihrem ach so speziellen kalt gepressten Olivenöl sein würde.

Das Bild dieser rechthaberischen kleinen Köchin funktionierte als Filter am besten, um einen Teil der Empfindungen zu blockieren, zumindest so weit, dass er nicht auf seine *Shellan* abspritzte.

Um genau zu sein, funktionierte seine Angst vor diesem Ausgang sogar noch besser.

Verflucht, der Horror, den er verspüren würde, wenn er je in ihrem Mund kommen würde oder, o Gott, über ihr Gesicht …

Nein, nein, das würde nicht passieren.

Er löste seine Umklammerung von der Tresenplatte und drückte sanft gegen Marissas Schulter. »Aufhören …«, stammelte er. »Du musst jetzt aufhören.«

Die Empfindungen unter seiner Gürtellinie wurden so heftig wie eine Detonation. Trotz gedanklicher Ablenkung und seiner Sorge würden sie ihn demnächst überwältigen und unter riesigen Wellen der Ekstase begraben.

Mit zusammengebissenen Zähnen verzog er das Gesicht. »Du musst aufhören … musst jetzt …«

Im allerletzten Moment schob er ihren Kopf weg, während seine Hüfte zur Seite zuckte und er über die Schränke abspritzte, in denen die großen Schachteln Pepperidge Farm Goldfish Cracker aufbewahrt wurden. Als er kam, sträubte sich Marissa gegen seinen Griff, als wollte sie seine Erektion zurückhaben, doch er ließ sie erst los, als seine Lenden aufgehört hatten zu zucken und er in sich zusammenfiel.

»Du solltest mich fertig machen lassen«, sagte sie leise. »Ich darf dich nie bis zum Schluss befriedigen.«

Butch konzentrierte sich wieder auf seine Frau und zog sie zu sich hoch, wobei sein immer noch harter Schwanz gegen ihre Brüste, ihren Bauch, ihre Oberschenkel stieß.

Das Geräusch der Türglocke in der Vorhalle ließ sie beide den Kopf herumdrehen, und Butch fluchte leise. Verdammt, wie hatte er das in einem dermaßen öffentlichen Raum zulassen können? Blind vor Lust hatte er es für eine gute Idee gehalten, aber das hier war kein Ort, an dem eine Lady wie Marissa einer Lusche wie ihm einen blasen sollte, selbst wenn sie ein Paar waren.

Rasch strich Butch Marissas Haare glatt und knöpfte dann seine Hose zu. »Wir müssen das nach Hause verlagern.«

»Hat aber irgendwie Spaß gemacht.«

»Nein.«

Als Fritz Xhex und Trez in die Eingangshalle führte, kehrte Butch ruckartig zurück in die Realität.

»… schuldet mir was«, hörte er Xhex beim Eintreten sagen.

»Und wie ich das tue!«, rief Butch ihr zu. »Kannst du einlösen, wann immer du willst.«

Xhex winkte ihm zu und zeigte dann mit dem Finger auf ihn. »Ich nehm dich beim Wort.«

»Das will ich hoffen.«

Butch musste lächeln, doch dann richtete er seine Aufmerksamkeit wieder auf seine *Shellan.* »Lass mich dich nähren. Und dich dann in unserem Bett ausziehen.«

»Einverstanden.« Sie küsste ihn, bevor sie sich daranmachen wollte, seine Spuren wegzuputzen.

»Nein.« Butch hielt ihre Hände fest, die schon nach den Papiertüchern griffen. »Das ist mein Job.«

Als er sie aus dem Weg schob, spürte er, wie sie ihn ansah, aber er ignorierte es. Da, wo er herkam, gab es zwei Arten von Frauen, und seine Partnerin gehörte der Kategorie an, die man verehrte.

Niemand wusste das besser als er. Schließlich hatte er mehr als genug Schlampen gehabt.

Es kam für ihn absolut nicht infrage, Marissa respektlos zu behandeln. Das wäre so, als würde man eine Kirche niederbrennen, die Mona Lisa mit einem Messer zerschneiden oder mit einem 918er grundlos über eine Klippe rasen.

Also, nein, sie würde die Sauerei, die er angerichtet hatte, nicht wegwischen.

Marissa hatte Wichtigeres zu tun.

Als Butch darauf bestand, selbst mit den Papierhandtüchern ans Werk zu gehen, trat sie kopfschüttelnd beiseite. Sie hatte seine Eigenheiten in Sachen Sex nie verstanden, aber sie akzeptierte sie. Was sollte sie auch sonst tun? Er weigerte sich, mit ihr darüber zu reden – wann immer sie davon anfing, dass er ihren Mund wegschob, sobald er kurz vor dem Höhepunkt war, schnitt er ihr das Wort ab.

Außerdem waren diese alten Geschichten zwischen ihnen beiden gerade nicht ihr größtes Problem.

Das Leben der schwer verletzten Vampirin hing nach der Operation am seidenen Faden, und Marissa war nur deshalb nach Hause gekommen, weil man nichts tun konnte, als vor dem Zimmer auf der Intensivstation zu sitzen und auf die Nachricht zu warten, dass ihre Organe versagt hatten. Oder wieder eigenständig arbeiteten. Die Operation hatte so kompliziert geklungen, als die Krankenschwester ihr den Eingriff erklärt hatte, und doch hatte es gerade mal eine Stunde gedauert, um die inneren Verletzungen zu behandeln und ihr die Milz zu entfernen.

Leider hatte sie zu viel Blut verloren, und selbst nachdem Havers sie genährt hatte, war sie immer noch nicht stabil.

Als ihr Bruder aus dem OP gekommen war, hatte er Marissa direkt in die Augen gesehen und ihr versichert, dass er sein Möglichstes getan habe.

Unabhängig von ihren persönlichen Differenzen hatte sie ihm geglaubt.

Besonders traurig an diesem tragischen Fall war, dass sie immer noch keinen Namen hatten, und es hatte offenbar auch niemand nach ihr gesucht. Abalone, der oberste Berater des Königs, hatte auf Marissas Bitte hin den E-Mail-Eingang des Audienzhauses und den Anrufbeantworter überprüft. In der Klinik und im Refugium hatte es ebenfalls keine Anfragen gegeben.

Das Mädchen war quasi ein Geist … kurz davor, tatsächlich einer zu werden.

»Wollen wir?« Butch reichte ihr seinen Arm.

Marissa schüttelte die trüben Gedanken ab und lächelte ihren *Hellren* an. »Ja, gerne.«

An seiner Seite ging sie hinaus in den Eingangsbereich und von dort aus in den Speisesaal. Nach der Zweisamkeit von gerade eben wirkte das Geplapper, Lachen und geschäftige Treiben, als wären sie in einer anderen gesellschaftlichen Zeitzone gelandet. Sie fühlte sich beinahe ein wenig überwältigt. Der Saal war fast bis auf den letzten Platz besetzt. Trotz der hohen bemalten Decke und einer Grundfläche, die einer Bowlinganlage alle Ehre gemacht hätte, herrschte in dem Raum mit seiner zwölf Meter langen Tafel, an der sich die Brüder, ihre *Shellans* sowie die anderen Kämpfer und Mitglieder des Haushalts versammelt hatten, ein munteres Gedränge.

Ganz am anderen Ende warteten zwei freie Stühle, auf die sie nun zusteuerten.

Nachdem Butch neben ihr Platz genommen hatte, beugte er sich zu ihr und küsste sie auf den Mund. »Iss schnell.«

»Worauf du dich verlassen kannst«, erwiderte sie, obwohl sie keinen Hunger hatte.

Und auch wenn sie es nur ungern zugab, sie hatte es nicht wirklich eilig, in die Höhle zurückzukehren. In Wirklichkeit hatte sie ihn deshalb verführt, weil sie wusste, dass es die einzige Möglichkeit war, ihren Partner von seiner Sorge um sie abzulenken.

Als ein *Doggen* ihr ein Filet mignon brachte, schob Marissa das Essen auf dem Teller hin und her, schnitt das Fleisch klein, ohne es zu probieren, matschte im Kartoffelbrei herum und verteilte die leuchtend grünen Erbsen. Dann lehnte sie sich mit ihrem Glas Cabernet Sauvignon zurück und beobachtete die anderen, lauschte den Geschichten.

»… soll ich tun?«

Sie richtete ihre Aufmerksamkeit auf Butch, der sich um John Matthew herumbeugte, um Xhex diese Frage zu stellen.

Die Kämpferin lachte. »Du solltest mich fürchten.«

»Jeder, der das nicht tut, ist ein Idiot.«

»Was für nette Sachen du sagst. Und ich habe keine

Eile, meinen Gefallen einzufordern. Es ist immer gut, wenn einem ein Vampir wie du etwas schuldig ist.«

Aus unerklärlichen Gründen fiel Marissa auf, wie durchtrainiert Xhex' Körper war, wie sich ihr muskulöser Rumpf und die Schultern unter ihrem hautengen Shirt abzeichneten, das sie in die schwarze Lederhose gesteckt hatte. Mit den dunklen, kurz geschnittenen Haaren und ihren stahlgrauen Augen war sie eine beeindruckende Erscheinung.

Marissa selbst trug ihre übliche Bürokleidung aus Stoffhose und Internatslehrerinnenbluse.

Als Butch die Hand zum High five erhob, schlug Xhex so kräftig ein, dass das Klatschen trotz des Hintergrundlärms im Raum widerhallte.

»Genau davon rede ich«, meinte Butch und ließ sich in seinen Stuhl zurücksinken. »Unglaublich.«

»Was denn?«, erkundigte sich Marisa.

»Xhex war … nein, um genau zu sein, zuerst war *ich* in dieser Straße … ach, ich muss noch weiter ausholen …« Er fuchtelte mit der Hand durch die Luft. »Um ehrlich zu sein, ist es zu kompliziert zu erklären. Ich stand jedenfalls mit heruntergelassener Hose mit zwei *Lessern* da, und Xhex hatte J.M.s Handy bei sich, als ich Verstärkung angefordert habe. Sie war sofort da und …« Butch brach ab und schüttelte den Kopf. »Wie dem auch sei.«

Marissa wartete darauf, dass er weitererzählen würde. »Wie dem auch sei …? Was ist passiert?«

Butch räusperte sich und nahm einen Schluck Lagavulin. »Ist nicht wichtig. Bloß so Kram halt, du weißt schon.«

»Du warst in Schwierigkeiten, stimmt's?«

Er nippte wieder an seinem Whisky. »Ist alles gut gegangen.«

»Dank Xhex.«

»Du hast ja gar nichts gegessen.«

Sie blickte auf ihren Teller. »Ach so, ja. Ich habe vorhin im Refugium noch was zu mir genommen.«

Beide schwiegen.

Als die gegenseitigen Neckereien unter den Brüdern zunahmen, spürte Marissa, wie sie sich innerlich distanzierte, sich hinter einen unsichtbaren Schirm zurückzog, der die Geräusche und Sinneseindrücke dämpfte.

»Bist du bereit zum Gehen?«, fragte Butch etwas später, als die Ersten aufstanden, um den Tisch zu verlassen.

»Klar. Ja. Danke.«

Auf dem Weg nach draußen blieb Butch stehen, um etwas mit V zu besprechen. Die beiden steckten murmelnd die Köpfe zusammen. In der Zwischenzeit verließ auch Xhex den Tisch, zusammen mit ihrem Partner John Matthew, der die Hand über ihren knackigen Hintern wandern ließ, hineinkniff und sie dann an sich zog. Er hatte nur Augen für seine Gefährtin, und sein Kriegerkörper musste ganz offensichtlich dringend Dampf ablassen.

Als Antwort stieß Xhex ein Knurren aus und sah John tief in die Augen, während sie ihre Fänge entblößte – wie eine Löwin, die sich auf eine Marathonrunde Sex vorbereitet.

Es sah aus, als wollte auch sie mit ihrem *Hellren* angestauten Druck abbauen.

»Dann geht das mit morgen klar, ja?« V streckte Butch die Hand hin.

»Abgemacht.« Butch schlug ein, und die beiden senkten wieder die Stimme, sodass Marissa nur einen Teil der Unterhaltung mitbekam. »Ja. Stimmt. M-hm. Dann sehen wir uns in der Höhle?«

»Worauf du dich verlassen kannst.«

Butch drückte Vishous' kräftige Schulter, bevor er sich wieder Marissa zuwandte. »Wollen wir?«

»Ja, natürlich.«

Als sie sich mit ihm zum Gehen wandte, stellte sie fest, dass sie immer noch ihr Weinglas in der Hand hielt. »Warte, ich stell das kurz ab.«

Gegen den Strom schwimmend, lächelte sie Autumn und Tohr an, nickte Payne und Manny zu und winkte Bella und Nalla auf der anderen Seite. Als sie sich über ihren immer noch vollen, aber ziemlich verwüsteten Teller beugte, um ihr Glas an seinen Platz zurückzustellen, wünschte sie sich, Fritz und das Personal würden zulassen, dass ihnen jemand beim Abräumen half.

Sie drehte sich wieder um und hielt inne.

Butch stand breitbeinig im Durchgang, die Stirn gerunzelt. Das war an sich nicht ungewöhnlich. Er hatte jedoch das große Goldkreuz, das er immer trug, unter seinem Hemd herausgezogen und spielte daran herum, wobei er die dicke Kette um seine Finger wickelte.

Ein seltsames Gefühl der Vorahnung überkam sie.

»Marissa?«

Sie zuckte zusammen und lächelte Bella an. »Hallo. Ich habe euch beide vorhin schon beobachtet. Na, bist du ein süßer Fratz?« Sie streichelte Nallas Wange. »Ja, das bist du wirklich.«

»Sie wird inzwischen zu schwer, um herumgetragen zu werden.« Bella beugte sich hinunter, um die Kleine auf ihre inzwischen recht stabilen Beine zu stellen. »Und ich werde Joggingschuhe kaufen müssen.«

»Für sie oder für dich?«

Nalla spurtete los, doch ihr Vater war ihr dicht auf den kleinen Fersen. Obwohl er mit seinem vernarbten Gesicht, den raspelkurzen Haaren und den Sklaventattoos eher wie ein Monster wirkte, kicherte Nalla beglückt und drehte sich immer wieder lächelnd zu ihrem Daddy um, während sie rannte und rannte, rund um den Tisch und zwischen den *Doggen* hindurch, die mit Abräumen beschäftigt waren.

»Am besten für uns beide.« Bella lächelte. »Hör zu, ich wollte dich was fragen. Ich hab das Gerücht gehört, dass du den Vorsitz für den Ball des Zwölfmonatsfestivals übernimmst.«

*»Wie bitte?«*

Bella runzelte die Stirn. »Moment, ich dachte … hab ich da was falsch verstanden?«

»Nein, alles bestens.« Na toll. »Was wolltest du sagen?«

»Ich wollte nur anbieten, dass ich dich gerne bei allem unterstütze. Es hat mich überrascht, dass du das übernimmst, aber ich verstehe schon, weshalb. Wir brauchen … ich weiß auch nicht, ich glaube, es ist an der Zeit, ein paar Traditionen wieder einzuführen. Viele davon haben nicht funktioniert, aber die Festivals sind wichtig …«

Ein unglückliches Heulen tönte durch den inzwischen leeren Saal. Nalla war ausgerutscht, aber gerade noch rechtzeitig von ihrem Vater aufgefangen worden.

»Mist, ich muss los«, meinte Bella. »Sie hat Wachstumsschmerzen. Das waren ganz schön lange Tage, kann ich dir sagen. Vergiss nicht, ich bin für dich da, okay?«

Bella flitzte hinter ihrer Familie her und streckte den Arm nach Nalla aus, die ihrerseits nach ihrer *Mahmen* griff. Mit der anderen Hand hielt sie sich an ihrem Dad fest, sodass die drei eine Einheit bildeten.

Ja, dachte Marissa. Wachstumsschmerzen waren eine schwierige Zeit, zumindest hatte sie das gehört. Aus irgendeinem Grund kämpften junge Vampire mit Phasen rasanten Wachstums im Vergleich zur langsamen, gleichmäßigen Entwicklung, die Menschenkinder bis zum Erwachsenenalter durchmachten.

Noch so eine tolle Besonderheit ihrer Spezies.

Genau wie die Festivals.

Auf dem Weg zurück zu Butch massierte Marissa ihre Schläfen. »Puh, mein Kopf tut weh.«

»Oje«, meinte er. »Dann sollten wir dich schleunigst ins Bett packen.«

»Gute Idee. Ich glaube, ich brauche dringend Schlaf.«

»Ja, du siehst müde aus.«

»Bin ich auch.«

So endete dann ihr Abend: Zehn Minuten später lag sie im Bett, die Augen geschlossen, während die Bilder der vergangenen Stunden wie Stroboskoplichter durch ihren Kopf blitzten.

Butch hingegen ging hinaus ins Wohnzimmer der Höhle.

Allein.

# 4

Am darauffolgenden Abend fuhr Paradise mit dem Bus zur Schule.

Sozusagen.

Um genau zu sein, gab es zwei »Busse«, in die jeweils ungefähr dreißig Leute passten, und die Ähnlichkeit mit den typischen gelben Menschentransportern endete beim gemeinsamen Namen auch schon. Die Fahrzeuge, mit denen die Bruderschaft die Kandidaten fürs Trainingszentrum abholen ließ, glichen eher denen aus *White House Down:* innen und außen komplett schwarz, mit dicken abgedunkelten, vermutlich kugelsicheren Scheiben, Reifen wie die von Schneepflügen und einem Kühlergrill, der Paradise an einen Tyrannosaurus Rex erinnerte.

Wie alle anderen auch hatte sie sich zu einer unbebauten Lichtung westlich der Vororte von Caldwell dematerialisiert. Ihr Vater hatte sie begleiten wollen, doch es erschien ihr wichtig, von Anfang an eine klare Linie zu verfolgen. Das hier war allein ihr Ding. Sie wollte sich nicht von den anderen unterscheiden, und von denen würde sicher niemand einen Anstandswauwau mitbringen.

Vor allem keinen Aufpasser, der zufällig noch der oberste Berater des Königs war.

Es hatte sie schon überrascht, sechzig Personen anzutreffen, die sie nicht kannte. Andererseits war aus den Bewerbungsunterlagen eindeutig hervorgegangen, dass jeder am Programm teilnehmen durfte, daher waren eine Menge Zivilisten dabei. Genau genommen sah es aus, als handelte es sich ausschließlich um Zivilisten, und das Männer-Frauen-Verhältnis betrug ungefähr zehn zu eins.

Aber wenigstens war das weibliche Geschlecht überhaupt zugelassen.

Paradise veränderte ihre Sitzposition und achtete darauf, dass ihr Ellbogen dem Vampir neben ihr nicht in die Quere kam. Seit einer kurzen Begrüßung – er hieß Axe – hatten sie kein Wort gewechselt, und sein brütendes Schweigen passte voll und ganz zu seinem Äußeren: Mit seinen schwarzen stacheligen Haaren, den schwarzen Piercings auf der einen Gesichtshälfte und der unheimlichen Tätowierung, die sich seitlich an seinem Hals hinaufzog, wirkte der Vampir wie der Inbegriff eines Killers.

Wenn ihr Vater wüsste, dass sie direkt neben einem solchen Exemplar saß, müsste man Abalone vermutlich wiederbeleben.

Genau deshalb wollte sie dieses Programm absolvieren. Es war an der Zeit, die Fesseln ihres Standes zu sprengen und Schluss mit diesem Gewächshauspflänzchengetue zu machen. Wenn die Arbeit im Umfeld des Königs sie eines gelehrt hatte, dann, dass sich tragische Ereignisse nicht darum scherten, welcher Klasse man angehörte, dass der Gerechtigkeit immer Genüge getan werden konnte und dass niemand das Leben lebendig überstand.

»Dann willst du das jetzt also wirklich durchziehen.«

Paradise blickte in das schwarze Glas der Fensterscheibe neben ihr. In der spiegelgleichen Oberfläche sah *Princeps* Peyton, erster Sohn von Peythone, genau so aus, wie sie ihn in Erinnerung hatte: klassisch attraktiv, mit stechend blauen Augen, das dichte blonde Haar aus der Stirn gestrichen. Er trug seine typische randlose, saphirblau getönte Sonnenbrille, vermutlich um zu verbergen, dass er high war, und seine Klamotten, die aussahen, als käme er gerade von einer Jacht, waren ihm auf den muskulösen Körper geschneidert worden. Mit seiner aristokratischen Reibeisenstimme und einem Gehirn, das offenbar all dem THC standhalten konnte, wurde er als einer der begehrtesten Junggesellen der *Glymera* gehandelt, halb der Große Gatsby, halb Jack Sparrow.

Beim Einatmen roch sie sein Rasierwasser und einen Hauch von Rauch.

»Hey, Peyton, wie geht's?«, murmelte sie.

»Wenn du an dein verdammtes Handy gehen würdest, wüsstest du's.«

Paradise verdrehte die Augen. Sie beide waren zwar immer bloß Freunde gewesen, aber generell konnten Frauen diesem Idioten absolut nicht widerstehen. Und eines seiner vielen Probleme bestand darin, dass er sich dessen voll bewusst war.

»Hallo?«, hakte er nach.

Paradise drehte sich zu ihm um. »Ich hab dir einfach nicht besonders viel zu sagen. Was dich, nachdem du mich quasi auf ein Paar Eierstöcke reduziert hast, nicht wirklich überraschen sollte. Sehr viel mehr habe ich schließlich nicht zu bieten, stimmt's?«

»Würdest du uns bitte entschuldigen?«, wandte sich Peyton an den Vampir neben ihr.

»Verdammt gerne.« Axe, der harte Typ, verließ so fluchtartig seinen Sitz, als säße neben ihm eine Stinkbombe. Oder eine quietschende Vampirin im rosa Fummel und mit Schleifchen im Haar.

Peyton nahm seinen Platz ein. »Ich hab mich doch entschuldigt. Wenigstens bei deinem Handy. Was soll ich denn deiner Meinung nach noch tun?«

Paradise schüttelte den Kopf und dachte an jenes erste Jahr nach den Plünderungen. So viele ihrer Art waren während der schrecklichen Überfälle von der Gesellschaft der *Lesser* getötet worden, und die, die das Glück hatten, zu überleben, hatten Caldwell verlassen und waren in sichere Häuser außerhalb der Stadt, außerhalb des Staates, außerhalb von Neuengland geflüchtet.

Peyton war mit seiner Familie nach Süden gegangen, Paradise mit ihrem Vater in den Westen. Und sie beide hatten zahllose schlaflose Tage am Telefon verbracht, einfach nur, um nicht den Verstand zu verlieren und irgendwie mit der Angst, der Trauer, dem Horror und dem Verlust klarzukommen. Im Lauf der Zeit war er für Paradise jemand geworden, mit dem sie nicht bloß einmal pro Nacht Kontakt aufnahm, sondern während der endlosen Vierundzwanzig-Stunden-Zyklen von Tagen, Wochen, Monaten.

Er war zu ihrer Familie geworden.

Wenn die Zeiten auch nur annähernd normal gewesen wären, wären sie natürlich nie so vertraut gewesen – vor allem nicht, wenn der Kontakt von Angesicht zu Angesicht stattgefunden hätte. Als ungebundene Vampirin aus einer Gründungsfamilie wäre ihr niemals erlaubt worden, sich ohne Aufpasser mit einem ungebundenen Vampir zu verbrüdern.

»Weißt du noch, die vielen Stunden, die wir miteinander telefoniert haben?«, fragte sie.

»Na klar.«

»Ich hatte immer das Gefühl, dass du hinter mir stehst. Du hast mich nicht verurteilt, wenn ich Angst hatte oder schwach oder nervös war. Du warst einfach … diese Stimme am anderen Ende der Leitung, die mir geholfen hat, nicht den Verstand zu verlieren. Manchmal warst du der einzige Grund, weshalb ich bis zum Einbruch der Dunkelheit durchgehalten habe.« Sie schüttelte den Kopf. »Dann kommt das hier, und du haust mir diesen ganzen *Glymera*-Bullshit um die Ohren.«

»Halt, Moment mal!«

»Doch, das hast du. Du hast mich ausgelacht und behauptet, ich würde das niemals schaffen.« Sie hielt ihm den Mund zu, um ihn am Reden zu hindern. »Sei einfach still, okay? Ich will das jetzt loswerden. Gut, dann falle ich eben auf die Schnauze, aber ich darf hier in diesem Bus sitzen, und ich habe dieselbe Chance wie alle anderen auch. Ausgerechnet du, der du dich über jede Einzelne der affigen High-Society-Vampirinnen lustig gemacht hast, mit der deine Familie dich verkuppeln wollte, der mir erzählt hat, dass er die Festivals bescheuert findet, der die Berufserwartungen seines Vaters nicht erfüllt – du, bist wirklich der *Letzte,* von dem ich erwartet hätte, dass er mir mit so altmodischem Blödsinn kommt.«

Peyton ließ sich nach hinten fallen und sah sie durch seine blau getönten Brillengläser an. »Bist du jetzt fertig? Ist deine kleine Ansprache beendet?«

»Nur dass du's weißt, Klugscheißerei wird dir hier bestimmt total weiterhelfen.«

»Ich will bloß wissen, ob du diese feministische Kacke mal beiseitelassen und mir richtig zuhören kannst.«

»Willst du mich verarschen?«

»Du hast mir keine einzige Gelegenheit gegeben, zu erklären, was ich meine. Du bist viel zu sehr damit beschäftigt, meine Sichtweise mit diesem ganzen Verbrennt-eure-BHs-Scheiß zu füllen. Warum lässt du dein Gegenüber überhaupt an der Unterhaltung teilhaben, wenn du dir so in deiner überlegenen Emanzenrolle gefällst? Ich hab immer geglaubt, so bist du nicht.«

Willkommen in einer Parallelwelt, dachte Paradise.

Wütend fuhr sie ihn an: »Und ich dachte, du bist bloß drogensüchtig. Mir war nicht klar, dass du noch dazu ein Frauenhasser bist.«

Peyton schüttelte den Kopf und stand auf. »Weißt du

was, Parry? Du und ich, wir brauchen wirklich ein bisschen Abstand.«

»Ganz deiner Meinung.«

Er sah sie von oben herab an. »Wie bescheuert von mir zu denken, du könntest in alledem einen Freund brauchen.«

»Jemand, der will, dass man versagt, ist kein Freund.«

»Das habe ich nicht behauptet. Niemals.«

Als er sich umdrehte, hätte Paradise ihm beinahe noch etwas hinterhergerufen, aber sie ließ es bleiben. Das Gerede brachte sie keinen Schritt weiter. Stattdessen hatte es einen anderen Effekt: So ziemlich alle im Bus starrten sie beide an.

Mann, das war echt ein *toller* Start.

Eine Stunde nach Einbruch der Dunkelheit dematerialisierte sich Marissa in ein dichtes Waldstück jenseits des Hudson River. Der kalte Wind, der durch die Kiefern fegte, ließ sie frösteln, und sie zog ihren Burberry-Wollmantel enger um den Körper. Beim Einatmen kribbelten ihre Nebenhöhlen, so angenehm trocken und fantastisch frisch war die Luft, die das kanadische Tiefdruckgebiet aus dem Norden herbeiwehte.

Als sie sich umschaute, kam ihr der Gedanke, dass der November etwas Totes an sich hatte. Die bunten Herbstblätter lagen verwelkt am Boden, das Gras war vertrocknet und grau, und noch überzog kein schein-fröhlicher Schnee alles mit einer weißen Decke.

Das hier war der trostlose Übergang von einer Herrlichkeit zur anderen.

Es war kalt und leer.

Sie drehte sich um und richtete ihren Blick auf einen unscheinbaren Betonbau in etwa fünfzig Metern Entfernung. Einstöckig, ohne Fenster, aber mit einer dunkelblauen Tür, wirkte er wie ein Gebäude, das die Stadt Caldwell zur Wasseraufbereitung errichtet und dann vergessen hatte.

Als Marissa einen Schritt darauf zuging, zerbrach ein Zweig unter ihrem Schuh. Das Knacken ließ sie erstarren, und sie sah sich hektisch um, ob ihr auch wirklich niemand folgte. Verdammt, sie hätte Butch sagen sollen, wo sie hin wollte. Er war jedoch so mit den Vorbereitungen für den Einführungstag der neuen Rekruten beschäftigt gewesen, dass sie ihn nicht hatte belästigen wollen.

Nicht so schlimm, redete sie sich ein. Es gab immer noch das Letzte Mahl.

Da würde sie mit ihm reden.

Auf dem Weg zu dieser Tür fingen ihre Hände in den Handschuhen an zu schwitzen, und ihr wurde so eng in der Brust, dass sie sich vorkam wie in einem Korsett.

Lieber Himmel, wie lange war es her, seit sie das letzte Mal so ein Teil getragen hatte?

Beim Versuch nachzurechnen musste sie an ihr Leben vor Butch denken. Sie hatte den ganzen Status besessen, aber keine der Positionen, die sich jemand von der *Glymera* hätte wünschen können. Als verschmähte Angetraute von Wrath, Sohn des Wrath, war sie ein abschreckendes Beispiel gewesen, ein wunderschöner Fluch, eine Vampirin, die man bedauert hatte und der man bei den Veranstaltungen des Adels und den Festen aus dem Weg gegangen war.

Ihr Bruder hatte jedoch stets über sie gewacht, eine meist stumme und doch loyale Quelle des Trostes. Er hatte es gehasst, dass Wrath sie ignorierte, außer wenn er sie brauchte, um sich zu nähren. Und letzten Endes hatte dieser Hass ihren Bruder zu seinem Anschlag auf den König getrieben.

Einer von vielen Angriffen auf Wraths Leben, wie sich herausgestellt hatte.

Leidend hatte sie sich durch ihr unglückliches Schicksal geschleppt, hatte keine Erwartungen mehr gehabt und sich doch nach einem richtigen Leben gesehnt ... Dann traf sie eines Nachts in Darius' früherem Haus Butch. Ihre Bestimmung hatte sich für alle Zeiten geändert, als sie ihn, damals noch Mensch, im Salon hatte stehen sehen, und das Schicksal schenkte ihr die Liebe, die sie stets gesucht, aber nie gefunden hatte. Das alles war natürlich nicht ohne Konsequenzen geblieben. Vielleicht lag es mit am Gebot des Gleichgewichts der Heiligen Jungfrau der Schrift, dass all das Gute auch seinen Preis gefordert hatte: Ihr Bruder hatte sie eines Morgens kurz vor Tagesanbruch aus dem Haus geworfen und aus seinem Leben verbannt.

Genau das geschah eben, wenn man sich als Tochter einer Gründungsfamilie mit jemandem einließ, der scheinbar bloß ein Mensch war.

Wie sich natürlich herausstellte, war Butch noch viel mehr, doch ihr Bruder hatte nicht lange genug durchgehalten, um all das zu erfahren – und Marissa war es egal gewesen. Sie hätte ihn so oder so zum Gefährten gewollt.

Abgesehen von zufälligen Begegnungen bei Ratstreffen hatte sie ihren Bruder Havers seither nicht mehr wirklich gesehen.

Bis letzte Nacht.

Schon seltsam, sie hatte nie mehr an das gedacht, was sie einst besessen hatte, wo sie gewesen war, wie sie gelebt hatte. Sie hatte sich von allem gelöst, was mit der Zeit vor ihrem *Hellren* zu tun hatte, und lebte nur in der Gegenwart und für die Zukunft.

Jetzt jedoch, als sie sich der neuen hochmodernen Klinik ihres Bruders näherte, wurde ihr klar, dass diese Sache mit dem sauberen Schnitt eine Illusion gewesen war. Nur weil man sich weiterentwickelte, bedeutete das nicht, dass man seine bisherige Geschichte wie getragene Kleidung ablegte.

Die Vergangenheit war wie eine Haut: Sie begleitete einen das ganze Leben lang, sowohl mit den sprichwörtlichen Schönheitsflecken … als auch den Narben.

Vor allem den Narben.

Also, wo war die Klingel? Die Anmeldung? Letzte Nacht waren sie mit dem Krankenwagen an einem anderen Eingang angekommen, aber Havers hatte ihr diese Adresse genannt, um sich heute hierher zu dematerialisieren.

»Haben Sie einen Termin beim Herrn Doktor?«, fragte eine körperlose weibliche Stimme über eine Sprechanlage.

Marissa zuckte zusammen, strich sich die Haare aus der Stirn und versuchte, die Überwachungskamera zu entdecken. »Äh … um genau zu sein, nein. Ich möchte eigentlich …«

»Schon in Ordnung. Treten Sie ein.«

Mit einem dumpfen Geräusch erschien an der Tür auf einmal ein Griff. Marissa drückte dagegen und betrat einen etwa sechs auf sechs Meter großen Raum. Mit den in die Decke eingelassenen Strahlern und den weiß gestrichenen Betonwänden glich er einer Gefängniszelle.

Sie ließ den Blick umherschweifen und fragte sich …

Der rote Laserstrahl war so breit gefächert wie eine Handfläche, aber so fein wie eine Haarsträhne, und sie bemerkte ihn nur aufgrund seiner Wärme, nicht weil er ihr sofort aufgefallen wäre. Gleichmäßig wanderte er von ihren Füßen bis zum Scheitel hinauf. Er entsprang einem dunklen Gehäuse in der rechten oberen Ecke, das mit Schrauben an der Decke befestigt war.

»Bitte gehen Sie weiter«, forderte die Frauenstimme sie durch einen weiteren versteckten Lautsprecher auf.

Bevor Marissa einwenden konnte, dass es keine Tür gab, teilte sich die Wand vor ihr und gab einen Aufzug frei, der sich geräuschlos öffnete.

»Raffiniert«, murmelte sie und trat hinein.

Die Fahrt in die Tiefe dauerte länger als ein Stockwerk, daher nahm sie an, dass die Anlage nicht einfach nur direkt unter der Erde lag.

Als der Aufzug schließlich mit einem federnden Hüpfer anhielt, öffneten sich wieder automatisch die Türen.

*Ganz schön reges Treiben,* dachte Marissa beim Aussteigen.

Überall Leute: Linker Hand saßen einige auf Stühlen um einen Flachbildfernseher herum, rechter Hand standen welche an der Anmeldung Schlange und dazwischen eilten andere in OP-Kitteln oder weißer Krankenpflegertracht geschäftig hin und her.

»Hallo! Haben Sie einen Termin?«

Marissa brauchte einen Moment, um zu begreifen, dass die Dame hinterm Empfangstresen mit ihr sprach. »Oh, Verzeihung, nein.« Sie ging hinüber und senkte die Stimme. »Ich bin quasi die Hüterin der Vampirin, die gestern Abend vom Refugium hierhergebracht wurde. Ich möchte nach ihr sehen.«

Die Dame schien augenblicklich zu erstarren. Dann musterte sie Marissa aufmerksam, ganz ähnlich wie der Laserstrahl oben im Erdgeschoss.

Marissa wusste genau, was ihr dabei durch den Kopf ging: Wraths verschmähte Angetraute, nun mit dem *Dhestroyer* liiert, und vor allem die Schwester vom Chef.

»Würden Sie bitte meinen Bruder wissen lassen, dass ich da bin?«

»Dessen bin ich mir bereits bewusst«, ertönte Havers' Stimme hinter ihr. »Ich hab dich auf der Überwachungskamera gesehen.«

Marissa schloss für den Bruchteil einer Sekunde die Augen. Dann drehte sie sich zu ihm um. »Wie geht es der Patientin?«

Er verneigte sich kurz. Was überraschend war. »Nicht gut. Ich bringe dich zu ihr.«

Während sie ihm in seinem weißen Kittel zu einer schweren Doppeltür folgte, war sie sich der vielen neugierigen Augenpaare ringsherum nur allzu bewusst.

Familientreffen waren ein großer Spaß. Vor allem in der Öffentlichkeit.

Nachdem Havers seine Karte durch ein Lesegerät gezogen hatte, öffneten sich die Metallflügel und gaben den Blick auf einen Behandlungstrakt frei, der so hypermodern und komplex wirkte, dass es sich Drehbuchautoren von Ärzteserien auch nicht besser hätten ausdenken können: Patientenzimmer voller medizinischer Gerätschaften reihten sich um einen zentralen Verwaltungsraum, der mit Pflegern, Computern und verschiedenem anderen Equipment ausgestattet war, während in drei Richtungen Flure abzweigten, die vermutlich zu speziellen Behandlungsräumlichkeiten führten.

Und ihr Bruder dirigierte das alles ganz allein.

Wenn sie ihn nicht so gut gekannt hätte, hätte sie große Ehrfurcht vor ihm empfunden.

»Das ist eine beeindruckende Einrichtung«, bemerkte sie im Gehen.

»Hat allein ein Jahr gedauert, alles zu planen, und die Bauphase noch länger.« Er räusperte sich. »Der König war sehr großzügig.«

Marissa warf ihm einen Seitenblick zu. »Wrath?« Als gäbe es noch einen anderen Herrscher! »Ich meine …«

»Ich leiste unserer Art einen wichtigen Dienst.«

Weitere Unterhaltung wurde ihr erspart, denn Havers blieb neben einem verglasten Zimmer stehen, dessen

Scheiben von innen komplett mit Vorhängen versehen waren.

»Du solltest dich wappnen.«

Marissa funkelte ihren Bruder an. »Du meinst, ich hätte noch nie das Ergebnis von Gewalt gesehen?«

Die Vorstellung, dass er sie zu diesem Zeitpunkt vor irgendetwas beschützen wollte, kam einer Beleidigung gleich.

Havers neigte etwas linkisch den Kopf. »Aber natürlich.«

Mit einer schwungvollen Bewegung öffnete er die Glastür und schob dann den hellgrünen Vorhang beiseite.

Bei dem Anblick, der sich Marissa bot, wurde ihr elend, und sie musste sich anstrengen, um nicht zu schwanken. An die junge Frau waren so viele Schläuche und Maschinen angeschlossen, dass es einer Szene aus einem Science-Fiction-Film glich, wo alle lebenswichtigen Funktionen von Automaten gesteuert wurden.

»Sie atmet wieder selbstständig«, erklärte Havers, während er einen der Apparate ablas. »Vor etwa fünf Stunden haben wir den Beatmungsschlauch entfernt.«

Marissa riss sich zusammen und zwang sich, näher ans Bett zu gehen. Havers hatte sie zu Recht gewarnt. Andererseits, was hatte sie erwartet? Sie hatte die Verletzungen schließlich mit eigenen Augen gesehen.

»Hat sie …« Marissa konzentrierte sich auf das misshandelte Gesicht der Frau. Die Prellungen hatten die Haut inzwischen noch mehr verfärbt, sodass sich große violette und rote Flecken über Wangen, Augen und Kiefer zogen. »Hat sich – äh, haben sich inzwischen irgendwelche Angehörigen gemeldet?«

»Nein. Und sie war noch nicht genug bei Bewusstsein, um uns ihren Namen zu sagen.«

Marissa trat ans Kopfende. Das leise Piepsen und Summen der Geräte schien sehr laut, und mit viel zu klarem Blick nahm sie zuerst den Infusionsbeutel mit seinem beständigen Tropfen, dann die braunen Locken auf dem weißen Kissen und die Struktur der blauen Überdecke wahr.

Überall Verbände. Und das waren nur Arme und Schultern, die sichtbar waren.

Die schmale, bleiche Hand der Vampirin lag schlaff neben ihrer Hüfte. Marissa griff danach und hielt sie fest. Zu kalt, dachte sie. Die Haut war zu kühl und hatte auch nicht die richtige Farbe: ein graues Weiß statt gesundem Goldbraun.

»Na, wachst du auf?«

Marissa war etwas irritiert über die Bemerkung ihres Bruders, bis sie bemerkte, dass sich die Augen der Patientin bewegten und die geschwollenen Lider zuckten.

Marissa beugte sich über sie und sprach beruhigend auf sie ein. »Du bist in Sicherheit. Du bist in der Klinik meines Bru… in der Klinik. Dir kann hier nichts passieren.«

Ein abgehacktes Stöhnen ließ sie zusammenzucken. Dann folgte leises Gemurmel.

»Was war das?«, fragte Marissa nach. »Was möchtest du mir sagen?«

Die Patientin wiederholte dieselben Silben mit denselben Pausen dazwischen, während Marissa versuchte, das Muster dahinter zu erkennen, die Wörter zu entschlüsseln, die Bedeutung zu erfassen.

»Sag es noch mal …«

Plötzlich verwandelte sich das Hintergrundpiepsen in schrillen Alarm. Havers riss die Vorhänge und die Tür auf und brüllte etwas in den Flur hinaus.

»Was?« Marissa beugte sich noch weiter hinunter. »Was sagst du?«

Schwestern kamen angerannt, ein Wagen wurde hereingeschoben. Als sich jemand zwischen sie und die Patientin drängte, hätte Marissa gerne protestiert, aber nach und nach drang die Veränderung im Raum zu ihr durch.

»Ich höre keinen Herzschlag mehr.« Havers drückte das Stethoskop auf die nun nackte Brust der Patientin.

Die Verbindung zwischen Marissa und der jungen Frau war unterbrochen, sie musste ihre Hand loslassen. Und doch blieben die Augen der Vampirin weiterhin auf Marissa gerichtet, auch als sich weiteres Personal und Gerätschaften zwischen sie schoben.

»Herzmassage«, wies Havers an, woraufhin eine Schwester sich aufs Bett kniete. »Den Wagen aufladen.«

Marissa zog sich noch ein Stück zurück, ohne aber den Blickkontakt zu unterbrechen. »Ich werde ihn finden«, hörte sie sich über den Tumult hinweg sagen. »Ich verspreche es dir …«

»Alle zurücktreten«, befahl Havers. Als die Belegschaft Folge leistete, drückte er einen Knopf, und der Brustkorb der Patientin wurde nach oben katapultiert.

Marissas Herz hämmerte, als versuchte es, das Defizit bei der Vampirin auf diesem Bett auszugleichen.

»Ich werde denjenigen finden, der dir das angetan hat!«, rief sie. »Bleib bei uns! Hilf uns!«

»Kein Puls«, verkündete Havers. »Lasst es uns noch mal versuchen. Alle zurück!«

»Nein!«, brüllte Marissa, als in den Augen der jungen Frau nur noch das Weiße zu sehen war. *»Nein …!«*

# 5

Es war … eine Cocktailparty?

Als Paradise eine Sporthalle betrat, so groß wie ein professioneller Footballplatz, war sie überrascht, dass dort *Doggen* in Livree und mit weißen Handschuhen Silbertabletts voller *Horsd'œuvres* herumreichten. Auf einem Tisch mit Damastüberwurf war eine Bar aufgebaut, und im Hintergrund spielte klassische Musik.

Mozarts Violinsonaten.

Die, die sich ihr Vater nach dem Letzten Mahl gerne vor dem Feuer anhörte.

Linker Hand war eine Anmeldung aufgebaut, und nach dem anfänglichen Chaos bildeten alle sechzig Kandidaten eine Schlange vor einer *Doggen* mit einem fröhlichen Lächeln im Gesicht und einem Laptop vor sich auf dem Tisch. Da sie nicht den Eindruck erwecken wollte, als erwarte sie irgendeine Art von Sonderbehandlung, reihte sich Paradise ungefähr in der Mitte ein und wartete geduldig, bis sie ihren Namen nennen und ihre Adresse bestätigen sollte, bevor ein Foto gemacht wurde und sie dann weiter zur Garderobe gehen durfte, um ihre Tasche und den Mantel abzugeben.

»Darf ich Ihnen ein Kanapee anbieten?«, wurde sie von einem *Doggen* gefragt.

»Oh, nein danke, aber ich weiß das Angebot zu schätzen.«

Der *Doggen* verneigte den Oberkörper und näherte sich

dem Vampir, der hinter ihr in der Schlange gestanden hatte. Paradise warf einen Blick über die Schulter und nickte ihrem Kollegen zu. Sie erkannte ihn von den Festivals wieder, die die *Glymera* vor den Überfällen veranstaltet hatte. Wie alle Mitglieder des Adels waren sie entfernte Cousins, auch wenn sie ihm oder seinen Leuten nicht nahestand.

Sein Name war Anslam, wenn sie sich recht erinnerte.

Nachdem er ihr Nicken erwidert hatte, schob er sich ein Kanapee in den Mund.

Mit einer Drehung um die eigene Achse ließ Paradise den Blick über die verschiedenen Sportgeräte schweifen, die in der Halle verteilt standen. Barren, Klimmzugstangen, dicke Matten, ein Pferd, Beinpresse … oh, gut, eine Rudermaschine gab es auch.

Wenigstens würde sie an einer der Stationen nicht versagen.

Ein weiterer Schulterblick zeigte ihr, dass viele der Rekruten etwas linkisch die von den *Doggen* angebotenen Häppchen ablehnten und wirkten, als hätten sie noch nie zuvor Bedienstete gesehen. Peyton wiederum langte kräftig zu, was nicht überraschend war. Axe, der heimliche Serienmörder, stand ganz am Rand, die Arme vor der Brust verschränkt, und betrachtete das Spektakel, als würde er sich seine nächsten Opfer aussuchen.

Warum war er nur zur Hälfte tätowiert?, fragte sie sich. Dasselbe galt für die Piercings.

Egal.

Wow, wie es aussah, gab es außer ihr momentan nur eine einzige andere Vampirin. Und gemessen an ihrer knallharten Miene, dem schmalen Gesicht und den breiten Schultern war sie für das Programm wahrscheinlich geeigneter als viele der anwesenden Männer.

Paradise wischte mit den feuchten Handflächen über

die Oberschenkel und schüttelte ein Gefühl der Enttäuschung ab. Dieser Typ, Craeg, der wegen der Bewerbungsunterlagen ins Audienzhaus gekommen war, war nicht da.

Wahrscheinlich war das auch besser so. Schon als er damals plötzlich vor ihrem Schreibtisch gestanden hatte, war sie völlig durcheinander gewesen, und hier würde sie ihre ganze Konzentration brauchen.

Gesetzt den Fall, es blieb keine reine Kanapee-Veranstaltung.

Wo waren die Brüder?, fragte sie sich.

Als sie aus dem Augenwinkel eine schnelle Bewegung wahrnahm, drehte sie den Kopf. Einer der Vampire war auf das Pferd gesprungen und wirbelte die Beine im Kreis herum, wobei er sich mit seinen kräftigen Armen abstützte. Das Klatschen seiner Handflächen auf dem Lederpolster bildete einen gleichmäßigen Rhythmus, der immer schneller wurde, je weiter der Turner seine Geschwindigkeit steigerte.

»Nicht schlecht …«, murmelte sie, als sein unglaublich muskulöser Oberkörper seine Beine so schnell um die eigene Achse schwingen ließ, dass sie zu einem verschwommenen Wirbel wurden.

Er kam nie aus dem Takt. Kein einziges Mal. Und je länger seine akrobatische Vorführung andauerte, desto überzeugter wurde Paradise, dass sie die letzten acht Jahre im Fitnessstudio hätte verbringen sollen statt nur der letzten acht Wochen. Wenn der Rest der Bewerber auch so fit war, konnte sie einpacken.

Andererseits schien sie nicht als Einzige eingeschüchtert zu sein. Die Leute waren stehen geblieben und starrten stattdessen den Typ auf dem Pferd an, gebannt von der puren Perfektion dieser Leistung in der ansonsten leeren Halle.

*Klonk.*

Das Geräusch einer sich schließenden Tür veranlasste Paradise, einen Blick über die Schulter zu werfen, und sie schnappte unwillkürlich nach Luft.

Da war er. Der, auf den sie gewartet hatte, den sie gehofft hatte wiederzusehen.

Paradise strich sich prüfend über die zum Pferdeschwanz gebundenen Haare. Offenbar drehten irgendwelche östrogenabhängigen Rezeptoren bei ihr gerade völlig durch und machten einen auf sechzehnjährige Göre, während der Vampir zum Anmeldetisch hinüberging.

Größer. Er war so viel größer als in ihrer Erinnerung. Und auch breiter. Seine Schultern füllten ein riesiges Syracuse-Sweatshirt fast bis zum Bersten aus. Auch heute trug er wieder Jeans, wenn auch ein anderes Paar, jedoch mit ähnlichen Rissen und Löchern wie beim letzten Mal. Seine Füße steckten in alten, schmutzigen Nike-Turnschuhen. Nur die Baseballkappe fehlte.

Wirklich schöne dunkle Haare.

Er musste vor Kurzem beim Friseur gewesen sein, denn an den Seiten und im Nacken schimmerte unter dem dunklen Flaum die Kopfhaut durch, und auch oben am Kopf waren sie so kurz, dass sie von alleine in die Höhe standen. Sein Gesicht war … na ja, andere fanden es vielleicht nicht ganz so attraktiv, denn seine Nase war ein bisschen zu groß, sein Kinn ein wenig zu markant, die Augen lagen zu tief in den Höhlen, um richtig freundlich zu wirken. Aber für Paradise war er Clark Gable. Er war Marlon Brando. Er war The Rock. Er war Channing Tatum.

Wahrscheinlich war das so ähnlich, wie wenn man sich jemanden schön trank, nur eben ohne Alkohol. Irgendeine Chemikalie in ihr verwandelte ihn für sie in so viel mehr als sein pures Erscheinungsbild.

Paradise holte tief Luft und versuchte, seinen Geruch zu erhaschen. Sofort fühlte sie sich wie eine Stalkerin.

Nun ja, das stimmte ja auch irgendwie.

Nachdem auch von ihm ein Foto gemacht worden war, drehte er sich um und ließ den Blick über die versammelten Rekruten schweifen, wobei seine Miene keine Reaktion zeigte. Entfernt nahm sie wahr, dass die *Doggen,* bei der sie sich angemeldet hatten, ihre Sachen zusammenpackte und ging – zusammen mit den tablettbeladenen Kellnern, die wahrscheinlich Nachschub holten.

Doch das alles war Paradise völlig egal.

*Schau mich an,* dachte sie, an den Vampir gerichtet. *Schau mich an …*

Und dann tat er es tatsächlich.

Sein Blick schweifte über sie hinweg, um dann jedoch kehrtzumachen und auf ihr zu verweilen. Als ein Stromstoß durch Paradises Körper fuhr, konnte sie …

Auf einmal wurde es in der Halle stockdunkel.

Komplett.

Stock.

Dunkel.

Hätte sich Marissa in Havers' unterirdischer Klinik nicht an die Glaswand lehnen können, wäre sie umgekippt. Vor allem als sie zusah, wie ihr Bruder das weiße Laken über die erstarrten Gesichtszüge der Vampirin zog.

Gütige Jungfrau der Schrift, sie war auf die Stille des Todes nicht vorbereitet gewesen … als Havers das Signal gab und alle und alles einfach aufhörten, das Alarmpiepsen verstummte, die Mühen vergebens, das Lebenslicht erloschen. Ebenso unvorbereitet war sie auf das Entfernen der Apparate gewesen, die versucht hatten, die junge Frau am Leben zu halten: Einer nach dem anderen wurden die Schläuche aus ihrer Brust, ihren Armen und ihrem Bauch gezogen, gefolgt von den Überwachungskabeln und Sensoren für die Herztöne. Als Letztes entfernte man die Kompressionsbinden von ihren dünnen Waden.

Marissa hatte schnell blinzeln müssen, so flink waren die sanften Hände der Schwestern. Sie gingen im Tod genauso vorsichtig mit ihrer Patientin um wie im Leben.

Als das Personal schließlich den Raum verließ, hätte sie sich bei den Frauen in ihren weißen Kleidern und den diskret quietschenden Schuhen gerne bedankt. Ihnen die Hand gedrückt. Sie umarmt.

Stattdessen blieb sie, wo sie war, gelähmt durch das Gefühl, kein Recht gehabt zu haben, dem eingetretenen Tod beizuwohnen. *Familienangehörige sollten hier sein,* dachte sie verzweifelt. Wie sollte sie bloß die Angehörigen ausfindig machen?

»Es tut mir so leid«, sagte Havers.

Marissa wollte ihn gerade fragen, weshalb er sich bei ihr entschuldigte, als ihr klar wurde, dass er mit seiner Patientin sprach. Ihr Bruder stand über das Bett gebeugt, eine Hand auf die reglose Schulter unter dem Laken gelegt, die Brauen hinter seiner Schildpattbrille fest zusammengezogen.

Als er sich wieder aufrichtete und einen Schritt zurücktrat, schob er die Brille nach oben und schien sich über die Augen zu wischen, doch als er sich schließlich an Marissa wandte, war er vollkommen gefasst.

»Ich werde dafür sorgen, dass man sich angemessen um ihre sterblichen Überreste kümmert.«

»Und das bedeutet was genau?«

»Sie wird mit einem entsprechenden Ritual eingeäschert.«

Marissa nickte knapp. »Ich möchte ihre Asche haben.«

Als Havers ebenfalls nickte und sie Vorkehrungen für die Abholung am folgenden Abend trafen, war sich Marissa deutlich bewusst, dass ihr nicht viel Zeit blieb. Wenn sie nicht schleunigst ihren Bruder verließ, dieses Zimmer, diese Leiche, diese Klinik … dann würde sie vor ihm zusammenbrechen.

Und das war schlicht und einfach undenkbar.

»Wenn du mich bitte entschuldigen würdest«, unterbrach sie ihn. »Ich muss mich im Refugium um einige dringende Angelegenheiten kümmern.«

»Aber natürlich.«

Marissa warf einen letzten Blick auf die Vampirin und nahm gedankenverloren wahr, dass sich das Laken an einigen Stellen rot verfärbte, vermutlich vom Entfernen der Schläuche.

»Marissa, ich …«

»Was?«, fragte sie mit müder Stimme.

In dem angespannten Schweigen, das folgte, dachte sie an die viele Zeit, die sie damit verbracht hatte, wütend auf ihn zu sein, ihn zu hassen, aber im Moment konnte sie keines dieser Gefühle aufbringen. Sie stand einfach nur abwartend da, in einer Haltung, die weder Stärke noch Schwäche ausdrückte.

Die Tür wurde geöffnet und der Vorhang zurückgezogen. Eine Schwester, die von dem Tod nichts mitbekommen hatte, streckte den Kopf herein. »Herr Doktor, wir haben in der Vier alles vorbereitet.«

Havers nickte. »Vielen Dank.« Als die Schwester verschwunden war, sagte er: »Würdest du mich bitte entschuldigen? Ich muss …«

»Du musst dich um deine Patienten kümmern. Absolut. Das kannst du gut. Darin bist du am besten.«

Marissa verließ das Zimmer, und nach einem Sekundenbruchteil der Orientierungslosigkeit entsann sie sich, dass sie nach links gehen musste. Hier draußen, auf dem Weg zur Anmeldung, fiel es ihr leichter, die Fassung wiederzugewinnen und ihre Maske zu tragen. Alle Augen waren auf sie gerichtet, als hätte es sich unter den Angestellten herumgesprochen. Seltsam, dass sie keines der Gesichter wiedererkannte. Erneut wurde ihr bewusst, wie viele bei den Überfällen ums Leben gekommen waren und wie lange es her war, seit sie etwas mit der Arbeit ihres Bruders zu tun gehabt hatte.

Sie waren zwar blutsverwandt, aber im Grunde doch Fremde.

Mit dem Aufzug fuhr sie hinauf an die Oberfläche, durchquerte das zellenähnliche Vorgebäude und stieß die Tür ins Freie auf.

Im Gegensatz zum Vorabend schien der Mond heute ganz hell. In seinem Licht sah man den Wald, aber keinerlei Zufahrtsstraße. Da wurde Marissa bewusst, dass es tatsächlich mehrere Zugänge zu dieser unterirdischen Anlage geben musste, einige für Lieferungen, andere für Patienten, die in der Lage waren, sich zu dematerialisieren, und dann den für den Krankenwagen.

Alles war logisch aufgebaut, zweifellos dank des Einflusses und der Planung ihres Bruders.

Warum hatte Wrath ihr nicht erzählt, dass er Havers bei alledem half?

Andererseits ging es sie ja auch nicht wirklich etwas an.

*Hatte Butch davon gewusst?*, fragte sie sich.

*Es tut mir so leid.*

Als Marissa die Stimme ihres Bruders wieder in ihrem Kopf hörte, kam ihre Wut zehnfach zurück, so heftig, dass sie sich das Brustbein reiben musste, um das Gefühl von Sodbrennen zu vertreiben.

»Schnee von gestern«, sagte sie sich. »Zeit, wieder an die Arbeit zu gehen.«

Und doch war sie unfähig, sich in Bewegung zu setzen. Die Vorstellung, ins Refugium zurückzukehren, weckte in ihr vielmehr den Wunsch, die entgegengesetzte Richtung einzuschlagen. Sie konnte ihrem Personal nicht erzählen, was gerade passiert war. Der Tod der Vampirin war wie ein Schlag gegen all das, wofür sie sich unter diesem Dach einzusetzen versuchten: Einschreiten, Beschützen, Unterrichten, Stärken.

Nein, dorthin konnte sie jetzt noch nicht zurückkehren.

Das Problem war … sie hatte keine Ahnung, wohin sie sonst gehen sollte.

# 6

In der Dunkelheit, die so undurchdringlich war wie die in einer Gruft, nahm Paradise zuerst nichts wahr als das laute Pochen ihres eigenen Herzschlags. Sie kniff die Augen zusammen, in der Hoffnung, sie mögen sich schneller anpassen, doch es gab nirgends eine Lichtquelle. Kein schmaler heller Streifen um die Türen, keine roten Ausgang-Schilder, keine Notbeleuchtung. Das große Nichts war extrem beängstigend und schien den Gesetzen der Schwerkraft zu trotzen. Das Gefühl, vielleicht bereits vom Boden abgehoben zu haben, obwohl ihre Füße weiterhin ihr Gewicht trugen, war verwirrend und verursachte ihr Übelkeit.

Auch die klassische Musik war verstummt.

Leise war es trotzdem bei Weitem nicht. Sobald Paradise ihre Wahrnehmung von den Kastagnetten in ihrer Brust weglenkte, konnte sie das Murmeln, Atmen und Fluchen hören. Einige bewegten sich wohl, denn das Rascheln von Kleidung und Scharren von Füßen bildeten einen Geräuschteppich zusätzlich zu den auffälligeren sprachlichen Äußerungen.

*Sie können uns nichts tun,* beruhigte sie sich. Auf gar keinen Fall würde die Bruderschaft ihnen irgendetwas antun. Ja, sie hatte auf der Rückseite der Bewerbungsunterlagen eine Einverständnis- und Verzichtserklärung unterschrieben – nicht dass sie das Kleingedruckte mit sonderlich viel Interesse gelesen hätte –, aber so oder so, Mord blieb Mord.

Man konnte per Unterschrift nicht sein Recht auf Leben verwirken.

Das hier war nur die Vorbereitung für den großen Auftritt der Bruderschaft. Bestimmt ging es gleich los. Klar, jeden Moment würden sie im Scheinwerferlicht aus irgendeiner Tür auftauchen, von hinten angeleuchtet wie Superhelden in waberndem weißen Nebel, während ihre beeindruckenden Waffen die überlebensgroßen Körper schmückten.

Genau.

Jeden Moment …

Als die Dunkelheit anhielt, flackerte Paradises Angst wieder auf, und es war schwer, dem nicht nachzugeben und panisch loszurennen. Aber wo sollte sie hin? Sie hatte zwar eine vage Vorstellung davon, wo die Türen waren, wo sich die Bar befand und der Anmeldetisch gestanden hatte. Sie glaubte sich außerdem zu erinnern, wo dieser Vampir, Craeg, war – halt, nein, er hatte sich bewegt. Er bewegte sich immer noch.

Aus irgendeinem Grund konnte sie ihn zwischen all den anderen erspüren, als wäre er eine Art Leuchtfeuer.

Ein Windhauch strich an ihrem Körper vorbei und ließ sie zusammenzucken. Doch es war nur kühle Luft. Kühle, frische Luft.

Wenn die Klimaanlage funktionierte, schloss das einen elektrischen Kurzschluss schon mal aus.

Okay, das Ganze wurde langsam lächerlich.

Und offensichtlich war sie nicht die Einzige, die frustriert war. Andere Leute fluchten inzwischen lauter, wurden unruhiger, stampften mit den Füßen.

»Nimm dich in Acht.«

Paradise rief in die Dunkelheit hinein, doch dann beruhigte sie sich wieder, als sie Craegs Stimme erkannte, seinen Geruch und seine Nähe wahrnahm. »Was?«

»Sei bereit. Das hier wird die erste Prüfung sein. Sie haben einen Ausgang geöffnet. Die Frage ist nur, wie sie uns darauf zutreiben werden.«

Sie hätte gerne genauso clever gewirkt wie er, genauso ruhig. »Warum gehen wir nicht einfach zurück zu den Türen, durch die wir reingekommen sind?«

»Keine gute Idee.«

Wie aufs Stichwort setzte allgemeines Fußgetrappel in Richtung des Eingangs ein, als hätte sich eine Gruppe zusammengetan, sich auf eine Strategie geeinigt und würde diesen Plan nun in die Tat umsetzen.

Da hörte Paradise die ersten Schreie der Nacht.

Hoch und schrill, ganz offensichtlich durch Schmerz und nicht durch Schreck hervorgerufen. Die schrecklichen Laute wurden von einem Summen begleitet, das sie nicht verstand.

Instinktiv streckte sie blind die Hand aus, um nach der von Craeg zu greifen … nur dass, ups, diese flache, harte Fläche sein Bauch war, nicht sein Arm. »Oh je, es tut mir leid. Ich …«

»Sie haben die Türen unter Strom gesetzt«, sagte er, ohne auf ihren Fauxpas oder die Entschuldigung einzugehen. »Wir müssen damit rechnen, dass nichts hier drin sicher ist. Hast du was von den angebotenen Getränken getrunken? Hast du von den Häppchen gegessen?

»Äh … nein, nein, ich …«

Linker Hand war im Tumult deutlich ein würgendes Geräusch zu hören. Zwei Sekunden später, wie ein Vogel, der auf den Ruf seines Artgenossen antwortet, fing noch jemand an zu kotzen.

»Sie können die Leute doch nicht krank machen«, platzte sie heraus. »Das hier ist … das ist eine Ausbildung! Die können doch nicht …«

»Hier geht's ums Überleben«, erwiderte der Vampir

finster. »Mach dir nichts vor. Vertraue niemandem, vor allem nicht, wenn es sich um einen sogenannten Lehrer handelt. Und rechne nicht damit, das hier zu überstehen – nicht, weil du eine Frau bist, sondern weil die Brüder die Latte so hoch hängen werden, dass nur einer unter zehn von uns die Chance hat, am Ende dieser Nacht noch auf den Beinen zu sein. Wenn überhaupt.«

»Das kann nicht dein Ernst sein.«

»Hör mal«, sagte er. »Hörst du das?«

»Das Gekotze?« Ihr Magen fühlte sich aus Solidarität auch schon ganz komisch an. »Schwer zu überhören.«

Und auch deutlich zu riechen.

»Nein, das Ticken.«

»Was meinst du …« Dann hörte sie es auch: Im Hintergrund war ein gleichmäßiges Klicken zu hören, wie unsichtbare Schritte auf Parkett. »Was ist das?«

»Wir haben nicht mehr viel Zeit. Die Pausen dazwischen werden immer kürzer. Viel Glück.«

»Wo gehst du hin?« Lass mich nicht allein, hätte sie am liebsten gesagt. »Was hast du …«

»Ich mache mich auf die Suche nach der frischen Luft. Da werden sie alle hinströmen. Fass am besten auch keines der Geräte an. Wie schon gesagt, ich wünsch dir viel Glück.«

»Warte!« Aber er war bereits verschwunden, wie ein Geist von der Schwärze verschluckt.

Ganz plötzlich bekam Paradise richtig Panik. Ihr Körper zitterte unkontrolliert, ihre Hände und Füße wurden taub, und aus jedem Quadratzentimeter ihrer Haut brach ihr der kalte Schweiß aus.

*Vater hatte recht,* dachte sie. *Ich kann das nicht. Was hab ich mir nur dabei gedacht.*

Dann brach die Hölle los.

Von oben und aus allen Richtungen waren plötzlich

Explosionen zu hören, als wäre die gesamte Sporthalle mit Sprengstoff präpariert. Das Knallen war so laut, dass ihre Ohren es als Schmerz wahrnahmen, nicht als Lärm, und die Blitze waren so grell, dass die eine Art von Blindheit durch eine andere abgelöst wurde.

Gegen den Strudel ankreischend, hielt sie sich mit den Händen die Ohren zu und kauerte sich auf den Boden, um in Deckung zu gehen.

Vor sich sah sie andere Leute auf allen vieren, einige davon in Schutzhaltung genau wie sie, andere, die sich erbrachen, und drüben bei den Türen noch mehr, die sich am Boden wälzten, die Arme um den Leib geschlungen, als würden sie den Schmerz kaum aushalten.

Nur eine einzige Person war auf den Beinen und in Bewegung.

Craeg.

In den aufflackernden Lichtblitzen verfolgte sie seinen Weg bis in die hinterste Ecke. Dort schien es tatsächlich eine Öffnung zu geben, eine Tür, die allerdings auch nicht mehr bot als noch mehr Schwärze – aber das war doch sicher besser, als in die Luft gesprengt zu werden.

Paradise stolperte ein paar Schritte vorwärts. Dann wurde ihr klar, dass das idiotisch war. Rennen. Sie musste rennen – nichts hielt sie zurück, und sie wollte nicht von herunterfallenden Trümmern getroffen werden.

*Fass keines der Geräte an.*

In Anbetracht dessen, was passiert war, als die anderen versucht hatten, durch die Metalltüren zu fliehen, würde sie sich hüten.

Loszulaufen war eine große Erleichterung, doch sie musste ihre Geschwindigkeit drosseln, weil sie nicht genug sah und jeweils auf den nächsten Blitz warten musste. Nur so war sie sicher.

Wenn das kein hässlicher Spurt war. Stolpernd, strauchelnd und schlitternd kämpfte sie sich durch Lärm und Licht vorwärts, angetrieben durch die lebensbedrohliche Situation und die Panik.

Kaum hatte sie das Labyrinth aus Sportgeräten erreicht, stieß sie auf die erste Person am Boden. Der Vampir hielt sich stöhnend den Bauch. Ihr erster Instinkt war es, ihm irgendwie zu helfen, aber sie zögerte.

*Hier geht's ums Überleben.*

Etwas sauste an ihrem Ohr vorbei. Eine Kugel? Wurde hier etwa auf sie *geschossen?*

Paradise warf sich auf den Boden und rutschte bäuchlings über die glatte Fläche, um dann im Krebsgang durch das überwältigende Chaos zu krabbeln.

Alles ging gut, bis sie die nächste Person erreichte, die sich am Boden krümmte, die Arme fest um den Leib geschlungen.

Es war Peyton.

Geh weiter, befahl sie sich. Bring dich in Sicherheit.

In diesem Moment gab es eine weitere Explosion, direkt neben ihrem Kopf. Sie ließ sich fallen und brüllte in das Getöse hinein. »Scheiße!«

Als Craeg, Sohn des Brahl des Jüngeren, sich auf den Weg quer durch die Halle machte, stellte er überrascht fest, dass ihn die Vorstellung, diese Vampirin zurückzulassen, mehr beschäftigte als erwartet. Er kannte sie gar nicht, er war ihr nichts schuldig. Sie war Paradise, die Empfangsdame im Audienzhaus des Königs, die ihm vor Wochen die Bewerbungsunterlagen ausgehändigt hatte.

Die hatte er gebraucht, weil er zu mittellos war, um einen Internetzugang zu haben, von einem Computer und Drucker ganz zu schweigen.

Damals in diesem Salon war sie so umwerfend gewesen, dass er sie kaum anzusehen wagte. Als er dann gehört hatte, dass sie sich ebenfalls bewerben wollte, war ihm nur eines durch den Kopf gegangen: Was Menschen ihr antun könnten, wenn sie sie erwischten. Oder *Lesser.* Oder die falsche Sorte Vampir.

Jemand von ihrer Schönheit war in dieser Welt nicht sicher.

Doch sie schien ziemlich ahnungslos zu sein, was die Feuerprobe betraf, die ihnen allen als Anwärter bevorstand. Die Brüder hatten jedes Detail inszeniert. Nichts war dem Zufall überlassen worden, und den Kandidaten würde man es so schwer wie möglich machen. Ihr zu sagen, was sie eigentlich selbst hätte wissen müssen, schien ihm die einzige Möglichkeit, ihr überhaupt zu helfen. Aber jetzt durfte er keine weitere Zeit verlieren, indem er sich fragte, wie es ihr erging.

Stattdessen musste er sich auf die Blitze konzentrieren.

Auch wenn sie oberflächlich betrachtet ganz willkürlich erschienen, gab es in Wirklichkeit ein gewisses Muster, genau wie mit dem Piepsen, bevor die Licht- und Lärmshow begonnen hatte. Die Abstände wurden auch jetzt immer kürzer, also lief ihnen wieder die Zeit davon.

Er hatte keine Ahnung, was die zweite Phase bringen würde, aber ihm war klar, dass er lieber darauf vorbereitet sein sollte.

Wenigstens würde keiner von ihnen sterben.

Trotz der Gefahrenatmosphäre hatte er den Eindruck, dass die Bruderschaft niemandem ernsthaft schaden würde. Die »Explosionen« bestanden lediglich aus ziemlich viel Krach und Licht. Es gab keine Trümmer, nichts stürzte ein, und es roch nicht nach Rauch. Auch bei denjenigen, die sich übergaben, konnte es nichts Lebensbedrohliches sein. Die armen Schweine waren zwar ganz sicher nicht gerade in Topform, aber im Blitzlichtgewitter sah er, dass sich ein paar von ihnen bereits wieder aufrappelten.

Das hier war ein Test, ein aufwändiger, weiß-der-Geier-wie-lange-dauernder Test. Und so wie es bisher lief, könnte die Quote derer, die ihn bestanden, noch geringer sein als das, was er Paradise gegenüber vermutet hatte.

Craeg blieb stehen und warf einen Blick zurück. Er schien nicht anders zu können.

Doch es war unmöglich zu sagen, wo in diesem Chaos sie steckte. Nicht genug kontinuierliches Licht, und zu viele Körper.

Geh einfach weiter, befahl er sich.

Du hast es früher geschafft, und du wirst es auch heute Nacht wieder schaffen.

Zügig arbeitete er sich außen um die Sportgeräte herum. Es war keine gute Idee, hinter oder unter einem von ihnen in Deckung gehen zu wollen. Immer wieder sah er aus dem Augenwinkel, wie irgendein armer Tropf genau das versuchte, nur um prompt einen Stromschlag zu bekommen und wild zuckend verkrampft zu Boden zu fallen.

Hoffentlich hörte sie auf seine Warnung.

Er zog den Kopf ein und bewegte sich schnell, bis er schließlich die geöffnete Tür in der hinteren Ecke erreichte. Die frische Luft war berauschend, eine kurze Atempause, die seinem Körper wieder neue Energie verlieh. Doch er konnte nicht sehen, was auf der anderen Seite lag, und verfluchte sich, weil er dem kurzen Impuls, eine Taschenlampe bei sich zu tragen, nicht nachgegeben hatte.

Okay, na gut, selbst er hatte nicht erwartet, dass das hier so verdammt krass werden würde.

»Da müssen wir durch.«

Beim Klang der ruhigen Stimme drehte er sich um und war erstaunt, eine Frau hinter sich stehen zu sehen. Es war aber nicht die süße Blonde, weit davon entfernt. Genau genommen schien dieses Exemplar die Bezeichnung *schwaches Geschlecht* ad absurdum führen zu wollen:

Sie war fast so groß wie er, unter ihren sportlichen Klamotten komplett durchtrainiert, und an der Art, wie sie ihm in die Augen sah, erkannte er sofort, dass sie vermutlich noch mehr Grips als Muskeln besaß.

»Ich bin Craeg.« Er streckte ihr die Hand hin.

»Novo.«

Wie erwartet war ihr Händedruck kurz und kräftig.

»Das da kommt als Nächstes.« Sie wies mit dem Kopf auf die schwarze Leere. »Warum, verdammt, hab ich keine Taschenlampe mitgebracht?«

»Dasselbe hab ich auch schon ge…«

»Hier entlang!«, brüllte jemand. »Hier geht's lang!«

Im zuckenden Licht sah Craeg eine Gruppe aus drei Vampiren auf die offene Tür zustürmen, angeführt von einem Hünen mit erwartungsvoller Triumphmiene, die sicher nicht lange anhalten würde.

Craeg schüttelte den Kopf und trat einen Schritt zurück. Egal auf welche Weise er dort hineinging, es würde garantiert nicht im Laufschritt mit dem Kopf voraus passieren. Denn wer garantierte ihnen …

Eins … zwei … drei … Das Trio rannte an ihm und der Vampirin vorbei, die ebenfalls beiseitegetreten war.

Sofort schlug die Tür mit einem lauten Knall zu. Dann waren auf der anderen Seite Schreie zu hören.

Craeg blickte sich um. Vielleicht würde sich ein anderer Ausgang auftun? Oder dachte er nicht kreativ genug? Es war durchaus möglich, dass es eine weniger offensichtliche Lösung gab.

In diesem Moment sah er etwas entfernt zwei Seile von der Decke baumeln. Er hätte schwören können, dass die vorher noch nicht dort gehangen hatten, aber wer konnte das schon sagen.

»Das ist die nächste Chance«, sagte er.

»Dann mal los.«

Gemeinsam spurteten sie wieder um den Geräteparcours herum auf die Seile zu, bevor ihnen jemand zuvorkam. Es war unmöglich festzustellen, wohin die Taue führten, denn so weit oben konnte er nichts erkennen. Aber die Lichter zuckten jetzt noch heftiger, und es gab keine andere Möglichkeit.

»Schere, Stein, Papier, wer zuerst wählen darf«, sagte Novo und streckte ihre Faust aus.

Er tat es ihr nach. »Eins, zwei, drei.« Craeg entschied sich für Stein, sie für Papier. »Du darfst aussuchen.«

»Ich nehme das rechte.«

Also packte Craeg das linke Seil und zog so fest daran, dass seine Handflächen brannten. Es schien auf jeden Fall stabil genug zu sein. Aber was, wenn er sich täuschte? Das wäre ein tiefer Fall, und unten war nichts, das den Sturz abgefedert hätte.

Die Vampirin und er kletterten Armlänge um Armlänge nach oben, wobei sie mit den Füßen das lose Ende umklammerten. Sie war fast so schnell wie er, nicht dass er viel Zeit damit verbrachte, ihr Fortkommen zu vergleichen. Hoch, hoch, hoch – bis die Lautsprecher, aus denen die Explosionsgeräusche kamen, direkt über seinem Kopf hingen und die Scheinwerfer, die für das zuckende Lichtspektakel sorgten, ihm fast die Sicht raubten.

»Und was jetzt?«, bellte er, als er ungefähr noch zwei Meter von der Decke entfernt war.

»Gerüst«, brüllte sie zurück und veränderte ihren Griff, um mit einer Hand zeigen zu können, was sie meinte.

Und tatsächlich, dort hing an Metallseilen eine Art Laufsteg. Beim Blick in die Tiefe betete Craeg erneut, die Plattform möge stabil genug sein, um sein Gewicht zu tragen.

»Ich probier's zuerst.«

»Schere, Stein, Papier«, rief sie. »Eins, zwei, drei.«

Er nahm Schere, sie Papier.

»Ich zuerst«, sagte er.

Nur dass der Steg ein gutes Stück entfernt war, selbst nachdem er auf dieselbe Höhe geklettert war. Das Seil fest umklammernd, versuchte Craeg Schwung zu holen, bis er richtig hin und her schaukelte. Es würde perfektes Timing erfordern, um das hier zu schaffen. Knappe zwei Meter würde er ohne Netz und doppelten Boden frei durch die Luft segeln. Und wer konnte schon sagen, was er bei seiner Landung antreffen würde.

Noch mehr Metall, das unter Strom stand?

Craeg holte ein letztes Mal nach hinten aus und zog dabei die Knie an, um seine ganze Schwungmasse in die entgegengesetzte Richtung zu katapultieren. Als er dann wieder nach vorne flog, drückte er den Rücken durch und streckte die Füße nach vorne.

Genau im richtigen Moment ließ er das Seil und damit seinen Halt los.

Zumindest … hoffte er, dass es der richtige Moment war.

# 7

Steh auf! Peyton, steh auf – sofort!«

Paradise verlor den Kampf gegen ihren Überlebensinstinkt und rollte ihren Kumpel – oder Erzfeind oder was auch immer er war – auf den Rücken und verfluchte ihn, sich selbst, die Brüder, so ziemlich alles.

Das mit der Rückenlage hielt nicht lange an. Da er wieder zu würgen anfing, drehte sie ihn schnell zurück auf den Bauch, damit er nicht an seinem Erbrochenen erstickte.

Als sie sich umschaute, sah sie so viele am Boden liegen. Als befänden sie sich auf einem Schlachtfeld.

»Ich werde sterben«, stöhnte Peyton.

In einem Winkel ihres Bewusstseins nahm Paradise wahr, dass der Krach zwar immer noch genauso unheilvoll war, es aber mehr Licht gab, weil die Blitze in kürzeren Abständen aufeinanderfolgten und länger anhielten.

»Komm schon.« Sie zog an seinem Arm. »Wir können nicht hier bleiben.«

»Lass mich … lass mich einfach …«

Während Peyton sich erneut erbrach, obwohl sein Magen nicht mehr viel herzugeben hatte, spähte Paradise in Richtung der hinteren Hallenecke. Eine Gruppe von Leuten schien um die dunkle Öffnung herumzustehen, die sie laut Craeg ansteuern sollte.

»Peyton …«

»Wir werden alle sterben …«

»Nein, das werden wir nicht.«

Es war fast ein Schock, als ihr klar wurde, dass sie das wirklich glaubte. Sie sagte es nicht nur, um Mr. Cool mit dem kleinen Kotzproblem zu beruhigen. Es war nämlich so: Dieses ganze Getöse und Geblitze verursachte weder Trümmer noch Rauch oder Staub, es wackelten keine Wände, und auch sonst hatte das Spektakel wenig Einfluss auf die Räumlichkeit oder die Leute darin. Es war eine Licht-und-Ton-Show, wie bei einem Gewitter oder einer Theateraufführung – mehr nicht.

Sie hatte außerdem den Eindruck, dass sich die Lichter veränderten, was bestimmt auch etwas bedeutete.

Wahrscheinlich nichts Gutes.

»Peyton«. Paradise packte seinen Arm, um ihn wieder auf den Rücken zu drehen. »Beweg jetzt deinen Hintern in die Senkrechte. Wir müssen es da rüber in die Ecke schaffen.«

»Ich kann nicht – es ist zu ...«

Jep, sie ohrfeigte ihn. Und sie war weder stolz darauf, noch verursachte ihr die schmerzhafte Berührung irgendeine Form von Befriedigung. *»Steh sofort auf!«*

Er riss die Augen auf. »Parry?«

»Was hast du denn gedacht, mit wem du redest? Taylor Swift?« Sie hievte seinen Oberkörper vom Turnhallenboden hoch. »Du musst auf die Beine kommen.«

»Kann aber sein, dass ich auf dich drauf kotze.«

»Meinst du nicht, wir haben gerade größere Probleme? Hast du dich hier mal umgeschaut?«

Peyton fing an, irgendwelches Zeug zu labern. Da beschloss sie, dass es reichte. Breitbeinig stellte sie sich über ihn, packte ihn unter den Achseln, und mithilfe ihrer neu gefundenen Kraft ging sie rückwärts und zog ihn dabei auf seine Adidas-Turnschuhe hoch.

»Paradise, ich muss ...«

Na, super.

Voll über ihre Vorderseite.

Außerdem schwankte er so sehr, dass es schwer werden würde, geradeaus zu laufen. Rennen? Vergiss es.

»Scheiß drauf«, murmelte sie, packte ihn um die Taille und hievte ihn sich über die Schulter.

Schwer. Echt verdammt schwer.

Jetzt war sie diejenige mit den Gleichgewichtsproblemen: Das war, als versuchte sie, ein Klavier auf ihrer Schulter zu balancieren. Dass das Schwergewicht dabei auch noch mit ihr herumstritt und ihr hinten am rechten Bein runterkotzte, war nicht gerade hilfreich.

Paradise machte sich auf den Weg und ignorierte dabei alles außer dem Ziel, diese verdammte Tür am anderen Ende zu erreichen. Ihr Kopf wurde so heftig zur Seite gedrückt, dass ihre Nackenmuskeln vor lauter Anspannung brannten; ihre Schulter wurde mangels Durchblutung taub, und ihre Oberschenkel zitterten bereits unter der Belastung.

Die Versuchung, sich in all diesen körperlichen Empfindungen zu verlieren, war groß, vor allem je lauter und drängender sie wurden. Doch sie wollte … also, sie wollte zu dieser Tür, an die frische Luft, das Ende dieser ganzen Geschichte voller Angst und Schrecken erreichen. Dann konnte sie tief durchatmen, die jammernde Peyton-Last abwerfen und sich in ein schönes, sauberes Klassenzimmer setzen.

Vielleicht ein bisschen mit den Brüdern scherzen, dass sie den schlimmsten Teil überstanden hatte und nun der Selbstverteidigungskurs und das Schulbuchtraining beginnen konnten.

Um sich anzutreiben, versuchte sie, sich an die Klassenräume zu erinnern, die sie auf dem Weg vom Parkplatz zur Sporthalle gesehen hatte. Es gab dort Neonleuchten und lange Tischreihen mit Stühlen in ordentlicher Aufstellung vor einer Tafel.

»Bleib stehen«, winselte Peyton. »Ich werde sterben …«

»Halt's Maul und zappel nicht so rum!«, ächzte sie.

»Ich werde …«

Verdammt noch mal, dachte sie, als er mit seiner panischen Leier fortfuhr.

Wie sie sich so vorwärtsschleppte und vor Anstrengung keuchte, stellte das Labyrinth aus Turngeräten eine besonders nervige Herausforderung dar. Die verschiedenen Stationen schienen genau so aufgebaut und verteilt zu sein, dass es extrem schwierig war dazwischen hindurch, daran vorbei oder darum herum zu kommen.

Vor allem mit Kartoffelsack-Peyton über der Schulter.

Dann lagen da überall auf dem Boden auch noch Leute herum.

Jedes Mal, wenn sie jemandem auswich oder über eine Hand, einen Fuß, ein Bein oder einen Arm hinwegstieg, wäre sie am liebsten stehen geblieben, um sich zu erkundigen, ob alles in Ordnung war, um Hilfe zu holen … irgendetwas zu tun. Die Tatsache, dass sie niemanden außer sich selbst und Peyton retten konnte, ließ sie innerlich schreien, bis ihre Lungen brannten und eine seltsame Wut sie anspornte.

Sie suchte ständig nach Blut. War wie besessen davon.

Aber es gab nicht das kleinste Anzeichen: keine roten Flecken auf Kleidung, keine roten Streifen auf der Haut, keine roten Spuren auf dem honiggelben Holzfußboden. Sie nahm den Geruch auch nirgendwo wahr – obwohl es viele andere Gerüche gab, von denen keiner angenehm war.

Aber kein Blut. Das war doch eigentlich gut … oder?

»Ahhh!«, brüllte sie, als ein weißglühender Schmerzblitz sie durchzuckte.

Erwischt.

Der Schmerz in ihrem linken Ellenbogen brachte alles aus dem Gleichgewicht. Ihr Körper glich einem Klapptisch, dem man ein Bein wegtritt, und Peyton krachte zu Boden wie eine Obstschale. Seine schlaffen Gliedmaßen sorgten zumindest für einen gummiartigen Aufprall.

»Beim Schleier!«, stieß sie zwischen zusammengebissenen Zähnen hervor, während sie ihren Arm an der Stelle massierte, wo der Stromschlag sie getroffen hatte.

Sie war einer Brustpresse zu nahe gekommen. Als sie versuchte abzuschätzen, durch wie viele Gerätschaften sie sich noch hindurchschlängeln musste, dachte sie: *Ich kann das nicht. Ich kann das nicht …*

»Kannst du aufstehen?«, fragte sie.

Peyton antwortete auf eine nonverbale Art, die nicht nur sein *Nein* zum Ausdruck brachte, sondern diese Tatsache auch noch nachdrücklich betonte.

Verdammt, er konnte doch eigentlich jetzt nichts mehr im Magen haben.

»Ich schaffe das nicht«, stöhnte sie und sah sich um, während sie immer noch ihren Ellenbogen massierte.

Als ihr Blick umherirrte, wurde ihr plötzlich klar, dass sie auf der Suche nach Hilfe war, nach irgendeiner Art von Rettungsleine, einem Retter. Es musste doch irgendjemanden geben, an den sie sich wenden konnte …

Erst zum zweiten Mal in ihrem Leben rief sie ernsthaft die Gütige Jungfrau der Schrift an, indem sie die Augen fest zusammenkniff und versuchte, trotz der chaotischen Umstände, des Lärms, der Gerüche, des Anblicks und der rasiermesserscharfen Adrenalinstöße, die durch ihr System fuhren, die richtigen Worte zu finden. Irgendwie gelang es ihr, die Gottheit zu bitten, jemanden zu schicken, der alldem ein Ende bereitete, der sich um Peyton kümmerte, die anderen Leute rettete, die am Boden lagen, der alle aus dieser Hölle befreite …

*Hör auf, Zeit zu verschwenden!,* befahl ihr eine innere Stimme.

Das war ein solcher Schock, dass sie herumfuhr, weil sie erwartete, jemanden hinter sich stehen zu sehen. Doch da war niemand.

Vielleicht war es eine Lautsprecherdurchsage gewesen?

*Hör auf, Zeit zu verschwenden. Los jetzt!*

»Ich kann ihn nicht mehr hochheben!«

*Dann denk dir eine andere Möglichkeit aus!*

»Ich schaff das nicht!«

*Streng dich gefälligst an!*

»Okay, na gut, okay, na gut.«

Immer wieder murmelte sie diese Worte, während sie sich wieder breitbeinig über Peyton stellte, um ihn in Position zu wuchten. Die zweite Hebefigur war noch unkoordinierter als die erste, denn ihr ausgelaugter Körper wollte ihr einfach nicht gehorchen, aber Peyton schien langsam wieder zu Kräften zu kommen und hielt sich an ihrer Hüfte fest.

Als sie den Hindernislauf schließlich hinter sich gebracht hatte, ging ihr die Kraft aus, sodass sie rasch überschlug, wie weit es noch bis zur Tür war. Dann rechnete sie Faktoren wie die Deformation ihrer Schulter unter der Last ein sowie die Tatsache, dass sie mit einem Mal unpassenderweise ganz dringend aufs Klo musste, dass sie das Gefühl hatte, als würde jemand ihre Blase malträtieren.

Sie fiel in einen schlurfenden Galopp, wobei ihre Füße über den zum Glück hindernisfreien Boden flogen, und je weniger sie dabei wackelte, desto besser war es für ihren Passagier und ihren Körper.

Aber Moment mal.

Die Tür war zu.

Ihr Ziel war fast zum Greifen nahe, doch Paradise kniff die Augen zusammen, um trotz der Blitzlichter etwas zu erkennen. Scheiße, die Tür war *geschlossen*. Aber vor wenigen Augenblicken hatten doch noch Leute davorgestanden?

Als sie den Ausgang erreicht hatte, ließ sie Peyton von ihrem Rücken rutschen und schenkte ihm kaum Beachtung, wie er alle viere von sich streckend am Boden landete.

Was war mit der verdammten Tür passiert?

Weder Klinke noch Griff. Keine Angeln. Kein Glas, das man zerschlagen konnte.

Sie drehte sich um und ließ den Blick durch die Halle schweifen. In etwa zehn Metern Entfernung baumelten Seile von der Decke. Die dicken Taue mussten erst jetzt aufgetaucht sein, und zwei Gestalten kletterten so zügig daran hinauf, dass Paradise sich am liebsten hingesetzt und auf der Stelle aufgegeben hätte.

»Peyton?« Sie legte den Kopf in den Nacken, um das Paar bei seinem Aufstieg zu beobachten. »Da trag ich dich aber nicht hoch.«

Verdammt, sie war sich nicht einmal sicher, ob sie ihr eigenes Körpergewicht an diesen sich drehenden Seilen würde hinaufziehen können.

»Peyton, wir müssen …«

Nacheinander fielen beide Seile auf den Boden herab. Der Aufprall der dicken geflochtenen Taue war sogar über den anderen Lärm hinweg zu hören.

Wo waren die beiden Leute geblieben?

Während sie sich die Augen rieb, hätte sie am liebsten geheult. Stattdessen stieß sie hervor: »Was machen wir denn jetzt, verdammt noch mal?«

Ein Windstoß kühler, sauberer Luft brachte sie dazu, sich umzudrehen. Die Tür hatte sich wieder geöffnet und zeigte eine undurchdringliche schwarze Leere.

Als hätte sie die anderen Anwärter, die hindurchgegangen waren, verspeist und wäre nun bereit für den nächsten Gang.

Peyton rappelte sich mühsam auf und rieb sich mit zitternden Händen das Gesicht. »Ich kann wieder gehen.«

»Der Jungfrau sei Dank.«

Er sah sie an. »Ich bin dir was schuldig.«

»Warten wir lieber erst mal ab, ob es uns etwas bringt, da reinzugehen.«

»Wir gehen gemeinsam.« Mit stechendem Blick bot er ihr seinen Arm an, als würden sie gleich einen Ballsaal voller Seidenkleider und Smokings betreten. »Ich lass dich nicht allein.«

Paradise starrte ihn einen Moment lang an. »Gemeinsam.«

Sie hakte sich bei ihm unter und war nicht überrascht, dass er sie dazu benutzte, sich abzustützen. Trotzdem war es schon eine massive Verbesserung im Vergleich zu seinem kotz-komatösen Zustand.

Sie traten beide vor, und der Türrahmen war breit genug, dass sie nebeneinander durchpassten.

Hinter ihnen knallte die Tür ins Schloss, wodurch sämtliches Licht verschluckt wurde. Paradise öffnete den Mund, um zu schreien, doch dann schluckte sie das Geräusch hinunter. Wieder hatte sie das Gefühl, als würde ihr der Boden unter den Füßen weggezogen – eine weitere Lektion, wie wichtig das Sehen für das Gleichgewicht und die Orientierung von Torso und Gliedmaßen im Raum war.

Peyton neben ihr atmete schwer.

Aus dem Nichts griffen plötzlich grobe Hände nach ihren Haaren, klammerten sich fest und rissen daran. Paradise kreischte wie am Spieß, während sie vor Angst zuckte und strampelte und dagegen ankämpfte.

»Paradise!«

Man riss sie auseinander und stülpte ihr irgendetwas über den Kopf, das dann um ihren Hals zugebunden wurde. Dann zwang man sie auf den Boden hinunter, wo ihre Füße gefesselt wurden, bevor man sie auf dem Rücken liegend weiterschleifte. Sie drehte und wand sich, versuchte, zu treten, zu atmen, wenigstens halbwegs ruhig zu bleiben, um klar zu denken, obwohl sie den Eindruck hatte, zu ersticken.

Sie hatte das Gefühl … als würde sie vielleicht sterben.

Oben auf dem Gerüst lernte Craeg auf die harte Tour, dass er besser das verdammte Gleichgewicht bewahrte, denn der Stromstoß, den er jedes Mal bekam, wenn seine nach Halt tastenden Arme etwas Metallisches berührten, brachte sein Herz zum Rasen und verursachte in seinem Hirn eine Sekunde lang einen Kurzschluss, den er sich nicht erlauben konnte.

Natürlich war diese verfluchte Plattform so klapprig wie ein alter Mann, kippelte mal in die eine, mal in die andere Richtung und schaukelte dabei wie ein Uhrenpendel.

»Wir müssen im Takt bleiben!«, rief er Novo zu. »Folge meinen Schritten!«

Starke Hände packten ihn um die Taille. »Hab dich.«

Gemeinsam verfielen sie in einen Gleichschritt, der schnell, aber vorsichtig war, denn sie schwankten dabei hin und her. Die Hitze der Scheinwerfer oben und die Menge an Leibern unter ihnen brachten Craeg ins Schwitzen. Mit ausgestreckten Armen versuchte er, sich und Novo zu stabilisieren, wodurch sie noch besser vorankamen, unterwegs nach irgendwo.

Ganz plötzlich hörte das Gerüst auf zu wackeln, was gar nicht gut war. Denn was auf einer kippeligen Plattform funktioniert hatte, klappte auf einer stabilen überhaupt nicht, sodass sie beide in eine ganze Reihe von Stromschlägen schlitterten, die sie aufeinanderprallen ließen, nur um dann erneut gegen die Metallgeländer zu torkeln und eine verpasst zu bekommen. Muskeln verkrampften und weigerten sich, wieder lockerzulassen, bis Craegs Gliedmaßen seinen mentalen Befehlen nicht mehr gehorchen konnten.

»Fuck!«, bellte er und versuchte, die Reaktion seines Körpers auf den elektrischen Reiz zu unterdrücken.

»Was soll die Scheiße!«, brüllte Novo.

Oder etwas in der Art.

Dünne Luft.

Das Nächste, was er mitbekam, war, dass er über eine Kante, die er nicht hatte kommen sehen, ins Leere trat und sich nun in freiem Fall befand, der sogar ihn aus voller Kehle brüllen ließ. Rings um ihn herum sauste Luft nach oben, strömte durch seine Kleider, ließ sie im Wind flattern, peitschte seine Haare, die Haut im Gesicht und am Rücken und erfüllte seine Ohren mit Rauschen. Wenn er mit den Füßen voraus landete, würde er sich beide Beine brechen, aber es blieb ihm keine Zeit – und auch kein Grund –, sich überhaupt an einer Landung zu versuchen, die nicht fatal wäre …

*Platsch!*

Völlig unerwartet traf er seitlich auf kaltes, frisches Wasser, das seinen Körper sicher umfing. Die Erleichterung, sich nicht die Oberschenkelknochen bis in den Hals gerammt zu haben, war jedoch von kurzer Dauer. Seine getaserten, gefolterten, überhitzten Muskeln verfielen sofort wieder in einen erstarrten Krampfzustand, wodurch ihn sein mangelndes Körperfett in einen Anker statt eine Boje verwandelte.

Der Schock der unerwarteten Landung hatte ihn tief nach Luft schnappen lassen, aber dieser Sauerstoffvorrat würde nicht lange anhalten. Er musste an die Oberfläche gelangen.

Mit Klauenhänden und nur einem beweglichen Bein kratzte und trat er sich hoffentlich nach oben. Er hatte keinerlei visuelle Orientierung mehr, um ihn herum nichts als ein schwarzer Abgrund, der ihn verschlingen würde, wenn er sich nicht in Sicherheit brachte.

Die Oberfläche des Pools, Teichs, Sees, was auch immer es war, überraschte ihn auf dieselbe unerwartete, unangekündigte Weise wie sein Eintauchen. Husten und Nach-Luft-Schnappen waren zwei Aktivitäten, die sich gegenseitig ausschlossen, sodass er seinen Überlebenstrieb zwingen musste, das krampfartige Verhalten seines Zwerchfells zu kontrollieren.

Chlor. Sie befanden sich also in einem Schwimmbecken.

Sehr viel mehr dachte er über diese Tatsache nicht nach. Der Schmerz in seinen verkrampften Muskeln war unglaublich, so als würde ihm jemand Dolche in Oberschenkel, Arsch und Bauch rammen, und bevor er richtig zu Atem gekommen war, drohte er schon wieder unterzugehen. Das durfte nicht passieren. So würde er nicht sterben.

Gegen die Impulse seines Körpers ankämpfend, benutzte er sein Hirn, um sein armes Nervensystem auszutricksen: Während er ganz tief Luft holte, ruderte er mit den Armen, um einen Strudel zu erzeugen, der seinen Oberkörper flach an die Wasseroberfläche trieb. Dann hielt er … verdammt … *still.*

Damit die Luft in seinem Brustkorb als Rettungsweste fungieren konnte, die er nicht trug.

Es war kein perfekter Schwebezustand. Seine Beine sanken immer wieder ein, sodass er regelmäßig Wasser treten musste, um oben zu bleiben, aber es war definitiv besser, als auf Grund zu sinken und zu ersaufen.

Ab und zu atmete er aus und wieder ein.

Wie lange er so durchhalten konnte, wusste er nicht. Aber das würde er mit Sicherheit herausfinden.

Verflucht … seine versteinerten Muskelstränge waren pure Folter. Um sich abzulenken, stellte er sich wieder vor, wie er dort oben auf dem Steg balanciert war. Die Brüder waren wirklich brillant, beschloss er. Aus dieser Hitze in diese Kälte, und das nach den Stromschlägen?

Das waren ideale Bedingungen, um jemanden genau in den Zustand zu versetzen, in dem er sich jetzt befand: gegen die natürlichen Reaktionen des Körpers auf bestimmte Reize und Umgebungen ankämpfend.

Was passierte mit all den anderen?, überlegte er.

Wo war die Vampirin?

Nicht die, mit der er dort oben gewesen war, sondern die andere? Paradise?

Das um seine Ohren klatschende Wasser glich der Light Show aus der Turnhalle, weil es ihn abwechselnd taub machte und dann wieder akustische Reize durchließ. Er hörte es Platschen, sowohl in seiner Nähe, als auch weiter weg … ziemlich viel Geschrei und Prusten. Echos. Es klang nach einer großen Halle mit niedriger Decke und vielen Fliesen.

Craeg stieß die Luft aus seinen Lungen aus, um sie sofort mit neuer zu füllen …

… und zu warten, was als Nächstes kommen würde.

# 8

»… zwei im Durchgang. Voraussichtliche Ankunftszeit in vier Minuten. Eingang und hintere rechte Ecke des Pools freimachen …«

Butch drückte den Knopf am Kabel, das von seinem Ohrstöpsel seitlich am Hals entlangführte, und antwortete leise: »Verstanden.«

Beim Umrunden des Beckenrandes verfolgte er die Bewegungen der Kandidaten im Wasser mithilfe seiner Wärmebildbrille. Gerade waren zwei weitere von oben ins Becken gefallen. Beide waren wieder aufgetaucht und hielten sich an der Oberfläche, indem sie sich tot stellten, sodass sie relativ ruhig waren. Das war nicht bei allen der Fall. Tohr und er hatten bereits vier Kandidaten rausfischen müssen, was bedeutete, dass sich zusammen mit dem neuen Pärchen nur noch drei weitere männliche Vampire im Pool befanden.

Alle waren vom Eintrittspunkt B drüben auf der rechten Seite weit entfernt. Gut.

Butch sah auf die Uhr. Für diejenigen, die sich noch draußen in der Turnhalle befanden, war die Sache in sechs Minuten gelaufen. Dabei war dieses ganze Zeug bloß die Einleitung zu dem, was er und die Brüder als finale Phase bezeichneten. Dieser letzte Teil würde von der Sonne bei Tagesanbruch beendet werden, deshalb war es ganz entscheidend, dass der Gruppe, die diese ersten Prüfungen bestanden hatte, dort draußen noch genug Zeit blieb.

Doc Janes und Mannys Klinik füllte sich zusehends. Das leichte pflanzliche Brechmittel hatte seinen Zweck mehr als erfüllt, außerdem gab es eine Reihe von leichten Schnittwunden, Kratzern, gezerrten Muskeln und Verbrennungen. Zwei Ladungen Abbrecher wurden momentan bereits vom Gelände gekarrt, und es würden noch mehr werden.

Das war eben das Problem mit einer Elite: Der ganze Scheiß musste superschnell passieren, denn V und er würden keine Zeit an jemanden verschwenden, der es nicht in die Auswahl schaffte.

»Bin ich jetzt bald dran?«, ertönte Lassiters Stimme über den Kopfhörer. »Das ist die Rolle meines Lebens.«

»Von allen, die unsterblich sein könnten«, murmelte V, »warum bist ausgerechnet du einer von ihnen?«

»Weil ich suuuuuper bin, der geborene Staaaaar«, trällerte der gefallene Engel.

»Nein, bist du nicht.« Butchs Kopf schmerzte prompt noch mehr. »Halt die Klappe, Lass. Ich ertrag jetzt echt keinen Gesang.«

»Aber das ist aus *Ich unverbesserlich«,* erklärte der Engel. Als würde es das besser machen.

»Halt's Maul«, fuhr V ihn an.

»Halt's Maul!« Butch musste sich anstrengen, leise zu sprechen. »Uns bleiben noch vier Minuten in der Turnhalle. Ich sag dir, wenn du …«

»Mir geht hier nämlich die Luft aus«, meckerte Lassiter. »Mein Schwimmtier macht schlapp.«

V fluchte. »Wahrscheinlich weil es deine Gegenwart genauso unerträglich findet wie wir.«

»Wenn du so weitermachst, komm ich noch auf den Gedanken, dass meine Antipathie auf Gegenseitigkeit beruht.«

»Wird verdammt noch mal auch Zeit.«

Gut, Butch stand nicht wirklich darauf, triefend nasse, panische Idioten aus einem Pool zu fischen – aber, oh Mann, war er froh, dass er nicht mit diesen beiden Streithammeln hinterm Haus saß. »Geduld, Lass«, mahnte er. »Ich melde mich – und, V, in Gottes Namen, schalt sein verfluchtes Mikro …«

»Aua! Hey! Was soll der Scheiß, V …«

Dann wurde es herrlich still.

Der Schmerz in seinem Kopf versuchte, die Tür zu seinem Schädel einzutreten. Am liebsten hätte Butch die Brille abgezogen und sich die Augen gerieben, aber er durfte die Kandidaten keinen Moment unbeobachtet lassen. Es wäre dem Programm alles andere als zuträglich, wenn jemand ernsthaft verletzt wurde oder, schlimmer noch, als Toter wieder aufwachte.

Außerdem war er so schon abgelenkt genug, selbst mit der Spezialbrille.

Irgendetwas stimmte mit Marissa nicht.

Schließlich war er während seiner Zeit als Mensch selbst lange genug wie ein Zombie durch die Gegend gelaufen, um die betäubte Geistesabwesenheit zu erkennen, die sie gerade an den Tag legte.

Das Problem war, sie gab ihm keinerlei Hinweise. Jedes Mal, wenn er sie fragte, worüber sie nachdachte oder ob es ihr gut ging, lächelte sie ihn an und brachte irgendeine bescheuerte Erklärung an, dass im Refugium gerade viel los sei oder irgend so ein Mist.

Bestimmt entsprach das der Wahrheit, aber das war dort Normalzustand. Sie sah aber nicht immer so aus wie während der letzten vierundzwanzig Stunden.

Vielleicht brauchten sie einfach mal einen freien Abend, und zwar nicht nur in Bezug auf die Arbeit. Das große Anwesen war ein toller Wohnort – das Futter war gut und die Gesellschaft noch besser. Nur leider war Privatsphäre eher Mangelware. Wenn man sich nicht gerade ins Schlafzimmer zurückzog, was in ihrem Fall ein schuhkartongroßer Raum in der Höhle mit dünner Tür und dünnen Wänden war, dann war man nie wirklich allein. Immer wieder wurde man ohne Vorwarnung gestört, egal ob durch die Angestellten oder die anderen Brüder oder Freunde.

Da er aus einer irisch-katholischen Familie stammte, liebte er das eigentlich.

Doch als besorgter *Hellren* war er nicht ganz so begeistert.

*Ich brauch mal wieder ein Date,* dachte er.

»Wo sollen wir hingehen?«, fragte V in seinem Ohr.

Scheiße, er hatte den Gedanken laut ausgesprochen. »Nicht mit dir.«

»Aua. Das tut verdammt weh«, ertönte die blecherne Antwort.

»Marissa und ich brauchen …«

»Falls es sich um Aufklärungsunterricht handelt, ich hätte schwören können, dass ihr beide den Dreh inzwischen raushabt. Außer natürlich ihr macht diese ganzen Geräusche immer beim Armdrücken.«

»Ernsthaft.«

»Willst du damit sagen, ihr faltet Origami? Gütige Jungfrau der Schrift, die Papierschnittwunden … das will ich mir lieber gar nicht ausmalen, stimmt's?«

»Hör auf.«

»Sagt Marissa nie.«

»In letzter Zeit nicht mehr«, gab Butch zurück.

»Habt ihr Probleme?«

»Ich weiß nicht.«

Es folgte ein langes Schweigen. »Ich hab 'ne Idee.«

»Ich bin für alles offen …«

»Genau das hat sie auch gesagt!«, mischte sich Lassiter ein.

»V, ich dachte, du hast ihm das Mikro weggenommen.« Das Handgemenge der beiden Vampire dröhnte so laut, dass Butch den Knopf aus dem Ohr nahm und das Gesicht verzog.

Lassiter bekam eindeutig die Abreibung, auf die er es angelegt hatte, und unter anderen Umständen hätte Butch die beiden aufgesucht, und zwar nicht, um Schiedsrichter zu spielen. Doch er hatte gerade wichtigere Sorgen.

Vor allem da er zwei neue Besucher zu diesem feuchtfröhlichen Teil der Party willkommen heißen durfte.

Wenn V dann irgendwann wieder auf Sendung war, würde Butch vielleicht doch noch einen guten Rat bekommen. Vorausgesetzt, sein bester Freund war in der Lage, über den Horizont von Stachelhalsband/schwarzem Kerzenwachs/Nippelklemmen hinauszudenken.

Shit.

Paradise kämpfte wild gegen die Fesseln an ihren Knöcheln und zappelte wie ein Fisch an der Angel, während sie über den Boden geschleift wurde und mit den Händen ins Leere griff. Ihr eigener heißer Atem in dem Sack über ihrem Kopf drohte sie zu ersticken – oder vielleicht hatte sie auch nur den ganzen Sauerstoff aufgebraucht.

Als Reaktion schoss das Adrenalin durch ihren gesamten Körper, ließ ihre Muskeln zucken und verwandelte ihr Gehirn in eine Highspeed-Autobahn der Gedanken, die sie weder beruhigten noch ihr weiterhalfen. Ein Teil von ihr wollte nach Peyton rufen, aber er würde sie nicht retten. Ihn hatten sie auch geschnappt. Die andere Hälfte berechnete verschiedenste Arten, auf die das hier schlecht enden konnte.

*Was jetzt! Was jetzt! Wasjetztwasjetztwasjetzt …*

Das »Jetzt« kam völlig ohne Vorwarnung wie alles andere zuvor auch: Die Vorwärtsbewegung hörte auf, dafür trat eine zweite Person heran. Sie wurde vom Boden hochgehoben.

Paradise schrie erneut in ihrem Sack und versuchte, sich aus dem Griff zu befreien. Unmöglich. Man hatte sie so fest gepackt, dass sie genauso gut in einem Schraubstock hätte stecken können, der in ihr Fleisch und die Knochen biss.

Schaukeln.

Sie wurde hin und her geschwungen, wobei ihr Körper immer mehr Tempo bekam, so als wollte man sie werfen.

»Nein!«

Genau in dem Moment, als man sie auf dem Scheitelpunkt des Linksschwungs losließ, wurde der Sack von ihrem Kopf gerissen. Sie konnte zweimal kräftig nach Luft schnappen – und dann fiel sie. Sie fiel und fiel, durch Dunkelheit, die von seltsamen Geräuschen geprägt war.

*Platschhhhhh!*

Überall Wasser. Es drang ihr in die Nase, den Mund, umhüllte ihren Körper. Ihr Instinkt übernahm die Kontrolle, und ihre Sinne justierten sich sofort in Richtung »oben«, nämlich entgegengesetzt zur Sinkbewegung. Ihre Arme und Beine abspreizend, stellte sie fest, dass die Fesseln an ihren Knöcheln gelöst worden waren.

Paradise durchbrach die Wasseroberfläche mit solcher Kraft, dass ihr Oberkörper wie ein Korken herausschnellte. Vor lauter heftigem Husten verlor sie beinahe das Bewusstsein. Trotz Atemnot gelang es ihr immer wieder, nach Luft zu schnappen … und irgendwann mit tiefen Atemzügen große Mengen an Sauerstoff in ihre Lungen zu saugen. Allein dieser Luxus, normal atmen zu können, erfüllte sie mit so viel Dankbarkeit, dass ihr die Tränen in die Augen schossen. Der Moment dauerte jedoch nicht lange. Überall um sich herum konnte sie Leute im Wasser zappeln, husten, atmen und mit den Armen rudern hören, um nicht unterzugehen.

Wie viele?

War das der zweite Teil?

Wasser tretend hätte sie gerne nach Peyton gerufen, aber sie war sich nicht sicher, ob es eine gute Idee war, Aufmerksamkeit auf sich zu ziehen. Soweit sie wusste …

»Paradise!«

Peytons Stimme war ganz in der Nähe. »Ja«, keuchte sie. »Ich bin hier. Bei dir alles klar?«

»Geht's dir gut?«

»Hier drüben bin ich.« Sie sprach etwas lauter. »Gleich hier.«

Kurz darauf griff eine starke Hand nach ihrem Arm und zog sie durchs Wasser.

»Ich kann stehen«, sagte Peyton. »Pass auf, ich halt dich fest.«

»Das brauchst du nicht.«

»Du musst dir deine Kräfte aufsparen. Das hier ist erst der Anfang.«

Er klang so vernünftig, so als hätte ihn der Schock durch das Wasser ausgenüchtert. Als Nächstes spürte sie seine Hände um ihre Taille, während er sie umdrehte, sodass sie mit dem Rücken zu ihm schwamm.

»Hab dich«, flüsterte er.

Mit einem Arm hielt er sie fest. Als sie seinen starken Körper hinter sich fühlte, verkrampfte sie sich. Doch da er nichts weiter tat, als einigermaßen gleichmäßig zu atmen, um sich zu erholen, entspannte sie sich ein wenig, obwohl sie nichts sehen konnte und ihre Beine immer wieder seine streiften.

Noch nie war sie einem männlichen Vampir so nahe gewesen.

Wobei, in Anbetracht der Situation, in der sie sich befanden, war jetzt wohl kaum die Zeit, auch nur einen Gedanken an diesen Unsinn zu verschwenden. Peyton hatte nichts im Sinn, außer zu überleben.

Minimal erleichtert überließ sie sich seinem Haltegriff. Ihre Instinkte blieben höchst wachsam, doch zumindest ihr Körper bekam auf diese Art eine kurze Verschnaufpause, ihr Puls beruhigte sich, und dieses entsetzliche Brennen in ihren Lungen erlosch.

*Plitsch! Platsch!*

Zwei weitere Kandidaten – oder Opfer – klatschten so weit von ihnen entfernt ins Wasser, dass sie eine vage Vorstellung davon bekam, wie groß dieses Becken oder der Teich oder See, in dem sie sich befanden, sein musste. Wobei, nein, See war es keiner. Das Wasser war gechlort.

Also ein Pool. Sie befanden sich in einem unterirdischen Pool – wahrscheinlich relativ nahe der Sporthalle, denn man hatte sie nicht meilenweit geschleift.

»Was kommt als Nächstes?«, fragte sie.

»Keine Ahnung. Aber du und ich, wir bleiben zusammen.«

»Ja.« Es schockierte sie selbst, wie sehr seine Gegenwart sie beruhigte, obwohl man immer noch nichts sehen konnte und sie keine Ahnung hatte, womit man sie als Nächstes konfrontieren würde.

*Platsch! Platsch! Platsch!*

»Wie viele sind hier drin?«

»Fünf sind gerade dazugekommen. Also sind wir mindestens zu siebt.«

»Von sechzig …? Das müssen doch mehr sein.« Wie konnte sie eine von einer solch geringen Anzahl an Leuten sein, die es bis hierher geschafft hatten.

»Bin ich dir zu schwer?«

»Also, bitte.«

Als er seinen Griff veränderte, bewegte sich ihr Körper im Wasser, sodass ihr Hintern gegen seine Hüfte gedrückt wurde. Sie spürte dort nichts … aber sie hätte auch nicht gewusst, weshalb sie sich sorgen sollte, selbst wenn er erregt gewesen wäre.

Ein weiterer Kandidat stürzte in den Pool.

Und dann …

… folgten ziemlich lange keine Neuzugänge mehr. In Wirklichkeit waren es wahrscheinlich bloß ein paar Minuten, aber es fühlte sich an wie Stunden … Tage.

Ihre Angst summte die ganze Zeit vor sich hin, aber ohne konkrete Anhaltspunkte als Nahrung begann die Sorge, ihre Vernunft aufzufressen, bis ihr alle möglichen abstrusen Verrücktheiten durch den Kopf gingen. Was, wenn das hier gar kein Trainingsprogramm war? Was, wenn es sich vielmehr um eine Art … soziales Experiment handelte? Eine Leichenraub-Geschichte … oder ein Versuch … verdammt, sie wusste auch nicht genau was.

Eine Welle der Panik schoss durch sie hindurch. Sie konnte nichts sehen, das Dröhnen in ihrem Kopf überlagerte die Geräusche im Pool, und ihr Körper war zu erschöpft, um mit dem Zittern umzugehen, das von ihr Besitz ergriffen hatte.

»Was kommt als Nächstes?«, jammerte sie.

»Ich …«

Bevor Peyton antworten konnte, merkte sie, dass sich etwas um sie herum veränderte. Die anderen spürten es auch, denn die Körper im Wasser schienen innezuhalten, als könnten sie noch nicht einschätzen, was anders war.

Der Wasserspiegel sank.

Das aufgewühlte Nass hatte ihr bis zu den Schultern gereicht, jetzt nur noch bis zu den Oberarmen, dann zu ihren Ellbogen.

Ihr Puls legte noch einmal einen Zahn zu, bis ein summendes, schräges Schwindelgefühl sie ganz benommen machte.

»Was haben sie mit uns vor?«, keuchte sie.

Tiefer … und noch tiefer … bis ihre Füße den Boden berührten, wie die von Peyton. Trotzdem löste sie sich nicht aus dem Halt seines Arms, denn mit seinem starken Körper hinter sich wusste sie zumindest, dass sie aus dieser Richtung geschützt war.

*Ich will einfach nur etwas sehen,* dachte sie in die schwarze Leere hinein. *Gütige Jungfrau der Schrift … bitte, lass mich etwas sehen.*

Drüben auf der anderen Seite tauchte plötzlich ein strahlend helles, gleißendes Licht auf.

Es war so überwältigend, dass Paradise ihre Augen mit dem Arm abschirmen musste. Auf diese Weise geschützt, erkannte sie, dass sie sich tatsächlich in einem Schwimmbecken befanden, das sehr sauber und mit einem hübschen hellblau-grünen Kachelstreifen eingefasst war. Hinter ihr stand Peyton, der ziemlich mitgenommen aussah. Dann waren da noch die anderen Kandidaten im Wasser.

Ihre triefend nassen Haare aus dem Gesicht streichend, versuchte Paradise, ihre Pupillen mühsam an das Licht zu gewöhnen.

*Was zum …*

»… Henker ist das?«, beendete Peyton ihren Gedanken.

Auf der gegenüberliegenden Seite des sich immer noch leerenden Pools hatte ein riesiger Vampir mit blond-schwarzen Haaren den Raum betreten. Zuerst dachte Paradise, dass er das grelle Licht mitgebracht hatte. Doch in Wirklichkeit war *sein Körper* das Licht. Er leuchtete, als wäre er eine lebendige, atmende, strahlend helle Glühbirne.

Doch das Verrückte daran war … diese Tatsache war nicht mal das Schockierendste an ihm.

Sein attraktives Gesicht zierte eine Tauchermaske, und er hatte einen Schnorchel auf die Stirn hinaufgeschoben … an den Füßen trug er Flossen, die über den glitschigen Boden patschten, als er sich dem Beckenrand näherte … dazu einen Badeanzug, der aus sehr wenig neonpinkfarbenem Stoff bestand … und einen gelb-blauen Kinderschwimmreif um den Bauch.

Jeder der triefend nassen Halbtoten im Pool starrte ihn an, als handelte es sich um die Wiederkunft in einem SpongeBob-trifft-Magic-Mike-Paralleluniversum.

Klatschend watschelte er zum Sprungbrett, stieg hinauf, steckte sich umständlich eine fleischfarbene Nasenklemme auf den Zinken und räusperte sich.

Nach einigen »Mi-mi-mi-miiis« – als wärme er seine Stimme für ein Solo auf – holte er tief Luft und …

»Aus der Baaaahn!«, brüllte er und rannte das Brett entlang.

Beim Absprung hielt er den Kinderschwimmring fest, während er einen perfekten Salto absolvierte und mit einer solch gewaltigen Arschbombe im schwindenden Wasser landete, dass die Gischt bis zur Decke hinaufspritzte.

Während Paradise versuchte, nicht von der Flutwelle überrollt zu werden, dachte sie: *Noch ein Punkt für die Brüder.*

Denn was auch immer sie vielleicht erwartet hatte …

… das hier war es ganz bestimmt nicht gewesen.

# 9

Craegs Turnschuhe berührten den Boden des Schwimmbeckens fast genau in dem Moment, als der … nun ja, es war ziemlich eindeutig ein Mann … mit solcher Wucht die Wasseroberfläche zerteilte, als hätte man ein Auto hineingeworfen. Nachdem sich die Fluten beruhigt hatten, wurde die Umgebung gleichmäßig erleuchtet, denn das Licht, das von diesem hünenhaften, lächerlich gekleideten Körper ausging, verwandelte die Badewanne von olympischem Ausmaß selbst in eine Lampe.

Der Typ war halb Profi-Wrestler, halb Toys »R« Us.

Doch Craeg würde keine Zeit damit verschwenden, sich den Kopf über diese Kombi zu zerbrechen.

Nachdem er sich das Gesicht abgewischt hatte, checkte er zuerst die möglichen Fluchtwege ab: Es gab vier oder fünf Türen, einschließlich der, durch die das Wesen mit dem Schwimmreif hereingekommen war, doch er würde wetten, dass alle abgeschlossen waren. Nichts an der Decke. An den Wänden. Am Boden des Beckens.

Sein zweiter Suchblick galt weiteren Personen im Raum. Tatsächlich. Drüben am Rand standen zwei riesige, schwarz gekleidete Vampire mit Kapuze über dem Kopf und Nachtsichtbrillen. Sie waren schwer bewaffnet, doch ihre Waffen steckten im Halfter. Sie schienen alle im Pool zu beobachten, als suchten sie nach Anzeichen von Schwäche oder Gefahr.

Als Drittes machte Craeg eine kurze Bestandsaufnahme, wer es sonst noch bis zu diesem Punkt geschafft hatte. Zehn … nein, zwölf … halt, mit ihm befanden sich dreizehn Kandidaten im Pool, einschließlich der Vampirin, mit der er aus großer Höhe heruntergefallen war.

Und die blonde Büroassistentin, Paradise.

Wobei sie nicht allein war.

Nein, sie stand an einen der Vampire gelehnt und hatte die Hand auf seinen schützenden Arm um ihre Taille gelegt.

Kaum überraschend. Frauen wie sie hatten meist jemanden vom anderen Geschlecht an ihrer Seite. Motten zum Licht und der ganze Quatsch.

Craeg zwang sich, den Blick von den beiden abzuwenden – was ungefähr eine Minute lang funktionierte. Ehe er sich's versah, musterte er den Typen wieder, als wäre er ein Kampfgegner, wobei er dessen Größe, die Breite seiner Schultern und den entschlossenen Zug um den Mund registrierte.

Als ob sie beide noch aneinandergeraten würden.

Was natürlich völlig verrückt war.

Er hatte kein Recht auf diese Frau, und, was noch wichtiger war, momentan hatte er sich eigentlich ausschließlich darum zu kümmern, es bis zu der unbekannten Ziellinie zu schaffen, die ihn am Ende dieses Wasauchimmers erwartete.

Plötzlich gingen überall normale Lichter an, wodurch die Schatten verschwanden und sich Ecken und Winkel zeigten, von denen keine weitere Bedrohung auszugehen schien.

Doch er glaubte nicht, dass es schon vorbei war. Wäre er einer der Brüder, er würde ganz sicher jetzt nicht aufhören. Es waren immer noch zu viele Kandidaten auf den Beinen.

Da flog die Tür in der rechten hinteren Ecke auf, als hätte sie jemand eingetreten.

Und schon ging es weiter.

Einer nach dem anderen marschierte fast ein Dutzend Krieger herein. *Die Bruderschaft,* dachte Craeg. Das hier musste die Bruderschaft sein: Ihre Körper waren so beeindruckend groß, dass selbst er daneben wie ein Winzling wirkte, und genau wie die beiden Aufpasser trugen auch sie Masken im Gesicht. Ansonsten waren sie vom Scheitel bis zur Sohle in schwarzes Leder gehüllt.

Im Gegensatz zu den zwei anderen aber hatten sie Schusswaffen in der Hand.

Blitzschnell verschwand auf einmal der, der mit den Kinderrequisiten seinen großen Auftritt gehabt hatte. Dann versickerte gluckernd der letzte Rest Wasser in den Abflüssen am tiefen Ende des Beckens.

Um ihn herum regten sich die anderen Kandidaten in ihren durchnässten Klamotten, mehr oder weniger erschöpft. Craeg hingegen blieb still stehen – genau wie Novo, die ebenfalls zu spüren schien, dass es jetzt noch härter werden würde.

Also war es am besten, sich die Energie aufzusparen, bis sie wussten, wogegen genau sie sich zu wehren hatten.

Diese Waffen, dachte er, waren kein gutes Omen.

Klassischer Gruppendynamik folgend, scharten sich die anderen zusammen, wobei diejenigen am flachen Ende den Rückzug antraten, weil die Kämpfer den Pool entlang auf die rutschigen Stufen zumarschiert kamen, die nun zu blankem Beton und vereinzelten Pfützen hinabführten.

Dann stiegen die bedrohlichen Vampire zu ihnen ins Becken herunter. Ihre schweren Springerstiefel donnerten auf den Boden, und ihre Halfter gaben knarrende Geräusche von sich. Als sie stehen blieben, konnte man unmöglich sagen, wen sie ansahen, denn sie hatten zwar alle die Köpfe der Gruppe zugewandt, aber ihre Augen waren verdeckt.

Seine Position überprüfend, beschloss Craeg, dass es fürs Erste am besten war, sich ans Rudel zu halten, damit er …

Einer nach dem anderen hoben die Brüder ihre Selbstlader und richteten sie direkt auf die Anwärter. Dann trat der Größte von ihnen vor und beschrieb mit seinem Gewehrlauf einen langsamen, behäbigen Kreis, als wäre er auf der Suche nach dem besten Ziel.

Und los ging die Panik in der Herde. Die Kandidaten drehten völlig durch, rannten hierhin und dorthin, versuchten, sich hinter anderen zu verstecken, rutschten aus, fielen der Länge nach hin. Ein paar von ihnen ließen sich auf die Knie sinken, flennten herum und winselten um Gnade, bevor überhaupt geschossen wurde.

Das kam für Craeg nicht infrage. Wenn die Anwärter eine Ladung Blei abbekommen sollten, dann sicher nicht an tödlichen Stellen. Dazu waren bisher zu viele Vorsichtsmaßnahmen getroffen worden. Und er war bereit, eine Kugel in Kauf zu nehmen, falls es das war, was ihn in die nächste Runde bringen würde.

Nur her damit. Er hatte keine Angst vor Schmerzen.

Die Schultern straffend ging er in Position. Gleichzeitig ahnte er, dass es wahrscheinlich noch einen Grund gab, weshalb er zögerte. Doch er weigerte sich, sich diesen einzugestehen.

*Kommt schon,* dachte er. *Hier drüben.*

*Hier bin ich …*

Aber sie zielten nicht auf ihn.

Nein … die Brüder hatten jemand anderen im Visier.

*Nicht sie,* dachte er. *Scheiße, nicht Paradise!*

»Hey«, rief er. »Hey, du Arschloch!«

Als diese Vampire in Schwarz den Poolbereich betraten, erkannte Paradise die Brüder sofort wieder. Nachdem sie die vergangenen Monate in ihrer Nähe gearbeitet hatte, waren ihr der Geruch und die Aura wohl vertraut. Inzwischen betrachtete sie sie sogar als so etwas wie beschützende Ersatzväter.

Doch das war heute Nacht ganz sicher nicht der Fall.

Zumal sie nun in den inzwischen trockenen Pool hinabstiegen, ihre Waffen hoben ... und einer von ihnen sie als Zielscheibe aussuchte.

Rhage. Es war Rhage, der seine Waffe auf sie richtete und dann langsam auf sie zukam. Sie erkannte ihn daran, dass er noch viel größer war als die anderen.

*Nein, nein,* dachte sie. *Das kannst du nicht machen. Mein Vater ...*

Doch er zögerte keine Sekunde. Stattdessen steuerte er direkt auf Peyton und sie zu, das Gewehr im Anschlag, den Finger am Abzug.

»Hey! Hey, du Arschloch!«

Aus dem Augenwinkel sah sie einen der Rekruten nach vorn treten und mit den Armen wedeln.

Es war dieser Vampir. Also dieser eine. Craeg.

»Erschieß mich doch! Hey! Du Wichser! Erschieß lieber mich.«

Was der Bruder dann auch tat.

Ohne den Kopf zu wenden, schwang Rhage den Arm zur Seite und drückte den Abzug, woraufhin eine Kugel aus dem Lauf schoss.

Paradise schrie auf und zuckte in Peytons Arm zusammen, während ringsherum wildes Chaos ausbrach und schrille Stimmen widerhallten wie das panische Geflatter von tausend aufgeschreckten Vögeln. »Nein! Gütige Jungfrau! Nein!«

»Sei still«, zischte Peyton, der sie nicht losließ. *»Sei bloß still.«*

Ganz bestimmt nicht. Als Craeg zu Boden ging, befreite sie sich aus Peytons Griff und stürzte sich auf den Bruder. Es war, als würde ein Käfer gegen die Windschutzscheibe eines Wagens knallen, aber das war ihr egal. Sie konnte einfach nicht zulassen, dass jemand zu Schaden kam – schon gar nicht dieser spezielle Vampir. Sie packte den Lauf von Rhages Waffe und klammerte sich daran fest, während sie gleichzeitig versuchte, die Kontrolle darüber zu gewinnen. Vergeblich. Ehe sie sich's versah, lag sie mit dem Gesicht nach unten auf dem feuchten Betonboden. Es gelang ihr trotz des Gewichts in Nacken und Kreuz, den Kopf zu drehen, um nachzusehen, ob Craeg noch lebte.

Der Vampir lag sich windend auf ihrer Augenhöhe und hielt sich offenbar den Oberschenkel. Die einzige andere Vampirin in der Gruppe kniete neben ihm. Sie schob nachdrücklich seine Hände beiseite, um die Wunde inspizieren zu können. Dann zog sie mit einer ruckartigen Bewegung ihr Shirt aus dem Hosenbund und zerrte es sich vom Leib, sodass ihr muskulöser Oberkörper und ein schwarzer Sport-BH zum Vorschein kamen. Geschickt riss sie ringsherum den Saum ab, wodurch ein langer Stoffstreifen entstand.

Damit legte sie an Craegs Oberschenkel einen professionell wirkenden Druckverband an.

»Lass sie los!«, hörte Paradise Peyton hinter sich schimpfen. »Lass sie los, verdammt noch mal!«

»Sonst was?«, ertönte von oben eine verzerrte Stimme aus Lautsprechern, als hätte jemand in ein Mikro mit Synthesizer gesprochen.

Da drehte ihr Kumpel völlig durch. Als Paradise mühsam den Kopf in die andere Richtung drehte, zeigte sich ihr der unglaubliche Anblick von Peyton im Aggro-Modus. Mit den Fäusten schlug er auf Rhage ein, traktierte ihn mit den Füßen, die Fänge gefletscht, während er versuchte, den Bruder von ihr wegzuzerren. Dann war er auf einmal nicht mehr allein: Der Vampir, der solch sportliches Können auf dem Pferd gezeigt hatte, kam ihm zu Hilfe.

*Peng! Peng!*

Beide wurden von einem anderen Bruder beschossen. Genauso wie zwei weitere Vampire, die versuchten, sich einzumischen. Wieder andere probierten in der Zwischenzeit, über die Edelstahlleitern aus dem Becken zu klettern, nur um von Stromschlägen getroffen zu Boden zu fallen.

Eine Tür schwang auf.

Von oben verkündete die Stimme: »Jeder, der an dieser Stelle gehen möchte, kann dies tun. Euch wird nichts passieren. Das hier kann alles vorbei sein – jetzt und sofort. Alles, was ihr tun müsst, ist, durch diese Tür zu rennen.«

Im selben Moment war Paradise wieder frei. Rhage ließ von ihr ab und trat zurück.

Sie krabbelte zu Peyton hinüber und rollte ihn auf den Rücken. »Wie schlimm? Wo?«

»Mein Arm … mein verdammter Arm.«

Paradise riss ihr Shirt hoch und folgte dem Beispiel der anderen Vampirin, indem sie mit ihren Fängen einen Streifen abtrennte und versuchte, ihn direkt oberhalb der blutenden Wunde an Peytons Bizeps zu befestigen.

Wütend blickte sie zu den Brüdern auf. »Verdammt noch mal, habt ihr den Verstand verloren?! Das hier sollte doch eine Ausbildung werden, kein Krieg! Was soll die Scheiße?!«

»Wer gehen will, kann gehen«, dröhnte die Stimme von oben weiter. »Geht einfach zur Treppe am flachen Ende des Beckens, dann habt ihr es überstanden.«

Eine plötzliche, glühende Wut ließ Paradise rot sehen, und bevor sie richtig nachgedacht hatte, war sie aufgesprungen und vor die Reihe der Brüder getreten. »Los, erschießt mich! Kommt schon! Tut's einfach, ihr verdammten Feiglinge!«

Sie hatte keine Ahnung, was sie da sagte. Was sie tat. Sie hatte noch nie so viele Waffen gesehen, ganz zu schweigen davon, dass sie sich selbst absichtlich in die direkte Schusslinie gebracht hatte. Doch irgendetwas in ihr war ausgerastet, und sie erlebte eine überraschende Welle von Energie als Begleiterscheinung.

Nicht dass das die Brüder irgendwie beeindruckt hätte. Sie standen einfach nur da, reglos und ohne eine Reaktion zu zeigen, als würden sie in aller Seelenruhe abwarten, bis ihr die Puste ausging.

Also wandte sie sich stattdessen an die Kandidaten, die dabei waren, abzuhauen. »Was macht ihr da? Ihr müsst kämpfen! Das hier ist nicht in Ordnung ...«

Ohne Vorwarnung schloss sich die Tür, gefolgt vom unverwechselbaren Geräusch eines Bolzens, der verriegelt wurde.

»Ihr seid nun verpflichtet, die Erste Nacht zu beenden«, verkündete die Lautsprecherstimme. »Der letzte Teil beginnt in drei ... zwei ...«

»... eins.«

In diesem Augenblick verwandelte sich die grelle Beleuchtung ins violette Blau von Schwarzlicht.

Und die Bruderschaft eröffnete das Feuer auf sie alle.

# 10

Gummigeschosse taten höllisch weh.

Als die erste von unzähligen Kugeln Craeg in den Bauch traf, rollte er sich weg, um statt der empfindlichen Vorderseite lieber seinen Rücken zu zeigen. Die Wunde der einen richtigen Kugel am Oberschenkel brannte wie Feuer in seiner Haut. Wie von ihm vorhergesagt, hatte der gekonnte Schuss ihn jedoch kaum gestreift, sodass dieser Druckverband eigentlich unnötig war. Aber keine Zeit, ihn abzumachen. Stattdessen packte er Novos Hand und riss sie bäuchlings auf den Schwimmbeckenboden. Mit gesenkten Köpfen krochen sie weg vom Trommelfeuer und über die Schwelle, die sie in den drei Meter tiefen Bereich brachte.

Ein Blick zurück verriet Craeg, dass sich die Brüder nun so aufgestellt hatten, dass die Treppe am flachen Ende blockiert war, und in Formation losmarschierten, als wollten sie Vieh in die Klappe eines Schlachthauses treiben. Verfluchte Scheiße: Auch in den Metallleitern, die oben neben den Sprungbrettern montiert waren, floss Strom, und diese Krieger schienen über einen unendlichen Vorrat dieser verdammten Gummigeschosse zu verfügen. Auch wenn die Treffer durch die Kleidung hindurch eher heftigen Bienenstichen glichen, würde seine Schmerzgrenze irgendwann in einem Ausmaß gereizt sein, wo er kampfunfähig wurde.

Wieder sah er über die Schulter, um abzuschätzen, mit welcher Geschwindigkeit die Brüder auf sie zukamen.

Schnell genug, dass ihm vielleicht noch sechzig Sekunden blieben, eine Lösung zu finden.

»Dematerialisieren«, sagte er zu sich selbst und jedem, der es hören wollte. »Einzige Chance.«

In seiner Vorwärtsbewegung erstarrend, schloss er die Augen und begann, gleichmäßig zu atmen. Das erste Bild, das in seinem Kopf auftauchte, war das der schlanken blonden Vampirin, wie sie sich auf einen hünenhaften Bruder mit Gewehr stürzte.

Um ihn zu verteidigen, nachdem er angeschossen worden war.

»Schluss damit«, zischte er.

Kontrolle. Er musste wieder die Kontrolle über seine Gedanken und seine Gefühle erlangen, sich konzentrieren, damit er sich hier rausdematerialisieren konnte. Konzentrier dich ... *Los jetzt* ...

Schmerz in seinem Körper: am Oberschenkel, an den anderen Trefferstellen an Schultern, Rückgrat, Hüfte. Sein Kopf wummerte. Sein Brustkorb schien zu eng. Sein Ellbogen pochte immer noch vom Stromschlag oben auf dem Gerüst.

Ringsherum Leute in Panik, weinend, fluchend. Stolpernd. Fallend.

Dazu nach wie vor die Geschosse, die auf ihn einprasselten. Auf sie alle.

Je mehr er versuchte, die Angst und Panik zu ignorieren, desto lauter wurde das Dröhnen aus Schmerz und Ablenkung.

Er brauchte eine Zielvorstellung, etwas, auf das er sein Gehirn fokussieren konnte.

Wie aus dem Nichts tauchte das Bild der Sekretärin vor seinem geistigen Auge auf, als er sie das erste Mal gesehen hatte. Sie hatte hinter einem hübschen kleinen Schreibtisch in einem majestätischen Raum gesessen. Alles daran hatte ihn eingeschüchtert: die Seidentapete, der edle Teppich, der saubere Geruch … sie.

Doch sie hatte ihn gar nicht wie den Abschaum behandelt, der er war, sondern mit diesen Augen zu ihm aufgeblickt, bei denen ihm fast das Herz stehen blieb … und dann hatte sie ihren Namen gesagt.

Paradise.

Ihre Stimme war so wunderschön, dass er den Inhalt gar nicht richtig hörte. Und dann hatte er es vollends versaut, indem er ihr nicht die Hand gab, obwohl sie ihm ihre hinstreckte. Das Problem war, sein Hirn hatte einen solchen Aussetzer, weil sie so …

Sein Körper dematerialisierte sich, ohne dass Craeg es merkte. Gerade noch steckte er leidend in seiner körperhaften Form … und plötzlich flog er aus dem Pool hinaus. Ohne festes Ziel im Kopf purzelte er durch die Luft wie die ersten paar Male, als er sich nach seiner Transition an diesem Trick versucht hatte. Schließlich hatte er sich wieder unter Kontrolle und schickte seinen Körper in die entgegengesetzte Ecke an die Wand.

Als er dort wieder auftauchte, war Novo schon da, wachsam und bereit, doch auch sie massierte sich die eine Schulter, als wollte sie entweder Schmerzen vertreiben oder fühlen, ob sie sich das Teil ausgekugelt hatte.

Einer nach dem anderen schafften es noch weitere triefende, nasse Anwärter aus dem Pool: der sportliche Vampir vom Turnerpferd. Der, der aussah wie ein Mörder, mit seinen Piercings und Tattoos auf nur einer Gesichts- und Halsseite. Der Typ, der zuvor den Arm um Paradise gelegt hatte. Und noch ein großer, muskulöser Vampir.

Craeg hatte keine Ahnung, was mit …

Die Sekretärin tauchte als Letzte auf, und Craeg musste sich abwenden, um keine unpassende Regung zu zeigen. Um sich abzulenken, versuchte er zu erkennen, was mit den Fünfen, die im Schwimmbecken zurückgeblieben waren, passierte.

Da öffnete sich direkt neben ihnen eine Tür, und eine steife, kalte Brise fegte herein. Es roch nach freiem Himmel.

Doch auch dort draußen herrschte wieder Dunkelheit.

»Wer geht zuerst?«, fragte Paradise.

»Ich gehe«, antwortete der gepiercte Grufti. »Nichts zu verlieren.«

Craeg runzelte die Stirn, denn die plötzliche Stille um sie herum schien ihm wie ein schlechtes Omen. Die Ballerei hatte nämlich aufgehört. Was bedeuten konnte, dass dieser Teil der Prüfung nun beendet war … oder dass die Brüder ein neues Ziel anvisierten.

Nein, sie waren verschwunden. Im Pool blieb nur noch eine Handvoll Anwärter zurück, die gekrümmt, schluchzend und komplett durchnässt auf dem feuchten Betonboden kauerten, die Köpfe in den Händen verbargen oder sich in Embryonalstellung zusammengerollt hatten.

Verdammt. Wo waren die Brüder jetzt?

»Ich komm mit dir«, sagte er zum Grufti.

Sie beide waren die Kräftigsten aus der Gruppe, die Speerspitze sozusagen. Und auch wenn er in diese Sache mit dem Ziel gestartet war, sein eigenes Überleben zu sichern, nahm er zunehmend Abstand von dieser eindeutigen Position. Zumindest fürs Erste.

Falls sie angegriffen wurden, waren zwei besser als einer.

Novo meldete sich zu Wort. »Ich bilde das Schlusslicht.«

Der Athlet gesellte sich zu ihr. »Dabei kann ich helfen.«

»Ihr drei«, wies Craeg die blonde Vampirin und ihren … Partner? Freund? … an, sowie einen gut aussehenden Typen mit Pretty-Boy-Face. »In die Mitte.«

Auf diese Weise würde er sich wenigstens keine Sorgen um sie machen.

Nicht dass er das getan hätte.

»Und los«, sagte Craeg.

Er und der Hardcore-Vampir traten gemeinsam über die Schwelle, wobei ihre Schultern nebeneinander beinahe das ausfüllten, was sich als Tunnel herausstellte. Sobald sie einmal drin waren, diente ein in der Ferne flackerndes Licht als Ziel, auf das sie langsam zusteuerten.

»Wie heißt du?«, flüsterte der Grufti.

»Craeg.«

»Ich bin Axe. Verflucht nett, dich kennenzulernen.«

Paradise rechnete damit, dass irgendetwas passieren würde, während sie als Gruppe durch den Tunnel gingen. Dicht aneinandergedrängt, voller Angst, erschöpft und im Schneckentempo vorwärtskriechend, wartete sie auf die nächste böse Überraschung. Dass sie etwas anspringen, auf sie drauffallen, sie umwerfen würde.

Als am Tunnelende lediglich ein Lagerfeuer auf sie wartete, wussten ihre flatternden Nerven überhaupt nicht, wie sie mit dem Ausbleiben eines Angriffs umgehen sollten.

Auch ihr Gehirn konnte die Tatsache nicht verarbeiten, dass dort Tische mit Wasserflaschen, Energieriegeln und Obst aufgebaut waren.

War das hier das Ende? Sie ließ den Blick über Kiefern, Gebüsch und die Sterne am Himmel wandern.

»Ich hab einen Höllendurst.« Peyton steuerte zielstrebig auf das Mineralwasser zu.

Der Vampir, den sie irgendwie dauernd ungewollt beobachtete, bremste ihn. »Es könnte eine Falle sein«, warnte er Peyton.

»Jetzt übertreibst du aber.«

»Hast du vorhin von den Sachen gegessen? Kotzt du gerne?«

Peyton öffnete den Mund. Klappte ihn wieder zu. Fluchte.

Craeg untersuchte in der Zwischenzeit den Aufbau, indem er mit der Spitze seines nassen Stiefels den Erdboden abklopfte. Sich dem Tisch von der Seite in gebückter Haltung näherte. Dann beugte er sich vor, um die ordentlich aufgereihten Flaschen genauer unter die Lupe zu nehmen. Er hob die Tischdecke an und sah darunter.

Dann griff er langsam nach einer der Wasserflaschen.

Paradises Herz klopfte laut. Auch sie war völlig ausgetrocknet, obwohl sie das Gefühl hatte, das halbe Schwimmbad geschluckt zu haben. Doch sie hatte Angst, sich zu vergiften.

Sie war noch nie in dieser Situation gewesen: von Durst gequält, mit Getränken in Reichweite und trotzdem unfähig zu bekommen, was sie wollte.

»Die hier ist nicht mehr versiegelt«, stellte Craeg fest.

Er griff nach einer anderen. Und noch einer. Bei der dritten war ein Knacken zu hören, als er den Deckel drehte. Nachdem er kurz an der offenen Flasche geschnuppert hatte, nahm er einen kleinen Schluck.

»Ist okay.« Ohne hinzusehen reichte er die Flasche nach hinten, und sobald Peyton sie sich geschnappt hatte, setzte Craeg seine Untersuchung der Deckel fort, wobei er weitere unversiegelte aussortierte. Peyton wiederum verteilte die anderen an den Rest der Gruppe weiter, bis alle versorgt waren.

Craeg behielt eine Flasche für sich, aber er trank nicht viel, sondern steckte sie in seinen Gürtel. Ohne weiteren Kommentar machte er sich dann an die Energieriegel und sortierte auch hier diejenigen aus, deren Verpackung irgendwie beschädigt war.

Paradise aß, obwohl sie keinen Hunger hatte, denn sie wusste nicht, wann sie wieder Gelegenheit dazu haben oder wie viel Anstrengung der nächste Teil ihnen abverlangen würde. Nahrung diente schlicht und einfach der Energiebereitstellung. Der Riegel war ein scheußlicher Mix aus Pappe, künstlicher Süße und irgendetwas Klebrigem, aber es war ihr egal. Sie würde die Kalorien brauchen.

Allein schon, um warm zu bleiben, dachte sie, als ein Frösteln sie überlief. Eine Novembernacht und nasse Klamotten. Nicht gerade optimal für die Körperkerntemperatur, wenn man bloß herumstand.

Oder sich zu lange im Freien aufhielt.

»Was machen wir denn jetzt?«, fragte sie an alle und gleichzeitig niemanden im Speziellen gewandt.

Hinter ihnen fiel die Tür zum Gebäude knallend ins Schloss und wurde von innen verriegelt.

Der Serienmörder-Typ, Axe, meinte daraufhin bloß: »Macht nix, ich hatte sowieso keine Lust auf eine zweite Runde Pool Action.«

»Da drüben ist ein Zaun.« Die andere Vampirin zeigte nach links.

»Auf dieser Seite auch«, stellte der Athlet fest.

»Wetten, dass die unter Strom stehen«, murmelte Peyton. »Das war bisher mit allem aus Metall so.«

Die Frage wurde gelöst, indem jemand einen Stock aufhob, ihn gegen die Zaunmaschen warf und das Teil in einem Funkenregen geröstet wurde.

Weitere Erkundungen zeigten, dass sie sich in einer Art Schneise befanden, die einen einzigen Ausweg bot: geradeaus, in den dunklen Wald hinein.

»Wir gehen zusammen«, sagte sie und blickte dabei am flackernden orangefarbenen Licht des Lagerfeuers vorbei. »Wie vorhin.«

»Ich hasse Teamwork«, murrte Axe.

»Und ich freu mich ja *so*, dass ich mit dir in einer Gruppe sein darf«, gab Peyton zurück.

Ohne sich groß abzusprechen, begaben sie sich in dieselbe Formation wie im Tunnel. So marschierten sie als Einheit los, wobei sie darauf achteten, dem Maschendrahtzaun nicht zu nahe zu kommen, der den Weg von beiden Seiten immer enger begrenzte.

Zweige knackten unter ihren nassen Schuhen. Jemand nieste. Von der Seite blies der Wind und ließ Paradises Arm zu Eis gefrieren.

Doch all das nahm sie kaum war. Ihr Körper glich einem Draht unter Strom, Energie floss durch ihre Adern, ihre Sinne waren aufs Höchste geschärft und bereit für Reize aus gleich welcher Richtung. Sie war absolut wachsam, um jedes Warnsignal wahrzunehmen, dass etwas nicht stimmte. Ein zu lautes Knacken am Boden, eine komische Bewegung von Peyton neben ihr, das Knarren eines Astes links oben … Was sie nicht direkt als nicht bedrohlich einordnen konnte, weckte in ihren zuckenden Muskeln und ihrem überdrehten Hirn den Wunsch, stehen zu bleiben, um es besser einschätzen zu können. Oder loszurennen, um zu flüchten.

Doch sie marschierten weiter. Und weiter. Und … weiter.

Die Zeit verging, dachte sie mit Blick hinauf zu den Sternen.

Unermüdlich schleppte sich ihr bunt gemischtes Häufchen weiter, schlurfend, hinkend, taumelnd, jeder auf irgendeine Art verletzt und trotzdem immer noch auf den Beinen.

Einige Kilometer weiter – oder waren es schon an die hundert? – war ihnen immer noch nichts begegnet.

Doch Paradise ließ sich nicht täuschen.

Die Brüder würden zurückkommen. Sie hatten einen Plan für alles.

Sie musste dicht bei den anderen bleiben, die Gruppe nicht verlassen und …

Vorne an der Spitze blieben Craeg und Axe unvermittelt stehen.

»Was ist denn?«, fragte sie und griff nach Peytons Arm.

Warum roch sie Rauch?

»Wir sind wieder an unserem Ausgangspunkt zurück«, antwortete Craeg leise. »Hier sind wir losgelaufen.«

Als er auf den Boden zeigte, sah sie Fußabdrücke in der weichen Erde, die der Teilnehmer. Nur dass der Tisch mit dem Wasser und dem Essen verschwunden war. Auch das Feuer war gelöscht worden, was den Geruch erklärte. Und der Zaun war anders aufgestellt.

Er bildete nun eine ovale Bahn, wie in einem Stadion.

»Sie wollen uns im Kreis herumführen?«, fragte Peyton. »Was soll der Scheiß?«

»Warum?« Paradise sah zu Craeg hinüber, quasi ihrem Anführer. »Warum sollten sie das tun?«

Da sich ihre Augen zum Glück inzwischen an die Dunkelheit gewöhnt hatten, konnte sie sehen, wie er sich mit gerunzelter Stirn umsah. Als er den Kopf schüttelte, spürte sie, wie ihr flau wurde.

»Was denn?«

Die andere Vampirin sagte: »Sie wollen uns fertigmachen. Darum.«

Von links war plötzlich das Knallen von Gewehrfeuer zu hören, Läufe blitzten auf, was eine weitere Runde Chaos auslöste. Die Gruppe geriet ins Stolpern, sie prallten gegeneinander, wodurch Paradise erneuter Schmerz durch Schulter und Unterschenkel schoss.

»Geht weiter!«, brüllte Craeg. »Geht einfach weiter, und es wird aufhören!«

Er hatte recht. Sobald sie sich wieder in Bewegung setzten, wurde alles still.

Man musste kein Genie sein, um zu kapieren, dass die

Brüder wieder mit Gummigeschossen auf sie feuern würden, sobald sie stehen blieben.

Paradise holte tief Luft, um sich zu beruhigen. Das war nicht so schlimm, sagte sie sich. Das Tempo war langsam und gleichmäßig, und sie wanderte eigentlich gern.

Zumindest lieber, als sich beschießen zu lassen.

Das hier würde erträglich werden.

Besser als der Pool. Besser, als gefesselt und mit einem Sack über dem Kopf über den Boden geschleift zu werden. Besser als die Explosionen in der Sporthalle.

Sie musste lediglich einen Fuß vor den anderen setzen.

Um sich die Zeit zu vertreiben, hielt sie den Blick auf Craeg vorne an der Spitze gerichtet, verfolgte die Bewegungen seines starken Körpers, von den breiten Schultern zu der Art, wie sich seine Hüften bei jedem Schritt wiegten. Wenn der Wind ab und an die Richtung wechselte, nahm sie seinen Geruch wahr und fand diesen besser als jedes Rasierwasser, das sie je gerochen hatte.

Wer waren seine Leute?, fragte sie sich. Wo kam er her? Hatte er eine Partnerin?

Komisch, was für einen Stich ihr dieser letzte Gedanke versetzte. Andererseits hatte sie heute Nacht ja schon eine Menge durchgemacht. Kein Wunder, dass ihr Kopf und ihre Gefühle da völlig durcheinander waren …

Immer rundherum im Kreis gingen sie, bis Paradise irgendwann vertraute Bäume und spezielle Äste wiedererkannte. Bis ihre Schritte einen Trampelpfad in die Erde gegraben hatten, bis die dumpfe Monotonie ihr zuzusetzen begann: Niemand griff sie an, beschoss sie, sprang über den Zaun, um sie zu terrorisieren.

Das bedeutete nicht, dass es nicht immer noch passieren konnte … aber je länger nichts dergleichen geschah, desto mehr begann ihr Gehirn, sich selbst zu zerfleischen, indem es von zusammenhanglosen Gedanken über Craeg zu grundloser Panik wechselte, dann zu Bildern ihres Vaters und zur Sorge, was als Nächstes passieren würde.

Mit Blick hinauf zu den Sternen wünschte sie sich, sie wüsste, was deren Position am Himmel bedeutete. Sie hatte keine Ahnung, wie viel Zeit seit ihrer Ankunft auf dem Trainingsgelände vergangen war oder wie lange sie schon hier draußen herumliefen. Es fühlte sich an wie ein ganzes Leben, seit sie sich angemeldet und man ein Foto von ihr gemacht hatte. Noch viel länger seit ihrem Streit mit Peyton im Bus. Doch das war mit Sicherheit nicht wahr.

Drei Stunden? Nein, zu kurz. Fünf oder sechs, schätzte sie.

Die gute Nachricht war, dass diese Sache bei Tagesanbruch enden musste. Sonne war selbst für die Brüder keine Option – und offensichtlich sollte niemand sterben. Ja, diese Geschichte mit den Gewehren war entsetzlich gewesen, aber selbst diejenigen, die von echten Kugeln getroffen worden waren, waren immer noch auf den Beinen. Das bedeutete, die Wunden waren nur oberflächlich. Dasselbe galt für diejenigen, die etwas von den präparierten Sachen gegessen oder getrunken hatten.

So viele waren aussortiert worden. Mit sechzig hatten sie angefangen. Jetzt waren noch sieben übrig.

Paradise war erstaunt, dass sie nach wie vor dabei war. Um ehrlich zu sein, wenn sie gewusst hätte, dass das Ganze mit einem Waldspaziergang enden würde, wäre der Rest viel leichter zu ertragen gewesen.

In Anbetracht der Tatsache, wie schlimm es hätte werden können, war das hier ein Kinderspiel.

# 11

Einer nach dem anderen brachen sie zusammen.

Der Erste, der schlapp machte, war der Vampir, den sie von den Festen der *Glymera* kannte, ihr entfernter Cousin Anslam. Nach einer Weile wurde er immer langsamer, entwickelte ein Hinken, das irgendwann so stark wurde, dass es sich auf seinen ganzen Körper auswirkte. Dann blieb er einfach stehen.

Die Gruppe versuchte es mit einigen aufmunternden Worten, aber er schüttelte bloß den Kopf und setzte sich hin, um die Schnürsenkel an seinem linken Turnschuh zu lockern.

»Ich bin fertig. Sollen sie mich doch abknallen. Ich hab die Schnauze voll.«

Selbst in der Dunkelheit konnte Paradise das Blut auf seinem weißen Socken sehen.

»Komm schon.« Peyton stupste sie an. »Wir müssen weiter.«

Den Blick in den dichten Wald gerichtet, fragte sie sich, wo die Brüder wohl steckten. Was mit Anslam passieren würde.

Als die Truppe weiterzog, folgte sie, weil sie nicht aufgeben wollte und auch – obwohl sie sich schämte, es zuzugeben – weil sie den Kerl nie sonderlich gemocht hatte. Er hatte einen schlechten Ruf, was Frauen anging.

Es dauerte nicht lange, bis der Nächste auf der Strecke blieb. Und dann sackten sie alle nach und nach in sich zusammen. Die Füße waren schuld. Oder ein Oberschenkel. Oder die Schulter. Einer nach dem anderen ließen sie sich auf den Boden sinken, auf den ausgetretenen Pfad, den sie mit ihren unzähligen Schritten in die Erde getrampelt hatten. Paradise hatte das Bedürfnis, allen zu helfen, vor allem als Peyton neben ihr zu schwanken begann ... und dann tastend die Hände ausstreckte, als wäre er sich nicht mehr sicher, was sich vor ihm befand.

Bei ihm waren es die Nachwirkungen des Erbrechens. Er konnte das Wasser, das er getrunken hatte, nicht bei sich behalten, und der Flüssigkeitsmangel versetzte ihn ins Delirium.

Sie konnte ihn nicht einfach so im Stich lassen, also zog sie an seinem Arm, um ihm wieder aufzuhelfen, als er schließlich auf die Knie sank.

»... nach Hause«, lallte er. »Ich gehe jetzt nach Hause. Bett, ich brauche ... Essen ... Da ist mein Haus, schau.«

Es war beängstigend zuzusehen, wie er mit leuchtenden Augen in den Wald hineinzeigte, als sähe er da tatsächlich die Villa, in der er wohnte.

Da wusste sie, dass sie ihn nicht weiter drängen sollte.

»Komm schon«, sagte die andere Vampirin zu ihr. »Wenn du noch auf den Beinen bist, musst du weitergehen.«

Paradise blickte in ein blau-grünes Augenpaar. »Ich hasse das.«

»Ihm wird nichts passieren. Keine Schüsse mehr, schon vergessen? Für die anderen, die aufgegeben haben.«

»Geh«, meinte Peyton in einem Moment der Klarheit. »Ich komm schon zurecht.«

Letztlich konnte sie gar nicht sagen, warum sie doch wieder einen Fuß vor den anderen setzte. Vielleicht war die Tatsache, dass sie ihre eigenen Beweggründe nicht durchschaute, ein Symptom ihrer Erschöpfung. Vielleicht war auch sie auf ihre Art im Delirium. Jedenfalls folgte sie dem Häufchen an Leuten, das von der Gruppe noch übrig war, weil ihr Gehirn sie mit einer Art »Zuhause« verwechselte.

Vielleicht hatte ihr Körper schlicht auf Autopilot geschaltet.

Dann waren es nur noch zwei.

Die andere Vampirin, die mit den leuchtend blauen Augen, zeigte bald dieselben Erscheinungen, die Paradise inzwischen als Muster erkannte. Zuerst wurde sie langsamer und stolperte immer wieder. Dann blieb sie einfach stehen. Als sie nicht sofort zu Boden sackte, ging Paradise ein paar Schritte zurück, weil sie dachte, dass es vielleicht noch Hoffnung gab.

»Nein«, kam die andere ihr zuvor, ehe sie ein Wort sagen konnte. »Ich bleibe hier. Geh du weiter.«

Paradise warf einen Blick auf den einzigen Vampir, der noch weiterstapfte: Craeg war nach wie vor an der Spitze. War es die ganze Zeit gewesen.

Er war für niemanden stehen geblieben.

Er hatte niemanden ermutigt.

Er behielt einfach sein Tempo bei, ohne Umweg oder Ablenkung.

»Verschwende keine Zeit oder Energie an mich«, sagte die Vampirin. »Ich habe meine Entscheidung gefällt. Ich spüre meine Beine nicht mehr, und ich glaube, meine Schulter ist gebrochen. Wenn du noch weiterkannst, dann geh. Du bist zu müde, um mich zu tragen, aber selbst wenn du es könntest, will ich niemandem zur Last fallen.«

Tränen brannten in Paradises Augen. »Also … Scheiße.«

Die Vampirin lächelte ein bisschen. »Du wirst das hier gewinnen.«

»Wie bitte?«

»Geh einfach. Du packst das.«

Okaaaay, da litt wohl eindeutig noch jemand an Halluzinationen.

Die andere gab ihr einen Schubs und nickte aufmunternd. »Zeig den Jungs, dass wir ihnen nicht nur ebenbürtig sind, sondern überlegen. Lass mich nicht im Stich.«

Paradise schüttelte den Kopf. Wenn jemand den Krieg der Geschlechter gewinnen würde, dann doch wohl die Frau vor ihr.

»Geh schon. Du schaffst das.«

Vor sich hinfluchend, drehte sich Paradise um und nahm ihre Wanderung wieder auf. Irrsinn. Völlig verrückt.

Während ihre Füße über die inzwischen festgetrampelte Erde schlurften, blickte sie erneut zum Himmel hinauf. Die Sterne funkelten so hell wie zuvor, was bedeutete, dass es bis Tagesanbruch noch dauern würde.

Wie lange waren sie unterwegs? Und wie viel länger würden sie noch …?

Craeg war inzwischen schon weit entfernt. Ab und zu erschnupperte sie seinen Duft in der Luft, aber es war nicht mehr als eine Ahnung. Was das Thema Gewinner anging: Er war derjenige, der hier den »ersten Platz« belegen würde. Er war stärker und zäher. Außerdem war sie der Meinung – auch wenn es gegen alle ihre Prinzipien verstieß –, dass seine zielstrebige, unbeirrbare Verpflichtung sich selbst gegenüber ihm mehr bringen würde als ihr eigenes mitfühlendes Interesse an anderen.

Zusätzliches Gewicht, egal ob körperlich, geistig oder seelisch, machte einen langsamer.

Wie sie so durch den kalten Wind schlurfte, den sie nicht länger spürte, fühlte sie den Verlust jedes Einzelnen aus ihrer kleinen Gruppe – und all der anderen, die zuvor gelitten hatten, ob in der Sporthalle oder im Schwimmbad …

Nein, dieser Kerl dort vorne würde als letzter Kandidat übrig bleiben.

Als sie um eine Kurve im Trampelpfad bog, nahm sie vor sich ein Hindernis wahr. Es befand sich noch ein Stück entfernt, aber dort lag eindeutig etwas mitten auf dem Weg.

Nicht etwas.

Es war ... Craeg.

Ihr Gehirn schaltete einen Gang hoch und befahl ihr, zu ihm zu eilen. Ihr Körper jedoch war unfähig, auf den Adrenalinschub zu reagieren. Selbst als ihr Hirn alle möglichen Alarmknöpfe drückte, wurde ihr Tempo nicht schneller, der schleppende Gang ihrer Füße und das Schwanken ihres Oberkörpers unverändert durch die Panik.

Als sie ihn erreichte, sah sie, dass er bäuchlings auf dem Weg zusammengebrochen war. Seine Arme lagen schlaff seitlich neben dem Körper, als hätte ihm die Kraft oder das Bewusstsein gefehlt, sich abzufangen. Seine Beine hatten keine Spannung mehr, die Fußspitzen zeigten nach innen.

»Craeg?«

Als sie neben ihm in die Hocke gehen wollte, fiel sie selbst hin, weil ihre Knie sich weigerten, sich zu beugen. Und als sie versuchte, ihn auf den Rücken zu rollen, verloren ihre Hände immer wieder den Halt an seiner Kleidung, seiner Schulter, seinem Arm.

Was aber auch daran liegen könnte, dass er doppelt so viel wog wie Peyton.

Sie konnte ihn nur halb auf die Seite drehen, aber, gütige Jungfrau der Schrift, er war so bleich, dass sein Gesicht schimmerte wie das eines Geistes. Wenigstens atmete er noch, und kurz darauf öffnete er unkoordiniert blinzelnd die Augen.

Es war bizarr, aber ihr erster Gedanke war, ihm ihre Vene anzubieten, was ihr bisher kein einziges Mal in den

Sinn gekommen war, selbst dann nicht, als Peyton zusammengebrochen war.

Der Impuls war so stark, dass sie ihr Handgelenk an seinen Mund führte.

Er hielt sie jedoch davon ab, indem er ihren Arm beiseiteschlug. »Nein …«, keuchte er.

»Du blutest.« Sie deutete mit dem Kopf auf den großen roten Fleck auf seiner Jeans. »Du brauchst Kraft.«

Als er ihr in die Augen sah, ließ eine seltsame Art von Tunnelblick die Welt ringsherum verblassen, bis es nur noch sie beide gab. Der Wald, das Szenario, in dem sie seit Stunden kämpften, die Mühen, die sie beide ertragen hatten … all das verschwand zusammen mit den Schmerzen in ihrem Körper und ihrem Kopf.

Sein Blick reinigte sie. Erfrischte sie. Gab ihr Kraft.

»Lass mich liegen«, murmelte er und schüttelte am Boden den Kopf. »Geh weiter. Du bist die Letzte …«

»Du kannst aufstehen. Du bist noch nicht am Ende …«

»Hör auf, deine Zeit zu verschwenden. Geh …«

»Du musst aufstehen.«

Er schloss die Augen und drehte den Kopf von ihr weg, als wäre das Gespräch für ihn beendet. Doch dann fügte er hinzu: »Hier geht es um dein Überleben. Überleben bedeutet, dass du weitermachst, egal was es kostet, egal wie groß das Opfer ist. Also spar dir deine Atemluft, steh wieder auf und beweg dich.«

»Ich will dich aber hier nicht zurücklassen.« Wobei Paradise nicht so genau darüber nachdenken wollte, weshalb es ihr bei Peyton gelungen war, aber unmöglich schien, diesem völlig Fremden den Rücken zu kehren. »Ich lass dich nicht allein.«

Als er sie wieder ansah, wirkte er sauer. »Wie wär's damit: Ich will keine Hilfe von einer wie dir. Ich will nicht von irgendeiner dahergelaufenen Blondine gerettet werden … irgendeinem dummen, schwachen, linkischen Weibchen, das man überhaupt gar nicht erst für das Programm hätte zulassen sollen.«

Paradise fiel nach hinten auf den Waldboden. Ein brennender Schmerz fuhr durch ihre Brust. Doch dann schüttelte sie den Kopf. »Das glaubst du nicht wirklich. In der Nacht, als wir uns das erste Mal begegnet sind, hast du was ganz anderes gesagt. Im Gegensatz zu meinem Vater hast du mich ermutigt, teilzunehmen.«

»Ich habe gelogen.«

»Jetzt lügst du.«

Er schloss wieder die Augen. »Du kennst mich nicht.«

Als er daraufhin schwieg, spürte sie, wie sie von einer Flutwelle der Erschöpfung überrollt wurde. »Nein, das tue ich nicht.«

Paradise sah an ihm vorbei in Richtung des Trampelpfades. Sie versuchte, sich vorzustellen, wie sie wieder aufstand und weiterging … es gelang ihr nicht. Irgendwann zwischen vorhin, als sie sich noch in der Senkrechten befunden hatte, und diesem aktuellen Moment, da sie auf dem Hintern saß, hatte sie dreitausend Kilo Körpergewicht zugelegt – und das allein war es noch nicht einmal. Jemand war vorbeigekommen und hatte ihre Füße mit dem Hammer zerschlagen. Ihren Kopf auch. Und eine ihrer Schultern.

Paradise warf einen Blick dorthin zurück, wo sie hergekommen waren. Hatte sie wirklich gedacht, ein kleiner Spaziergang wäre halb so wild?

»Du gehörst nicht hierher«, hörte sie ihn sagen.

Paradise verdrehte die Augen. »Deine Argumentation langweilt mich. Wenn du das wirklich glauben würdest, hättest du mir nicht ganz am Anfang heute Abend diesen Rat gegeben.«

»Ich hatte Mitleid mit dir.«

»Dann hast du ja doch ein Herz.«

»Nein.«

»Wie kann es dann sein, dass ich oder jemand anderes dir leidtut?« Als er bloß grunzte, wurde ihr wieder bewusst, dass sie zwei Individuen waren, die ziemlich an ihre Grenzen gebracht worden waren, und dass keiner von ihnen viel Sinnvolles von sich gab. »Na gut, dann mal anders gefragt. Wenn du kein Herz hast, weshalb hast du dir dann die Mühe gemacht, die Wasserflaschen für alle zu überprüfen. Die Energieriegel. Das war nicht nur für mich.«

»Doch, war es.«

Paradise verstummte. Er hatte den Kopf von ihr weggedreht, aber sie hatte das ganz seltsame Gefühl, dass er gerade die Wahrheit gesagt hatte.

»Obwohl ich eine Fremde für dich bin.«

»Wie ich schon sagte. Hatte Mitleid. Die anderen konnten für sich selbst sorgen, und zu mehreren ist man sicherer.«

»Also, was denn nun – Frauenhasser mit Gewissen oder Mannschaftskamerad, obwohl ich ein Mädchen bin? Du drehst dein Fähnlein nach dem Wind wie ein Politiker.«

Stöhnend hob er den Arm. »Von deinem Gerede bekomme ich Kopfschmerzen.«

»Ich glaube, daran ist eher der Ausdauertest schuld. Nicht ich.«

»Warum gehst du nicht einfach? Wenn diese Unterhaltung noch lange dauert, wird mir so schlecht wie deinem Süßen vorhin.«

»Meinem S… Peyton? Sprichst du von Peyton?«

Okay, saßen sie wirklich hier und unterhielten sich, als wäre alles völlig normal?

Na gut … *stritten* sich, als wäre alles völlig normal.

»Tu mir einen Gefallen«, meinte er. »Siehst du den Stein da drüben?«

Sie warf einen Blick nach links. »Den da? Der so groß ist wie eine Eismaschine?«

»Ja. Könntest du den hochheben und auf meinen Kopf fallen lassen? Das wäre toll. Danke.«

Paradise rieb sich die Augen und ließ dann die Hände sinken, weil es zu anstrengend wurde, die Arme auf den Knien abzustützen. »Wie heißt du denn mit vollem Namen? Wenn ich dich schon auf deine Bitte hin umbringe, dann muss ich wenigstens wissen, was auf deinem Grabstein stehen soll.«

Diese Augen richteten sich wieder auf sie. Himmelblau. Sie waren von einem schockierend leuchtenden Himmelblau.

»Wie wäre es mit einem Kompromiss?«, murmelte er. »Du lässt mich einfach hier alleine sterben, dann musst du dir auch keine Sorgen wegen Blutflecken auf den Schuhen machen – oder darüber, wie ich heiße.«

Paradise wandte den Blick ab. »Aller guten Dinge sind nicht drei.«

»Was?«

Sie wartete darauf, dass er ihr seine Abstammung nennen würde. Als er es nicht tat, schrieb sie es der Erschöpfung zu … und seiner bürgerlichen Herkunft.

»Würdest du jetzt bitte gehen?«, flüsterte er. »Sosehr ich unser kleines Gespräch auch ›genossen‹ habe, ich werde gleich ohnmächtig, und darum würde ich mich gerne in Ruhe kümmern. Ich brauche meinen Schlaf.«

»Du schaffst das – du kannst weitergehen.«

Er ließ ihre Aussage unkommentiert und reagierte auch nicht darauf. Unsinnigerweise fühlte es sich an, als hätte er ein Geschenk abgelehnt, das sie ihm machen wollte. Wie arrogant war das denn?

»Das war's dann also, was?«, sagte sie, mehr zu sich selbst.

Wieder schwieg er, und wie zuvor redete er genau dann wieder, als sie nicht damit rechnete. »Es ist an der Zeit, dass du entscheidest, wer du bist. Das passiert in Momenten wie diesem. Bist du jemand, der aufgibt oder der weitermacht?«

*Aber ich würde immer stehen bleiben, um dir zu helfen,* dachte sie bei sich. Und einem anderen zu helfen, war nicht dasselbe wie aufgeben.

»Willst du nicht rausfinden, ob du nicht noch mehr sein kannst außer Sekretärin?«

Sie runzelte die Stirn. »Jede Art von Arbeit ist ehrbar.«

»Aber vielleicht wartet Großes auf dich, wenn du nur endlich wieder aufstehst und weitergehst.«

Ach, sie wusste ja selbst nicht ... also zu diesem Zeitpunkt wusste sie eigentlich gar nichts mehr.

Jetzt, wo die Hitze ihres Ärgers verglüht war, blieb eine solche Schlappheit zurück, die drohte, ihre Knochen in sich zusammenfallen zu lassen.

*Wer bin ich?,* fragte sie sich.

Gute Frage.

Sie hatte keine Ahnung, wie die Antwort lautete. Nur eines wusste sie genau: Paradise, Tochter des Abalone, oberster Berater von Wrath, dem Blinden König, war nicht die Art von Vampirin, die neben irgendeinem Fremden hocken blieb, der weder ihre Gesellschaft haben noch gerettet werden wollte, während noch die geringste Chance bestand, dass sie selbst einen einzigen Meter oder auch hundert Meter oder einen Kilometer in dieser Prüfung vorankommen konnte.

Sie sah auf Craeg hinab. Wie bei ihr auch starrten seine Kleider von Blut, Schweiß und Schmutz, seine Haare waren stachelig vom Chlorwasser und sein Körper ein schlapper Haufen aus verdrehten Gliedmaßen.

»Mach's gut.« Mühsam rappelte sie sich auf.

Er antwortete nicht. Vielleicht war er schließlich doch noch bewusstlos geworden? Vielleicht auch bloß erleichtert, dass sie ging. So oder so … nicht ihr Problem.

Als sie ihr rechtes Bein nach vorne bewegen wollte, stellte sie fest, dass ihre gesamte leibliche Hülle – vom Genick über die Wirbelsäule bis zu ihren Waden und allen Gelenken dazwischen – nur aus heißem Schmerz bestand. Doch sie setzte einen Fuß vor den anderen. Und dann noch einmal. Und noch einmal. Und …

Paradise hatte keine Ahnung, was sie antrieb. Sie machte sich nichts aus Gewinnen. Sie tat es nicht, um irgendetwas zu widerlegen oder um zu beweisen, dass Frauen wichtig waren. Sie war sich nicht einmal irgendeines bewussten Gedankens gewahr.

Sie ging einfach weiter … weil sie das eben tat.

Brennen.

Irgendwann fühlte sie nichts mehr als ein Brennen: in ihren Beinen und ihren Füßen … in ihren Eingeweiden und ihrer Lunge … in der Kehle – Himmel, ihr Hals stand in Flammen … in ihrem Schädel … auf ihrem Gesicht.

Feuer überall um sie herum, in ihr, durch sie hindurch, als flösse in ihren Adern entzündetes Benzin, und ihre Muskeln verbrannten von innen heraus.

Gleißendes Licht auch in ihren Augen.

So helles Licht.

Zu hell.

Aber es dämmerte noch nicht. Der Himmel war nach wie vor dunkel … zumindest glaubte sie das …

Dumpf tauchte ein Gedanke aus all dieser Pein auf: *Ist das der Schleier?* , fragte sie sich. *Dieses Leuchten, dieser Schmerz? Diese Hitze?*

War sie gestorben, ohne es mitzukriegen?

Sie erinnerte sich nicht daran, gestorben zu sein. Das

müsste man doch eigentlich merken, oder? Aber wie sonst sollte sie diese brennende Qual erklären?

Gehen … sie ging immer noch. Oder vielleicht bewegte sich auch die Welt unter ihren Füßen, während sie reglos dastand? Es war schwer zu sagen. Sie sah doppelt, die Bäume verdichteten sich auf beiden Seiten des Elektrozauns, der Pfad, dem sie folgte, gabelte sich weiter vorne, sodass sie ständig das Gefühl hatte, sich zwischen links und rechts entscheiden zu müssen. Doch wenn sie zu Boden blickte, war da wieder nur ein Pfad.

Feuer … der Schleier.

Nein!, dachte sie hektisch. Herrje, ihr Vater! Oh, das war schrecklich – Abalone würde jetzt ganz alleine sein, niemand sonst in diesem riesigen Tudor-Anwesen, Frau und Tochter beide tot …

Paradise blieb stehen.

Der Weg vor ihr war auf einmal versperrt.

Als sie den Blick auf die hohe, feste Mauer vor sich richtete, verschmolz das Doppelbild zu einer exakteren Darstellung der Wirklichkeit, und sie erkannte, dass es sich um eine Gruppe von Vampiren handelte.

Es war … ein Dutzend von ihnen, vielleicht mehr.

Alle waren schwarz gekleidet, mit Kapuzen über den Köpfen und Waffen am Körper.

Während Paradise im Stehen schwankte, wurde ihr klar, dass diese Mauer jetzt auf sie zukam, eine massive Wand aus unglaublich riesigen Leibern.

*Lauf!*, befahl ihr eine innere Stimme. *Lauf! Das ist ein weiterer Test!*

Doch sie hatte keine Kraft mehr. Nicht einmal mehr genug Energie, um die Panik länger als dieses kurze Aufflackern eines handlungsorientierten Gedankens aufrechtzuerhalten.

In der dünnen Luft taumelnd, innerlich und äußerlich

brennend, dachte sie: Scheiß drauf. Sie hatte das Zeitlimit überschritten, die Teilprüfung versemmelt, in diesem Abschnitt des Trainings versagt, worin auch immer er bestand, und nun war das Spiel für sie vorbei. Es gab keinen Neustart, denn sie hatte keine Motivation mehr, weder innerlich noch äußerlich. Wenn die Brüder sie jetzt erschossen, sie in mundgerechte Häppchen zerteilten, sie zu Boden drückten, um sie zu überfahren – sie würde keinen Widerstand leisten, denn sie hatte nichts mehr zu bieten.

Dann war das also das Ende. Ihr Vater würde so was von sauer sein, wenn sie seine Tochter umbrachten.

Wie auf ein unsichtbares Signal, als würden sie von einem einzigen Gehirn aus gesteuert, blieb die Bruderschaft vor ihr stehen und hob die Hände. Paradise bereitete sich auf eine neue schmerzhafte Erfahrung vor und …

Sie fingen an zu klatschen.

Einer nach dem anderen schlugen sie ihre breiten Pranken zusammen, applaudierten und starrten sie an. Während des Beifalls nahmen sie ihre Masken ab, sodass Paradise sie erkennen konnte.

»Was?«, murmelte sie. »Ich versteh das nicht.«

Zumindest wollte sie das sagen. Doch sie hatte keine Stimme mehr, nichts, um die Worte auszusprechen, die ihr Hirn äußern wollte.

Butch, der mit dem Bostoner Akzent, trat vor. »Glückwunsch«, meinte er grimmig. »Du bist der *Primus.*«

Paradise hatte keine Ahnung, was das bedeutete. Und es war ihr auch nicht möglich, ihn um eine Wiederholung zu bitten.

Als würde jemand einem Computer den Stecker ziehen, wurde zwischen einem Herzschlag und dem nächsten plötzlich alles schwarz um sie herum.

# 12

Während Butch vor Doc Janes Untersuchungszimmer wartete, stützte er seinen Hintern an die Betonwand im Flur des Trainingszentrums und ließ den Kopf nach vorne sinken. Ab und zu rieb er sich die Augen.

Es half nicht viel.

Um genau zu sein, half es überhaupt nicht. Bei jedem Lidschlag sah er Paradise diesen Pfad entlangtaumeln, den sie für die Anwärter durch den Wald angelegt hatten. Sie sah aus, als wäre sie im Krieg gewesen: verfilzte Haare, Schmutz im Gesicht, zerfetzte Kleider, Blut an den Händen. Und als sie den Blick schließlich auf die Brüder richtete, war dieser so leer gewesen wie ein hohler Schädel, während ihr Körper nur noch aus schlaffen, unkoordinierten Gliedmaßen bestand und ihr Geist gebrochen schien.

Verdammt, er konnte nicht anders, als an ihre Erscheinung vom Abend zuvor zu denken, als sie im Audienzhaus die Sachen für ihren Vater in Ordnung gebracht hatte. Wie aus dem Ei gepellt war sie da gewesen. Wach, aufmerksam, glücklich, wenn auch nervös, dass ihr Vater, die Bruderschaft oder der König doch noch ein Veto gegen ihre Bewerbung einlegen würden.

Heilige Scheiße, vielleicht hätten sie sie tatsächlich ausschließen sollen.

Aber das wäre nicht fair gewesen.

Die gute Nachricht war wohl, dass das von Vishous und ihm entwickelte Programm funktioniert hatte. Ihr Ziel war es gewesen, die Gruppe von sechzig Bewerbern auf weniger als zehn Studenten einzudampfen.

Nun hatten sie sieben, mit denen sie etwas anfangen konnten.

Alle, die es bis hinaus in den Wald geschafft hatten, waren dabei.

Trotzdem war er irgendwie nicht happy damit. Vielleicht wenn als Letzter einer dieser toughen Jungs übrig geblieben wäre. Wie dieser Craeg, ein geborener Anführer, die Sorte Mann, die sich perfekt für ein Leben als Krieger eignete – wenn der alle anderen geschlagen hätte, dann würde Butch jetzt vermutlich nicht an einem Anfall von Gewissensbissen leiden.

Es war nicht so, dass er dachte, Frauen kämen mit diesem ganzen Mist nicht klar. Er fand einfach …

Die Kliniktür ging auf, und V kam heraus. Als der Bruder sich sofort eine selbst gedrehte Zigarette ansteckte, fragte sich Butch, ob nicht auch er Schwierigkeiten mit dem hatte, was sie getan hatten. Nicht dass dieser sture Hund das jemals zugeben würde.

»Na, das war jetzt mal spaßig«, knurrte dieser. »Können wir das morgen Nacht wieder machen?«

»Geht es ihr gut?«

»Bestens.« V blies den Rauch aus und steckte sein Feuerzeug weg. »Dehydriert. Fußsohlen aufgerissen. Abschürfungen an diversen Stellen. Ehlena rollt sie gerade in den Schlafsaal.«

»Ist sie immer noch bewusstlos?« Verdammt, das waren schlechte Nachrichten. Sehr schlechte.

»Eher so sporadisch. Wir wollen ja nicht, dass sie uns jetzt noch ausrutscht und hinfällt, richtig?«

»Ja.«

Es folgte ein kurzes Schweigen. »Was ist los mit dir? Hör zu, ich hab dir doch gesagt, es geht ihr gut.«

Butch schüttelte bloß den Kopf. In Anbetracht von Vs Sadomaso-Hintergrund war er es vermutlich gewöhnt, dass Frauen – und Männer – fix und fertig aussahen und die Sessions trotzdem bestens überstanden. Er als früherer Detective bei der Mordkommission betrachtete die Dinge jedoch aus einer anderen Perspektive: Er sah überall Opfer.

Immer wieder hatte er Tatorte vor Augen, wo die Körper von Frauen so zugerichtet worden waren wie Autos mit Totalschaden. Und, nein, die standen nicht wieder auf, denen ging es nicht »bestens«.

Verfluchte Scheiße, er erinnerte sich noch genau an den Anblick seiner eigenen Schwester, als sie aus dem Heckfenster des Wagens ihres Mörders schaute. Das letzte Mal, dass man sie lebend gesehen hatte.

Daher hatten sie schlicht unterschiedliche Assoziationen.

»Willst du was trinken gehen?«, fragte V.

Sprich: Du siehst total scheiße aus, mein Freund.

Butch zog sein Handy heraus. Er hatte Marissa eine Nachricht geschrieben, sobald sie Paradise ins Gebäude getragen hatten, aber, nein, keine Antwort. Offenbar war bei seiner *Shellan* wieder viel los heute Nacht.

»Macht's dir was aus, wenn ich mich verdrücke?«, fragte er seinen Mitbewohner.

»Gehst du wieder in die Kirche?«

Mann, dieser Hurensohn kannte ihn einfach zu gut.

»Mir bleiben immer noch zwei Stunden bis Tagesanbruch.« Er schlug seinem besten Freund auf die Schulter. »Wir sehen uns dann beim Letzten Mahl.«

Er war schon halb beim Büro, wo sich der Eingang zum Tunnel befand, als V ihm hinterherrief: »Du hast heute Nacht nichts Falsches getan.«

Butch nickte. Dann warf er einen Blick über die Schulter. »Heißt aber trotzdem nicht, dass ich froh darüber bin, dass wir einen Haufen Kids mit dem Krieg bekannt gemacht haben.«

»Entweder übernehmen wir die Einführung, oder der Krieg findet sie auf seine Weise.«

»Klar, dieser ganze Mist ist wahrscheinlich notwendig. Vielleicht ist er auch zu ihrem Besten. Mir gefällt's trotzdem irgendwie nicht.«

Beim Gehen spürte er, wie ihn diese Diamantaugen verfolgten, und er war froh, dass er Vishous den Rücken zugekehrt hatte. Der Kerl konnte einfach zu gut in ihm lesen, und Butch wollte das ganze beunruhigende Zeug momentan für sich behalten.

Und, ja, genau deshalb ging er in die Kirche. Das taten brave, gottesfürchtige katholische Jungs nämlich, wenn ihnen schier der Schädel platzte.

Paradise erwachte mit einem Ruck. Kein langsames Auftauchen zurück an die Oberfläche des Bewusstseins, nein, sie wurde in den Wachzustand zurückkatapultiert. Ihre Hände schlugen nach der Unterlage, auf der sie lag, ihr Oberkörper fuhr in die Höhe, und ihre Augen waren mit einem Schlag offen.

Sie war für alles bereit …

Doch das saubere, hell erleuchtete Zimmer voller Stockbetten war bis auf sie selbst völlig leer.

»Was … zum …?«

Als sie sich umsah, knackte es in ihrem Genick, was die Schleusen für alle möglichen unangenehmen Befindlichkeiten öffnete: Ihre Füße pochten, ihre Hüfte tat scheußlich weh, ihre Oberschenkel brannten, sie hatte einen Krampf im Wadenmuskel und ihr Bauch schmerzte, als hätte man sie in den Magen geboxt.

Als sie die Beine über die Bettkante schwang, stellte sie

fest, dass sie statt ihrer Sachen ein Krankenhaushemd und einen weichen Bademantel trug.

»Keine Sorge, sowohl die Ärztin als auch die Schwester sind Frauen.«

Paradise fuhr herum. Die Stimme war aus Richtung Tür gekommen. »Peyton?«

Ihr Kumpel stand auf der Schwelle. Seine zerrissenen Klamotten waren ebenfalls verschwunden und durch einen lockeren Frotteemantel ersetzt worden. Offensichtlich hatte er geduscht und etwas gegessen und getrunken, denn er wirkte wieder fast wie der Alte mit seinem süffisanten Lächeln und dem Funkeln in den Augen.

»Kannst mich auch Weihnachtsmann nennen.« Er kam mit einer Tasse in der Hand auf sie zu. »Schließlich hab ich dir ein Geschenk mitgebracht.«

»Halt, halt … wo sind wir? Was sind …«

»Hier, trink.« Peyton setzte sich auf das Bett neben ihrem. »Und bevor du fragst, da ist nichts drin außer zwei Stück Zucker und einem Schuss Sahne. Ich weiß doch, wie du ihn gerne trinkst.«

»Wie spät ist es?« Sie nahm den Kaffee, um nicht unhöflich zu sein. »Ach du lieber Himmel, mein Vater …«

»Ich hab ihn angerufen. Wir sind hier alle im Trainingszentrum der Bruderschaft. Die sieben von uns, die ins Programm aufgenommen wurden – vor allem du. Glückwunsch, Parry. Du hast's geschafft.«

Mit gerunzelter Stirn nahm sie einen Schluck, dann stöhnte sie. »Heilige Sch… das ist das Beste, was ich in meinem ganzen Leben getrunken habe.«

Peyton stand wieder auf und ging zu einem Beistelltisch hinüber. »Das Letzte Mahl, M'Lady.«

Als er ihr ein Tablett mit zugedeckten Tellern brachte, musste sie sich zwingen, den Kaffee nicht runterzustürzen. »Wo sind die anderen?«

»In der Cafeteria, so 'ne Art Aufenthaltsraum gleich hier draußen. Die meisten schlafen aber. Ich hab aus naheliegenden Gründen dafür gesorgt, dass die Schwester dich hier unterbringt.«

»Naheliegend …« Aha. »Danke.«

»Klar, keine Anstandsdamen. Aber ich habe jede Viertelstunde nach dir geschaut.«

Nach allem, was sie während der nächtlichen Stunden durchgemacht hatte, schien Paradise ihre Tugendhaftigkeit das Letzte zu sein, worum sie sich Sorgen machen musste. Andererseits schüttelte man seine gesamte Erziehung nicht einfach so ab.

»Iss«, sagte er. »Alles wird besser, wenn du gegessen hast.«

Er stellte das Tablett neben sie aufs Bett und nahm einen Deckel nach dem anderen ab. Ein Blick auf die Roastbeef-Scheiben und die gebackene Kartoffel reichte aus, um ihren Heißhunger zu wecken.

Doch bevor sie es sich schmecken ließ, musste sie unbedingt noch eine Frage loswerden: »Alle sieben von uns? Aus der … du weißt schon, die wir zusammen gewandert sind? Wir alle?«

»Axe, Boone, Novo, Anslam und Craeg.«

Bei dem letzten Namen senkte sie den Blick. »Das ist also unsere Klasse?«

»Ja.«

Paradise griff nach Messer und Gabel, doch als sie sich zu ihrem Teller drehen wollte, protestierten ihre Rippen lautstark. »Mist, ich kann mich nicht bewegen, ohne …«

»Schmerztabletten. Ich sag ihnen, dass sie dir noch was bringen sollen.« Peyton ging zur Tür, blieb dann aber stehen. »Ich muss mich bei dir entschuldigen.«

»Wofür?«

»Dafür, dass ich gedacht habe, du würdest das nicht

durchstehen.« Er sah sie an. »Du hattest recht, als du mich im Bus so angepflaumt hast. Du hast mir das Gegenteil bewiesen. Es tut mir leid.«

Paradise atmete tief durch. »Danke. Das bedeutet mir eine Menge.«

Er nickte. »Komm einfach raus, wenn du soweit bist. Wir hängen nur rum und quatschen.«

»Du, Peyton?«, sagte sie, bevor er nach der Türklinke greifen konnte.

»Hm?«

»Tust du mir einen Gefallen?«

»Was denn?«

»Sag ihnen nicht … du weißt schon, wer ich bin. Ich will nicht anders behandelt werden. Ich will einfach sein wie alle anderen.«

»Anslam weiß es. Aber ich kann ihn mir vorknöpfen und dafür sorgen, dass er das Maul hält.«

»Danke.«

Peyton blickte einen Moment lang zu Boden. »Für dich tu ich alles.«

Nachdem er gegangen war, aß Paradise so viel sie nur konnte, und zwar restlos alles auf dem Tablett, einschließlich Brötchen und Erbsen. Sie trank den Kaffee aus und leerte dann beide Wasserflaschen, die man ihr gebracht hatte. Schließlich humpelte sie zum Bad in der Ecke hinüber.

Sie duschte so heiß, dass eigentlich die Farbe an den Wänden hätte schmelzen müssen, aber, oh, wie sich ihr Körper unter dem harten Prasseln entspannte. Die Blasen an ihren Füßen brannten, ebenso wie verschiedene andere Stellen, ihr rechter Ellbogen zum Beispiel und ihr linkes Knie, an denen sie Schürfwunden hatte, sowie beide Schultern, aus welchem Grund auch immer. Es war ihr egal. Die Dusche war himmlisch.

Mit hängendem Kopf ließ sie das Wasser über ihr Genick strömen.

Sie war froh, dass Peyton ihren Vater angerufen hatte. Inzwischen dämmerte fast der Morgen, und sie wollte nicht, dass er sich Sorgen machte. Gleichzeitig war sie noch nicht bereit, über das zu sprechen, was passiert war. Sie brauchte Zeit – um nachzudenken, zu beurteilen, zu verarbeiten.

Es gab Shampoo. Sie benutzte es, ohne zuerst auf das Etikett zu schauen. Dasselbe beim Conditioner. Und der Seife.

Als sie schließlich aus der Dusche stieg, fühlte sie sich wieder mehr wie sie selbst. Das änderte sich jedoch schlagartig beim Blick in den Spiegel über dem Waschbecken.

Paradise beugte sich vor, um ihre Gesichtszüge zu betrachten, als gehörten sie einer anderen. Sie kamen ihr fremd vor. Ihr Gesicht wirkte schmäler, und selbst ohne Make-up schienen ihre großen Augen alles zu dominieren, wie bei einem Kind.

»Wer bin ich?«, flüsterte sie ihrem Spiegelbild zu.

# 13

Die St. Patrick's Cathedral in Caldwell war eine ehrwürdige alte Dame, die sich als Zeugnis für Gottes Gnade und der menschlichen Fähigkeit, Steinblöcke aufeinanderzuschichten, aus dem Boden erhob. Als Butch seinen neuen Lexus in eine Parklücke am Straßenrand bugsierte, dachte er darüber nach, wie verdammt komisch es war, dass von all den menschlichen Zügen, die seine Wandlung zum Vampir überstanden hatten, sein Glaube der stärkste war.

Er war jetzt ein besserer Katholik als damals, als er noch zu den Homo sapiens gezählt hatte.

Die Boston-Red-Sox-Kappe tief ins Gesicht gezogen, trat er durch das Eingangsportal, das größer war als das Haus in Southie, in dem er aufgewachsen war.

Die Kathedrale war immer geöffnet, ein Starbucks der Spiritualität, jederzeit bereit zu servieren, was verlorene und strauchelnde Seelen brauchten.

*Monsignore, ich hätte heute Nacht gerne einmal Vergebung grande bitte, vielen Dank. Und einen magischen Muffin, der mir sagt, was, zum Teufel, mit meiner Frau los ist.*

Der Sicherheitsbeamte, der im Vestibül in einem Sessel hockte, blickte von seiner *Sports Illustrated* auf und nickte ihm zu. Der Typ war daran gewöhnt, dass Butch vor Sonnenaufgang hier vorbeikam.

»'n Abend«, grüßte ihn der Wachmann.

»Alles gut?«

»Bestens. Und selber?«

»Auch.«

Immer dieselbe Unterhaltung, und der kurze Wortwechsel war inzwischen Teil des Rituals.

Butch überquerte den dicken roten Teppich, holte tief Luft und spürte sofort die beruhigende Wirkung durch den vertrauten Geruch nach Weihrauch, Bienenwachskerzen, Bohnerwachs mit Zitrusduft und echten Blumen. Als er durch die mit Schnitzereien verzierte Doppeltür in den majestätischen Altarraum eintrat, hätte er gerne die Mütze abgenommen, aber er musste im Schatten bleiben.

Seine Mutter würde einen Anfall kriegen. Zumindest wenn sich ihre Demenz lange genug lichten würde, damit sie überhaupt noch etwas mitbekam.

Die Tatsache, dass sie den Verstand verloren hatte, hatte es ihm so viel einfacher gemacht, die Welt der Menschen zu verlassen. Ab und zu gingen Marissa und er sie besuchen, indem sie sich in ihrem Zimmer im Pflegeheim in Massachusetts materialisierten, weil sie wussten, dass keine Erinnerung an ihr Erscheinen dort überdauern würde.

Butch blieb abrupt stehen und sog tief die Luft ein. Sein Blut fing an zu rauschen, seine Haut kribbelte. Mit einer ruckartigen Bewegung drehte er sich um und runzelte die Stirn, als er in den hinteren Bänken eine einsame Gestalt sitzen sah.

»Marissa?«

Obwohl seine Stimme nicht weit trug, blickte seine Gefährtin auf, weil auch sie seine Gegenwart wahrnahm.

Er eilte über die Steinfliesen, um sich dann seitwärts in die Bankreihe zu schieben, in der sie saß, und dabei nicht über die bestickten Betpulte zu stolpern.

»Was machst du hier?«, wollte er wissen, als er den Duft ihrer Tränen roch.

Ihre Augen füllten sich erneut, und sie versuchte zu

lächeln, doch besonders weit kam sie damit nicht. »Mir geht's gut, wirklich. Ich …«

Er setzte sich neben sie – ließ sich neben sie plumpsen, traf es besser – und nahm ihre kalten Hände in seine. Sie trug immer noch ihren Burberry-Wollmantel, und die Enden ihrer Haarsträhnen waren zerzaust, als wäre sie draußen im Wind gewesen.

Butch schüttelte den Kopf, während sein Herz sich fast überschlug. »Marissa, du musst mit mir reden. Du jagst deinem dich liebenden Mann eine Heidenangst ein.«

»Es tut mir leid.«

Mehr sagte sie nicht, aber sie lehnte sich an ihn, sodass er sie stützen konnte. Das allein schon war eine Erklärung: Um was auch immer es sich handelte, es war nicht seine Schuld.

Butch schloss die Augen und hielt sie fest, streichelte ihr den Rücken. »Was ist denn los?«

Nach und nach kam die Geschichte in Bruchstücken aus ihr heraus: eine junge Vampirin … Rasen vor dem Refugium … schwer misshandelt … Havers hatte operiert … trotzdem gestorben … kein Name, keine Information, keine Familie.

Oh Gott, wie er es hasste, dass seine kostbare *Shellan* diesem ganzen Grauen ausgesetzt war. Ach, und PS: Ihr Drecksbruder sollte sich echt verpissen.

»Ich weiß nicht, was ich für sie tun kann.« Marissa atmete zitternd aus. »Ich bin … ich habe das Gefühl, als hätte ich nicht genug für sie getan, als sie noch gelebt hat, und jetzt ist sie tot. Ich weiß, sie war eine Fremde, aber das macht keinen Unterschied.«

Butch schwieg, weil er seiner Partnerin die Chance geben wollte weiterzusprechen. Während er wartete, dachte er, dass er dieses beschissene Gefühl unerklärlicher Verantwortung nur zu gut kannte. Früher, als er noch für die Mordkommission gearbeitet hatte, war es ihm bei den Opfern jedes neuen Falls so gegangen. Seltsam, wie wildfremde Menschen zu einer Art von Angehörigen werden konnten.

»Es ist einfach so ungerecht ihr gegenüber. Die ganze Sache.« Marissa holte ein Taschentuch aus ihrer Handtasche und putzte sich die Nase. »Ich wollte dir nichts davon erzählen, weil ich weiß, dass du so viel zu tun …«

»Falsch«, unterbrach er sie. »Es gibt nichts Wichtigeres als dich.«

»Trotzdem …«

Er hob ihr Gesicht an, um ihr in die Augen sehen zu können. »Nichts.«

Als sie wieder zu weinen begann, wischte er ihr zärtlich über die Wagen. »Wie kannst du daran nur zweifeln?«

»Ich weiß auch nicht. Ich kann einfach nicht klar denken.« Sie drückte sich das zerknüllte Taschentuch an die Nase. »Ich bin hierhergekommen, weil es der Ort ist, an den du immer gehst.«

Na, wenn das sein altes Herz mal nicht ordentlich wärmte. »Hat es geholfen?«

Sie lächelte zaghaft. »Nun ja, es hat uns zusammengebracht.«

Butch zog sie wieder an sich, legte den Arm um sie und blickte über die glänzenden Holzbänke hinweg nach vorn zum prachtvollen Altar mit seinem Goldkreuz und der sechs Meter hohen Jesusfigur am Kruzifix. Dank der Sicherheitsbeleuchtung draußen strahlte das Buntglas in den großen Bogenfenstern, die sich bis zu den gotischen Verstrebungen hinaufzogen. In den Kapellen zu Ehren der Heiligen flackerten Votivkerzen, die von mitternächtlichen Besuchern angezündet worden waren. Die Marmorstatuen von der Heiligen Jungfrau, Johannes dem Täufer und den Erzengeln Gabriel und Michael spendeten dem, der es brauchte, Gnade.

Er wollte nicht, dass seine Partnerin litt, aber er war so froh, dass sie sich an ihn wandte. Als gebundener Vampir war sein oberster Instinkt, seine *Shellan* zu beschützen, und ihr innerlicher Rückzug, selbst wenn er nur einen Tag gedauert hatte, war einer Amputation gleichgekommen.

»Und ich wollte dir auch nichts davon erzählen wegen deiner Schwester.«

»Was?«, murmelte er und küsste sie auf den Scheitel.

»Deine Schwester …«

Butch erstarrte, er konnte nicht anders. Doch jede Erwähnung dieses Teils seiner Vergangenheit fühlte sich so an, als hätte ihm jemand mit einer Autobatterie Starthilfe gegeben.

»Ist schon okay«, sagte er.

Marissa richtete sich auf. »Ich wollte nicht, dass es dir schlecht geht. Ich meine, du sprichst nie von … also, darüber, was mit ihr passiert ist.«

Er richtete den Blick auf die Hände seiner Vampirin. Ihre Finger zuckten unruhig, kneteten das Taschentuch, das inzwischen zu einer Kugel geworden war.

»Du brauchst dir um mich keine Sorgen zu machen.« Er strich ihr die Haare zurück über die Schulter und streichelte die weichen, glatten Strähnen. »Das ist das Letzte, was du tun musst.«

»Darf ich dich was fragen?«

»Alles.«

Als sie nicht sofort reagierte, senkte er den Kopf, um sie anzusehen. »Was?«

»Warum sprichst du nie über dein Leben, bevor du mir begegnet bist? Ich meine, ich kenne ein paar Details … aber du redest nie darüber.«

»*Du* bist jetzt mein Leben.«

»Hm.«

»Worauf willst du hinaus?«

Sie warf ihm einen Blick zu und zuckte mit den Schultern. »Ich weiß auch nicht, was ich da rede. Ich fasele nur dummes Zeug.«

Als ihre Handtasche ein *Pling!* von sich gab, zog sie das Teil auf ihren Schoß und nahm ihr Handy heraus. Währenddessen betrachtete er sie wie aus der Ferne, obwohl sie direkt neben ihm saß.

»Eine Nachricht von Havers«, sagte sie. »Ich kann jetzt die sterblichen Überreste abholen.«

Butch stand auf. »Ich begleite dich.«

Marissa blickte erstaunt zu ihm auf. »Bist du sicher, dass du dafür Zeit hast?«

Er konnte nicht anders, als den Kopf zu schütteln. »Komm schon. Ich fahr dich hin. Uns bleibt noch eine gute Stunde Dunkelheit.«

Craeg saß in einem relativ bequemen Stuhl mit gepolsterter Lehne und Armstützen, aber trotzdem tat ihm alles dermaßen weh, dass er sich genauso gut auf einem Stapel Holzscheite hätte niederlassen können. Teilweise war er selbst schuld daran. Nachdem man ihn auf einer Bahre von draußen hereingetragen hatte, verweigerte er die Schmerzmittel, die man ihm nach der ärztlichen Untersuchung anbot. Das Essen, das Badezimmer und die Getränke nahm er jedoch dankbar an.

Das war's aber auch schon. Seit man ihnen diesen Aufenthaltsraum mit Studentenwohnheimflair, Flickenteppichen, Fernseher und Miniküche gezeigt hatte, hielt er sich von den anderen fünf fern. Außer ihre Namen zu lernen nahm er nicht weiter an der Unterhaltung teil und hörte sich ihre Geschichten an, ohne selbst irgendwelche Details beizusteuern.

Schließlich hatte er auch nicht viel beizutragen. Von seiner Familie war nur noch er übrig, und er hatte nicht vor, seine persönlichen Erinnerungen an die Überfälle zu teilen.

Was er jedoch durchaus verfolgte, war das ständige Hin und Her von diesem Peyton. Der Mistkerl sprang alle zehn Sekunden von der Couch auf, um rüber zum Zimmer mit den Stockbetten zu rennen.

Warum blieb der Typ nicht einfach auf seinem Platz?

Als Peyton dieses Mal den Kopf hineinstreckte, schien es eine Unterhaltung zu geben. Dann trat er ein und schloss die Tür nachdrücklich hinter sich. Nach einer Weile kam er wieder heraus, ging zu diesem Anslam hinüber und flüsterte ihm etwas ins Ohr. Um was auch immer es da ging, Anslam willigte mit einem Schulterzucken und einem Nicken ein.

Dann kehrte Peyton zu seinem Platz mitten im Raum zurück.

Einige Zeit später tauchte Paradise auf. Als sie durch die Tür kam, sahen alle in ihre Richtung, und die Unterhaltung über den Comedian Daniel Tosh verstummte.

Craeg drehte sich weg von ihr, vor allem weil es ihn ankotzte, dass beim Anblick dieser Vampirin sein Blutdruck sofort anstieg und ihm das Herz schneller schlug.

Verdammt, keiner von denen ging ihn etwas an. Erst recht sie nicht.

»Sehr verehrte Damen und Herren«, verkündete Peyton. »Hier kommt unser *Primus.*«

»Nenn mich nicht so«, stieß sie hervor, ehe irgendjemand applaudieren konnte. »Nie wieder.«

»Warum?«, wollte Novo wissen. »Du hast uns alle geschlagen. Du hast am längsten durchgehalten. Darauf kannst du verdammt stolz sein.«

Also, *das* war mal eine Frau, auf die er stehen sollte – nicht dass er momentan an irgendeiner Art von sexuellem Kontakt mit irgendjemandem interessiert war. Trotzdem,

Novo war sein »Typ« – eine, die sich mit Hindernislauf auskannte und einem Angreifer garantiert zuerst eins auf die Mütze gab und Fragen erst stellte, wenn der Kiefer, den sie dabei gebrochen hatte, wieder gerichtet worden war.

Außerdem sah Novo in diesem lockeren T-Shirt mit OP-Kittel, gegen den sie ihre kaputten Klamotten eingetauscht hatte, ganz schön heiß aus.

Er war auch nicht der Einzige, dem das aufgefallen war. Anslam, Axe und selbst der Scheißer Peyton warfen ihr immer wieder heimliche Blicke zu. Was sie jedoch nicht zu kümmern schien, oder sie bemerkte es gar nicht.

Die Sekretärin wiederum war es bestimmt mehr als gewohnt, dass alle sie ansahen. Blondinen wie sie bekamen immer eine Menge Aufmerksamkeit.

Was sie auch zur Zielscheibe machte.

Und, ja, genau das hatte er damals gedacht, als er an ihrem Schreibtisch stand und vorgeschlagen hatte, sie solle sich für das Programm bewerben. Klar, eine Frau wie sie wurde von den Männern in ihrer Familie beschützt, aber das funktionierte bekanntermaßen nicht immer.

Seine eigene Schwester würde heute noch leben, wenn das stimmen würde.

»… mit uns mit?«

Craeg sah zu Novo auf. »Wie bitte?«

»Wir suchen nach jemandem, der uns noch mehr zu essen besorgt. Wir haben alles im Kühlschrank und den Schränken hier aufgegessen. Kommst du mit?«

»Nein.«

»Dann besorg ich noch mehr von diesen Oreos mit Doppelfüllung für dich. Die hast du alle verputzt.«

»Brauchst du nicht.«

»Weiß ich«, entgegnete sie im Gehen.

Er verschränkte die Arme vor der Brust und verzog schmerzhaft das Gesicht, als er mit dem Hintern tiefer in den Sessel rutschte und die Beine ausstreckte. Schlaf. Das war es, was er jetzt brauchte, und als er hörte, wie die Tür geschlossen wurde, atmete er erleichtert auf.

»Hast du keinen Hunger?«

Blitzartig schlug er die Lider auf und drehte den Kopf. Paradise stand immer noch neben der Tür zum Schlafsaal. Sie wirkte ungefähr genauso verkrampft, wie er sich jetzt fühlte, die Arme um den Oberkörper geschlungen und den Kragen ihres Bademantels fest an den Hals gedrückt.

»Nein«, fauchte er.

Mist, es gab keinen Grund, sie so anzufahren.

»Ich meine … nein.« Toll, jetzt klang er wie ein Vollidiot.

»Wie geht's deinen Füßen?«

»Gut.« Es folgte eine Pause, als warte sie darauf, dass er ihr dieselbe Frage stellte. »Hör zu, warum gehst du nicht mit den anderen …«

»Du kannst mich hier nicht rauswerfen.«

Er senkte den Blick. »Du musst langsam mal aufhören, dauernd mit mir reden zu wollen.«

»Warum? Was hab ich dir je getan?«

Craeg sprang von seinem Stuhl auf und war mit wenigen Schritten bei ihr. Er achtete darauf, ihr nicht zu nahe zu kommen und ihr genügend Zeit zu geben, um zu merken, wie groß er war.

»Wolltest du noch was sagen?«, fragte er leise. »Oder wolltest du gerade gehen?«

Ihre blauen Augen wurden ganz groß. »Drohst du mir etwa?«

»Ich schlage nur vor, dass ein Ortswechsel besser für uns beide wäre.«

»Warum gehst *du* dann nicht?«

»Ich war zuerst hier.«

»Weil du verloren hast … genau. Du hast gegen ein Mädchen verloren … stimmt.«

Craeg biss die Backenzähne zusammen. »Pass auf, was du sagst, okay? Ich hatte eine genauso lange Nacht wie du.«

»Du warst doch derjenige, der gerade wie ein wild gewordener Stier auf mich los ist. Und ich würde ja gehen, denn ich mag dich doch nicht so sehr, wie ich dachte. Aber leider tun meine Füße dermaßen weh, dass ich nicht richtig laufen kann, und ich bin zu stolz, um um einen Rollstuhl zu bitten.«

Verdammtes.

Riesen.

Arschloch.

Ja, ungefähr so fühlte er sich, als er den Blick nach unten wandern ließ und ihre nackten, schuh- und sockenlosen Füße in all ihrer schlimmen Anti-Pracht sah: Dicke rote Striemen hatten sich auf der Seite und über dem Spann gebildet, und der rechte war so geschwollen, dass es aussah, als hätte er am Ende ihrer schlanken Fessel nichts zu suchen.

Er schloss einen Moment lang die Augen. Geh weg. Geh einfach zu deinem Sesselchen zurück, mein Freund, setz dich wieder hin und lass sie zum Sofa hinüberhumpeln und sich dort ausstrecken oder … wieder ins Bett gehen … oder mögen ihr Flügel wachsen, damit sie von dir armseligem, fiesem Scheißkerl wegfliegen kann.

Stattdessen sank er zu Boden. Beide Knie knackten dabei so laut, als hätte man in dem stillen Raum zwei Äste zerbrochen. Seine Oberschenkel und Waden beschwerten sich schmerzhaft über den Haltungswechsel.

»Das sieht echt schlimm aus«, sagte er leise.

Er hatte nicht vorgehabt, ihre Haut zu berühren. Wirklich nicht. Doch wie von alleine bewegte sich seine Hand, und seine Finger strichen über den Spann ihres linken Fußes – die einzige Stelle, wo die Haut nicht gerötet war.

Er hörte, wie sie über ihm nach Luft schnappte, und

aus irgendeinem Grund traute er sich nicht, zu ihr aufzuschauen. »Hab ich dir wehgetan?«

Es dauerte eine Weile, bis sie atemlos antwortete. »Nein.«

Mit dem Zeige- und Mittelfinger strich er so sanft über ihren Fuß, dass er die Wärme ihrer Haut nur erahnen konnte.

Sein eigener Körper erschauderte. Und seine Stimme war alles andere als fest, als er meinte: »Diese Striemen sehen wirklich schlimm aus.«

Wahrscheinlich hatte sie auch anderswo Blessuren. Prellungen, Quetschungen, Schürfwunden, aufgescheuerte Hautpartien. Er wollte sie alle berühren.

Und auch andere Stellen ihres Körpers.

Nicht gut, dachte er. Gütige Jungfrau der Schrift, das war gar nicht gut ...

Seine Libido hatte schon so lange Zeit geschlafen, und das Letzte, was er jetzt brauchen konnte, war, dass sie wieder erwachte, ausgerechnet unter diesen Bedingungen. Und bei einer Vampirin wie ihr.

Man musste nicht dem Adel angehören, um eine Lady zu sein. Selbst bürgerliche Arbeitermädchen hatten mitunter ihre Prinzipien und sparten sich passenderweise für den richtigen Partner auf.

Und der würde gewiss nicht der verwaiste Sohn eines Bodenlegers sein.

Ach, und sie war ohne den geringsten Zweifel noch Jungfrau.

Ihre Körperhaltung verriet ihm das. Die Art, wie Peyton, der offensichtlich kein Kostverächter war, was Frauen betraf, sie respektierte, verriet ihm das.

Aber vor allem wusste er es wegen dieses Nach-Luft-Schnappens, dieses gehauchten *Neins*.

Das war wirklich gaaaar nicht gut.

# 14

Paradises Herzschlag glich einem Trommelwirbel, und die Hitzewellen, die durch ihren Körper pulsierten, waren so eindringlich und hell wie der Schlag eines Beckens.

Craeg kauerte unbeholfen vor ihr auf dem Boden, seine breiten Schultern unter dem dünnen weißen T-Shirt angespannt, der dunkle Kopf gesenkt, während er vorsichtig mit den Fingerspitzen über ihren Fuß strich.

Obwohl sie so erschöpft war, spürte sie jede Nuance seiner Berührung. Gleichzeitig wurde sie sich schmerzhaft bewusst, dass sie unter dem Bademantel und dem Schlafhemd nackt war.

Oh … vergessen waren die Schmerzen von vorhin … vergessen die Qual.

Das Einzige, was ihr Körper noch wahrnahm, war eine immense, unbeschreibliche Spannung, die sie nicht ganz verstand, aber die ihr auch nicht völlig fremd war.

Das hier war … sexuelle Anziehungskraft. Lust. Begierde.

Genau hier, genau jetzt.

Reuelose, unerbittliche, kompromisslose, chemische Anziehungskraft.

»Ich sollte dich nicht so anfassen«, raunte er.

Nein, dachte sie. Sollte er nicht. »Hör nicht auf.«

Er hob den Kopf, und sein Blick begegnete dem ihren. »Das ist keine gute Idee.«

Definitiv nicht. Wirklich, absolut, definitiv nicht. »Ich fühle mich wie betrunken.«

Craeg schloss die Augen und verzog das Gesicht. »Ich muss aufhören.«

Aber er tat es nicht. Stattdessen strich er mit seinem Finger zu ihrem Knöchel hinauf und dann noch höher bis zu ihrem Schienbein.

»Ich habe nichts an«, platzte sie heraus.

Nun ließ er den Kopf sinken und rieb sich mit der freien Hand das Gesicht. »Bitte sag so was nicht.«

»Es tut mir leid. Ich weiß selbst nicht, was ich rede.«

»Das merke ich.«

Als sein Körper zu zittern schien, flüsterte sie. »Ist das der Grund, weshalb du mich nicht magst? Diese Verbindung?«

»Ja.«

»Dann spürst du es also auch.«

»Ich müsste tot sein, um es nicht zu fühlen«, murmelte er.

»Das ist es, wovon sie immer reden, oder? Dieses Verlangen.«

Stöhnend schwankte er, obwohl er bereits am Boden saß. »Tu das nicht …«

»Was?«

Doch Craeg schüttelte bloß den Kopf und schob sich von ihr weg. Dann zog er die Knie an die Brust, stützte die Unterarme darauf ab und schien sich sammeln zu wollen. Kurz darauf bewegte er die Hüften etwas linkisch hin und her, als hätte sich dort etwas verklemmt oder verkrampft.

»Ich werde das nicht mit dir tun«, sagte er leise. »Das Trainingsprogramm ist alles, was ich habe. Es ist meine einzige Zukunft, deshalb hat es nichts mit Eitelkeit zu tun, dass ich gut abschneiden und nicht rausfliegen will. Ich will meinen Eltern nichts beweisen, und ich bin auch nicht bloß wild darauf, loszuziehen und gegen die ganze Welt zu kämpfen. Ich habe buchstäblich nichts anderes, das auf mich wartet. Also werde ich nicht zulassen, dass mir irgendetwas oder irgendwer in die Quere kommt.«

»Kannst du nicht beides tun?«, fragte sie, obwohl sie sich selbst nicht sicher war, was genau sie da vorschlug.

Ach, Bullshit. Sie wusste ganz genau, was sie im Sinn hatte. Seine Hände auf ihrem Knöchel hatten in ihr den Wunsch geweckt zu wissen, wie sie sich auf ihrem ganzen Körper anfühlten.

»Nein«, wiederholte er. »Beides geht nicht.«

Fluchend rappelte er sich auf, wobei er die Handflächen vor die Hüften hielt, als wollte er etwas verbergen, bevor er zu seinem Sitzplatz von vorhin zurückging. Er ließ sich jedoch nicht in den Sessel sinken, sondern blieb stehen und starrte auf die Kissen, sein muskulöser Körper völlig verkrampft.

»Du musst mich nicht schützen«, sagte sie.

Nach einer kurzen Pause sah er sie über die Schulter hinweg an, und seine Miene war grimmig. »Vergiss es. Ich schütze mich selbst.«

Während Butch sie im Lexus auf die andere Seite des Flusses fuhr, starrte Marissa aus dem Seitenfenster. Die Streben der Brücke ergaben ein Muster, das die Aussicht aufs darunterliegende Wasser zerschnitt und sie an Scheibenwischer auf langsamer Stufe erinnerte. Sie befanden sich so weit über dem Fluss, dass sie nicht erkennen konnte, ob es Wellen an der Oberfläche gab. Wahrscheinlich nicht. Wettertechnisch war es eine ruhige Nacht.

Aus irgendeinem Grund musste sie immer wieder an damals denken, als sie beide sich verliebt hatten. Vermutlich weil ihr Gehirn nicht damit klarkam, wohin sie unterwegs waren, und zu einem Teil ihrer Vergangenheit flüchtete, der von Wunder und Freude und Aufregung erfüllt gewesen war.

Nichts war vergleichbar mit dieser ersten Berührung. Diesem ersten Kuss. Diesem Moment, wenn man das erste Mal Sex hatte und in das Gesicht über einem blickte und dachte: *Ich kann nicht glauben, dass wir das wirklich tun!*

»Woran denkst du?«, fragte Butch und drückte ihre Hand.

»Erinnerst du dich noch daran, wie wir uns das erste Mal geküsst haben?«

Ihr *Hellren* lachte leise. »Oh Gott, ja. Das war bei Darius auf dem Balkon. Ich habe diesem Korbstuhl die Lehne abgebrochen.«

Lächelnd sah sie ihn an. »Stimmt, das hast du.«

»Ich hatte nicht erwartet, dass du so ... stark sein würdest.«

Im schwachen Licht des Armaturenbretts waren seine Züge genauso sexy, wie sie ihr schon immer erschienen waren, und sie musste daran denken, wie er aussah, wenn er erregt war. Wenn seine Augen halb geschlossen waren, seine Miene ganz ernst wurde und sein Körper still, bevor er sich auf sie stürzte.

»Wenn wir nach Hause kommen, will ich mit dir schlafen«, sagte sie.

Sein Kopf fuhr so ruckartig herum, dass der Wagen auf der Fahrbahn schlingerte. »Na, was sagt man dazu. Das lässt sich so was von einrichten.«

»Ich habe ein schlechtes Gewissen deswegen.«

»Brauchst du nicht.« Er sah ihr in die Augen. »Das ist ganz natürlich. Angesichts des Todes will man sich lebendig fühlen. Das bedeutet nicht, dass du wegen des Mädchens nicht traurig bist oder dich ihr gegenüber nicht fair verhältst. Die beiden Dinge schließen sich nicht gegenseitig aus.«

»Du bist sehr klug.«

»Hatte nur eine Menge Erfahrungen mit Nächten wie dieser.«

Marissa ließ sich in den komfortablen Sitz sinken und spürte, wie die vertrauten, erotischen Empfindungen durch ihren Körper pulsierten. Sie stellte sich vor, wie sie sich unter seinen Armen hindurchduckte, seine Hose öffnete und ihm während der Fahrt einen blies.

Doch das würde er niemals zulassen.

Außerdem schaltete ihr Gehirn in einen anderen Gang, sobald sie den Hudson überquert hatten. »Bitte, tu ihm nicht weh.«

»Wem? Deinem Bruder?«

»Ja.«

»Ich werde durch und durch Gentleman sein.«

Marissa warf ihm einen Blick zu. »Ich mein's ernst.«

»Ich auch.« Er drückte ihre Hand. »Du brauchst dir keine Sorgen zu machen. Ich würde dir das nie antun. Was ein wirklich großes Glück für ihn ist.«

Butch folgte der Wegbeschreibung, die man Marissa aufs Handy geschickt hatte, als sie nach der Anfahrt per Auto gefragt hatte, und ungefähr eine Viertelstunde später holperten sie einen Feldweg entlang, der sich durch den Wald schlängelte. Dieses Mal befand sich der Eingang in einem schlichten zweistöckigen Bauernhaus, in dessen gepflasterter Einfahrt mehrere Fahrzeuge geparkt waren. Nachdem sie ausgestiegen waren, gingen sie um das Gebäude herum zu einer Art Schuppen für Traktorzubehör. Wie sich jedoch herausstellte, handelte es sich um einen ähnlichen Eingang wie bei ihrem letzten Besuch zu Beginn der Nacht.

Der Ablauf war derselbe: Anmelden, Eintreten, Registrierung per Laserscan. Dann schob sich eine Wand mit Werkzeug zur Seite und gab den Aufzug frei, der sie hinunter unter die Erde brachte.

»Es muss eine Menge Geld gekostet haben, das alles zu bauen«, murmelte Marissa, während sie beide zu der klingelnden Zahlenreihe über den Türen hinaufschauten. »Vier Stockwerke unter dem Erdboden? Wow.«

»Es musste sein.«

Sie sah Butch an. »Moment mal, dann hast du also von dieser neuen Klinik gewusst? Warum hast du mir nichts erzählt?«

Butch zuckte mit den Schultern. »Ich wollte dich nicht aus der Fassung bringen, indem ich deinen Bruder erwähne.« Er warf ihr einen bedeutungsvollen Blick zu. »Sag mir, dass Havers sich benommen hat, als du hier warst.«

»Hat er.«

Butch nickte und zog seine edle schwarze Stoffhose hoch. Wie immer, wenn er keinen Dienst hatte, war ihr Ex-Polizisten-*Hellren* gekleidet, als käme er direkt aus einem Neiman-Marcus-Katalog. Sein gestärktes weißes Hemd und das dünne Wildlederjackett waren genauso teuer gewesen, wie sie aussahen. Er roch auch gut, wobei das an seinem Bindungsduft lag und nicht an irgendeinem Parfümzeug. Seine Piaget-Uhr und das große Goldkreuz, das er immer trug, waren sexy, ohne übertrieben zu wirken.

Trotzdem hatte er recht. Wenn er gewollt hätte, hätte er ihren Bruder mit bloßen Händen töten können – wozu er vermutlich auch große Lust hatte. Doch sie glaubte ihm, wenn er sagte, dass er das vor ihren Augen niemals tun würde.

»Er ist unglaublich im Umgang mit seinen Patienten«, hörte sie sich murmeln.

»Das war nie sein Problem.«

Nein, war es nicht.

Der Aufzug kam mit einem Ruck zum Stehen, und sie traten hinaus in einen Warteraum, der kleiner und abgeschlossener war als der bei ihrem letzten Besuch.

Die Dame an der Rezeption sah zuerst Butch an. Sie ließ sich Zeit, ihn von Kopf bis Fuß zu mustern. Nicht dass es ihm aufgefallen wäre. »Willkommen«, sagte sie. »Der Herr Doktor weiß, dass Sie da sind. Kann ich Ihnen einen Kaffee bringen, während Sie warten?«

Oder vielleicht etwas Persönlicheres?, schien ihr Tonfall zu suggerieren.

»Danke, wir brauchen nichts.« Butch fasste Marissa am Ellbogen und führte sie zu einer Reihe Stühle entlang der gegenüberliegenden Wand.

Sie war dankbar, dass er ihre Hand hielt, sobald sie sich hingesetzt hatten.

»Und, wie ist die erste Nacht des Programms gelaufen?«, erkundigte sie sich, einerseits um Konversation zu machen, andererseits weil es sie interessierte.

Seine Brauen zogen sich zu einem Stirnrunzeln zusammen. »Es war gut – niemand wurde ernsthaft verletzt. Wir haben sieben, die bis zum Schluss durchgehalten haben. Sie werden den Tag bei uns verbringen, in erster Linie weil wir nicht wollen, dass ihre Eltern sie so zerschunden zu Gesicht bekommen. Es ist außerdem eine gute Gelegenheit für die Gruppe zusammenzuwachsen. Ich unterrichte den ersten Kurs nach Einbruch der Dunkelheit, dann dürfen sie nach einem Workout nach Hause gehen.«

»Freut mich, dass es gut gelaufen ist.«

»Wir werden sehen. Hey, kennst du Abalones Tochter Paradise? Die im Audienzhaus aushilft?«

»Oh, sie ist bezaubernd.«

»Sie hat am längsten durchgehalten. Dieses Mädchen hat einen Kern aus Stahl.«

»Abalone ist bestimmt unheimlich stolz.«

»Er wird es sein.«

Sie schwiegen. Bis Marissa sagte: »Ich glaube, mir wird schlecht.«

Sofort sprang Butch auf, aber sie tätschelte seinen Arm. »Ich meine das eher im übertragenen Sinn und weniger als echte Absicht.«

»Willst du im Auto warten? Ich kann dir die Asche bringen.«

Marissa schüttelte den Kopf. »Nein, sie gehört zu mir. Bis wir ihre echte Familie finden, gehört sie zu mir.«

Butch legte ihr den Arm um die Schultern und zog sie an sich. »Stell dich schon mal darauf ein, dass sich das auch nicht ändern wird, wenn du sie ihren Angehörigen zurückgibst.«

»Hast du das … als du gearbeitet hast, ist es dir da auch so ergangen?«

»Bei jedem einzelnen meiner Opfer.« Er atmete tief durch. »Für mich waren sie nie wirklich weg. Selbst jetzt, wenn ich nicht schlafen kann, sehe ich ihre Gesichter an der Decke über unserem Bett. Ich weiß noch, wie sie lebendig aussahen, und ich kann ihren Anblick als Tote nicht vergessen. Es ist wie ein bleibender Fleck in meinem Gehirn.«

Beim Blick auf sein Profil, sein kantiges, wunderschönes, unvollkommenes Profil, spürte sie all die Liebe, die sie für ihn empfand. »Warum weckst du mich nicht und redest mit mir, wenn dir das passiert?«

Sein verkrampftes Lächeln sollte die Sache wohl herunterspielen. »Du hast selber einen Job.«

»Ja, aber ich …«

»Es macht nichts. Das gehört jetzt alles der Vergangenheit an.«

*Nicht, wenn du nachts deswegen wach liegst,* dachte sie.

»Du und ich, wir sind uns so ähnlich«, murmelte sie. »Wir haben beide unser altes Leben ad acta gelegt.«

»Du sagst das, als wäre es etwas Schlechtes.«

Bevor sie sich weiter äußern konnte, öffnete sich die

Tür gegenüber, und eine Schwester in weißer Tracht kam heraus. Sie trug eine schwarze Schachtel, die Marissa absurderweise – und sehr unpassend – an den Karton mit den Stuart-Weitzman-Stilettos erinnerte, der ihr gestern geliefert worden war. Dasselbe Format.

Sie hatte erwartet, dass das Gefäß größer sein würde. Oder kleiner. Jedenfalls anders.

Ach, sie wusste es doch auch nicht.

»Unser herzliches Beileid«, sagte die Schwester und wollte Butch die Schachtel übergeben.

Marissa trat dazwischen und nahm den Karton entgegen. Er wog weniger, als sie gedacht hatte. Andererseits enthielt er ja auch nur Asche, richtig? »Vielen Dank.«

Die Schwester errötete ob ihrer Missachtung der Etikette: Da Marissa aus einer der Gründerfamilien stammte, ging man davon aus, dass sie niemals etwas berühren würde, was mit den Toten zu tun hatte. Im Alten Land wurde ein solcher Kontakt als Unglücksbringer betrachtet, vor allem wenn man schwanger oder im gebärfähigen Alter war.

Scheiß drauf.

»Hatte sie denn sonst noch irgendetwas bei sich?«, fragte Marissa.

Die Schwester räusperte sich, als versuchte sie, ihr Missfallen hinunterzuschlucken, und würde fast daran ersticken. »Um ehrlich zu sein, gab es da tatsächlich etwas.« Sie sah Butch an, vielleicht in der Hoffnung, er möge sich einschalten und seine Gefährtin zur Vernunft bringen. »Äh …«

Man musste es Butch anrechnen, dass er bloß eine Augenbraue hochzog, als wüsste er nicht, worauf die Dame hinauswollte.

Die Schwester räusperte sich erneut. »Also, da war eine Sache. Es war der einzige persönliche Gegenstand, den wir bei ihr gefunden haben. Er steckte in ihrer …«

»In ihrer was?«, wollte Marissa wissen.

»In ihrem Büstenhalter.« Die Schwester schob die Hand in die Tasche ihrer Tracht und holte etwas Schwarzes heraus, an das ein roter Stoffstreifen geknotet war. »Seid Ihr sicher, dass Ihr ...«

Marissa schnappte der Schwester das Ding aus der Hand. »Vielen Dank. Wir gehen jetzt.«

Bevor es zu einem weiteren Wortwechsel kommen konnte, steuerte sie auf die Wand zu und drückte die Pfeiltaste nach oben. Als hätte der Aufzug nur darauf gewartet, sie so schnell wie möglich rauszubringen, öffneten sich die Türen, und Marissa trat ein. Butch war, wie immer, direkt hinter ihr.

Erst auf dem Weg zurück an die Erdoberfläche warf sie einen Blick auf das, was sie der Schwester abgenommen hatte.

»Was ist das?« Sie drehte das über zehn Zentimeter lange schwarze Metallstück in der Hand hin und her. An einer Aussparung am einen Ende baumelte eine rote Seidenquaste, und ein spitzer, eingekerbter Abschnitt am anderen erinnerte an etwas, das in ein Schloss passen könnte. »Ist das ein Schlüssel?«

Butch nahm ihr das Teil aus der Hand und untersuchte es ebenfalls. »Weißt du was, das könnte tatsächlich sein.«

# 15

Bis zum Sonnenuntergang des Folgeabends hatte Peyton beschlossen, dass er keinen von ihnen leiden konnte.

Das lag nicht daran, dass er sich für etwas Besseres hielt als die anderen fünf Schüler. Aber alle waren sie auf ihre Art komisch.

Axe, dieser Sonderling mit dem Ja-wir-haben's-kapiert-du-bist-ein-harter-Kerl-Grufti-Stil? Der Typ war nur eine Küchenmesserbreite von einem Serienmörder entfernt. Boone, der Adonis mit den Muskelpaketen? Puh, wir wissen, dass du auf deinen Händen gehen und deinen Arsch im Kreis wirbeln lassen kannst, als wäre er mit einem Seil an deinem Hals befestigt. Aber wen interessiert's? Du bist hier, um zu kämpfen, nicht um ein Tutu anzuziehen und dein Glück beim Cirque du Soleil zu versuchen. Anslam? Nichts weiter als ein Loser aus der *Glymera,* nicht mal aus einer Gründerfamilie. Völlig unwichtig, und echt schockierend, dass er es so weit gebracht hatte.

Doch wen er wirklich nicht ausstehen konnte, war dieser Craeg-Typ, wobei das vor allem daran lag, dass ihn alle, sogar Paradise, so behandelten, als wäre er der gesalbte Anführer der Gruppe.

Nicht dass Peyton diesen Job selbst hätte haben wollen, aber trotzdem. Keiner hatte hier bisher den Durchblick. Es gab keinen Grund, so früh schon den Sockel auszupacken.

Und das war nicht das Einzige, was ihn an diesem Kerl

störte. Der Vampir hatte noch irgendetwas anderes an sich, etwas, das Peyton nicht genau benennen konnte. Es war eher eine Art Instinkt. Ein Gefühl von Bedrohung irgendwie?

Er wusste es nicht, aber er war sich verdammt sicher, dass er es herausfinden würde.

Und dann war da noch diese Vampirin Novo.

Indem er sich auf seinem Stuhl im Aufenthaltsraum streckte, warf Peyton unauffällig einen Blick ganz grob in ihre Richtung. Sie lag auf dem Sofa links, die langen, langen, langen, langen Beine an den Knöcheln verschränkt, die Hände über ihrem flachen Bauch gefaltet, als wäre sie tot. Ihre Haare waren rabenschwarz, glänzend glatt und so fest geflochten wie ein Seil. Ihre Haut war honigbraun, und er hatte noch niemals in seinem ganzen verfluchten Leben eine Frau mit derartigen Muskeln gesehen.

Den Großteil des Tages hatte er damit verbracht, ihre Brüste möglichst nicht anzusehen. Zumal er sich nicht sicher war, ob sie ihm nicht womöglich die Eier abschneiden würde, wenn sie es bemerkte.

Er rieb sich die Augen. Er lechzte so sehr nach einem Joint, dass er schon richtig zitterte.

Vielleicht hatte Paradise doch recht, was seinen Drogenkonsum anging.

Andererseits war es eine verflucht lange Nacht und ein extrem seltsamer Tag gewesen. Nachdem er sich vergewissert hatte, dass Paradise wach war und etwas aß, hatte er mit den anderen – abgesehen von Craeg mit den großen Fängen, der ja ach so viel besser war als alle anderen – das Gebäude erkundet, einen *Doggen* gefunden und um mehr Essen gebeten. Als sie schließlich hierher zurückgekommen waren, lag Paradise wieder im Bett und schlief, während Craeg mit geschlossenen Augen in seinem Sessel saß.

Vermutlich grübelte er darüber nach, wie viel hochwertiger seine Bauchnabelflusen waren als die aller anderen.

Ohne sich groß abzusprechen, hatte sich jeder von ihnen ein Plätzchen in dem schmucklosen Raum gesucht und nicht viel oder nicht besonders gut geschlafen. So ungern Peyton es auch zugab, aber er erschrak immer noch bei jedem unerwarteten Geräusch. Seine Adrenalin produzierende Nebenniere war nach wie vor in Habachtstellung, obwohl die Schwester, die ihn untersucht hatte, ihm versichert hatte, dass die Prüfung vorbei war und sie nicht mehr mit Stromschlägen oder Attacken aus dem Hinterhalt rechnen mussten.

Ohne Vorwarnung streckte Paradise plötzlich den Kopf aus dem Schlafsaal, so als hätte sie befürchtet, dass man sie allein zurückgelassen hatte.

Als Peyton den Mund öffnete, um ihren Namen zu sagen, sah er, wie Craegs Blick zu ihr hinüberwanderte … und er diese klassische Kopf-bis-Fuß-Musterung vollzog, die typisch für verdammte Weiberhelden war.

Es war *sein* persönliches Markenzeichen, verdammt noch mal.

Bevor er den Idioten anfahren konnte, dass er sich gefälligst beherrschen sollte, flog die Tür zum Flur auf, und zwei beeindruckend große Vampire marschierten herein, als hätten sie hier das Sagen.

Mitglieder der Bruderschaft der Black Dagger.

So viel zum Thema Haltung einnehmen: Alle sechs der herumlungernden Schüler waren im Null Komma nichts von ihren diversen Sitzgelegenheiten aufgesprungen, als hätte man ihnen Feuer unterm Arsch gemacht. Drüben an der Tür zum Schlafsaal bemühte sich Paradise ebenfalls um eine aufrechte Haltung und zog das Revers ihres Bademantels noch fester zu.

Der Bruder links trug Jeans und ein schwarzes Hemd.

Er war mit ziemlicher Sicherheit das größte Lebewesen, das Peyton abgesehen von Elefanten je erblickt hatte. Er sah außerdem so gut aus, dass man sich zwangsläufig fragen musste, weshalb die Jungfrau der Schrift so viel Sexappeal an einen einzigen Kerl verschwendet hatte, statt ihn gleichmäßiger über mehrere Tausend zu verteilen.

Neben ihm stand ein etwas kleinerer Vampir, der gebaut war wie eine Bulldogge. Er trank Kaffee und trug ein Sweatshirt von den Boston Red Sox.

»Die Schönheitskönigin neben mir ist Rhage«, erklärte der mit dem Sweatshirt. »Ich bin Butch. Und wir wissen schon verdammt gut, wer ihr seid. Es ist momentan sechs Uhr abends. Ihr habt eine Stunde Zeit, um in den Umkleideräumen zu duschen, die Uniformen anzuziehen, die man euch bringen wird, und zum Essen hierher zurückzukommen. Danach wollen wir euch in Reih und Glied draußen im Flur stehen sehen. Wer zu spät kommt, fliegt raus.«

Butch?, wiederholte Peyton stumm. Der Name des Bruders war *Butch?*

Also der aus der Menschenwelt …?

Moment mal. »Ihr seid der *Dhestroyer«*, hörte Peyton sich sagen. »Heilige Scheiße, ich weiß, wer Ihr seid. Ihr seid der Gefährte von Marissa, Tochter von …«

»Noch irgendwelche Fragen?« Butch redete einfach weiter. »Gut. Dachte ich mir. Eine Stunde. Mehr habt ihr nicht.«

Mit dieser Ansage drehte der Vampir sich um und ging.

Der Bruder Rhage lächelte sie an. »Probiert das Filet. Das ist echt erste Sahne. Und das Lamm. Ach, und den Kartoffelbrei. Den Salat könnt ihr auslassen. Verschwendete Mühe für die Kaumuskeln. Bis später.«

Wenigstens er schien sie nicht umbringen zu wollen, dachte Peyton, als sich die Tür wieder schloss.

»Ich frage mich, wie diese Uniformen wohl aussehen«, sagte Paradise.

»Das ist hier keine Modenschau«, zischte Craeg.

Peyton zeigte dem Kerl seine Fänge. »Hast du ein Problem, Arschloch? Denn dann kann ich für Abhilfe sorgen.«

Craegs Kopf fuhr herum. »Mit dir hab ich nicht geredet.«

Peyton hatte keine Ahnung, wie sich seine Füße in Bewegung gesetzt hatten, aber ehe er sich's versah, stand er direkt vor dem Scheißkerl. »Lass uns eines klarstellen. Du schaust sie nicht an. Du sprichst nicht mit ihr. Und vor allem zeigst du ihr gegenüber gefälligst etwas Respekt. Haben wir uns verstanden?«

Der Blick des Vampirs wanderte zu Paradise. »Ich glaub, dein Freund hier will sein Revier markieren. Würde es dir was ausmachen, ihn zurückzupfeifen, bevor ihm was zustößt?«

Uuuuunnnnd los ging's.

Peyton fasste keinen bewussten Entschluss, das Arschloch anzugreifen, aber plötzlich klebte er wie eine Schicht Farbe auf seinem Gegner. Schlagende Fäuste, ringende Arme, tretende Füße.

Er hatte sich eigentlich noch nie zuvor geprügelt, aber aus irgendeinem Grund schien sein Körper genau zu wissen, was zu tun war. Was nicht bedeutet hätte, dass er nicht auch ordentlich eins auf die Mütze bekam. Craeg war größer und schwerer, seine Arme schienen an Gummibändern zu hängen, denn die Schläge kamen aus allen Richtungen, zielten auf sein Gesicht, seinen Magen, seinen Brustkorb.

Ringsherum Geschrei. Möbelstücke wurden umgestoßen. Craeg knallte ihn gegen die Wand, wofür er sich revanchierte, indem er seinen Gegner herumriss und dermaßen heftig gegen die Tür zum Flur rammte, dass das

Holz in der Mitte splitternd nachgab und sie beide ihre Schlägerei draußen im Korridor fortsetzten.

Trotzdem machten sie weiter.

Dafür dass er vor zwölf Stunden halb tot gewesen war, verspürte Peyton in sich eine ganze verdammte Menge Energie.

Es war, als würde man eine schlechte Fernsehshow ansehen.

Als Paradise dem Kampf hinaus in den Flur folgte, machte sie eine außerkörperliche Erfahrung: Eine Hälfte von ihr war Teil des Dramas, versuchte, einen von beiden am Arm zu packen oder sie anzubrüllen in der Hoffnung, zu ihnen durchzudringen. Die andere Hälfte weilte im Reich der Ungläubigkeit, denn sie konnte nicht fassen, dass das hier vor ihrer Nase wirklich geschah, und zwar wegen ihr.

Peyton war vieles, aber nicht gewalttätig.

Und Craeg … nun ja, sie wusste nicht viel über ihn, aber er schien eigentlich deutlich mehr Selbstbeherrschung zu besitzen, als er hier an den Tag legte.

»Es reicht!«, bellte sie. »Hört auf damit!«

Die Männerkörper schlitterten gegen die Betonwand, und ein scheußliches Knacken signalisierte, dass sich einer von ihnen etwas gebrochen hatte. Halt, nein, es war wohl doch nur ein Betonschalstein. In der Zwischenzeit schoss Peyton das Blut aus der Nase und spritzte leuchtend rot an die weiße Wand. Craegs Shirt riss auseinander und entblößte seinen …

Oh, WOW! Der Kerl war schlank, aber durchtrainiert: Breite Muskelstränge erstreckten sich von beiden Seiten seiner Wirbelsäule zu den Schultern hin, die sich bei jedem Faustschlag hoben. Dazu seine unglaublich schmale Taille …

Also, das war jetzt wirklich unangemessen!

Aber *verdammt.*

Paradise schüttelte sich und warf sich wieder ins Getümmel, um ein weiteres Mal zu versuchen, die Sache zu beenden. Dabei zielte sie auf Peytons rechten Arm, weil diese ganze nackte Haut dann doch ein bisschen zu viel für sie war.

Novo packte sie jedoch und riss sie zurück, sonst hätte sie einen Schlag ins Gesicht abbekommen.

»Lass sie ruhig«, meinte die Vampirin.

»Aber sie werden sich wehtun!«

»Besser die als du.« Novo verdrehte die Augen. »Männer sind Idioten. Die kämpfen bloß um Dominanz. Ich persönlich spare mir meine Energie lieber für die richtige Arbeit auf, statt sie auf so ein Statusgetue zu verschwenden.«

Paradise fluchte schwer atmend. »Man wird die beiden rausschmeißen!«

»Falls ja, dann sind sie selber schuld.«

Neben den Kämpfenden stand Anslam, lachte und klatschte in die Hände. »Hau ihm ordentlich eine rein, Peyton!«

Paradise funkelte ihn wütend an. »Das hier ist kein Hahnenkampf.«

»Von wegen.«

Während sie gedanklich seinen Namen ihrer mentalen Idiotenliste hinzufügte, blickte Paradise den Flur auf und ab. Bisher war niemand aufgetaucht, aber in Anbetracht der vielen geschlossenen Türen war das wohl nur eine Frage der Zeit.

Plötzlich änderte Craeg seine Position, indem er Peyton an den Schultern packte, ihn herumwirbelte und gegen die Wand schleuderte, als hätte er vor, mit ihm als Rammbock den Beton zu durchbrechen.

»Das ist doch krank«, ließ sich eine Männerstimme vernehmen.

Hinter sich entdeckte Paradise Axe, der mit gelangweilter Miene im Türrahmen zum Aufenthaltsraum lehnte, die Arme vor der Brust verschränkt.

Paradise sah ihn wütend an. »Du musst dafür sorgen, dass sie aufhören!«

Er hob eine seiner pechschwarzen Augenbrauen. »Muss ich das?«

»Ja! Die fliegen sonst raus!«

»Und was hat das mit mir zu tun?«

Sie zwang sich mühsam, ihm nicht mit einer Ohrfeige diesen süffisanten Ausdruck aus seinem halb gepiercten Gesicht zu vertreiben. »Du würdest doch auch wollen, dass dir jemand hilft.«

»Ich hätte wegen dir keine Schlägerei angefangen. Nichts für ungut, aber dich zu ficken wäre ungefähr so wie Sex mit einer Schaufensterpuppe. Du bist schön, aber im Bett garantiert zu nichts zu gebrauchen.«

Paradise klappte die Kinnlade herunter. »Das ist das Unverschämteste, was je jemand zu mir gesagt hat.«

»Dann war dein Leben genauso behütet, wie ich dachte. Und ob du jetzt beleidigt bist oder nicht, ändert nichts an der Wahrheit.«

Als Paradise sich an Boone wandte und den Mund öffnete, schüttelte dieser bereits den Kopf, so von wegen, nee, ohne mich. »Was ist nur los mit euch?«, schimpfte sie.

Wenigstens kam der Kampf langsam ins Stocken. Halt, nein, doch nicht: Craeg packte Peyton und riss ihn zu Boden, wo die beiden weiter miteinander rangen. Ihre nackten Füße quietschten auf dem glatten Stein, und ihre Handflächen produzierten klatschende Geräusche.

In diesem Moment kamen Butch und Rhage auf die Gruppe zugestürmt.

Paradise vergrub den Kopf in den Händen und wartete darauf, dass das Gebrüll losgehen würde. Wenn das hier auch nur annähernd so war wie das, was sie aus Büchern oder Filmen über die menschliche Armee wusste, dann würden sie vermutlich alle bestraft werden. Vielleicht würde man sie selbst als Unruhestifterin rauswerfen, obwohl sie nichts weiter getan hatte, als eine nervöse Bemerkung zu machen.

Vielleicht würden aber auch nur Peyton und Craeg gemaßregelt werden.

Nachdem entweder einer von ihnen oder beide wieder aus ihrem Gipskorsett draußen waren.

Als der Kampf weiterging, blinzelte sie durch die Finger hindurch in Richtung der Brüder. Die beiden standen an der Seite, beobachteten das Geschehen und unterhielten sich. Dann nickte Rhage … und sie gaben sich die Hand.

Paradise sah sich nach den anderen Schülern um und stellte fest, dass sie allesamt wieder im Aufenthaltsraum verschwunden waren.

Kurz darauf verlor Peyton den Kampf.

Mit einem schlecht platzierten Kopfstoß knallte er mit der Stirn direkt auf den harten Boden. Ein schreckliches Geräusch war zu hören, wie wenn eine Bowlingkugel auf eine Steinplatte plumpst, und sein Körper wurde so schlaff, als hätten sich seine Knochen aufgelöst.

Craeg schob ihn von sich weg und ließ sich auf den Rücken fallen. Er atmete schwer, hustete und wischte sich Blut aus den Augen.

»Wie viel haben wir gesagt?«, wollte Butch von Rhage wissen.

»Ein Fünfer.«

»Verdammt, ich dachte, mein Kerl wäre besser als das.« Rhage zog einen schwarzen Geldbeutel aus der Hosentasche, nahm einen Geldschein heraus und klatschte ihn

Butch in die Hand. »Wenn es mal wieder losgeht, erhöhen wir den Einsatz.«

Paradise zuckte zurück, als die beiden sich umdrehten und davonspazierten, als wäre absolut gar nichts passiert.

»Ihr wollt mich wohl verarschen«, murmelte sie.

Sie wollte ihnen gerade hinterherrufen, dass Peyton immer noch ohnmächtig war, aber, halt, nein. Er rollte sich soeben stöhnend auf den Rücken.

Wenigstens lebte er noch, dachte sie und ging zu ihm.

»Verflucht, was ist los mit euch?«, schimpfte sie. »Wollt ihr, dass sie euch rausschmeißen?«

Zugegeben, diese Drohung hätte mehr Biss gehabt, wenn ihre beiden Dozenten mehr unternommen hätten, als auf den Ausgang der verdammten Prügelei zu wetten.

Die beiden Vampire blickten ziemlich matschig zu ihr auf. Sie sahen so schlimm aus wie letzte Nacht, vielleicht noch schlimmer. Beide würden ein blaues Auge davontragen, und Craegs Lippe war so tief aufgeplatzt, dass er wahrscheinlich genäht werden musste.

»Mir ... geht's gut«, nuschelte Peyton, bevor er Blut ausspuckte.

»Ja«, lispelte Craeg. »Ausgezeichnet.«

Was in etwa klang wie *auschgescheichnet.*

»Sagt mir«, knurrte sie, »wie viele Finger halte ich hoch.«

Sie streckte ihren Mittelfinger in die Luft und gab den beiden Arschgeigen ausreichend Gelegenheit zu kapieren, dass sie ihnen den Stinkefinger zeigte. Dann marschierte sie davon, um jemanden in Schwesterntracht zu finden ... oder mit Arztkittel.

Wenn es nach ihr ging, hätte es auch ein Hausmeister im Blaumann getan.

Der Flur musste definitiv gewischt werden, und das Reinigungspersonal konnte gerne bei diesen beiden Idioten anfangen, die die Sauerei verursacht hatten.

# 16

Fünfundzwanzig Minuten, zwei Stiche in der Unterlippe und ein schnellimbissähnliches Letztes Mahl später stand Craeg mit seinen sechs Klassenkameraden an vorderster Front in der Mitte der Sporthalle. Na ja, nicht wirklich an vorderster Front, eher etwas weiter seitlich und hinten.

Er schwankte außerdem im Stehen.

Das Letzte, was sein Körper gebraucht hatte, war ein knallharter Faustkampf, aber den Unterricht würde er deswegen ganz sicher nicht verpassen. Und was Peyton anging, Paradises sogenannten »Nicht-Freund«? Ja, ja, alles klar.

Bullshit.

Die gute Nachricht war, dass es ihm selbst zwar schlecht ging, Peyton aber nicht mal alleine stehen konnte. Man hatte ihn auf einer Bahre hereingerollt wie ein Stück Fleisch.

*Reingerollt.*

Na, wer hatte da wohl gewonnen, Arschgesicht?

Ach, und keiner von beiden war deshalb aus dem Programm geflogen. Angeblich hatten die Brüder nichts weiter unternommen, als auf den Ausgang des Kampfes zu wetten.

Nun flog eine der Türen zur Turnhalle auf, und Butch und Rhage erschienen, diesmal in denselben lose sitzenden Baumwollhosen und Hemden wie alle anderen auch.

Bruder Butch verlor keine Zeit, als er vor der Gruppe stehen blieb. »Also, angesichts der ganzen Mayweather vs.

Pacquiao-Geschichte, die da abgeht, fangen wir mit Nahkampf statt mit Bücherlesen an.«

»Wie ihr seht«, erklärte Rhage lächelnd, »sind eure Uniformen weiß.«

»Das liegt daran, dass OxiClean bei Blutflecken besonders gut funktioniert, aber wir nehmen notfalls auch Chlor, wenn es sein muss.«

Craeg unterdrückte ein Fluchen. Genau das, was er jetzt brauchte.

»Wir teilen euch in Paare auf«, fuhr Butch fort, »um uns ein Bild davon zu machen, wie viel ihr schon draufhabt. Da einer von euch bereits in der Horizontalen liegt, braucht niemand Angst zu haben, gegen Hollywood da drüben antreten zu müssen.«

»Ich persönlich finde das ja zum Heulen«, meinte Rhage. »Also, dann haben wir Novo und Boone. Axe, du nimmst Anslam. Bleiben noch Craeg und Paradise.«

»Stopp«, meldete sich Craeg zu Wort. »Das kann ich nicht … das mach ich nicht.«

»Was? Sie schlagen? Warum? Weil du die Arme nicht heben kannst? Nicht mein Problem.«

Craeg beugte sich vor und senkte die Stimme. »Ich werde sie nicht schlagen.«

Rhage zuckte mit den Schultern. »Von mir aus. Kannst dich gerne noch mal vermöbeln lassen.«

Da mischte Butch sich ein. »Um genau zu sein, hat er den Kampf gewonnen, schon vergessen? Ich hab deinen Fünfer als Beweis.«

»Nur weil der Goldjunge da drüben sich selber ausgeknockt hat.«

»Verlierer ist Verlierer.« Butch wandte sich wieder Craeg zu. »Aber mein Bruder hat recht. Entweder du verteidigst dich, oder du handelst dir noch ein paar von Doc Janes Fäden ein. Deine Entscheidung.«

Dann wurden sie angewiesen, sich in der riesigen Halle zu verteilen, während man Peyton an die Seite schob.

Craeg sah zu, wie die anderen weggingen, während er krampfhaft nach einem Ausweg suchte. Lustig, als er Paradise damals vorgeschlagen hatte, sich für die Ausbildung zu bewerben, um Selbstverteidigung zu erlernen, war er nicht davon ausgegangen, dass er mal derjenige sein würde, gegen den sie sich verteidigen sollte.

Nicht einmal in einer »Unterrichtssituation«.

»Also.« Paradise trat auf ihn zu. »Wollen wir dann?«

»Ich warte lieber, bis einer der Jungs fertig ist.«

»Ist das dein Ernst?«

Er blickte von seiner ziemlich großen Höhe auf sie hinab. »Ich will dir nicht wehtun.«

»Peyton hast du auch nicht so locker besiegt«, murmelte sie. »Das hat wie lange? Eine halbe Stunde gedauert.«

»Du vergleichst dich allen Ernstes mit einem ausgewachsenen Vampir? Der wegen mir jetzt auf einer Bahre liegt?«

»Ach, du hast natürlich recht. Das wäre nicht fair. Denn verglichen mit euch beiden bin ich ein verdammtes Genie.«

Als sie die Hände in die Hüften stemmte und ihn anfunkelte, wusste er nicht, was er noch sagen sollte. Die Wahrheit ganz sicher nicht, nämlich dass er sich gut daran erinnerte, wie sich ihre weiche Haut angefühlt hatte … immer noch ihre zierliche Fessel in seiner großen Hand vor sich sah … sich so viele Dinge vorstellen konnte, die er gerne mit ihr tun würde, von denen keines auch nur annähernd mit Gewalt irgendeiner Art zu tun hatte.

Dafür umso mehr mit Berührungen seiner Fingerspitzen, seiner Lippen … seiner Zunge.

Craeg verschränkte die Arme vor der Brust. »Ich werde nicht mit dir kämpfen.«

»Das heißt, wenn ich dir eine reinhaue, wehrst du dich nicht?«

Er zog die Augenbrauen hoch. »Ich hab keine Wahnsinnsangst davor, k.o. geschlagen zu werden.«

»Ach, wirklich.«

»Nein. Abgesehen von deinem geringeren Durchhaltevermögen wirst du nicht ...«

Das Nächste, was aus seinem Mund kam, war ein schriller Aufschrei, der alle in der Halle herumfahren ließ, um zu sehen, was passiert war.

Er hätte es ihnen auch gesagt, wenn er nicht zu sehr damit beschäftigt gewesen wäre, seine Eier mit beiden Händen zu bedecken und vornüber zu klappen.

Sie hatte ihm das Knie in die Weichteile gerammt.

Voll auf die Nüsse. Mit dem Knie.

»Was soll die Scheiße!«, keuchte er. »Warum hast du das gemacht?«

Sie schien genauso überrascht wie alle anderen. Doch sie erholte sich schnell, indem sie mit beiden Händen seinen Kopf packte und wieder ihr Knie hochriss. Dieses Mal traf sie sein Gesicht mit solcher Wucht, dass er mehr Sterne sah, als bei den Menschen Lichter an den Weihnachtsbäumen funkelten.

Als er ein weiteres Heulen ausstieß und das Gleichgewicht zu verlieren drohte, verschränkte sie die Finger, streckte die Arme durch und schwang sie im Kreis herum, als wollte sie eine Diskusscheibe werfen. Dabei traf sie ihn mit genug Wucht an der Schläfe, um ihm die Füße unterm Körper wegzuziehen.

*Rumms!* Klatschend landete er auf der blauen Matte.

Alle kamen herbeigerannt, während sie über ihm stand, bereit für was auch immer jetzt kommen würde, während er den Boden knutschte.

Indem er die Hände in die Matte stemmte, drückte er

den Oberkörper in Sitzposition hoch und sah sie an. »Du willst wirklich, dass ich das tue.«

»Bisher hast du gar nichts getan«, witzelte jemand.

»Sag mal«, ließ nun ein anderer verlauten. »Pinkelst du auch im Sitzen?«

»Ab jetzt schon«, kam von irgendwo die Antwort.

Paradise beobachtete bloß aufmerksam jede seiner Bewegungen, jedes Zucken, jeden Atemzug, jedes Blinzeln. Aber eigentlich hatte sie keine Ahnung. Das erkannte er an der Art, wie ihre Hände zitterten, und an der Tatsache, dass ihr Atem zu heftig ging für die körperliche Anstrengung, die sie eben unternommen hatte.

Sie war außerdem ein ganz kleines bisschen erregt.

Okay, das war ein ernsthaftes Problem. Der allermännlichste Teil von ihm reagierte sofort auf den Geruch ihres Geschlechts. Plötzlich wollte er, dass sie wegrannte, nur damit er sie jagen und fangen und unterwerfen konnte, um sie dann hart zu nehmen. Er wollte, dass ihre Nägel ihm den Rücken zerkratzten, während sie kam … und ihre gefletschten Fänge sehen, bevor sie ihre Eckzähne in eine Vene an seinem Hals versenkte.

Die Lust war so stark, dass er sie selbst vor Publikum hätte vögeln können. Und als hätte sie die Veränderung in ihm gespürt, trat sie einen Schritt zurück.

Auf einmal lachte und scherzte niemand mehr über ihn.

Butch trat zwischen sie beide. »Ganz ruhig, mein Freund. Wie wäre es, wenn du es bei mir versuchst?«

Der Bruder nahm Kampfhaltung ein, die Fäuste vor der Brust erhoben, die Augen schmal.

Doch Craeg interessierte sich nicht für den Vampir. Stattdessen blickte er an den mammutbreiten Schultern vorbei zu Paradise, die ihn ihrerseits mit unergründlicher Miene anstarrte.

Dieses Mal schaltete Craeg sofort auf reinen Kampfmodus, als ihn ein Fausthieb traf. Das war bei Peyton zuvor nicht passiert. Bei dem anderen Schüler hatte er ungefähr sechzig Prozent gegeben und einen Teil seiner Kraft zurückgehalten, weil er Angst gehabt hatte, den kleinen Scheißer umzubringen oder bleibende Schäden zu hinterlassen – und deshalb aus dem Programm zu fliegen. Aber jetzt fegte die Schärfe seiner Erregung sämtliche Hemmungen beiseite, als er in den Nahkampf einstieg, sich duckte, selbst versuchte, einen Treffer zu landen, sich wieder duckte, den nächsten Vorstoß machte. Sein Gegner war brutal schnell, gnadenlos stark und bestens ausgebildet.

Ganz anders als Peyton.

Während der Kampf sich hinzog und sie gegenseitig Tritte und Schläge, Kniffe und Tricks anbrachten, kamen immer mehr Leute herbei und standen um sie herum, bis sich eine Zuschauermenge von zehn, fünfzehn … zwanzig Leuten gebildet hatte.

Ungefähr nach einer Viertelstunde warf man ihnen die Dolche zu.

Die beiden rasiermesserscharfen Waffen mit schwarzem Griff und silberner Klinge kamen wie aus dem Nichts geflogen. Butch griff einen aus der Luft. Craeg fing den anderen. Dann umkreisten sie sich wieder, suchten nach Schwachstellen in der Deckung des Gegners, schwenkten die Dolche hin und her – Ausfallschritt, Rückzug, der Einsatz jetzt so viel höher.

Butch war nicht mal außer Puste. Craeg wiederum schnaufte wie eine verdammte Dampflock und schwitzte entsprechend.

Das erste Blut floss, als Craeg sich um einen Millimeter verschätzte und Butch ihn an der Wange erwischte. Bei der nächsten Fehleinschätzung war seine Schulter dran.

Beim dritten Mal landete der Schnitt in seinem Oberschenkel.

Da wurde ihm klar, dass der Bruder nur sechzig Prozent dessen gab, wozu er fähig war: Die Präzision der Schnitte zeigte Craeg, dass sein Gegner mehr wusste als er, stärker war als er und bereit, sich seinen Sieg durch schrittweisen Blutverlust zu erschleichen.

Doch Craeg würde nicht aufgeben. Zumindest noch nicht. Nicht, solange er noch stehen, sehen und sich bewegen konnte.

Etwas anderes würde sein Wille nicht akzeptieren.

Paradise erkannte sofort, dass dieser Kampf völlig anders war als die wilde, unkoordinierte Rauferei vorhin auf dem Flur. Genau genommen hatte Craeg sich bei Peyton aus irgendeinem Grund zurückgehalten. Jetzt nicht mehr. Seine Koordination, als er mit den Fäusten gegen Butch antrat, und dann – oh, mit diesen Dolchen –, zeigte ihr und allen anderen in der Halle, dass er ein unglaublicher Kämpfer war, mit unglaublicher Stärke, Gleichgewichtssinn, Beweglichkeit und Ausdauer.

Der Anblick reichte aus, um ihren gesamten Körper wie eine Schalttafel aufleuchten zu lassen.

Nein, dachte sie, sosehr sie Novos Frauen-können-alles-was-Männer-auch-können-Einstellung respektierte, ihr war völlig klar, dass sie mit dem, was Craeg hier ablieferte, nicht hätte mithalten können. Er hätte sie mit einem einzigen dieser Faustschläge k.o. geboxt. Oder ihren Kopf sauber von der Wirbelsäule getrennt. Oder ihr mit einer lockeren Drehung das Bein gebrochen.

Nicht dass sie nicht in der Lage gewesen wäre, die entsprechende Verteidigung und Gegenwehr zu lernen, sie beherrschte sie nur einfach noch nicht. Und er war tatsächlich kurz davor gewesen, sie anzugreifen: Als er in die

Hocke gegangen war und seine gewaltigen Fänge gezeigt hatte, war sie erschrocken nach hinten gestolpert. Und doch hatte sie aus irgendeinem seltsamen Grund keine Angst vor ihm gehabt. Was absolut verrückt war. Er wog locker fünfzig Kilo mehr als sie, und er wollte Blut sehen.

Was total irrsinnig war: Mit einem Mal hatte sie am liebsten vor ihm weglaufen wollen, aber nicht zu schnell. Sie wollte, dass er ihr folgte, sie einholte … und …

Nun ja, es hatte wieder mit diesem Moment zu tun, als sie alleine im Aufenthaltsraum gewesen waren.

*Aber, gütige Jungfrau, ich bin ihm nicht gewachsen,* dachte sie, während sie ihn beobachtete. Und zwar nicht nur im Kampf. Jede Frau, die sich von einem Mann wie ihm jagen ließ, bekam am Ende keinen braven Kuss. Er würde nicht ihre Hand halten, ihr hoch und heilig eine Verbindung mit ihm als *Hellren* versprechen und zuvor ihren Vater um Erlaubnis bitten.

Er war nicht die Sorte kultivierter Vampir, den man auserwählte, um ihm in der Nacht der Vereinigung vor der Jungfrau der Schrift und der Familie die eigene Jungfräulichkeit zu schenken.

Nein, er war ein Tier, das nur zu einem Mindestmaß an rationalem Denkvermögen fähig war.

Und so wie er sie in jenem Moment angesehen hatte, lag es nahe, dass sein Hirn sich vollkommen verabschiedet hatte.

Sie hätte Angst haben sollen, sagte sie sich.

Stattdessen wollte sie, dass er sie gefangen nahm …

Ringsherum ging ein Raunen durch die Menge, als Craeg eine weitere Wunde davontrug, diesmal quer über die Brust. Inzwischen blutete er an verschiedenen Stellen, sodass seine Uniform rote Flecken hatte, das Blut aus dem Schnitt an der Wange von seinem Kinn tropfte, vom Oberschenkel, von seinen Brustmuskeln.

Ein weiteres Aufblitzen der Klinge des Bruders erwischte ihn an der anderen Schulter. Dann seitlich am Hals. Der andere Schenkel. Am Bauch. Am Rücken.

»Aufhören«, keuchte Paradise. »Das muss aufhören.«

Doch jedes Mal, wenn die brutale Klinge des Bruders traf, hatte Craeg offensichtlich immer noch nicht genug. Immer und immer wieder trat er an, bis er in den Pfützen ausrutschte, die sich auf den blauen Matten bildeten, und ihm die Uniform rot getränkt am Leib klebte.

Er gab einfach nicht nach.

Butch wiederum kannte kein Pardon, außer ihn nicht zu töten.

»Craeg! Hör auf!«, rief sie, weil sie nicht anders konnte.

Die Hand vor den Mund gepresst, spürte sie, wie ihr Herz panisch schlug, während sie sich fragte, ob er wirklich so lange weitermachen würde, bis er dermaßen viel Blut verloren hatte, dass es kein Zurück mehr gab.

»Craeg! Das ist doch verrückt!«

Doch er gab nicht auf, bis die Knie unter ihm nachgaben und er eher taumelte als auszuholen, und schwankte, wenn er sich zurückzog. Seine Bewegungen wurden unkontrolliert.

Oh, er war so blass.

»Aufhören!«

Drüben auf seiner Bahre richtete Peyton sich auf und brüllte: »Craeg! Komm schon, Mann! Der bringt dich um.«

Eine Woge des Unbehagens lief durch die Reihe der anderen Schüler, nicht jedoch durch die der Brüder, die gekommen waren, um dem Spektakel beizuwohnen. Das medizinische Personal hingegen wirkte nicht allzu erfreut, doch als die Ärztin mit den blonden Haaren sich einmischen wollte, schüttelte Bruder Vishous den Kopf und ließ sie nicht durch.

Zweiundvierzig Minuten und viele Liter verlorenes Blutplasma später ging Craeg zum letzten Mal zu Boden.

Er sank einfach auf die Knie, schwankte einen Augenblick lang … und fiel dann mit dem Gesicht nach unten in sein eigenes Blut. Genau wie dort draußen auf dem Pfad.

Paradise wollte zu ihm laufen, aber Rhage fing sie ab und riss sie zurück. »Nein. Gestatte ihm seine Ehre.«

»Wovon redet Ihr?«, zischte sie.

Rhage wies mit dem Kopf auf die beiden Kämpfer. »Sieh hin.«

Butch stand einen Moment lang über dem gefallenen Gegner, um Craeg die Chance zu geben, wieder auf die Füße zu kommen. Als er es nicht tat, wartete er darauf, dass Craeg zu ihm aufblickte.

Unkoordinierte Augen im aschfahlen Gesicht mühten sich, den Blick auf den Bruder zu richten. Als es ihnen schließlich gelang, nahm Butch die Waffe in die andere Hand … und schnitt sich mit der Klinge tief in die Dolchhand.

Als Paradise noch nach Luft schnappte, streckte der Bruder Craeg die Handfläche hin. Dieser fand plötzlich von irgendwoher die Kraft, den Arm auszustrecken und das Dargebotene anzunehmen.

Der Bruder zog Craeg auf die Beine … und umarmte ihn. »Gut gemacht, mein Sohn. Ich bin stolz auf dich.«

Craeg blinzelte hektisch, als würden ihm die Tränen kommen. Dann schien er den Kampf gegen seine Gefühle aufzugeben, indem er die Augen schloss, den Kopf senkte und in den Armen des Bruders zusammensackte.

»Und so«, verkündete Rhage laut und anerkennend, »macht man das.«

# 17

Marissa saß an ihrem Schreibtisch im Refugium und hatte jede Menge Aufgaben zu erledigen: Patientenakten lesen, Aufnahmepapiere prüfen, Rechnungen ablegen. Doch statt sich diesen Arbeiten zu widmen, saß sie einfach nur in ihrem Stuhl und starrte dieses schwarze Metallstück mit der roten Kordel an.

Nachdem Butch und sie nach Hause gekommen waren, hatte sie das seltsame, schlüsselähnliche Objekt einigen der Brüder gezeigt, aber keiner hatte es wiedererkannt oder war in der Lage gewesen, ihm einen richtigen Namen zu geben. Dann hatte Vishous im Internet mithilfe eines Bildes danach gesucht – ohne Erfolg.

Als sie und Butch schließlich ins Bett gegangen waren, war sie so erschöpft gewesen, dass sie einschlief, sobald ihr Kopf das Kissen berührte.

Doch dabei war es nicht geblieben.

Ungefähr gegen drei Uhr nachmittags hatte sie die Augen aufgeschlagen und auf dem Rücken liegend in die Dunkelheit hinaufgestarrt, während Butch neben ihr leise schnarchte.

Es war genau so, wie ihr *Hellren* gesagt hatte. Bilder dieser Frau waren über die Zimmerdecke gehuscht, eine Fotomontage, die ihr die Tränen in die Augen trieb. Und das Traurige war, das Bedürfnis zu weinen war noch schlimmer geworden, als sie an Butch und sich gedacht hatte.

Was verrückt war.

Zwischen ihnen war alles in Ordnung. Sie besaß seine volle Unterstützung. Er hatte sie zu Havers gefahren, ihr während ihrer Bemühungen mit dem Schlüssel beigestanden, Verständnis für alles gezeigt, was sie fühlte.

»Ich verliere den Verstand«, sagte sie.

»Dafür bin ich ja da.«

Marissa riss den Kopf hoch. »Mary, hallo – verzeih, ich habe mit mir selbst geredet. Ich bin irgendwie gerade ein bisschen durch den Wind.«

Rhages *Shellan* kam herein und schloss die Bürotür hinter sich. »Ja, den Eindruck habe ich auch. Ich hab schon drei- oder viermal deinen Namen gesagt und bin nicht zu dir durchgedrungen.«

Marissa ließ sich im Stuhl nach hinten sinken, strich die Haare aus dem Gesicht und rang sich ein Lächeln ab. »Was kann ich für dich tun?«

»Mit mir reden.« Die Vampirin nahm auf dem Stuhl gegenüber Platz. »Ich mache mir Sorgen um dich.«

»Oje, bitte verschwende keine weitere Sekunde damit. Wir haben Leute hier, die ernsthaft deine Hilfe brauchen …«

»Barmherzige Samariter wie du und ich können unseren Job nicht richtig machen, wenn wir nicht über die schweren Fälle sprechen. Das ist eine Tatsache. Außerdem würde ich gerne noch anmerken, dass ich eine Freundin von dir bin.«

Während des Schweigens, das nun folgte, sagte Marissa nichts von all dem Papierkram, auf den sie sich nicht hatte konzentrieren können, weil ihr Kopf zu voll war. Sie schwieg über den Tag, an dem sie kaum geschlafen hatte. Und schließlich erzählte sie auch nichts über diese seltsame Distanz zwischen ihr und Butch.

»Ich kann sie einfach nicht vergessen«, platzte sie heraus.

Sofort flossen die Tränen, und sie griff fluchend nach einem Taschentuch. »Ich will aber nicht darüber reden.«

»Ich weiß«, erwiderte Mary sanft. »Vertrau mir, ich habe selbst jede Menge Erfahrung damit, nicht zu reden. Das ist keine gute Strategie.«

»Ach, komm schon, ich kenne niemanden, der sich so selbst verwirklicht hat wie du. Du bist wie zehn von zehn auf einer entsprechenden Skala.«

»Marissa, du kennst nur einen Bruchteil meines Lebens. Du kanntest mich vorher nicht. Und ich bin immer noch am Kämpfen, so wie alle.«

Marissa trocknete sich die Augen und musste das Bedürfnis unterdrücken, laut loszuheulen. »Wie gehst du damit um?«

»Mit den Problemen? Ich rede mit Leuten. Ich rede mit Rhage. Ich schreibe die Dinge auf.«

»Nein ... ich meine, mit dem klaren Schnitt.«

»Wovon sprichst du?«

Marissa wedelte mit ihrem Taschentuch. »Ich rede Unsinn. Vergiss es einfach.«

»Du meinst die Tatsache, dass ein Leben für mich geendet hat und ein anderes anfing, als ich mit Rhage zusammenkam?«

Aus irgendeinem Grund klopfte Marissas Herz laut. »Ja. Genau das.«

Mary schlug die Beine übereinander und kaute auf ihrer Unterlippe herum. Während sie sich die Zeit nahm, ihre Gedanken zu ordnen, betrachtete Marissa ihr ebenmäßiges Gesicht, die frisch zum Bob geschnittenen braunen Haare und ihre Aura von Selbstvertrauen und Gelassenheit.

Ja, dachte Marissa, Rhage hatte recht. Mary war hinreißend. Nicht auf eine auffällige Schönheitsköniginnenart oder von der Sorte kurvenloses Magermodel, und nicht mal in der Kategorie des netten Mädels von nebenan. Sie war wie der Schein eines Lagerfeuers im tiefsten bitterkalten Winter: warm und heimelig, fesselnd und erleuchtend.

Kein Wunder, dass der Bruder sie anbetete.

Mit einem Seufzer sagte Mary schließlich: »Ich glaube, für mich war es anders, weil ich im Sterben lag. Ich wusste also, dass ich Abschied nehme. Auch wenn ich mir nicht bewusst war, dass der Krebs schon eine Weile zurück war, hatte ich mich auf den Tag vorbereitet, an dem sie mir sagen würden, dass er wieder da war. Also hab ich mental und emotional meine Koffer gepackt, mir meine Fahrkarte besorgt und war bereit zu gehen. Ich meine, meine Mutter war tot, ich hatte keine wirkliche Verbindung zu irgendjemandem sonst auf der Erde … es gab für mich nichts mehr, also gab es auch nichts, was ich zurücklassen konnte, wenn du verstehst, was ich meine?«

Marissa dachte an die Nacht, als ihr Bruder sie rausgeworfen hatte, weil sie mit Butch zusammen war.

»Wenn ich das richtig verstehe«, fuhr Mary fort, »dann war das für dich anders. Richtig?«

Marissa musste den Blick abwenden. »Ja, stimmt. Ich kam eines Nachts kurz vor Tagesanbruch in das Haus zurück, in dem Havers und ich wohnten, und er …« Jetzt flossen die Tränen richtig und tropften in schneller Abfolge eine nach der anderen auf ihre Bluse und ihre Hose hinunter. Bevor sie weitersprechen konnte, musste sie erst einmal ihr Gesicht trocknen. »Alle meine Sachen waren gepackt. Er sagte, es wäre ihm egal, wohin ich ging, er wollte mich nur aus seinem Haus haben. Er legte Geld …« Sie musste sich räuspern. »Er legte Geld auf eine der Kommoden. Als würde er mich nicht berühren wollen.«

Schniefend zog sie ein weiteres Taschentuch aus der Packung und putzte sich die Nase. »Das Geld habe ich nie ausgegeben. Ich habe diese Hundertdollarscheine immer noch. Manchmal, wenn ich in meiner Schublade darüber stolpere, frage ich mich, weshalb ich sie aufbewahre. Warum bin ich … Himmel noch mal.« Sie brauchte ein drittes Taschentuch. »Was ist nur los mit mir? Dieses Mädchen ist tot, und ich kann ihre Familie nicht finden, genauso wenig wie den, der sie umgebracht hat. Und ich sitze hier und flenne wegen meines bescheuerten Bruders, der absolut Schnee von gestern ist. Das ist doch lächerlich.«

»Es nennt sich traumatisches Erlebnis in der Vergangenheit«, sagte Mary ruhig.

»Ich ärgere mich über mich selbst.«

»Nun ja, hast du mal darüber nachgedacht, was letzte Nacht wirklich passiert ist?«

»Machst du Witze? In meinem Kopf hat nichts anderes mehr Platz.«

»Nein, ich meine, hast du mal darüber *nachgedacht.«*

»Wenn es dir darum geht, dass ich zusehen musste, wie eine junge Vampirin vor meinen Augen stirbt, und dass ihr Verlust eine tragische Verschwendung von Leben ist, gegen die ich anscheinend machtlos bin, dann, ja, natürlich habe ich das.«

Mary schüttelte den Kopf. »Mit Verlaub, du verstehst nicht, worauf ich hinauswill. Letzte Nacht warst du das erste Mal, seit Havers die Beziehung zu deinem einzigen Verwandten gekappt hat, gezwungen, dich auf seine Hilfe zu verlassen. Du konntest das Mädchen nicht retten, deshalb musstest du dich an deinen Bruder wenden und hoffen und beten, dass er für sie das Richtige tut.«

»Hat er ja.« Marissa fluchte heftig. »Ich meine, er hat sich unglaublich gut um sie gekümmert.«

»Und wie hast du dich dabei gefühlt, wenn man bedenkt, wie schlecht er dich behandelt hat?«

Uuuuunnd noch mehr Tränen. »Daran habe ich schon

auch gedacht. Als ich bei ihr war, kurz bevor sie gestorben ist.«

»Ich kann dir sagen, was ich weiß. Wir können die Vergangenheit begraben, so tief wir wollen. Wir können uns auf hunderttausend Arten ablenken, von denen manche gesund sind und andere nicht, um die Sache unter Verschluss zu halten. Aber wenn etwas nicht verarbeitet ist, dann kommt es garantiert irgendwann zurück, um uns in den Hintern zu beißen. Du hattest kein einfaches Leben, bevor ihr euch ineinander verliebt habt, Butch und du. Und es zwar zweifellos eine große Erleichterung, das alles hinter dir zu lassen und neu anzufangen. Aber du kannst nicht vor dem davonlaufen, was früher war. Denk daran, Marissa, wir sind in jedem Moment unseres Lebens jedes Alter, das wir bis zu dem Punkt durchlaufen haben. Wir tragen die Vergangenheit mit uns herum wie Gepäck. Es war klar, dass die Geschichte mit deinem Bruder früher oder später wieder hochkommt. So ist das Leben einfach.«

Marissa tupfte sich wieder die Augen ab. »Irgendwie fällt es mir gerade schwer, richtig mit Butch zu reden.«

»Aber das ist doch kein Wunder. Er ist derjenige, der den Bruch verursacht hat.«

Marissa zuckte zurück. »Nein, Moment mal, warte – er war immer nur gut zu mir …«

»Hier geht es nicht um Schuld, Marissa. Du hast dich auf dem einen Weg befunden, dann trat er in dein Leben, und jetzt bist du auf einem anderen. Ich verurteile ihn nicht, und ich will auch bestimmt nicht andeuten, dass er etwas falsch gemacht hat. Ich benenne nur eine Tatsache.«

Aus irgendeinem Grund fiel Marissa ein, wie sie nachts hellwach gelegen und Butch hatte schlafen lassen. Das wäre vor einem Jahr nie passiert. »Was soll ich denn machen?«

»Meine Antwort wird dir nicht gefallen.«

»Es kommt mir so vor, als könnte es nicht mehr schlimmer werden.«

»Du musst deinen Frieden mit deinem Bruder machen.«

Marissa schloss die Augen. »Ich werde ihm nie verzeihen können.«

»Frieden zu schließen, bedeutet nicht, dass du ihn von seinem Fehlverhalten freisprichst. Und ganz ehrlich, er ist nicht der Einzige, mit dem du dich arrangieren musst. Die *Glymera* hat dich scheußlich behandelt, deine Stellung innerhalb des Adels war unhaltbar, und Wrath hat sich königlich scheiße benommen – das sage ich voller Liebe. Dir ist eine gewaltige Menge an Schmerz und Zurückweisung widerfahren, die du anfangs nicht rausgelassen hast, weil das die einzige Möglichkeit war, zu überleben. Dann hast du dieses Paket beiseitegeschoben, weil du endlich mal Ruhe hattest und dein Leben genießen konntest.« Mary deutete mit dem Kopf auf den ganzen Papierkram auf dem Tisch. »Wenn du wieder produktiv sein willst, dann wirst du unter all diese Steine schauen müssen, deine Gefühle zulassen, um dich schließlich auf der anderen Seite wieder rauszuarbeiten.«

Taschentuch Nummer vier leistete kurzen Widerstand, bevor es sich aus der Packung löste, doch letzten Endes benutzte Marissa es gar nicht. Stattdessen drehte sie es in den Fingern hin und her. »Ich will dieses Mädchen nicht vergessen. Ich will nicht, dass es hier nur noch um mich geht.«

»Niemand sagt, dass du aufhören musst, danach zu suchen, wer sie ist, oder für Gerechtigkeit zu sorgen. Benutz es nur nicht als Ausrede, die ganze schmutzige Wäsche zusammenzupacken und in einer Schublade verschwinden zu lassen. Denn diese Bewältigungsstrategie funktioniert langfristig nicht, und wenn das nächste Mal alles wieder hochkommt – und das wird es –, wird es noch schwerer sein, weil du dann auch die ganze Geschichte mit dem Mädchen noch einmal durchlebst. Irgendwann ist man nur noch wie gelähmt. Man versucht so verzweifelt, den Deckel draufzuhalten, aber es gibt immer neue Auslöser, und irgendwann hat sich so viel aufgestaut, dass die Last zu schwer wird und man darunter zusammenbricht.«

Marissa knetete immer noch das Taschentuch. »Du hast recht.«

»Ich weiß.«

Nachdem sie einmal tief durchgeatmet hatte, sah Marissa Mary über den Tisch hinweg an. »Darf ich dich in den Arm nehmen?«

»Also, bitte! Machst du Witze?«

Sie standen beide auf, und Marissa kam um den Tisch herum, um Mary an sich zu drücken. Diese erwiderte die Umarmung so fest und innig, dass Marissa gleich wieder die Tränen kamen.

»Du bist immer da, wenn ich dich brauche«, schluchzte sie. »Ich kann dir gar nicht sagen, wie sehr ich dich liebe.«

»Dafür sind Freunde doch da.« Mary zog sich ein Stück zurück. »Und irgendwann tust du dasselbe für mich.«

Marissa schnaubte und verdrehte die Augen. »Das bezweifle ich sehr.«

»Glaub mir.«

»Ich bin viel zu verkorkst.«

»Nein, du bist menschlich.« Mary schüttelte den Kopf. »Sorry, falsches Wort. Du bist lebendig, und du kämpfst dich durch, und du bist wunderschön, innerlich und äußerlich. Ich hab dich lieb.«

»Ich bin mir immer noch nicht sicher, was ich als Nächstes tun soll.«

»Lass dir Zeit. Es wird sich schon bei dir melden. Und

denk daran: Vergebung bedeutet nicht Vergessen. Etwas zu verstecken ist keine Dauerlösung, und Ablenkung ist nicht dein Freund. Stell dich dieser Sache ganz direkt. Ich bin jederzeit für dich da, okay?«

Nachdem Mary gegangen war, nahm Marissa wieder in ihrem Schreibtischsessel Platz. Aus irgendeinem Grund war ihr Blick auf das Telefon gerichtet. Den Büroapparat, nicht ihr Handy.

Die Vergangenheit. Ihr Bruder. Butch. Das Mädchen. Die *Glymera.*

Mary hatte recht. Es gab eine Menge, um das sie einen Bogen machte.

Um irgendwo mal anzufangen, beschloss sie, das anzugehen, was ihr am wenigsten beängstigend erschien. Oder … na ja, zumindest am einfachsten machbar.

Sie griff nach dem Hörer und suchte zwischen ihren Papieren nach dem rosafarbenen Telefonnotizzettel, den man ihr vor zwei Nächten überreicht hatte. Sie wählte die örtliche Nummer, nahm ihren Perlenohrring heraus und lehnte sich in ihrem Stuhl zurück.

Das Dienstmädchen nahm ab, schaltete sie auf Warteschleife … dann ertönte eine näselnde Frauenstimme: »Oh, hallo! Ich freue mich ja so, dass Ihr anruft.«

Marissa biss die Zähne zusammen. »Ich mach's. Ich übernehme den Vorsitz für das Festival.«

»Oh! Das ist ja fabelhaft! Was für eine wunderbare …«

Während sich eine Plattitüde an die nächste reihte, schloss Marissa die Augen und hörte Marys Stimme in ihrem Kopf. *Du musst deinen Frieden mit deinem Bruder machen.*

Heilige Jungfrau im Schleier, dachte sie. Sie hatte keine Ahnung, wie das geschehen sollte. Aber zumindest mit Partys kannte sie sich aus.

Klein anfangen. Dann die großen Brocken.

# 18

Paradise renkte sich den Finger aus, als sie einen Handkantenschlag von Rhage abblockte. Eigentlich hatte sie vorgehabt, sich wegzuducken und sich mit ihrem Unterarm zu schützen, wie er es ihr beigebracht hatte, aber ihre Arme und Beine folgten den Anweisungen nicht immer korrekt. Das Ergebnis war, dass sie die Finger durch den Schlag abspreizte.

»Mist, verdammter!«, bellte sie, drehte sich weg und krümmte sich schützend um die verletzte Hand.

»Lass mal sehen«, meinte der Bruder.

»Auauauauaua.« Okay, na gut, sie klang wie ein Mädchen, aber wieso tat das so weh? »Verdammt!«

»Parry, zeig her.«

Sie streckte den Arm aus, und seine großen, mit einem Mal ganz sanften Hände untersuchten ihren ungewöhnlich schiefen Mittelfinger.

»Was ist los?«, fragte sie, obwohl sie es selbst wusste.

»Ab in den Krankentrakt, komm.«

Als er sie aus der Sporthalle führte, warf sie noch einen Blick über die Schulter. Anslam lieferte Boone einen beachtlichen Kampf, was sie überraschte. Peyton saß da, kühlte mit einem Eisbeutel seine Schulter und starrte zu ihr herüber, als wollte er unbedingt wissen, was da abging. Novo und Axe umkreisten einander, während Bruder Tohr ihnen Tipps gab.

»Das wird schon wieder«, versicherte Rhage ihr und

öffnete die schwere Tür für sie. »Bist gleich wieder bei ihnen.«

Sie gab eine Art *Mmm-hmm* von sich und wusste, dass er recht hatte. Solange sie den Finger nicht ansah, war der Schmerz eigentlich erträglich.

»Ihr habt heute Abend nur noch eine Stunde, dann lassen wir euch gehen«, erklärte der Bruder, als sie an eine der Schwingtüren zum Klinikbereich gelangten. »Und morgen seid ihr die meiste Zeit im Klassenzimmer.«

Was ihr ein weiteres *Mmm-hmm* entlockte. »Ist Craeg schon weg?«

»Er wird immer noch behandelt.«

Der Untersuchungsraum war vom Boden bis zur Decke gekachelt. Stahlschränke mit Glastüren enthielten medizinische Gerätschaften, die ein Vermögen wert waren, und dazwischen standen jede Menge Computermonitore. In der Mitte befand sich eine riesige Untersuchungsliege unter einem Kronleuchter mit genug Lampen, um über einer Fläche von mehreren Quadratkilometern die Nacht zum Tag werden zu lassen.

Ein großer dunkelhaariger Mann, der vor einer Knie-Röntgenaufnahme stand, drehte sich zu ihnen um. Er trug einen blauen OP-Overall und einen weißen Kittel, und er wirkte sehr groß, sehr breit … und so gar nicht wie ein Vampir. »Hallo, was haben wir denn da?«

Paradise trat einen Schritt zurück. Sie konnte nicht anders.

»Ja, ich bin einer von denen«, sagte der Mann und bleckte sein Gebiss, dem die ausgeprägten Eckzähne fehlten. »Aber ich bin nicht übel, versprochen.«

Rhage ging zu ihm und drückte dem Mann die Schulter. »Super Chirurg. Feiner Kerl. Unerfreulich guter Pokerspieler, aber wenigstens versagt er beim Billard. Darf ich vorstellen, Dr. Manny Manello.«

»Also, wo tut's weh?«

»Verstauchter Finger«, antwortete der Bruder.

Die beiden Männer – also, der Vampir und der Mensch – sahen sie an.

Paradise räusperte sich. Eigentlich wollte sie sagen: »Ja, mein Finger ist …« Stattdessen platzte sie heraus: »Ich habe noch nie einen Menschen aus der Nähe gesehen.«

Dr. Manello lächelte, streckte die Arme aus und drehte sich einmal langsam um die eigene Achse. »Nicht so anders als ihr. Und ich war auch ein paarmal im Audienzhaus, während du gearbeitet hast.«

Das war ihr gar nicht aufgefallen, wahrscheinlich weil sie so auf ihre Arbeit konzentriert gewesen war und außerdem umgeben von anderen Vampiren.

»Ich wollte nicht respektlos klingen«, flüsterte sie.

»Ich bin nicht beleidigt. Glaub mir, ich hab heftiger reagiert, als ich von euch erfahren habe.« Als sie ihn überrascht ansah, zuckte er mit den Schultern. »Du darfst nicht vergessen, dass in meiner Kultur ihr die Bösen seid. Du weißt schon, Zähne, Blutsaugen, diese ganze Sache mit Halloween.«

Paradise sah ihn aufmerksam an und stellte fest, dass er gut aussah. Noch dazu schien er intelligent zu sein. Überhaupt nicht wie eine schwanzlose Ratte.

»Mich hat er schon zwölfmal operiert«, mischte sich Rhage ein.

»Dreizehnmal. Letzte Woche haben wir deine Schulter wieder gerichtet.«

»Schon vergessen.« Als Paradise zu dem Bruder aufblickte, zuckte er mit den Achseln. »Irgendwann hör ich auf zu zählen. Passiert halt.«

Paradise holte tief Luft und streckte ihre verletzte Hand aus. »Wird das wehtun? Was Sie damit machen müssen, meine ich.«

Dr. Manello lächelte wieder und berührte ihre dargebotene Hand so zart, dass sie es kaum spürte. »Freut mich, dich kennenzulernen, Paradise. Keine Sorge, ich werde mich wirklich gut um dich kümmern.«

Und das tat er auch.

Nachdem Rhage in die Turnhalle zurückgekehrt war, um weiter zu unterrichten, röntgte Dr. Manello ihre Hand, zeigte ihr, dass nichts gebrochen war, betäubte den Finger und renkte das mittlere Gelenk wieder ein.

»Diese Schiene wirst du nicht lange tragen müssen«, versicherte er ihr, während er eine gepolsterte Metallhülse um ihren Finger schob und mit einem weißem Tapeverband befestigte. »Ihr heilt so schnell, das fasziniert mich nach wie vor.«

Als er zurücktrat, begutachtete sie sein Werk. »Vielen herzlichen Dank.«

»Für den Rest des Abends bist du außer Gefecht. Du kannst es dir zusammen mit Peyton auf der Trage gemütlich machen.«

Es klopfte an der Tür auf der linken Seite des Raumes.

»Herein«, rief Dr. Manello auf dem Weg zu einem roten Mülleimer, um seine leuchtend blauen Gummihandschuhe zu entsorgen. »Ehlena, unsere Krankenschwester, hast du ja schon kennengelernt.« Dann runzelte er die Stirn, weil er den angespannten Gesichtsausdruck der Kollegin bemerkte. »Weigert er sich immer noch?«

Die Schwester schloss zuerst die Tür hinter sich, bevor sie antwortete. »Er hat die Auserwählte weggeschickt.«

Dr. Manello fluchte leise. »Ich werde ihn nicht entlassen, wenn er nicht trinkt.«

»Geht es um Craeg?«, fragte Paradise. »Ist er …«

Der Arzt lächelte und ignorierte ihre Frage. »Wir sind hier also fertig. Warum gehst du nicht zurück in die Sporthalle? Der Unterricht ist für heute sicher fast vorbei.«

»Ich nähre ihn«, sagte sie rau. »Wenn er es braucht, dann gebe ich ihm meine Vene.«

Was. Zum. Teufel. Tat. Sie. Hier.

Als Tochter einer Gründerfamilie sollte sie überhaupt *niemandem* ihre Vene geben. Nie. Das war ausschließlich für ihren auserwählten Gefährten gedacht. Und wenn sie selbst je trinken musste, dann nur im Beisein eines männlichen Verwandten von ihr und vor mehreren Zeugen.

Wenn sie das für ihn tat, dann war das so ähnlich, als würde sie vor ihrer Vereinigungsnacht ihre Jungfräulichkeit verlieren.

»Schon in Ordnung«, meinte Dr. Manello. »Wir kümmern uns darum.«

Man führte Paradise hinaus auf den Flur, und als sich die Tür hinter ihr geschlossen hatte, konnte sie die beiden leise miteinander reden hören.

*Geh zurück in die Halle,* befahl sie sich. *Geh schon, jetzt. Geh zurück zu den anderen …*

Ein Blick zeigte ihr, dass sie allein auf dem Flur war. Niemand schien zu kommen oder zu gehen, keine Schritte oder Stimmen.

Sie sollte wirklich zurück zu den anderen.

Doch sobald sie diesen Gedanken zu Ende gedacht hatte, wandten sich ihre Füße nach links, in die entgegengesetzte Richtung zu dem Ort, wo Nahkampf gelehrt wurde. Als Paradise die nächste Tür erreichte, drückte sie das Ohr gegen das Holz und lauschte.

Ein tiefer Atemzug offenbarte ihr einen Hauch von Craegs Duft.

Er war dort drin.

Gut, sie musste jetzt *wirklich* zurück zu den …

Ihre Hand drückte die Tür einen Spaltbreit auf, und sie spähte hinein. Dort lag er, auf weißen Laken in einem riesigen Krankenhausbett, das verglichen mit ihm trotzdem klein wirkte. Er hatte die Augen geschlossen, und sein Atem ging flach. Seine Haut … unterschied sich kaum von den gebleichten Laken, abgesehen von den heftigen blauen Flecken in seinem Gesicht, seinem Hals, seinem … überall. Dann war da noch das Patchwork von Verbänden, die die schlimmsten Schnittwunden bedeckten.

Paradise schlüpfte ins Zimmer und schloss schnell die Tür hinter sich. Dann wartete sie darauf, dass er in ihre Richtung sehen würde.

»Was?«, fragte er, ohne die Augen zu öffnen.

Sie ging zum Bett hinüber und fragte sich dabei, ob ihr Herz in Gegenwart dieses Vampirs wohl immer so laut klopfen würde.

»Warum trinkst du nicht?«, wollte sie wissen.

»Warum lässt du mich nicht in Ruhe?«

»Du hast eine Auserwählte abgewiesen?«

»Warum bist du nicht im Unterricht?«

»Ich habe mich verletzt. Ich darf nicht.«

Da drehte er den Kopf und schlug die Augen auf. »Alles in Ordnung? Lass sehen.«

»Dann würde ich dir den Stinkefinger zeigen.«

»Du hast mir in die Eier getreten, schon vergessen? Glaubst du, ich hab Angst vor deinem Finger?«

»Es wäre auch nicht das erste Mal. Ich glaube, ich habe das vorhin bei Peyton und dir schon gemacht.«

»Seit dem Schlag in die Weichteile ist meine Erinnerung etwas verschwommen.«

Sie hätte sich gerne auf die Bettkante gesetzt, aber sie fürchtete sich vor dem, was sie vorschlug. »Du kannst meine Vene haben, echt.«

Craeg starrte sie einen Moment lang nur an. »Kann ich dich mal was fragen?«

»Nur zu.«

»Bist du in eine Familie von Rettern hineingeboren

worden? Liegt das irgendwie in deinem Blut? Denn mir ist noch nie so eine Nervensäge wie du begegnet, und dieses ganze Mutter-Teresa-Theater kann man sich nicht antrainieren. Dazu ist die Welt ein zu böser Ort.«

»Sie lassen dich sonst nicht heim.«

»Sie können mich nicht zwingen hierzubleiben.«

Sie lachte. »Das hier ist die Bruderschaft. Ich bin mir ziemlich sicher, dass niemand dieses Gelände ohne ihre Zustimmung verlässt.«

Craeg grunzte und schwieg.

»Komm schon, dann geht's dir bestimmt besser.« Sie hielt ihm ihr linkes Handgelenk hin. »Und ich hab dann kein so schlechtes Gewissen mehr wegen dem … hm, na ja.«

»Ich hab eine Auserwählte abgewiesen, schon vergessen?«

Paradise rollte mit den Augen. »Du hast eine seltsame Art, dich wie ein Idiot zu verhalten, wenn du dich bedroht fühlst. Stammst du aus einer Familie von Idioten, oder hat dir die böse Welt beigebracht, dich so zu schützen?«

»Die böse Welt hat meine ganze Familie umgebracht. Zwei von ihnen direkt vor meinen Augen. Also, ja, man könnte wohl sagen, dass es antrainiertes Verhalten ist.«

Paradise ließ den Arm fallen und senkte den Blick. »Das tut mir leid. Das wusste ich nicht.«

»Außerdem, hast du keine Angst, dass ich etwas tue, was ich nicht sollte?«

»Wie meinst du das?«

»Du hast doch gesehen, was passiert ist, als du mich in der Sporthalle gestoßen hast. Du weißt genau, wovon ich rede.«

Paradise spürte, wie ihr Körper heiß wurde, und in diesem Augenblick gestand sie sich zumindest selbst ein, dass sie gekommen war, um ihm ihre Vene anzubieten, weil sie mehr davon wollte ... von was auch immer das war ... mit ihm. Diese Verbindung. Diese ... elektrisierende Spannung.

Dieses sexuelle Brennen.

Und wenn es einen sicheren Weg gab, um das zu bekommen, dann einen hungernden männlichen Vampir zu nähren. Sie mochte zwar Jungfrau sein, aber so naiv war sie dann auch wieder nicht.

»Spielst du gern mit dem Feuer, Mädchen?«, knurrte er. »Denn wenn du mich weiter so anschaust, dann brenne ich dich nieder.«

Auch ohne die Lippen zu öffnen, wusste sie, dass sie keine Stimme hatte. Deshalb bot sie ihm als Antwort schlicht wieder ihr Handgelenk dar.

Als er es nicht nahm, legte sie noch mal nach, indem sie es an den Mund hob und ihr Fleisch mit den eigenen Zähnen anritzte.

Das reichte aus.

Als der Geruch ihres Blutes die Luft erfüllte, rollten seine Augen nach hinten, und sein Körper bäumte sich unter der dünnen Decke auf, seine Hüften zuckten, seine Beine zappelten.

»Nimm mein Handgelenk«, sagte sie leise. »Das wird dir helfen.«

Seine Hand schoss hervor und packte grob ihren Unterarm. Doch bevor er seine Fänge in ihr versenkte, sah er mit wildem Blick zu ihr auf. »Du wirst um Hilfe rufen müssen.«

»Warum?«, hauchte sie.

»Jetzt sofort. Tu's.«

Doch er wartete ihre Reaktion nicht ab. Stattdessen riss er sie zu sich heran und schlug mit einem heftigen Knurren die Fänge in ihr Fleisch, obwohl sie den Zugang für ihn schon geöffnet hatte. Als er in tiefen Zügen zu trinken begann, spürte sie dieses Kribbeln am ganzen Körper. Sie musste den Mund öffnen, um atmen zu können, und stützte sich mit einer Hand auf dem Bett ab, damit sie nicht auf ihn drauffiel. Ihr Verstand war ausgeschaltet, sie bestand aus nichts mehr als Instinkt, und ihr Körper wusste genau, was er wollte: nackte Haut auf nackter Haut, seinen männlichsten Teil in ihrer Mitte, stoßend … pumpend.

Scheiß auf ihre Jungfräulichkeit.

Sie wollte alles.

Und er dachte genau das Gleiche. Während er trank, wanderte sein Blick hungrig über ihr Gesicht, ihren Hals, ihre Brüste. Unter dem Laken passierte offenbar etwas, denn seine Hüften bewegten sich, sein Oberkörper war angespannt und seine Miene ein Ausdruck der Qual, als hätte er Schmerzen vor Verlangen.

Nein, sie rief nicht um Hilfe.

Es war natürlich vollkommen wahnsinnig, doch das schien ihr gleichgültig zu sein. Ganz entfernt, im hintersten Winkel ihres Gehirns tauchte der Gedanke auf, dass das Nähren bei Frauen ihrer Schicht genau deshalb so streng überwacht wurde. Sie rief nicht um Hilfe, denn sie hatte nicht das geringste Interesse, das zu verhindern, was als Nächstes passieren würde. Dieser heiße, wilde Augenblick hatte nichts damit zu tun, dass sie von einer Gründerfamilie abstammte. Es ging nicht um die Villa, in der sie mit ihrem Vater lebte, und auch nicht um das Geld auf den verschiedenen Bankkonten. Es hatte nichts mit sozialem Status oder dem ganzen Gehabe zu tun.

Es war roh und direkt und existierte nur zwischen ihnen beiden.

Und das machte es … einfach wunderschön.

Weil es echt war.

# 19

Kein Wunder, dass sie Paradise hieß.

Während Craeg in langen, tiefen Zügen aus der unglaublichsten Blutquelle trank, die er in seinem ganzen Leben je gehabt hatte, konnte er an nichts anderes mehr denken, als wie passend ihr Name war. Paradiesisch.

Na gut, das war nicht wirklich das Allereinzige, an das er dachte.

Dank der Kraft, die sie ihm lieferte, erwachte sein Körper in Windeseile, als ihr schwerer Wein durch seine Kehle floss, sich in seinem Magen sammelte, bevor er wie ein belebendes Feuer in alle Richtungen ausstrahlte. Unter seiner misshandelten Haut, tief in seinen schmerzenden Knochen füllte er sich wieder mit Energie.

Diese Energie wurde begleitet von einem nagenden, knirschenden Verlangen.

Unter der dünnen Decke bekam er eine Erektion, hart wie Stahl und lang wie sein Ellbogen – ein Beweis dafür, dass ihr treffsicherer Tritt in die Eier ihn nicht kastriert hatte. Und zwischen seinen Ohren war sein Gehirn nur noch mit der Vorstellung beschäftigt, mit derselben Beharrlichkeit in sie einzudringen, wie seine Fänge in ihrer Vene steckten.

Er war jedoch ein wenig anständiger, als er vermutet hätte.

Statt ihre Hose zu zerreißen und sie auf seine Hüfte zu ziehen, zwang er sich, seine Haltung nicht zu verändern, denn dadurch blieb auch sie, wo sie war.

Seine Lenden wollten die Botschaft allerdings nicht verstehen.

Mit heftigen Stößen rieb er sich am Laken und der Bettdecke, doch jede Bewegung bot nicht mehr als eine quälend sanfte Berührung, die ihn langsam, aber sicher in den Wahnsinn trieb. Mit jedem Rückzug wurde er noch gieriger.

Dann juckte es ihn in den Fingern, wenigstens Hand anzulegen.

Das ging gar nicht.

Selbst wenn Paradise es nie zugeben würde, sofern man sie nicht mit der Knarre bedrohte, wusste er, dass sie der Situation bereits nicht mehr gewachsen war. Wenn er sich jetzt entblößte und anfing, sich einen runterzuholen, dann hätte sie ihrem Vater oder wem auch immer wirklich etwas zu erzählen. Auch wenn diese Option besser war, als ihr Geschlecht so heftig zu bearbeiten, bis sie Sterne sah.

Denn das war es, was er eigentlich tun wollte.

Verdammt, warum musste er ausgerechnet scharf auf ein braves Mädchen sein?

»Du kannst …«, sagte sie. Es folgte eine kurze Pause, während der sie einen Blick über die Schulter warf, als wollte sie sich vergewissern, dass die Tür immer noch geschlossen war. »Du kannst tun, was du willst.«

Trotz seiner Blutlust runzelte er die Stirn und versuchte zu verstehen, was sie meinte.

»Ich sehe doch, wo deine Hand ist. Ich bin nicht blöd.«

Craeg versuchte, den Kopf zu schütteln, doch er wusste immer noch nicht, was sie wollte.

Paradise nickte. »Ist schon okay … mach ruhig. Mach's dir selber.«

Da ging ihm ein Licht auf … Scheiße, sie wollte, dass er …

Eine Sekunde lang leistete sein Gewissen heftigen Widerstand, doch unter ihrem festen Blick und mit dem Duft ihrer Erregung dauerte diese Anwandlung nicht länger als die Bildung des Gedankens.

Ein klarer Fall von »aber gerne doch, Madam«.

Betrunken von ihrem Geschmack, auf eine Folterbank der Lust gespannt, der Körper völlig am Ende und das Hirn wie weggeblasen, blieb ihm gerade noch genug Willenskraft, um die Schlösser an allen Türen ringsherum zu verriegeln, einschließlich das am Schrank. Es würde niemanden auf ewig draußen halten, aber zumindest lange genug, dass ihre Tugend nicht völlig …

*Peyton.*

Als der Name des anderen Vampirs unvermittelt in seinem Kopf auftauchte, runzelte Paradise die Stirn, als hätte sie seine Gedanken gelesen. »Was hast du gesagt?«

Vermutlich hatte er laut gedacht, sozusagen.

Craeg löste seinen Biss so weit, um ihr antworten zu können. »Peyton.«

»Ich hab dir doch schon gesagt, da läuft nichts … Gütige Jungfrau, nein. Niemals. Er ist wie ein Bruder für mich.«

Die Augen fest auf sie gerichtet, kam er zu dem Schluss, dass sie entweder völlig arglos war und das, was sie sagte, wirklich glaubte. Vielleicht hatte sie tatsächlich keine Ahnung, dass der Kerl auf sie stand. Oder sie war die beste Schauspielerin jenseits von Hollywood und machte ihm was vor. Beim Einatmen konnte er keinen Hauch von List erahnen. Dann dachte er an Peytons arrogantes Gehabe, seinen vornehmen Akzent und seine teure Uhr. Möglicherweise gehörte er wirklich dem Adel an. In diesem Fall würde sich der Vampir garantiert nie langfristig mit einer Sekretärin einlassen.

Offenbar hatte der Scheißkerl genug Ehrgefühl, um ihr nichts vorzuspielen. Und war erfolgreich genug, dass sie ihm seine Show abgekauft hatte, selbst wenn er sich wie vorhin im Aufenthaltsraum wie ein besitzergreifender Freund aufführte.

Möglicherweise musste Craeg ihn nicht ganz so glühend hassen.

»Zwischen Peyton und mir läuft nichts«, wiederholte sie. »Und das wird es auch nie.«

Das reichte wohl als Info, denn ehe er sich's versah, war seine freie Hand unter der Decke verschwunden.

Craeg bäumte sich stöhnend auf, als er seinen Schaft umschloss. Er trank langsamer, weil er das Bedürfnis verspürte, diesen Moment zwischen ihnen beiden hinauszuzögern. Er wollte Sex *und* ihr Blut.

Und wie es aussah, sollte er zumindest für einen kurzen Augenblick beides haben.

Es würde allerdings das erste und einzige Mal sein, dass dies geschah.

Das Ganze hatte etwas Unvermeidbares an sich.

Dieser Gedanke ging Paradise immer wieder durch den Kopf, während sie beobachtete, wie sich Craegs Hand unter der Decke bewegte. Er bearbeitete sich selbst, und sein gewaltiger Körper wand sich in seltsamen Verrenkungen, als er sich den Wellen der Lust überließ.

Und doch, so unausweichlich sich das anfühlte, war es gleichzeitig in vielerlei Hinsicht auch unerwartet.

Sie hatte nicht damit gerechnet, sich so … mächtig zu fühlen. Sie hatte nämlich eindeutig den Eindruck, dass er zwar groß und stark war, aber sie hier das Sagen hatte. Was auch immer sie von ihm wollte, von ihm brauchte, er würde es ihr geben, es für sie tun, für sie finden.

Nachdem er mit dem Sex fertig war.

Craegs Augen, die aus seinem geschundenen Gesicht zu ihr aufblickten, glühten unter seinen schweren Lidern. Die angespannten Muskelstränge an seinem Hals und in seiner Brust schienen kurz davor zu sein, die Haut zu durchbrechen. Und sein Duft war zu einem würzigen, köstlichen Dröhnen aufgeblüht.

Dann fing er an zu stöhnen.

Oh, wie sehr sie diejenige sein wollte, die ihn berührte. Sie hatte so etwas noch nie zuvor getan, aber bitte, so schwer konnten die Auf- und Abbewegungen ja nicht sein … Das Problem war, ihre unverletzte Hand befand sich neben seinem Gesicht, und mit der Schiene an der anderen konnte sie momentan gar nichts anfassen.

Ohne Vorwarnung ließ Craeg plötzlich ihr Handgelenk los und gab ein Geräusch von sich, das rein animalisch war und nichts Zivilisiertes an sich hatte. Dann vergrub er seine freie Hand in den Laken neben ihrer Hüfte und krallte sich darin fest. Sein Brustkorb hob sich einmal, zweimal … er bäumte sich wieder auf, diesmal mit einem Stöhnen … und dann zuckten seine Hüften immer und immer wieder, während Grunzlaute aus seinem Mund kamen und sein Blick weiterhin auf ihr Gesicht gerichtet war.

Die Stille, die sich anschließend einstellte, war ebenso überraschend wie der Rest. Nach einer gefühlten Ewigkeit wurde sein Körper schlaff, und er sank nach hinten aufs Bett, schloss die Augen und atmete schwer, während der Schweiß auf seiner Brust glänzte.

»Ablecken …«, murmelte er.

»Wie bitte?« Ihre Stimme war ganz heiser. »Was hast du gesagt?«

»Du … blutest …«

Paradise blickte auf ihr Handgelenk. Er hatte recht. Die Bisswunden hatten sich nur teilweise geschlossen. Sie hob den Arm an den Mund und saugte.

Das tiefe Knurren, das er ausstieß, ließ sie erstarren.

Sein brennender Blick war auf ihre Lippen gerichtet.

Doch dann drehte er sich weg. »Du musst jetzt gehen.«

»Was?«

»Du hast mich gehört. Geh.«

Paradise atmete schnaubend aus, während eine Woge des Zorns sämtliche Lustgefühle, die sie genossen hatte, so effizient wie ein Bulldozer aus dem Weg räumte. »Warum schickst du mich immer weg?«

»Weil ich nicht glaube, dass es dir gefallen würde, wenn jemand jetzt in dieses Zimmer käme.«

Sie sah sich um. Okay, auf dem Kissen neben seinem Mund war ein kleiner Blutfleck, aber abgesehen davon war nichts in Unordnung. »Es ist doch alles …«

»Hier drin riecht es nach Sex«, murmelte er. »Ich bin soeben heftig gekommen, und wenn jetzt jemand durch eine dieser Türen spaziert, dann wird derjenige sofort wissen, dass du der Grund dafür bist. Geh mit dem bisschen Ehre, das dir geblieben ist, ja?«

Paradise fiel die Kinnlade herunter. »Wie bitte?«

»Wir sind hier fertig.« Er zuckte mit den Schultern. »Du hast gesagt, ich soll mir einen runterholen. Das hab ich getan. Und du konntest einem Vampir beim Orgasmus zuschauen. Also haben wir beide was davon gehabt. Was hast du denn erwartet? Einen Antrag?«

Ein stechender Schmerz fuhr ihr durch die Brust, der sie kurzfristig sprachlos machte. Dann war das Einzige, was ihr durch den Kopf ging, eine Kombination der Worte »Fick« und »dich«.

Sie stand vom Bett auf, straffte die Schultern und ging zur Tür. Erstaunt stellte sie fest, dass diese verschlossen war. Das hatte sie nicht getan.

Er vielleicht?

Wen interessierte es.

Während sie aufsperrte, warf sie noch einen Blick zurück. »Ich kann nicht so tun, als wäre ich abgeklärt oder erfahren in Sachen Sex, aber ich weiß verdammt gut, dass das Bedürfnis, andere kleinzumachen, wenn man sich bedroht fühlt, einen Feigling auszeichnet, keinen Helden. Ich wünsch dir noch ne schöne restliche Nacht. Wir sehen uns morgen, falls du beschließen solltest aufzukreuzen.«

Mit diesen Worten ging sie hinaus, ließ die Tür hinter sich ins Schloss fallen und ging einige Meter den Flur entlang in Richtung Sporthalle.

Sie wollte nicht stehen bleiben.

Doch ihre Füße weigerten sich, die restliche Strecke zum Unterricht zurückzulegen.

Fluchend lehnte sie sich gegen die Wand, überkreuzte die Arme vor der Brust und starrte auf die polierten Steinplatten, mit denen der Flur ausgelegt war … dann hinauf in die Deckenstrahler über ihr … dann auf die Türen, die vielen, vielen Türen. Aus der Ferne, wo das Kampftraining wohl immer noch andauerte, hörte sie Rufe. Dann war da noch das gleichmäßige Summen der Klimaanlage. Und kurz darauf gab ihr Magen ein Knurren von sich, um sie daran zu erinnern, dass die Kalorien, die sie bei ihrem schnellen Ersten Mahl zu sich genommen hatte, längst verbraucht waren.

Das war also ihre erste sexuelle Erfahrung gewesen.

Während es geschah, war es wundervoll, aufregend, mehr als verlockend gewesen.

Doch Craeg hatte all das kaputtgemacht. Mit wenigen Sätzen hatte er alles zerstört und ihr das Gefühl gegeben, sich schämen zu müssen.

»Es tut mir leid.«

Erschrocken fuhr sie herum und zuckte dann zurück. »Wieso bist du nicht im Bett?«

Craeg kam aus seinem Zimmer geschlurft, wobei er sich offenbar mehr auf den Tropfständer als auf seine Beine verließ. Er schien jedoch fest entschlossen, zu ihr herüberzuwanken, und er hatte weiß Gott bereits bewiesen, dass er nicht aufgeben würde, ehe er umfiel.

Sie ging deshalb auf ihn zu, die Hände erhoben, um ihn aufzuhalten. »Du musst wieder zurück ins Bett.«

»Hör zu, ich …« Er räusperte sich. Kratzte sich unter der Nase, obwohl da nichts war. Rieb mit dem Daumen über die Augenbraue und nestelte an seinem Krankenhaushemd herum. »Ich kann gerade kein anderer sein als der, der ich bin. Vielleicht zu einem anderen Zeitpunkt, vielleicht wenn gewisse Dinge nicht passiert wären … vielleicht wenn ich genug Energie hätte, meine Ecken und Kanten abzuschleifen. Das Problem ist, dafür habe ich momentan einfach keine Energie. Hier drin steckt nicht besonders viel wohlige Wärme.« Er deutete auf seine Brust. »Ich will damit nicht sagen, dass ich recht habe oder dass ich stolz auf mich bin. Ich sag dir nur, wie es ist. Mehr kann ich dir nicht geben – nicht heute, nicht morgen … nicht nächste Woche. Mehr habe ich niemandem zu bieten.«

Er blickte ernst und ohne zu blinzeln auf sie herab.

Sein düsterer Tonfall und die mit Bedacht gewählten Worte ließen keine Zweifel zu.

Während des darauffolgenden Schweigens musste Paradise an die Aussage der großen menschlichen Schriftstellerin und Rednerin Maya Angelou über die Menschen denken: Wenn jemand dir zeigt, wer er ist, glaube ihm beim ersten Mal.

Oder zumindest etwas in der Art.

»Wenn du mit jemandem zusammen sein willst, halt dich an deinen Freund Peyton«, fuhr er fort. »Du bist so umwerfend, dass die Chancen gut stehen, dass er letzten Endes diesen ganzen *Glymera*-Kack über Bord wirft. Und, hey, dann müsstest du nicht für den Rest deines Lebens Sekretärin bleiben. Ich könnte dir nicht mal annähernd das bieten, was er kann, selbst wenn sich meine Persönlichkeit um hundertachtzig Grad drehen würde.«

Als er weitersprach, nahm sie seine Worte gar nicht mehr richtig wahr. Stattdessen musste sie die ganze Zeit daran denken, wie unfair es war, dass sie endlich jemandem begegnet war, zu dem sie sich hingezogen fühlte, und zwar genau zur falschen Zeit und am falschen Ort, um von längerfristiger Bedeutung zu sein. Dann war da noch seine Ich-brauche-niemanden-Geschichte. Die sie gerne als Quatsch abgetan hätte, die aber leider tatsächlich der Wahrheit entsprechen konnte.

»Gut«, sagte sie schließlich. »Danke, dass du so ehrlich warst.«

Es folgte eine weitere unangenehme Pause, als hätte er irgendeine Art von Protest von ihr erwartet, vielleicht einige harte Worte. Dann schloss er die Augen, als wollte er ihr nicht zeigen, was sich dahinter verbarg.

Er hob die Hand, mit der er sich nicht am Tropfständer festklammerte, an ihr Gesicht. Doch dann ließ er sie wieder sinken und schüttelte den Kopf. »Ich bereue in meinem Leben eine ganze Menge. Wenn du dich das nächste Mal fragst, ob sich jemand etwas aus dir macht … dann solltest du wissen, dass du auf dieser Liste stehst.«

Craeg drehte sich um und humpelte zurück zu seinem Krankenzimmer.

Sie sah ihm nach, bis er fast durch die Tür verschwunden war.

Der Stolz gebot ihr, sich als Erste wegzudrehen.

Ihre Kräfte sammelnd machte Paradise sich auf den Weg zur Sporthalle, zurück zum Unterricht, zum Lernen und zur Selbsterfahrung. Schließlich hing ihre Zukunft, genau wie seine, vom Trainingszentrum ab. Das war kein Hirngespinst bezüglich irgendeines Fremden, das aus so vielen Gründen sowieso nie Wirklichkeit werden würde.

# 20

Zwei Stunden später verließ Paradise das Trainingszentrum per Bus. Diesmal gab es nur einen, weil sie bloß zu sechst waren. Craeg hatte von ärztlicher Seite noch kein grünes Licht zur Entlassung bekommen.

Auf der anderen Gangseite begegnete Paradise Peytons Blick. Er hatte es sich in einer Sitzreihe gemütlich gemacht, den Rücken an das schwarze Fenster gelehnt, die Beine ausgestreckt und die Füße an den Knöcheln verschränkt.

Es schien eine Ewigkeit her zu sein, seit sie sich in der Nacht davor auf der Herfahrt gestritten hatten.

*Alles klar?*, fragte er tonlos.

Sie nickte und formte ein: *Und bei dir?*

Er zuckte mit den Schultern, verzog beim Ändern seiner Sitzposition das Gesicht und schloss die Augen.

Auch sonst redete niemand viel.

Einige Reihen vor ihnen hockte Boone mit gesenktem Haupt und riesigen Kopfhörern über den Ohren, um die Welt auszusperren. Er schien jedoch keinen Song zu finden, der ihm gefiel, denn sein Daumen tippte im Sekundentakt auf dem Display seines iPhones herum, sodass die Cover der Alben nur kurz aufleuchteten, bevor sie wieder weggewischt wurden. Anslam saß ihm gegenüber und schlief. Novo, die einen Platz relativ weit vorne beim Fahrer gewählt hatte, starrte aus den Fenstern, durch die man nichts sah.

Axe war ganz hinten und blieb für sich.

Ab und zu veränderte auch Paradise ihre Sitzposition, wobei sie ebenfalls einen auf Peyton machte, was das Zusammenzucken anging. Sie war erschöpft. Alles tat ihr weh. Sie hatte Angst, was die nächste Nacht in Sachen Prüfungen bringen würde.

Außerdem musste sie immer wieder an das denken, was in Craegs Krankenzimmer passiert war. Und an die anschließende Unterhaltung auf dem Flur.

»Schluss jetzt«, murmelte sie vor sich hin.

So etwas immer wieder zu durchleben, änderte nichts am Ergebnis, und wenn sie ehrlich mit sich war, wollte sie das. Es wäre so wunderbar, diese Art von Verbindung weiter erforschen zu dürfen.

Es sollte aber wohl nicht sein.

In der Hoffnung, sich abzulenken, betrachtete sie ihre Umhängetasche von Bally, die sie bei ihrer Anmeldung am Abend zuvor bei einem *Doggen* abgegeben hatte. Sie wusste noch genau, was sie enthielt: die Energieriegel, das extra Paar Socken, die Wechselkleidung und Unterwäsche, ihr Portemonnaie, das Handy, ein Foto ihrer Eltern in einem antiken Goldrahmen. Sie konnte sich auch noch ganz genau daran erinnern, wie sie all diese Dinge eingepackt hatte. Die Schubladen, die sie in ihrem begehbaren Schrank geöffnet hatte, wie schwer es ihr gefallen war, sich zu entscheiden, was sie alles hatte mitnehmen wollen, aber dann doch zu Hause gelassen hatte.

Das Beunruhigende war, dass nichts davon sich mehr wie ihres anfühlte.

Es kam ihr eher so vor, als gehörten diese Sachen einer kleinen Schwester oder so, einer jüngeren Verwandten, die ihr aus der Ferne ähnlich sah, aber von Nahem betrachtet ganz anders war.

Peyton stellte die Füße auf den Boden und rutschte

über den Gang zu ihr herüber. Dieses Mal war sie dankbar, als er sich neben sie setzte.

»Du siehst irgendwie nicht gut aus«, meinte er leise.

Seine Sorge drohte den Damm zu brechen, der ihre Gefühle in Schach hielt, aber sie klammerte sich an dieser Mauer fest, weil sie vor ihren Klassenkameraden nicht zusammenbrechen wollte.

*Von wegen* Primus, dachte sie.

»Ich weiß auch nicht.« Paradise schüttelte ratlos den Kopf. Das hatte sie eigentlich nicht sagen wollen. »Eigentlich geht's mir ganz gut.«

»Die letzte Nacht war ziemlich heftig.«

»Aber wir haben es geschafft«, murmelte sie. »Olé, olé, olé.«

»Ja.«

Als ihr Kumpel wieder verstummte und die Rückseite der Kopfstütze vor ihm anstarrte, konnte sie nur Vermutungen anstellen, woran er dachte: das Erbrechen, einen Sack über den Kopf gezogen zu bekommen, das Schwimmbecken … den längsten Spaziergang ihres Lebens.

Diese Prügelei mit Craeg.

»Wie geht's dir denn?«, erkundigte sie sich. »Du wirkst wieder fitter.«

»Ich werde mich nähren müssen.«

Er rieb sich das Gesicht, als versuchte er, die Erinnerungen an die letzten vierundzwanzig Stunden zu vertreiben, und sie spürte einen Stich aus schlechtem Gewissen. Denn im Gegensatz zu Craeg, dem sie ihre Vene gar nicht schnell genug hatte anbieten können, war ihr nicht wirklich in den Sinn gekommen, ihrem alten Freund zu helfen.

Außerdem war sie sich gar nicht sicher, ob sie das mit Peyton aushalten würde … falls er auf dieselbe Weise reagierte wie Craeg.

Nicht dass sie auf Männer so unwiderstehlich wirkte, aber vielleicht war diese Art der Lust ja nur eine ganz natürliche Nebenwirkung beim Trinken, und diese Grenze wollte sie in ihrer Freundschaft nicht überschreiten.

»Ich hab meinem Dad eine Nachricht geschickt.« Peyton klopfte auf seine Manteltasche. »Er hat jemanden organisiert, der mich erwartet. Das wird das erste Mal sein, dass ich keinen Sex habe, wenn ich trinke.« Dann warf er ihr mit gerunzelter Stirn einen Seitenblick zu. »Sorry. So genau wolltest du's wahrscheinlich nicht wissen.«

Wovon redete er? Oh, ach so. »Schon okay. Ich bin nicht so empfindlich.«

*Soll ich dir sagen, was* du *wahrscheinlich nicht so genau wissen willst?*, dachte sie. Dazu zählte definitiv das, was sie und Craeg vorhin in der Klinik getan hatten. Oder vielmehr, was er mit sich selbst gemacht hatte.

Sicherheitshalber drehte sie den Kopf weg, damit niemand ihre geröteten Wangen bemerkte.

»Du bist irgendwie anders«, stellte Peyton fest.

Erstaunt sah sie ihn an. »Wie meinst du das?«

»Weiß auch nicht. Vielleicht weil ich immer noch daran denken muss, wie super du dich geschlagen hast.«

An seinem Blick konnte sie erkennen, dass er sich ein weiteres Mal bei ihr entschuldigen wollte, und ohne darüber nachzudenken, beugte sie sich zu ihm hinüber und umarmte ihn. »Danke.«

Eine Reihe von Bodenwellen und dann ein merkliches Drosseln der Geschwindigkeit beendete die Umarmung. »Sind wir schon da?«

Peyton zückte sein Handy und sah auf die Uhr. »Eine Dreiviertelstunde seit Abfahrt. Also, ja, wahrscheinlich schon.«

Der *Doggen,* der den Bus fuhr, informierte sie über Lautsprecher, dass sie ihr Ziel in der Tat erreicht hatten. Einer nach dem anderen verließen sie den Bus.

Die Nacht war kalt, sehr kalt, und aus irgendeinem unerfindlichen Grund dachte Paradise, wenn die Farbe Hellblau einen Geruch hätte, dann wäre es das, was ihre Nase registrierte, als sie nun die eisige, trockene Luft einatmete.

Als sie sich nach den anderen umdrehte, stellte sie fest, dass alle noch etwas unentschlossen herumstanden, obwohl der Bus schon weggefahren war.

Anslam war der Erste, der sich verabschiedete, wenn auch nur von Peyton, dann war er weg. Axe sprach mit niemandem, bevor er sich dematerialisierte.

»Bis morgen dann«, murmelte Peyton an Novo und Boone gerichtet.

Bevor er verschwand, kam er jedoch noch mal zu Paradise herüber. »Ich melde mich in etwa zwei Stunden bei dir. Und ich hoffe sehr, dass du dann ans Handy gehst.«

»Mach ich.«

»Gut.«

Noch ein kurzes Lächeln, dann war er weg.

Paradise sagte irgendetwas zu den anderen, sie wusste gar nicht genau was – und die wiederum sagten etwas zu ihr, was sie ebenfalls nicht richtig registrierte.

Dann hängte sie sich ihre Tasche über die Schulter und trat den Heimweg an, hinfort, hinfort, in einem Durcheinander aus Molekülen, das ihrem geistigen und emotionalen Zustand irgendwie viel besser entsprach als ihre körperhafte Form.

Als sie auf dem Rasen vor dem Haus ihres Vaters wieder in ihren Körper zurückkehrte, blieb sie erst einmal stehen und blickte an der beeindruckenden Fassade des weitläufigen Tudor-Anwesens empor. Innen brannte Licht, dessen buttergelber Schein durch die Fensterrauten fiel und die Illusion eines wärmenden Kaminfeuers erschuf. Ab und zu sah sie hinter geöffneten Vorhängen einen *Doggen* vorbeigehen, mit Silbertablett, Staubwedel oder Blumenstrauß in der Hand.

Der Wind blies hier ziemlich heftig, und je länger sie auf dem winterbraunen, frostigen Gras stand, desto mehr drang er durch ihre Jacke, ihre Kleider, ihre Haut.

Sie und ihr Vater lebten seit sehr langer Zeit auf diesem Anwesen, und es gab kein Zimmer, das sie nicht mit einer Erinnerung verband – selbst die Geheimzimmer.

Und doch kam ihr heute Nacht das Haus genauso vor wie die Gegenstände in ihrer Schultertasche: Als gehörte es zu jemand anderem.

Seltsam … wie eine Reise, die in der Heimatstadt begann und endete und zu der man nicht einmal den Postleitzahlenbereich verlassen musste, einen so weit vom eigenen Leben entfernen konnte.

Als sie anfing zu frösteln, zwang sie sich, einen Fuß vor den anderen zu setzen. Es war ungefähr zwei Uhr morgens, und auch wenn sie deswegen ein schlechtes Gewissen hatte, war sie sehr froh, dass ihr Vater immer noch im Audienzhaus beschäftigt sein würde. Sie hatte einfach nicht die Kraft, ihm alles über ihr »Studium« zu erzählen.

Genau genommen hatte sie selbst nichts davon so richtig verarbeitet, deshalb war es einfach noch zu früh, jemandem von der Erfahrung zu berichten.

Als sie die Eingangstür erreichte, wollte sie schon die Hand nach der Klingel ausstrecken, bremste sich aber gerade noch rechtzeitig.

Also bitte, dachte sie. Willst du bei deinem eigenen Zuhause wirklich klingeln?

Trotzdem fühlte sie sich wie eine Fremde, als sie ihren Finger auf den Sensor legte und das Schloss aufschnappte.

Sie trat hinein in die Wärme, schloss die schwere Tür hinter sich und atmete ein paarmal tief durch. Beim Anblick der vertrauten Ölgemälde und Orientteppiche breitete sich jedoch kein Gefühl der Ruhe in ihr aus. Stattdessen verspürte sie ein wachsendes Unbehagen.

»Herrin! Ihr seid zurück!« Der Butler Fedricah kam strahlend auf sie zugeeilt und verbeugte sich so tief, dass seine Stirn beinahe den Boden wienerte. »Was darf ich Euch bringen? Möchtet Ihr etwas essen? Nein, wohl eher ein Bad. Ich werde veranlassen, dass Vuchie Euch ein …«

»Bitte nicht.« Sie hob beschwichtigend die Hände, als ihm die Enttäuschung deutlich ins Gesicht geschrieben stand. »Die Bruderschaft hat uns bestens versorgt, und um ehrlich zu sein, muss ich mich dringend hinlegen.« Worte, sie brauchte jetzt die richtige Kombination an Worten. »Bitte sag meinem Vater, dass es eine wunderbare Lernerfahrung war … sag ihm, es geht mir gut. Ich bin tatsächlich in das Programm aufgenommen worden. Wir haben Unterricht im Klassenzimmer. Es ist alles ganz ungefährlich.«

Die letzten beiden Punkte waren genau genommen gar nicht gelogen. Schließlich hatte Rhage gesagt, dass sie morgen Abend im Seminarraum bleiben würden, und niemand war ernsthaft verletzt worden.

»Oh, natürlich, Herrin! Er wird so erfreut sein! Ich glaube, er hat während des Tages keine Stunde geschlafen. Aber bitte läutet, wenn Ihr irgendetwas braucht. Wir stehen stets zu Euren Diensten.«

»Das werde ich, versprochen. Vielen Dank.«

Schnell floh sie die Treppe hinauf in ihr Zimmer, angetrieben von der irrationalen Angst, ihr Vater könnte früher als sonst von der Arbeit heimkommen. Nachdem sie sich eingeschlossen hatte, ließ sie den Blick über das Himmelbett schweifen, die bestickten Teppiche und antiken Möbel …

Sie wünschte sich auf einmal sehr, in einem anonymen, sauberen Hotelzimmer schlafen zu dürfen.

Schließlich setzte sie sich auf die superweiche Matratze und stellte ihre Tasche neben sich auf den Boden. Dann stützte sie die Handflächen auf die Knie und starrte die Wand an.

Craeg war nicht das Einzige, was sie beschäftigte, aber ein ziemlich großer Teil ihres Gehirns war von ihm erfüllt.

Mist. Jetzt, wo sie sich hier oben versteckte, fühlte sie sich in der Falle.

Als ihr Handy in der Tasche klingelte, zuckte sie zusammen. Zweifellos hatte Fedricah ihren Vater sofort angerufen, und die Frage war, ob es schlimmer war, wenn er ihr auf die Mailbox sprechen musste ... oder für sie, sich am Telefon ein »alles bestens« abzuringen.

Später war nicht viel besser, beschloss sie. Wenn sie nicht jetzt mit ihm sprach, würde er vermutlich an ihre Tür klopfen, sobald er nach Hause kam. Dann würde sie die Unterhaltung von Angesicht zu Angesicht führen müssen.

Sie fischte also das Handy aus der Tasche und war überrascht, das Hanfblatt auf ihrem Display blinken zu sehen.

»Peyton?«

»Hey. Ich konnte keine zwei Stunden mehr warten. Ich bin irgendwie total durch den Wind.«

Obwohl er sie nicht sehen konnte, nickte sie. »Ich weiß, was du meinst. Ich auch.«

Während des darauffolgenden Schweigens wartete sie auf das übliche Geräusch eines Joints, an dem gezogen wurde. Stattdessen war da nur Stille.

Nach ein paar Sekunden sagte er: »Ich habe das Gefühl, als wäre ich zehn Jahre weggewesen.«

»Geht mir genauso.«

»Ich will noch nicht mal was rauchen. Wie abgefahren ist das denn?«

Paradise rutschte auf der Matratze zurück, bis sie sich

in die Kissen lehnen konnte. »Vielleicht ist das ja ein positiver Nebeneffekt.«

»Nur ein weiteres Symptom dieses seltsamen Zustands, wenn du weißt, was ich meine.« Es raschelte ein bisschen, als würde auch er es sich gemütlich machen. »Okay, also was zum Henker geht bei diesem Axe ab? Ich meine, hast du gesehen, wie er gekämpft hat …«

Während ihr Kumpel diverse Kommentare von sich gab, schloss Paradise die Augen und holte langsam und tief Luft.

Schon komisch, es war genau wie nach den Überfällen. Als sie beide nächtelang geredet hatten, jeder am Telefon hängend, eine unsichtbare Verbindung zwischen ihnen, die trotzdem irgendwie greifbar war.

Er war ihr einziger Freund, wurde ihr plötzlich bewusst.

Und sie war überaus dankbar, dass sie ihren Streit hinter sich hatten. Dasselbe galt für die erste Nacht der Ausbildung.

Auf einmal kam ihr alles nicht mehr ganz so fremd vor.

»Verdammt, bin ich gut.« Marissa lehnte sich zurück und betrachtete den Stapel aus zehn mal fünfzehn Zentimeter großen Karten vor ihr.

Sie hatte Stunden dazu gebraucht, aber es war ihr gelungen, mithilfe des Computers einhundert farbige Einladungskarten für den Ball des Zwölfmonatsfestes zu produzieren. Ja, es wäre noch viel besser gewesen, wenn die blöden Dinger graviert wären, aber ihnen lief die Zeit davon. Es blieben nur noch ungefähr vierzehn Tage bis zu diesem Event am ersten Vollmond im Dezember, also konnte es sich niemand leisten, sich mit Kleinigkeiten aufzuhalten.

Als Nächstes stand das Adressieren der Umschläge an. Mary und Bella hatten angeboten, später dabei zu helfen. Danach würde Marissa mit Fritz besprechen, ob er sich um das Essen kümmern und bei einigen der traditionellen Musiker des Alten Landes anfragen konnte, damit dieser Teil auch abgedeckt war.

Ach, und möge die Jungfrau der Schrift Abalone bis in alle Ewigkeit segnen. Dieser hatte nämlich eingewilligt, den Ballsaal seines Anwesens zur Verfügung zu stellen. Das war viel besser als diese andere Location bei dem Paar Reicher-alter-Sack/Geldgeile-Tussi: Die beiden hatten damals bei sich zu Hause das geheime Ratstreffen abgehalten, bei dem gegen Wrath intrigiert wurde. Die Brüder würden daher niemals dorthin zurückkehren, außer mit einem Haufen Flammenwerfer ausgerüstet. Marissa war sich auch ziemlich sicher, dass Butch nicht besonders erfreut gewesen wäre, wenn sie Zeit unter diesem speziellen Dach verbracht hätte.

Also, die Einladungen. Location. Essen. Unterhaltung.

Sie war dran, aber sie machte sich nichts vor. Sie wusste genau, weshalb man sie gebeten hatte, den Vorsitz zu übernehmen, und da war nicht ihre Kompetenz ausschlaggebend gewesen. Diejenigen, denen diese Veranstaltung so wichtig war, hatten Schwierigkeiten, die *Glymera* nach dem ganzen Drama um Wraths demokratische Wahl aus der Reserve zu locken. Der Adel liebte jedoch nichts mehr als Skandale. Was also konnte mehr Vergnügen versprechen, als sie bei der Party in Aktion zu beobachten?

Ihre Anwesenheit würde die Zusagen in die Höhe schnellen lassen.

Es war schon ulkig. Auf eine gewisse kranke Weise freute sie sich sogar darauf, mit hoch erhobenem Haupt durch diese Haifischmeute zu spazieren. Und wenigstens würde Butch mit dem ganzen Mist nichts zu tun haben müssen. Er würde bei der Arbeit sein und unterrichten. Außerdem hatte er sowieso keine Nerven für Partys dieser Art.

In diesen Teil ihrer Vergangenheit würde sie alleine zurückreisen.

Ein Blick auf die Uhr verriet ihr, dass es erst drei war. Normalerweise wartete sie bis vier, ehe sie nach Hause ging, aber wenn sie und die Mädels diese Einladungen adressiert bekamen, bevor sich alle zum Schlafen zurückzogen, könnte Fritz sie der Post der Menschen übergeben, und sie kämen tags darauf beim Empfänger an.

Mit wenigen schnellen Griffen packte sie die Karten samt Umschläge in die große Louis-Vuitton-Tasche, die Butch ihr vor einer Weile geschenkt hatte, und fuhr ihren Computer herunter.

Das zufriedene Gefühl hielt jedoch nicht lange an.

Nachdem sie noch einmal kurz bei ihrer Belegschaft vorbeigeschaut und sich für den Rest der Nacht entschuldigt hatte, verließ sie den Wellsie-Trakt und kehrte ins Wohnhaus zurück. Während sie darauf wartete, dass man ihr die innere Tür der Vorhalle öffnete, kehrten ihre Gedanken schon wieder zu der jungen Vampirin zurück.

Immer noch nichts Neues zu diesem »Schlüssel«. Auch keine E-Mails an die allgemeine Adresse des Refugiums oder des Audienzhauses wegen einer vermissten Person. Nichts in den geschlossenen Social-Media-Gruppen. Keine Anrufe oder SMS.

Aber ihre Familie musste sie doch vermissen, oder nicht?

Fritz, der wunderbare Butler, öffnete die Tür mit einem breiten Lächeln. »Herrin, wie geht es Euch?«

Ziemlich beschissen, danke der Nachfrage. »Sehr gut, wie geht es dir?«

Sie schüttelte den Kopf, als er ihr die Tasche abnehmen wollte. »Es geht schon, danke. Hast du …«

»Wir sind bereit! Und Mary ist unterwegs!«

Durch den Torbogen konnte Marissa im Billardzimmer

Bella, Beth und Autumn jeweils mit einem Glas Weißwein in der einen Hand und einem Stift in der anderen beisammenstehen sehen.

»Wir sind zu allen Schreibdiensten bereit«, verkündete Bella. »Und anschließend haben wir um speziellen Zimmerservice fürs Letzte Mahl gebeten, weil wir nämlich oben im Kinosaal einen Filmtag veranstalten.«

»*Magic Mike XXL* ist gerade auf DVD erschienen«, fiel Beth mit ein. »Und wir sind moralisch dazu verpflichtet, die schönen Künste zu unterstützen, selbst wenn es nur die der Menschen sind.«

»Ich hab den ersten Teil gar nicht gesehen«, murmelte Autumn. »Sie behaupten, dieser Typ sei sehr beweglich in den Hüften. Stimmt das?«

Beth kam auf Marissa zu und nahm ihr die Tasche ab. »Komm schon, du siehst aus, als könntest du einen Mädelsabend dringend brauchen. Payne und Xhex kommen auch. Genau wie Cormia, Layla, Doc Jane und Ehlena. Endlich mal alle zusammen – wird auch höchste Zeit.«

Eine Sekunde lang hatte Marissa Schuldgefühle, sich auf das einzulassen, was man ihr hier anbot. Es schien ihr irgendwie zu albern, wenn sie an all das dachte, was sie für die unbekannte Vampirin nicht tun konnte.

Bella raunte ihr ins Ohr: »Wir haben den Männern gesagt, dass sie keinen Zutritt haben. Denn wenn sie diesen Channing auf der großen Leinwand sehen ...«

Beth beendete den Satz für sie: »... haben sie hinterher nur einen Haufen Komplexe.«

»Was uns wieder zu der Sache mit der beweglichen Hüfte bringt«, meldete sich Autumn, Tohrs *Shellan,* zu Wort. »Ich meine, wie kann der damit normal gehen?«

»Ganz problemlos, meine Liebe.« Bella legte Marissa den Arm um die Schultern.

Diese ließ sich ins Billardzimmer ziehen, wo man auf

einem der Beistelltische die Schreibutensilien aufgebaut hatte und auch schon ein Weinglas für sie bereit stand. Mit einem Mal stiegen ihr wieder die Tränen in die Augen. Ausschlaggebend für ihre Gefühlswallung war zum einen der Gedanke, dass die Verstorbene nie wieder etwas in dieser Art erleben würde, wenn sie zu Lebzeiten solch liebe Freundinnen gehabt hatte.

Zum anderen war sie einfach so unendlich dankbar, dass das Gefühl ihren Brustkorb zu sprengen drohte.

»Ihr Süßen«, sagte sie und schlang Bella dabei den Arm um die Taille. »Lasst uns die Umschläge schnell beschriften, damit wir uns den angenehmen Dingen zuwenden können.«

# 21

Wie bitte … sie machen *was?*«

Butch blickte in die Runde der Vampire, die um den Esstisch im großen Haus herumhockte. Keiner seiner Brüder oder der Krieger lachte oder unterhielt sich lautstark. Stattdessen saß der Haufen trauriger Loser vor halb leer gegessenen Tellern und unberührten Gläsern mit Wodka, Bourbon und Whisky wie ein Rudel Basset Hounds, denen die Antidepressiva ausgegangen waren.

Nicht das, was er bei seiner Heimkehr zum Letzten Mahl erwartet hatte.

Als Marissa ihm geschrieben hatte, dass sie mit den Mädels noch an irgendetwas arbeitete, hatte er es für eine gute Idee gehalten, sich um einige Schüler-Dinge zu kümmern.

Er hatte schlicht nicht mit so einer Begräbnisstimmung gerechnet, nur weil die Damen mit einem Projekt beschäftigt waren.

»Hallo?«, rief er in die Runde. »Habt ihr nicht nur eure Eier, sondern auch euer Gehör am Eingang abgegeben?«

Wrath holte tief Luft, als müsste er gleich den Tod eines Familienmitglieds verkünden. »Sie machen einen Filmabend.«

Butch rollte mit den Augen und ging zu seinem Stuhl. Ja, gut, es war ein bisschen komisch, sich ohne Marissa an seiner Seite zu setzen, aber das war um Himmels willen doch nichts, weshalb man gleich einen auf depri machen musste. Außerdem war er froh, dass seine *Shellan* hier im Haus Freundinnen hatte.

»Sie schauen sich *Magic Mike* an«, sagte jemand.

»Ist das ein Kinderprogramm?« Butch lehnte sich zurück, damit Fritz einen voll beladenen Teller mit Lamm vor ihn hinstellen konnte. »Danke. Oh ja, vielen Dank, ein Drink wäre gut. Ich nehme einen Lagavulin auf Eis.«

Butch verstummte, als er merkte, dass sämtliche um den Tisch versammelten Vampire ihn anstarrten. »Was denn?«

»Du hast noch nie von *Magic Mike* gehört?«, wollte Rhage wissen.

»Nein.« Er nahm seinen Drink entgegen. »Besten Dank. Ist das so was wie *Barney und seine Freunde?«*

»Es ist ein Film über Stripper«, gab Hollywood zurück.

Butch runzelte die Stirn und ließ das Glas sinken. »Wie bitte?«

V kam mit einem dicken Tabakbeutel und einem Päckchen Papers aus der Speisekammer. Er sah aus, als hätte jemand die Batterien aus seinem Lieblingssexspielzeug geklaut.

»Nackt«, murmelte Vishous und ließ sich auf den Platz plumpsen, auf dem eigentlich Marissa sitzen sollte. »Splitterfasernackt. Und dazu noch Menschen. Verdammt, das ist so, als würde man von einem Rudel Hunde übertrumpft werden.«

»In Tangas«, meckerte jemand. »Hunde in Stringtangas.«

Diesmal nahm Butch einen Schluck von seinem Drink, genoss das Brennen und die Hitze in seinem Magen. Na gut, okay, es war ein bisschen überraschend, dass er in einem Zug weitertrank, bis das Glas leer war, aber er musste schließlich auch über eine ganze Menge nachdenken. Einerseits war die Tatsache, dass sich seine *Shellan* mit ihren Freundinnen einen Film ansah, keine große Sache, selbst wenn darin ein paar Nackedeis vorkamen.

Andererseits hätte er sich am liebsten auf die Suche

nach dem Sicherungskasten gemacht und diesem Teil des Hauses den Strom abgedreht.

Dann die DVD verbrannt. Und den Fernseher.

Und seine *Shellan* mit ins Bett genommen, einfach nur um ihr all die Tricks zu zeigen, die er einem Schauspieler in einem – o Gott, einem *Stringtanga!* – voraushatte.

»Ist doch kein Problem«, hörte er sich selbst sagen, während er einem *Doggen* bedeutete, ihm nachzuschenken. »Ich meine, erstens lieben sie uns, und zweitens ist es ja nicht so, als wäre das ein nicht jugendfreier …«

»Sie zeigen eine Penispumpe«, erklärte der breit grinsende Lassiter hilfreich. »Und zwar im Einsatz. Du weißt schon, das Ding steckt auf einem Schwanz und pumpt.«

Vishous zog von irgendwoher einen Dolch und zeigte mit der Spitze auf den Kopf des gefallenen Engels. »Noch ein Wort in diese Richtung, und ich verpass dir einen neuen Haarschnitt. Mit geschlossenen Augen.«

Lassiter lachte. »Ja, klar, Big Boy. Ich hatte dich für cooler gehalten, als dass du dich über so was aufregst. Hast du wirklich so wenig Selbstbewusstsein?«

»Ich zeig dir gleich, wer hier wenig Selbstbewusstsein hat«, drohte V.

»Jetzt beruhigt euch«, unterbrach Butch die beiden. »Lass gut sein, V. Ist doch schön, wenn die Mädels ihren Spaß haben. Wo ist das Problem dabei? Sie gehen mit dem Typen ja nicht ins Bett oder so.«

»Bist du dir da sicher?« Lassiter lächelte. »Meinst du nicht, dass sie sich das ausmalen, während sie …«

Das kollektive Knurren, das die Bruderschaft von sich gab, war so laut, dass sogar die Kristalle am riesigen Kronleuchter über dem Tisch zu klirren begannen. Der gefallene Engel war zwar ein Idiot, aber blöd war er nicht.

Ganz langsam, als wären mehrere Pistolen auf ihn gerichtet, hob er als Geste der Unterwerfung die Hände.

»Sorry. Vergesst es. Ich bin lieber still, bevor mich diese ganze lahmarschige Unentspanntheit, die ihr da an den Tag legt, noch umbringt.«

»Weise Entscheidung«, meinte Butch trocken. »Wobei ich gerade große Lust hätte, dir eine reinzuhauen. Allerdings hat das nicht nur mit der aktuellen Situation zu tun.«

Lassiter machte sich wieder über seinen Teller her und schaufelte Essen in sich hinein.

Den Brüdern hingegen gelang es nicht so schnell, den Reset-Knopf zu drücken. Sie funkelten den Engel mit dem losen Mundwerk immer noch mit gebleckten Fängen an.

»Kommt schon, Jungs. Alles gut.« Butch schnitt ein Stück von seinem Lamm ab und steckte es sich in den Mund. »Mmmm. Köstlich.«

In Wirklichkeit schmeckte es wie Pappe, aber er machte demonstrativ einen auf Genießer. Lange hielt er das jedoch nicht durch.

Zwei Minuten später schob er den noch fast vollen Teller weg und klammerte sich stattdessen an seinem zweiten Whisky fest. »Ehrlich. Sie sollten ein bisschen unabhängig sein dürfen. Sie müssen uns ja nicht die ganze Zeit an der Seite kleben, und außerdem dreht sich hier sowieso alles um uns. Es ist höchste Zeit, dass sie mal was nur für sich unternehmen. Wirklich. Das ist doch toll.«

Neben ihm steckte sich V eine dicke selbst gedrehte Zigarette an. »Aha. Gefällt dir die Vorstellung, dass sich Marissa das Gehänge von einem anderen Typen anschaut?«

»Der Film ist doch jugendfrei.« Seine Stimme quiekte dermaßen, dass er sich räuspern musste. »Ich meine, das kann doch nicht … nein, das ist nicht …«

»Ich hab's schon überprüft«, murmelte Rhage. »Sie haben die DVDs. Wahrscheinlich schauen sie sich die langen, ungeschnittenen Versionen an.«

»Dann sind die Stripper also nicht beschnitten?« Lassiter hob wieder beschwichtigend die Hände, bevor das Knurren noch lauter wurde. »Meine Güte, ihr seid aber echt *so was* von empfindlich.«

Butch schüttelte den Kopf und beschloss, dass der Engel auf sich allein gestellt war. »Also, ja, ich meine, ein bisschen Arschgewackel und Gepose. Deswegen muss man sich doch nicht aufregen. Fritz, kannst du mir bitte noch mal nachschenken?«

Der *Doggen* kam herbeigeeilt, um das leere Glas zu holen. »Kann ich jemanden für ein Dessert begeistern? Wir haben selbst gemachtes Eis und *Petits Gâteaux* im Angebot.«

Butch warf Hollywood einen Blick zu. »Na, was sagst du, mein Freund?«

Als Rhage daraufhin bloß sein Ginger Ale im Glas herumschwenkte, fluchte Butch und sagte zu Fritz: »Der hier nimmt einen Nachtisch, selbst wenn sonst keiner will.«

»Bring mir den Nachtisch«, meldete sich nun Rhage selbst zu Wort.

Fritz verbeugte sich mit Butchs Glas in der Hand. »Aber natürlich, Sir. Ich werde Euch sofort einen Teller herrichten …«

»Nein. Ich will den ganzen Nachtisch. Allen Kuchen und das ganze Eis.«

Und so kam es, dass Hollywood unter den Augen eines ziemlich griesgrämigen Publikums schließlich fünfzehn kleine Schokoladenkuchen und gut fünf Liter Vanilleeis verspeiste.

Es war ungefähr so spannend wie Farbe beim Trocknen zuzusehen, nur dass es nicht nach Chemie roch und der Raum hinterher immer noch denselben Farbton hatte.

Die gute Nachricht war, dass der Alkohol seine Wirkung entfaltete, in Butchs Hirn für Ruhe sorgte und seinen Körper sowohl betäubte als auch geil machte. »Kann ich noch einen haben?«, fragte er einen *Doggen,* der gerade den letzten mit Schokolade verschmierten Teller abräumte. »Besten Dank.«

Als sein Glas wiederkam, schob er den Stuhl zurück. »Ich bin weg. Muss noch was arbeiten.«

Er wollte keinem von ihnen zu nahe treten, aber in der allgemeinen Stimmung verschlechterte sich seine Laune nur noch mehr. Wenn das so weiterging, würde er demnächst anfangen, sich eine Schlinge zu knüpfen.

Auf dem Weg nach draußen blieb er in der großen Eingangshalle stehen. Sah die Treppe hinauf. Versuchte sich vorzustellen, wie seine Marissa irgendeinen Schauspielfuzzi in Unterwäsche begaffte.

»Wirklich. Gar kein Problem. Schön für sie.«

Er zog sein Handy aus der Tasche und wählte ihren Nachrichtenthread aus. Zögernd überlegte er, ihr einfach irgendwas zu schreiben, um sie daran zu erinnern, dass …

Wow.

In seiner menschlichen Form hätte er an so etwas nie auch nur einen einzigen Gedanken verschwendet. Marissa war nicht nur die Liebe seines Lebens, sie war außerdem eine ehrbare Vampirin, die ihn nie betrügen würde. Und, *hallo,* es war ja nicht so, als hätte sie mit dem Typen in irgendeinem heruntergekommenen Hotel eingecheckt, verflucht noch mal. Sie verbrachte Zeit mit ihren Freundinnen, so wie er mit seinen Kumpels abhing.

Das war lächerlich.

Er gehörte echt nicht zur eifersüchtigen Sorte.

Das Geräusch schwerer Stiefel ließ ihn einen Blick hinter sich werfen. Es war Rhage, mit einem schäumenden Glas Alka Seltzer in der Hand.

Hollywood spähte die Treppe hinauf. Wetten, dass ihm genau das Gleiche durch den Kopf ging, dachte Butch.

»Ich geh da jetzt hoch«, verkündete der Bruder.

»Halt, nein, warte, warte.« Butch packte den riesigen

Unterarm und drückte fest zu. »Du kannst da nicht einfach reinspazieren.«

»Warum nicht?«

»Das ist ein Mädelsabend.«

»Dann zieh ich halt ein Kleid an.«

»Verdammte Scheiße, Rhage. *Echt jetzt?*«

Als Nächste kamen V, John Matthew und Tohr. Und alle anderen, einschließlich Wrath – und sogar Manny schloss sich der Meute an, obwohl er durch und durch ein Mensch war.

»Wir gehen da *nicht* rauf«, verkündete Butch. »Wir spielen eine Runde Pool, betrinken uns und reden über die ganze Beute, die wir bei dem Überfall auf die Brownswick gemacht haben. Das wird eine supergeile Nacht oder Tag oder was immer auch gerade ist. Jetzt sammelt gefälligst eure Eier ein und lasst uns anfangen, uns wie Männer zu benehmen.«

»Er hat das echt drauf. Muss man ihm lassen.«

Die anderen, die alle gebannt auf den großen Fernseher starrten, stimmten Doc Jane lautstark zu.

Payne stieß einen weiteren ihrer inzwischen vertrauten bewundernden Pfiffe aus.

Xhex fluchte, warf dann noch mehr Schokobonbons nach dem Bildschirm und rief: »Junge, du schaffst das. Du schaffst das!«

Marissa musste schon wieder lachen. Sie war sich nicht sicher, was lustiger war, die Filme oder die Gesellschaft. Wahrscheinlich die Gesellschaft. Wobei sie zugeben musste, dass die menschlichen Schauspieler auch nicht gerade übel anzusehen waren.

Dann war eine weitere Runde Grölen und Brüllen angesagt.

Sie konnte sich echt nicht daran erinnern, wann sie das

letzte Mal so sehr gelacht hatte. Irgendwie waren die Witze zusammen mit den Mädels gleichzeitig schlimmer und besser, das Gekicher lauter und die Albernheiten noch dümmer.

Was, wie sich herausstellte, einfach nur wunderbar war.

Es erinnerte sie außerdem daran, wie toll es sich anfühlte, so akzeptiert zu werden, wie sie war, ohne Erwartungen von außen, ohne gefühlte Defizite, die sie runterzogen. Keine Beurteilung, bloß Zuneigung.

Dazu noch ein Haufen nackter Kerle, die fast so heiß waren wie ihr *Hellren* – das war wirklich keine Qual.

Als die letzte Szene vorbei war und der Abspann lief, klatschten sie, als könnten die Schauspieler sie bis nach Kalifornien hören.

»Kannst du mir beibringen, so zu pfeifen?«, wollte jemand von Payne wissen.

»Du steckst dir einfach die Finger in den Mund und bläst«, antwortete diese.

»Ist das nicht ein Zitat aus irgendeinem Film?«, meinte jemand.

»Ob sie wohl noch einen dritten Teil drehen?«

*»Magic Mike Gigantisch.«*

»Dann müssen wir zur Vorbereitung aber erst noch mal Teil eins und zwei anschauen. Schließlich müssen wir die Tradition aufrechterhalten.«

»Hat irgendjemand in letzter Zeit mal *Neuneinhalb Wochen* gesehen?«

»Was ist das?«

Eine nach der anderen erhoben sie sich aus den gepolsterten Ledersesseln und streckten sich im halbdunklen, fensterlosen Raum. Wirbel knackten, Schultern wurden massiert. Es war schon komisch, irgendwie verspürte Marissa das Bedürfnis, das Geplänkel zu unterbrechen und etwas Tiefgründiges, Bedeutsames zu sagen, um die Erfahrung von eben zu würdigen. Doch die richtigen Worte wollten nicht kommen.

Stattdessen sagte sie: »Hey, können wir das bald mal wieder machen?«

Andererseits war das vielleicht genau das, was sie gemeint hatte.

Und wer hätte es gedacht, die versammelte Meute war von diesem Vorschlag total begeistert: Der aufbrausende Jubel war so laut wie zuvor das Gejohle bei den Tanzszenen, und die Vorstellung, dass dieses besondere Erlebnis keine Ausnahme bleiben würde, erfüllte Marissa mit einem intensiven Gefühl der Erleichterung.

»Ich glaube, wir müssen nächstes Mal eine Chris-Pratt-Session einlegen. *Guardians of the Galaxy«,* schlug Beth vor.

»Ist das der Typ mit dem Bruder?«, fragte Bella.

»Du meinst Chris Hemsworth«, antwortete irgendjemand.

Marissa führte die Schlange an, als sie nun aus dem kleinen Kinosaal durch den Mittelgang auszogen, zerknüllte dabei ihre leere Süßigkeitenschachtel und zielte damit auf den Papierkorb. Ganz plötzlich stellte sie fest, dass sie es kaum erwarten konnte, Butch zu sehen. Und zwar nicht wegen all der Szenen mit halb nackten Körpern. Sie vermisste ihn, was albern war in Anbetracht der Tatsache, dass sie sich die ganze Zeit unter demselben Dach aufgehalten hatten.

Sie steuerte auf den Ausgang neben der Glasvitrine mit Schokoriegeln zu und drückte lächelnd die Tür auf.

»Gütige … Jungfrau«, stieß sie hervor und zuckte zurück.

Im Flur vor dem Kinoraum drängten sich die Männer des Hauses: Die Brüder und anderen Krieger sowie Manny hockten auf dem Boden, den Rücken an die nackte Wand gelehnt, die Beine ausgestreckt, aufgestellt, an den Knien oder den Knöcheln überkreuzt.

Offenbar war ziemlich viel getrunken worden, denn ringsherum lagen leere Wodka- und Whiskyflaschen. Die meisten hatten Gläser in der Hand oder auf dem Oberschenkel abgestellt.

»Es ist nicht so erbärmlich, wie es aussieht«, behauptete Butch.

»Lügner«, nuschelte V. »Ist es doch. Ich glaub, ich fang jetzt dann echt mit Stricken an.«

Als die anderen Vampirinnen nach und nach herauskamen, spiegelte sich auf allen Mienen zuerst Schock, gefolgt von Ungläubigkeit und schließlich Belustigung.

»Kommt das nur mir so vor«, jammerte einer der Vampire, »oder haben wir uns hier draußen gerade allesamt kastriert?«

»Ich glaube, das bringt diese Scheißsituation recht gut auf den Punkt«, stimmte ihm ein anderer zu. »Ab jetzt trage ich Höschen unter dem Leder. Macht jemand mit?«

»Lassiter tut das jetzt schon.« V stand auf und ging zu Jane. »Hey.«

Dann war allgemeine Pärchenbegrüßung angesagt.

Während die anderen sich nach und nach fanden, wartete Butch lächelnd ab, bis Marissa zu ihm kam und ihm die Hand hinstreckte, um ihm vom Boden aufzuhelfen. Bei ihrer Umarmung küsste er sie seitlich auf den Hals.

»Liebst du mich jetzt nicht mehr?«, nuschelte er. »Weil ich ein Weichei bin?«

Sie lehnte sich in seinen Armen zurück. »Warum? Weil du dich nach mir gesehnt hast, während ich mir einen schmutzigen Film mit den Mädels angeschaut habe, der gar nicht so schmutzig war? Ich finde das eigentlich – halt dich fest – ziemlich süß.«

»Ich bin immer noch ganz Mann.«

Als sie ihren Körper an seinem rieb und seine Erektion spürte, stöhnte sie leise. »Ja, das merke ich.«

Intensiven Bindungsduft verströmend, fasste er Marissa am Ellbogen und zog sie weiter in den Angestelltenflügel hinein. Abgesehen von V und Jane hatten es alle anderen weniger weit als sie: Die Höhle lag zwar nur auf der anderen Seite des Innenhofes, aber jetzt herrschte Tageslicht, was einen Umweg ganz nach unten, in den Tunnel und durch die Unterführung bedeutete, um zu ihrem Schlafzimmer zu gelangen.

So lange würde er nicht durchhalten.

Nicht mal annähernd.

Die erste Gelegenheit für etwas Privatsphäre kam in Form eines leer stehenden Bedienstetenzimmers mit zugezogenen Vorhängen, einem schmalen Bett ohne Bettzeug und einem sehr praktischen Messingschloss.

Butch machte sich gar nicht erst die Mühe, das Licht einzuschalten, sondern zog einfach seine Frau an sich und küsste sie so stürmisch, dass ihr Hören und Sehen verging, während er die Tür mit einem Fußtritt schloss und den Riegel vorschob, als täte er den lieben langen Tag nichts anderes.

»Ich brauch dich so sehr«, knurrte er.

»Du hast mich doch«, raunte sie dicht an seinem Mund.

Absolut perfekt, brüllte sein Schwanz in der Hose. Und Butch war nur zu gerne bereit, dessen Anweisungen zu erfüllen. Mit einer schnellen Drehung schob er sie zum Bett, setzte sie hin und kniete sich vor sie auf den Boden. Nach einem tiefen Atemzug fing er an zu lachen.

»Was denn?«, murmelte sie mit halb geschlossenen Augen und zum Anbeißen scharf.

»Du bist erregt.«

»Natürlich bin ich das.«

»Warst du direkt nach dem Film aber nicht.«

»Warum auch? Das war bloß ein bisschen Spaß mit den Mädels. Wie wenn man ins Museum geht, wenn du weißt, was ich meine? Man weiß die Kunst zu schätzen, aber mit nach Hause nehmen würde man sie nicht.«

»Dann bin ich immer noch dein Lieblingsmann?«

»Mein *einziger.*«

Na, wenn ihm das nicht vor lauter Stolz Brust und Schwanz schwellen ließ! Mit einem Aufblitzen seiner Fänge sagte er: »Das hör ich gern.«

»Warst du ernsthaft eifersüchtig?«, fragte sie. »Auf einen Film?«

»Ja.«

Ihr Lachen war so befreit, klang so glücklich, dass es in ihm die Hoffnung weckte, sie und ihre Freundinnen würden sich öfter treffen und, ja, sexy Menschenschauspielern dabei zusehen, wie sie auf der Bühne die Hüften kreisen ließen, wenn sie sich dabei so entspannen konnte. Gut, er würde diesem Channing Tatum keinen Fanbrief schreiben, aber für die anderen Vampirinnen und deren Freundschaft war er sehr dankbar.

Jeder und alles, was seiner *Shellan* guttat, war seiner Meinung nach prima.

Nun wandte er seine Aufmerksamkeit wieder Marissa zu, indem er sanft ihre Oberschenkel auseinander- und ihren Oberkörper auf das schmale Bett drückte. Er hatte eine Menge Pläne, die vorsahen, sie zwei Stunden lang zu lecken, aber so lange würde sein Schwanz nicht durchhalten.

Er musste in ihr sein. Jetzt.

Also konzentrierte er sich auf den Verschluss ihrer Hose, und mit etwas Geschick und einem kräftigen Zug rutschte sie ihre langen, hinreißenden Beine hinunter, sodass sie bald von der Taille abwärts entkleidet war. Dann wanderten seine Hände ihre Waden hinauf, ihre Oberschenkel. Mit einem Stöhnen öffnete sie sich noch weiter für ihn, als wollte sie das genauso sehr wie er, und zeigte ihm ihr glattes, glänzendes Geschlecht. Da setzte prompt sein Verstand aus.

Kaum hatte er seine Erektion herausgeholt, zielte er direkt auf ihre Mitte, ohne Einleitung, ohne Vorspiel – sie waren beide mehr als bereit.

»Marissa«, stöhnte er, als er in sie eindrang und tief in sie hineinglitt. Die Empfindung war gleichzeitig vertraut und doch elektrisierend.

Mit einem zischenden Fluch bäumte er sich auf, und seine Hüften übernahmen die Führung, reibend, stoßend, pumpend. Er liebte es, wie sie sich an seinem Hals und seinen Schultern festklammerte.

»Nimm meine Vene«, befahl sie.

Seine Fänge waren bereits voll ausgefahren, und er biss in seine Lieblingsstelle auf der linken Seite. Dann trank er in tiefen, gierigen Zügen, wurde ebenso high durch ihren Geschmack wie durch den Sex.

Das hielt er jedoch nicht lange durch. Ein Stockwerk tiefer ging es zu hart, zu schnell zur Sache. Er leckte über die Bisswunden, um sie zu schließen, und brachte Marissa so in Position, dass er noch tiefer in sie eindringen konnte. Er packte ihre Hüftknochen und bohrte sich hinein, stieß wie ein Kolben in ihr Geschlecht, bis das dünne Metallgestell des Betts gegen die Wand knallte und die blechernen Matratzenfedern eine Symphonie aus wildem Gequietsche spielten.

Er hörte, wie sie kam, was sein Ziel gewesen war, vernahm seinen gewöhnlichen, gar nicht besonderen Namen in der sexgeschwängerten Luft, und am liebsten hätte er aufgehört, damit er das rhythmische Pulsieren ihrer Mitte genießen konnte. Doch er war schon zu weit. Seine Eier zogen sich zusammen und wurden heiß, seine Lenden zuckten auf diese unkontrollierbare Weise, die er genauso wenig beeinflussen konnte wie seinen Herzschlag, und sein Schwanz war gleichzeitig taub und hyperempfindlich.

Butch kam so heftig, dass ihm ein Feuerwerk vor den Augen explodierte, und selbst als er anfing abzuspritzen, wusste er, dass er noch nicht fertig war.

Er ritt sie weiter, wobei er wieder die Position veränderte, indem er sich nun weiter über sie beugte, bis er sein Gewicht auf Fußballen und Arme verteilte, um sie nicht zu zerquetschen.

Noch tiefer. Was sich unglaublich anfühlte.

Allerdings nicht so toll fürs Bett, das nun anfing, durchs Zimmer zu wandern.

Doch auch diesmal gab es kein Halten. Er folgte einfach dem Möbelstück, bis der Rahmen sich brav in eine Ecke schob.

Wenn das keine gute Stellung war.

Absolut perfekt.

Butch machte immer weiter, hämmerte in sie hinein, bis auch sein Körper sich entspannte und sich die Wochen – vielleicht sogar Monate, wenn er ganz ehrlich war –, in denen er irgendwie eine Distanz zwischen ihnen gespürt hatte, in Luft auflösten.

Jede Menge Orgasmen. Von der fantastischen Sorte, bei der man das Gesicht zur Fratze verzog, einem beim Aufwachen alles wehtat und es dort unten ziemlich, ziemlich schmutzig wurde.

Als es schließlich vorbei war, fiel er auf sie drauf. Eigentlich hatte er sich zur Seite rollen wollen, damit sie besser atmen konnte. Wirklich. Echt.

Zur Seite rollen wäre jetzt gut.

Ja-ha.

Eins, zwei … und …

… drei.

Nur dass er es irgendwie nicht schaffte. Es kam ihm vor,

als hätte jemand einen fetten SUV auf seinem Rückenmark geparkt.

Marissa streichelte seine Arme. »Du bist *unglaublich.*«

Er versuchte, den Kopf zu heben. Stellte fest, dass der Mistkerl mit dem SUV eine ähnlich große Karre hinten auf seinem Schädel abgestellt hatte.

»Nein, du bist das.« Zumindest wollte er das sagen. Was aus seinem Mund kam, klang eher wie das undeutliche Gemurmel eines Schlaganfallpatienten.

»Nein … du bist das«, wiederholte er.

»Was?«

Er konnte nur lachen, und auf einmal lachte sie auch. Da riss er sich schließlich am Riemen und schob sich von seiner armen *Shellan* herunter. Sie folgte ihm, sodass sie kurz darauf nebeneinander auf dem Bett lagen. Da ihre Körper immer noch jede Menge Hitze ausstrahlten, war ihnen warm, warm, warm, selbst ohne Decke.

»Ich liebe dich, Butch«, sagte sie.

Trotz Dunkelheit wusste er, dass sie ihn ansah, und das fand er verdammt klasse. Er wollte ihre ungeteilte Aufmerksamkeit, lechzte danach, brauchte sie, um ihn auf irgendeiner armseligen, quasi-kastrierten Ebene zu erden. Doch das würde er von ihr nie einfordern, und für einen ungeduldigen Mistkerl war er sehr, sehr bereit, darauf zu warten. Bei Gott, wenn Marissa ihm ihre Liebe aus freien Stücken zuteilwerden ließ, dann war diese Liebe, ihre Aufmerksamkeit ein Geschenk, dessen er nie überdrüssig wurde, genau wie sie selbst.

Als er die Augen schloss, spürte er, wie sehr sie ihn liebte. Es war schon witzig: Manchmal, wenn man mit jemandem bereits so lange zusammen war, verheiratet, zusammenwohnte, waren Momente wie dieser immer noch genau so wundervoll und magisch wie der unglaubliche Augenblick des ersten *Ich liebe dich.*

»Ich liebe dich auch.«

Der Kuss, den er ihr jetzt gab, war weich und sanft, nicht weil er nicht mehr konnte – wenn sie zu einer weiteren Runde bereit gewesen wäre, dann hätte er das locker geschafft. Nein, er küsste sie so zärtlich, weil die emotionale Verbindung zwischen ihnen gleichzeitig so stark war wie ein Stahlseil und zart wie ein Grashalm.

Ganz behutsam strich sie mit den Fingerspitzen über seine Brust. »Wünschst du dir je, ich wäre anders?«

»Unmöglich. Man kann Perfektion nicht verbessern. Und, nein, tue ich nicht.«

»Du bist süß.«

»Das hat nun wirklich noch nie jemand über mich gesagt.«

»Tja, zu mir bist du süß.« Es folgte eine Pause. »Darf ich dich um deine Hilfe bitten?«

»Ich wäre sauer, wenn du's nicht tätest.«

Wieder eine lange Pause. Und zwar so lang, dass er sich auf die Seite rollte und den Kopf in die Hand stützte. Jetzt wünschte er sich doch mehr Beleuchtung im Raum als der schmale Streifen des Türspalts. »Um was geht's denn?«

»Ich weiß, dass du viel zu tun hast, auch mit dem Trainingszentrum …«

»Stopp. Also bitte.« Er sah sie mit gerunzelter Stirn an, obwohl sie das vermutlich nicht sehen konnte. »Willst du behaupten, dass irgendetwas wichtiger sein könnte als du?«

Ihr Fluch war wohl so eine Art Eingeständnis einer Niederlage. »Kannst du mir dabei helfen herauszufinden, wer diese junge Vampirin umgebracht hat? Wer sie war, was mit ihr passiert ist, wer ihr das angetan hat?«

Er zögerte keine Sekunde. »Natürlich. Es ist mir eine Ehre.«

Ihr erleichtertes Aufatmen war noch so ein Kompliment, das er immer zu schätzen wissen würde.

»Danke«, murmelte sie.

»Ich hatte sowieso vor, dir das anzubieten, aber ich wollte deine Entscheidung respektieren.«

»Ich kann sie nicht in einem anonymen Grab liegen lassen.«

»Das wird nicht passieren. Ich kümmere mich darum.« Wieder sah er stirnrunzelnd in die Dunkelheit. »Dir sollte aber eines klar sein.«

»Was denn?«

»Ich bin nicht der Typ, der aufgibt.«

»Oh, das weiß ich. Du und ich, wir werden so lange graben, bis wir alles ans Licht gebracht haben.«

Butch schüttelte den Kopf. »Das meine ich nicht. Vampire haben keine Polizei. Es gibt keine Gefängnisse.«

»Irgendwo draußen im Westen gibt es eine Strafkolonie. Zumindest war das mal so. Ich weiß gar nicht, was daraus geworden ist.«

»Genau darauf will ich hinaus. Es gibt keine echten Verfahren oder Konsequenzen für Verbrechen innerhalb der Spezies. Keine Möglichkeit, den Schuldigen zu bestrafen oder mit falschen Beschuldigungen umzugehen. Dass Wrath die Audienzen wieder eingeführt hat, hilft bei bestimmten Arten von Konflikten, aber er ist der alleinige Richter – was kein Problem darstellt, solange wir es in unserem System nicht mit Mord und Gewaltverbrechen zu tun haben. Und die werden kommen. Das ist eine gesellschaftliche Tatsache, Vampir hin oder her.«

»Was willst du damit sagen?«

Er senkte seine Stimme zu einem Knurren. »Wenn ich herausfinde, wer das einem unschuldigen Mädchen angetan hat, werde ich nicht in der Lage sein, denjenigen ohne Vergeltungsmaßnahmen davonkommen zu lassen. Verstehst du, worauf ich hinauswill?«

# 22

Mega. Ständer.

Als Craeg tags darauf zur Abenddämmerung aus einem ozeantiefen Schlaf wieder auftauchte, hatte er eine mordsmäßige Latte zwischen den Lenden. Er lag auf der Seite, da er sich irgendwann in seine Lieblingsstellung gedreht haben musste, und seine Hand war ungefähr zehn Zentimeter von seinem Schwanz entfernt. Hinter seinen geschlossenen Lidern flackerten Bilder von Paradise wie eine Diashow vorbei, die es darauf abgesehen hatte, ihn so lange geil zu machen, bis er gekommen war.

Ja, natürlich wehrte sich sein Gewissen, aber diesen Kampf würde es garantiert verlieren.

Er würde sich aber nicht hier im Bett einen runterholen. Die Krankenschwester kam gefühlt alle fünfzehn Sekunden herein, um nach ihm zu sehen, und bestimmt hatte er das Glück, dass sie genau den richtigen Zeitpunkt erwischen würde, die Tür einen Spaltbreit zu öffnen, um sich zu vergewissern, dass er immer noch atmete.

Er biss die Zähne zusammen, um sich vorsichtig aufzurichten und …

… hatte überhaupt keine Probleme, sich zu bewegen. Die Beine aus dem Bett zu schwingen. Aufzustehen. Er fühlte sich, als hätte er einen Monat geschlafen.

Puh.

Das lag natürlich an Paradises Blut. Was ihm aus irgendeinem Grund ein wenig Angst vor ihr machte.

Eines nach dem anderen trennte er sich von den verschiedenen Apparaten und Flüssigkeitsbehältern, und als ein Warnsignal ertönte, drückte er auf den Knöpfen des Monitors herum, bis das Teil verstummte. Dann machte er sich auf den Weg zum Badezimmer, drehte die Dusche voll auf und schloss sich ein. Die Schwester, die garantiert gleich angerast kommen würde wie ein Feuerwehrmann zu einem Hausbrand, würde selbst sehen, dass er wieder munter und auf den Beinen war.

Und prompt klopfte es an der Badtür, als er sich gerade des Krankenhausnachthemds entledigt hatte und sich unter den Strahl stellte.

»Craeg?«, rief sie. »Alles in Ordnung?«

»Ja. Bin kurz duschen und kann dann was essen.«

»Das ist gut. Aber seien Sie vorsichtig. Brauchen Sie Hilfe?«

Er blickte auf die mächtige Erektion hinab, die vor ihm aufragte. »Nein. Ich glaube, ich schaff das allein.«

»In Ordnung. Aber Sie wissen, wo der Rufknopf ist, ja? Sagen Sie Bescheid, falls Ihnen schwindelig wird.«

»Mach ich. Danke.«

Er wartete einen Moment ab, ob noch etwas hinterherkam. Als nur himmlische Stille ohne weitere Fragen folgte, griff er nach der Seife, doch er wandte sich nicht als Erstes seinem Schwanz nebst Eiern zu. Stattdessen fuhr er damit über seine Schultern, den Hals, das Gesicht, die Beine und Füße, um seinem Körper Gelegenheit zu geben, diese tolle Idee fallen zu lassen.

Keine Chance. Wenn überhaupt, dann brachte das sanfte Gefühl des Seifenschaums ihn auf den Gedanken, vor Paradise auf dem Boden zu sitzen und ihre weiche Haut zu streicheln.

Auch die Shampoobehandlung half nicht wirklich weiter. Und als die Luft im Bad immer feuchter wurde und ihm die Stellen ausgingen, die er noch waschen konnte, gestand er sich schließlich die Niederlage ein, beendete die Verhandlungen und überließ sich dem Unausweichlichen.

»Oh fuck«, stöhnte er, als er seinen Schaft umfasste.

Einen Arm an der gefliesten Wand abgestützt, beugte er sich vor, bis er die Stirn auf den Unterarm legen konnte. Das Gefühl war einfach verdammt gut. Um genau zu sein, konnte er sich nicht daran erinnern, dass sich Wichsen je so unglaublich geil angefühlt hatte. Es war … quasi paradiesisch.

Härter, schneller, bis er den anderen Arm sinken ließ und seine Eier mit einer leichten Drehung zusammendrückte.

Sein Schwanz zuckte in seinem Griff, als stünde er unter Strom, und er spritzte an die Wand der Dusche ab, immer und immer wieder.

Als Craeg schließlich in sich zusammensackte, fluchte er, immer und immer wieder.

Nach allem, was er durchgemacht hatte, warum jetzt?! Warum hatte er ausgerechnet *jetzt* eine Frau im Kopf?

Schuld war bloß der Stress, sagte er sich. Diese Anziehungskraft war nur eine Reaktion auf die Anspannung, unter der er stand, eine willkommene Ablenkung, auf die er sich konzentrieren konnte, um nicht zu implodieren.

Raus. Abtrocknen. Es gab einen Rasierer, also rasierte er sich, und Deo für seine Achseln, und einen Kamm für die Haare, auch wenn sie kurz waren.

Scheiße, er brauchte frische Klamotten.

Zurück im Zimmer fand er auf dem Bett eine weitere Uniform aus weitem Hemd mit Hose, zusammen mit einem Paar Turnschuhe in, ja, seiner Größe. Gedankenverloren fragte er sich, wie viele Ausführungen man wohl für die Kandidaten auf Lager hatte. Größe/Gewicht/Schuhgröße etc. war zwar Teil des Aufnahmeverfahrens gewesen, aber trotzdem.

Einige Minuten später verließ er das Krankenzimmer und ging den Flur hinunter zum Aufenthaltsraum.

Wenn das mal kein Festschmaus war! Das Erste, was er beim Eintreten sah, war ein Tisch mit genug Essen, um eine ganze Armee satt zu kriegen. Gestapelte Teller warteten darauf, gefüllt zu werden, aufgerollte Damastservietten enthielten Silbergabeln- und Messer, und die »Bar« bot so ziemlich jedes anti-alkoholische Getränk, das man sich nur vorstellen konnte, einschließlich einer Milchshakemaschine.

Offenbar verfeinerten die Brüder nach und nach das Angebot.

»Nichts davon wurde irgendwie präpariert«, ertönte eine Männerstimme hinter ihm.

Craeg fuhr herum und hob die Fäuste, als würde er mit einem Angriff rechnen. Der Bruder Butch saß am runden Tisch in der Ecke, die Füße auf einen freien Stuhl gelegt, neben sich einen Teller Essen. Mit präzisen Bewegungen schaufelte er sich Rührei in den Mund, ohne dass ihm dabei etwas von der Gabel fiel.

»Na los«, meinte er zwischen zwei Bissen. »Hol dir was zu essen. Setz dich her. Ich tu dir nichts.«

Mit einem kurzen Nicken machte sich Craeg ans Aufladen. Mit den Portionen hielt er sich nicht zurück. Er hatte zwar keine Ahnung, was ihnen allen bevorstand, aber er ging davon aus, dass ordentliche Energiereserven die beste Vorbereitung auf den Abend waren.

Von seinem Platz zwei Stühle von Butch entfernt hatte er gute Sicht auf die Tür, was ihm meistens wichtig war: Sei dir des Fluchtwegs immer bewusst. So hatte er den Überfall der Vampirjäger auf sein Zuhause überlebt.

»Hör zu, ich will nicht lange um den heißen Brei herumreden«, sagte der Bruder, bevor Craeg auch nur eine Gabel voll zum Mund geführt hatte.

Na, toll. Dann hatte der Kerl dieses Treffen also doch geplant, weil er wusste, dass Craeg im Haus war und früh essen würde.

Er ließ die Kartoffelpuffer sinken. Das Thema Nahrungsaufnahme verlor sofort seine Bedeutung, stattdessen konzentrierte er sich auf die Tür. »Was ist?«

»Ich finde, du solltest hier im Trainingszentrum bleiben.«

»Wie bitte?« Craeg sah wieder den Bruder an. »Aber ich hab eine Wohnung.«

Der Kerl nahm die Füße vom Stuhl und drehte sich so, dass sie einander ansahen. »Ich weiß, wo du wohnst.«

Irgendetwas an diesem direkten Blick schüchterte Craeg ein, weshalb er ganz bewusst zu essen begann. »Klar. Ich hab ja nicht gelogen, was meine Adresse angeht.«

»Da ist es nicht sicher.«

»Bin seit den Überfällen dort.«

»Das Haus hat ja kaum sanitäre Einrichtungen. Und keinen Sonnenschutz.«

»Ich wohne im Keller.«

»Ein Feuer würde das schnell ändern. Dann müsstest du wählen zwischen Verbrennungen durch die Flammen oder durch die Mittagssonne.«

Craeg schnitt ein Würstchen entzwei und schob sich die Hälfte davon in den Mund. »Ich zieh nicht um.«

»Hier hast du zu essen und zu trinken – und ein anständiges Bett zum Ausruhen. Kostet auch keine Miete.«

»Ich brauche keine Almosen.« Langsam wurde er sauer. »Ich bin hierhergekommen, um zu lernen, wie man kämpft, und nicht, damit Ihr Euch wegen Eurer guten Taten besser fühlt.«

Butch lehnte sich vor. »Glaubst du, wir wollen dir jedes Mal, wenn du scheißen warst, den Arsch abwischen? Denkst du wirklich, darum geht es uns?«

»Hört zu, ich brauche kein …«

»Schwachkopf!«, fuhr Butch ihn an. »Wir werden im Lauf des kommenden Jahres ein paar hunderttausend Dollar in dich investieren, ohne Kursgebühr. Glaubst du, wir wollen, dass sich das in Schutt und Asche auflöst, bloß weil dein Stolz einen Ständer hat? Das hier ist keine Wohltätigkeitsorganisation, und es wird auch nicht verhandelt. Ich bring dich heute nach dem Unterricht nach Hause, sehe zu, wie du deinen Krempel packst, und dann fahr ich deinen armseligen Kadaver wieder hierher, oder du kannst dich verpissen. Welche Variante darf's sein, mein Freund?«

Craeg fluchte lange und ausgiebig, aber nur ganz leise. Das nannte man dann wohl den deutlich kürzeren Hebel.

»Von mir aus«, nuschelte er.

Butch klopfte ihm auf die Schulter. »Und um dir zu zeigen, dass ich dir dein lächerliches Verhalten von eben nicht übel nehme, sorge ich dafür, dass du einen guten Fernseher, Internet und einen Wandkalender von Rhage bekommst, damit du was Hübsches zum Anschauen hast.«

Mit diesen Worten erhob sich der Bruder und nahm seinen immer noch gefüllten Teller mit.

Dann hatte er mit seinem »Mahl« wohl nur beweisen wollen, dass das Essen ungefährlich war.

»Wir sehen uns im Unterricht«, meinte Butch an der Tür noch, nachdem er sein Geschirr am Spülbecken abgestellt hatte. »Heute Abend im Seminarraum. Bomben, Detonationssysteme, Entschärfen. Spaßige Dinge.«

Als Craeg schließlich alleine war, vergrub er den Kopf in den Händen.

Ach, verdammt. Er hatte doch Pläne für all das gehabt.

Verflucht noch mal.

»Und was ist dann passiert?«

Als Paradises Vater ihr diese Frage stellte und nebenher etwas Marmelade auf seinem Toast ohne Rinde verteilte, versuchte sie verzweifelt, eine weitere Lüge zu formulieren. Was in Anbetracht der Tatsache, dass sie nur zwei Stunden geschlafen hatte und sich körperlich von den Strapazen immer noch nicht ganz erholt hatte, so ähnlich war, wie wenn man im Dunkeln probiert, eine Bluse zuzuknöpfen.

»Äh …« Sie brach ein Stück von ihrem Croissant ab und bestrich es mit Erdbeermarmelade. »Na ja, nachdem wir uns angemeldet hatten, gab es eine Art Stehempfang.« Kotz & Co. »Dazu waren wir erst mal in der Sporthalle, um uns gegenseitig kennenzulernen.« Wurden im Dunkeln beinahe durch Stromschläge getötet. »Danach waren wir schwimmen.« Eine Party zum Ertrinken. »Am Schluss waren wir noch spazieren.« Ein schöner altmodischer Todesmarsch. »Dann wurden alle medizinisch durchgecheckt.« Herzkreislaufwiederbelebung. »Es war ein langer Abend. Deshalb wollte die Bruderschaft, dass wir noch eine Weile da bleiben.« Halbtot und völlig am Ende. »Das war's.«

Wenn sie dafür mal nicht den Preis für die Untertreibung des Jahres bekam!

Ihr Vater nickte. »Die Bruderschaft war so freundlich, mich anzurufen. Und Peyton auch. Sie haben gesagt, du hättest dich erstklassig geschlagen, dass du eine der Klassenbesten warst.«

»Ich war von mir selbst überrascht.«

Und sie fühlte sich in ihrem eigenen Zuhause immer noch verloren. Hier mit ihrem Vater auf denselben Stühlen wie immer sitzend, unter demselben Kristallleuchter, mit denselben Porzellantellern und -tassen und -untertassen, bewacht von denselben Ölgemälden der Vorfahren, kam es ihr vor, als befände sie sich in einem schönen, schlossähnlichen Hotel mit Personal, das ihr jeden Wunsch von den Augen ablas. Ein Hotel … in einem fremden Land.

Und dann war da noch ihr Vater … ach, ihr Vater!

Abalone saß am Kopf der langen, glänzenden Tafel, und sein freundliches Gesicht strahlte förmlich vor Erleichterung und Stolz – vor allem aber vor Erleichterung –, weswegen sich Paradise gleich noch schlechter fühlte. Die Tatsache, dass ihre Lügengeschichten den gewünschten, beruhigenden Effekt hatten, vergrößerte die Distanz zwischen ihnen beiden erst recht … und dann war da noch diese Extraportion schlechtes Gewissen.

Die nichts mit der Ausbildung zu tun hatte.

Es war unmöglich, sich nicht an das zu erinnern und dauernd daran zu denken, was sie mit Craeg getan hatte, und was er mit sich selbst gemacht hatte. Ein Teil von ihr durchlebte pausenlos jeden einzelnen Moment dieser Erfahrung, die Blicke, die Geräusche, die Gerüche … der Ausdruck auf seinem Gesicht, als er …

Schluss! *Daran* würde sie hier am Esstisch gefälligst nicht denken.

Eines beschäftigte sie jedoch selbst jetzt: So ungern sie es auch zugab, sie machte sich Sorgen, dass dieses Intermezzo – selbst wenn es sich als einmaliges Vorkommnis erweisen sollte – sie in den Augen der *Glymera* für eine Partnerschaft untauglich machte. Ja, sie war immer noch sexuell rein, aber ihre Vene war angezapft worden, was wiederum dazu geführt hatte, dass Craeg sich sozusagen auf gewisse Weise zur Schau gestellt hatte.

Oh, wie sie es eigentlich hasste, auch nur einen einzigen Gedanken an diesen Haufen vorurteilsbelasteten Bullshit zu verschwenden! Aber wie sie hier mit ihrem Vater zusammensaß, war es eine unvermeidbare Last.

Man konnte den Kontext einer ganzen Erziehung nicht mal eben über Bord werfen.

Vor allem wenn sie daran dachte, was ihr nächster Angehöriger sich für sie und ihr Leben wünschte.

»Paradise?«

Sie zuckte innerlich zusammen, lächelte aber. »Tut mir leid, was hast du gesagt?«

»Ich glaube, das ist inzwischen genug Marmelade, Liebes.«

Paradise senkte den Blick und stellte fest, dass sie fast das halbe Glas auf ein Stück Croissant so groß wie ihr Daumen gehäuft hatte. Die rote Süße tropfte auf ihren Teller, lief übers Messer und über ihre Hand.

»Ich Dummerchen.« Sie versuchte, den Schlamassel zu beseitigen. »Wie war denn deine Nacht gestern?«

Zum Glück erzählte er ihr daraufhin von der Arbeit und einem großen festlichen Ball, der demnächst stattfinden würde, und von verschiedenen anderen Dingen, sodass es ihr gelang, einigermaßen zuzuhören und an den richtigen Stellen zu nicken.

*Was werden die Brüder uns wohl heute Nacht antun?*, dachte sie nebenher. Und wie sollte sie sich in Craegs Gegenwart ganz normal verhalten?

Eine halbe Stunde später hatte sie ihre Uniform angezogen, ihre Tasche gepackt und das Haus verlassen, um sich zum Treffpunkt zu dematerialisieren. Der Bus stand bereits auf dem Waldparkplatz, und die Schiebetür öffnete sich sofort, als der Fahrer sie entdeckte.

Paradise stieg die drei Stufen hinauf und sah, dass die anderen der Gruppe bereits da waren. Novo hatte es sich mit Kopfhörern und ihrem iPhone auf dem Schoß gemütlich gemacht. Boone genauso. Axe schlief wieder in der letzten Reihe und träumte bestimmt von Dingen, die hoffentlich sein Gehirn nicht verlassen würden. Anslam tippte etwas in sein Telefon. Vermutlich war er dabei, seinen Facebook-Status upzudaten, dass er jetzt wieder vergeben war: und zwar an den Porsche, den sein Vater ihm gerade als Belohnung dafür geschenkt hatte, dass er ins Trainingsprogramm aufgenommen worden war. Peyton rieb sich das Gesicht, als würde ihn das vielleicht wacher machen.

»Hey«, begrüßte er sie.

Sie wählte einen Platz auf der ihm gegenüberliegenden Gangseite, woraufhin er seine Haltung so veränderte, dass er sie bequem anschauen konnte.

»Bist du bereit?«, erkundigte er sich.

»Die Frage könnte ich besser beantworten, wenn ich wüsste, was uns erwartet.«

Er grunzte zustimmend. »Okay, Themenwechsel. Rate mal, was ich gehört habe!«

Peyton wusste über jeden Tratsch Bescheid, schon immer. Er war auch derjenige, der ihr vom neuen Spielzeug in der Garage von Anslams Familie erzählt hatte sowie vom jüngsten Skandal um seine Cousine zweiten Grades, die ihre Eltern angelogen hatte, was ihre Wohnung in der Stadt betraf, und noch etwas über irgendeine Vampirin, die mit einem alten Knacker verheiratet war und im Gästehaus ihres Anwesens dauernd irgendwelche Männer vögelte.

Letzteres war bestimmt eine Übertreibung.

»Was denn?« Wenigstens würde sie sein Geplapper davon ablenken, dass sie demnächst Craeg wiedersehen würde. »Und schmück es so gut wie möglich aus. Die Fahrt wird mindestens eine halbe Stunde dauern.«

»Ich hab noch mehr Storys auf Lager, keine Sorge.«

»Der Jungfrau sei Dank.« Dabei hatten sie tagsüber schon so viele Stunden am Telefon verbracht. »Hab ich dir in letzter Zeit eigentlich mal gesagt, wie gern ich dich habe?«

»Ja, aber wenn du es wirklich beweisen willst, dann lässt du dir dieses Tattoo stechen, von dem wir geredet haben.«

»Ich lasse mir garantiert kein Bild von dir auf den Hintern tätowieren.«

»Ich hätte dann aber was Schönes zum Anschauen, wenn du an mir vorbeigehst.«

»Nicht, wenn ich eine Hose anhabe. Und … hey, war das etwa gerade eine Beleidigung?«

»Tut mir echt leid, dir das sagen zu müssen, Parry, aber Blondinen mit perfekten Körpern und intelligenten blauen Augen bringen es in dieser Welt nicht weit. Je früher du dich mit dieser traurigen Wahrheit abfindest, desto besser.«

Sie warf den Kopf in den Nacken und lachte. »Okay, sag schon, was ist das für eine Geschichte?«

»Meine Cousine dritten Grades hat mir erzählt, dass der Ball zum Zwölfmonatsfest im Ballsaal von deinem Daddy stattfindet. Warum, zum Henker, hast du mir davon nichts erzählt?«

»Das hab ich auch gehört«, mischte sich Anslam ein, ohne von seinem Handy aufzublicken.

Paradise sah sich verstohlen um. Boone und Novo konnten nichts mitbekommen haben, und Axe war sowieso außen vor. Mit gesenkter Stimme sagte sie: »Peyton. Was solche Dinge angeht, sollst du doch die Klappe halten, schon vergessen?«

Ihr Kumpel knackte mit den Fingerknöcheln. »Sorry. Aber wir sind so gut wie allein – und das ist echt der Hammer. Willst du mit mir hingehen? Oder kann ich mit dir kommen?« Er schenkte ihr ein gewinnendes Lächeln. »Das klingt ziemlich versaut, oder?«

Paradise funkelte ihn böse an, nahm es ihm aber überhaupt nicht übel. »Du bist ein Schwein. Und, ja, bitte sei meine Begleitung. Ich werde dich brauchen, damit ich die Nacht durchstehe.«

»Ich werde ein Gentleman und gelehriger Schüler sein. Zumindest den Großteil des Abends. So ab zwei Uhr morgens besauf ich mich vielleicht. Nur um dich im Voraus zu warnen. Sonst überleb ich's nicht bis zum Morgengrauen.«

Paradise beugte sich über den Gang und hob die Hand. »Schlag ein.«

Als sie sich abklatschten, dachte sie: *Danke, gütige Jungfrau der Schrift, dass ich wenigstens mit einem guten Freund auf diesen Ball gehen kann.*

# 23

Verdammte Britney Spears.

Craeg saß hinten im Seminarraum und konnte an nichts anderes denken als an dieses beknackte »Baby One More Time«-Video von vor einer Million Jahren. Er hatte das blöde Ding nur ein einziges Mal gesehen, als ein älterer Cousin, der seine Transition schon hinter sich hatte, es total fasziniert angeglotzt hatte, was Craeg nicht verstehen konnte. Damals hatte er sich gefragt, wie sich irgendjemand für so eine idiotische Menschengöre mit Zöpfen, Faltenröckchen und halb nacktem Bauch interessieren konnte.

Aber jetzt? Jetzt war ihm das völlig klar.

»… dieser Zünder besteht aus Bleiazid, Bleistyphnat und Aluminium, das heißt, ihr solltet die Mischung hier anbringen, auf Höhe der Hauptladung, die in diesem Fall Tetryl ist.« Als Boone die Hand hob, nickte ihm der Bruder Tohrment zu. »Ja?«

»Gibt es noch andere Knallsätze?«

»Gute Frage. Diazodinitrophenol geht auch, oder Knallquecksilber mit Kaliumchlorat. Aber wir in der Bruderschaft gehen gerne auf Nummer sicher.«

So lief der Unterricht weiter, indem Tohr, wie sie ihn nennen durften, ihnen das Einmaleins des Bombenbauens erklärte und Streber Boone immer wieder mit einer weiteren »guten Frage« unterbrach.

Wäre der Kerl im Nahkampf nicht so fit und ansonsten

still und unauffällig gewesen, hätte man ihn durchaus als Klassenarsch bezeichnen können.

Währenddessen lagen Craegs Gehirnhälften mächtig miteinander im Clinch, und er konnte diese Links/rechts-Geschichte durchaus bestätigen: Seine analytische Seite war voll auf den vorderen Teil des Raumes ausgerichtet, wo sich das lange Pult voller Chemikalien in verschiedenen Aggregatzuständen und Gefäße sowie die Tafel mit Aufschriften und Formeln befanden.

Seine »kreative« oder »fiese frauengeile hey-was-geht-ab-Mann« Hälfte lenkte seinen Blick allerdings immer wieder zu Paradise. Sie saß vor ihm an einem Tisch etwas weiter rechts, und im Gegensatz zu ihm wirkte sie hoch konzentriert. Sie beugte sich aufmerksam vor, fast schon gebannt, und machte sich Notizen auf einem Block.

Einen Teil ihrer Haare hatte sie zu einem lockeren Knoten zurückgesteckt und mit einem schwarzen Gummiband befestigt. Sie trug die gleiche weite weiße, judoähnliche Uniform wie sie alle. Aber, verflixt und zugenäht, mit den blonden Locken, die ihr über die Schultern fielen, und ihren Brüsten hätte es genauso gut ein Stringtanga-Bikini sein können.

*Schluss damit.*

*Vergiss es, Alter!*, gab seine Libido zurück.

Na, toll. Jetzt war er nicht nur abgelenkt, sondern diskutierte auch noch mit sich selbst. Noch etwas mehr Datenverarbeitung unter seinem Helm, und in seinem Schädel würde es vermutlich zu einer Kernschmelze von Three-Mile-Island-Ausmaßen kommen.

Und schon war er wieder dabei, sie anzustarren.

Die Wurzel seines Problems, abgesehen von den Orgasmen zuvor unter der Dusche, war ihr Nacken.

Die Haut dort war garantiert genauso weich wie diese Stelle an ihrem Fuß.

Bestimmt.

Unruhig rutschte er auf seinem Stuhl herum und ließ unauffällig die Hand unter den Tisch wandern, um gewisse Körperteile zurechtzurücken. Verdammt. Er musste das wirklich in den Griff kriegen.

Doch während er seine Aufmerksamkeit wieder auf Tohr und das Bombenthema richtete, malte er sich aus, wie er aufstand, hinter sie trat und mit den Lippen sanft diese Stelle zwischen ihrem Haaransatz und dem Kragen ihres locker sitzenden weißen Oberteils …

»Craeg?«

»Was?«, quäkte er. Nachdem er sich geräuspert hatte, versuchte er es noch einmal in männlicherem Tonfall. »Ich meine, wie bitte?«

»Komm doch bitte nach vorne und geh das noch mal Schritt für Schritt mit uns durch«, sagte Tohr.

Craeg riskierte einen Blick nach unten und fragte sich, was für eine Show er wohl abliefern würde, wenn er jetzt aufstand. Zirkuszeltgröße. Mindestens. Jep.

Dann merkte er, wie Paradise ihn ansah, und sein Schwanz zuckte so heftig, dass seine Hüfte sich bewegte.

Scheiße. Er war sich ziemlich sicher, dass das nicht die Art von Detonation war, die der Professor im Sinn hatte.

»Craeg?«

Als eine peinliche Pause im Klassenraum eintrat, fasste Paradise sich ein Herz und warf einen Blick über die Schulter.

Die ganze Zeit schon war sie sich schmerzhaft bewusst gewesen, welchen Sitzplatz Craeg gewählt hatte, beinahe so, als würde sie im Spiegel einer aufgeklappten Puderdose beobachten, wie er den Lehrer ansah. Was völlig bescheuert war. In Anbetracht seiner Nicht-du-nicht-jetzt-Rede vom Abend zuvor war sie sich ziemlich sicher, dass er keinen Gedanken mehr an sie verschwendete. Deshalb schien es besonders lächerlich, auch nur eine Nanosekunde an den Typen zu verschenken, wenn es nichts mit dem Training zu tun hatte.

Außerdem hatte er nichts getan, um irgendwie Aufmerksamkeit auf sich zu lenken.

Ganz anders die restlichen Schüler. Boone hatte jede Menge Fragen gestellt, angefangen bei »Warum kann ich nicht mein Laptop benutzen, um mir Notizen zu machen?« Woraufhin der Bruder Tohr geantwortet hatte: »Weil das ständige Geklapper einer Tastatur bei mir den Wunsch weckt, mein Gewehr zu holen. Ist dir heute Abend nach einem Kopfschuss?« Bis hin zum Höhepunkt vor etwa zwei Sekunden mit einer weiteren Nachfrage, die allerdings für die Klasse interessant war.

Boone war der Schlaumeier.

Axe hockte einfach nur da, die Fingerspitzen aneinandergelegt, Brauen zusammengezogen, ohne etwas mitzuschreiben. Doch allein schon seine düstere Aura sorgte dafür, dass man sich seiner Anwesenheit im Raum bewusst war, egal ob er etwas sagte oder nicht. Auch Novo redete nicht viel, aber wenn sie es tat, dann hörten alle zu. Und Peyton, ja, Peyton konnte sich den einen oder anderen Witz nicht verkneifen.

Trotzdem war es Craeg, der stumme, vor sich hin brütende Craeg, auf den ihre Antennen ausgerichtet waren.

Übrigens kapierte sie absolut nicht, weshalb er nicht einfach aufstand.

Irgendwie musste es um mehr gehen als um den Wechsel in die Senkrechte. Er hockte da wie das sprichwörtliche Kaninchen vor der Schlange und starrte die Tafel an, als hätte er vergessen, wie man von einem Stuhl aufsteht.

»Craeg?«, hakte Tohr nach. »Machst du gerade Pause von der Realität? Kleiner Blackout?«

Peyton sprang auf. »Ich kann's ja mal versuchen«, meinte er und düste um das Pult mit den Chemikalien herum an die Tafel vor. Dort griff er nach einem Stück Kreide, als wäre es eine tote Spinne, und sah den Bruder fragend an. »Ich dachte, dieses Zeug wäre seit der Jahrtausendwende verboten?«

»Möchtest du, dass ich stattdessen mit deinem Gesicht schreibe?«, knurrte Tohr.

»Dürft Ihr denn so mit Studenten sprechen?«

»Kämpfst du gut genug, um mich davon abzuhalten?«

Peyton schüttelte den Kopf. »Nö. Nicht mal annähernd.«

»Weise Antwort, mein Sohn. Du wirst es noch weit bringen.« Tohr schlug ihm auf den Rücken. »Dann spring doch mal für deinen schüchternen Kumpel da hinten ein und zeig uns, was du weißt.«

Paradise schaute wieder auf das, was sie sich notiert hatte. Zu Beginn des Abends war es schwer gewesen, den Aufenthaltsraum zu betreten und sich in Craegs Nähe möglichst normal zu verhalten. Ihn wiederum schien ihre Anwesenheit und die der anderen völlig kalt zu lassen. Er nahm wenig Blickkontakt auf und sagte höchstens drei Worte.

Es lief ungefähr so, wie sie es erwartet hatte. Trotzdem war es irgendwie unfair, angesichts der Tatsache, wie viel Kraft es sie gekostet hatte, in seiner Gegenwart wenigstens normal zu atmen.

Zurück zum Thema, befahl sie sich. Sie musste sich auf den Lernstoff konzentrieren. Das war nicht nur angemessen, produktiver und der Grund, weshalb sie überhaupt in diesem Raum saß, sondern außerdem weniger dazu angetan, sie in den Wahnsinn zu treiben.

Sie war in ihrem Vorhaben relativ erfolgreich.

Zwei Stunden später durften sie aufstehen, sich ein wenig die Beine vertreten und auf die Toilette gehen. Eigentlich hatte sie vorgehabt, alleine zur Damenumkleide zu gehen, aber Novo schloss sich ihr an.

»Darf ich dich mal was fragen?« Die Vampirin drückte die Tür auf und ließ Paradise den Vortritt. »Ist was Persönliches.«

»Äh … klar.« Sie wählte eine der fünf Kabinen, ließ die Hose herunter, setzte sich und versuchte, die Tatsache zu ignorieren, dass sie mit einer fast Fremden im selben Raum pinkeln würde. »Was denn?«

Los jetzt, befahl sie ihrer Blase.

Novo hatte natürlich überhaupt kein Problem. Die hatte wahrscheinlich mit gar nichts Probleme.

»Machst du's manchmal mit Frauen?«

Paradise zuckte herum, obwohl da nur die Kabinenwand war. Ihr erster Gedanke jedoch war: *Scheiße, da kann ich mich genauso gut gleich wieder anziehen, denn Pinkeln kann ich jetzt wohl vergessen.*

»Hab ich dich geschockt?«, erkundigte sich die Vampirin nebenan lachend, bevor sie die Spülung drückte.

Dann war die Tür zu hören und das Rauschen von Wasser am Waschbecken.

»Hallo?«, hakte Novo nach.

»Äh …« Paradise sah sich um, als könnten ihr die pfirsichfarbenen Metallwände der Kabine oder die weiße Decke oder der hellgraue Fußboden weiterhelfen.

»Das ist dann wohl ein Nein.« Wieder Lachen. »Überrascht mich nicht.«

Einen Moment lang zog Paradise in Erwägung, jetzt einfach rauszugehen, nur um mit der Coolness mithalten zu können, die Novo anscheinend massenhaft besaß. Doch es war wie mit den Ablenkungen im Unterricht: Deswegen war sie nicht hier.

»Um ehrlich zu sein, habe ich es bisher mit niemandem gemacht.«

»Ja, das hab ich mir schon gedacht.«

Paradise runzelte die Stirn. »Warum fragst du dann?«

»Ich habe gerne recht.«

Den Blick auf die grauen Fliesen zu ihren Füßen gerichtet, dachte sich Paradise: Was soll's. »Aber du schon? Mit Frauen, meine ich.«

»Kam schon vor, ja. Mit Männern auch. Wenn ich jemanden liebe, sind mir die Details egal.«

»Wow.«

Novos Tonfall wurde scharf. »Daran ist nichts verwerflich.«

»Nein, so meinte ich das … ich wollte dich nicht kritisieren oder verurteilen. Ich finde nur …«

»… dass es schmutzig und falsch ist, klar.«

Paradise dachte an all die Einschränkungen durch ihre adelige Herkunft. Und dann stellte sie sich vor, wie es wäre, einfach das zu sein, was sie war, ohne Ausflüchte und Kompromisse.

»Nein«, sagte sie. »Ich finde es ziemlich toll.«

Erstaunlicherweise konnte sie nun auch ihr Geschäft erledigen. Nachdem sie gespült hatte, öffnete sie die Tür und war, ob der Stille, überrascht, dass ihre Mitstudentin noch bei den Waschbecken stand.

Sie wirkte skeptisch, als würde sie erst Paradises Miene einschätzen wollen.

Diese begegnete dem Blick der intensiven grün-blauen Augen ohne zu zögern, während sie hinüberging, um ihre Hände mit warmem Wasser und Seife zu waschen, die nach Zitrone roch.

»Um genau zu sein, beneide ich dich«, murmelte sie, während sie ihr Spiegelbild kontrollierte.

Kein Make-up und Neonlicht waren keine schmeichelhafte Kombination, wenn man seit fast achtundvierzig Stunden wach war – und eine organisierte Folter durchlebt hatte.

»Warum sollte das bei dir anders sein?«, erkundigte sich Novo.

»Wie meinst du das?«

»Wenn du Frauen magst.«

»Oh, nein.« Sie dachte an ihre Reaktion auf Craeg. Und genoss dann vor ihrem inneren Auge einige Schnappschussbilder seiner Hand, die unter der Decke pumpte. »Ja, nein. Ich steh auf Männer.«

Novo zuckte mit den Schultern und richtete sich auf. »Ändert nichts daran. Warum solltest du anders sein?«

Paradise starrte ihr Spiegelbild an und dachte an ihre Abstammung. An ihren Vater. »Lange, langweilige Geschichte.«

»Lange Geschichten, über die die Leute nicht reden wollen, sind nie langweilig.«

Die Veränderung in Novos Tonfall veranlasste Paradise dazu, sie anzusehen. Novo ihrerseits hatte den Blick auf die Tür nach draußen gerichtet, ihr muskulöser Körper war angespannt, und ihre Finger krallten sich so fest an den Waschbeckenrand, dass die Knöchel weiß hervortraten.

»Was ist dir zugestoßen?«, flüsterte Paradise.

Novo schien sich zu schütteln. »Nichts, was noch von Bedeutung wäre. Wir ziehen jetzt in den Kraftraum um, richtig?«

»Haben sie das gesagt?«

»Ja.«

Vermutlich hatte Paradise in dem Moment Craeg beim Verlassen des Raumes beobachtet. »Ich glaube, ich kann gar nicht mehr klar denken.«

»Keine Sorge. Spritz dir etwas kaltes Wasser ins Gesicht. Das macht wieder frisch – funktioniert bei mir immer.«

Paradise sah zu, wie Novo den Raum verließ. Dann drehte sie den Kaltwasserhahn voll auf.

Probieren konnte sie es ja mal.

Vielleicht würde es auch ihre Libido ein wenig abkühlen.

# 24

Butch saß am Tisch in Tohrs Büro und spielte mit dem langen, dünnen Metallschlüssel herum, indem er ihn auf das Ende mit der roten Quaste stellte … und dann losließ. Mit einem dumpfen *Klonk* fiel das Ding auf die Schreibtischunterlage. Fluchend hob Butch ihn wieder auf, stellte ihn aufs andere Ende … und ließ wieder los. Und noch mal. Und noch mal.

»Bist du soweit?«

Er sah zu Tohr auf, der den Kopf durch die Glastür hereinstreckte. »Hi. Ja, klar. Wen schickst du zuerst rein?«

»Axwelle. Hab mir gedacht, du kannst mit der Evaluation auch gleich bei dem anfangen, den man am ehesten als Soziopathen einstufen könnte.«

»Perfekt.« Butch drehte sich auf dem Stuhl zum Computer um, tippte einige Befehle ein und startete die versteckte Kamera. »Hol ihn aus dem Krafttraining.«

»Geht klar.«

Als sich die Glastür wieder geschlossen hatte, beobachtete Butch, wie seine Finger erneut an dem Quastenschlüssel herumspielten. Er hatte Marissa nichts davon sagen wollen, aber für V und ihn war ziemlich klar, um was es sich bei dem Teil handelte. Das Problem war nur, nachdem im Internet nichts dazu aufgetaucht war, hatte V seine Connections im Vampir-Untergrund spielen lassen … doch auch da hatte keiner der Sexclubs oder Gruppen irgendwelche Infos liefern können.

Ein Schlüssel, der einem Zutritt zu einem Ort verschaffte, an dem man es ordentlich krachen lassen konnte. Sozusagen.

Normalerweise hätte Butch sich gefragt, ob die Leute nicht etwas verschwiegen oder logen, aber V war in der Welt der perversen Sexspielchen anerkanntes Mitglied. Außerdem würde der Bruder nicht davor zurückschrecken, wenn nötig ein bisschen Druck auszuüben, um Antworten zu bekommen.

Noch so ein Grund, weshalb sie beide sich so gut verstanden.

Was konnte es also sonst noch sein. Was konnte er sonst noch …

Als es an der Tür klopfte, blickte er auf und winkte den ersten Kandidaten herein. »Hey, Mann. Komm rein, setz dich.«

Axwelle trat ein. Offenbar war er es gewohnt, die Hände in den Taschen seiner Jeans zu vergraben, doch in seiner Trainingsuniform kam er damit nicht weit. »Kann ich auch stehen bleiben?«

»Nö.« Butch deutete mit dem Kopf auf den Stuhl auf der anderen Schreibtischseite. »Da. Und das ist kein Vorschlag, sondern eine Anweisung.«

Sie mussten dafür sorgen, dass das Gesicht des Schülers im Aufnahmewinkel der Kamera in der Ecke oben hinter ihm war.

Axwelle – oder Axe, wie er sich selbst nannte – verschränkte die Arme vor der Brust und pflanzte sich auf den Stuhl. »Worum geht's?«

»Ich will mich nur ein bisschen mit dir unterhalten. Dich besser kennenlernen.« Butch legte die Stirn in Falten und beugte sich vor. Dann ließ er den Schlüssel an seiner roten Quaste baumeln. »Erkennst du das hier wieder?«

»Nein.«

»Warum hast du es dann eben angeschaut?«

»Weil Ihr es in der Hand habt. Auf dem Schreibtisch liegt sonst auch nichts anderes.«

Butch hielt die Quaste zwischen Daumen und Zeigefinger und ließ das Metallteil hin und her schwingen. »Das ist der einzige Grund, ja?«

»Seh ich so aus, als würde ich mir Sorgen wegen eines Schlüssels machen?«

»Woher weißt du, dass es ein Schlüssel ist?«

Augen, die fast so gelb waren wie die von Phury, richteten sich auf ihn und hielten seinem Blick Stand. »Was sollte es sonst sein?«

»Sag du's mir.«

»Ich dachte, das hier soll eine Kennenlernrunde sein. Was hat dieses komische Teil mit mir zu tun?«

Butch betrachtete das Gesicht des Jungen auf der Suche nach verdächtigen Anzeichen. Hm. Ganz ehrlich, ohne die halbseitigen Tattoos und Piercings hätte der Kerl recht attraktiv sein können. Und möglicherweise war er auch ein guter Pokerspieler, in Anbetracht dieser Maske, die er da trug.

Axe schob seine Visage bis auf wenige Zentimeter an den Schlüssel heran. »Ich schau's immer noch an. Hilft das weiter?«

Butch ließ sich alle Zeit der Welt, das Thema zu wechseln. Die Sache mit Lügnern war die: Schweigen und Abwarten funktionierte oft am besten, um sie aus der Reserve zu locken, und er achtete aufmerksam auf nervöse Ticks, Blinzeln und Zuckbewegungen.

Schließlich lächelte er. »Hast du schon mal jemanden sterben sehen?«

Das stand nicht auf der Liste mit Fragen, die Mary ihm gegeben hatte, um den psychischen Zustand der Schüler einschätzen zu können. Doch er war gut im Improvisieren.

»Was wollt Ihr mir damit unterstellen?«

Der Gedanke an seine Marissa, die wegen der toten Vampirin weinte, machte ihn aggressiver als einen Stier, aber er nahm etwas Dampf aus der Sache.

»Ich frag bloß.« Butch studierte den Schlüssel in seiner Hand, um seinem Gegenüber Gelegenheit zu geben, sich unbeobachtet zu fühlen. »Ist nur eine Art, dich besser kennenzulernen, oder nicht? Um das Eis zu brechen, wenn zwei Leute sich zu einem Blind Date verabreden und Konversation machen müssen.«

»Ihr wollt wissen, ob ich schon mal jemanden umgebracht habe?«

»Das war nicht die Frage. Ich wollte wissen, ob du schon mal gesehen hast, wie der Tod eingetreten ist.«

Als einige Zeit lang keine Antwort kam, sah Butch auf. Axe schaute inzwischen nicht mehr den Schlüssel an, sondern hatte den Blick ins Nichts vor seiner Nase gerichtet.

Hab dich, dachte Butch.

Mit bewusst sanfter Stimme murmelte er: »Wer war es, Axwelle?«

»Nennt mich nicht so.«

»Warum, so heißt du doch.«

»Darauf höre ich nicht.«

»Warum?«

Sein wütender Blick richtete sich wie ein Pistolenlauf auf Butch. »Weil ich es verdammt noch mal nicht tue, okay?«

»Gut, dann zurück zum Sensenmann. Erzähl mir die Geschichte.«

»Fickt Euch.«

Normalerweise hätte Butch bei so einem Gehabe einen Hechtsprung über den Tisch gemacht und den kleinen Schwanzlutscher am Kragen gepackt, aber hier ging es um mehr.

»Hmmmmmm«, war alles, was er sagte.

Axe ließ sich im Stuhl nach hinten fallen und verschränkte wieder abwehrend die Arme. Als sich dabei seine Schultern nach oben zogen, kam man kaum umhin, die dicken Muskelpakete zu bewundern. Kraft ohne Grips plus eine ausgeprägte Psychose würde jedoch keinem von ihnen nutzen.

»Kann ich jetzt gehen?«, wollte Axe wissen.

»Nein, mein Sohn. Ich denke nicht. Und bevor du jetzt einen auf beleidigt machst, will ich dich bloß darauf hinweisen, dass diese wunderbare Zweisamkeit, die wir hier genießen, die erste von mindestens drei Sitzungen sein wird.«

»Seid Ihr Seelenklempner?«

»Scheiße, nein, willst du mich verarschen?« Er lachte. »Genau genommen bin ich stolz auf meine eigene kleine Portion Irrsinn.«

Schließlich war er sehr religiös und legte den Lauf seines Lebens bereitwillig in die Hände eines Glaubenssystems, das sich nicht konkret verifizieren ließ. Das allein war schon verrückt, oder?

Andererseits reichte ihm als Beweis eigentlich schon die Tatsache, dass seine Religion ihm die Mühsal des Irdischen erleichterte, ihn erdete und seiner Existenz eine Bedeutung gab, selbst nachdem er in eine andere Spezies »verwandelt« worden war.

Mit einem Schulterzucken fügte er hinzu: »Die einzige Möglichkeit, zügig aus diesem Büro wieder rauszukommen, ist, mir zu erzählen, was passiert ist. Sobald du das tust, kannst du zurück in den Kraftraum und Gewichte stemmen, bis entweder deine Knie nachgeben oder du anfängst zu kotzen. Das ist doch echt was, auf das man sich freuen kann, oder?«

Und Craeg hatte geglaubt, im Unterricht hinter Paradise zu sitzen sei schlimm! Das war nichts im Vergleich dazu, ihr bei den Klimmzügen zuzusehen.

Auf der anderen Seite der Matten, zum dumpfen Soundtrack der Hanteln, zog Paradise ihren Körper in vollendeter Haltung zur Stange hinauf, ließ dann wieder locker … und hoch … und runter. Ihre Unterschenkel waren parallel zum Boden abgewinkelt, ihr Hintern war … schmerzhaft fest angespannt (für ihn, nicht für sie natürlich), und ihr Oberkörper von der Hüfte bis zur Schulter perfekt kontrolliert.

Jedes Mal, wenn sie den niedrigsten Punkt erreichte, zeichneten sich ihre Brüste deutlich unter diesem weiten Hemd ab, das alle trugen.

»Fuck«, presste er hervor und legte sich wieder auf die Bank, um die Stange über seinem Kopf zu packen.

Dann hob er die zweihundert Kilo aus der Halterung, führte die Langhantel zum Brustkorb und stemmte sie dann wieder in die Höhe, als hätte das Teil seine tote Mutter beleidigt.

»Brauchst du Hilfestellung?«, fragte Novo.

Als er nur ein Grunzen hervorbrachte, ging sie hinter seinem Kopf in Stellung und hielt die Hände direkt unter die inzwischen gebogene Stange.

»Drei …«, zählte sie. »Noch zwei. Eins … gut. Das reicht.«

Nachdem sie ihm geholfen hatte, das Ding wieder in der Halterung abzulegen, ließ er die Unterarme auf die Brust fallen und schnappte nach Luft.

Novo brachte ihr Gesicht auf seine Augenhöhe. »Ich denke, du solltest mal Pause machen.«

»So ein Quatsch.«

»Nein, ich mein's ernst.«

»Ich schaff noch mindestens vier Sets.«

»Um dein Durchhaltevermögen mach ich mir auch keine Sorgen.« Bei diesen Worten wanderte ihr Blick zu seinen Lenden. »Nicht dass ich die Aussicht nicht zu schätzen wüsste. Bin mir nur nicht sicher, was das jungfräuliche Objekt deiner Zuneigung davon halten wird.«

Craeg hob den Kopf. Und setzte sich hektisch auf.

Novo lachte. »Ja, kümmere dich mal darum und komm dann wieder.«

»Verdammt«, zischte er und sprang auf.

Mit zügigen Schritten steuerte er auf die Tür zu und warf Bruder Vishous einen hektischen Blick zu. »Ich muss kurz auf die Toilette.«

Vishous lächelte finster. »Ja, sieht so aus.«

Craeg stieß die Tür zum Flur auf und fragte sich, ob wohl alle bemerkt hatten, dass er einen Ständer hatte. Die einzig gute Nachricht: Paradise schien ahnungslos, was bedeutete, dass sie entweder unglaublich gut darin war, ihre Gefühle zu verbergen, was er bezweifelte, oder sie hatte von seinem kleinen Problem tatsächlich nichts mitbekommen.

In letzterem Fall kam er sich besonders idiotisch vor.

Er versetzte der Tür zur Männerumkleide einen solch heftigen Stoß, dass sie aufflog, gegen die Wand knallte und der Rückschlag ihn fast in die Fresse traf, hätte er sie nicht rechtzeitig abgefangen.

»So nicht, so läuft das nicht!«

Die Hände in die Hüften gestützt, tigerte er auf und ab und begriff, dass er sich niemals von ihr hätte nähren dürfen. Dieser Blutaustausch hatte irgendeine Art von Verbindung zwischen ihnen hergestellt, wodurch er sich jeder ihrer Bewegungen zu jeder Zeit an jedem Ort bewusst war. Und wie genau äußerte sich das?

Indem Mr. Happy da unten bei der Aussicht, ihr die Hand zu schütteln, schon ganz aufgeregt den Hals reckte.

Was. Nie. Passieren. Würde. Verdammt.

Er lief weiter unruhig hin und her. Fluchte.

»Fuck! Fuck! Fuck!«, schimpfte er.

Oh ja, bitte!, antwortete sein Schwanz mit einem Zucken.

Einen Augenblick lang schossen ihm alle möglichen Bilder durch den Kopf: Wie er das Ding in ein schweres Buch steckte und den Deckel zuschlug. Einen Zementblock drauffallen ließ. Autotüren. Hämmer. Baumstämme.

Wie konnte es sein, dass ihm das ausgerechnet jetzt passierte. Der schwerste Teil des Trainings, um ein Krieger für die Bruderschaft zu werden, damit er seine Familie rächen konnte … durfte doch nicht ernsthaft irgendeine blonde Vampirin sein. Er weigerte sich, das zu glauben.

Unmöglich.

Mit einem weiteren heftigen Zucken unter seiner Uniform schien seine Erektion ihn zu verspotten.

Finster blickte er auf seine Hüften hinab und bellte: »Halt's Maul, du Penner!«

# 25

Butch beobachtete aufmerksam jede Regung des jungen Mannes. Angefangen bei den minimalen Muskelzuckungen unter Axes linkem Auge bis hin zum Kinnjucken, das er schließlich mit einer Dehnung des Nackens zu beseitigen versuchte.

»Erzähl es mir, dann kannst du gehen«, wiederholte er.

Mann, das war echt so viel einfacher verglichen mit früher, als er noch für die Polizei gearbeitet hatte. Aussageverweigerungsrecht? Pfff, ja ja. Festhalten des Angeklagten gegen seinen Willen? Bla, bla, bla, bla. Nötigung?

Na ja, um ehrlich zu sein, hatte er selbst damals vor einem gewissen Maß an Nötigung nicht zurückgeschreckt.

Er musste an diesen Jungen, Billy Riddle, denken, der Beth angegriffen hatte, bevor sie in die Vampirwelt übergelaufen war und Butch mitgenommen hatte. Oh, wie er es genossen hatte, in der Notaufnahme die Fresse dieses kleinen Scheißkerls ins Linoleum zu drücken. Hmmm … das war eigentlich gar nicht wirklich Nötigung gewesen, weil er überhaupt nicht auf Informationen aus war. Das war schlicht Rache dafür, dass der Bastard in einer dunklen Gasse eine unschuldige Frau überfallen hatte, um sie zusammen mit seinem Freund zu vergewaltigen.

Weil man zu so einem Tier mit einer Armlänge Abstand ja nicht durchdringen konnte.

Wichser.

Butch richtete seine Aufmerksamkeit wieder auf Axe und murmelte: »Ich warte.«

Axe zuckte mit den Schultern. »Werft mich raus, wenn Ihr wollt, oder macht mit mir, was Ihr wollt … aber das bin ich Euch nicht schuldig. Ihr bekommt kein Stück von meiner Seele – das habt Ihr Euch nicht verdient.«

Klingt logisch, dachte Butch. Und genau das Gleiche hätte er auch gesagt, wenn er auf diesem Stuhl gesessen hätte.

Er beugte sich vor. »Früher oder später, vor deiner endgültigen Aufnahme ins Programm, wirst du es mir erzählen müssen.«

»Wieso interessiert Euch das so sehr?«

»Tut es nicht.«

Na, jetzt machte der Kerl aber große Augen. »Warum fragt Ihr mich dann, verdammt noch mal?«

Butch pflanzte die Ellbogen auf den Tisch und breitete die Hände aus. »Ich muss wissen, wie du reagierst, wenn du es das nächste Mal siehst. Deshalb. Und zukünftiges Verhalten lässt sich leichter einschätzen durch vergangenes Verhalten. Was ihr hier im Training erlebt, ist nichts im Vergleich zur Welt da draußen. Ihr müsst auf Situationen vorbereitet sein, in denen keine Zeit zum Nachdenken bleibt, wenn ihr euch auf nichts verlassen könnt als auf eure Instinkte und euren Überlebenswillen, um euer Leben oder das derjenigen zu retten, die mit euch kämpfen. Und ich garantiere dir, das Letzte, was du in so einem Moment erleben willst, ist ein Blackout. Je mehr Traumata du ausgesetzt wirst, desto härter wirst du und desto sicherer bist du. Das ist eine echt megabeschissene Gleichung, aber es ist die verdammte Wahrheit.«

Axe senkte den Blick auf seine Hände.

»Geh zurück in den Fitnessraum«, ordnete Butch an. »Denk über den ganzen Mist nach. Aber ewig hast du nicht Zeit. Wir verschwenden …«

»Ich hab gelogen.«

»Wie bitte?«

Der harte, auf Grufti getrimmte, verwahrlost wirkende junge Vampir holte tief Luft. »Ich hab so was noch nie gesehen. Ich weiß nicht … wie das ist. Ich weiß nicht, wie es sich anfühlt.«

Die Veränderung in seinem Gebaren, von feindseliger Maske zu tiefer Traurigkeit, war erstaunlich, aber so ging das immer vonstatten. Wenn jemand einbrach, beschloss, mit der Wahrheit herauszurücken, wurde er zu einer anderen Version seiner selbst, was bewies, dass Selbstschutz und Offenbarung zwei sich ausschließende Absichten waren.

»Weshalb bist du dann hier?«, flüsterte Butch. »Sag mir … weshalb bist du zu uns gekommen?«

»Ich weiß nicht.«

»Doch, das tust du.«

Mit einem verstohlenen Blick versicherte sich Butch, dass sein Handy und das Bürotelefon auf stumm geschaltet waren. Als Tohr auf der anderen Seite der Glastür auftauchte, hob Butch unauffällig die Hand, und der Bruder verzog sich wieder.

»Axe, warum bist du hier?«

Die Minuten krochen nur so dahin, und die leisen Geräusche des Büros schienen sich aus lauter Respekt noch weiter zurückzunehmen.

»Mein Dad war ein Niemand«, krächzte Axe schließlich heiser. »Er hat nichts aus seinem Leben gemacht. Er war Tischler … hat mit den Händen gearbeitet. Ma wollte weder mit ihm noch mit mir etwas zu tun haben. Sie ist noch vor meiner Transition abgehauen. Hat sich einen Scheiß um uns gekümmert. Aber mein Dad ist geblieben, und ohne ihn wäre ich als Pre-Trans auf der Straße gehockt, und wir wissen beide, wie lange ich da überlebt hätte.« Er schüttelte seinen dunkelhaarigen Kopf langsam hin und her. »Ich war … kein guter Sohn, wisst Ihr? Bin ich nie gewesen. Er ist trotzdem nicht gegangen, weil es sonst niemanden gab, vermute ich.«

Butch bewegte keinen Muskel, machte kein Geräusch. Wenn er sein Gegenüber unterbrach, würde er ihn möglicherweise daran erinnern, dass er die Dinge laut aussprach und sein vergangenes Leben nicht nur innerlich durchlebte.

Es war ziemlich klar, in welche Richtung die Geschichte laufen würde.

»Ich steh auf Ecstasy. Ich steh auf Koks. Und … noch auf andere Hardcorescheiße. Vor zwei Jahren bin ich mal so richtig auf Tour gegangen. War eine Woche weg oder so. Eines Nachts hat mein Dad versucht, mich zu erreichen. Hat mir drei Nachrichten hinterlassen. Ich war so verflucht high, dass ich mich über ihn aufgeregt habe.« Die leise Stimme verstummte fast. »Ich hab mich über ihn … aufgeregt.«

Als Axe schließlich schwieg, hätte einem der gequälte Ausdruck auf seinem Gesicht das Herz brechen können.

»Was hast du gemacht, mein Junge?«, fragte Butch leise, weil er nicht anders konnte.

Axe räusperte sich einige Male. Rieb sich die Nase, als würde das Ding wegen der Tränen, die er zurückhielt, jucken.

»Ich hab die Nachrichten gelöscht.« Es folgte ein Husten. »Ich habe … alle Nachrichten gelöscht, ohne sie abzuhören.«

»Und was dann?«

»Sie haben ihn umgebracht. Die *Lesser*. Er hat in einem der Aristokratenhäuser gearbeitet, die von den Überfällen betroffen waren. Er … lag im Sterben, als er mir die Nachrichten hinterlassen hat.« Axe schüttelte den Kopf. »Ich hab mir die Anrufliste angeschaut, als ich herausfand, was passiert war, und hab eins und eins zusammengezählt.«

Butch schloss einen Moment lang die Augen. »Das tut mir leid, mein Junge.«

»Ich hab nicht gleich davon erfahren … Ich glaube, der Sohn einer der anderen Arbeiter war dort und hat alle gefunden. Dieser Typ, wer auch immer das war, hat sich um alles … gekümmert. Als ich schließlich nach Hause kam – drei Tage später –, hing da diese Nachricht an der Tür. Jemand hat daheim angerufen und auf den Anrufbeantworter gesprochen, aber als sich niemand gemeldet hat, haben sie es stattdessen … aufgeschrieben.«

»Das ist hart. Verdammt hart.«

»Ich hab die Nachricht noch.« Axe schniefte lautstark und schüttelte den Kopf. »Ich hab die Nachricht, die sie hinterlassen haben. Seine sterblichen Überreste liegen immer noch auf dem Anwesen begraben. Ich glaube, das Haus ist jetzt im Besitz von Menschen.«

»Willst du sie wiederhaben?«

»Weiß nicht. Nein. Nein, ich glaub nicht. Bin halt ein schlechter Sohn, was?«

»Wo ist deine Mom?«

»Hab gehört, sie hat es zu was gebracht. Hat irgendeinen reichen Arsch geheiratet und lässt es sich gutgehen. Ich weiß nicht, ist mir auch egal.« Als Axe aufblickte, war sein Gesicht wieder so verschlossen wie zuvor. Er hatte die Gefühle weggesperrt wie einen Eindringling. »Also, nein, ich habe den Tod noch nicht aus der Nähe gesehen. In dem Zusammenhang zumindest bin ich noch Jungfrau. Kann ich jetzt gehen?«

Butch hatte das Gefühl, etwas Tiefgründiges sagen zu müssen. Aber was Axe wirklich wollte, mehr als irgendwelche aufmunternden Worte, war, abziehen zu dürfen. »Ja. Kannst du.«

Der Stuhl machte ein quietschendes Geräusch auf dem Beton, als er abrupt zurückgeschoben wurde. Dann stürmte Axe auf die Tür zu. Bevor er sie öffnete, blieb er jedoch stehen. Blickte über die Schulter zurück.

»Wie ist er denn so?«

»Der Tod?« Als er ein Nicken zur Antwort bekam, musste Butch seinerseits tief durchatmen. »Bist du sicher, dass du so eine Scheiße wissen willst?«

»Ihr habt doch selbst gesagt, dass wir uns dem aussetzen müssen.«

Touché, hätte er gerne gesagt. Stattdessen stellte Butch sich vor, wie der Vampir in sein bescheidenes Zuhause zurückkehrte, wo er alleine lebte, sich ordentlich die Hucke vollsoff und sich die Pulsadern aufschlitzte. Oder sich eine Überdosis verpasste. Oder aus dem Fenster sprang.

Keine unrealistische Einschätzung in Anbetracht der Qual, die sich unter diesen Tätowierungen und all dem Metall verbarg.

»Ich möchte, dass du hier einziehst.« Butch rieb durch sein Hemd hindurch das große Goldkreuz. »Craeg wird hier wohnen, und du solltest das auch.«

»Was denn, Angst, ich könnte mich im Bad aufhängen?«

»Ja, genau.« Als Butch seinen Schützling über den Tisch hinweg anstarrte, zog der Kerl wieder die Augenbrauen hoch. »Bleib hier, Axe. Es ist sicherer, du bist geschützt und kannst dich auf das konzentrieren, was du brauchst.«

Natürlich würde es deswegen erst mal Widerstand geben. Arschlöcher wie Axe mussten immer …

»Okay, aber ab und zu brauch ich mal eine Nacht oder zwei, um … Ihr wisst schon.«

Interessant, dachte Butch. Dann war sich der arme Scheißkerl also auf einer gewissen Ebene bewusst, was in seinem Hirn für ein Mist ablief. Und es machte ihm selber Angst.

»Du brauchst ab und zu eine Runde Sex, ja?«

»Genau.«

»Kann ich dir nicht verübeln. Du kannst mit dem *Doggen* was ausmachen, der fährt dich dann in die Stadt und holt dich wieder ab. Sollte kein Problem sein.«

»Also ... wie ist es denn so?«

Butch verstummte und stellte fest, dass vor seinem inneren Auge seine persönliche Diashow ablief, und zwar mit grausamen, furchtbaren Bildern. Kurz war er unsicher, ob er dem jungen Kerl das wirklich zumuten sollte, doch dann erkannte er, dass die Wahrheit ausgesprochen werden musste, selbst wenn sie schrecklich war. Vielleicht gerade dann.

Und jeder, der in diesem Krieg kämpfen wollte, sollte sie kennen.

Wenn Axe mit seinen Dämonen nicht zurechtkam, dann wäre ganz gewiss niemandem damit gedient, ihm einen Dolch und eine Knarre zu geben und ihn hinaus in Caldwells dunkle Gassen zu schicken.

Butch zuckte mit den Schultern. »Ich war früher Polizist bei der Mordkommission der Menschen – frag nicht –, deshalb hab ich eine Menge davon gesehen. Um deine Frage zu beantworten, es hängt davon ab, wie lange es her ist und wie der Tod eingetreten ist. Die neueren Fälle ... vor allem wenn es ein gewaltsamer Tod war ... können unschön sein. Körper mögen es nicht, wenn man sie zerschneidet, zersticht oder in Einzelteile zerhackt, und sie drücken ihr Missfallen aus, indem sie eine Riesensauerei veranstalten. Kein Wunder, wir bestehen schließlich zu siebzig Prozent aus Wasser oder so ähnlich! Und wenn man an einen frischen Tatort kommt, lernt man schnell, wie verflucht wahr das ist. Blutlachen. Tropfen. Spritzer von dem Zeug. Dann wären da noch die fleckigen Kleider, Teppiche, Laken, Wände, Fußböden – oder, wenn es draußen passiert ist, der Erdboden, der Beton, der Asphalt. Und dieser Geruch. Blut, Schweiß, Urin, andere schlimme Dinge. Dieser wunderbare Duft steigt dir in die Nase und hängt noch Stunden später dort fest.« Butch schüttelte wieder den Kopf. »Bei den älteren Fällen … da ist der Gestank schlimmer als die Sauerei. Aufgeblähte Wasserleichen sind einfach nur hässlich. Und wenn diese Gase, die sich gebildet haben, entweichen? Das haut einen echt um. Und ich weiß nicht, aber ich stand auch nie so sonderlich auf Brandopfer. Ich meine, man sollte denken, uns wäre klar, dass wir nicht so arg anders sind als andere Säugetiere – gegrilltes Fleisch ist gegrilltes Fleisch, Punkt. Aber ich habe noch nie einen erwachsenen Mann seinen Kaffee samt Donut wegen eines halb gegarten T-Bone-Steaks rauskotzen sehen.« Butch sah wieder sein Gegenüber an. »Willst du wissen, was ich immer am meisten gehasst habe?«

»Ja.«

Er fuhr sich über den Kopf. »Die Haare. Die Haare … mein Gott, die verdammten Haare, vor allem wenn es Frauen waren. Verklebt mit Blut, Dreck, kleinen Steinen … verfilzt und zerzaust … auf grauer Haut. Wenn ich nachts nicht schlafen kann, dann sehe ich sie vor mir. Dann sehe ich Haare.« Automatisch fing er an, die Hände aneinanderzureiben. »Man musste immer Handschuhe tragen … damit man nirgends Fingerabdrücke hinterließ, nichts von sich. Anfangs waren sie aus Latex, später aus Nitril. Und manchmal, wenn ich eine Leiche untersucht habe, kamen die Handschuhe mit Haaren in Kontakt … und das war, als würden sie in mich eindringen wollen. So als … als könnte man sich bei einem Mordopfer irgendwie mit dem Tod anstecken.« Er schüttelte den Kopf. »Diese Handschuhe waren so verdammt dünn. Und sie haben nichts gebracht.«

Axe runzelte die Stirn. »Warum musstet Ihr sie dann überhaupt tragen?«

»Nein, nein, das mit den Fingerabdrücken funktionierte schon. Aber ich habe an allen diesen Leichen etwas von mir selbst hinterlassen. Jede einzelne … hat ein Stück von mir.«

*Angefangen bei meiner Schwester,* dachte er. Und um ehrlich zu sein, hatte sie ihm den größten Brocken abverlangt.

Es folgte ein langes Schweigen.

»Ihr wart in der Welt der Menschen?«, fragte Axe. »Ich meine … das klingt, als wärt Ihr …«

»Ja, ist eine Weile her. Jetzt … bin ich etwas anderes.« Butch räusperte sich. »Los, mach, dass du rauskommst. Du brauchst dein Krafttraining. Craeg, du und ich, wir holen später euer Zeug. Und vielleicht hilft's bei diesem sturen Mistkerl ja, wenn du mit im Wagen bist. Vermutlich muss ich darum kämpfen, dass er nicht aus dem Wagen springt und sich aus dem Staub macht.«

»Ja. Okay. Sicher.«

»Das mit deinem Dad tut mir leid. Und er war kein Niemand. Allein schon, dass er sich um dich gekümmert hat, zählt.«

Axe drehte sich weg, hielt aber wieder inne, als müsste er sich innerlich sammeln. Dann trat er hinaus auf den Flur und war verschwunden.

Als sich die Glastür leise hinter ihm geschlossen hatte, starrte Butch immer noch ins Leere. Er hatte nicht vorgehabt, dem Vampir gegenüber so viel von sich preiszugeben. Normalerweise sprach er mit niemandem über diese Scheiße.

Er stützte den Kopf in die Hände, atmete ein paarmal tief durch … und betete zu Gott, dass die anderen Gespräche nicht ähnlich ablaufen würden.

# 26

Paradise ließ die Füße schließlich auf die Matte sinken, aber ihren Griff um die Klimmzugstange lockerte sie nicht. Ihre Lungen brannten, ihre Schultern und Oberarme beschwerten sich lautstark, und ein Rinnsal aus Schweiß arbeitete sich langsam vom Verschluss ihres Sport-BHs die Wirbelsäule hinunter. Das Tolle jedoch war, sie hatte inzwischen gelernt, dass dieses benommene Gefühl schnell vorbeiging, und dann wäre sie bereit für das nächste Set von Wiederholungen.

Beim Blick rüber zu Peyton auf dem Laufband war sie beeindruckt. Er rannte wie der Blitz, sein Körper perfekt in Form, den Kopf erhoben, die Augen ins Leere gerichtet, aber wach. Sie hatte ihn nie für eine Sportskanone gehalten, schließlich hatte er bisher nichts Anstrengenderes getan, als Joints zum Mund zu führen.

Die Frage war, wo steckte …

»Hey.«

Paradise lächelte, als Novo neben ihr auftauchte. »Ganz schön beeindruckend, deine Sit-ups. Das waren doch bestimmt an die fünfhundert.«

»Um genau zu sein, fünfhundertzweiundachtzig. Hör zu, Craeg ist gerade rausgegangen. Sah aus, als ging's ihm irgendwie nicht gut. Ich dachte, du magst ihm vielleicht helfen.«

Paradise wandte sich sofort zur Tür, hielt dann aber inne. »Ich bin nicht … Ich meine, ich kenne ihn ja gar nicht richtig.«

»Wir kennen uns doch alle nicht wirklich. Und ich bin mir ziemlich sicher, dass du diejenige bist, mit der er reden will.«

»Warum das denn?«

»Nur so ein Gefühl.«

»Aha ... Okay, danke.«

Auf dem Weg zum Ausgang fragte sie Bruder Tohrment: »Darf ich bitte kurz auf die Toilette gehen?«

»Ab mit dir.«

Draußen auf dem Flur blickte sie nach links und rechts, weil sie damit rechnete, Craeg dort herumwandern oder am Boden sitzen zu sehen. Aber nein. Alles leer.

Die Kühlung ihres Körpers funktionierte ausgezeichnet, während sie den Gang entlang in Richtung Männerumkleide ging. Als sie vor der Tür seinen Duft erschnupperte, wusste sie, dass er da drin war. Und da sie keinen Hinweis auf eine zweite Person bekam, trat sie an die Metalltür und klopfte.

»Craeg?«

Keine Antwort. Paradise öffnete die Tür ein Stück, sah aber nichts außer Betonwand. Also ging sie hinein und um die Ecke herum, bis sie sich in dem offenen Raum mit den Spinden befand. Wow. Zehnmal so groß wie bei den Frauen, aber ohne Sofas und Schminkspiegel, wo man sich um Frisur und Make-up kümmern konnte. Sofern man das nötig hatte.

Mann, sie war so nervös, dass sie selbst in Gedanken dummes Zeug laberte.

Das wurde ja immer schlimmer.

»Craeg?«, wiederholte sie, diesmal lauter.

Sie hörte das Geräusch von fließendem Wasser – ein Waschbecken, keine Dusche – und räusperte sich. »Craeg!«

»Was soll die Scheiße!«

Mit noch mehr Flüchen auf den Lippen kam er aus einem anderen Teil der Umkleide ums Eck. Wasser tropfte von seinem Gesicht und seinen Händen, sein T-Shirt war um den Hals herum feucht.

»Was machst du hier drin?« Er fuhr sich mit der Hand über die nassen Haare, um sie nach hinten zu streichen.

Wow, seine Augen waren einfach unglaublich, so tief und von solch hellem Blau. Und seine Schultern waren so breit. Und seine Brust … »Novo hat gesagt, du brauchst Hilfe.«

»Novo hat *was?«*

»Sie hat zu mir gesagt, dass du …«

»Nein, nein.« Er machte eine Handbewegung, als würde er die Frage ausradieren wollen. »Warum sollte sie …« Craeg brach mitten im Satz ab. Dann murmelte er etwas wie: »Der werd ich's zeigen.«

»Warum?« Paradise sah ihn fragend an. »Ist alles in Ordnung? Brauchst du noch mehr zu trinken?«

»Nein!« Er fuchtelte mit dem Finger vor ihrer Nase herum. »Und wenn, dann bestimmt nicht von dir. Niemals.«

Paradise zuckte zurück. »*Wie* bitte?«

»Du hast mich gehört.« Kopfschüttelnd wanderte er im Kreis herum, den Blick auf den Fliesenboden gerichtet. »Und jetzt verschwinde von hier.«

»Ich habe genauso ein Recht darauf, hier zu sein, wie du.«

Er funkelte sie an. »Du befindest dich in der Männerumkleide. Wenn dir also nicht über Nacht ein Schwanz gewachsen ist, dann hast du streng genommen *nicht* dasselbe Recht wie ich, hier zu sein.«

Sie öffnete den Mund. Schloss ihn wieder.

Als sie gerade gehen wollte, drehte er sich um und kam zurück in ihre Richtung.

Da sah sie, worin genau sein »Problem« bestand.

Ihr Körper reagierte sofort. Und als er stockend innehielt und sie ansah, war ganz eindeutig klar, dass er ihre Erregung bemerkt hatte.

Eine seltsame Art von Kapitulation, die so gar nicht zu seiner Persönlichkeit passte, zeigte sich in seinem Gesicht und den hängenden Schultern.

Sie sahen sich endlos lange an.

»Du musst es nicht sagen«, flüsterte sie. »Ich weiß, dass du das hier nicht willst. Ich weiß, das Timing ist schlecht. Ich weiß … das Letzte, was wir beide jetzt brauchen, sind Komplikationen. Aber ich habe den ganzen Tag an dich gedacht, und was soll schon Schlimmes passieren? Unsere Körper wollen … was sie wollen.«

Als er sich dieses Mal über die Haare strich, zitterte seine Hand.

Bei ihr wiederum steckte das Zittern in den Beinen, den Armen, im Oberkörper. Sie bebte sozusagen von Kopf bis Fuß.

Craeg kam langsam auf sie zu, als wollte er ihr die Zeit geben, es sich anders zu überlegen, den Rückzug anzutreten, zu gehen. Auf keinen Fall. Sie blieb genau dort, wo sie war, und legte den Kopf ein wenig in den Nacken, um ihm in die Augen sehen zu können.

»Wenn ich dich küsse«, knurrte er, »dann gibt es kein Zurück mehr. Auch wenn ich dich vielleicht nicht gleich hier und jetzt ficke … sobald ich die verdammte Gelegenheit dazu bekomme, lege ich dich flach.«

Sie hatte den Eindruck, dass seine derbe Ausdrucksweise Absicht war, damit sie ihre Meinung änderte, und für den Bruchteil einer Sekunde tat sie das auch – aber nicht etwa, weil er das F-Wort benutzt hatte. Das machte sie nur noch schärfer. Nein, ihr von der *Glymera* erzogenes Gewissen meldete sich lautstark zu Wort. All die moralischen Lehren und Erwartungen und Regeln drängten sich plötzlich in den Vordergrund ihres Bewusstseins und dämpften die Lust. Ihre Jungfräulichkeit zu verlieren war an sich schon ein Problem, aber an einen Zivilisten? Sie wäre fürs Leben gebrandmarkt. Wertlos für eine Vereinigung. Ein Quell der Schande für ihren Vater, ihre Blutlinie, ihren Stand.

Andererseits war sie sich ziemlich sicher, dass, abgesehen von jemandem wie Peyton, sowieso kein »echter« Mann sie mehr wollen würde, wenn sie einmal das Trainingsprogramm durchlaufen hatte. Selbst wenn sie nicht im Krieg kämpfte, passte eine solche Ausbildung nicht zu der Art von Salon-Manieren, die von Vampirinnen erwartet wurden.

Die Lösung war vermutlich, sich nie zu binden.

Kaum hatte sie diesen Gedanken zu Ende gedacht, durchströmte sie eine berauschende Erleichterung mit solcher Kraft, dass sie am liebsten auf und ab gehüpft wäre. Da hörte sie Novos Stimme in ihrem Kopf:

*Wieso bist du anders?*

Sie blickte in Craegs glühende Augen und staunte darüber, dass die einfachste Lösung in mancherlei Hinsicht die schwierigste war. Aber wenn sie sowieso nicht vorhatte, sich einen Gefährten zu suchen, dann konnte sie Entscheidungen treffen, von denen sie nie zu träumen gewagt hatte.

Und aufgrund dieser Stärke traf sie ihren Entschluss.

Paradise würde einen Rückzieher machen.

Wie er auf die Vampirin hinabblickte, spürte Craeg es ganz deutlich. Trotz ihrer Erregung würde sie zur Besinnung kommen und ihnen beiden einen Haufen Ärger ersparen. Sie würde ihn ansehen, seinen riesigen Körper mit der gewaltigen Erektion wahrnehmen und begreifen, dass sie weder die Komplikationen noch den Stress brauchen konnte.

Mit einer Bewegung, die so elegant war, dass sie ihm eine Heidenangst einjagte, hob sie die Hände und legte sie auf seine Schultern – nein, seine Brust, weil sie nicht groß genug war. Dann legte sie den Kopf noch weiter in den Nacken, und er war vorübergehend sprachlos, wie perfekt das hässliche Neonlicht von der Decke auf ihre feinen Züge, die federweichen Haarsträhnen traf, die sich aus dem Knoten gelöst hatten, und auf die Linien ihrer Schlüsselbeine.

»Dann küss mich«, sagte sie.

Im Hinterkopf vernahm er das Geräusch von zwei Chevy-Trucks, die frontal aufeinanderprallten.

Scheiße. Kein Zurück mehr.

Mit einem Fluch schloss er die Augen. Schwankte. Begriff, dass es tatsächlich passieren würde.

Dann öffnete er die Augen wieder und streckte die Hand aus, um sie zu berühren. Auf einmal fühlte er sich total unbeholfen, als wüsste er nicht, wo er seine Hände hintun sollte. Auf ihre Schultern? An ihren Hals? Ihr Gesicht?

Der Sex, den er bisher gehabt hatte, war immer derb und schnell gewesen, wie man es eben mit menschlichen Frauen oder Vampirinnen so trieb, denen egal war, für wen sie die Beine breitmachten. Paradise war das Gegenteil von alledem, und genau das war das Problem. Sosehr er sie auch begehrte, er wollte es richtig machen.

Was war er doch auf einmal für ein verfluchter Gentleman!

Mit zitternden Händen fuhr er schließlich mit den Fingerspitzen ihre Kinnlinie nach, und als sie die Lippen öffnete, legte er den Kopf schief und schloss die Distanz zwischen ihren Mündern.

Fast.

Als sie nur noch ein Millimeter der Erwartung trennte, flüsterte er: »Letzte Gelegenheit.«

»Ich warte.«

Also küsste er sie.

Das Stöhnen, das er dabei von sich gab, war eine Mischung aus Hunger und Unterwerfung. Halb unbewusst nahm er einen neuen Geruch wahr, etwas, das ein wesentlicher Bestandteil der Hitze zwischen ihnen war, aber gleichzeitig auch eine Offenbarung.

Egal, sie war weich und süß und zögerlich und stark. Genau so, wie er sie sich vorgestellt hatte.

Sanft strich er mit den Lippen über ihre, bevor er sich mit der Zunge einen Weg in ihren Mund bahnte. Da war es dann auch vorbei mit der Zurückhaltung. Er schlang die Arme um sie und zog sie heftig an sich, damit sie ihn spüren konnte – sogar auf Lendenhöhe, wo er trotz der zwei Runden, die er vor ihrem Auftauchen in der Toilettenkabine masturbiert hatte, wieder total geil war.

Oh, sie war so viel kleiner als er, doch als ihre Brüste ihn berührten und sie das Gewicht verlagerte, sodass sie sich an ihn lehnte …

Da wusste er, dass sie die Kontrolle hatte.

Sie küssten sich eine Ewigkeit, und selbst das war nicht annähernd genug, aber irgendwann schrillte seine innere Warnglocke, und zwar so laut, dass sie selbst sein tosendes Verlangen nach ihrem Geschlecht übertönte.

Als er sich von ihr löste, verspürte er eine ordentliche Portion männlicher Befriedigung, weil er sah, dass ihr Gesicht gerötet, ihr Mund leicht geöffnet und ihre Atmung schnell war.

Er versuchte, sich auszurechnen, wann er sie für sich alleine haben könnte, wie sie für etwas Privatsphäre sorgen konnten, wo das möglich wäre.

»Gib mir deine Handynummer«, raunte er.

Nachdem Paradise sie ihm genannt hatte, sah sie sich um. »Willst du sie dir nicht aufschreiben?«

Als ob das nötig wäre. Die sieben Zahlen waren in sein Gehirn eintätowiert.

»Ich ruf dich an.« Noch ein Grund, abgesehen von dieser ganzen Von-der-Sonne-verkohlt-werden-Geschichte, froh zu sein, dass er hier einziehen würde: Er besaß nämlich kein eigenes Telefon. »Morgen früh um sieben Uhr.«

»Damit wir ein Treffen ausmachen? Ich kann tagsüber nicht raus. Mein Vater würde mich umbringen, und rausschleichen kann ich mich auch nicht. Das würde sofort auffallen.«

Ja, er konnte sich noch gut daran erinnern, wie es war, zusammen mit der Familie auf engem Raum zu wohnen.

Craeg küsste sie auf den Mund. Dann noch einmal. »Geh einfach an dein Handy.«

»Ich bin froh, dass du reden willst.«

»Mir geht's nicht um Konversation.« Er ließ den Blick über ihren Hals hinab zu ihren Brüsten wandern. »Ich werde dir ein paar Dinge beibringen.«

»Was zum Beispiel?«

Er beugte sich hinunter, um ihren Hals küssen zu können. »Dieses Ziehen, das du da gerade spürst. Weißt du, was ich meine? Zwischen deinen Beinen?«

»Ja ...«, wisperte sie.

»Ich werde dir zeigen, was du selbst dagegen tun kannst. Und wenn ich dir dabei zuhöre, dann werde ich auch kommen.« Er richtete sich auf, trat einen Schritt zurück und wies mit dem Kopf Richtung Ausgang. »Geh. Bevor dich jemand hier drin findet.«

Es war nicht nötig, ihren Platz im Programm deswegen zu gefährden. Er hatte zwar auf der Anmeldung keine Klausel gesehen, die Beziehungen zwischen den Kandidaten untersagt hätte, aber das hier sollte trotzdem besser unter Verschluss bleiben.

»Geh schon«, wiederholte er, als sie sich nicht vom Fleck rührte.

Sie blickte bloß mit großen, glühenden Augen zu ihm auf.

Scheiße, er konnte an nichts anderes denken, als sie jetzt und sofort im Stehen zu nehmen, ihre Beine breit um seine Hüften gespreizt, sein Schwanz tief in ihr vergraben. Fast wäre ihm schwarz vor Augen geworden.

*»Paradise, geh!«*

Schließlich drehte sie sich um. Kurz bevor sie hinter der Trennwand neben der Tür verschwand, knurrte er: »Und geh an dein verdammtes Handy.«

»Das werde ich«, versprach sie. »Sofort.«

Sobald er alleine war, schloss Craeg die Augen. Und fragte sich, wie um alles in der Welt er bis dahin durchhalten sollte.

# 27

Drei Stunden später saß Craeg auf dem Beifahrersitz eines Hummer. Beziehungsweise hing er quasi zum Fenster hinaus, denn als Butch mit ihm und Axe aus der Tiefgarage hinausfuhr, drückte Craeg sich fast die Nase an der Windschutzscheibe platt beim Versuch, die seltsam verschwommene Landschaft draußen zu begreifen.

»Haben wir schlechtes Wetter?«, erkundigte sich Axe vom Rücksitz aus.

»Nö«, antwortete der Bruder. Sie erreichten ein riesiges, aufwändiges Torsystem, das ein wenig an *Jurassic Park* erinnerte, mit mehr als sechs Meter hohen Metallstreben und Absperrungen, die offenbar unter Strom standen.

Logisch, schließlich hatten die Brüder schon bewiesen, wie gerne sie mit Stromschlägen spielten.

Craeg schüttelte den Kopf. »Ihr macht, was Sicherheit betrifft, auch keine halben Sachen, was?«

»Nö.«

Während sie durch das dicht bewaldete Gelände fuhren, passierten sie eine Reihe von Kontrollpunkten, deren Abstände aber immer größer wurden, während die einzelnen Wegsperren von Mal zu Mal weniger aufwändig und unauffälliger wurden. Die letzte wirkte wie etwas, das man auch auf einer verlassenen Farm finden hätte können, doch wie sich herausstellte, war das klapprige »alte« Teil extra so konstruiert worden, damit es exakt diesen Eindruck erweckte.

Wirklich clever.

Als Butch schließlich aus einer Lichtung auftauchte und links auf eine asphaltierte Straße abbog, verschwand auch die bizarre Unschärfe der Landschaft wie von Zauberhand. Aber es war seltsam: Während sich Craegs Augen problemlos anpassten, hatte er immer noch Schwierigkeiten mit der Orientierung. Fuhren sie Richtung Westen? Osten?

»Ihr wisst natürlich, wo ich wohne«, murmelte Axe.

Butch warf einen Blick in den Rückspiegel und meinte trocken: »Nein, woher auch.«

Die Fahrt dorthin dauerte etwa eine Dreiviertelstunde, und das Einzige, was Craeg davon mitnahm, war ein Gefühl, wie wenig er über Caldwell wusste. Bis zu seiner Transition hatte er mit seiner Mutter zu Hause gelebt und danach nicht mehr viel Gelegenheit zu Erkundungen gehabt, weil bereits sechs Monate später die Überfälle passiert waren. Nach diesem Blutbad, nachdem er zusehen musste, wie seine Mutter und Schwester starben, und er vom Tod seines Vaters erfahren hatte, hatte er eine intensive, irre Zeit durchgemacht … und sich schließlich wie betäubt in einen Arbeitsrhythmus gefügt, um die Rechnungen bezahlen und sich einen Unterschlupf außerhalb seines Elternhauses suchen zu können.

Seit er alles sauber gemacht und die Frauen seiner Familie gemeinsam mit den sterblichen Überresten seines Vaters, die er vom Anwesen der Aristokraten nach Hause geholt hatte, beerdigt hatte, war er nicht mehr dort gewesen.

Oh Mann, sein Vater. Wie sehr er diesen Kerl geliebt hatte. Und dann musste er erfahren, dass ein solcher Vampir von Wert gestorben war, weil ein Haufen *Glymera*-Ärsche ihn und alle anderen Arbeiter und Bediensteten auf dem Grundstück aus dem Panikraum ausgesperrt hatten.

Da wunderten sich die Leute noch, weshalb er diese reichen Bastarde hasste.

»Axe, sollen wir hier warten?«, fragte Butch.

Craeg tauchte aus seinen Gedanken auf und sah, dass sie angehalten hatten.

Das war ja ein verdammtes Hänsel-und-Gretel-Haus! Ein anderer Vergleich fiel ihm auf die Schnelle nicht ein. Im Licht der Autoscheinwerfer wirkte das Cottage so idyllisch wie eine Postkarte, mit seinen weiß getünchten Mauern, dem spitzen Dach und den geschnitzten Holzbalken unterm First, die an eine feine Spitzenborte erinnerten.

*»Du«,* platzte es aus Craeg heraus, »bist *da drin* aufgewachsen?«

»Ja.« Axe öffnete seine Tür. »Hast du ein Problem damit?«

»Scheiß drauf, wir kommen alle mit rein«, verkündete Butch und stellte den Motor ab. »Vor allem, weil ich die Hummel-Figürchen sehen will.«

Craeg hatte eigentlich vorgehabt, im Geländewagen zu warten, doch dann dachte er sich, was soll's, er hatte schließlich nichts anderes zu tun.

Axe führte sie ums Haus herum zu einer Seitentür, die er mit einem Kupferschlüssel aufsperrte. Als er eintrat, piepste eine Alarmanlage los, die er jedoch über ein Keypad an der Wand schnell lahmlegte.

Als er das Licht anmachte, blinzelte Craeg wie eine überraschte Kuh.

»Heilige Jungfrau Maria, Mutter …«, murmelte Butch.

»Er dachte, sie würde wieder zurückkommen, okay?«, zischte Axe und warf seine Schlüssel auf einen beeindruckenden Hackblock. »Er hat das für meine Mutter getan.«

Noch nie in seinem Leben hatte Craeg so viele rote und rosafarbene Rosen auf einem Haufen gesehen: Die Wände der altertümlichen Küche waren mit einer rankenreichen Rosentapete beklebt. Die Vorhänge drüben beim Alkoven und am Fenster über der Spüle hatten genau dasselbe Muster.

»Ihr bleibt hier«, nuschelte Axe. »Ich hol nur schnell meine Tasche.«

Seine schweren Schritte waren durchs ganze Haus zu hören, wie Donnerschläge hinauf in den ersten Stock, wo sie von den Dachbalken übertragen wurden.

»Schau dir diese Tischlerarbeit an.« Butch strich über die geschnitzten Verzierungen an einem der Türrahmen. »Unglaublich.«

Craeg ging zu dem ebenso meisterhaft gezimmerten Tisch hinüber und setzte sich auf einen zierlichen Stuhl, der in ihm den Wunsch weckte, er hätte beim Ersten Mahl nicht so viel gegessen. Wie er den Blick über all diese Handwerkskunst schweifen ließ, die Kranzprofile und Türen, die Schränke, selbst die Fensterbretter, stellte er fest, dass die Schnitzereien allesamt ein organisches Muster bildeten, das die Ranken der Tapete widerspiegelte, sich elegant hin und her wand und wie mit dem restlichen Haus verwachsen schien. Da es nur mit einem klaren Lack überzogen war, leuchtete das Ahorn- oder Kiefernholz oder was auch immer es war so, wie es nur gutes Holz, das liebevoll bearbeitet worden war, konnte.

»Die restlichen Zimmer müssen genauso sein«, meinte Butch, der den Kopf zur Küchentür hinausstreckte. »Ja. Das ist wirklich ein Meisterwerk.«

In diesem Moment tauchte Axe mit Rucksack und einer schwarzen Reisetasche wieder auf. »Dann mal weiter zum Nächsten.«

»Hat dein Vater diese ganzen Schnitzereien selbst gemacht?«, wollte Butch wissen.

»Ja.«

»Dann war er verdammt viel mehr als ein Niemand.«

»Können wir jetzt gehen?«

»Warte mal«, mischte sich Craeg ein. »Dein Vater hat mit Holz gearbeitet? Meiner war Bodenleger.«

»Ach, ja?«

Es folgte ein kurzes Schweigen, als die beiden sich in die Augen sahen. »Ist er in Endelview gestorben?« Craeg bekam den Namen des Anwesens, das in jener schrecklichen Nacht geplündert worden war, nur schwer über die Lippen.

Axes finstere Miene wurde augenblicklich so pechschwarz, dass seine Tattoos gefährlich wirkten. »Ja.«

»Meiner auch.« Craeg studierte aufmerksam das Gesicht des anderen und fragte sich, wie viel dieser wohl über das wusste, was dort passiert war. Scheiße ... ihm wurde auf einmal klar, dass er sich auch um die Leiche von Axes Vater gekümmert haben musste. Jemand anderes hatte das Benachrichtigen der noch lebenden Angehörigen übernommen. Zu diesem Zeitpunkt war er schon fix und fertig gewesen. »Schlimme Nacht.«

»Ja.« Axe räusperte sich und wandte den Blick ab. »Können wir dann jetzt gehen?«

»Nein«, sagte Craeg. »Ihr wartet hier, während ich kurz zu mir gehe. Bin gleich mit meinen Sachen zurück.«

»Dann willst du wohl nicht besonders viel mitnehmen«, meinte Axe gedehnt.

Craeg stand auf und machte sich auf den Weg zur Tür. »Hab nicht viel.«

Als er den Fuß auf die oberste Treppenstufe setzte, rief der Bruder ihm hinterher: »Wenn du in zwanzig Minuten nicht wieder hier bist, fliegst du aus dem Programm.

»Ich weiß«, murmelte er. »Ich weiß.«

Als der Bus anhielt, nahm Paradise ihre Tasche, um sich aus ihrer Sitzreihe hinauszuschieben.

»Und, kommst du noch mit zu mir?«, fragte Peyton, der ebenfalls aufstand. »Uns bleiben noch mindestens zwei Stunden bis Sonnenaufgang, und Anslam kommt auch noch 'ne Weile zum Abhängen mit.«

Rasch senkte sie den Kopf, damit er die Röte in ihrem Gesicht nicht sehen konnte, und tat so, als würde sie nach ihrem Handy suchen, obwohl sie genau wusste, dass es in der Tasche ihres Parkas steckte. »Ich will zu Hause sein, wenn mein Vater kommt.«

»Jaaaa, aber das wird bei Tagesanbruch sein«, wandte Peyton ein und setzte seine getönte Brille auf. »Bis dahin sind es noch zwei Stunden.«

Okay, na gut, aber egal wie spät es jetzt war, sie würde ganz bestimmt nicht zugeben, dass sie nichts anderes tun wollte, als den Zeigern der Uhr auf ihrem Nachttisch zuzusehen, bis der große auf der Zwölf und der kleine auf der Sieben stand.

»Sorry, muss noch was erledigen. Ruf mich an, ja?« Mist, das wollte sie eigentlich gar nicht, zumindest nicht heute. »Ich meine …«

»Kein Problem.« Peyton drehte sich zu Anslam um. »Lust, was zu rauchen?«

Der andere Vampir grinste. »Immer und jederzeit.«

Als die beiden zusammen aus dem Bus stiegen, schüttelte Paradise den Kopf und verließ schließlich ihre Sitzreihe. In Bezug auf ein paar Dinge war wohl wieder Normalität eingekehrt. Und das Lustige war, mit dem ganzen Stress der Ausbildung konnte sie es Peyton nicht mal verübeln, dass er sich in etwas flüchten wollte, das sich gut anfühlte. Vielleicht war das mit Craeg und ihr ja ähnlich?

Da konnte man durchaus von einer Sucht sprechen. Das Gefühl, wenn sie in der Nähe des Vampirs war, wenn er sie ansah, sie berührte, sie küsste, war so wahnsinnig toll, dass sie sich gut vorstellen konnte, abhängig davon zu werden. Deshalb auch diese ganze Stundenzählerei. Das Problem dabei war jedoch, dass sie ihre Droge nicht kaufen und konsumieren konnte wie Hasch, Eiscreme oder Wein. Craeg war ein eigenständiges Wesen, und das Seltsame war: Die Tatsache, dass er bereit war, mit ihr zusammen zu sein, selbst wenn es nur am Telefon war, machte einen Teil des Hochgefühls aus.

Er erwählte sie. Aus allen anderen auf diesem Planeten.

Paradise blieb mitten im Gang stehen. Etwas war auf den Boden geflattert, und mit gerunzelter Stirn hob sie den Zettel auf. Genauer gesagt handelte es sich um ein Foto, und zwar von der alten Polaroid-Sorte mit dem glänzenden Viereck in der Mitte und dem weißen matten Rand, der unten breiter war, damit man es dort festhalten und etwas draufschreiben konnte.

Das Bild war so verschwommen, dass man nichts erkennen konnte, außer etwas rötlich Pinkes mit Streifen.

»Peyton, also echt«, murmelte sie.

Weiß der Geier, was er so trieb, wenn er high war. Er war bekannt dafür, einige echt verrückte, psychedelische Dinge abzuziehen und sehr seltsame Sachen auszuprobieren, von denen er ihr dann natürlich voller Begeisterung erzählte.

Mit dem Foto in der Hand ging sie nach vorne zum Ausstieg, bedankte sich beim *Doggen*-Fahrer und öffnete dann den Mund, um nach ihrem Kumpel zu rufen. Dieser hatte sich jedoch zusammen mit Anslam bereits dematerialisiert, also steckte sie das Foto seiner Bettdecke, seines Teppichs, seines Bademantels oder seines bescheuerten Martinis in die Tasche.

»Konntest du Craeg bei seinem kleinen Problem helfen?«, fragte Novo aus dem Schatten.

Paradise drehte sich um, während der Bus losfuhr und

die Steine unter seinen Reifen knirschten. »Du hast gelogen.«

»Hab ich?« Die Vampirin lächelte im kalten Mondlicht. »Glaube ich nicht. Und ich hatte recht, stimmt's? Er brauchte dich und nur dich.«

Die Erinnerung an Craegs Körper dicht an ihrem, an den Druck seiner Erregung an ihrem Bauch trieb Paradise die Röte ins Gesicht.

Das war gar kein kleines Problem, dachte sie bei sich. Überhaupt nicht. Es war groß und dick und …

»Und?«, hakte Novo nach.

»Das geht dich nichts an.«

»So brav, so anständig. Aber alles gut. Ich bin froh, wenn ihr zwei euch ein bisschen amüsiert habt. Darum sollte es im Leben schließlich gehen. Und ich hatte den Eindruck, ihr würdet es ohne etwas Hilfestellung nicht auf die Reihe kriegen.«

Paradise musste lachen. »Du siehst gar nicht aus wie eine Kupplerin, Novo.«

»Ich probiere gern öfter mal was Neues.« Die Vampirin zuckte mit ihren muskulösen Schultern in der schwarzen Lederjacke. »Dazu sind wir doch alle hier, oder?«

Ganz kurz war Paradise in Versuchung, sie zu sich nach Hause einzuladen. Sie hatte noch nie eine wirkliche Freundin gehabt. In Adelskreisen hing der soziale Status davon ab, mit wem man sich sehen ließ, und keine ihrer Cousinen, mit denen sie Smalltalk hatte betreiben müssen, hatte sie auch nur einen Hauch interessiert. Außerdem konnte man ihnen nicht trauen. Solche Frauen konkurrierten um eine begrenzte Anzahl höchst begehrter Männer, was sie ungefähr so bissig wie ein Schwarm Piranhas machte.

Wie *Der Bachelor,* nur hundertmal schlimmer.

Außerdem wusste Novo gewissermaßen über Craeg Bescheid, was Paradise das Gefühl gab, nicht ganz so viel verheimlichen zu müssen. Und die Vampirin wirkte auf jeden Fall sexuell aktiv genug, um auf etwas Erfahrung im Fach Verführung zurückgreifen zu können. Vielleicht auf eine ganze Menge. Paradise öffnete den Mund …

… und dann fiel ihr wieder ein, wo sie wohnte.

»Wir sehen uns dann morgen«, nuschelte sie.

»Du bist aber nicht sauer auf mich, oder?«

»Nein, überhaupt nicht.« Da sie schon wieder rot wurde, war sie froh über die Dunkelheit und das Blätterdach der Bäume, das einen Großteil des Mondlichts abschirmte. »Um ehrlich zu sein, bin ich eher dankbar.«

Novo zog wieder auf ihre typische Art die Schultern hoch. »Dann hab noch eine schöne restliche Nacht und einen angenehmen Tag. Bis morgen dann.«

Paradise hob die Hand. »Tschüss.«

Sobald sie alleine war, ließ sie den Kopf in den Nacken fallen und sah hinauf zu den Sternen. Dann drückte sie ihre Tasche an die Brust und dematerialisierte sich ebenfalls.

Als sie sich genau auf demselben Rasenfleck wie die Nacht zuvor wieder materialisierte, hoffte sie, sich in der vertrauten Umgebung nicht mehr ganz so fremd zu fühlen.

Aber Fehlanzeige. Und wie.

Auf dem Weg zur Eingangstür verspürte sie genau dieselbe Distanz wie nachts zuvor. Dieses Mal hatte die Trennung aber mit Craeg zu tun.

*Dieses Ziehen, das du da gerade spürst. Weißt du, was ich meine? Zwischen deinen Beinen? Ich werde dir zeigen, was du selbst dagegen tun kannst. Und wenn ich dir dabei zuhöre, dann werde ich auch kommen.*

Allein die Erinnerung an seine tiefe, raue Stimme, als er diese Worte gesagt hatte, verwandelte ihren Körper in einen Hochofen – und zwar so heftig, dass sie in Versuchung war, ihren Parka auszuziehen, obwohl es nur knapp über null Grad hatte. Aber als sie zu all den erleuchteten Fenstern emporsah, hätte sie sich am liebsten übergeben. Die Vorstellung, dass sie an ihr Handy gehen würde und irgendwann wahrscheinlich nackt wäre, während ein Mann, den ihr Vater nicht gutheißen würde, sie in all das einführte? In dem Zimmer, in dem sie aufgewachsen war? Während ihr Vater sich im Haus befand? Für Frauen wie sie gehörte es sich nicht …

»Ach, vergiss es«, murmelte sie und ging zur Haustür.

Das Leben war so verdammt kurz und Craeg viel zu heiß, um Zeit mit Schuldgefühlen zu verschwenden, wenn sie im Großen und Ganzen nichts Falsches tat.

*Denk daran,* sagte sie sich selbst. *Du wirst dich nie vereinigen. Du bist frei.*

# 28

Ich hab gelogen.«

Butch sah Axe durch die Rosenrankenküche hinweg an. Der junge Vampir lehnte an der Arbeitsplatte neben dem Herd, die Arme vor der Brust überkreuzt und den Kopf gesenkt, sodass seine Augen tief im Schatten lagen.

»In Bezug auf was?«

Es dauerte eine Weile, bis Axe antwortete. Zuerst versuchte er, Zeit zu schinden, indem er an der Reihe schwarzer Ringe außen an seiner Ohrmuschel herumspielte. »Den Schlüssel. Im Büro.«

Mit einem Schlag war Butch hellwach. Nicht dass er es gezeigt hätte. »Ach ja? Inwiefern?«

Axe rieb sich die Nase, und Butch speicherte diese vielsagende Geste für die Zukunft ab.

»Wo habt Ihr den her?«, fragte sein Schüler.

»Ein Freund hat ihn mir gegeben.« Ganz sicher würde er nichts von der toten Vampirin sagen, bevor er diese Karte wirklich ausspielen musste. »Ein guter Freund.«

»Eigentlich soll man den mit niemandem teilen. Das ist gegen die Regeln.«

»Wenn ich also dort hingehe, bekomme ich dann Ärger?«, riet Butch ins Blaue hinein.

»Weiß nicht. Kommt auf den Abend an. Wenn Ihr eine Maske tragt, kommt Ihr damit vielleicht durch. Ich hab noch nie jemanden mitgebracht, aber normalerweise gilt, dass man eine Person als Begleitung mitbringen kann, solange die Gäste sich an die Regeln halten. Und man übernimmt die Verantwortung, falls die Begleitung es nicht tut. Dann fliegt man auch raus.«

»Wie lange bist du schon dabei?«

»Seit vor den Überfällen. Dort hatte ich meinen krassen Absturz, als … Ihr wisst schon, als das mit meinem Vater passiert ist. Die Menschen dort wussten nie, was ich bin. Wissen es immer noch nicht. So viele verschiedene Arten von Freaks dort. Sie denken, ich mache einen auf Vampir.«

»Wann warst du das letzte Mal dort?«

»Vor drei oder vier Nächten. Ich wusste nicht, wie es mit dem Trainingsprogramm laufen würde. Bin davon ausgegangen, dass es vielleicht für eine Weile das letzte Mal sein würde.«

Also ungefähr zu der Zeit, als das Mädchen im Vorgarten des Refugiums aufgetaucht war.

»Worauf stehst du?« Butch verdrehte die Augen. »Und bevor du auf die Idee kommst, dass ich einen Studenten anbaggere: Ich bin sehr glücklich mit einer Frau vereinigt, die eindeutig zu gut für mich ist. Ich will hier nur Konversation machen, weil wir nichts Besseres zu tun haben, bis Dingsbums zurückkommt.«

Axe wirkte nun etwas lockerer, was sich auch in seiner Körperhaltung zeigte. »Ich mag es, sie zu unterwerfen.«

»Männer oder Frauen?«

»Beides.«

»V und du, ihr würdet euch blendend verstehen. Wobei er inzwischen auch nur noch einer einzigen Frau gehört.« Butch streckte die Arme über den Kopf, bis seine Wirbel knackten. »Wann gehst du wieder hin?«

»Wann haben wir das nächste Mal frei?«

»Nimmst du mich mit und zeigst mir alles? Damit ich mich bei meinem Kumpel, der mir den Schlüssel gegeben hat, nicht total blamiere?«

»Ihr habt mir gerade erzählt, dass ihr glücklich vereinigt seid.«

Butch warf dem Kerl einen Blick zu, von wegen »sei nicht albern«. »Ich schau gerne zu, Dummkopf. Man betrügt schließlich niemanden, solange Hände, Zunge oder Schwanz selbst nicht involviert sind.«

Axe nickte, als würde er diese Logik respektieren. »Ja, ich nehm Euch mit. Aber nur zu einer maskierten Nacht. Wenn Ihr Scheiße baut oder doch noch schwach werdet, dann will ich nicht, dass es auf mich zurückfällt.«

Butch musste an eine gewisse Nacht mit Vishous denken, jener Nacht, als einiges ans Licht gekommen war, nachdem Butch … seinem besten Freund diverse Dinge angetan hatte, die nötig gewesen waren.

»Ich kann mich beherrschen«, erwiderte er trocken. »Keine Sorge.«

Das Geräusch schwerer Tritte auf den flachen Stufen vor der Tür kündigte Craegs Rückkehr an.

»Das ging aber schnell«, murmelte Butch, als der Vampir mit nichts weiter als einer zerschlissenen Tasche hereinkam.

»Wie schon gesagt«, gab Craeg zurück. »Ich hab nicht viel.«

Marissa kam früher von der Arbeit nach Hause, weil sie Kopfschmerzen hatte. Und nein, keiner von Trez' Migräneanfällen, bloß ein dumpfes Pochen hinter den Augen, das es schwer machte, sich zu konzentrieren oder Papiere zu lesen, und unmöglich, längere Zeit auf den Computerbildschirm zu starren.

Als sie die Steinstufen zum Eingangsportal des Wohnhauses hinaufstieg, begriff sie, woran es lag. Sie hatte das Erste Mahl ausgelassen und auch die Vesperpause um Mitternacht durchgearbeitet, während der im Refugium jede Nacht ein Snack serviert wurde.

»Dummerchen«, schimpfte sie sich selbst, als sie die

Vorhalle betrat und in die Überwachungskamera hinaufblickte.

Das Schloss sprang auf, und in der großen Eingangshalle lief sie lächelnd Fritz in die Arme. »Ich möchte dir ja nur ungern Umstände machen, aber könnte ich bitte etwas zu essen haben?«

Der uralte *Doggen* klatschte in die Hände und wurde beinahe ohnmächtig vor Freude, als hätte sie ihm ein Lottoticket für den Hauptgewinn überreicht oder das beste Geburtstagsgeschenk, das je jemand bekommen hatte.

»Oh Herrin, aber natürlich! Darf ich Euch Eier und Toast bringen? Ein Sandwich? Etwas Suppe? Oder vielleicht etwas Herzhafteres?«

Sie musste ein bisschen lachen. »Überrasch mich einfach!«

»Kommt sofort. Ja, ja, aber nur zu gern!«

Das Tempo, mit dem er davondüste, und seine hüpfenden Schritte legten nahe, dass er noch viele Jahrhunderte vor sich hatte, was eine gute Sache war.

»Oh, heeeeey, Süße.«

Sie drehte sich zum Billardzimmer um. Lassiter lehnte im Bogendurchgang, eine Schüssel Popcorn in der Hand. Eine Leopardenfelldecke mit Ärmeln bedeckte etwa siebzig Prozent seines Körpers. Nur seine muskulösen Unterarme und nackten Beine spitzten daraus hervor.

»Äh, hallo …« Marissa kam ein Gedanke. »Hast du da drunter irgendwas an?«

»Natürlich.« Er warf sich eine Handvoll Popcorn in den Mund. »Willst du ein bisschen mit mir glotzen? Grad hab ich am liebsten *MacGyver* laufen, aber ich bin da auch flexibel.«

Marissa öffnete den Mund, um dankend abzulehnen, aber dann änderte sie ihre Meinung. Schließlich würde sie nur eine Kleinigkeit essen und warten, bis Butch im Trainingszentrum fertig war. Sie hatte ihm eine Nachricht geschickt, dass sie heute früher Schluss machte, und er hatte sofort geantwortet, sie solle sich nicht vom Fleck rühren, weil er in spätestens zwanzig oder dreißig Minuten ebenfalls zurück sein würde.

»Klar.«

»Super.« Der Engel richtete sich auf. »Auf was für Stoff stehst du so, fernsehtechnisch?«

Als er sich umdrehte, stieß Marissa einen spitzen Schrei aus. Weil sie seinen nackten Hintern vor der Nase hatte.

»Was ist passiert?«, fragte er besorgt.

Sie hielt sich die Augen zu und meinte: »Du hast doch gesagt, du hast da drunter was an!«

»Hab ich doch auch! Einen String.«

In diesem Moment tauchte neben ihr Fritz mit einem dermaßen überladenen Tablett auf, dass es genauso gut für Rhage bestimmt sein hätte können.

»Aua …« Marissa rieb sich die Augenbrauen, denn ihr Kopfschmerz war mit voller Macht zurückgekehrt.

»Sie isst hier drin«, rief Lassiter. »Und, ja, Marissa, ich zieh schon meine verdammte Jeans an.«

»Dem Himmel sei Dank«, murmelte sie und betrat das Billardzimmer.

Während Fritz die Speisen auf der Bar linker Hand aufbaute, schlüpfte Lassiter in seine Levi's und ließ sich auf eines der Sofas gegenüber vom riesigen Fernseher über dem Kamin fallen. »Nur dass du's weißt, wenn ich mir was wundreibe, dann bist du schuld.«

Marissa ihrerseits ließ sich auf einem der gepolsterten Barhocker nieder. »Nur dass du's weißt, mein *Hellren* wird jeden Moment hier sein. Du hast dir also gerade eine Runde Arschversohlen erspart.«

Lassiter richtete die Fernbedienung auf den Fernseher und rief das Kabelsenderprogramm auf. »Pfff, mir doch egal. Mit dem kann ich's locker aufnehmen.«

»Das bezweifle ich.«

»Um ehrlich zu sein, hab ich heute nichts Besseres mehr vor. Meinst du, er mag 'ne Runde kämpfen? Ich könnte das Training brauchen.«

Marissa musste über seinen hoffnungsvollen Tonfall lachen, während sie sich zurücklehnte und zusah, wie Fritz die Hauben von den Tellern abnahm und mit der Präzision und Eleganz eines Nobelkellners die verschiedenen Gerichte beschrieb.

»Vielen herzlichen Dank«, murmelte sie, griff nach ihrer Gabel und probierte den Pilaw-Reis. »Mmmmmm.«

Sie würde nicht mal die Hälfte davon schaffen, aber das schien den Butler nicht zu kümmern. Er zog in seinem Beruf die größte Zufriedenheit aus der Freude des Servierens.

»Oh, wow!« Lassiter fuhr in die Höhe. »Ich fass es nicht.«

»Was denn? Wenn es wieder eine *Freundinnen*-Nacht wird, kannst du's gleich vergessen.« Sie rieb sich mit der freien Hand das Brustbein. »Ich werde niemandem beim Sterben zusehen, nicht mal auf der Mattscheibe.«

Davon hatte sie mehr als genug gehabt. Gütige Jungfrau der Schrift, was, wenn sie nie herausfanden, was …

»*Melrose Place!* Ich liebe diese Folge. Das ist die, in der Kimberly durchdreht.«

»Moment mal, war die nicht immer schon total durchgeknallt?«

»Na ja, schon, aber in der Folge nimmt sie die Perücke ab, und man sieht die Narbe. Eine der wichtigsten und einflussreichsten Szenen der Fernsehgeschichte.«

»Und ich dachte, das wäre die Mondlandung der Menschen gewesen oder so.«

Lassiter warf ihr einen Blick zu. »Was, diese schwanzlosen Ratten haben es auf den Mond geschafft? Du willst mich wohl verarschen. Die können sich ja noch nicht mal entscheiden, wie spät es ist, stellen die Uhren je nach Jahreszeit vor oder zurück. Und dann noch dieser ganze Gesundheitsbullshit. Iss das, dann lebst du länger – nein, vergiss das, es bringt dich um, deshalb musst du das und das tun. Internet Trolle. Arschlochprediger und Politiker. Von Schlaglöchern will ich gar nicht erst anfangen. Warum reparieren die ihre Straßen nicht einfach?«

Marissa warf den Kopf in den Nacken und lachte. »Du fährst doch nicht mal Auto. Und aus den ganzen anderen Dingen machst du dir auch nichts.«

Der gefallene Engel zuckte mit den Schultern, wodurch seine goldenen Piercings und Ketten wie Sonnenstrahlen aufblitzten. »Ich wiederhole nur, was sie in den Abendnachrichten sagen.«

Lächelnd schüttelte Marissa den Kopf. Sie wollte ihn gerade fragen, was er eigentlich den ganzen Tag über machte, außer sich mittags zu sonnen, wenn es nicht bewölkt war, und diese Couch vor dem Fernseher zu besetzen, doch dann sah er sie an, und sein Blick war todernst. Als er sich wieder der Glotze zuwandte, wurde ihr klar, dass er ihre Stimmung erspürt hatte und sein Bestes gab, sie aufzumuntern.

»Lass, du bist schon in Ordnung«, sagte sie leise. »Weißt du das?«

»Ich bin mehr als in Ordnung. Ich bin der Waaaaaahhhhhnsinn«, sang er lauthals. »Heißt das, du nimmst ein Dutzend meiner Kalender?«

Bei sämtlichen anderen Hausbewohnern wäre sie versucht gewesen, es als Witz abzutun. Bei ihm jedoch? »Nein, heißt es nicht. Ich weiß ja nicht mal, was das für Kalender sind, aber die Antwort lautet Nein.«

»Na gut, dann ein halbes Dutzend«, gab er zurück. »Kosten auch nur fünf Dollar das Stück. Ich muss schließlich die Druckkosten decken. Aber das Gute ist, ich hatte keine Ausgaben für einen Fotografen. Hab sie alle mit meinem Selfie-Stick selbst geschossen.«

Sie ließ eine Gabel mit Hähnchenfleisch zurück auf den Teller sinken. »Du hast tatsächlich einen Kalender von dir selbst gemacht?«

»Was glaubst *du* denn, weshalb ich keine Hose anhatte?«

»Lass. Im Ernst. Du hast zwölf Nacktbilder von dir gemacht?«

»Sackschutz. Ich hatte meinen String an, schon vergessen? Das für Dezember hab ich direkt neben dem Kamin aufgenommen. Ich bin so heiß, das ist einfach oberkrass.«

Marissa ließ den Blick durchs Zimmer schweifen und schauderte angesichts der vielen Gegenstände, auf die er vermutlich seinen nackten Hintern gepflanzt hatte, bevor er sich für den Kamin neben dem aufgeschichteten Feuerholz entschied. »Wie bist du denn auf die Idee gekommen?«

Er verdrehte die Augen. »Wie viele Nächte bleiben uns noch dieses Jahr? Ich muss sie vor dem einunddreißigsten Dezember bei Kinko's abholen.«

Vor ihrem inneren Auge tauchte das Bild irgendeines armen Menschen in einem FedEx-Büro auf, der in den zweifelhaften Genuss von Kalenderbildern eines halbnackten gefallenen Engels kam.

Ohne Vorwarnung musste sie so heftig lachen, dass ihr die Tränen in die Augen stiegen. Und zwar die gute Sorte.

Und während sie sich dieser lächerlichen Vorstellung hingab, hockte Lass einfach da auf der Couch, starrte auf den Bildschirm, auf dem *Melrose Place* lief, und hatte ein leises, verschmitztes Lächeln auf seinem schönen, kranken Gesicht.

Was für ein Engel er doch war, dachte sie bei sich. Ein wahrer Engel.

# 29

Als Butch aus der geheimen Tür unter der großen Treppe des Anwesens trat, dachte er an nichts anderes, als Marissa zu finden.

Der Klang ihres Lachens diente ihm nicht nur als Wegweiser, sondern war auch ein Quell sofortiger Erleichterung. Sie war so gedankenverloren gewesen, seit sie nach einem Tag ruhelosen Schlafes aufgewacht war. Das Gewicht dessen, was sie beschäftigte, ließ sie aussehen wie jemanden, der einen Stutzflügel hinter sich herzog. Doch er hatte ihr versprochen, etwas über das Mädchen herauszufinden, und nun konnte er es kaum erwarten, ihr zu berichten, dass er einen Hinweis bekommen hatte.

Mit großen Schritten überquerte er das Mosaik eines Apfelbaumes in voller Blüte und betrat das Billardzimmer.

Lassiter lag auf dem Sofa und hob beschwichtigend die Hände. »Ich hab meine Hose wieder angezogen. Ich war ein braver Junge.«

Butchs Fänge drohten auszufahren, und seine Oberlippe zuckte. »Wie bitte? Und denk gefälligst genau nach, bevor du antwortest. Du bewegst dich gefährlich nahe am Abgrund.«

Marissa trank einen Schluck aus ihrem Wasserglas. »Das ist alles ganz harmlos.«

»Ich bereite nämlich einen Aktkalender vor«, begann der gefallene Engel.

»Er hatte einen String an.«

»Die Aufnahmen sind alle mit einem Selfie-Stick gemacht.«

Während die beiden gleichzeitig redeten, hatte Butch das plötzliche Bedürfnis, sich die Ohren zuzuhalten, die Augen zu schließen und »La-la-la« zu singen. »Wisst ihr was, das reicht. Mehr muss ich *wirklich* nicht hören.«

Über irgendeines von Lassiters Mätzchen, um genau zu sein. Der Mistkerl hatte die Angewohnheit, das Normale zu verkomplizieren und das Alltägliche ad absurdum zu führen.

Ein echtes Talent.

Man brauchte nur den gefallenen Engel zu fragen. Er hatte es drauf.

»Würdest du uns einen Moment entschuldigen?« Butch ging zu Marissa hinüber und küsste sie auf die Stirn. Oh, wie gut sie roch, und, wow, konnte diese Frau eine schlichte Hose samt Bluse aussehen lassen wie ein verdammtes Ballkleid. »Ich muss mit meinem Mädchen reden.«

»Kommt nicht in die Tüte. Ich schaue *Melrose.*«

»Das war keine Bitte, Engel.«

»Stimmt was nicht?« Marissa wischte sich den Mund mit einer Stoffserviette ab. »Hat sich jemand beim Training verletzt?«

Butch zog sich einen Barhocker heran und setzte sich neben sie. »Lass, du wolltest gerade gehen.«

»Einen Scheiß wollte ich.«

Dass er das Angebot nur sehr ungern machte, war Butch anzusehen. »Du kannst die Couch in der Höhle benutzen.«

»Zwingt ihr mich dann umzuschalten, wenn ihr nachkommt?«

»Wenn ich Nein sage, gehst du dann jetzt?«

»Sagst du Nein?«

Lassiter hatte nicht das geringste Problem damit, bis

zum Morgengrauen eine Runde Frage-Tennis zu spielen oder bis einer der Beteiligten wegen Dehydrierung oder Erschöpfung das Zeitliche segnete. »Ja, ich sage Nein.«

»Moment, heißt das jetzt, dass ich *Melrose* schauen kann oder nicht? Die doppelte Verneinung hat mich irgendwie verwirrt.«

»Himmelherrgott, geh einfach!«

Murrend stand Lassiter auf. »Wie oft muss ich dir noch sagen, dass das nicht mein Name ist.«

»Ich brauche was zu trinken.« Während der gefallene Engel endlich abzog, ging Butch hinter die Bar und schenkte sich einen Lagavulin ein. Dann redete er nicht lange um den heißen Brei herum, weil er wusste, dass seine *Shellan* das nicht wollen würde. »Also, ich glaube, ich habe eine Spur.«

»Echt?« Sie legte die Gabel beiseite. »Was denn? Woher?«

Butch versenkte zwei Eiswürfel in der bernsteinfarbenen Flüssigkeit. »Dieses Metallteil ist ein Schlüssel, und er verschafft einem Zugang zu einem Privatclub nur für Menschen.«

»Gütige Jungfrau, wenn wir irgendwie an eine Mitgliederliste kämen, könnten wir vielleicht ihren Namen herausfinden.«

*Tja, meine Liebe, das ist aber leider kein Countryclub,* dachte er und nahm einen großen Schluck.

»Wie hast du das herausgefunden?«, fragte sie.

»Einer der Schüler ist Mitglied. Er nimmt mich so bald wie möglich mit dorthin. Ich muss mich nur erst mit den anderen Brüdern absprechen, wie es die kommenden Nächte aussieht. Ich glaube, wenn ich ein paar Unterrichtsstunden verlege, kann ich mir den Freitagabend möglicherweise freischaufeln.«

»Und dann gehen wir da hin! Das ist genial!« Als er mit

seinem Glas auf halbem Weg zum Mund innehielt, legte Marissa die Stirn in Falten. »Warum siehst du mich so an? Im Ernst, ich begleite dich.«

Er schüttelte den Kopf und nahm dann doch einen Schluck. »Nein, ich kümmere mich darum. Keine Sorge, ich berichte dir alles, was ich herausfinde, sobald …«

»Ich gehe mit.«

Beim Anblick ihrer entschlossenen Miene stellte er seinen Whisky ab. »Marissa, das ist die Art von Ort, an dem du nicht mal vorbeizufahren brauchst, geschweige denn, hineinzugehen. Es handelt sich um einen Sexclub.«

»Ja, und?«

Er blinzelte. »Schatz, das ist nicht …«

»Muss ich dich daran erinnern, was wir nach dem Film gemacht haben? Viermal?«

»Marissa.«

»Butch«, gab sie zurück.

Um nicht laut zu fluchen, kippte er seinen Drink hinunter und schenkte sich einen neuen ein. »Das ist nicht dein Ding. Da vögeln irgendwelche Leute wild herum und tun sich gegenseitig krasse Dinge an. Damit kommst du nicht klar.«

»Ist es nicht eher so, dass du nicht damit klarkommst, wenn ich dort hingehe.«

Er rollte mit den Augen. Konnte nicht anders. »Du weißt doch gar nicht, was du da sagst. Oder wie es in so einem Laden zugeht.«

Marissa faltete ihre Serviette mit langsamen, präzisen Bewegungen zusammen und legte sie neben ihren immer noch fast vollen Teller. »Nun, das werden wir ja herausfinden, wenn wir zusammen hingehen.«

»Ich nehm dich da nicht mit. Ende der Diskussion.«

»Doch, das tust du.« Sie rutschte vom Hocker und griff nach dem Tablett. »Und wenn ich herausfinde, dass du alleine dort warst, dann werde ich das als Hochverrat an unserer Beziehung betrachten. Ende *dieser* Diskussion.«

Butch versuchte sich vorzustellen, wie sie neben einem Pärchen in schwarzem Latexoutfit stand, das von zwei vollbusigen Weibern mit lilafarbenen Strap-ons in den Arsch gefickt wurde.

»Marissa. Ich werde keine Zeit haben, dir das Händchen zu halten«, sagte er rau. »Ich werde mich darauf konzentrieren müssen, nicht aufzufallen, die Angestellten zu finden und mit den richtigen Leuten zu reden. Ablenkung wird diesem toten Mädchen wenig nützen.«

»Wage es *ja* nicht, diese Karte auszuspielen. Ich bin mir absolut bewusst, weshalb wir da hingehen, und ich möchte dich an dieser Stelle gerne darauf hinweisen, dass du mein *Hellren* und nicht mein *Hüter* bist. Also spar dir deinen Pater-familias-Bullshit und wirf dir wenn nötig vorher ein paar Valium ein. Aber ich hoffe, ich drücke mich klar genug aus: Ich komme mit, und ich werde dabei helfen, das alles aufzuklären.« Sie beugte sich vor. »Falls du es noch nicht wusstest: Bloß weil ich zwei Eierstöcke habe, heißt das nicht, dass mir das Gehirn fehlt – oder das Recht dazu, unabhängig zu denken.«

Während des Schweigens, das darauf folgte, konnte Butch nichts anderes tun, als den Kopf zu schütteln. Die Worte, die ihm auf der Zunge lagen, wären in dieser Situation nicht hilfreich, und er konnte nicht fassen, dass sie schon wieder stritten.

So viel zum Neustart, den sie in der vergangenen Nacht hingelegt hatten.

»Oder ist es das, was dir Sorgen macht?«, fragte sie herausfordernd.

»Was denn?«

»Dass es mir gefallen könnte.«

Nachdem sie ihm diesen kleinen Brocken hingeworfen

hatte, als wäre es eine Handgranate, stolzierte sie mit hoch erhobenem Kopf davon, ihr Rückgrat gestählt von einer ordentlichen Portion »reg dich nicht so auf«.

Butch stützte sich auf der Granitplatte ab und versuchte, nicht vor Frust zu brüllen.

Wenigstens war die Flasche Lagavulin noch zu drei Vierteln voll.

Die würde er brauchen.

Peyton blies einen Schwall Rauch in die Luft und ließ den Kopf zurück aufs Kissen fallen. »Bitteschön.«

Er reichte die Bong an Anslam weiter, schloss die Augen und hatte das Gefühl, etwa einen halben Meter über seinem Körper zu schweben. Das vertraute Gefühl der Erleichterung erinnerte ihn daran, dass Parry vermutlich recht hatte und er das Rauchen vielleicht besser lassen sollte. Aber, verdammt, nach den letzten beiden Nächten brauchte er eine kleine Auszeit.

Scheiß drauf, er hatte es sich verdient.

»Und, was hältst du von den anderen?«, fragte er.

Das Geräusch, das Anslam gerade beim Ausatmen gemacht hatte, war ungefähr so, wie wenn jemand in einem Film an derselben Stelle lachte wie man selbst oder dasselbe gute Essen zu schätzen wusste. Kameradschaft war einfach was Schönes.

»Boone ist cool«, meinte dieser. »Axe ist ein verdammter Freak. Ich meine, diese schwarzen Klamotten und die Stachelhaare und dieser ganze kranke Tattoo-Scheiß. Komm runter, Mann!«

Peyton wartete darauf, dass der andere fortfuhr. »Und was ist mit Novo?«

»Die ist verflucht heiß.«

Obwohl Peyton zustimmen musste, gefiel ihm aus irgendeinem Grund die Vorstellung nicht, dass Anslam mit dieser Meinung durch die Gegend lief oder, schlimmer noch, deswegen eine Latte vor sich hertrug.

»Weiß nicht«, nuschelte er. »Sie ist ganz okay.«

»Hast du gesehen, wie sie Sit-ups gemacht hat? Ich kann nicht fassen, dass Boone ihre Füße festhalten durfte. Die Aussicht hätte ich verflucht gerne gehabt.«

»Die würde dich in Stücke reißen.« Wobei Peyton das möglicherweise persönlich übernehmen würde, wenn das hier so weiterging. »Außerdem weiß ich gar nicht, ob sie auf Männer steht.«

»Ich werde sie schon umdrehen«, meinte Anslam leise. »Was das angeht, werde ich sie eines Besseren belehren.«

»Was ist mit Craeg?«, fragte Peyton rasch.

»Den gilt es zu schlagen. Nichts gegen Paradise und ihren Sieg am Ende der ersten Nacht, aber Craeg wird's wahrscheinlich auf Dauer rausreißen.«

»Stimmt.« Wenigstens in dieser Hinsicht konnten sie sich einigen – ohne dass es Tote gab. »Wen nimmst du mit zum Ball im Haus ihres Vaters?«

»Momentan niemanden. Ich halte mir gerne alle Optionen offen. Hey, bevor wir uns aufs Ohr hauen, können wir noch Futter fassen?«

Peyton schlug die Augen auf und warf einen Blick auf die antike Cartier-Uhr auf seinem Nachttisch. »Klar. Unbedingt. Lass mich nur noch schnell Paradise anrufen. Ich will sicher sein, dass sie gut nach Hause gekommen ist.«

»Bist du sicher, dass zwischen euch beiden nichts läuft?«

»Nee. Freunde, nichts weiter.«

»Sie ist ein ganz schöner Leckerbissen.«

Peyton fuhr herum und funkelte Anslam böse an. »Pass auf, was du über sie sagst.«

Anslam schüttelte den Kopf und hob abwehrend die Hand. »Da geht irgendein unverdauter Mist ab, mein Freund. Mach dir nichts vor.«

Blödsinn.

Er griff nach seinem Handy, rief ihre Nummer aus der Anrufliste auf und wartete darauf, dass sie abnahm. Während es klingelte, sah er sich in seinem Zimmer um. Das Haus seiner Eltern gehörte zu den neueren, mit großen Bogenfenstern auf der Rückseite mit Aussicht auf die Gärten. Mit hohen Decken und soliden Balken. Er hatte sein Zimmer immer für luftig gehalten, trotz des ganzen biederen antiken Krams, mit dem seine Mutter alle Räume vollstopfte, ob es einem nun gefiel oder nicht.

»Hallo!«

Er runzelte die Stirn. »Parry, alles okay?«

»Oh.« Kurze Pause. »Du bist's.«

»Wen hast du denn erwartet?«

»Äh, niemand. Meine Tante. Meine … ihre Cousine. Die Cousine meiner Tante. Du kennst ihn nicht … sie, meine ich.«

»Hast du was geraucht?« Er lächelte. »Weil wenn ja, dann solltest du die Pfeife jetzt weglegen und deinen Rausch ausschlafen.«

»Nein, hab ich nicht. Aber du. Das hör ich an deiner Stimme.«

»Wie das?«

»Heiserer als sonst.«

Einen kurzen Moment lang überlegte er, ob sie das womöglich sexy fand. Dann verscheuchte er den Gedanken. »Ich wollte nur wissen, ob du gut nach Hause gekommen bist. Ist dein Dad inzwischen da? Er müsste ja jetzt auch Feierabend haben.«

»Ja, wir haben gerade zusammen das Letzte Mahl zu uns genommen. Jetzt bin ich wieder oben in meinem Zimmer.«

»Anslam und ich sind völlig stoned.« Sein Kumpel signalisierte vom anderen Bettende aus mit erhobenem

Daumen seine Zustimmung. »Wir hauen uns jetzt noch ordentlich Kohlenhydrate rein und dann gute Nacht. Das wird super. Jedenfalls, gut zu hören, dass bei dir alles passt.«

»Iss nicht zu viel Eis. Davon kriegst du bloß einen Blähbauch, und dann beschwerst du dich morgen wieder, dass du deine mädchenhafte Figur verloren hast.«

»Das hab ich noch nie gemacht.«

»Aha. Echt jetzt?«

»Okay, na gut«, murmelte er.

»Muss ich dich an den Vorfall mit dem Kuchenteig erinnern?«

Peyton stöhnte. »Ich hätte schwören können, dass ich mir die inneren Organe rausgeschissen habe.«

»Genau. Ich sage ja immer noch, dass du möglicherweise eine Laktose-Intoleranz hast. Denk drüber nach. Ich mein's nur gut mit dir.«

Mit Blick auf Anslam wählte er seine Abschiedsworte weniger herzlich als sonst. »Also, dann bis morgen.«

»Ach, übrigens, ich hab dein Foto gefunden.«

»Mein was?«

»Dein Foto. Im Bus. Ist dir aus dem Rucksack oder der Hosentasche gefallen oder so.«

»Ich hab keine Fotos zu verlieren, Süße. Aber schön, dass du an mich gedacht hast – und falls irgendwas Nacktes, Weibliches drauf ist, dann nehm ich es dir gerne gratis ab. Nur weil ich ein edler Ritter bin, wenn's um so was geht.«

Sie lachte. »Nein. Keine Ahnung, was das für eine Aufnahme ist, um ehrlich zu sein. Ich dachte, du hättest es verloren, aber scheint nicht so. Ist ein altmodisches Polaroid.«

»Ein Polaroid? Wow, das ist ja eine Antiquität.«

»Wie dem auch sei. Ich pass darauf auf, bis sich jemand

meldet. Hab noch einen guten Tag. Und du solltest wirklich nichts mehr rauchen.«

»Sagst du mir immer wieder. Dir auch ’nen schönen Tag, Baby.«

Nachdem er das Gespräch beendet hatte, legte er sein Handy neben die Uhr. »Sie ist wirklich eine tolle Frau.«

»Worum ging es? Um ein Foto?«

»Keine Ahnung. Irgendeine Polaroidaufnahme, die sie im Bus gefunden hat.« Er setzte sich auf. Erhob sich. Versuchte zu gehen. »Wow, das ist ganz schön krasser Shit. Lass uns hintenrum in die Küche runtergehen, damit uns niemand durch die Gegend torkeln sieht.«

# 30

Während Paradise barfuß in ihrem Zimmer auf und ab lief, achtete sie darauf, immer schön von den Zehen zur Ferse abzurollen, damit sie kein Geräusch machte. Wobei, so laut wie ihr Herz klopfte, war es überraschend, dass sie damit nicht die Leute am anderen Flussufer aufweckte.

Kurzer Stopp. Blick auf die Uhr.

Sechs Uhr achtundfünfzig. Oder vielleicht auch sechs Uhr neunundfünfzig. Bei der alten Uhr auf ihrem Nachttisch war es schwer, die Zeit präzise abzulesen. Vor allem quer durchs Zimmer.

Paradise trocknete sich die schwitzenden Hände an der Jeans ab, bevor sie zu ihrem Handy hinüberging. Sie hatte es absichtlich mit dem Display nach oben hingelegt und starrte nun auf den schwarzen Bildschirm. Der Klingelton war auf stumm geschaltet, aber es würde vibrieren, wenn Craeg anrief.

Jede Sekunde würde es so weit sein.

Bestimmt.

Mit gerunzelter Stirn beugte sie sich vor und drückte auf eine Taste, nur für den Fall, dass sie etwas verpasst haben sollte. Was, zugegeben, so ähnlich gewesen wäre, wie wenn man jemanden übersieht, der mit einer neonfarbenen Reklametafel durchs Zimmer läuft. Nichts. Keine verpassten Anrufe. Auch keine Nachrichten.

Nur um dreifach sicher zu sein, gab sie ihr Passwort ein und checkte die Anrufliste.

Nichts.

Gütige Jungfrau, was für eine Qual! Sie hatte das Gefühl, auf einer Brüstung zu stehen und in die Tiefe zu blicken, ohne sich an irgendetwas festhalten zu können. Was völlig bescheuert war und ein Zeichen, dass ihre Nebenniere die Gefahr für ihre persönliche Sicherheit viiieeeel zu sehr überschätzte. Es war schließlich nicht so, dass sie einen Arm oder ein Bein verlieren würde, wenn er nicht wie versprochen anrief. Ihr würde überhaupt nichts passieren.

Außerdem war er noch nicht mal zu spät dran.

Sie legte das Telefon zurück auf den Tisch und nahm ihre Wanderung wieder auf.

Lange hielt sie jedoch nicht durch. Zwei Minuten später stand sie erneut vor ihrem Handy.

Nichts.

Langsam wurde sie wütend auf sich selbst. Da wollte sie sich Unabhängigkeit und Autonomie erkämpfen und diesen ganzen *Glymera*-Mist mit aller Macht hinter sich lassen, und gleichzeitig machte sie sich in die Hose, weil irgendein Typ sie vielleicht nicht anrufen würde, dem es bei diesem Telefonat vermutlich sowieso nur darum ging, seinen Spaß zu haben.

Was war sie doch für eine tolle Feministin.

Außerdem hatte sie noch nie einen Orgasmus gehabt. Wie kam er auf die Idee, dass er …

Das vibrierende Geräusch neben ihrem Bett ließ sie dermaßen hektisch darauf zustürzen, dass sie beinahe auf dem Teppich ausgerutscht wäre.

»Hallo!«, bellte sie, als sie sich wieder gefangen hatte.

Ein Moment Stille. Dann diese tiefe Stimme, diese köstliche Männerstimme, direkt an ihrem Ohr. »Wo bei dir zu Hause bist du.«

Sie sah sich um. »In meinem Zimmer?«

»Ist das Licht an.«

»Ja?« Komisch, eigentlich stellte er hier ja die Fragen, und sie antwortete, aber in Wirklichkeit war es umgekehrt.

»Leg dich aufs Bett. Mach das Licht aus.«

»Okay.« Sie ging zur Tür hinüber und drückte auf den Schalter. Zurück beim Bett kletterte sie auf die hohe Matratze hinauf, streifte die Schuhe ab und streckte sich aus. »Es ist dunkel.«

Besser gesagt, stockduster.

Craeg gab einen Laut von sich, den sie nicht deuten konnte, und das Gefühl war unglaublich. Ohne Licht kam es ihr so vor, als läge er direkt neben ihr.

»Du wirst mich im Unterricht noch umbringen«, raunte er.

»Warum?«

»Ich kann nicht aufhören, dich anzuschauen. Ich starre auf deinen Hals.« Wieder dieses Geräusch, eine Mischung aus Schnurren und Knurren … offensichtlich war er schon ziemlich erregt. »Ich male mir aus, dass ich mich hinter dich stelle und deinen Kopf nach hinten biege. Dann lasse ich meine Hände über deinen Hals wandern … unter deine Uniform … bis zu deinen Brüsten.«

Paradise schloss mit flatternden Lidern die Augen. »Oh … wirklich?«

»Die ganze Zeit. Was hast du denn gedacht, weshalb ich heute Abend nicht aufstehen konnte?«

Sie sah ihn wieder wie festgewachsen mit ausdrucksloser Miene hinten im Seminarraum sitzen, sein muskulöser Körper angespannt. »Wovon redest du?«

»Ich hatte einen Ständer. Und das hätte man gesehen.«

Paradise bäumte sich unwillkürlich auf, als sie sich vorstellte, wie sich seine weite Uniformhose ausbeulte und sich über sein großes, hartes Ding spannte.

»Ich muss in Zukunft weiter vorne sitzen, damit ich dich

nicht immer im Blick habe.« Als sie leise lachte, stöhnte er: »Mach das noch mal.«

»Was?«

»Dieses Lachen. Das ist so verdammt sexy.« Als sie seiner Bitte nachkam, hörte sie es rascheln. »Hast du dich schon mal angefasst, Paradise?«

Kurz sah sie Novo vor sich, so sicher, so sexy, so selbstbewusst. Und sie war versucht zu lügen. »Nein.«

»Ich fass dich in Gedanken an, seit ich wieder hier bin.«

Noch mehr Bilder von ihm flackerten über die schwarze Leinwand der Dunkelheit in ihrem Zimmer: Wie er so ehrenhaft gegen Bruder Butch gekämpft hatte; wie er Gewichte stemmte; wie er sie in der Umkleide anstarrte.

»Was hast du an?«, flüsterte er.

»Es ist, als wärst du hier bei mir.«

»Bin ich auch. Was trägst du obenrum?«

Sie blickte im Dunkeln an sich hinab und sah gar nichts. »Eine Bluse.«

»Zieh sie nicht aus«, stöhnte er. Oder vielleicht war es auch nur ein weiteres Schnurren. »Schieb deine Hand in den Ausschnitt.«

Es schien die natürlichste Sache der Welt zu sein, das zu tun, was er sagte, und das Gefühl ihrer eigenen Fingerspitzen auf der Haut sandte einen Schauder über ihren Körper.

»Trägst du einen BH?«

»Ja.«

»Spürst du einen der Träger? Er ist warm von deiner Haut, stimmt's?«

»Ja«, hauchte sie.

»Mach den obersten Knopf auf. Tu's für mich. Und jetzt schieb deine Hand tief hinein. Ist dein Nippel hart?«

Während sie seinen Wünschen nachkam, wollte sie eigentlich bejahen, aber sie war zu atemlos, und ihr Gehirn hatte sich verabschiedet. Das Schweigen schien ihm jedoch nichts auszumachen.

Craeg lachte, und das tiefe, dunkle Geräusch erregte sie noch mehr. »Ich möchte jetzt mit meinem Mund dort sein. Ich will zu dir aufschauen und dich nach Luft schnappen sehen, wenn ich an dir lecke, an dir sauge.«

Für einen Mann, der nicht viele Worte machte, konnte er sich ziemlich gut ausdrücken.

»Ich muss immer an dich in der Klinik denken«, hörte sie sich sagen. »An deine Hand unter der Bettdecke. Ich weiß noch genau, wie es aussah, auf und ab …«

*»Fuck.«*

»… bis du …«

»Zerreiß die Bluse.«

»Was?«

»Reiß dir das Scheißteil vom Körper«, bellte er. »Leg das verdammte Handy weg und reiß sie kaputt.«

Knöpfe. Überall.

Aber, oh, wie gut sich das anfühlte! Wieder bäumte ihr Oberkörper sich auf, und die Bluse leistete wenig Widerstand.

Dann sank Paradise zurück auf die Matratze und beeilte sich, das Handy wieder ans Ohr zu bekommen, wo sie ihn noch heftiger atmen hörte. Doch auf einmal hielt er die Luft an.

Mit gepresster Stimme, als müsste er die Zähne zusammenbeißen, befahl er ihr, in die Körbchen ihres BHs zu fassen, ihre Brustwarzen zu reiben, die Weichheit ihrer Brüste zu fühlen und den BH dann ganz loszuwerden. Sie zögerte nicht und war erstaunt, dass die Erkundungsreise ihrer eigenen Fingerspitzen auf der zarten Haut, den festen Knospen, Stromstöße und Hitze auslöste, die direkt auf ihre Mitte abzielten. Und die ganze Zeit über redete er mit dieser Samtstimme auf sie ein, begleitete sie trotz der erotischen Aufladung ganz bewusst, führte sie langsam, unaufhaltsam heran. Je erregter sie wurde, je heißer und feuchter, desto gleichgültiger wurde ihr der ganze züchtige, damenhafte Mist und desto mehr wollte sie, was er ihr gab.

Doch sie riss sich so weit zusammen, einigermaßen leise zu bleiben. Am liebsten hätte sie laut seinen Namen geschrien, aber falls ein *Doggen* oder ihr Vater an ihrer verschlossenen Tür vorbeikamen und etwas hörten, würde sie das in Erklärungsnot bringen, in eine Lage, aus der sie sich nicht so leicht herausreden konnte.

»Und was jetzt?«, stöhnte sie.

In der Dunkelheit des Zimmers, das man ihm zugeteilt hatte, war Craeg voll dabei. Aber so was von dabei. Selbst wenn das Trainingszentrum in Flammen gestanden hätte oder von einem Erdbeben erschüttert worden wäre, hätte er das Gespräch nicht abgebrochen.

Er hatte keine Ahnung, wie Paradises Zimmer aussah, wo ihr Bett stand, gegen wie viele Kissen sie sich lehnte, welche Farbe ihre Bettdecke haben könnte. Doch er hatte eine glasklare Vorstellung davon, wie sie sein würde, wie sie sich streckte und wand, die zerrissene Bluse von ihren Armen hing, ihr schlichter, züchtiger BH geöffnet, die Brüste entblößt.

Kleine Knospen hoch aufgereckt und hart, bereit für seinen Mund.

»Spürst du mich auf dir?«, wollte er wissen.

»Ja …« Sie schnappte nach Luft.

Gut, dann war es Zeit, einen Schritt weiter zu gehen. Bei sich selbst aber nicht. Er musste aufhören, seinen Schwanz zu bearbeiten, denn sonst würde er demnächst kommen und damit sein Hirn ausschalten. Mehr als alles andere, mehr als selbst abzuspritzen, wollte er, dass es für sie gut war.

Denn es war alles, was sie je zusammen haben würden. Er hatte verdammt noch mal nicht vor, sie zu entjungfern – und wenn er diesem Vorsatz treu bleiben wollte, musste er dafür sorgen, dass eine unüberbrückbare Entfernung zwischen ihren nackten Körpern lag. Übers Telefon war die einzig sichere Möglichkeit. Sie würde hinterher immer noch als rein gelten, denn sich selbst anzufassen war etwas ganz anderes, als wenn ein Neandertaler wie er in sie eindrang, bis er ein paar Dutzend heftige Orgasmen hatte – und damit den Vampir, mit dem sie sich irgendwann mal vereinigen würde, seines Rechtes beraubte.

Solange er nie über längere Zeit hinweg mit ihr allein war, wäre er in der Lage, sich ihr gegenüber anständig zu verhalten. Er machte sich nichts vor. Die gegenseitige Anziehungskraft war der pure Wahnsinn. Aber wenn die Ausbildung beendet war? Wenn all das hinter ihnen lag, angenommen, sie schafften es beide bis zum Schluss?

Dann würden sie getrennte Wege gehen, selbst wenn sie ab und zu zusammen arbeiten sollten.

Unterm Strich gab es keine häusliche Zukunft, die er ihr bieten konnte. Zumal er anfangen würde, sein wahres Ziel dieses Trainings in die Tat umzusetzen: Rache. An den Aristokraten, die zugelassen hatten, dass sein Vater vom Feind getötet wurde.

Er würde nicht eher Ruhe geben, bis ihr Blut an seinen Händen klebte.

»Jetzt wanderst du mit deiner Hand zu deinem Bauch hinunter«, befahl er. »Was spürst du dort?«

»Den Bund meiner Jeans.«

»Mach den Knopf auf.«

»Ja …«

Es raschelte, dann war sie wieder da. »Und jetzt?«

»Den Reißverschluss.«

Wieder Rascheln. Währenddessen stellte er sich vor, er wäre derjenige, der die Verschlüsse öffnete, ihre Hose weit auseinanderschob und einen Kuss auf die Spitze ihres Slips drückte. Oder in ihrem Fall vermutlich eher den schlichten Baumwollstoff.

»Zieh die Jeans aus. Lass deinen Slip an.«

Aus dem Hörer drang zunächst nur ein Knistern.

Craeg konnte nicht anders als sich unter dem dünnen Laken, das seinen Körper bedeckte, anzufassen und ein oder zweimal auf- und abzureiben. Aber als die Spitze seines Schwanzes anfing zu brennen, als würde er gleich explodieren, musste er wieder aufhören.

Zwischen zusammengebissenen Zähnen stieß er hervor: »Schieb deine Hand zwischen die Schenkel, öffne deine langen Beine … tu's.«

Gerne wäre er langsamer vorgegangen, aber er war zu gierig. Und sie auch: Das stockende Stöhnen, das sie ausstieß, gab ihm den Rest. Sein Schwanz hatte genug davon, auf seine Hand zu warten.

»Reib dich«, stöhnte er, während seine Erektion unter dem Laken zuckte und die heiße Ladung stoßweise auf seinen Bauch schoss. »Oh, ja, Paradise, streichel dich durch den Stoff hindurch …« Ihr leiser Schrei signalisierte ihm trotz seines eigenen Höhepunkts, dass sie kurz davor war. »Und jetzt schieb die Finger in dein Höschen, spür, wie feucht und heiß es da ist – fühlst du's – oh, fuck … es ist so glatt und …«

Inzwischen keuchte sie, und dann sagte sie seinen Namen, wie unter köstlicher Folter.

»Stell dir vor, mein Mund wäre jetzt an dieser Stelle.«

Da kam sie. Und er ebenfalls ein zweites Mal, während er lauschte, wie sie die Luft einsog und wieder ausstieß, ein unglaublich himmlischer flehender Laut, der durch die Leitung drang.

Allein das Geräusch ihres Höhepunktes verschaffte ihm Orgasmus Nummer drei. Und vier.

»Mach weiter«, krächzte er, »spür, wie meine Zunge dich leckt, wie meine Lippen saugen …«

Einige Zeit später, als es schließlich vorbei war, atmeten sie beide nur noch schwer.

Aus irgendeinem Grund wünschte er sich, jetzt neben ihr zu liegen und sie im Arm zu halten oder etwas in der Art. Keine Ahnung. Er spürte bloß, dass er dieses brennende Verlangen hatte, sich zu vergewissern, dass es ihr gutging nach dem, was passiert war.

Jetzt schienen die Kilometer, die sie beide trennten, eher wie eine Strafe.

»Alles klar bei dir?«, fragte er rau.

»Oh … ja …«

Als er das Lächeln in ihrer Stimme hörte, musste er selbst grinsen. Auf einmal war er froh, dass er allein im Dunkeln lag. Vermutlich sah er aus wie ein Idiot.

»Du bist wunderschön«, hörte er sich sagen. »Du bist der Wahnsinn. Du bist unglaublich.«

Sie lachte auf. »Du bist albern.«

»Wohl kaum. Ich kam schon ohne Sinn für Humor auf die Welt.«

»Echt?«

»Ja. Ich bin der humorloseste Mann, den ich kenne, und Witze kapiere ich auch nie.«

»Hm … jetzt, wo ich so darüber nachdenke, ich habe dich tatsächlich noch nie lächeln sehen.«

»Erwarte lieber nicht zu viel.« Er streckte die Hand nach dem Nachttisch aus, öffnete die Schublade und nahm die Zigarettenpackung samt Feuerzeug heraus, die er mit zurück ins Trainingszentrum gebracht hatte. »Ich rauche übrigens.«

Nur nach dem Sex, hätte er beinahe noch erklärt. Aber

aus irgendeinem Grund wollte er nicht betonen, dass er außer mit ihr schon mit anderen zusammen gewesen war.

Das Handy zwischen Kopf und Schulter eingeklemmt, nestelte er an seiner Marlboro-Schachtel herum und nahm einen Glimmstängel heraus. Das Feuerzeug gab ein schabendes Geräusch von sich, und als er die Flamme näher an sein Gesicht führte, bekam er seine Faust in Nahaufnahme zu sehen. Der erste Zug reichte aus, um ihn wieder genüsslich stöhnen zu lassen. Die Zigarette zwischen die Zähne geklemmt, tastete er in der Schublade nach dem Aschenbecher, den er auf seine nackte Brust stellte.

»Schlechte Angewohnheit«, sagte er als Entschuldigung. »Aber wenigstens bekommen Vampire keinen Krebs.«

Sobald er dieses Telefonat mit ihr vereinbart hatte, hatte er überlegt, wie er an die Zigarette für danach kommen könnte. Nicht sehr romantisch.

Nicht dass er an Romantik interessiert war.

»Also, Craeg, warum lächelst du nie?«

Oberflächlich betrachtet konnte man diese Frage, Aussage, was immer es war, als lockere, scherzhafte Bemerkung betrachten, aber ihr ernster Tonfall schloss diese Interpretation aus.

Und möglicherweise lag es an diesem gelösten, entspannten Zustand nach dem Orgasmus, dass er ihr tatsächlich antwortete, statt einfach aufzulegen, wie er es hätte tun sollen.

»Wie viele hast du bei den Überfällen verloren?«, flüsterte er.

»Sieben Cousins«, antwortete sie mit leiser, trauriger Stimme. »Es sind nur noch mein Vater und ich übrig, und wir beide hatten sehr viel Glück.«

»Ich habe meine ganze Familie verloren. Meine Mutter und meine Schwester waren mit mir zu Hause. Mein Dad bei der Arbeit. Über seinen gefälschten Führerschein haben sie unsere Adresse rausbekommen, nachdem sie ihn umgebracht hatten. So haben sie uns gefunden.« Er nahm einen weiteren Zug. »Deshalb lächle ich nicht.«

»Das tut mir so leid.«

»Mir auch.« Noch so etwas, was er unter normalen Umständen nie gesagt hätte. »Ich konnte sie nicht retten. Meine Mutter und meine Schwester, meine ich.«

»Gütige Jungfrau …«

Er zuckte mit den Schultern. »Ich habe zu viel Blut verloren. Die *Lesser* haben die Tür aufgebrochen, und ich kam die Treppe runter, weil ich den Lärm gehört habe. Sie haben mich angegriffen, dachten dann, ich sei tot, deshalb haben sie mich liegen lassen. Bis heute weiß ich nicht, warum ich überlebt habe. Sie haben Macheten benutzt. Ich war noch lange genug bei Bewusstsein, um zu hören, wie meine Mutter meine Schwester angeschrien hat, sie solle weglaufen. Beide sind … entsetzliche Tode gestorben.« Als Paradise am anderen Ende ein ersticktes Geräusch von sich gab, schüttelte er den Kopf. »Sorry, zu viele Details.«

»Ich bin wirklich … ich wünschte, ich könnte mehr sagen, als dass es mir *unendlich* leidtut.«

»Danke.«

»Wie hast du überlebt? Was … hat dich jemand gerettet?«

»Irgendwann kurz vor Morgengrauen bin ich in einer Pfütze meines eigenen Blutes aufgewacht. Ich war so schwach … ich hab's gerade noch geschafft, die Haustür zuzumachen, bevor die Sonne mich verbrennt. Dann bin ich durchs Haus … gekrochen und habe ihre … na ja. Es war bizarr, der Anblick der beiden auf dem Fußboden, rotes Blut überall, weiße Haut – sie hatten versucht, sich aneinander festzuhalten, meine Mom hatte eine Hand …«

Er musste innehalten, um sich zu räuspern. »Meine Mom hat die Hand nach meiner Schwester ausgestreckt, und meine Schwester hat versucht, sie zu erreichen. Beide hatten die Augen offen … Ich weiß auch nicht. Als ich das gesehen habe, ist etwas in mir erwacht. Mehr kann ich auch nicht sagen. Da hat es angefangen. Da habe ich beschlossen, dass ich mir irgendwann, auf irgendeine Art, Zugang zum Krieg gegen die Gesellschaft der *Lesser* verschaffen werde. Nur so kann ich herumlaufen, ohne mir dauernd das Hirn rauspusten zu wollen.« Er lachte hart. »Na ja, außerdem habe ich beschlossen, dass ich Aristokraten hasse – wobei das erst zwei Nächte später eingesetzt hat.«

»Warum …« Sie zögerte. »Warum hasst du die *Glymera?*«

# 31

Während Paradise auf eine Reaktion am anderen Ende wartete, schlug ihr Herz wieder sehr schnell, und sie musste das Licht anmachen. Dann wickelte sie sich die korallenrote Decke um die nackten Beine, zog die Bluse zusammen und die Knie an die Brust und wartete.

Es dauerte noch ein Weilchen, bis Craeg ihr antwortete. »Das Erste, was ich versucht habe, als ich wieder etwas Kraft hatte, war, meinen Vater bei seiner Arbeitsstelle auf diesem Anwesen zu suchen. Doch als ich dort ankam, erwartete mich so ziemlich dasselbe Bild wie bei uns zu Hause. Überall Blut und Leichen, aber es war auch einiges an Gemälden und Silber und so Zeug geplündert worden. Ein paar der Leichen waren verkohlt, weil das Sonnenlicht sie getroffen hatte. Die weiter drinnen im Haus waren noch intakt. Ich habe meinen Vater gefunden … in dem Zimmer, in dem er einen neuen Mahagonifußboden verlegte. Und weißt du, was ich noch gefunden habe? Die verfickte offene Tür zum Panikraum, in den die Familie weder ihn noch einen der anderen Bediensteten und Arbeiter gelassen hat.«

»Was … wie meinst du das?«

»Die Familie, die dort lebte, die *Aristokraten,* hat sich in einem Schutzraum aus Stahl versteckt – sie haben keinen der Arbeiter mit reingelassen. Sie haben sie ausgesperrt, damit sie abgeschlachtet werden. Ich habe die offene Tür gesehen und ihre Fußspuren durch das Blut meines

Vaters und seiner Kollegen Richtung Ausgang, als sie entweder noch vor Morgengrauen oder am nächsten Abend geflohen sind.« Es folgte eine weitere Pause. Dann fügte er leise hinzu: »Ich habe alle bis auf meinen Vater dort begraben. Ihn habe ich mit nach Hause genommen. Ich konnte … ich konnte die anderen nicht einfach so liegen lassen. Ein *Doggen* kam zurück, während ich mich um die Leichen kümmerte, und meinte, er hätte versucht, die Angehörigen zu finden, aber daheim bei den Arbeitern waren auch alle umgebracht worden – wie bei mir zu Hause. Es gab … buchstäblich keine Überlebenden, die sich um die Toten hätten kümmern können. Ach, und diese feine Familie? Hat sich aus dem Staub gemacht. Ich habe versucht, sie zu finden, und ich werde keine Ruhe geben, bevor es mir nicht gelungen ist. Sie haben auf einem Anwesen namens Endelview gewohnt.« Er räusperte sich harsch. »Ich meine, wie kann man das einem anderen antun? Wie kann man weiterleben mit dem Wissen, dass man jemandem hätte helfen können und es nicht getan hat? Das Personal, die Angestellten, die haben dieser Familie seit Generationen gedient. Und in diesem Salon waren eine Menge Zivilisten versammelt. Laut des *Doggen* waren sie alle dort, weil die Bauarbeiter von dem Eingang wussten und die Leute in Richtung des Schutzraums führten. Sie haben gegen die Wand gehämmert, damit man sie reinlässt, während das Haus gestürmt wurde. Das weiß ich, weil an dieser Stelle so viele Leichen nebeneinanderlagen. Aber nein. Sie waren nicht gut genug, nicht wichtig genug, nicht wertvoll genug.«

Oh … gütige Jungfrau der Schrift.

Das war das Einzige, was ihr durch den Kopf ging, denn auch sie kannte diese Geschichte. Während eines ihrer stundenlangen Telefonate hatte Peyton ihr damals von diesen schrecklichen Ereignissen erzählt. Der erste Sohn, eine Tochter, die Mutter und zwei Cousins hatten behauptet, sie wären von auswärts in die Stadt zurückgekehrt und hätten das Gemetzel entdeckt … aber vielleicht waren sie ja die ganze Zeit zu Hause gewesen?

Danach waren sie verschwunden. Vermutlich in ein sicheres Versteck weit weg von Caldwell.

»Jedenfalls habe ich einen Plan. Was ich tue, wenn ich sie finde.«

Paradise schloss die Augen. »Nicht alle Aristokraten sind schlecht.«

»Wenn du dir jeden Abend hättest anhören müssen, wie dein Vater nach Hause kommt und erzählt, dass sie ihn wieder behandelt haben wie ein Stück Scheiße, während er nur versuchte, sich seinen Lebensunterhalt ehrlich zu verdienen, dann würde es dir auch schwerfallen, Mitleid mit ihnen zu haben. Und das war, noch bevor sie sich nicht nur am Tod meines Vaters, sondern auch noch an dem meiner Mutter und meiner Schwester schuldig gemacht haben.«

»Es tut mir leid.«

»Schon okay.«

Nein, das war es nicht.

Und sie war auch überhaupt nicht überrascht, als er plötzlich meinte: »Ich sollte Schluss machen. Wir müssen schlafen.«

»Ja. Ja, natürlich.« Paradise hielt das Telefon umklammert und suchte verzweifelt nach Worten. »Ich, äh …«

»Bis morgen dann.«

*Klick.*

Sie nahm das Handy vom Ohr und starrte aufs Display. Natürlich wurde keine Nummer angezeigt, denn die Leitungen aus dem Trainingszentrum heraus waren, genau wie die des Audienzhauses, speziell gesichert und anonym.

Doch sie hätte ihn ohnehin nicht zurückgerufen, selbst wenn sie es gekonnt hätte.

Stattdessen legte sie das Handy beiseite und ließ den Blick durch ihr Zimmer schweifen. Ihr hübsches Zimmer mit den korallenroten und rosa Farbtönen, den schweren Seidenvorhängen mit Quasten und den bestickten Läufern. Sie konnte Craeg keinen Vorwurf aus dem machen, was er dachte oder fühlte. Ihr würde es ganz genauso gehen. Doch die Antwort war nicht, irgendeinen Kerl aufzuspüren, um ihn zu ermorden oder *Vergeltung* für diese Tode zu fordern. Oder die Frauen gleich auch noch mit umzubringen.

Zumindest hoffte sie, dass das nicht die Antwort war.

Es gab in ihrem Volk ohnehin schon so viel Mord und Totschlag. Es musste doch einen anderen Weg geben, für ein solches Unrecht zu büßen?

Als ihr Handy anfing zu vibrieren, zuckte sie zusammen. Keine Nummer. Er? Nochmal?

Sie drückte aufs Display und flüsterte: »Hallo?«

Einen Herzschlag lang herrschte Schweigen. Genau wie zuvor.

»Es tut mir leid«, platzte Craeg heraus. »Falls du es noch nicht bemerkt hast, ich bin eine Niete, was Gefühle angeht. Ist nicht deine Schuld, dass dieser ganze Mist damals passiert ist.«

Paradise atmete erleichtert aus. »Ich bin so froh, dass du noch mal anrufst. Damit habe ich nicht gerechnet.«

»Ich auch nicht.«

»Meinst du, du kannst überhaupt schlafen?«

»Jetzt, wo ich deine Stimme noch mal gehört habe, vielleicht schon. Ich werd's zumindest versuchen.«

»Craeg …«

»Was?«

Sie spielte am Spitzenbesatz ihres Bettdeckenbezugs

herum, während sie ihre Worte mit Bedacht wählte. »Diese Nacht der Überfälle … Ich will nicht behaupten, dass dieser Vampir oder wer immer es war, der die anderen ausgesperrt hat, im Recht war. Überhaupt nicht. Aber diese Einstellung, Auge um Auge, das ist … barbarisch.«

»So ist es im Alten Land immer gewesen.«

»Da leben wir aber nicht mehr. Die Zeiten haben sich geändert. Denk doch an die ganzen Fortschritte. Die Blutsklaverei wurde abgeschafft, Gleichberechtigung für Frauen und Zivilisten setzt sich durch. Du sollst nicht vergessen, was passiert ist, und auch nicht verzeihen … aber deine Antwort muss nicht Mord sein.«

»Es wäre kein Mord. Es wäre *Vergeltung* für meine eigenen Toten.«

»Aber wenn du jemanden kaltblütig tötest, wie willst du es sonst nennen?« Sie bemühte sich, leise und sanft zu sprechen. »Ich will mich nicht mit dir streiten, ehrlich. Und ich würde nie behaupten, dass ich weiß, wie es sich anfühlt, die ganze Familie …« Als ihr die Stimme versagte, räusperte sie sich. »Das mag ich mir gar nicht ausmalen. Aber wenn du das durchziehst, bist du auch bloß ein Mörder. Dann bist du kein bisschen anders als die *Lesser.*«

Es folgte ein langes Schweigen. Aber dass sie kein Klicken vernahm, signalisierte ihr, dass er nicht aufgelegt hatte.

»Du bist eine der mitfühlendsten Personen, die mir je begegnet sind«, sagte er schließlich.

»Nicht wirklich.«

»Doch, wirklich. Du bist eine von den Guten, Paradise.«

»Heb mich bitte nicht auf ein Podest. Sonst stürze ich bloß ab.«

»Das bezweifle ich.« Kurze Pause. »Schlaf gut, ja? Und wenn du mitten am Tag aufwachst und fremde Hände auf deinem Körper spürst, dann bin ich das. Zumindest in meinen Träumen.«

»Jetzt werde ich rot.«

»Gut so. Und wenn wir wieder Unterricht haben, werde ich versuchen, dich nicht die ganze Zeit anzustarren.«

»Streng dich nicht zu sehr an.«

Jetzt wurde sein Ton ernster. »Du musst deine Tugendhaftigkeit schützen.«

»Meine Tugend, mein Problem. Nicht deines.«

Craeg gab ein Grummeln von sich. »Ich ruf dich morgen um sieben wieder an. Geh an dein verdammtes Handy.«

Paradise musste lachen. »Hat dir schon mal jemand gesagt, dass du ganz schön dominant bist?«

»Nein. Weil ich nie darauf achte, was die Leute reden.«

»Wenn ich also jetzt sage, dass du auch ziemlich toll bist, legst du dann wieder auf?«

»Vermutlich.«

»Okay, also dann, guten Tag, und du bist echt toll.« Abrupt setzte sie sich auf und drückte das Telefon fester ans Ohr. »Moment mal, hab ich da gerade ein kleines Lachen gehört?«

»Nein. Absolut nicht.«

»Lügner.« Sie grinste so sehr, dass ihre Backen wehtaten. »Du hast gelacht. Gerade eben.«

»Das war *kein* Lachen.«

»Ach, weil ein Gackern ja so viel männlicher ist? Na gut, dann hast du eben *gegackert,* Craeg. Ich hab dich erwischt.«

»Hör auf.« Jetzt gab er wirklich einen Laut von sich, der klang wie …

»Gerade hast du gekichert.«

»Nein!«

»Doch, hast du.« Während sie ihn weiter neckte, kam ihr der Gedanke, dass es wohl so ähnlich war, wie wenn man jemanden am Telefon kitzelte. »Du hast gekichert«, trällerte sie.

»Ich muss jetzt Schluss machen! Tschüss!«

»Du bist tooooooooollllll …«

*Klick.*

Als sie dieses Mal ihr Handy zur Seite legte, fühlte sie sich ganz leicht und prickelnd wie Luftblasen in einer Champagnerflöte.

Und auch ein kleines bisschen betrunken.

# 32

Als es Nacht wurde, öffnete Marissa die Schlafzimmertür einen Spalt und streckte ihren Kopf hinaus auf den Flur. Aus dem vorderen Zimmer der Höhle drangen keine Geräusche, deshalb ging sie in ihren seidenen Hausmantel gehüllt nachsehen, wobei ihre nackten Füße auf dem Holzboden schnell kalt wurden. Als sie um die Ecke bog, erwartete sie, Butch schlafend auf der Couch zu erblicken, den Kopf Richtung Küche, die Füße näher bei ihr. So schlief er immer, damit er am Tischkicker vorbei den Fernseher besser sehen konnte.

Doch das schwarze Ledersofa war leer. Um genau zu sein, lag die Red-Sox-Decke, die sie ihm letztes Jahr zum Weihnachtsfest der Menschen geschenkt hatte, immer noch gefaltet über der Lehne.

Dann hatte er also nicht mal versucht, zu Hause zu schlafen.

Die Decke war der entscheidende Hinweis. Sie liebte ihren *Hellren* von ganzem Herzen, aber der Gute war absolut nicht in der Lage, sich das Teil über die Beine zu legen und es nach Gebrauch wieder zusammenzufalten. Das war zwischen ihnen eine Art Running Gag, so ähnlich wie seine Unfähigkeit, Flaschenöffner an ihren ordentlichen Platz in der Küche zurückzuräumen oder die Spülmaschine einzuschalten.

Mit einem zitternden Atemzug schloss sie die Augen und lehnte sich an den Türrahmen.

»Er ist letzte Nacht nicht heimgekommen.«

Beim Klang von Vs leiser Stimme warf sie einen Blick zu seiner Ansammlung von Computern hinüber. Der Bruder streckte den Kopf an den diversen Bildschirmen vorbei, und seine superintelligenten Diamantaugen starrten sie an, ohne zu blinzeln – und ohne zu werten. Es gab auch keinen Grund, ihren Kummer vor ihm zu verbergen. Erstens war er im Grunde Butchs Bruder, und zweitens kannte Vishous sie so gut, dass er jede Mir-geht's-blendend-Lüge durchschauen würde.

»Wir haben uns gestern Nacht gestritten.«

V nahm einen Zug von seiner Zigarette. »Worüber?«

Marissa tapste zur Couch hinüber, setzte sich und zog ihr Nachthemd über die Knie, um es dann immer wieder glatt zu streichen. »Über einen Sexclub.«

Sein Hustenanfall hätte sie sehr erheitert, wenn sie in entsprechender Stimmung gewesen wäre. Es hatte etwas unglaublich Befriedigendes an sich, dass sie es ausnahmsweise einmal geschafft hatte, den Bruder, den nichts schockieren konnte, aus der Fassung zu bringen. Leider lag es daran, dass sie so eine langweilige, hochanständige Tussi war.

»Wie bitte?« Seine Augenbrauen waren so weit in die Höhe geschossen, dass die Tätowierungen an seiner Schläfe ganz verzerrt waren. »Ein Sexclub?«

Ihre Erklärung war kurz und präzise, und als sie fertig war, lag auf seinem Gesicht wieder der übliche spöttische Ausdruck.

»Ja, er hat mir schon erzählt, dass er da hin will. Hat gefragt, ob ich mitkomme.«

Sie konnte ihre Reaktion nicht verbergen. Zwar vertraute sie Butch, dass er sie nie betrügen würde, schließlich registrierte er als voll gebundener Vampir andere Frauen nicht mal. Sie hätten genauso gut Toaster auf zwei Beinen sein können, was seine sexuelle Reaktion auf sie anging. Aber wenn V mit ins Spiel kam, schüchterte sie das irgendwie ein, vielleicht weil sie sich … ausgeschlossen fühlte, auch wenn das verrückt war.

Und dazu noch unzulänglich, weil ihr *Hellren* Vishous' Unterstützung brauchte, sie aber nicht dabeihaben wollte.

Außerdem, es stimmte schon, Vs Lebensweise hatte sie immer ein wenig schockiert. Nicht weil sie diese für abartig hielt, aber eben für sexuell extrem … und vielfältig.

»Du weißt, dass er dich liebt«, brummte V. »Komm schon.«

»Ja, ich weiß.«

»Und ich stell auch nichts Seltsames mit ihm an oder so.«

»Ich wollte dich nicht beleidigen.«

»Hast du nicht.«

»Doch, hab ich.« Als der Bruder verstummte, wusste sie, dass sie recht hatte. »Es ist nur … manchmal will ich nicht beschützt werden, wenn du verstehst, was ich meine. Diese Sache mit der jungen Frau, die vor meinen Augen gestorben ist, das ist meine Angelegenheit. Ergibt das einen Sinn? Es ist meine … Verantwortung. Und ich bin dankbar für seine Hilfe, ich will seine Hilfe, aber zur Seite geschoben zu werden, weil ich ein ›anständiges Mädchen‹ bin und mit gewissen Dingen nicht klarkomme, das gibt mir das Gefühl, dass er mich für schwach oder oberflächlich hält.«

»Hör zu, ich will mich da nicht einmischen.«

»Ich weiß. Tut mir leid.«

Als sie aufstehen wollte, sagte er: »Aber er verehrt dich. Du bist für ihn … du bist wie diese Jungfrau Maria, zu der er betet. Für ihn bist du die perfekteste Frau, die es je gab und je geben wird. Dich an einen solchen Ort mitzunehmen, wäre für ihn so, als würde er in der Kirche Pornos schauen. Für ihn bist du rein und tugendhaft und gut, und in einer Welt, die grausam und schmutzig und widerlich ist, will er dich – Achtung, gleich benutze ich das B-Wort – beschützen.«

Sie schüttelte den Kopf und dachte an Butch und diese ganze Blowjob-Geschichte. »Ich will nicht, dass er das so schwarz-weiß sieht. Ich will nicht in einer Schublade sitzen, selbst wenn er mich dort reingesteckt hat, weil er bestimmte Aspekte an mir so liebt.«

Vs Stuhl gab ein Quietschen von sich, als er sich zurücklehnte und eine lang gezogene Rauchwolke ausstieß. Anfangs, als sie hier eingezogen war, hatte Marissa den Geruch gehasst. Inzwischen verhielt es sich damit ähnlich wie mit Weihrauch, gleichbedeutend mit der Sicherheit des eigenen Heims. Meistens bemerkte sie ihn nicht einmal mehr.

Um ehrlich zu sein, Vs Anwesenheit, so kühl und intellektuell er manchmal sein konnte, spendete ihr inzwischen ebenfalls Trost.

»Darauf habe ich keine einfache Antwort.« Er zog die Brauen zusammen. »Ich meine, dein Kerl gehört irgendwie zur Sorte richtig oder falsch, schwarz oder weiß. So ist er nun mal gestrickt. Aber das hat auch seine guten Seiten. Er würde dich nie respektlos behandeln. Niemals schlecht. Dich nie missachten.«

»Oh, das weiß ich alles. Aber mit seinem Verhalten gerade stellt er sich etwas in den Weg, das mir nicht nur sehr wichtig ist, sondern wozu ich auch ein gutes Recht habe. Und wenn man jemanden liebt, ist das nicht okay, selbst wenn die Beweggründe ehrbar und wohlmeinend sind.«

Es folgte längeres Schweigen.

»Lass mich mit ihm reden.«

»Danke, das wäre toll.« Dann fluchte sie leise. »Diese

Sache macht uns echt Schwierigkeiten. Es bricht mir das Herz.«

»So sind Beziehungen nun mal. Selbst die besten.«

»Ich schätze, da hast du recht.«

»Hör zu, er will mit niemandem zusammen sein außer dir.« Der Bruder hob die Hand. »Ja, ich weiß, dass du das weißt, aber ich muss es trotzdem noch mal sagen. Und in guten wie in schlechten Zeiten ist deine Anmut und Eleganz und, ja, deine Brave-Mädchen-Art ein Teil dessen, was er an dir so anziehend findet. Ich meine, er hat es zum Beispiel mit Xhex versucht, aber das war bloß Sex – daraus wäre nie mehr geworden. Du bist sein Typ, nicht sie.«

Marissa fuhr in die Höhe, als hätte jemand einen Eimer Eiswasser über ihr ausgekippt. *»Er hatte Sex mit Xhex?«*

Im Büro des Trainingszentrums saß Butch hinter Tohrs Schreibtisch und starrte auf die farbigen Linienmuster, die auf dem Computerbildschirm kreisten.

Woran er immer noch herumkaute, woran er den ganzen Tag über herumgekaut hatte, war die Frage, was zum Teufel mit ihm nicht stimmte. Nachdem Marissa ihn im Billardzimmer hatte stehen lassen, hatte er sich vorsätzlich betrunken, also so richtig – aber es hatte nichts geholfen. Ja, klar, sein Körper war beschissen schlapp geworden, und zwar so sehr, dass es ihm völlig unmöglich war, zum Schlafen in die Höhle zurückzukehren.

Allein schon, sich zu einem der Sofas neben den Pooltischen zu schleppen, um dort in der Horizontalen die Lichter auszuknipsen, war eine Herausforderung gewesen.

Sein Hirn war jedoch tragischerweise klar geblieben.

Das Schlimmste daran war: Aus irgendeinem Grund hatte er immer wieder das letzte Bild seiner Schwester vor Augen, wie sie ihn durch das Rückfenster des Wagens aus angesehen hatte, als sie zu ihrer Vergewaltigung und Ermordung davongefahren war. Als wäre sein Kopf ein Spielautomat, der unablässig ungleiche Symbole ausspuckte.

Ach, scheiß auf das »aus irgendeinem Grund«. Es lag natürlich an Marissas totem Mädchen. Wenn er sich jetzt bei Mary auf die Couch legen würde, würde ihm die Lieblingstherapeutin der Bruderschaft zweifellos sagen, dass die Gegenwart die Erlebnisse aus der Vergangenheit wieder aktivierte und er unter einer posttraumatischen Belastungsstörung litt.

Plötzlich flog die Tür zum Vorratsschrank auf. Butch hatte genug Alkohol im Blut, um sich nicht erschrocken umzudrehen und zu kreischen wie ein Mädchen.

»V?«, fragte er erstaunt, als sein bester Kumpel hereingestolpert kam.

Okay, so viel zum Thema posttraumatische Belastungsstörung: Vishous wirkte zerzauster, als Butch ihn je gesehen hatte, er atmete schwer, seine eisigen blauen Augen waren groß wie Untertassen, seine schwarzen Haare standen in alle Richtungen ab – und er schnaufte, als wäre er durch den Tunnel gerannt statt gegangen.

»Was ist los?«, wollte Butch wissen. »Ist mit Jane alles in Ordnung? Ist was in der Höhle? Verdammt, was ist passiert?«

V lief wortlos auf und ab, dann ließ er sich auf Tohrs grünen, potthässlichen geliebten Stuhl auf der anderen Schreibtischseite fallen. Er stützte den Kopf auf die behandschuhte Faust und murmelte: »Einer meiner ältesten Träume ist wahr geworden.«

Da Butchs Panik nachließ, verdrehte er die Augen. »Und wie genau sieht der aus?«

»Ich hab dich gerade in den Arsch gefickt.«

Blinzel. Blinzel. Dann fing Butch an zu lachen. »Ja, klar, guter Witz. Also, was hat Lassiter jetzt wieder angestellt?«

»Nein, ich mein's ernst. Ich hab dich gerade so richtig in die Scheiße geritten. Total. Und es tut mir echt leid.«

Butch beugte sich, auf die Unterarme gestützt, vor und fluchte leise. »Nichts für ungut, aber ich wüsste nicht, was du so Schlimmes tun könntest.«

»Ich hab Marissa gegenüber erwähnt, dass du Xhex gevögelt hast.«

Butch klappte die Kinnlade herunter. Er merkte richtig, wie ihm der Mund offen stand. »Wie … warum … was …«

V hob hilflos die Hände. »Ich dachte, sie wüsste das, echt! Ich hatte keine Ahnung, dass du ihr nichts davon erzählt hast. Was soll der Mist, habt ihr beide nicht diese ganze ›Mit wem hast du vor mir geschlafen?‹-Kacke durchdiskutiert? Mann!«

Wenn Butch nicht sofort in den Panikmodus geschaltet hätte, hätte er noch einmal über seinen Kumpel lachen müssen. V war der Inbegriff von unerschütterlich, die Art megaentspannter Mistkerl, der sich mitten in einem Großbrand auf ein Benzinfass setzen würde, bloß um sich ein bisschen auszuruhen.

Wie es aussah, hatten sie soeben entdeckt, wie man seine Adrenalinproduktion doch noch ankurbeln konnte. Gut zu wissen.

Aber schlecht für Butch.

Dieser vergrub den Kopf in den Händen und rieb sich das Gesicht. »Was hat sie gesagt?«

»Nicht viel. Ist in eurem Zimmer verschwunden, hat sich angezogen und ist zur Arbeit gegangen, völlig ruhig. Weswegen ich mir erst recht in die Hosen gemacht hab.«

Butch hätte gerne gesagt, dass es kein Problem war. Aber so, wie seine *Shellan* und er sich in letzter Zeit missverstanden hatten …

»Wie seid ihr denn auf das Thema gekommen?«, fragte er.

V hob wieder entschuldigend die Hände. »Sie hat angefangen, über euch zu reden.«

»Das mit dem Club.«

»Genau. Sie hat das Gefühl, du hast sie in die Schublade der Heiligen gesteckt und nimmst ihr die Luft zum Atmen. Und hör zu, auch wenn du von mir keinen Rat annehmen willst, aber mit dem Scheiß musst du aufhören. Bloß weil sie ein paar Menschen zusieht, die an einem öffentlichen Ort ficken, verändert sie sich nicht. Was soll denn deiner Meinung nach groß passieren? Dass sie sich plötzlich in jemanden wie mich verwandelt? Erstens bräuchte sie dazu eine Geschlechtsumwandlung, und zweitens müsste sie verdammt viel hässlicher werden – und dümmer noch dazu, klar.«

Während der Stille, die folgte, war die eine Hälfte von Butchs Gehirn von dieser Xhex-Geschichte völlig gelähmt. Der anderen Hälfte wurde plötzlich etwas klar.

Marissa hatte recht. Er hatte größere Schwierigkeiten damit, dass sie einen solchen Ort besuchte, als sie selbst.

Verdammt.

»Wie dem auch sei«, nuschelte V. »Ihr zwei müsst jetzt dringend reden. Und es tut mir leid.«

»Schon okay.«

»Ich dachte, ich helfe euch. Ich wollte nur darauf hinweisen, dass sie absolut dein Typ ist. Sie ist dein Mädchen. Du brauchst nicht weniger und nicht mehr von ihr.«

»Das stimmt.« Butch suchte nach seinem Handy. »Sie war auf dem Weg zur Arbeit, ja?«

»Ja. Das hat sie zumindest gesagt, als sie gegangen ist.«

»Ich ruf sie an.« Als V sich aus dem Stuhl erhob, streckte Butch ihm die Pranke hin. »Alles gut, mein Freund. Ist meine eigene Schuld. Schätze mal, ich hätte es ihr erzählen sollen. Für mich hat nur nichts, was vor ihr war, irgendeine Bedeutung, wenn du verstehst, was ich meine.«

V schlug ein. »Mir ist das echt scheiß unangenehm. Wenn du einen *Rhythos* willst, lass es mich wissen.«

»Nee, aber du kannst die nächsten vier Wochen meine Sachen in der Reinigung abholen.«

»Macht das nicht Fritz schon?«

»Ist ein alter Witz unter den Menschen.«

»Ach, deshalb war er nicht lustig.« V ging zur Glastür. »Welchen Abend wolltest du frei haben, damit du in diesen Club gehen kannst?«

»Am besten gleich morgen.«

»In Ordnung. Ich nehme die Studenten zum Kampftraining mit in die Sporthalle. Danach hält Z einen Vortrag darüber, wie man Leute vergiftet – bist du dir sicher, dass ich keinen Vorkoster organisieren sollte?«

»Nicht nötig. Aber falls Z jemanden zum Üben braucht, kann doch Lassiter das Versuchskaninchen spielen.«

»Perfekt. Absolut perfekt.«

Nachdem Vishous abgezogen war und die Tür sich geräuschlos hinter ihm geschlossen hatte, rief Butch seine *Shellan* an und betete, dass sie abnehmen möge. Doch er bekam nur die Mailbox dran. Er fluchte und hoffte, dass der Grund dafür ein Meeting war und nicht, dass sie so sauer auf ihn war, dass sie seine Nummer gesperrt hatte.

Das würde sie doch nicht tun. Sicher nicht.

Andererseits …

»Scheiße.«

# 33

Es war, als wäre jede einzelne Zelle mit freudiger Aufregung aufgeladen.

Während Paradise eine Runde Kampftraining in der Sporthalle absolvierte, gefolgt von einer wirklich aufschlussreichen Lektion, wie man Lebewesen mit Flüssigkeiten und Tränken umbringen konnte, kam es ihr so vor, als hüte sie das schönste Geheimnis auf Erden. Bei jedem Faustschlag oder Tritt, bei jedem notierten Satz, jeder gestellten Frage und erhaltenen Antwort musste sie sich anstrengen, nicht breit zu grinsen

Grund dafür war zum Teil das Wissen, dass es Craeg ganz genauso ging.

Ab und zu ertappte sie ihn dabei, wie er sie mit halb geschlossenen Augen ansah, die nahelegten, dass sich seine Gedanken nicht um den aktuellen Unterrichtsstoff drehten.

Offenbar stellte er sich eher vor, wieder im Dunkeln zu liegen, am Telefon. Mit ihr.

Da war es wohl auch nicht verwunderlich, dass ihr Körper sich nach mehr von ihm sehnte. Und zwar so sehr, dass sie quasi pausenlos herumzappelte, ihre Wirbel knacksen ließ und im Stehen und Sitzen ständig ihre Haltung verändern musste.

Niemand sonst schien es zu bemerken, wobei das vielleicht Einbildung war. Und selbst wenn nicht. Egal! Bevor sie das Haus verlassen hatte, um sich zum Bus zu dematerialisieren, hatte sie noch mal alle Bewerbungsunterlagen und Mitteilungen gelesen – also das ganze Kleingedruckte, das sie ihrem Vater nicht gezeigt hatte, um ihn nicht zu ängstigen – und da stand nirgends geschrieben, dass Beziehungen untersagt waren.

Oder romantische Liebeleien.

Oder … was auch immer das zwischen ihnen war.

Also mussten sie sich, was die Regeln betraf, keinerlei Sorgen machen. Sie waren außerdem beide volljährig, und, ja, klar, die Vorstellung, dass Peyton und Anslam davon erfahren könnten, hätte womöglich Auswirkungen in Sachen *Glymera,* aber erstens hatte sie gegen Peyton so viel in der Hand, dass sie wenn nötig problemlos sein Stillschweigen erpressen könnte, und zweitens war Anslam der typische egozentrische, privilegierte Sohn, der einen rosafarbenen Elefanten im Raum erst dann bemerken würde, wenn dieser ihm irgendwie nutzte.

Auf dem Weg zur letzten Einheit des Abends ging sie hinter Craeg her in den Fitnessraum und erlaubte sich einen seltenen ungestörten Blick auf seine breiten Schultern, seine beeindruckende Größe und seinen Gang, der von gebändigter Kraft sprach.

Und vor allem seinen knackigen Hintern.

*Wow.*

Dann blieb aber wieder keine Zeit mehr für solche Schwärmereien, denn Bruder Butch gab ihnen allen genaue Marschbefehle, indem er seine Schüler verschiedenen Maschinen und Stationen zuteilte.

»Paradise, du machst heute Abend Ausdauertraining.« Er zeigte aufs Laufband. »Eine Stunde. Pause nach zwanzig und vierzig Minuten zum Wassertrinken. Keine Steigung während der Aufwärmphase.«

Brav überquerte sie die Matten, wählte das nächstbeste Gerät, stöpselte den Stecker der Reißleine ein, startete das Programm und gab sechzig Minuten mit ordentlicher Geschwindigkeit ein. Als das Band sich flott in Bewegung setzte, sprang sie auf und fiel in einen Rhythmus, der heftiger war als sonst. Andererseits waren auch ihre Oberschenkel müde, weil sie zuvor längere Zeit mit gebeugten Knien Abwehrhaltung geübt hatte. Mit der Zeit wurde es zum Glück besser, und das Gerät vibrierte und heulte im Takt ihrer Laufschuhe, während ihre Atmung tiefer und tiefer wurde.

Craeg landete am Squat-Rack.

Wenn das mal keine Show war!

Die Menge an Gewichten, die er stemmen konnte, war so groß, dass Butch und Tohr ihn irgendwann rechts und links flankierten, nur für den Fall, dass er die Kontrolle über die garantiert zweihundertfünfzig Kilo verlor. Er stellte sich unter die Langhantel, packte die Stange, holte Luft und hob das Teil mit einem Grunzen aus der Halterung, balancierte es über seiner Brust und drückte es dann mit angewinkelten Armen sechzig Zentimeter in die Höhe, um es stabil halten zu können. Dabei wurde sein Gesicht sofort rot, seine Adern und Halsmuskeln traten hervor.

Hoch …

… runter.

Hoch …

… runter.

Obwohl seine Haut oberflächlich zitterte, blieben seine Muskeln und sein stahlharter Rumpf fest, während er die Hantel wieder und immer wieder in die Höhe stemmte. Der Schweiß lief ihm übers Gesicht, was er nicht zu bemerken schien, und Paradise versuchte vergeblich, sich nicht auszumalen, wie seine Oberschenkelmuskeln unter der Sporthose aussahen. Die saß nämlich so eng wie eine zweite Haut, weil seine Muskeln in dieser Haltung anschwollen. Um genau zu sein, sah es aus, als würde er die Nähte gleich sprengen …

Es passierte ganz schnell.

Eben noch rannte sie in ihrem gleichmäßigen Rhythmus und hielt die Geschwindigkeit. Im nächsten Moment landete ihr rechter Fuß halb auf dem Laufband, halb auf der Seiteneinfassung.

Sie stürzte zu plötzlich, um sich noch auffangen oder wenigstens mit dem Arm oder einer Hand festhalten zu können. Stattdessen schlug sie hart auf der Konsole auf, prallte wieder ab und schliff sich beinahe auf dem Band das Gesicht ab, weil die Reißleine, die sie so sorgfältig am Gerät eingesteckt hatte, nicht mit ihrer Kleidung verbunden war.

Deshalb lief das Laufband einfach weiter.

Eine Sekunde lang war sie zu betäubt, um sich zu bewegen. Doch dann reichte ein plötzlicher brennender Schmerz aus, damit sie sich auf den Rücken drehte. Igitt, der widerliche Geruch verschmorten Fleisches stieg ihr in die Nase.

Da sah sie die Springerstiefel.

Direkt neben ihrem Gesicht.

Auf einmal waren über ihr verschiedene Stimmen, und sie versuchte, zu verstehen, was sie sagten, aber sie hatte etwas in den Augen. Und ihr Kopf schmerzte. Warum tat ihr der Kopf so weh?

»… Doc Jane, sofort.«

»Trage?«

»Schnell. Beeilt euch!«

Mit schlaffer Hand versuchte sie, sich den Schweiß aus den Augen zu wischen, damit sie besser sehen konnte.

Kein Schweiß, Blut: Die Handfläche, mit der sie sich übers Gesicht gefahren war, war nun mit leuchtend rotem Blut verschmiert.

Oh Scheiße. Sie hatte sich offenbar doch schwer verletzt.

Und alles nur, weil sie sich wie ein dummer Teenie verhalten hatte.

Verdammt.

Als Paradise auf der anderen Seite des Fitnessraums stürzte, hätte Craeg beinahe die Langhantel zur Seite geworfen, um zu ihr zu rennen. Doch das tat man mit knapp über dreihundert Kilo nicht – außer man wollte sich oder jemand anderem wehtun.

Mit dem größten Maß an Kontrolle, das er aufbringen konnte, machte er einen Schritt nach vorn und verließ sich auf die Hilfe der Brüder, die Gewichte wieder auf die Halterung zu legen. Dann spurteten sie alle drei los. Craeg riss die Reißleine heraus, weil Paradise viel zu nah an diesem verfluchten Laufband lag, ihr geschundener Körper halb auf dem Scheißteil drauf.

»Paradise?«, sagte er.

Als Butch sich neben sie kniete, hätte Craeg ihn beinahe aus dem Weg gestoßen, aber das war lächerlich. Erstens war der Bruder ihr Lehrer. Und zweitens könnte er nicht deutlicher verkünden, dass zwischen Paradise und ihm irgendetwas lief, wenn er in einer Notfallsituation plötzlich besitzergreifend wurde.

»Paradise?«, wiederholte Craeg. »Paradise …«

Sie setzte sich auf, als sie ihn ihren Namen sagen hörte, und drehte sich in seine Richtung. Oh nein! Blut. So viel … verdammte Scheiße, gleich würde er ohnmächtig werden.

Die Brüder bellten sich gegenseitig Befehle zu, dann lief Tohr Hilfe holen. Was bedeutete, dass neben ihr ein Platz frei wurde, und Craegs Körper nutzte diesen Vorteil aus, bevor er selbst auch nur einen bewussten Gedanken gefasst hatte.

»Mir geht's gut.« Sie wischte fremde Hände beiseite und

setzte sich auf. »Ich komme mir so blöd vor. Ich brauche keine Hilfe.«

Craeg riss sich das Shirt vom Leib, knüllte es zusammen und drückte den Stoff gegen die blutende Wunde über ihrem Auge. »Sei still«, murmelte er, als sie mit ihm diskutieren wollte. »Du gehst sofort in die Klinik. Das muss wahrscheinlich genäht werden.«

»Ist doch bloß ein kleiner Schnitt.«

»Wo, glaubst du, kommt dieses ganze rote Zeug her?«

»Kein Grund, sich so aufzuregen.«

»Ich bin nicht der, der sich hier herumstreitet …«

So ging es zwischen ihnen weiter hin und her, teilweise fielen sie sich ins Wort. Erst als sie innehielten, um Luft zu holen, merkte Craeg, dass alle im Fitnessraum sie mit einer Miene anstarrten, so von wegen »Na wenn das mal keine Neuigkeiten sind«.

*Shit.*

Egal, zuerst musste er dafür sorgen, dass sie sich behandeln ließ. Dann würde er sich um die vorschnellen Schlüsse kümmern, die hier gezogen wurden.

Und, ja, er war derjenige, der sie hochhob und auf die Trage legte.

Und, ja, wenn irgendein anderer Vampir, einschließlich ihres Kumpels Peyton dort drüben, oder einer der Brüder sie angefasst hätte, dann hätte er demjenigen den Arm abgebissen.

Draußen im Gang stritt sie weiter mit ihm. Er wusste, es lag daran, dass ihr der Sturz Angst eingejagt hatte und sie diese jetzt abbaute.

»Lächerlich.« Aber wenigstens drückte sie sich sein Hemd an die Stirn. »Ich muss mir bloß das Gesicht abwaschen, dann hört das schon auf.«

»Klar, weil ein bisschen Wasser bei diesem fünf Zentimeter langen Schnitt da oben richtig gut helfen wird.«

»Das ist doch völlig übertrieben!«

»Wann genau hast du noch mal Medizin studiert?«

Als sie die Tür zur Klinik erreichten, wollte er mit reingehen, aber Butch stellte sich ihm in den Weg. »Du musst zurück zum Unterricht.«

Craeg öffnete den Mund, um zu widersprechen. In diesem Moment wurde ihm klar, dass er offenbar den Verstand verloren hatte. Wann hatte er diese Frau kennengelernt? Vor vier Nächten, maximal. Das war völlig unangebracht.

Trotzdem schüttelte er den Kopf. »Ich geh hier nicht weg.«

»Man wird sie durchchecken müssen«, gab Butch zurück. »Komplett, wenn du verstehst, worauf ich hinaus will.«

Craeg fluchte und warf einen letzten Blick durch die sich langsam schließende Tür auf Paradise, die sich von der Trage auf die Untersuchungsliege schob. Als würde sie spüren, dass er nicht mehr bei ihr war, blickte sie sich verwirrt und suchend um.

»Ich, äh …« Craeg räusperte sich. »Ich würde sie gerne sehen, wenn sie fertig ist.«

»Wenn das für sie klargeht, kein Problem.«

Craeg nickte und befahl seinen Füßen, kehrtzumachen und ihn zurück zum Fitnessraum zu bringen. Es dauerte eine gute halbe Minute, bis sie reagierten, und selbst dann trödelten sie noch ewig herum.

Sieh an, vor dem Kraftraum wartete Peyton auf ihn.

Seufzend bereitete Craeg sich darauf vor, dass es wieder zu einer Prügelei kommen würde.

»Wann ist das passiert?«, wollte der Kerl von ihm wissen.

»Wann ist was passiert?«

»Du und sie.«

Die seltsame Ruhe, mit der Peyton ihn ansah, konnte beides bedeuten: Akzeptanz oder Aggression. Schon lustig, der perfekte J.-Crew-Look und das überhebliche Aristokratengehabe des Vampirs, in Kombination mit dem wohlhabenden Background, machten ihn zu einem viel aussichtsreicheren Kandidaten, wenn es um Frauen ging.

Und doch hatte Paradise aus irgendeinem Grund Craeg gewählt.

Sie musste verrückt sein.

»Zwischen uns ist nichts«, sagte er.

»Erzähl keinen verdammten Bullshit, klar? Du hast dich mit ihr gebunden.«

»Einen Scheiß habe ich.«

Peyton rollte mit seinen blauen Augen. Dann runzelte er die Stirn. »Moment mal, du meinst das echt ernst.«

»Wovon redest du, verdammt noch mal?«

»Krass. Du erkennst es tatsächlich nicht. Du merkst gar nicht, dass du diesen Bindungsduft verströmst – oder dass du uns allen die Fänge gezeigt hast, als wir ihr helfen wollten. Du hast echt nicht die leiseste Ahnung.«

Craeg blinzelte wie ein Rindvieh. Dann sah er nach links und versuchte, den Abstand zwischen seiner Stirn und der Betonwand abzuschätzen. Wenn er seinen Schädel nur fest genug dagegenrammte, könnte er vielleicht für einen ausreichenden Hirnschaden sorgen, um sein Kurzzeitgedächtnis auszuschalten, damit er vergessen konnte, dieser Vampirin je begegnet zu sein.

Peyton fing an zu lachen. »Ich würde dich ja echt gerne hassen, verdammt. Sie ist eine der besten Frauen, die ich kenne. Stattdessen tust du mir leid.«

»Warum das?«, fuhr Craeg ihn an.

»Weil du schon so tief drinsteckst und immer noch dagegen ankämpfst. Das wird bestimmt lustig anzuschauen.«

»Wie schön, dass ich dich erheitern kann.«

Peyton besaß tatsächlich die Frechheit, ihm auf die Schulter zu klopfen. »Wehe, du kümmerst dich nicht anständig um sie – dann werde ich dich jagen und töten. Ganz langsam.«

Craeg trat einen Schritt zurück. »Ich weiß nicht, wovon du sprichst.«

»Ja, klar tust du das nicht.«

Peyton lachte noch immer, als er sich umdrehte, um die Tür zu öffnen.

Craeg hielt ihn fest. »Woher kennst du sie?«

Kurze Pause. »Sie arbeitet im Audienzhaus.«

»So hab ich sie auch kennengelernt.«

»Nur damit wir uns richtig verstehen, manchmal glaube ich, dass ich auch in sie verliebt bin.« Peyton verdrehte wieder die Augen. »Mann, kannst du mal damit aufhören?«

»Womit?«

»Du fauchst mich an.«

Ups. So was. Seine Fänge waren ausgefahren, und seine Oberlippe hatte sich gekräuselt. »Sorry.«

»Klar, ihr seid nicht gebunden. Überhaupt nicht.« Peyton verschränkte die Arme vor der Brust. »Also, bevor du hier einen auf Cujo machst und mich in Stücke reißt: Ich hab sie nicht mal geküsst. Sie empfindet nichts in der Richtung. Zumindest nicht für mich. Ist auch gut so – ich bin ein verdammtes Arschloch, und sie hat recht, ich hab ein paar echt schlechte Angewohnheiten. Jedenfalls, denk dran, was ich gesagt habe.«

»Und ich hatte gehofft, wir könnten diese Unterhaltung beide vergessen.«

»Niemals, Kumpel.« Auf einmal wurden Peytons Augen zu schmalen Schlitzen und schienen Blitze zu schleudern. »Jeder, der dieser Frau wehtut, ist mein Feind. Und ich mag vielleicht Aristokrat sein, aber wenn es darum geht, zu beschützen, was mir gehört, kann ich zum Tier werden. Verstanden?«

Craeg musterte den Kerl. »Ich kann nichts versprechen.«

»Was soll das heißen?«

»Ich habe … es gibt Dinge … die ich nach dem hier erledigen muss, und dazu gehört nicht, mir eine Gefährtin zu nehmen. Bindung hin oder her, nichts wird diese Tatsache ändern. Nicht mal sie. Und das weiß sie auch.«

Peyton senkte die Stimme, bis sie so tief war, dass man sie kaum noch hörte. »Dann bist du ein Narr. Ein verdammter, dummer Narr.« Doch dann zuckte er mit den Schultern. »Aber, hey, das sind gute Nachrichten. Das bedeutet, dass ich immer noch eine Chance bei ihr habe. Und bevor ich dir eine Beruhigungsspritze verpassen muss, fick dich. Wenn du dich aus dem Staub machst, ist das dein Problem, Arschloch! Und ich versichere dir, dann werde ich ernsthaft um sie kämpfen.«

Da Craegs innere Bestie sich daraufhin auf die Hinterbeine stellte und brüllte, war es wahrscheinlich nur gut, dass Peyton in diesem Moment im Kraftraum verschwand.

Jep.

Ein Schüler lag bereits in der Klinik. Daraus mussten keine zwei werden.

Zumal man den zweiten in Einzelteilen dorthin transportieren würde müssen.

# 34

Marissa redete die ganze Nacht mit Butch.

Selbst während sie ihre Mitarbeiterbesprechung abhielt, ein Vorstellungsgespräch mit einer psychiatrischen Fachkraft führte und kurz bei Mary vorbeischaute, diskutierte sie in Gedanken die ganze Zeit mit Butch.

Die ausgedachten Szenen, in denen sie ihm ordentlich die Meinung geigte, wurden von einem Soundtrack seiner Zustimmung begleitet, was für ein Idiot er doch war, der dringend jede erdenkliche Form von Therapie nötig hatte. Die Tatsache, dass er sie im Lauf der Stunden dreimal angerufen und ihr zwei Nachrichten geschickt hatte, half ihm dabei kein bisschen. Andererseits, selbst wenn Perry Mason zu seiner Verteidigung angetreten wäre, würde er immer noch lebenslang ins Gefängnis wandern ohne Aussicht, je wieder Sex mit seiner *Shellan* zu haben.

Sie hatte auf keinen seiner Kontaktaufnahmeversuche reagiert und sagte sich, dass sie auf Abstand ging, weil sie zuerst ihre Worte sorgfältig wählen wollte. Die Wahrheit war weit weniger rühmlich: Sie fühlte sich verletzt, zurückgewiesen, beiseitegeschoben, und sie wollte, dass er am eigenen Leib erlebte, wie sich das anfühlte.

Was ziemlich gemein war.

Gütige Jungfrau der Schrift, sie war noch nie eine boshafte Person gewesen. Wie sie es hasste, dass das, was ihr auf der Welt am meisten bedeutete, nämlich ihre Beziehung zu ihrem Partner, sie so veränderte!

Und es war genau dieses Dilemma, das sie dazu veranlasste, die Arbeit früher zu verlassen und ihm zu schreiben, dass sie nach dem Training auf ihn warten würde. Sie war fest entschlossen, die schwierige, unvermeidbare Unterhaltung mit ihm zu führen.

Als sie ins Wohnhaus zurückkam und einen Blick in die große Eingangshalle warf, musste sie sofort daran denken, wie viele Leute hier regelmäßig durchkamen. Um etwas Privatsphäre zu haben, beschloss sie, direkt im Trainingszentrum zu warten. Erstens wollte sie es jetzt, da sie sich zu diesem Gespräch mit Butch entschlossen hatte, möglichst bald hinter sich bringen, und zweitens war die Höhle zu beengt. Außerdem war sie sich auch nicht sicher, ob V oder Jane die Nacht freihatten.

Sie wollte definitiv keine Mithörer haben.

Nachdem sie Mantel und Tasche neben der verborgenen Tür unter der großen Treppe abgelegt hatte, gab sie den korrekten Code ein, 1914, und lief die flachen Stufen hinunter. Indem sie dieselben Zahlen ein zweites Mal eintippte, erreichte sie den unterirdischen Tunnel und schlug die Richtung zum Trainingszentrum ein. Ab und zu musste sie ihre verschwitzten Handflächen an ihrem Hosenboden abwischen, und nebenher zupfte sie an ihren Haaren herum, die sie ausnahmsweise offen trug.

Als sie schließlich durch die Vorratskammer ins Büro trat, klopfte ihr Herz laut, ihr Mund war trocken, und ihr Magen revoltierte.

Nach jahrelanger Erfahrung mit Panikattacken konnte sie nur hoffen, dass ihre Nerven sie nicht in diese spezielle Hölle entführen würden.

Ein Blick auf die zierliche Cartier-Uhr, die Butch ihr zu ihrem ersten Jahrestag geschenkt hatte, zeigte, dass sie noch eine Weile würde warten müssen. Mindestens eine Stunde.

Toll, jetzt fühlte sie sich wie im gläsernen Aquarium gefangen.

Kurz überlegte sie, ob sie einfach den Tunnel ein paar Dutzend Mal auf und ab laufen sollte, weil Bewegung ja angeblich den Kopf frei machte, aber sehr verlockend war diese Aussicht nicht. Außerdem, früher oder später würde Butch, selbst wenn er ihre Nachricht nicht bekam, zum Letzten Mahl ins Wohnhaus gehen, und hier hatte sie die besten Chancen, ihn zu erwischen.

Also ging sie zum Schreibtisch und setzte sich dort in den Bürostuhl. Der Computer akzeptierte ihr Log-in, sodass sie sich bei dem Gmail-Account anmelden konnte, den sie extra für die Rückantworten für den Ball zum Zwölfmonatsfestival angelegt hatte.

»Wow.« Sie beugte sich näher zum Bildschirm. Das Postfach war randvoll. »Könnten aber natürlich auch lauter Absagen sein.«

Puh, das waren locker hundert ungelesene Nachrichten, und als sie oben anfing, stellte sie fest, dass es sich bei allen um Zusagen handelte.

*Mit Freude nehmen wir die Einladung an …*

*Selbstverständlich werden sowohl mein* Hellren *als auch ich …*

*Es ist uns ein Vergnügen, …*

Bevor sie sich allzu weit durchgearbeitet hatte, zog sie die Schublade auf und nahm einen Notizblock heraus. Darauf entwarf sie eine Tabelle mit *Name, Antwort* und *Nummer.* Zwischen Computer und Liste hin und her wechselnd, notierte sie die entsprechenden Informationen, und sie war ungefähr bei der Hälfte angelangt, als sie auf den Namen ihres Bruders stieß.

Ein Doppelklick auf den Betreff. Sie hielt die Luft an. Und atmete erleichtert aus.

Er würde nicht kommen. Mit drei höflichen Sätzen deutete er an, dass er in der Klinik gebraucht wurde, aber er wisse die Einladung zu schätzen.

Schon komisch, einerseits war es eine Erleichterung, andererseits seltsam ernüchternd. Sie hatte erwartet, dass er kommen würde, zumal diese Dame anfangs meinte, Havers hätte sie für den Vorsitz vorgeschlagen.

Marissa lehnte sich im Stuhl zurück und dachte an ihren Vorsatz, sich der Vergangenheit zu stellen. Wrath hatte sich schon vor langer Zeit bei ihr entschuldigt, und die offene und herzliche Art und Weise, mit der er Butch und ihre Vereinigung begrüßt hatte, hatte ihr viel bedeutet. Im Grunde hatte sie sich nie viel mit dem aufgehalten, was zwischen ihr und dem König passiert war, aber beim Gedanken an ihre zum Scheitern verurteilte Verlobung und alles, was dem gefolgt war, stellte sie fest, dass sie Wrath vollständig verziehen hatte. Sie empfand ihm gegenüber nichts als Liebe und wusste, dass er mit ihr über die Probleme der Vergangenheit sprechen würde, wenn sie das wollte oder brauchte. Doch mit ihm hatte sie wirklich ihren Frieden gemacht.

Was jedoch das System *Glymera* betraf, war sie nach wie vor sauer, nein, richtig wütend. Leider konnte sie diesen Haufen selbstgefälliger Bullshit-Meister nicht zusammentrommeln und anbrüllen. Unabhängig von alledem zu leben hatte sich als wesentlich gesündere und erfolgreichere Strategie erwiesen.

Und was Havers betraf: Sie hatte vorgehabt, auf dem Ball mit ihrem Bruder zu reden, aber das war im Grunde kein guter Plan. Schließlich brauchte man für so etwas Ruhe – und vielleicht Karteikarten mit Stichworten. Sie war sich nicht einmal sicher, was sie zu ihm sagen würde.

Das war das Problem mit guten Vorsätzen. Man konnte nichts erzwingen, solange man noch nicht bereit dafür war. Und ihre Gefühle waren immer noch recht wechselhaft.

Ja, dachte sie. Dass er nicht zum Ball kommen würde, machte ihr das Leben eigentlich leichter. Und für die Gaffer aus der *Glymera*-Fraktion wesentlich weniger spektakulär.

Bis zum Gespräch mit ihm würde sie vermutlich noch ein bisschen mehr Zeit brauchen und vielleicht ... ach, vielleicht würde sie sich ja mit ihm und Mary zusammensetzen – falls er dazu bereit wäre. Könnte ja sein.

Butch war ihr größtes Problem. Und diese ermordete Vampirin natürlich.

Marissa beendete ihre Auflistung, schloss den E-Mail-Account und machte sich daran, die Zahlen zu überschlagen. Wenn das so weiterging mit der fast hundertprozentigen Zusagenquote, würden sie bei Abalone etwa vierhundert Gäste empfangen. Das waren doppelt so viele, wie sie bei der Planung von Essen und Getränken veranschlagt hatte. Und selbstverständlich wurde von ihr erwartet, dass sie als Vorsitzende dafür aufkommen würde.

Offenbar hatte sie unterschätzt, wie wichtig den anderen das Sehen und Gesehenwerden war.

Seufzend blickte sie erneut auf die Uhr. Wenigstens hatte sie eine gute halbe Stunde herumgebracht.

Immer noch zappelig, unruhig und nervös spielte sie mit der Maus herum und sah dem kleinen weißen Pfeil zu, wie er auf dem Bildschirm seine Kreise zog.

Sie war echt nach wie vor ziemlich wütend auf Butch. Auch wenn sie sich schon deutlich beruhigt hatte, war sie immer noch verletzt und ...

Mit gerunzelter Stirn hielt sie mit ihrem wandernden Pfeil inne.

Ganz unten am Bildschirm befand sich ein kleines Icon, das aussah wie ... der Hinterkopf ihres *Hellren*?

Aber das konnte doch nicht sein.

Als sie auf das Bild doppelklickte, öffnete sich ein Login-Fenster. Der Benutzername war bereits mit *BUTCH ZERS* ausgefüllt, das Passwortfeld war leer.

Es gab nirgends einen Dateinamen, nichts, was ihr einen Hinweis darauf hätte geben können, um was für eine Art von Dokument es sich handelte. Und auch wenn es sie traurig machte, in Anbetracht ihrer aktuellen Situation war sie einfach misstrauisch.

Andererseits, wer seinem Partner gewisse Dinge verheimlichte, musste damit rechnen, dass der andere anfing, so ziemlich alles infrage zu stellen.

Nach kurzem Zögern tippte sie das Passwort ein, das Butch normalerweise benutzte: *1MARISSA1!*

Und tatsächlich hatte sie nun Zugang zu …

Es handelte sich um ein Video-Standbild, eingefroren und bereit zum Abspielen. Butch saß am Tisch, und die Kamera befand sich hinter seinem Kopf.

Marissa drückte auf Play und sah zu, wie ihr *Hellren* diesen schwarzen Schlüssel mit der roten Quaste anstarrte. Es gab keinen Ton, deshalb hörte sie nichts, aber sie stellte sich das Geräusch vor, mit dem das Teil auf die Schreibtischunterlage plumpste.

Ein junger Vampir betrat das Zimmer.

Vermutlich einer der Schüler.

Die beiden fingen an zu reden. Offensichtlich war dies eine Befragung im Rahmen des Programms – und sie lief nicht gut, wenn man der Miene des jungen Mannes glauben durfte.

Als Butch den Schlüssel in die Höhe hielt, wurde klar, worüber sie sprachen.

Zeit für den Ton, dachte Marissa und probierte verschiedene Knöpfe aus. Doch da tat sich nichts. Nachdem selbst alle möglichen Flüche keinen Erfolg brachten, fand sie heraus, dass die Lautsprecher selbst eingeschaltet werden mussten – trotzdem immer noch nichts. Es dauerte eine halbe Ewigkeit, bis sie schließlich bemerkte, dass irgendjemand das Lautsprecherkabel vom Computer getrennt hatte.

»... wie ist es denn so?«, fragte der Vampir.

Marissa setzte sich auf und hielt den Blick auf Butchs Hinterkopf gerichtet. Dieser ließ sich mit seiner Antwort Zeit. »Es hängt davon ab, wie lange es her ist und wie der Tod eingetreten ist. Die neueren Fälle ... vor allem wenn es ein gewaltsamer Tod war ... können unschön sein.«

»Wovon redest du da?«, fragte sie laut.

»Körper mögen es nicht, wenn man sie zerschneidet, zersticht oder in Einzelteile zerhackt, und sie drücken ihr Missfallen aus, indem sie eine Riesensauerei veranstalten. Kein Wunder, wir bestehen schließlich zu siebzig Prozent aus Wasser oder so ähnlich! Und wenn man an einen frischen Tatort kommt, lernt man schnell, wie verflucht wahr das ist. Blutlachen. Tropfen. Spritzer von dem Zeug. Dann wären da noch die fleckigen Kleider, Teppiche, Laken, Wände, Fußböden – oder, wenn es draußen passiert ist, der Erdboden, der Beton, der Asphalt. Und dieser Geruch ...«

Oh ... nein, dachte sie und spürte, wie die Traurigkeit sie übermannte.

Butch fuhr fort. »Bei den älteren Fällen ... da ist der Gestank schlimmer als die Sauerei. Aufgeblähte Wasserleichen sind einfach nur hässlich. Und wenn diese Gase, die sich gebildet haben, entweichen? Das haut einen echt um. Und ich weiß nicht, aber ich stand auch nie so sonderlich auf Brandopfer.« Eine weitere Pause. »Willst du wissen, was ich immer am meisten gehasst habe?« Er zeigte auf seinen Kopf. »Die Haare. Die Haare ... mein Gott, die verdammten Haare, vor allem wenn es Frauen waren.

Verklebt mit Blut, Dreck, kleinen Steinen ... verfilzt und zerzaust ... auf grauer Haut. Wenn ich nachts nicht schlafen kann, dann sehe ich sie vor mir. Dann sehe ich Haare.« Er rieb die Hände aneinander. »Man musste immer Handschuhe tragen ... damit man nirgends Fingerabdrücke hinterließ, nichts von sich. Anfangs waren sie aus Latex, später aus Nitril. Und manchmal, wenn ich eine Leiche untersucht habe, kamen die Handschuhe mit Haaren in Kontakt ... und das war, als würden sie in mich eindringen wollen. So als ... als könnte man sich bei einem Mordopfer irgendwie mit dem Tod anstecken.« Butch schüttelte den Kopf. »Diese Handschuhe waren so verdammt dünn. Und sie haben nichts gebracht.«

Der Schüler runzelte die Stirn. »Warum musstet Ihr sie dann überhaupt tragen?«

»Nein, nein, das mit den Fingerabdrücken funktionierte schon. Aber ich habe an allen diesen Leichen etwas von mir selbst hinterlassen. Jede einzelne ... hat ein Stück von mir.«

Marissa schaltete den Ton aus. Hielt das Video an.

Vergrub den Kopf in den Händen.

»Morgen früh bist du wieder so gut wie neu.«

Als Doc Jane ihr einen Spiegel reichte, wappnete sich Paradise innerlich für den Anblick, aber eigentlich war es gar nicht so schlimm. »Wie viele Stiche sind das?«

»Zwölf. Aber es wird keine Narbe zurückbleiben.«

Vorsichtig berührte sie die Haut direkt unter der Linie aus winzigen schwarzen Knötchen neben ihrer Augenbraue. »So heftig, wie ich geblutet habe, hätte ich schwören können, ich brauche hundert.«

Doc Jane klebte ein weißes Pflaster über ihre Handarbeit. Dann hallte das schnappende Geräusch von Gummihandschuhen im gefliesten Raum wider. »Dieser Bereich ist sehr gut durchblutet. Falls es schon eine Weile her ist, solltest du dich vielleicht nähren. Das ist kein Notfall oder so, aber du hast etwas Blut verloren, und ihr arbeitet da drin wirklich hart.«

Beziehungsweise waren sie, wie in ihrem Fall, unkonzentriert und machten sich zum Affen.

»Du kannst später mit dem Bus zurückfahren, falls du aber nicht so lange warten willst, bitte ich einen der *Doggen,* dich zu einem sicheren Ort rauszubringen, von dem aus du dich dematerialisieren kannst.«

Paradise ließ den Spiegel sinken und versuchte sich vorzustellen, was ihr Vater sagen würde, wenn er ihr Gesicht sah. »Könnte ich den Tag über hierbleiben? Ich kann nicht … ich will so nicht nach Hause gehen.«

Vs *Shellan* lächelte, und ihre tiefgrünen Augen blickten freundlich drein, während sie sich mit der Hand durch die kurzen blonden Haare fuhr. »Ehrlich gesagt habe ich mir das auch schon gedacht, aber ich will niemanden zwingen hierzubleiben, wenn es medizinisch nicht absolut notwendig ist. Und in deinem Fall ist es das nicht. Es könnte nur vielleicht … ein bisschen einfacher für deinen Dad sein.«

»Ist es in Ordnung, wenn ich ihn von meinem Handy aus anrufe?«

»Klar. Wenn du keinen Empfang hast, was vorkommt – in der Cafeteria gibt es ein Telefon, das du benutzen kannst.«

»Vielen herzlichen Dank.« Paradise schwang die Beine von der Liege. »Ich habe gar nichts gespürt, als du die Wunde genäht hast.«

»Du machst das toll, Paradise. Alle sind sehr stolz auf dich.«

»Danke.«

Als ihre Füße den Boden berührten, verzog sie das

Gesicht: Ihre Turnschuhe waren blutbespritzt, was nicht schlimm war, solange sie ihr Vater nicht zu sehen bekam.

Ja, sie musste auf jeden Fall hier übernachten, dachte sie draußen auf dem Gang.

Erst als sie kurz darauf die Tür zum Aufenthaltsraum öffnete, wurde ihr plötzlich etwas klar.

Sie und Craeg würden im selben Gebäude sein.

Den ganzen Tag lang.

Als ihr Körper eins und eins zusammenzählte und zu einem komplett splitterfasernackten Ergebnis kam, dachte sie bei sich: Was soll's. Wenn man sie schon mit Nadel und Faden hatte zusammenflicken müssen, dann konnte sie sich zum Trost wenigstens küssen lassen.

Mmmmmm.

Sie ging zu ihrer Tasche hinüber, die sie neben einigen anderen abgelegt hatte, und stellte sie auf den nächstbesten Tisch, um den Reißverschluss zu öffnen und nach ihrem Handy zu suchen. Aber sie fand es nicht.

Verwundert drehte sie die Tasche um und leerte alles aus. Während sie sich durch Taschentuchpackungen, ihren Geldbeutel, Mascara, ihren Kindle, loses Kleingeld, Lippenstifte und anderen Krimskrams wühlte, beschloss sie wieder einmal, dass sie besser Ordnung halten musste. Okay, wo war …

Ihr Handy war *nicht* da.

Was zum …? Hatte sie es zu Hause liegen lassen? Sie hätte schwören können, dass sie es mit dem restlichen Kram eingepackt hatte. Also fischte sie ein letztes Mal vergeblich im großen Fach herum, bevor sie den Reißverschluss der aufgesetzten Tasche vorne öffnete, um nachzusehen, was sie sonst noch so an nutzlosem Zeug mit sich herumschleppte.

Dort fand sie ihr Handy.

Irritiert sah sich Paradise in dem leeren Raum um. Das Problem war nämlich, sie steckte das verdammte Teil nie da vorne rein, weil sie immer viel zu sehr in Eile war, um sich mit dem Reißverschluss abzumühen. Außerdem hatte sie Sorge, sie könnte vergessen, die Vordertasche zu schließen, und ihr Handy verlieren.

Noch nicht ein einziges Mal hatte sie das Telefon da reingetan.

War jemand an ihren Sachen gewesen?

Einen nach dem anderen ging sie die Gegenstände auf dem Tisch durch. Sie konnte nicht feststellen, dass irgendetwas fehlte, wobei sie über ihren Alltagskram auch nicht unbedingt mental Buch führte. Ausweis, Kreditkarten und Bargeld steckten immer noch im Portemonnaie.

Falls also etwas gestohlen worden war, dann war es nicht mehr als zwei Cent wert.

Während sie ihre Sachen wieder einräumte, musste sie trotzdem ein Gefühl des Unbehagens hinunterschlucken. Aber was sollte sie schon tun? Zu den Brüdern gehen und sagen: »Oh, mein Handy war plötzlich in dieser anderen Tasche und …«

Ja. Klar.

Da sie laut Display keinen Empfang hatte, ging sie zum Festnetzapparat, der neben dem mit Limonade, Cola und diversen Säften gefüllten Kühlschrank an der Wand hing. Als sie den Hörer abnahm, klang das Freizeichen genau wie im Audienzhaus, also wählte sie zuerst die neun für eine Verbindung nach draußen und tippte dann die Nummer ihres Vaters ein.

Fedricah nahm ab, und sie erklärte dem Butler in fröhlichem Tonfall, dass sie den Tag im Trainingszentrum verbringen würde, weil sie an einem Extraprojekt arbeitete. Sie versicherte ihm außerdem, dass sie unter Aufsicht sein würde.

Das stimmte ja auch. Sie würde nicht allein sein, zumindest nicht, wenn es nach ihr ging.

Craeg würde sich um sie kümmern.

»Tut's sehr weh?«

Nachdem sie aufgelegt hatte, sah sie zur Tür. Craeg lehnte am Türrahmen, seine nackte Brust glänzte, und das Relief seiner Brust- und Bauchmuskeln zeichnete sich im hellen Deckenlicht deutlich ab.

Verstohlen genoss sie den Anblick seines halb nackten Körpers und stellte fest, dass sie mit einem Mal tatsächlich ein schmerzhaftes Ziehen verspürte.

»Hallo?«

»Ich werde den Tag hier verbringen.«

Wie erstarrt sah er sie aus schmalen Augen an, also streckte sie ihm ihr Handy hin. »Kein Empfang. Sieht aus, als müssten wir uns für unsere Verabredung um sieben was anderes einfallen lassen.«

# 35

Draußen in der Tiefgarage des Trainingszentrums begleitete Butch die vier Schüler bis an die Tür des Busses, um sicherzugehen, dass sie mit ihrem ganzen Krempel eingestiegen waren. Dann ging er mit schweren Schritten den langen Gang Richtung Büro zurück. Er hatte keine Ahnung, wo Marissa steckte, aber er hoffte, dass sie ihn zurückgerufen oder ihm geschrieben hatte oder irgendetwas, bis er zurück ins Wohnhaus kam.

Aus Versehen hatte er nämlich sein Handy oben auf dem Esszimmertisch liegen lassen. Aber vielleicht war das ja ganz gut so. Er hatte sich selbst fast in den Wahnsinn getrieben, weil er während des Ersten Mahls dauernd auf das Ding gestarrt hatte.

Auf seinem Weg durch den leeren Flur wurde ihm auf einmal bewusst, dass er quasi allein in der Anlage war: V und Tohr waren bereits mit Doc Jane, Manny und Ehlena ins Haus zurückgekehrt, um sich fürs Letzte Mahl vorzubereiten, und auch alle *Doggen* arbeiteten deshalb oben in Fritz' großer Küche. Paradise, Craeg und Axe aßen im Aufenthaltsraum.

Großer Gott, dachte er, was, wenn Marissa aus der Höhle ausgezogen war?

Oh Scheiße, was würde er tun, wenn …

Er öffnete die Tür zum Büro und blieb wie angewurzelt stehen.

»Hi«, begrüßte ihn seine *Shellan*.

Sie war so schön, wie sie da in ihrem Arbeitsoutfit und mit offenen Haaren hinter dem Schreibtisch saß. Wie er diese sanften Wellen liebte, die ihr weich über die Schultern fielen, als käme sie direkt aus *Game of Thrones,* und diese Seidenbluse mit einem Hauch von Pink brachte ihre Haut zum Strahlen wie in einer Zeitschriftenwerbung für Estée Lauder.

»Ich habe deine Anrufe bekommen. Deine Nachrichten.« Sie sah ihn unverwandt an.

Butch trat ein und schloss die Tür hinter sich, doch dann war er unsicher, ob er sich hinsetzen sollte. Oder auf und ab laufen. Auf die Knie fallen und anfangen, sich zu entschuldigen.

»Es tut mir leid.«

»Es tut mir leid.«

Sie verstummten gleichzeitig. Und während der Stille, die folgte, warteten beide darauf, dass der andere sprechen würde.

Butch biss schließlich in den sauren Apfel. »Ich hätte dir das mit Xhex erzählen sollen. Ich habe nichts gesagt, weil ich einfach … das war, bevor wir beide richtig zusammenkamen. Ich hab sie eines Nachts in Rehvs Club getroffen – es war nur diese eine Nacht, und da war von beiden Seiten aus auch nicht mehr. Ich hatte keine Ahnung, dass sie mal mit uns unter einem Dach leben würde, und als es dann so kam, war sie nur eines der Dinge, die ich hinter mir gelassen hatte, verstehst du?«

»Ich weiß. Das verstehe ich.«

Er wartete, dass sie noch mehr sagen würde, aber als sie nur ihre Hände studierte, nahm er auf dem Stuhl ihr gegenüber Platz. »Bist du dir da sicher?«

»Ja.«

Butch schüttelte den Kopf, weil sie weiterhin so still war. »Ich weiß, ich bin alles andere als perfekt, aber wenn du ernsthaft glaubst, ich würde sie dir vorziehen, werde ich sauer.«

»Nein, ich weiß, dass du das nicht tust.«

Trotzdem schwieg sie wieder. In der Leere, die folgte, während er versuchte, keine Angst zu bekommen, musste er daran denken, wie Xhex und er sich abgeklatscht und darüber gescherzt hatten, dass er ihr was schuldig war, weil sie ihm bei einem Kampf in einer Gasse mit mehreren Jägern den Arsch gerettet hatte. »Sie ist einer von den Jungs, verdammt.«

»Ich weiß.«

Butch rieb sich sein zuckendes linkes Auge. »Aha.«

Herrgott, was war nur los mit ihnen? Reden war immer so einfach gewesen, wie atmen. Und jetzt … dieses ganze Schweigen.

»Sag's einfach«, murmelte er. »Was auch immer es ist, wie sehr es mir auch wehtun wird, sag es. Lass mich nicht hier sitzen und mir den Kopf zerbrechen, was du denkst. Mir platzt gleich der Schädel.«

»Warum hast du mir nie was von den Haaren erzählt?«, fragte sie plötzlich.

Butch hob ruckartig den Kopf. »Wie bitte?«

»Ich habe die Videoaufzeichnung gesehen. Mit dem Schüler.« Sie zeigte auf den Computerbildschirm. »Ich habe mir einen Teil davon angeschaut. Den Teil, wo du einem völlig Fremden etwas anvertraust, worüber du mit mir nie gesprochen hast.«

»Welches Video? Ach. Das.«

»Ja, das.«

Butch rieb sich wieder sein Auge. »Das war nichts Wichtiges.«

»Tja, ich schätze, ich frage mich gerade, bei wie vielen anderen Dingen du das auch so entschieden hast. Ich meine, was weiß ich sonst noch nicht über dich? Nach dieser langen Zeit zusammen, dachte ich … ich dachte …« Ihre Stimme wurde belegt, aber sie schaffte es weiterzusprechen. »Was weiß ich sonst noch nicht über dich, Butch?«

Als er ihr über den Tisch hinweg in die Augen sah, lief es ihm unangenehm den Rücken runter. Sie starrte ihn an, als würde sie ihn überhaupt nicht kennen.

»Marissa…«

»Dieses zusammengeschlagene Mädchen auf dem Sofa im Refugium liegen zu sehen, hat mich komplett aus der Bahn geworfen. Diese ganze … hässliche Gewalt, das Leid, der Schmerz ganz aus der Nähe, wie sie mich angesehen hat, mich mit ihren Augen angefleht hat.« Marissas schmale Schultern zuckten. »Das hab ich dir nicht im Detail erzählt, weil ich Angst hatte, dass es dich zu sehr an deine Schwester erinnert. Ich habe nicht mit dir darüber geredet, weil ich Sorge hatte, es würde dich fertigmachen. So, jetzt hab ich's gesagt. Es macht mich nicht glücklich, und ich fühle mich auch ganz sicher nicht besser … aber das habe ich dir verschwiegen. Ach, und dass es mir das Herz gebrochen hat, meinen Bruder wiederzusehen. Es hat mich dazu gebracht, Teile meines alten Lebens zu vermissen, was mir wiederum das Gefühl gegeben hat, dich zu verraten.« Sie hob die Hände. »Das habe ich zu bieten. Also, was hast du mir verheimlicht?«

Als er den Mund öffnen wollte, unterbrach sie ihn. »Bevor du etwas sagst, möchte ich dich daran erinnern, dass ich dich liebe. Ich liebe dich mit allem, was ich habe und bin. Aber wenn du nicht ehrlich zu mir bist, dann gehe ich zurück in die Höhle, packe meine Tasche und ziehe für eine Weile ins Refugium.« Sie hielt seinem Blick ohne zu blinzeln stand. »Unsere Beziehung wird nicht auf Dauer funktionieren, unabhängig von Liebe und Bindung, wenn du die Dinge weiterhin schönfärbst. Oder wenn ich das tue. Das ist keine gute Strategie für uns beide. Und wenn du jetzt das Gefühl hast, als würde ich dich unter Druck setzen, als würde ich dir ein Ultimatum stellen, dann ist mir das egal. Wenn unserer Beziehung irgendetwas in die Quere kommt, *egal was,* dann werde ich es aus dem Weg räumen – selbst wenn du es bist.«

Dass er die Luft angehalten hatte, merkte Butch, weil seine Lunge anfing zu brennen, doch als er stockend einatmete, verbesserte sich das Erstickungsgefühl nicht.

Marissa schüttelte ernst den Kopf. »Hier geht es nicht darum, ob du mal mit Xhex im Bett warst. Sondern um die Tatsache, dass du dachtest, ich würde es nicht ertragen, wenn du es mir erzählst. Oder etwa nicht? Du wolltest mir nicht wehtun, und das ist gut gemeint, aber tu das, was zwischen euch beiden passiert ist, nicht als ›unwichtig‹ ab. Das ist Drückebergerei.« Wieder schüttelte sie traurig den Kopf. »Und mit dieser Sexclub-Geschichte ist es doch ähnlich. Genau wie mit deinem Blowjob-Problem – auch da weigerst du dich, mit mir zu reden. Fazit ist, du hast eine sehr schmeichelhafte, aber eingeschränkte Meinung von mir. Du willst für mich sorgen, aber du steckst mich in einen Käfig. Und nimm mir das nicht übel, aber ich bin in der *Glymera* aufgewachsen, wo man mir ständig gesagt hat, was ich alles nicht tun darf, weil ich die war, die ich war. Das werde ich nicht länger mitmachen.«

Oh Gott … er fühlte sich, als wäre er angeschossen worden. Und zwar nicht, weil ihm eine bestimmte Stelle wehtat. Es war eher dieses Gefühl nahender Kälte, wenn das Blut aus dem Körper sickert. Auch dasselbe Gefühl der Benommenheit und Entfremdung von der Realität.

»Also, Butch, wie hättest du es gern?«, sagte sie leise. »Was wirst du tun?«

Marissa verstummte und hatte ehrlich gesagt keine Ahnung, was in ihrem *Hellren* vorging, was er dachte, ob er überhaupt ein Wort von dem gehört hatte, was sie gesagt hatte. Es war seltsam: Das Herz schlug ihr nicht bis zum Hals, und ihre Handflächen waren nicht feucht, was in Anbetracht des entscheidenden Moments, den sie erreicht hatten, schon irgendwie überraschend war.

Andererseits hatte sie ihren Standpunkt so ruhig und freundlich vorgetragen, wie sie nur konnte. Jetzt war wirklich er am Zug. Ihre gemeinsame Zukunft lag in so vieler Hinsicht allein in seinen Händen.

Als er das Gewicht auf dem Stuhl verlagerte, rechnete sie fast damit, dass er aufstehen und rausgehen würde, doch er pflanzte nur die Ellbogen auf die Knie und rieb sich den Bartschatten am Kinn. Mit der anderen Hand fischte er das große Goldkreuz aus dem schwarzen Shirt.

Okay, jetzt wurden ihre Hände doch ein bisschen feucht.

»Ich, äh …« Er räusperte sich. »Das ist jetzt 'ne ganze Menge zu verdauen.«

»Tut mir leid.«

»Muss es nicht.«

»In Ordnung.«

Aus irgendeinem Grund wurde das leise Summen des Computers plötzlich sehr laut, als würden ihre Ohren so angestrengt auf ein Geräusch ihres Gefährten lauschen, dass sie alles andere verstärkten.

Wieder räusperte er sich. »Mir war nicht klar, dass ich das so schlecht mache.«

»Was genau?«

»Unsere Beziehung.«

»Ich liebe dich immer noch. Ich will dich immer noch. Du hast nicht versagt – und ich bin ein Teil des Problems. Ich war selber ja auch nicht eben wahnsinnig gesprächig.«

»Da bin ich mir nicht so sicher. Was mein Versagen angeht, meine ich.«

Nun beugte auch sie sich vor und streckte den Arm über den Tisch, obwohl sie ihn nicht ganz erreichen konnte. Ein Zeichen war es trotzdem. »Butch, bitte … mach dich nicht fertig deswegen. Das hilft uns jetzt auch nicht weiter. Rede mit mir. Du musst mit mir reden, mehr will ich ja gar nicht.«

»Das kam mir aber nicht so vor.«

Sie hob verzweifelt die Hände. »Ich muss nicht in diesen Club, wenn das für dich so furchtbar ist. Ich kann auch darauf verzichten, die Blowjobs bis zum Schluss durchzuziehen, wenn dich das wirklich nicht antörnt. Ich will nur, dass du mir erklärst, warum, und wir müssen offen über die Dinge reden. Unsere Kommunikation darf nicht immer damit enden, dass du verstummst, nachdem du mir erklärt hast, dass ich ein ›braves Mädchen bin und brave Mädchen das nicht tun, weil sie damit nicht umgehen können‹.«

Butch legte die Finger aneinander und tippte mit den Spitzen gegen seine Lippen. »Von den Albträumen hab ich dir nichts erzählt, weil ich sie so verdammt verstörend finde, wenn sie kommen, dass ich ganz sicher nicht darüber sprechen möchte, wenn ich gerade nicht daran denke. Mich kotzt dieser ganze Scheiß, der mich immer noch verfolgt, dermaßen an, dass ich das Gefühl habe … wenn ich darüber rede, bekommt er noch mehr Macht über mich.«

Marissa dachte an ihre Unterhaltung mit Rhages *Shellan* von vorletzter Nacht. »Ich bin mir ziemlich sicher, Mary würde genau das Gegenteil behaupten. Dass es an Macht verliert, je mehr du darüber redest.«

»Vielleicht. Kann ich nicht sagen.«

Marissa hätte gerne nachgehakt, hielt sich aber zurück. Sie hatte den Eindruck, als hätte sich die Tür einen Spaltbreit geöffnet, und sie wollte auf keinen Fall, dass diese wieder zuschnappte, nur weil sie zu forsch vorging.

»Und was die Blowjobs angeht …« Seine Wangen röteten sich. »Da hast du recht. Ich will mit dir nicht darüber reden, weil ich mich vor mir selber schäme.«

»Wofür denn?«, hauchte sie.

»Weil …«

*Sag's mir,* flehte sie stumm, während er mit sich kämpfte. *Du kannst das … sag es mir.*

Flüchtig begegnete er ihrem Blick. »Hör zu, ich hab keine Lust, dass du mir über das, was ich dir jetzt sage, irgendein Thesenpapier vorlegst, okay? Wie ich es schaffen kann, meine Hemmungen zu überwinden. Haben wir uns verstanden?«

Marissa zog erstaunt die Augenbrauen hoch. »Natürlich, versprochen.«

»Du willst, dass ich rede, also von mir aus. Aber komm mir dann nicht mit irgendeinem Mist von wegen Political Correctness. Das kann ich echt nicht brauchen.«

Da sie ihm noch nie mit irgendwelchem »PC-Mist« gekommen war, vermutete sie, dass er sich absicherte, weil er sich verletzlich fühlte.

»Ich verspreche es.«

Butch nickte, als hätten sie einen Deal abgeschlossen. »Ich bin katholisch erzogen worden, okay? Und damit meine ich *richtig* katholisch, nicht nur auf dem Papier. Und es tut mir leid, aber man hat mir beigebracht, dass das nur Huren und Schlampen machen. Und du … du bist alles, was ich mir von einer Frau je gewünscht habe.«

Abrupt senkte er den Blick und schien nicht weitersprechen zu können.

»Warum schämst du dich deswegen?«, flüsterte sie.

Er verzog das Gesicht fast bis zur Unkenntlichkeit. »Weil ich …«

»Du möchtest, dass ich bis zum Schluss weitermache?«

Mehr als ein Nicken brachte er nicht zustande. Dann sah er plötzlich auf. »Warum bist du jetzt erleichtert?«

»Wie bitte?«

»Du hast gerade aufgeatmet, als wärst du erleichtert.«

Sie lächelte ihn an. »Ich dachte, du würdest mich das nie tun lassen. Und ich wollte schon immer wissen, wie es ist.«

Das Gesicht ihres *Hellren* wurde knallrot. So richtig. »Ich habe nur … ich will nicht, dass du denkst, ich respektiere dich nicht. Und genau das passiert meiner Erziehung nach, wenn man im Mund einer Frau kommt – man mag sie nicht, man liebt sie nicht, man respektiert sie nicht. Und, ja, klar, ich sollte diesen ganzen Scheiß über Bord werfen, aber das ist nicht so einfach.«

Marissa dachte an ihre eigenen Mühen mit den Überresten ihrer Vergangenheit. »Oh, das verstehe ich nur zu gut. Ich habe auch das Gefühl, ich sollte endlich aufhören, wegen meines Bruders und der Jahre in der *Glymera* so verbittert und unsicher zu sein. Aber es ist, als hätte ich nur zu gut gelernt, dass diese Herdplatte heiß ist, wenn du weißt, was ich meine?«

»Total.« Er lächelte ein bisschen. Dann rieb er sich das Gesicht. »Bin ich so rot, wie ich denke?«

»Ja. Und es ist echt süß.«

Er lachte kurz auf, wurde dann aber gleich wieder ernst. Und blieb es auch. »Es gibt noch einen Grund. Also, bei dieser Sache mit dem Club, da gibt es einen weiteren Grund … aber das ist ein bescheuerter Gedanke. Ich meine, so richtig bescheuert.«

»Ich habe keine Angst. Solange du mit mir redest, habe ich wirklich vor nichts Angst.«

Bereits jetzt spürte sie, wie die Nähe zwischen ihnen beiden zunahm, und zwar nicht dieses kurzfristige Phänomen, wenn man gerade ein paar gute Orgasmen gehabt hatte, aber dann wieder zu alldem zurückmusste, was immer noch nicht geklärt ist.

Hier ging es um eine konkrete Verbindung. Eine felsenfeste.

Von der Sorte »ich habe meinen Partner vorher schon geliebt, aber jetzt liebe ich ihn noch mehr«.

Und sie wusste, dass er gleich über seine Schwester reden würde, weil sein ganzer Körper stocksteif wurde. Er schien nicht einmal mehr zu atmen. Dann fingen seine wunderschönen haselnussbraunen Augen an zu glänzen.

Als sie jedoch aufstehen und zu ihm gehen wollte, machte er eine heftige abwehrende Handbewegung. »Wage es ja nicht. Rühr mich nicht an. Komm nicht hier rüber. Wenn du willst, dass ich rede, dann musst du mir jetzt Luft lassen.«

Langsam ließ sich Marissa wieder auf ihren Stuhl sinken. Und während ihr das Herz bis zum Hals schlug, musste sie den Mund öffnen, um atmen zu können.

»Ich bin schon immer abergläubisch gewesen …«, sagte er leise, als würde er mit sich selbst reden. »Du weißt schon, abergläubisches Denken. Ich ziehe alle möglichen Schlüsse, die völlig absurd sind. So ähnlich wie das, was ich zu Axe über die Handschuhe gesagt habe. Auf rationaler Ebene ist mir völlig klar, dass ich keinen Teil von mir an diesen Leichen zurücklasse, aber … es fühlt sich so an.«

Als er wieder verstummte, rührte sie sich nicht vom Fleck.

»Meine Schwester …« Wieder ein Räuspern. Seine ohnehin schon raue Stimme klang wie ein Reibeisen. »Meine Schwester war ein guter Mensch. Wir waren eine große Familie, und nicht alle waren nett zu mir. Sie schon.«

Marissa rief sich in Erinnerung, was sie über das Mädchen wusste: ihr Verschwinden, die Vergewaltigung, der Mord, die Leiche, die man eine Woche später gefunden hatte. Butch war der Letzte gewesen, der sie lebend gesehen hatte.

»Aber sie hatte auch eine andere Seite«, sagte er. »Sie war unterwegs mit vielen … verdammt, das ist hart auszusprechen … aber sie ging mit vielen Jungs aus, wenn du verstehst, was ich meine?«

Sein Gesicht war jetzt bleich, er hatte die Lippen fest zusammengepresst und die Augen halb geschlossen, als sähe er in seinem Inneren schlimme Erinnerungen vorbeiziehen.

Doch er verstummte. Und als er nichts weiter sagte, musste sie die Leerstellen füllen.

»Du glaubst, sie wurde umgebracht«, flüsterte Marissa, »weil sie kein braves Mädchen war. Du glaubst, wenn sie keinen Sex mit diesen Jungs gehabt hätte, wäre sie vielleicht nicht in diesen Wagen gestiegen, sie hätten ihr das nicht angetan, und sie wäre nicht gestorben.«

Butch schloss die Augen. Nickte.

»Und du hasst dich dafür, weil du ihr damit die Schuld gibst – denn das ist Verrat. Dem Opfer die Schuld zu geben, das würdest du niemals irgendjemandem antun, erst recht nicht deiner eigenen Schwester.«

Nun nickte er wieder. Wischte eine Träne weg.

»Darf ich dich jetzt umarmen?«, fragte sie mit brüchiger Stimme. »Bitte.«

Als er erneut bloß nickte, eilte sie zu ihm, schlang die Arme um seinen Körper und zog ihn an sich, bis sie auf dem Tisch saß und er halb auf ihrem Schoß hing.

Über ihn gebeugt roch sie sein Haar und sein Aftershave, streichelte die breiten Schultern und liebte ihn mehr denn je. Das Gefühl in ihrem Herzen in diesem Moment war so gewaltig, dass sie nicht wusste, wie es in ihrem Körper Platz finden sollte.

»Es war nicht ihre Schuld«, krächzte er. »Und das weiß ich. Dass ich diesen Gedanken auch nur ein einziges Mal hatte, ist so verdammt hässlich. Das ist genauso schlimm wie die Tatsache, dass ich sie nicht gerettet habe. Da hätte ich sie ebenso gut persönlich in diesen Wagen stecken können. Mein Gott, zu glauben, dass ihr Verhalten das Problem war.« Butch setzte sich auf. »Ich drehe echt fast durch deswegen. Wenn ich eine Tochter hätte und ihr, Gott bewahre« – er bekreuzigte sich hektisch –, »etwas passieren würde, und dann würde jemand versuchen, die Schuld auf ihren kurzen Rock oder die Tatsache zu schieben, dass sie ein bisschen was getrunken hat oder auch eine ganze Menge, oder dass sie sich auf Sex eingelassen und es sich dann auf halbem Weg anders überlegt hat? Weißt du, was ich mit diesem frauenverachtenden Arschloch machen würde?«

»Du würdest ihn umbringen, gleich nachdem du den Täter ermordet hättest.«

»Verdammt richtig. Scheiße, ja.« Er machte eine kreisende Handbewegung neben seinem Kopf. »Aber dann läuft wieder dieses alte Band, und ab und zu spuckt es diesen furchtbaren, beschissenen Gedanken aus. Ich fühle mich so schlecht deswegen, dass ich kotzen könnte. Um genau zu sein, habe ich gerade jetzt den Papierkorb im Blick und frage mich, ob ich es noch rechtzeitig dorthin schaffe.«

Als er sich hartnäckig weigerte, sie anzusehen, wünschte sich Marissa, Mary wäre mit hier im Zimmer. Wahrscheinlich machten die Leute genau deshalb eine Therapie, denn wenn ein Damm brach so wie jetzt, dann war es vermutlich am besten, einen Profi in der Nähe zu haben.

»Und übrigens«, fügte er hinzu, »bin ich stolz auf meine Religion. Die katholische Kirche ist nicht perfekt, aber ich bin es auch nicht, und sie hat eine Menge Gutes in mein Leben gebracht. Ohne meinen Glauben, ohne dich, wäre ich nur eine leere Hülle.«

»Das verstehe ich vollkommen, und mein Glaubenssystem ist für mich nichts anderes.«

Nach einer Weile der Stille griff Marissa nach seinen Händen. »Wenn ich morgen Abend in diesen Sexclub mitgehe, hast du dann eine geringere Meinung von mir?«

»Oh Gott, nein.«

Sie nickte. »Und mal angenommen, du gewöhnst dich eines Tages an den Gedanken und kommst in meinem Mund, bin ich dann für dich weniger wert?«

Er lachte kurz auf. »Wahrscheinlich würde ich dich nur noch mehr anbeten.«

»Wirst du mich immer noch für ein anständiges Mädchen halten?«

»Weißt du was … um ehrlich zu sein, ja.« Er klang erleichtert. »Ja, ich meine, ich hab vorher noch nie darüber nachgedacht … aber ich würde dich immer noch unglaublich lieben.«

»Dann bist du also in der Lage, die alte Denkweise, was mich betrifft, beiseitezuschieben, richtig?«

»Ja, bin ich.«

»Wenn also so ein Gedanke kommt, schaust du ihn dir an und verwirfst ihn, richtig?«

»Ja.« Er atmete auf. »Ja, genau das mache ich.«

»Also … warum kannst du mit deiner Schwester nicht das Gleiche tun. Den Gedanken zulassen. Ihn gegen all das abwägen, was du über sie weißt, und vor dem Hintergrund deines festen Glaubens bewerten, dass ein Opfer nie die Schuld trägt, egal wie es sich verhält … Ich wette, dann wirst du die Vorstellung, dass deine Schwester, ein ansonsten unschuldiges Mädchen, auf irgendeine Weise zu diesem entsetzlichen, unverzeihlichen Verbrechen beigetragen hat, weit von dir weisen. Ich wette, das kannst du für dich selbst lösen und wirst dich mit diesem Teil des Schmerzes nie wieder herumschlagen müssen.«

Er blinzelte. Dann noch einmal.

»Vergiss den Blowjob«, sagte er.

»Bitte, was?«

Butch blickte mit solch uneingeschränkter Hingabe zu ihr auf, als hätte sie ihm soeben die Welt zu Füßen gelegt. »Ich glaube, ich habe mich gerade noch mehr in dich verliebt. Und ich dachte ... ich konnte mir nicht vorstellen, dass das noch möglich ist.«

Tatsächlich wehte sein Bindungsduft mit einem Mal durch den ganzen Raum, und seine braunen Augen waren dermaßen erfüllt von Emotionen und Verehrung, dass Marissa fast ein bisschen schwindelig wurde.

Sie nahm sein Gesicht in beide Hände und küsste ihn. »Das hier ist so viel besser als vorher.«

»Vor was?«

»Wenn du mich schon auf einen Sockel stellst«, sagte sie und küsste ihn erneut, »dann will ich dort als deine perfekte Partnerin stehen, und nicht weil du mich für das perfekte brave Mädchen hältst.«

Ihr *Hellren* lächelte. »Verstanden. Und ich bin dein.«

Als er sie ebenfalls küsste, dachte sie daran, worum es ging, wenn von »glücklich bis in alle Ewigkeit« die Rede war. Sie kam zu dem Schluss, dass wahre Liebe nicht gleichbedeutend mit mühelos war und es bei der Ewigkeit nicht um Gleichmaß ging. Es fing mit Anziehungskraft an, dann öffnete man sein Herz und seine Seele, aber all das brachte einen nicht viel weiter als bis zur ersten Etappe, auch wenn es schon viel erforderte.

Dann galt es, noch viele, viele weitere Reisen zu unternehmen, um zu größerer Akzeptanz und Verständnis vorzudringen.

Dort fand sich das Glück. Und die Ewigkeit war die Bereitschaft, stets daran zu arbeiten, einander nah zu bleiben, zu lernen und zusammenzuwachsen.

»Ich liebe dich«, sagte er und schlang die Arme um sie. »Mein Gott, wie sehr ich dich liebe.«

Marissa lehnte sich ein wenig zurück und fuhr lächelnd mit den Fingerspitzen seine Gesichtszüge nach. Sie wollte diese heiligen Worte erwidern, aber irgendwie schienen sie ihr nicht weitreichend genug.

Also sagte sie das Einzige, was ihm noch mehr bedeuten würde. »Oh, Schatz … Go, Sox!«

Den Kopf in den Nacken werfend, lachte Butch so laut, dass die Glastür des Büros wackelte. Und lächelnd dachte Marissa: Ja, »ich liebe dich« konnte man wahrlich auf so viele verschiedene Arten sagen.

# 36

Es war erstaunlich, wie ein Fernseher jeden Raum in eine Art Wohnzimmer verwandeln konnte.

Nicht dass Craeg den Wiederholungsfolgen von *The Big Bang Theory* sonderlich viel Beachtung schenkte. Aber er war trotzdem froh, dass ein *Doggen* hereingekommen und das Ding in der Ecke aufgestellt hatte, denn ohne das angenehme Hintergrundgeplapper würde er im selben Raum mit Axe und Paradise wahnsinnig werden.

Er brauchte etwas, um sich von ihr abzulenken.

Obwohl er die Spielkarten in seiner Hand anstarrte, hatte er keine Ahnung, was er mit dem Blatt tun sollte. Axe ihm gegenüber teilte dieses Problem nicht, weshalb er dem Mistkerl nach x Runden Rommé inzwischen fünfzig Mäuse schuldete.

»Okay, ich glaub, ich geh dann mal ins Bett«, ließ sich Paradise von der Couch drüben vernehmen.

Aha. Es war erstaunlich, mit welcher Zuverlässigkeit eine bestimmte Wortkombination, von einer bestimmten Frau ausgesprochen, sofort zu einem verdammten Ständer führte.

Er musste also unauffällig diverse Dinge unterm Tisch neu arrangieren, bevor seine Erektion den Blutzufluss zur Oberschenkelarterie völlig abklemmte.

In der Zwischenzeit erhob sich Paradise aus ihrer zusammengerollten Haltung auf dem Sofa, und Craeg schaffte es sogar, sie dabei nicht anzusehen. Zumindest nicht *direkt:* Am Rande seines Blickfelds verfolgte er jeden ihrer Schritte über den gefliesten Fußboden zur Tür und vor allem die Art, wie sie sich über einen der drei runden Tische beugte, um ihre Tasche zu holen.

»Tschüss«, murmelte Axe und sortierte seine Karten um.

Craeg grunzte bloß.

Nachdem sich die Tür geschlossen hatte, fragte er sich, wie lange er wohl warten musste, bis er sich ebenfalls verdrücken konnte.

»Geh ruhig«, meinte Axe grinsend. »Ich spiel auch gern Solitär. Und da gibt's noch ein paar Pornos, die ich mir anschauen werde. Was eine spaßigere Version von Solitär ist.«

»So müde bin ich gar nicht.«

»Ja, weiß ich.« Sein Gegenüber lachte. »Hör zu, tu mir einen Gefallen: Verarsch mich nicht, indem du versuchst, mir was vorzuspielen, nach dieser Show, die du da im Kraftraum abgezogen hast. Für wie blöd hältst du mich?«

»Ich bin nicht mit ihr zusammen.«

»Dann bist du ein Idiot.«

»Für so was bin ich nicht hier.« Und doch schob er noch während er sprach seine Karten zusammen und legte sie auf den Stapel. »Ich schulde dir einen Fünfziger.«

»Fünfundvierzig. Aber diese Runde hättest du auch verloren.«

»Wahrscheinlich. Willst du's gleich?«

»Lass mal stecken.«

Beim Aufstehen betrachtete er die Piercings, die der Vampir in seinem Gesicht und seinem Ohr stecken hatte, und fragte sich plötzlich, wie viel Metall der Typ wohl noch an Stellen versteckt haben mochte, die man nicht sehen konnte. »Hat das Stechen der Piercings wehgetan?«

»Ja, das ist mit ein Grund, warum ich sie machen habe lassen. Der Sex hinterher ist schärfer.«

»Die Tattoos auch?«

»Ja.«

»Hm. Verstehe. Weißt du was, du bist schlauer, als ich dachte. Und ein noch viel besserer Kartenspieler.«

»Nur weil ich auf Tinte und Metall stehe, dachtest du, ich bin blöd?«

»Was soll ich sagen, ich bin eben recht behütet aufgewachsen.«

Er war schon an der Tür, als Axe meinte: »Ich hab dich für ein Arschloch gehalten.«

Craeg blickte fragend über die Schulter. »Und warum das?«

»Du bist quasi die Vampirausgabe von einem Hinterwäldler. Ich dachte, außer deiner Größe wärst du absoluter Durchschnitt – so einer, der auf dicke Trucks steht.«

»Und jetzt?«

»Jetzt halte ich dich immer noch für ein Arschloch.« Der Grufti lächelte verhalten. »Aber wie sich herausgestellt hat, hab ich nichts gegen Arschlöcher. Außerdem haben unsere Väter …«

Craeg war froh, dass der andere den Satz nicht beendete. »Ja. Jedenfalls guten Tag.«

»Habt Spaß, Kinder.«

»Wird nicht passieren.«

»Wie du meinst.«

Craeg trat hinaus auf den Flur und sah sich um. Alles war still, die Luft sprichwörtlich rein, und trotzdem rührte er sich nicht vom Fleck. Links den Gang runter gab es fünf Einzelzimmer. Seines war das Erste. Dann das von Axe. Und das von Paradise …

Aller guten Dinge waren drei, nicht wahr?

Aber er ging nicht direkt zu ihr. Obwohl er ungefähr so romantisch wie ein Felsbrocken war, landete er irgendwie zuerst bei sich unter der Dusche, wo er sich schrubbte, als würde er gleich der Jungfrau der Schrift persönlich gegenübertreten. Dann rasierte er sich. Ging sogar zu seiner Reisetasche, die er zuvor einfach nur hatte fallen lassen, und verstreute seine Klamotten auf dem Fußboden.

Sie waren sauber. Mehr auch nicht.

Jeans. Mit Löchern. T-Shirts. Ohne Löcher. Seine orangefarbene Syracuse-Baseballkappe.

Fluchend entschied er sich für eine der weiten Uniformhosen und ein frisches Hanes-Unterhemd. Seine Füße blieben nackt, und er betete, *betete*, dass er sich zu ihr rüberschleichen konnte, ohne erwischt zu werden.

Zur Tür raus. Ein weiterer Kontrollblick nach links und rechts, um sicherzugehen, dass niemand unterwegs war. Dann machte er einen auf Linda Hamilton in *Terminator 2* und huschte geräuschlos auf den Fußballen über den blanken Betonboden. Als er die Tür zu Paradises Zimmer erreichte, klopfte er leise.

»Herein?«, rief sie mit hoher, leicht angespannter Stimme.

Kein vorsichtiges Hineinstrecken des Kopfes. Nein. Sein ganzer Körper schoss ins Zimmer, um blitzschnell die Tür hinter sich zu schließen.

»Ich bin so froh«, sagte sie mit einem Lachen. »Ich hatte schon Angst … egal.«

Das einzige Licht war das im Bad, sie hatte die Tür angelehnt. Sie selbst saß im Halbdunkel auf dem Bett und trug einen kurzen weißen Morgenmantel, der in der Taille zugebunden war – und sonst nichts.

Boah. Beine. Endlos lange … Waden, Oberschenkel …

Während Craeg vor Verlangen ins Wanken kam, fragte sie: »Du hast auch geduscht?«

Er nickte. Denn offenbar hatte er seine Stimme draußen im Gang vergessen.

»Möchtest du zu mir herkommen?«

Er nickte wieder.

Dann stand er plötzlich vor ihr. Kniete am Boden. Legte die zitternden Hände auf ihre Beine, schob sie unter den Saum des Morgenmantels. Ihre Haut war genauso weich wie in seiner Erinnerung.

Mit gesenktem Kopf berührte er mit den Lippen ihr Knie.

Oh fuck. Er sollte sich jetzt wirklich wieder in die Senkrechte begeben, sie eine Weile küssen, sie hinlegen … es ihr mit der Hand besorgen – und dann möglichst schnell die Fliege machen.

Aber, nein, genau das passierte nicht.

Stattdessen wanderten seine Hände zu ihren Oberschenkeln und dann weiter hinauf, wobei sie den Mantel vor sich herschoben. Als ihre nackte Haut zum Vorschein kam, sah er, wie Paradise zitterte und die Finger in der Bettdecke vergrub.

»Hast du Angst?«, fragte er. Denn er musste sich ganz sicher sein.

»Nein«, hauchte sie.

»Weißt du, was ich jetzt mit dir machen werde?«

»Nein …«

Er nickte und hielt den Mund dicht an ihrem Knie, sodass er sie beim Sprechen mit den Lippen streichelte. »Öffne deine Beine für mich.«

Das Zittern wurde stärker, aber sie gehorchte und entblößte einen dermaßen schlichten, weißen Baumwollslip, dass er um ein Haar in der Hose gekommen wäre.

Ihr Duft trieb ihn in den Wahnsinn.

»Ich werde dir nicht wehtun«, raunte er.

»Ich weiß. Ich vertraue dir.«

Craeg wanderte auf die Seite ihres Knies und ließ sich alle Zeit der Welt, während er sie liebkoste, mit der Zunge über ihren Schenkel fuhr und mit seinen Fängen sanft darüberstrich.

»Leg deine Hände auf meinen Kopf«, sagte er. »Führ mich hin. Du weißt, wo du mich haben willst. Zeig es mir.«

Ihre Berührung war zuerst zaghaft, sie wuschelte nur durch seine kurzen Haare. »Die sind ganz weich«, flüsterte sie.

»Du auch.«

Seine Hände hatten inzwischen ihre Hüfte erreicht, und er genoss das Gefühl ihrer Hüftknochen. Dann verlor er für einen Augenblick den Faden, weil ihn das machtvolle Verlangen überkam, sie zu besteigen.

Doch das würde nicht passieren, nein.

Fast unmerklich zog sie ihn zu ihrer Mitte, und er folgte nur zu gerne, bearbeitete sie mit seinen Lippen, um sie auf das vorzubereiten, was kommen würde. Dann hatte er diesen Slip erreicht. Als er den Kopf anhob, konnte er sie wegen des aufgebauschten Mantels nicht richtig sehen, also löste er den Knoten und schob die beiden Hälften auseinander. Sie trug ein kurzes, enges, ärmelloses Top und keinen BH, sodass ihre harten Knospen selbst in der schwachen Beleuchtung Schatten warfen.

Stöhnend atmete er ihren Duft ein und legte seine Lippen auf ihr Geschlecht, saugte am Baumwollstoff, der immer feuchter wurde.

Inzwischen zerrten ihre Hände an seinen Haaren. Aus dem schüchternen Griff war nun eine klare Forderung geworden, was bedeutete, dass es an der Zeit für eine Lageveränderung war. Mit einer schnellen Bewegung stand er auf, versicherte sich kraft seiner Gedanken, dass die Tür abgeschlossen war, hob ihre Beine aufs Bett hinauf, spreizte ihre Schenkel und fuhr mit seinen Küssen fort, wobei er ihre Knie weiter nach oben und auseinanderdrückte, damit er es ihr besser besorgen konnte.

Stöhnen. Keuchend rieb sie sich an seinem Gesicht, während ihre Hände ihn näher zu sich heranzogen und sie ihm ihren Körper so leidenschaftlich überließ, dass es ihn einerseits schockierte, andererseits verdammt geil machte. Mit einem Knurren schob er das Top nach oben und berührte ihre hinreißenden Brüste. Sie bäumte sich auf der Matratze auf. Oh, er war so bereit, diesen Slip aus dem Weg zu räumen.

Aber zuerst noch ein wenig Vorbereitung.

Als er zu ihr aufblickte, spürte er, wie sich die Bilder in seinem Kopf einbrannten, genau wie die Geräusche und Gerüche, das Seufzen und Stöhnen, ihre pure Schönheit.

Paradise.

Es war so viel mehr, als sie erwartet hatte.

Paradise vergrub die Finger noch fester in Craegs Haaren und ritt auf einer Welle solch intensiver Lust, dass sie gleichzeitig das Gefühl hatte, ihren Körper zu verlassen und darin geerdet zu werden. Das Gefühl der Reibung, des sanften Drucks, die Hitze in ihrer Mitte war mit nichts zu vergleichen, was sie je erlebt hatte. Und theoretisch hatte sie immer noch ihren …

Nein.

Mit einem kräftigen Ruck zerriss er zuerst die eine, dann die andere Seite, und weg war ihr Slip.

Was sie nun empfand, war feucht und heiß, nichts befand sich mehr zwischen seinen Lippen, seiner Zunge und ihrem Geschlecht.

Dank dessen, was sie nachts zuvor getan hatten, wusste sie, was kommen würde, und als der Orgasmus sie überwältigte, gab sie sich ihm völlig hin, begrüßte die pulsierende Lust, zuckte hemmungslos auf der Matratze und warf dabei die Kissen zu Boden.

Als sie schließlich von ihrem leuchtenden Höhenflug

zurückkehrte, sah sie ihn zwischen ihren Beinen aufragen.

»Nimm mich«, befahl sie ihm. »Tu es.«

Sie packte ihr Top und riss es sich über den Kopf, sodass sie nackt und ausgestreckt vor seinem unglaublichen Körper, der riesigen Erektion, der kaum gebändigten Kraft lag. Doch er zögerte, obwohl der Hunger auf seinem Gesicht ihn wie einen Dämon wirken ließ.

»Craeg …« Sie berührte ihre Brüste, streichelte sich selbst und drückte erneut den Rücken durch, weil das Brennen in ihrem Geschlecht bereits zehnfach zurückgekehrt war, zusammen mit dem Verlangen, dem süßen Ersticken.

Doch er ließ sich lediglich auf die Fersen zurücksinken, legte die Hände auf die Oberschenkel und senkte den Kopf.

»Craeg?«

»Nein …«, stöhnte er. »Ich kann nicht.«

»Was …?«

»Ich werde keinen Sex mit dir haben.«

*Moment mal, was?*, dachte sie.

Als er nichts weiter sagte, stützte sie sich auf die Ellenbogen und zog das Top herunter, um ihre Brüste zu bedecken. »Warum nicht?«

»Es … wird nicht passieren.«

»Was ist los? Was habe ich falsch gemacht?«

»Oh, fuck, es ist … nein, du bist zu gut, du bist …«

»Craeg, du musst damit aufhören.«

*Das reicht,* dachte sie, und streckte die Hand nach ihm aus. Unter ihren Fingerspitzen fühlte sie die verkrampften Muskeln seiner Arme, wusste, zu was für einem Kampf er sich zwang.

»Zieh das aus.« Sie zupfte am Bund seines Shirts.

Eigentlich hatte sie mit Widerstand gerechnet, doch er

leistete keinen. Seine Arme erschlafften, und er ließ zu, dass sie ihm das Unterhemd auszog, und dann … Oh, wie schön er war mit seiner glatten, haarlosen Haut, die sich über solch geballte Kraft spannte. Und als sie mit den Händen über seine Brust fuhr, ließ er sie gewähren. Sein Kopf sank nach hinten, wodurch die Hals- und Schultermuskulatur hervortrat.

Dann schockte er sie.

»Nimm meine Vene«, sagte er rau. »Wenn ich dich nicht haben kann … nimm du von mir …«

Genau wie mit dem Oralsex zuvor passierte es ganz schnell: Ihre Fänge fuhren aus, und ihr Blick heftete sich mit einer Dringlichkeit auf seine Halsschlagader, die sie noch nie zuvor verspürt hatte.

Zischend sprang sie auf und biss zu, vergrub die Fänge in ihm, krallte ihn sich mit einer Gier, der er sich völlig überließ. Sie warf ihn auf die Seite und setzte sich rittlings auf seinen Bauch, als wäre er ihre Beute, während sie saugte und sein Geschmack in ihren Bauch hinabraste und sie von innen her ausfüllte, wie Essen und Schlaf es nie vermochten.

Sie war sich undeutlich bewusst, wie er die Arme ausstreckte, das Kopfteil umklammerte und ihr stöhnend seinen Oberkörper entgegenbog, während seine Hüften pumpten und die Oberschenkel zuckten. Er hatte einen Orgasmus, und sie auch, und dann wurde alles total verrückt und superschnell, als sie ihre Hüfte bewegte und diese harte Schwellung genau dort spürte, wo sie sie haben wollte.

Doch als sie versuchte, seine Erektion zu fassen, ihm die Hose auszuziehen, packte er ihre Hände mit eisernem Griff und hielt sie fest. Als sie protestierte, gegen ihn kämpfte, drehte sich auf einmal alles, und sie lag wieder auf dem Rücken.

Blut lief ihm über Hals und Brust von ihren Bissstellen, aber es war ihm egal.

Er fasste nach seiner Hose und riss den Reißverschluss auf, um sein steifes Glied zu befreien.

Paradise merkte, wie ihr schwindelig wurde, aber sie zwang ihre Augen, sich scharf zu stellen, weil sie ihn sehen wollte.

Er umfasste mit seiner großen Hand den dicken Schaft und fing an, auf und ab zu reiben. Dabei beobachtete er nicht, was er tat; sein Blick war nur auf sie gerichtet. Und trotz der Hitze zwischen ihnen, lag in seiner Miene etwas eigenartig Entrücktes.

Er würde sie nicht nehmen, dachte sie.

Doch ihre Verwirrung und Enttäuschung wurden beiseitegeschoben, als er sich aufbäumte und sich über ihr Geschlecht ergoss.

Er mochte nicht bereit sein, ihren Körper ganz in Besitz zu nehmen.

Aber er markierte ihn, so gut er es vermochte.

Indem sie die Beine weit spreizte, entblößte sie sich vollkommen und sah ihm zu, wie er sich auf seiner selbst errichteten Folterbank quälte. Die Flüssigkeit seines Höhepunkts traf sie in heißen Schüben.

Paradise war zwar Jungfrau … aber tief in ihrem Innern wusste sie, dass es sich hier um einen Kampf handelte, den er verlieren würde.

Vielleicht nicht heute Nacht, aber bald würde er einknicken und mit ihr schlafen.

Sie konnte es kaum erwarten.

# 37

Zwei Nächte später hatte Butch endlich frei, um seine *Shellan* mit in den Sexclub zu nehmen.

Weil er sich so ein Date ja immer erträumt hatte. Von wegen.

Während er in der Eingangshalle des Anwesens unruhig auf und ab tigerte, kam er sich in seinem bescheuerten Aufzug vor wie in einem Halloweenkostüm. Die schwarze Lederhose war okay, das schwarze ärmellose Shirt auch. Aber der Rest …

Was hatte er da an, verdammt?

Wenn er den langen schwarzen Mantel auffächerte, kam jede Menge schwarzes Leder, Fell und Seide zum Vorschein. Das Teil war riesig und berührte trotzdem kaum den Boden, weil ihn die Plateausohlen an seinen Füßen größer als Wrath machten.

New Rocks. So hießen diese Stiefel, die er sich von Axe ausgeliehen hatte und die von den Zehen bis fast unter die Knie geschnürt wurden. Sie wogen auch locker zwanzig Kilo, waren aber überraschend stabil und bequem.

Dann war da noch die Maske. Das Ding bestand aus dünnem Metall und Plastik, und wenn er es aufsetzte und den entsprechenden Klebstoff benutzte, bedeckte es sein ganzes Gesicht mit einem grau-weiß-schwarzen Horrorskelett, das sich bewegte, wenn er sprach.

Ja, es war Maskennacht im *Poke 'n' Play,* und da sollte er natürlich in der Menge nicht auffallen.

Butch zog sein Handy heraus, um nach der Uhrzeit zu sehen. Marissa war aus der Höhle herübergekommen, um mit den Mädels abzuhängen und sich umzuziehen. Dann würden sie beide gemeinsam zum Club aufbrechen, während Axe vom Trainingszentrum aus separat hingefahren wurde.

Als er um das Apfelbaummosaik herumstapfte, war Butch immer noch überrascht, wie sehr er sich an den Gedanken gewöhnt hatte, Marissa mit zu diesem Ausflug ins dunkle, zwielichtige Milieu zu nehmen. Nach dem Gespräch mit seiner *Shellan* war es, als hätte sich irgendetwas in ihm freigeschaltet; irgendein verknoteter, schmerzhafter Muskelkrampf seiner inneren Verkabelung hatte sich gelockert und aufgelöst, sodass er leichter atmen konnte.

Wie sehr er diese schwierige Situation gehasst hatte, in der sie sich plötzlich befunden hatten. Umso mehr genoss er den neuen Zustand.

Wie aufs Stichwort spürte er seine *Shellan* oben an der Treppe auftauchen. Er drehte sich um, blickte hinauf und …

Hngt hmmmmt knnnt hssst.

Oder so etwas in der Art.

Verschwunden war seine wunderschöne Prinzessin in den Designerklamotten. An ihre Stelle war eine erotische Sexbombe getreten, die von Kopf bis zu den in gefährlich hohen Stilettos steckenden Füßen in hautenges schwarzes Latex geschweißt war. Das Einzige, was ihre Identität bestätigte, war der lange blonde Pferdeschwanz, der oben aus einem Loch im Ganzkörperanzug in langen goldenen Wellen herabfiel.

Dann war da noch ihre Maske.

Sie glich einer industriellen Gasmaske, mit runden schwarzen Scheiben als Augen und einem Mundstück, das nichts von ihrer Haut zeigte. Das Ding aus schwarzem Glas und gebürstetem grauen Metall war ein absolutes Kunstwerk.

Als sie auf ihn zukam, verwandelte sich sein Schwanz so schlagartig in einen Ständer, dass Butch sicherheitshalber nachsehen musste, ob der Reißverschluss seiner Hose noch intakt war.

Ihr Körper war ... verdammt, einfach irre, wie das Licht auf die Wölbung ihrer prallen Brüste fiel, Schatten auf ihre schmale Taille warf und ihre Hüften und Schenkel betonte.

Als sie schließlich vor ihm stand, vollführte sie eine langsame Drehung und, heilige verfluchte Scheiße, beim mechanischen Geräusch ihres Atems zogen sich seine Eier zusammen. Das und ihr Hintern. Gütiger Gott im Himmel, ihr ...

*»Na, was denkst du?«*

Die Stimme gehörte nicht ihr. Sie wurde durch irgendein Zwischenstück verfremdet, sodass sie metallisch und verzerrt klang.

»Hmpfgrt hnnn hmppt.«

*»Was?«*

»Er hat gesagt, dass du absolut uuuuuuumwerfend toll aussiehst!«, flötete eine männliche Stimme aus dem Hintergrund.

Butch fuhr herum und funkelte Lassiter, der aus dem Billardzimmer gekommen war und nun lässig im Torbogen lehnte, böse an. Mit Zeigefinger und Daumen eine Pistole mimend, knurrte Butch: »Beweg deinen miesen kleinen Arsch zurück in dieses verdammte Zimmer, bevor ich dir die Augen auskratze und dich mit deiner eigenen Zunge erdrossele.«

Der gefallene Engel hob beschwichtigend die Hände und machte kehrt. »Alles gut. Bin schon weg. Ich gehe zurück und sage kein einziges Wort über sie.«

Sein Rückzug wäre überzeugender gewesen, wenn der Mistkerl nicht einen lauten, anerkennenden Pfiff ausgestoßen hätte, sobald er außer Sichtweite war.

»Ich bring ihn um, ich schwör's.«

*»Bitte tu das nicht.«*

Butch schüttelte bloß den Kopf. »Mein Gott, du siehst … hey, ich artikuliere mich wieder normal. Immerhin etwas.«

Er zog sie an sich und drückte ihren Körper an seinen, während er die Hände über den weichen, leicht klebrigen Anzug wandern ließ, über die straffen Hüften zu ihrem Hintern, wo er beide Pobacken packte, sie zusammendrückte und die Hände dann tiefer schob.

»Ich werde die heutige Nacht nicht durchstehen«, stöhnte er. »Verdammt, ich kann kaum noch gehen.«

Ihr sexy Lachen, durch diesen Lautsprecher verzerrt, ließ ihn in seinen neuen Stiefeln schwanken.

Heilige. *Scheiße.*

»Hast du in deiner Klasse schon Freunde gefunden?«

Auf die Frage ihres Vaters hin lehnte sich Paradise im Klubsessel seines Arbeitszimmers zurück, damit sie die Beine unterschlagen konnte. Was genau sollte sie ihm antworten? Während er durch die Papiere auf seinem Schreibtisch blätterte, betete sie, dass er nicht aufblicken würde und sie erröten sah.

Tja, was sollte sie darauf sagen.

Sie und Craeg hatten die letzten beiden Morgen miteinander telefoniert, stundenlang geredet und … andere Dinge getan. Also, ja, sie waren gewissermaßen Freunde, und sie hatte auch fest vor, ihn wieder persönlich zu treffen, sowohl heute Nacht als auch morgen tagsüber.

Darum ging es nämlich bei ihrem kleinen spontanen Treffen mit ihrem Vater.

Wenn sie nicht bald wieder Hautkontakt hatte, würde

sie den Verstand verlieren. Telefonsex war toll, solange man die echte Variante nicht gehabt hatte.

Oder zumindest fast gehabt hatte.

»Paradise? Ist alles in Ordnung?«

Sie zuckte zusammen und erhob sich betont langsam aus dem Sessel, um zum fröhlich knisternden Kaminfeuer hinüberzugehen. Die Kaltfront, die sie tags zuvor erreicht hatte, war in die Wände des Hauses gekrochen, und die Kühle lauerte in allen Winkeln des Hauses. So würde es bleiben, bis der Frühling im Mai wärmeres Wetter brachte.

Nun hatte sie einen perfekten Grund, ihm den Rücken zuzukehren, während sie mit dem Schürhaken in den Holzscheiten herumstocherte.

»Oh ja, ich habe einige sehr nette Leute kennengelernt, und der Unterricht macht großen Spaß.« Genau wie die kurzen Blicke, die sie zwischendrin auf Craeg erhaschen konnte. »Wirklich erstaunlich, was ich alles nicht weiß.«

»Zum Beispiel?«

Nun ja, wenn sie ins Telefon schnurrte und Craeg erzählte, was sie alles nicht anhatte, dann konnte sie sicher davon ausgehen, dass …

Als orangefarbene Funken in die schwelende Asche fielen, verbot sie sich schleunigst diesen Gedankengang. »Nahkampf ist eine echte Wissenschaft, Vater. Ich hatte noch nie vorher was von Mixed Martial Arts gehört und wusste nichts über die verschiedenen Gefechtsarten. Sie bringen uns diverse Disziplinen bei, von denen jede ihre eigenen Stärken und Schwächen hat. Ich mache viel Sparring mit Peyton und diesem anderen Vampir, Craeg.«

Sie stellte den Schürhaken wieder in den Messingständer und kehrte zu ihrem Sessel zurück. »Ich bin sehr, sehr gut darin.«

Dann verstummte sie, weil sie merkte, dass ihr Vater mitten in der Bewegung, ein Papier auf den Stapel zu legen, innegehalten hatte. Die Rechnung, der Kontoauszug oder was auch immer es war schwebte nun zusammen mit seinem Arm in der Luft.

Sein Gesichtsausdruck glich dem von jemandem, der gerade erfahren hatte, dass Menschen sein Haus dem Erdboden gleichmachen würden.

»Vater …«, begann sie. »Ich bin sehr glücklich. Ich bin wirklich … ich lerne viel über mich selbst, wer ich bin, was ich will, was ich kann.«

Er blickte auf das Dokument, als fragte er sich, weshalb es da vor ihm in der Luft hing. Dann schien er sich zusammenzureißen.

Nachdem er sich geräuspert hatte, wollte er wissen: »Und zu was für Schlussfolgerungen kommst du?«

Nun, die größte war die, dass sie wahrscheinlich dabei war, sich in Craeg zu verlieben. Aber da diese Nachricht ihren Vater vermutlich in Schlimmeres als eine Statue verwandelt hätte, durfte sie darüber kein Wort verlieren. Außerdem hatte sie Craeg noch nichts davon erzählt, und es schien nur angemessen, dass er es als Erster erfahren sollte.

Sich verlieben. So eine große Sache, und doch so einfach.

Und schnell, ja. Aber sie hatte gehört, eine Bindung konnte durchaus auf diese Weise zustandekommen.

»Na ja, ich möchte etwas für unser Volk tun«, antwortete sie.

»Und wie genau?«

»Vater, das bedeutet nicht, im Krieg zu kämpfen.«

»Nachdem du gerade davon erzählt hast, wie gut du bist im …« Er rieb sich die Schläfe. »Vermutlich hätte ich damit rechnen müssen.«

»Womit?«

»Dass du die Richtung änderst. Mir war nur nicht klar, wie es mir damit gehen würde.«

»Ich ändere überhaupt nichts.«

Puh, das klang selbst in ihren eigenen Ohren nach einer Lüge. Sie war sich nicht sicher, wie ihre Zukunft aussah oder wer genau sie am Ende dieses Trainingsprogramms sein würde – wie lange es auch dauern mochte –, aber sie würde nicht mehr so sein wie zuvor.

Die Nächte, in denen sie als brave Vampirin in diesem Haus oder einem anderen gesessen und darauf gewartet hatte, zu irgendeinem gesellschaftlichen Empfang hinuntergehen zu dürfen, waren vorbei. Und, ja, ihre Entscheidung, sich nicht zu vereinigen – außer mit Craeg – hatte weiterhin Bestand.

»Ich wünschte, deine *Mahmen* wäre noch bei uns.«

»Ich auch.« Aber aus einem anderen Grund als der, an den er zweifellos dachte. Paradise hätte ein wenig Rat in Liebesdingen brauchen können. »Sie fehlt mir.«

»Weißt du, dass wir uns wirklich richtig geliebt haben? Wir waren von unseren Familien füreinander auserkoren worden, aber … wir haben uns tatsächlich verliebt. Sie war mein Ein und Alles.«

Mist … verdammter, dachte sie. Seine unterschwellige Werbung für Peyton schoss nicht nur am Ziel vorbei, sondern trieb vielmehr einen Pflock durch ihr Herz, denn sie ließ sich nicht täuschen. Diese Aussage war zwar wahr und wichtig, entsprang aber garantiert auch der Hoffnung, dass sie einer traditionellen Verlobung mit ihrem Freund wohlwollend begegnen würde.

Sie vermutete schon eine ganze Weile, dass ihr Vater sich dies für sie wünschte. Er mochte Peyton, schätzte dessen Familie und wusste, dass sie beide bereits eine Freundschaft verband. Was könnte in den Augen eines aristokratischen Familienvorstands besser für eine Tochter sein als ein solches Arrangement?

Was würde er sagen, wenn er je Craeg begegnete?

Craeg, der Sohn einer Arbeiterfamilie, wie die Menschen es nennen würden. Würde ihr Vater den starken Charakter und die Seele hinter den fehlenden Rangabzeichen überhaupt erkennen?

»Ich kann mich an fast alles gewöhnen«, erklärte ihr Vater mit grimmiger Miene. »Ich kann mich bemühen, zu akzeptieren, wie du dein Leben gestalten möchtest – bis zu einem bestimmten Punkt. Worin ich nicht nachgeben werde, ist das Ziel, dass du die Art von Liebe findest, die deine *Mahmen* und ich hatten. Das ist für mich nicht verhandelbar.«

Sprich: ein Vampir, der aus derselben Schicht stammte wie sie, der ihr das gleiche Leben bieten konnte wie das, in dem sie aufgewachsen war.

»Oh, Vater«, erwiderte sie traurig.

»Es tut mir leid, aber so bin ich nun einmal.«

»Ich weiß.«

Als die Standuhr in der Eingangshalle achtmal schlug, schüttelte Paradise den Schatten ab, der sich über das Zimmer gesenkt hatte, und stand wieder auf.

»Ich muss los.« Sie strich ihr Outfit glatt, das sie für heute ausgewählt hatte. »Ich gehe mit meinen Mitstudenten aus, und dann werden wir tagsüber an einem Projekt arbeiten, das heißt, ich bin morgen Nacht nach dem Unterricht wieder zurück, in Ordnung? Und, ja, wir werden unter Aufsicht sein.«

Als sie ihn quer durchs Zimmer ansah, nahm sie auf einmal ganz deutlich das Ambiente aus altem Vermögen und vornehmer Würde wahr, die nicht erkauft, sondern im Lauf der Jahrhunderte in ihrer wohlhabenden Familie gepflegt worden waren.

Würde sich Craeg hier überhaupt wohlfühlen?

Vermutlich nicht.

»Vater?«

»Verzeih mir.« Er senkte den Blick auf die Papiere auf seinem Tisch. »Aber natürlich. Ich verstehe, dass du aufbrechen musst. Auch wenn du hier fehlen wirst. Du solltest außerdem wissen, dass die Brüder mir nicht viel erzählen, doch das, was sie berichtet haben … macht mich sehr, sehr stolz auf dich.«

Der inzwischen vertraute Schmerz in ihrer Brust, der von ihren Lügen herrührte, flammte erneut auf, denn sie wusste, dass er in Wirklichkeit überhaupt nicht stolz auf sie wäre.

Sie hatte nämlich vor, heute Nacht ihre Jungfräulichkeit an einen Vampir zu verlieren, den er nie gutheißen würde.

Das Problem war, die Brüder hatten ihnen keinerlei Anhaltspunkt gegeben, wie lange diese Ausbildung dauern würde oder wie die längerfristigen Aussichten waren, dass die Klasse zusammenblieb. Und ihr Verlangen nach Craegs Körper trieb sie zur Verzweiflung. Sie war sich nur zu deutlich bewusst, dass die Zeit schnell verging.

Sie würde ihre Gelegenheit nicht verpassen. Und sie hatte den Eindruck, je länger sie zusammen waren, desto mehr veränderten sich auch Craegs Prioritäten. Er war ihr zunehmend zugetan.

Das spürte sie.

Wenn die Dinge nicht wären, die sie ihrem Vater verschwieg, würde sie auf Wolke sieben schweben.

»Wir sehen uns also morgen Nacht nach dem Unterricht«, krächzte sie.

»Ich werde da sein. Pass auf dich auf.«

»Mache ich.« Sie nickte ihm zu. »Ich verspreche es, Vater.«

# 38

Craeg konnte sich nicht daran erinnern, wann er das letzte Mal mit »Freunden« ausgegangen war. Um genau zu sein, hatte er das möglicherweise noch gar nie getan.

Als er seine Jeans anzog und die Löcher verfluchte, befahl er sich, sich zusammenzureißen. Er hatte sich noch nie was aus Mode gemacht. Erstens hätte er sie sich sowieso nicht leisten können, selbst wenn ihm dieser Quatsch wichtig gewesen wäre, und zweitens war es ihm immer als kriminelle Verschwendung von Gehirnleistung erschienen, sich Gedanken darüber zu machen, was man anhatte.

»Du siehst so unglaublich durchschnittlich aus.«

Er verdrehte die Augen, wandte sich nach Axe um und …

»Was zum Henker sind denn *das* für Klamotten?«

Der Vampir sah aus, als hätte man ihm mit der Freak-Keule noch heftiger als sonst eins übergezogen: Sein massiger Körper steckte in einem hautengen glänzenden schwarzen Anzug, der irgendwie chemisch roch und beim Gehen ein seltsam knarzendes Geräusch von sich gab. Schwarze Piercings zierten seine Ohren und sein Gesicht, und von einem Ohrläppchen zur Nase baumelte eine verdammte Kette.

Trotzdem wirkte seine Erscheinung nicht lächerlich, das musste Craeg ihm lassen. Irgendetwas an diesem Mistkerl strahlte Aggression, Macht, Kraft und Sex aus.

Perversen Sex, um genau zu sein.

Axe zuckte mit den Schultern, als hätte er auch nichts anderes an als einen alten Hausmantel. »Ich werde ein bisschen mit meinesgleichen abhängen. Wenn ich nicht bald flachgelegt werde, bring ich mich um. Noch mehr von euch Vanilletypen, und ich brauche ein Potenzmittel, um noch einen hochzukriegen. Ihr tötet mein Feuer.«

»Also, nichts für ungut, aber in diesem Aufzug solltest du lieber nicht zu nah an die Flammen kommen.«

Dann kam die Maske. Sie war natürlich schwarz, aber Craeg hatte auch nicht unbedingt was Pinkes oder Grünes erwartet. Sie saß wie angegossen auf Axes Gesicht und verwandelte seine gar nicht so üble Visage in etwas richtiggehend Abscheuliches: Er war nicht länger Vampir, sondern eine andere Spezies.

Ein Alien.

»Wenn man bedenkt, dass ich dich vorher schon für hässlich gehalten habe«, kommentierte Craeg.

»Wie ich schon sagte, ihr Normalos bringt mich noch um.«

Und so kam es, dass er zusammen mit einem Was-auch-immer im Bus das Trainingszentrum verließ.

Während das Gefährt an den vielen verschiedenen Toren hielt, schwiegen sie beide, aber Craeg war sich sicher, dass sie an das Gleiche dachten: Axe hatte eindeutig vor, mit irgendeiner Grufti-Tante Einlochen zu spielen, während Craeg verzweifelt versuchte sich einzureden, dass er es schaffen würde, bei Paradise nicht die Kontrolle zu verlieren.

Eigentlich sollte dieses Treffen mit den anderen keine große Sache sein. Sie gingen in einen normalen Club mit Musik und Alkohol. Garantiert nichts im Vergleich zu dem Ort, an den es Axe zog.

Aber der Sex würde eindeutig im Mittelpunkt stehen, zumindest für ihn.

Verdammt, Paradise machte ihn echt fertig. Und er hatte das grundlegende Problem erkannt: Seit jener ersten Nacht der Ausbildung hatte er einen Schutzwall nach dem anderen um sich herum aufgebaut, und jeder einzelne davon war zerbröckelt. Als wäre er ein abgestürzter Bergsteiger, und jede Befestigung des Seils, die dazu gedacht war, sein Leben zu retten, war gerissen, eine nach der anderen.

»Weißt du was, du siehst echt scheiße aus, und das nicht nur, weil du so alberne Klamotten trägst«, murmelte Axe.

Craeg sah ihn über den Gang hinweg an. »Ich sehe lächerlich aus? Hast du mal in den Spiegel geschaut? Ich wusste gar nicht, dass ausgehärtetes Schmieröl als Modestatement gilt.«

»Hör auf, abzulenken. Was ist los, Mann?«

Während sie auf dem Weg zum Dematerialisierungsort dahintuckerten, fing Craeg gegen seinen Willen an zu reden. »Ich kann nicht … Es ist einfach nicht richtig.«

»Was denn?«

»Ich kann das nicht tun.«

»Ich warte immer noch auf ein Substantiv. Ich weiß ja, dass du ein Landei bist, aber wenn die Gerüchte stimmen, haben selbst die ein breiteres Vokabular.«

Craeg schüttelte den Kopf. Niemals würde er Paradise bloßstellen, indem er ihre privaten Probleme offenlegte, nicht mal einem Typen wie Axe gegenüber, der Sachen für sich zu behalten schien, und sei es auch nur, weil er überzeugter Narzisst war.

»Also, ich weiß nicht.« Axe streckte die Beine über die Sitzreihe aus und lehnte sich an die verdunkelte Scheibe. »Sie wirkt irgendwie anders als ihresgleichen. Ich glaube nicht, dass du dir Sorgen machen musst.«

Ja, Frauen waren das genaue Gegenteil von Männern, nicht wahr?

Und in diesem Fall war er der Feigling. Nicht sie. Sie

war bereit für den nächsten Schritt, während er den Verdacht hatte, dass er sich hinter ihrer Unbeflecktheit bloß versteckte: Wieder einmal schützte er sich selbst. Wenn er daran dachte, wie er sich bei ihr fühlte …

Trotzdem hielt er es für einen cleveren, wenn auch vielleicht unhaltbaren Plan.

Verdammt, irgendwann im Lauf der Nacht würden sie heute alleine sein. Das war völlig unausweichlich. Und nach zwei Telefonsexsessions war sein Verlangen nach ihr größer denn je. Er war nur noch ein keuchender, hungriger, verrückter Kerl mit Dauerständer und genug aufgestauten Orgasmen, um ihn so zu dehydrieren, dass er eine Gatorade-Infusion brauchen würde.

Er wollte gerne daran glauben, dass er an seinem Entschluss festhalten konnte, wirklich.

Das Problem war, nichts machte ihn schwächer, als wenn sein Name keuchend über ihre Lippen kam.

Eine einzige Silbe und noch dazu eine recht gewöhnliche, denn es war kein imposanter Name. Doch sie musste ihn nur aussprechen, dann war es um ihn geschehen. Wachs in ihren Händen. Jeder Absicht beraubt außer der, in sie einzudringen und dort zu bleiben.

Oh Mann, er steckte echt dermaßen in Schwierigkeiten.

Als Paradise das shAdoWs betrat, sah sie sich um und dachte … hm, nein. Laute Musik wummerte so heftig, dass ihr der Schädel dröhnte. Dunkelviolette und rote Laserstrahlen zuckten durch die von menschlichen Gerüchen geschwängerte Luft. Und an der überwältigenden Aufmerksamkeit, die ihr zuteil wurde, hatte sie kein Interesse.

Da sie keine Ahnung hatte, wo Craeg, Boone und Novo steckten, schob sie sich durch die sich windende Menge. Die ganze Zeit folgten ihr die um Aufmerksamkeit heischenden Blicke von Männern. Einige von ihnen hätte man wohl auch als attraktiv bezeichnen können, aber für Paradise war es eher so, als würde man durch ein Zimmer schlendern und einen Stuhl mit hübschem Bezug bemerken.

Der Stoff mochte schön sein, aber sie würde ihn trotzdem nie mit nach Hause nehmen.

Oder sich, wie in diesem Fall, auf das verdammte Ding draufsetzen.

Das Gebäude, in dem der Club untergebracht war, war wohl einst ein Lagerhaus gewesen, und der hohe Raum, der sich über drei Stockwerke zog, fühlte sich seltsamerweise trotzdem klaustrophobisch an. In der Mitte waren einfach zu viele Leute zusammengepfercht. Wo konnte man denn hier einfach nur gemütlich sitzen, fragte sie sich. Und woher kannten die sich alle? Alle ringsum schienen sich anzufassen …

Auf ihrem Weg über die Tanzfläche entdeckte sie, dass sich außenherum verschiedene Nischen befanden. Vielleicht steckten ihre Leute ja dort? War sie überhaupt im richtigen Club?

»Hey, Baby, komm mal mit.«

Eine raue Hand packte sie um die Taille und zog sie an einen verschwitzten Körper. Paradise funkelte den Typen böse an und versuchte, ihn von sich wegzustoßen, doch er hielt ihre Handgelenke umklammert und riss sie wieder an sich.

»Ich weiß doch, dass du das willst«, lallte er, während er seine Hüfte an ihr rieb. Er roch nach abgestandenem Aftershave, nach altem Zigarettenrauch – oder vielleicht war es auch Hasch? – und einer extrem unattraktiven Form von Geilheit. »Küss mich.«

»Das soll wohl ein Witz sein.«

»Komm schon, du willst es doch auch. Ich weiß, dass du es willst.«

Scheiß drauf, dachte sie.

Mit einer ruckartigen Bewegung befreite sie ihren rechten Arm und rammte ihm die Faust in den Hals. Als er vornüberklappte und seinen Hals umklammerte, musste sie sich zusammenreißen, um ihm nicht mit dem Knie die Nase zu brechen.

Sie überließ ihn sich selbst, drehte sich um und …

… lief direkt gegen Craegs breite Brust.

»Ich wollte gerade kommen und dich retten«, meinte er trocken. »Aber ich hab ja schon am eigenen Leib erfahren, dass du dich sehr gut wehren kannst, also sollte ich wohl nicht überrascht sein, dass du mich nicht brauchst.«

Sofort veränderte sich alles an diesem Club. Die Luft war nicht länger stickig, sondern erotisch aufgeladen. Die Lasershow war nicht grell, sondern funkelnd. Die Musik war nicht laut, sondern dröhnte verführerisch.

Die Menschen nervten immer noch, aber wahre Liebe hatte eben auch ihre Grenzen.

Er sah toll aus. Groß und breitschultrig und stark, mit dieser Kappe auf dem Kopf wie in der ersten Nacht, als sie sich kennengelernt hatten. Unter dem schlichten weißen T-Shirt zeichneten sich seine Muskeln ab, und diese Jeans … der abgetragene weiche Stoff, unter dem an manchen Stellen seine Oberschenkel hervorblitzten.

»Tanz mit mir«, sagte sie und lehnte sich an ihn, damit er sie über den Lärm hinweg hören konnte.

Der Schirm der Baseballkappe verhinderte, dass sie seine Augen sehen konnte, aber sie spürte, wie sein Blick über ihr Outfit wanderte: die tief ausgeschnittene Bluse, der kurze Rock und das enge Jäckchen waren nur für ihn gedacht. Offenbar erfüllten sie ihren Zweck. Er schien auch ihre Haare zu mögen, die sie offen trug, und wie sie sich geschminkt hatte.

»Craeg«, wiederholte sie. »Tanz mit mir.«

»Ich kann nicht«, murmelte er.

»Warum?«

»Ich mag mich nicht, also … du weißt schon … so bewegen.«

Was für eine Lüge, dachte sie und erinnerte sich daran, wie sich sein Körper auf ihrem angefühlt hatte. Er bewegte sich ganz problemlos.

»Mach's trotzdem.« Sie packte ihn an den Hüften und zog ihn an sich. »Tanz mit mir.«

Während sie sich im Takt der Musik an ihn schmiegte, spürte sie seine unmittelbare Reaktion. Sein steifes Glied rieb sich an ihrem Bauch, weil er so viel größer war als sie.

»Die Leute werden was merken«, schimpfte er, aber seine Hände hielten sie bereits fest um die Taille. »Die anderen aus unserer Gruppe.«

»Ja und? Als wüssten die nicht sowieso längst Bescheid.«

Novo wusste es. Sie war schließlich einer der Gründe, dass sie sich das erste Mal geküsst hatten. Peyton? Mit dem würde sie wie gesagt fertig werden. Boone? Der interessierte sich nur für die Ausbildung. Sie war sich noch nicht mal sicher, ob der Typ die Namen seiner Mitstudenten überhaupt kannte. Und Axe wollte heute Abend gar nicht kommen. Genau wie Anslam. Und an einem Ort wie diesem würde kein Mitglied der *Glymera* sich jemals blicken lassen.

Lebe im Hier und Jetzt, sagte sie sich und überließ sich seiner Nähe, seinen Armen.

Dann zog sie seinen Kopf zu sich herab, damit sie ihm ins Ohr flüstern konnte. »Ich hab kein Höschen an.«

Das Knurren, das ihm entfuhr, übertönte sogar die Musik.

»Verzeihung.« Er richtete sich auf. »Ich muss mal kurz was erledigen.«

»Mmmm«, schnurrte sie und stellte ihn sich auf der Toilette vor, wo er sich um seine Erektion kümmerte. »Und was genau könnte das sein?«

»Ich muss sämtliche Männer in diesem Club umbringen, die dich anschauen. Dauert nicht lang, sie sind schwach und können nicht besonders schnell rennen.«

Paradise warf den Kopf in den Nacken und lachte schallend. Sie spürte, wie ihr Herz zu einem Höhenflug ansetzte, während seine starken Arme sie noch fester hielten.

Das hier würde die beste Nacht ihres Lebens werden. Das spürte sie.

# 39

Wie sich herausstellte, war der Schlüssel nichts, was man in ein Schloss steckte. Er diente eher als symbolische Eintrittskarte, die zwei Leute an einem Aufgebot an Sicherheitskräften vorbeischleuste. Diese standen um eine unscheinbare Tür zu einem unauffälligen Garagengebäude in einem heruntergekommenen Teil von Caldwells ziemlich verlassenem Industriepark in der Innenstadt herum.

Marissa ging zwischen Butch und dem Schüler, den er mitgebracht hatte, und stellte fest, dass die Maske ihr ein Selbstbewusstsein verlieh, das sie sonst möglicherweise nicht empfunden hätte. Es hatte irgendwie etwas Befreiendes an sich, die eigene Identität zu verbergen, wenn man sich in eine Umgebung begab, bei der man nicht einschätzen konnte, wie man damit umgehen würde. Es bedeutete zum einen, dass man nicht ständig seine Miene auf gespielte Coolness überprüfen musste. Und zum anderen konnte man zur Abwechslung eine Persönlichkeit austesten, die alles problemlos wegsteckte.

Denn wer sonst würde die Wahrheit kennen?

In der Dunkelheit des Clubs streckte Butch suchend die Hand nach ihrer aus, und sobald sie sich berührten, fühlte sich Marissa noch sicherer. Nichts würde ihr etwas anhaben können, ihr schaden oder sie aus dem Gleichgewicht bringen. Nicht mit ihm an ihrer Seite.

Das Erste, was ihr auffiel, war ein lauter werdendes stampfendes Geräusch, das sie als Bass irgendeiner Musik einstufte. Als sie jedoch um eine enge Biegung traten, stellte sie fest, dass es sich nicht um eine konzertgroße Ansammlung von Lautsprechern handelte, die ihre Pflicht erfüllten. Stattdessen stammte das rhythmische Hackgeräusch von einem Mühlrad, das keinen anderen Zweck zu erfüllen schien, als …

Oh. Okaaaay.

Darunter lag eine Frau mit gespreizten Beinen, und die Maschine penetrierte sie mit …

Als Marissa den Blick abwandte, entdeckte sie einen Mann, dessen nackter, gekrümmter Körper in einer durchsichtigen Plastikkiste steckte, deren eine Seite geöffnet war, sodass Leute …

Als Nächstes sah sie eine Reihe von Untersuchungstischen, auf denen Menschen in Latex-Ganzkörperanzügen genau wie ihrer in verschiedenen Positionen festgeschnallt waren, die Geschlechtsteile für die reihenweise Befriedigung anonymer Fremder entblößt.

Okaaaaaaaaay, sie waren also in einem Sexclub.

Der Raum wirkte innen seltsamerweise zwölfmal größer als von außen, also mussten Wände zu Nebengebäuden herausgeschlagen worden sein, sodass dieses Garagenteil nur den Eingang zu einer Reihe von Räumlichkeiten bildete, die miteinander verbunden waren. Überall herrschte Dämmerlicht, alle trugen Kostüme und Masken, und Sex in seinen verschiedensten Spielarten und Kombinationen war allgegenwärtig.

Ein Experiment und erotisches Abenteuer reihte sich ans andere, wobei das Stöhnen und Ächzen einen Soundtrack bildeten, den die Technomusik eher ergänzte als übertönte.

Bizarrerweise fand Marissa das Ganze erstaunlich … wenig schockierend. Und auch nicht wirklich abstoßend. Die Leute schienen ernsthaft erregt zu sein – und sie waren so freundlich. Im Gegensatz zu den wenigen Gelegenheiten, bei denen sie an anderen Versammlungen von Menschen teilgenommen hatte und heimlich angestarrt worden war, sahen einem die Gäste hier in die Augen und lächelten, als wäre man Teil ihres … nun ja, Vereins. Und wenn sie aus Versehen jemanden anrempelte, dann war die Reaktion entspannt und aggressionslos.

Es wirkte alles so … normal?

Vielleicht lag es in der hemmungslosen Natur der Sache. Vielleicht an der Maske, die ihre Identität verbarg. Vielleicht auch am todernsten Anlass für ihre Anwesenheit hier. Aus welchen Gründen auch immer, sie war jedenfalls erleichtert.

Weiter im Inneren des Clubs bildeten Butch, Axe und sie einen Kreis. Als Butch sie mit seiner Skelettmaske fragend ansah, tätschelte sie seine Hand, nickte und hob den Daumen.

Nachdem er ihr Nicken erwidert hatte, wandte er sich an Axe. Die beiden wechselten ein paar Worte, die sie nicht verstand. In der Zwischenzeit versuchte Marissa, an der Kleidung zu erkennen, wer zum Personal gehörte.

War das Mädchen vor seinem Tod hier gewesen?

Weiter links blitzte es ein paarmal auf, und sie sah genauer hin. Jemand machte Fotos von Leuten, die auf sich drehende Räder gefesselt waren, während Männer auf sie ejakulierten und sie auspeitschten, bis Blut kam.

Da wurde ihr klar: Je tiefer sie in den Club vordrangen, desto härter wurde es.

Hatte jemand das Spiel bei diesem Mädchen zu weit getrieben?, fragte sie sich. Und es aus Versehen umgebracht?

Nachdem Butch sich vergewissert hatte, dass es Marissa gut ging, wandte er sich ganz dem Geschäftlichen zu –

und zwar ohne sich noch einmal ablenken zu lassen. Dieser erotische Moment mit ihr in der Eingangshalle des Anwesens war für ihn sexuell aufgeladen gewesen. Aber das alles hier im Club? Wenn es nach ihm ging, hätten das genauso gut Rasenmäher sein können. Eine Schüssel Haferflocken. Ein Buch über Chemie. Während er in Gedanken eine Strategie entwarf, funktionierte er wieder wie in seinem alten Job, wo sein Gehirn eine Rolle übernahm, die ihn seine Umgebung einerseits überdeutlich wahrnehmen ließ und ihn gleichzeitig davon distanzierte.

Nun musste er sich entscheiden: Während der letzten beiden Nächte hatte er hin und her überlegt, ob er Axe den wahren Grund nennen sollte, weshalb sie in diesen Club gekommen waren. Der Vorteil war, dass sie möglicherweise schneller etwas erreichen konnten, das Risiko, dass er eventuell den Mörder warnte, sei es direkt oder indirekt.

Doch er hatte sich das Video ihres Gesprächs im Büro hundertmal angeschaut, und er glaubte einfach nicht, dass Axe zu einem Mord fähig war. Im Kampf? Ja, absolut. Im Training war Axe ein knallharter Bursche, der durchaus in der Lage war, Gegner im Nahkampf zu vernichten, selbst wenn sie größer waren als er. Auch auf dem Schießstand und beim Dolchtraining war er gefährlich, zögerte nie, den Abzug zu drücken oder zuzustechen.

Aber das war etwas anderes, als eine Frau zu misshandeln. Und trotz seines ganzen Hardcore-Grufti-Bullshits war er weder grausam noch verrückt.

»Also hör zu, ich habe gelogen«, brüllte er Axe über den Geräuschteppich aus Stöhnen und Technomusik ins Ohr.

»Ach, ja?«, gab dieser zurück.

»Bin nur deinem Beispiel gefolgt.«

»Ich fühl mich ja so geehrt.«

»Ich hab den ›Schlüssel‹ nicht von einem Freund bekommen. Er wurde einer jungen Frau abgenommen, die zu Tode geprügelt wurde. Ich bin hier, um herauszufinden, wer sie umgebracht hat, und ich brauche deine Hilfe.«

Axe zuckte zurück. Dann wurden seine Augen zu schmalen Schlitzen. Als er sich wieder vorbeugte, fragte er: »Woher wollt Ihr wissen, dass ich es nicht war?«

»Tue ich nicht.« Butch sah ihm direkt in die Augen. »Das weiß ich absolut nicht.«

Er konzentrierte sich auf den Blick hinter der Maske und wartete darauf, was diese Pupillen machten. Durch die ganzen Extrareize ringsherum und die Tatsache, dass seine Gesichtszüge verborgen waren, stieg die Wahrscheinlichkeit, dass Axe eine nervöse Reaktion zeigen würde.

Stattdessen blieb sein Blick fest.

Was Butchs Instinkt bestätigte, dass der Kerl nicht gelogen hatte, sondern dem Tod wirklich noch nie persönlich begegnet war.

»Hab ich übrigens nicht«, meinte dieser. »Ich habe niemanden umgebracht.«

Butch nickte. »Hab ich mir gedacht. Du hast ein reines Gewissen. Das hast du schon damit bewiesen, was du wegen des Tods deines Dads empfindest. Dein Modegeschmack wiederum ist echt tragisch.«

»Hat Euch zumindest hier reingebracht.«

»Stimmt auch wieder.« Butch sah sich um. »Also, wer hat hier das Sagen?«

»Halt, erzählt mir mehr über die Frau. Vielleicht hab ich sie ja schon mal gesehen? War sie eine von uns?«

»Ja. Und sehr viel mehr weiß ich auch nicht. Sie hatte keine Papiere bei sich, nur diesen Schlüssel. Sie hat es noch geschafft, sich zu einem sicheren Ort zu dematerialisieren. Dort hat meine Marissa sie gefunden.« Der Blick, den Axe Butchs Gefährtin zuwarf, drückte Entsetzen aus, dass jemand, noch dazu eine Frau, einem solchen Horror ausgesetzt gewesen war. »Sie hatte ihre Transition hinter sich, dunkle Haare und dunkelblaue Augen. Mehr weiß ich wirklich nicht.«

»Shit.«

»Das trifft es ganz gut.«

Nicht zum ersten Mal wünschte sich Butch, jemand hätte ein Foto von ihr gemacht, und sei es nach ihrem Tod. Am besten wären dazu noch Aufnahmen von den Wunden, Sicherstellung des Materials unter ihren Fingernägeln, eine sorgfältige Prüfung auf Fasern an ihrem Körper und ihrer Kleidung gewesen. Aber natürlich war nichts davon geschehen. Wie gesagt, bei den Vampiren gab es keine festen Abläufe, um mit Situationen wie dieser umzugehen.

Interessanterweise hatte er sich über diese gesellschaftliche Schwachstelle nie zuvor Gedanken gemacht. Er war viel zu sehr damit beschäftigt gewesen, an vorderster Front zu kämpfen, um sich den Kopf über Probleme innerhalb des Volkes zu zerbrechen.

Dabei hätten ihnen ein paar einfache Routineuntersuchungen schon so viel geholfen.

Axe schien sich wieder auf die ursprüngliche Frage zu besinnen. »Was das Personal angeht, haltet nach etwas Rotem an den Kostümen Ausschau. Meistens bleiben die Angestellten eher im Hintergrund, außer die Regeln werden verletzt oder jemand treibt es etwas zu weit. Dann schreiten sie ein. Und mit zu weit meine ich alles, was über leichtes Blutvergießen hinausgeht.«

»Gibt es Kameras?«

»Vermutlich, aber ich wüsste nicht, wo oder wie man da schnell rankommt.«

Oder wie man sich durch Hunderte von Stunden an

Bildmaterial arbeiten sollte, die sich an einem Ort wie diesem in der inzwischen vergangenen Zeit angesammelt hatten.

Mist.

Sie befanden sich in einem Territorium, wo es um die berühmte Suche nach der Nadel im Heuhaufen ging. Und in Anbetracht dessen, was hier auf dem Spiel stand, war das ungefähr so tröstlich wie eine Messerklinge am Hals.

Trotzdem, er hatte schon früher Unmögliches geschafft.

»Lasst uns weiter reingehen«, sagte er und legte den Arm um seine *Shellan.* »Wir müssen uns alles ansehen.«

# 40

Es gibt hier Orte … Orte, wo wir hingehen können.«

Als Craeg Paradise diese Worte ins Ohr raunte, war er sich deutlich bewusst, wie nah am Abgrund er sich befand. Aber je mehr sie ihn antanzte, umso mehr übernahm der Sex die Regie über sein Gehirn, warf den Verstand und rationales Denken über Bord und machte ihn ganz zum Höhlenmenschen. Kein Höschen? Fuuuuuck. Er musste dringend mehr von ihr spüren, also, ja, es war an der Zeit, nach hinten zu verschwinden, wo es laut Novo abschließbare Rückzugsräume gab, die man benutzen konnte. Schließlich war das die einzige Möglichkeit, wie sie heute Nacht etwas Privatsphäre haben würden. Paradise würde im Morgengrauen wieder nach Hause müssen, und sie konnte ihn ja schlecht mitnehmen. Nicht ohne sich zu ihm zu bekennen, was ihren Vater und sie beide in eine ziemlich peinliche Situation bringen würde.

Und bevor er sie in die Absteige mitnehmen würde, in der er wohnte, müsste erst die Hölle zufrieren.

Shit, wenn er nicht bald Erleichterung fand, würde er die Kontrolle verlieren.

In seiner Hose.

»Bring mich dorthin«, stöhnte sie.

Er nahm ihre Hand und führte sie durch die Menge. Als sie an der Nische vorbeikamen, in der Novo auf Boones Schoß einen Lapdance vollführte – und ihm höchstwahrscheinlich seinen ersten Ständer bescherte –, erwiderte diese Craegs kurzes Winken.

Und zwinkerte ihm wissend zu.

Die privaten »Kabinen« befanden sich im hinteren Teil des Gebäudes. In dem schwach beleuchteten Gang mit den schwarzen Wänden befanden sich zahlreiche geschlossene Türen. Diskrete Besetzt-Zeichen markierten die ersten sieben. Nummer acht war frei.

Craeg ließ Paradise an ihm vorbei den Vortritt in den kleinen gekachelten Raum. Es gab eine Toilettenkabine, ein Waschbecken … und eine Bank. Das Ganze war überraschend sauber. Andererseits befand sich in der Mitte des Fußbodens ein abgesenkter Ablauf und an der Decke ein Sprinklerkopf.

Vermutlich wurde nach jeder Nacht alles desinfiziert.

Nachdem er sich vergewissert hatte, dass die Tür richtig abgeschlossen war, zog er sie an sich, schob seine gierigen Hände unter ihre Klamotten, spürte die Rundung ihrer Brüste, ihren festen Arsch, die Hitze, die verdammte feuchte Hitze ihres Geschlechts. Schon jetzt küsste er sie völlig hemmungslos, und sie erwiderte seine Küsse. Man hätte schwören können, dass sie nicht erst an diesem Morgen drei Stunden mit Telefonsex verbracht hatten.

Aber in echt, in echt war das noch mal was ganz anderes.

Unvermittelt löste sie sich von ihm, zog ihn mit zum Waschbecken.

Mit der Eleganz einer Tänzerin schwang sie sich hinauf auf die Einfassung … dann zog sie die Knie an und stemmte ihre Absätze gegen die Wände der schmalen Nische.

Was ihm den umwerfenden Anblick ihrer hohen schwarzen Stiefel und ihres glatten, feuchten, nackten Geschlechts bot.

»Du weißt, was ich will«, sagte sie. »Und ausnahmsweise ist es nicht dein Mund.«

Schwankend war sich Craeg nur allzu bewusst, dass der Moment gekommen war: Seine Willenskraft war nur noch ein kümmerlicher Rest, sein Sexdrive ein dröhnender Motor, der ihn keinen klaren Gedanken fassen ließ, und, heilige Scheiße … was er da vor sich sah …

»Bist du dir sicher?«, nuschelte er. Während er bereits seine Jeans aufknöpfte.

»Willst du, dass ich bettle?«

»Nein, denn sonst komme ich sofort.«

Er sah sich um, konnte aber keine Kameras entdecken. Das bedeutete natürlich nicht, dass nicht irgendwo welche versteckt waren. »Ich wünschte, es gäbe einen anderen Ort, wo wir das tun könnten.«

»Mir ist völlig egal, wo wir es tun.«

Mit diesen Worten knöpfte sie ihre Bluse auf und zog die Körbchen ihres BHs nach unten, sodass sich ihm ihre festen Brüste entgegenreckten. Die blonden Haare fielen ihr über die Schultern, die blauen Augen hatte sie halb geschlossen, während sie mit der Zungenspitze ihre Lippen befeuchtete, und die Spitze seines Schwanzes kribbelte, als würde sie jeden Moment explodieren.

»Bitte«, stöhnte sie und wand sich wie unter Schmerzen.

Mehr brauchte es nicht.

Als seine Erektion aus dem offenen Schlitz seiner Jeans hervorsprang, nahm er sein schweres Glied in die Hand und näherte sich Paradise. Shit, er konnte nicht glauben, dass das jetzt echt passierte. Nicht der Sex an sich; das hatte er fürwahr schon oft genug getan.

Es war der Aspekt, dass er Sex mit ihr haben sollte, der ihm zu schaffen machte.

Zumal er nun die pochende Spitze direkt vor dem Ziel seiner Wünsche sah. Er wollte ihr gerne irgendetwas sagen, das es für sie perfekt machen würde, zum Ausdruck bringen, dass er wusste, was für eine große Sache das für sie war, irgendetwas tun, was diese Erfahrung mit einem Redneck in einem Club in das andächtige, einzigartige Erlebnis verwandelte, das es für ihn darstellen würde.

»Ja, ich will es«, sagte sie leise. »Ich will es mit dir, und nur mit dir.«

Er hob den Kopf und blickte in ihre hypnotischen Augen. Da passierte etwas Seltsames. Vor dem Hintergrund der gedämpften Bassklänge, den Hunderten von Menschen dort draußen und dem brennenden Verlangen in seinem Blut, verlangsamte sich um ihn herum auf einmal alles.

*Sorg dafür, dass es gut wird,* sagte er sich. *Dass es für sie etwas Besonderes wird.*

Er führte die Spitze seines Gliedes an ihr Geschlecht und rieb damit an ihrer Spalte auf und ab. Sie zuckte zusammen, dann biss sie sich mit den Fängen auf die Unterlippe.

Ihre Oberschenkel fingen an zu zittern. Ihr Atem ging schneller. Ihr Duft wurde intensiver, berauschender.

Mit einem Stöhnen teilte er ihre Mitte, doch das konnte er nicht lange aufrechterhalten. Er war kurz davor zu kommen.

Indem er sich über sie beugte, stützte er sich auf der freien Hand ab.

»Ich mach langsam«, war das letzte Sinnvolle, was er sagte.

Paradise war mehr als bereit, ihr Körper gleichzeitig am Zerfließen und erwartungsvoll angespannt. Dann spürte sie, wie er über ihre Hitze strich, und wäre beinahe gekommen.

Es gab so viele Gründe, das hier nicht zu tun, so viele vernünftige Argumente, weshalb sie auf einen besseren Moment, einen passenderen Zeitpunkt, eine beständigere

Phase in ihrem Leben und dem von Craeg warten sollte. Aber wenn die Überfälle ihr eines gezeigt hatten, dann, dass Zeit ein Luxus war, den sich kein Sterblicher leisten konnte zu verschwenden.

Die Worte ihres Vaters dienten im Nachhall nicht als Warnung, wie sie gedacht gewesen waren, sondern eher als Ausdruck eines Zieles, das sie freudig annehmen sollte.

Sie liebte diesen Vampir. Ja, sie kannte ihn noch nicht lange, und ja, es war verrückt, aber nein, sie hatte noch nie etwas auch nur annähernd Vergleichbares wie diese Verbindung gespürt, und wie sonst sollte sie das Gefühl nennen. Nein, sie hatte keine Kontrolle darüber, ob Craeg bleiben oder morgen Nacht, nächste Woche, nächsten Monat, nächstes Jahr verschwinden würde – aber jetzt war er bei ihr.

Und das war mehr, als sie je erwartet hatte.

Plötzlich spürte sie einen leichten Druck, als seine stumpfe Spitze vorwärtsdrängte. Dann rieb er mit dem Daumen den kleinen Knubbel am Ansatz ihres Geschlechts, was sie schier wahnsinnig machte und diese kribbelnde, aufregende, brennende Hitze auslöste, die sie nun als Vorstufe zum befreienden Höhepunkt kannte, nach dem ihr Körper verlangte.

Sie zog ihn an sich, damit sie ihn küssen konnte, seinen Mund mit ihrer Zunge streicheln. Sie hatte überhaupt keine Angst. Vielleicht sollte sie das, aber sie wollte es eigentlich vor allem hinter sich haben, damit sie der erotischen Verbindung freien Lauf lassen konnten.

Craeg begann, die Hüften in einem wiegenden Rhythmus vor und zurück zu bewegen, vor und zurück. Seine Erektion drang jedes Mal ein kleines Stückchen weiter in sie ein.

Dann veränderte sie ihre Position, sodass ihr Becken anders lag.

Seine Finger machten sich mit kreisenden Bewegungen wieder ans Werk, während sein Körper seltsam still wurde. Sie wollte gerade protestieren, doch dann wurden die Empfindungen so intensiv, dass ihr Gehirn auf Stand-by schaltete, weil der Orgasmus sie überrollte.

Und in diesem Moment durchbrach er mit einem starken, heftigen Stoß eine Barriere, die ohne jegliche Schmerzen nachgab.

Craeg begann am ganzen Körper zu zittern, und das Beben übertrug sich über die Stelle ihrer Vereinigung auf Paradise. Kurz darauf bewegte er sich vorsichtig in ihr, tiefer und tiefer, schneller und schneller. Er war so groß und prall, und dieses Gefühl des Ausgefülltseins war … einfach unglaublich. Während er in sie hineinstieß, küsste er sie leidenschaftlich.

Egal, was die Zukunft für sie beide bereithielt, nichts würde je etwas an der Tatsache ändern, dass er ihr erster Mann gewesen war.

Als sie erneut zum Höhepunkt kam, kam auch er.

Und, ja, es war so perfekt und wunderschön, wie sie sich das nur hätte wünschen können. Selbst in einem Menschenclub, an einem öffentlichen Ort wie diesem, mit Hunderten fremder Leute auf der anderen Seite einer dünnen Tür … war es der Himmel auf Erden.

Denn so war das eben, wenn man mit der richtigen Person zusammen war.

# 41

Als Craeg sich schließlich nicht mehr bewegte, sank Paradise nach hinten gegen das Waschbecken. Dass der Wasserhahn sich in ihre Wirbelsäule bohrte und der Spiegel gegen ihren Kopf drückte, war ihr dabei völlig egal. Sie schwebte, losgelöst … zumindest bis sie an sich hinabschaute und sah, dass er sich immer noch zwischen ihre gespreizten Schenkel drückte, wo ein Teil von ihm tief in ihr drin steckte.

Himmlisch.

Schade nur, dass er so besorgt wirkte, als hätte er womöglich Angst, dass sie weggetreten war, weil er ihr wehgetan hatte oder so.

Sie wollte ihn beruhigen, ihm sagen, dass es unglaublich gewesen war, aber ihr Gehirn war noch viel zu benommen, um zusammenhängende Sätze zu formen, also legte sie alles in das Lächeln, das sie ihm schenkte.

»Wow …«, flüsterte er. »Du bist so wunderschön in diesem Moment.«

Paradise bemühte sich, einen klaren Gedanken zu fassen, und sagte leise: »Ich bin froh, dass wir das gemacht haben. Wann können wir's wieder tun?«

»Morgen Nacht. Aber du wirst wund sein. Das ist ganz normal.«

»Ich verbringe den Tag im Trainingszentrum.«

Er zog die Augenbrauen hoch. »Ach ja?«

»Ich hatte vor, dich zu verführen.«

»Na, wie könnte ich es wagen, deine Pläne vereiteln zu wollen.«

Als er sich hinunterbeugte, um sie zu küssen, versetzte es ihr einen kurzen Stich, weil ihr klar wurde, dass er das hier schon mit anderen Frauen getan, sie vielleicht sogar auch als Erster genommen hatte – was erklärte, weshalb er so gut darin war. Aber nein, diese Gedanken waren jetzt nicht angebracht.

Hier ging es nur um sie beide. Alles andere musste außen vor bleiben.

»Wie wäre es, wenn wir es gleich noch mal machen?«, schlug sie vor und bewegte ihre Hüften, sodass ihr Geschlecht seines liebkoste.

»Paradise … bist du sicher, dass mit dir alles in Ordnung ist?«

Sie stöhnte ein *Jaaaaaaa* als Antwort, stützte sich am Waschbeckenrand ab und nutzte die wenige Bewegungsfreiheit, die sie hatte, um wieder einen Rhythmus zwischen ihnen zu schaffen.

Und es funktionierte.

Ehe sie sich's versah, saß sie nicht mehr auf dem Waschtisch, sondern umklammerte Craegs Körper, die Beine um seine Hüften geschlungen, die Arme hinter seinen breiten Schultern verschränkt.

Mit festem Griff bewegte er sie auf seinem steifen Glied auf und ab, schneller und härter als beim ersten Mal. Um ihm zu helfen, machte sie kräftig mit, was die Intensität noch verstärkte.

Mehr Orgasmen, immer wieder, ihre Haare peitschten ihnen beiden ins Gesicht, während von seinem Körper ein dunkler, würziger Geruch aufstieg und die Lust ihre beiden Seelen auf eine Art verschmelzen ließ, die sich dauerhaft anfühlte.

Als sie schließlich innehielten, ließ Paradise sich in seine Arme sinken, schlaff und kraftlos, heiß wie ein Ofen, benommen, als wäre sie eine Million Meilen gerannt.

In diesem Moment klingelte ihr Handy.

Als es in ihrer Jackentasche anfing zu bimmeln, hob sie mühsam den Kopf. »Das darf doch nicht wahr sein.«

Sie wartete ab, bis die Mailbox ranging, dann lächelte sie Craeg an. Wie sie es liebte, wenn sich ihre Gesichter so nah waren, wenn sie jede einzelne Wimper und die kleine Delle in seiner Nase sehen konnte, den Schatten seines Barts, der bereits wieder sprießte.

»Hallo du«, flüsterte sie.

Ausnahmsweise reagierten seine Lippen auf die gleiche Weise. Etwas schüchtern grinste er zurück.

Paradise streichelte zärtlich sein Gesicht. »So werde ich dich immer in Erinnerung behalten.«

Gleichzeitig dachte sie: Seltsam, weshalb verabschiedete sie sich von ihm? Das hier war doch erst der Anfang …

Ihr Handy fing wieder an zu klingeln.

»Tut mir leid«, sagte sie etwas genervt. »Ich hoffe, es ist nichts passiert.«

Sie musste sich etwas verrenken, um an ihre Tasche zu gelangen, und war sich dabei nur zu bewusst, dass sie immer noch miteinander verbunden waren. Beim Blick aufs Display fluchte sie.

»Peyton, also wirklich«, murmelte sie und stopfte das Handy zurück an seinen Platz. »Vermutlich weiß er, dass wir hier hinten sind. Er liebt es, Leute zu belästigen.«

»Sieht aus, als wäre er also doch noch aufgetaucht, was?«

»Du weißt, dass er für mich wie ein Bruder ist. Das ist dir doch klar, oder?«

»Ja. Ist es.«

Als sich ihr Handy zum dritten Mal meldete, biss sie die Zähne zusammen. »Mein total nerviger Bruder.«

»Geh ran, dann hört er auf.« Craeg wiegte sich in den

Hüften, was ihr ein Stöhnen entlockte. »Ich geh nicht weg.«

Paradise nahm das Gespräch entgegen und hielt sich das Telefon ans Ohr. »Jetzt reicht's aber langsam …«

»Parry …?«

Sobald sie seine Stimme hörte, wurde sie misstrauisch. In all den Jahren, seit sie ihn kannte, hatte er noch nie so geklungen. Verloren … wie ein kleiner Junge.

»Peyton? Was ist los?«

»Etwas ganz Schlimmes ist passiert, Parry. Hier ist Blut … überall …«

*»Was?«* Sie lehnte sich zurück, woraufhin Craeg sie sofort absetzte. »Peyton! Wo bist du?«

»Bei meiner Cousine … meine Cousine … die, die angeblich verschwunden war …«

Paradise sah Craeg an. »Peyton, Craeg und ich sind schon unterwegs – aber wo bist du genau?«

Als er ihr stammelnd eine Adresse nannte, wiederholte Paradise sie und streckte Craeg dann das Handy hin. »Ich muss mich waschen, rede du weiter mit ihm – lass ihn auf keinen Fall auflegen.«

Zehn Minuten später betrat Craeg ein schickes Apartmentgebäude mit dunkelgrünem Vordach, einer Marmorlobby und einem Portier, dessen Uniform dieselbe Farbe hatte wie die Markise draußen.

Während er noch zögerte, weil er damit rechnete, hinausgeworfen zu werden oder sich einer Leibesvisitation unterziehen zu müssen, bevor er sich auch nur einen Schritt vom Fußabtreter entfernt hatte, ging Paradise direkt zum Pförtnertisch hinüber.

»Hallo«, sagte sie ganz ruhig und freundlich. »Mein Freund Peyton ist hier, um Ashley Murray zu besuchen, und er hat uns gebeten dazuzustoßen.«

»Dann rufe ich kurz oben an«, erwiderte der Mann und griff nach dem Telefon. »Hallo? Ja, hier spricht der Empfang. Sind Sie … wunderbar. Ich schicke sie nach oben.« Der Wachmann deutete mit dem Kopf auf die Aufzüge. »Bitteschön.«

»Vielen Dank«, sagte Paradise und streckte die Hand aus.

Zuerst kapierte Craeg nicht, weshalb sie das tat, doch dann wurde ihm klar, dass er sich nicht vom Fleck gerührt hatte und immer noch direkt hinter der Drehtür stand.

Er eilte mit gesenktem Kopf zu ihr und ignorierte dabei den Pförtner. Eine schöne junge Frau war eine Sache, aber er war sich durchaus bewusst, dass man ihn, der etwa fünfmal so groß war wie sie, bestimmt misstrauischer beäugen würde. Sie schafften es jedoch unbehelligt in den Aufzug und waren kurz darauf unterwegs in irgendein Stockwerk weit oben.

Das Erste, was sie sahen, als sie in den langen beigefarbenen Korridor hinaustraten, war Peyton, der am anderen Ende auf dem Teppichboden saß und das Handy umklammert hielt.

Der starke Blutgeruch in der Luft stieg Craeg sofort in die Nase, aber ein Mensch hätte ihn vermutlich nicht bemerkt.

Paradise lief zu ihrem Kumpel und kniete sich neben ihn. »Peyton?«

Er sah sie erst an, als sie ihn an der Schulter berührte. Sein Gesicht war kreidebleich und seine Augen weit aufgerissen. »Es ist schlimm.«

»Ist sie … da drin?«

»Nein. Aber das Schlafzimmer … das Schlafzimmer.«

Craeg ließ Paradise bei Peyton zurück und drückte die Tür auf. Sofort wurde der Todesgeruch deutlicher und sogar noch intensiver, als er einen weitläufigen Raum mit weißem Teppich, weißer Couch und einer Fensterfront betrat, deren fehlende schwere Vorhänge das Apartment für einen Vampir eigentlich unbewohnbar machen sollten.

Kalt, es war unheimlich kalt. Und ein böiger Wind wehte durchs Zimmer.

Ein Blick nach rechts zeigte ihm nichts Auffälliges in der kleinen Küchenzeile, keine Unordnung, alles aufgeräumt, eine Schale mit frischem Obst, halt, nein, die Äpfel waren aus Plastik.

Geradeaus gab es einen Flur, an dessen Ende eine einzige Lampe brannte. Darauf steuerte Craeg zu.

Als er um die Ecke bog, blieb er im Türrahmen stehen. Das Doppelbett ihm gegenüber war mit Blut durchtränkt, als hätte jemand einen Eimer Farbe über die weiße Decke, das Laken, die Kissen und das Kopfteil ausgeschüttet.

Auch auf dem Boden waren Flecken, die eine Spur bildeten hinüber zur …

Die gläserne Schiebetür, die auf eine Art Terrasse hinausführte, stand sperrangelweit offen. Und jedes Mal, wenn sich die milchig weißen Vorhänge im Wind blähten, wurden die blutigen Handabdrücke auf der Scheibe und am Rahmen sichtbar, dann waren sie wieder verborgen, sichtbar, verborgen.

Craeg drehte sich zurück zum Bett, registrierte die Drogenutensilien auf den Beistelltischen: Spritzen, Löffel, kleine Stückchen Alufolie. Es gab keine Kondome. Keine Waffen. Außerdem nichts Persönliches, keine Fotos, Erinnerungsstücke, Krimskrams. Das hier war ein Ort, wo man fickte, Drogen nahm und vor dem Morgengrauen wieder verschwunden war. Aber das Apartment war teuer.

»Oh nein, wie furchtbar …«

Als er Paradise hinter sich hörte, blickte er über die Schulter. »Komm hier lieber nicht rein.«

Sie tat es trotzdem, was ihn nicht wirklich überraschte.

»Wo ist Peyton?«, fragte er.

»Hier«, tönte eine matte Stimme aus Richtung Tür.

Zu dritt standen sie da und dachten vermutlich alle dasselbe: Niemand überlebte so etwas. Niemand.

»Ich muss meinen Vater anrufen«, krächzte Paradise. »Das übersteigt unsere Fähigkeiten.«

Craeg schüttelte den Kopf, als sie ihr Handy herauszog. »Nein, wir sollten die Brüder informieren.«

Peyton mischte sich ein: »Deshalb ruft sie ja ihren Dad an.«

Während Paradise mit dem Telefon am Ohr umherging, runzelte Craeg verwirrt die Stirn. »Wie meinst du das?«

Peyton zuckte mit den Schultern. »Ihr Vater ist oberster Berater des Königs. Das ist jetzt das Beste.«

Zuerst ergaben die Worte keinen rechten Sinn, die Reihe von Substantiven und Verben und anderem Mist gingen bei ihm zum einen Ohr rein und zum anderen wieder raus. Doch nachdem er sie ein paarmal innerlich wiederholt hatte … nahm auf einmal eine seltsame Kälte von seinem ganzen Körper Besitz, von den Augenbrauen bis zu den Knöcheln. Sein Herz machte einen Satz. Blieb stehen. Schlug in ungutem Tempo weiter.

Craeg sah wieder Paradise an und lauschte wie aus großer Ferne, während sie eindringlich ins Telefon sprach. Bisher hatte er nie sonderlich darauf geachtet, wie sie redete, weil er viel zu sehr mit ihrer Anziehungskraft auf ihn beschäftigt gewesen war. Aber jetzt, ihr ganzer Tonfall, die Aussprache, die Betonung … genau wie bei Peyton. Und nicht, weil sie sich einen vornehmen Akzent antrainiert hatte wie irgend so ein Angeber.

Dumpf sagte er: »Sie ist nicht bloß die Sekretärin in diesem Haus, hab ich recht?«

Als Butchs Handy in der Hosentasche anfing zu vibrieren, wollte er eigentlich gar nicht rangehen – schließlich befand er sich in einem Sexclub auf der Suche nach Hinweisen zu einem Mord, Herrgott noch mal. Aber da das verdammte Ding keine Ruhe gab, zog er es schließlich doch heraus.

Die Technomusik war allerdings so laut, dass er Vishous gar nicht richtig hörte. »Was? Hallo?«

Nachdem die Verbindung unterbrochen worden war, brachte eine SMS von V Klarheit. Die Nachricht war kurz und knapp: eine Adresse im schicken Teil der Innenstadt, die Nummer achtzehn und eine Zeitansage: *5 Min.*

Das war der Code, den sie benutzten, wenn sie bei einem Kampf in Schwierigkeiten steckten.

»Wir müssen los.« Er wandte sich an Marissa, nahm ihren Arm und wiederholte lauter. »Wir müssen gehen. Jetzt.«

»Was denn?« Sie lehnte sich an ihn. »Aber da vorne geht's doch noch weiter.«

Als er bloß den Kopf schüttelte und ihr in die Augen sah, verstummte sie sofort. »Hey, Axe«, rief er. »Wir beide müssen abhauen. Du kommst alleine klar, oder?«

Der junge Vampir kam zu ihnen herüber. »Ich dachte, Ihr wolltet Euch alles anschauen.«

»Später. Wir sehen uns im Trainingszentrum.«

Der eigentliche Abmarsch dauerte verflucht viel länger als fünf Minuten, denn sich durch die verschiedenen Sex-Stationen und Themenräume durchzuquetschen, war ungefähr so, als müsste man sich aus einem Erotiklabyrinth rausarbeiten. Sobald sie wieder an der kalten, klaren Luft und außer Hörweite der Türsteher und Warteschlange waren, sagte Butch: »Ich muss mich um eine Jäger-Angelegenheit kümmern.«

Sein Handy klingelte wieder, und er ging ran. »V, bin schon unterwegs, ich bringe nur noch Marissa …«

Die Information des Bruders war kurz und prägnant. Als das Telefonat beendet war, ließ Butch das Handy langsam sinken und sah Marissa an. »Ich glaube, du kommst besser mit.«

»Was ist denn passiert?«

»Kann sein, dass wir jetzt wissen, wer die tote Vampirin ist.«

Nur wenige Minuten später hielt er mit seinem Lexus vor dem Eingang zu einem schicken Apartmenthochhaus, das nur einen Block vom Commodore entfernt lag. Eine kurze Gedächtnislöschung eines Menschengehirns und eine Aufzugfahrt später marschierten sie einen Flur hinunter, der nach Tod roch. V erwartete sie bereits.

Der Bruder wich zurück, sobald er sie erblickte. »Was zum …? Und, P.S., ihr seht beide verdammt scharf aus.«

Butch riss sich die Maske herunter. »Ich kann das Blut hier draußen schon riechen.«

Marissa nahm ebenfalls ihre Gasmaske ab und zuckte zusammen. »Oh Jungfrau … sie ist es. Das ist ihr Geruch.«

V führte sie durch ein unpersönliches Apartment in ein mehr oder weniger leeres Schlafzimmer, das Butch an seine Jahre bei der Polizei erinnerte. Sein erster Impuls war prompt, sich zwischen seine *Shellan* und all die Anzeichen eines gewaltsamen Mordes zu schieben. Aber er riss sich zusammen. Auch wenn es ihn fix und fertig machte, dass sie alledem ausgesetzt war, hatte sie recht. Sie musste hier sein.

Mit kerzengerader Wirbelsäule und wachem Blick ging sie hinüber zum Bett. Verdammt, ihr Anblick, wie sie mit dem Rücken zu ihm davor stehen blieb und die blutgetränkte Bettdecke und das Kissen anstarrte, würde ihm ein ganz neues Paket an Albträumen bescheren.

Fluchend sah er zu Paradise hinüber, die neben Peyton stand, bevor sein Blick weiter zu Craeg ein Stück entfernt in der Ecke wanderte. Schließlich studierte er den Tatort und nahm alles zur Kenntnis, was sich in dem Raum befand und was nicht.

»Wer war zuerst hier?«, wollte er wissen.

Peyton hob die Hand. »Ich. Meine Cousine Allishon hat diese Wohnung benutzt, um … na ja, Ihr wisst schon. Sie hat sie unter menschlichem Namen gemietet. Ich habe sie ein paarmal auf dem Handy angerufen, um sie einzuladen, mit uns in den Club zu kommen – ihre Eltern hatten meinen Eltern erzählt, dass sie sich seit ein paar Nächten, vielleicht einer Woche, nicht mehr gemeldet hat, aber das war absolut nicht ungewöhnlich. Als ich keine Antwort bekommen habe, dachte ich, ich schau einfach mal hier vorbei, falls sie bloß fett Party macht. Ich bin über die Terrasse reingekommen, weil ich das normalerweise auch so mache … und na ja.«

»War die Schiebetür nicht verriegelt?« Butch schob die sich im Wind bauschenden Vorhänge zur Seite und inspizierte einen blutigen Handabdruck auf dem Griff.

»Sie stand offen. Aber falls die Sonne sie erwischt hätte, gäbe es doch Brandspuren, oder? Also vielleicht ist sie …« Er blickte auf das blutige Bett und verstummte. »Es geht ihr nicht gut, oder?«

Marissa zog sich die Latexkapuze vom Kopf und ließ sie nach hinten herunterbaumeln. Dann ging sie zu dem jungen Vampir hinüber, nahm seine Hände. »Ich bin Butchs *Shellan*, Marissa. Ich bin die Geschäftsführerin einer Anlaufstelle für Opfer häuslicher Gewalt. Sie ist zu uns gekommen …«

»Dann ist sie dort? Sie lebt!«

Langsam schüttelte Marissa den Kopf. »Es tut mir so leid. Ich habe meinen Bruder, Havers, angerufen, und er hat alles medizinisch Mögliche getan. Sie hat es nicht geschafft.«

Peytons Blick wanderte stumm zurück zum Bett. Dann flüsterte er: »Das wird ihre Eltern umbringen. Sie haben meine andere Cousine bei den Überfällen verloren. Keine Kinder mehr.«

»Dann war diese Tür also bloß nicht verriegelt, oder stand sie offen?«, hakte Butch nach. »Ich will nicht unsensibel sein, aber das hier ist ein Tatort, und wer immer ihr das angetan hat … wir müssen denjenigen dingfest machen.«

Peyton schüttelte den Kopf. »Ja … nein – ich meine, sie war ziemlich wild drauf. Hat viel Party gemacht. Aber sie hat es nicht verdient …« Er räusperte sie. »Die Tür stand weit offen.«

Butch untersuchte die Flecken auf dem Teppich. »Die einzige Erklärung ist, dass sie sich irgendwie mit letzter Kraft nach draußen geschleppt und ins Refugium dematerialisiert hat.«

»Woher wusste sie, dass es das gibt?«, flüsterte Paradise. »Ich meine … dem Schleier sei Dank.«

»Sie muss irgendwo von uns gehört haben«, vermutete Marissa. »Ich wünschte nur, wir hätten sie retten können.«

V kam ins Zimmer. »Ich habe gerade eine Nachricht von Tohr und Rhage bekommen. Sie stecken mitten in einem Kampf, einem bösen Gefecht. Ich muss da hin, und dich brauche ich als Unterstützung, Butch. Es ist ein Notfall.«

Mit zusammengebissenen Zähnen stieß Butch ein paar heftige Flüche aus und sah dann Marissa an. »Kommst du klar?«

»Solange wir herausfinden, wer das getan hat, geht es mir gut«, krächzte sie.

Er drückte sie kurz, aber fest an sich und spürte den Stolz in seiner Brust. Zum Schluss trug er ihr eine Reihe trauriger Aufgaben auf.

»Ich möchte, dass du eine Liste von Leuten erstellst, die sie kannte, Menschen und Vampire, mit seiner Hilfe.« Er deutete auf Peyton. »Dann musst du alles mit deinem Handy fotografieren. Die gesamte verdammte Wohnung. Fass nichts an, verändere nichts. Schließ alle Türen ab, die sich abschließen lassen. Verlass die Wohnung über die Terrasse, und mach dich von dort aus auf zum Haus ihrer Eltern. Sie haben ein Recht darauf, es noch heute Nacht zu erfahren.«

»Ich kümmere mich darum«, sagte sie.

Ja, dachte er, das würde sie.

Gott, wie sehr er sie liebte. Wie er diese Situation hasste … aber seine Marissa liebte.

Noch ein Kuss, dann war er auf dem Weg hinunter zu seinem Wagen und versuchte, seine Aufmerksamkeit von dem einen Notfall auf den nächsten zu richten.

# 42

Während Marissa mit Peyton besprach, mit wem seine Cousine Kontakt gehabt hatte, lieh sich Paradise das Handy der Vampirin und ging durch die ganze Wohnung, um Fotos zu machen. Bei jeder Aufnahme dachte sie an das, was sie über das tote Mädchen wusste. Streng genommen war Allishon auch ihre Cousine, und obwohl sie entfernter miteinander verwandt waren, spürte sie ebenfalls den Verlust.

Vor allem, weil sie dieses Bett gesehen hatte.

Heilige ... Jungfrau. Solche Gewalt.

Sie brauchte ungefähr eine Viertelstunde, um in Schlafzimmer, Bad, Flur und Wohnzimmer alles zu dokumentieren. Als sie sich umdrehte, um sich der Küche zuzuwenden, sah sie etwas auf dem Fußboden liegen.

Da das Apartment vollständig in Weiß gehalten war, zog der bunte Fleck unter der Sofaecke ihren Blick auf sich.

Paradise ging in die Hocke und zog etwas Papierähnliches heraus ... ein altmodisches Polaroidfoto.

Mit gerunzelter Stirn begriff sie, um was es sich handelte ... rot und pink. Genau wie das, was sie im Bus gefunden hatte.

Das sie in ihre Tasche gesteckt hatte, nachdem Peyton gemeint hatte, es würde ihm nicht gehören.

»Was ist das?«, fragte Peyton in diesem Moment. »Paradise? Wird dir schlecht?«

Sie stand auf und ging zu ihm.

»Es ist ein Foto …« Als sie es ihm zeigte, fragte sie sich, ob sie vielleicht voreilige Schlüsse zog. Vielleicht gab es ja eine andere Erklärung. »Äh, es sieht genau aus wie das, das ich gefunden habe, du weißt schon, im Bus.«

»Ist doch jetzt egal. Bist du fertig mit Fotografieren? Wir müssen mit Allies Eltern reden. Ich muss das hinter mich bringen, bevor ich den Verstand verliere.«

»Nur noch zwei Sekunden.« Ohne darüber nachzudenken, schob sie das Foto in ihre Jackentasche und machte noch einige Aufnahmen von der Küche. »Bin gleich so weit.«

»Sie hat die Asche«, murmelte Peyton, dem beinahe die Stimme versagte. »Marissa hat sie.«

Paradise ließ das Handy sinken. »Oh …«

»Sie ist schon gegangen, um sich kurz umzuziehen und sie zu holen. Wir treffen sie dann dort. Ich wünschte, ich hätte einen Joint dabei. Ich schätze mal …« Er fing an, Schränke zu öffnen. »Oh, zum Glück.«

Als er eine Flasche Wodka herausnahm und unter seinen Mantel schob, wollte sie ihn eigentlich daran erinnern, dass sie in der Wohnung nichts verändern sollten, aber dann ließ sie es sein. Sie würde ihn sicher nicht verpfeifen, weil er sich in einer Nacht wie heute nicht an die Regeln hielt.

»Peyton, was kann ich noch tun?«

Er sah sie an. »Es ist, wie es ist. Aber danke, dass du mitkommst.«

Mit einem kurzen Nicken machte sie einen letzten Schnappschuss des leeren Spülbeckens und der Arbeitsfläche. »Fertig. Äh, wo steckt eigentlich Craeg?«

»Er ist immer noch im Schlafzimmer.«

»Peyton … es tut mir so leid.«

Sie trafen sich auf halbem Weg und hielten sich aneinander fest. Gerne hätte sie ihm gesagt, dass alles gut werden würde, aber das war nicht mehr möglich.

»Ich hab dich lieb«, sagte er.

»Ich dich auch.«

Nachdem sie sich von ihm gelöst hatte, ging Paradise zur Eingangstür, um diese kraft ihrer Gedanken zu verschließen, und folgte ihm dann zurück ins Schlafzimmer.

Craeg stand immer noch am selben Fleck wie vorhin. Sie ging zu ihm und berührte seinen Arm. »Alles in Ordnung?«

»Klar.« Er wandte sich an Peyton und löste sich dabei von ihr. »Hey, wenn du irgendwas brauchst … ich bin für dich da.«

Die beiden umarmten sich männlich hart. Kurz darauf standen sie zu dritt draußen auf der Terrasse im böigen Wind, der vom Fluss herüberblies.

Peyton ging als Erster. Craeg drehte sich zu ihr um.

»War 'ne lange Nacht. Ich sollte besser zurück. Peyton hat für mich im Trainingszentrum Bescheid gesagt, ich muss so schnell wie möglich zum Bus.«

»Oh … okay.« Aber gut, was hatte sie erwartet? Es war etwas Schlimmes passiert. Jetzt war nicht der Zeitpunkt für lange, romantische Abschiede. »Also … tja, ich schätze mal, wir sehen uns dann morgen Nacht? Aber rufst du mich nachher an? Ich geh mich noch schnell umziehen, dann helfe ich Peyton dabei, es den Eltern beizubringen.«

»Gut, dass du deinen Vater erreicht hast.«

»Ja, er hilft immer gerne.«

»Das glaube ich sofort.«

»Es ist einfach so … schrecklich.« Als sie blinzelte, sah sie wieder dieses Bett dort drinnen vor sich. »So unglaublich furchtbar. Wer hat das bloß getan?«

»Butch wird es herausfinden.«

»Das hoffe ich. Das hoffe ich wirklich sehr.«

»Ich muss los.«

»Oh … okay.« Halt, das hatte sie schon mal gesagt. »Ist wirklich alles in Ordnung?«

»Alles bestens. Mach dir keine Gedanken wegen mir. Du solltest auch los.«

Aus irgendeinem Grund verspürte sie das seltsame Gefühl, ihn zu vermissen, aber das war absurd. Er stand keinen Meter von ihr entfernt. In ein paar Stunden würden sie telefonieren. Morgen Abend würde sie ihn wiedersehen.

»Hab einen guten Tag«, sagte sie.

Als er nickte, schloss sie die Augen … konzentrierte sich … und dematerialisierte sich.

So hatte sie sich das Ende dieses Abends nicht vorgestellt. Ganz und gar nicht.

Craeg wartete nicht lange. Kaum war Paradise verschwunden, dematerialisierte er sich ebenfalls und nutzte ihr Blut in seinen Adern, um ihr zu folgen.

Als sie nicht weiter durch die Nachtluft flog, landete auch er etwa hundert Meter von ihr entfernt am Rand einer Rasenfläche.

Das Haus, das vor ihm auf dem Hügel lag, war ungefähr so groß wie ein College-Wohnheim und auf dieselbe massive, beeindruckende Art gebaut, wie man sie im Fernsehen auf irgendeinem schicken Campus sah, oder, verdammt, vielleicht glich es auch eher einem königlichen Palast mit seinen spitzen Dächern, den rautenförmigen Bleiglasfenstern, dem sorgfältig gestutzten Rasen und gepflegten Garten.

Es war locker doppelt so groß wie zum Beispiel das Anwesen, in dem sein Vater und der von Axe abgeschlachtet worden waren.

Als Paradise auf die Eingangstür zuging, tat sie das ohne Zögern – nicht so wie eine Angestellte oder Dienerin das tun würde. Kurz darauf war sie im Innern verschwunden, ohne vorher zu klingeln oder Ähnliches. Als er ein Stück nach links ging, konnte er durchs Fenster erkennen, wie ein Butler in Livree ihr den Mantel abnahm und sich ehrfürchtig vor ihr verneigte.

*Ihr Vater ist der oberste Berater des Königs.*

Mit großen Schritten näherte er sich dem Haus und beobachtete aus der Kälte, wie sie die große Treppe hinaufging und im ersten Stock verschwand, der zweifellos ebenso prächtig war wie das Erdgeschoss.

Selbst nachdem er sie nicht mehr sehen konnte, rührte er sich nicht vom Fleck und starrte durch die altmodischen Scheiben die Ölgemälde, die teuren Läufer, die mit Seide bespannten Wände an – das war doch sicher Seide, oder?

Was zum Henker wusste er denn schon.

Dann drehte er sich um und betrachtete den sanft geschwungenen Rasen, die Büsche und Beete, die in den warmen Monaten sicher in edler Blüte standen. Wie es wohl hinter dem Haus aussah? Wahrscheinlich gab es einen Pool. Einen Pferch für exotische Tiere. Ein verdammtes Vogelschutzgebiet.

Sie hatte gelogen.

Und das nicht zu knapp.

Das hier … das war eine verflucht große Sache: Er hatte vorhin mit ziemlicher Sicherheit die Tochter einer der Gründerfamilien entjungfert.

Und als Zivilist konnte er, laut der Alten Gesetze, dafür zum Tode verurteilt werden.

Die Wut, die in ihm aufstieg, hatte weniger mit Paradise und dem zu tun, was sie ihm verschwiegen hatte, als damit, dass er sich selbst konsequent über seine eigenen Entschlüsse hinweggesetzt hatte. Alle diese innerlichen Barrieren, die er aufgebaut hatte? Alle seine guten Vorsätze? Bevor er sie auf der Toilette eines verdammten Menschenclubs gefickt hatte? Jeden einzelnen davon hatte er über Bord geworfen. Und noch dazu hatte er im Training seinen Fokus verloren. Sich von seinem Ziel ablenken lassen. Tage verschwendet, an denen er hätte schlafen sollen, Unterrichtsstunden, in denen er hätte aufpassen sollen, Workouts, in denen er seinen Körper mit absoluter Konzentration hätte stählen sollen.

Und all das für eine Frau, der er so wenig bedeutete, die so egoistisch und arrogant war, dass sie es nicht für nötig gehalten hatte, ihm ganz wesentliche sachdienliche Informationen über ihre Person mitzuteilen.

Informationen, von denen sie genau gewusst haben musste, dass sie für ihn alles verändert hätten.

Es war die perfekte Manipulation gewesen, die ihn um hundertachtzig Grad von dem abgelenkt hatte, was er eigentlich wollte. Doch bei einer Lügnerin wie ihr und seiner unkontrollierbaren Libido hatte er keine Chance gehabt.

Was war er doch für ein Narr – ein verdammter Narr.

Und Narren bekamen, was sie verdienten.

Nicht wahr?

# 43

Marissa saß auf der Kante ihres gemeinsamen Betts und fuhr sich mit der Bürste durch die Haare. Sie hatte die Sachen ausgezogen, gegen die sie zuvor den Latexanzug eingetauscht hatte, und trug nun eine von Butchs schwarzen Kaschmirroben. Ab und an hielt sie sich den Kragen an die Nase und roch an seinem Duft, der im Stoff steckte.

Sie brauchte eine Erinnerung an ihn. Unbedingt.

Heilige Jungfrau der Schrift, es gab einfach zu viele Dinge, die ihr pausenlos durch den Kopf gingen. Bilder, Geräusche, Gerüche. Und ausgelöst durch diesen unablässigen Beschuss, fragte sie sich, wie Butch das so lange ausgehalten hatte. Wie hatte er diese Tatorte besichtigen können, die Familien der Opfer besuchen, immer und immer wieder die traurigen Nachrichten überbringen? Wie hatte er in die tragischen Augen eines Vaters und einer *Mahmen* blicken können und ihnen sein Beileid aussprechen, während er gleichzeitig wusste, dass er Informationen von ihnen brauchte?

Wie zum Beispiel, wann sie ihr Kind das letzte Mal gesehen hatten. Wann der letzte Kontakt gewesen war. Ob es Streit mit jemandem gegeben hatte.

Sie hatte die Fragen vorsichtig gestellt, manchmal die Hand der Mutter gehalten oder dem Vater zugenickt. Es hatte keinen Grund gegeben, irgendetwas aufzuschreiben, denn sie würde nichts davon je vergessen.

Nun war sie wieder hier und wartete darauf, dass Butch

heil nach Hause kommen würde, damit sie alles loswerden konnte.

Draußen im Wohnzimmer öffnete sich die Eingangstür der Höhle mit einem knarrenden Geräusch, und ein kalter Windstoß fuhr durch den Flur, der den Gestank der *Lesser* trug.

»Butch?« Marissa sprang auf und eilte hinaus. »Butch …?«

Das Gestöhne und Gefluche waren Antwort genug. Dann bog sie um die Ecke und blieb wie angewurzelt stehen.

V hatte ihren *Hellren* im Rettungsgriff und führte den gebeugten und geschundenen Körper zum Ledersofa, wo er ihn ablegte.

Butch blutete, war mit *Lesser*-Blut besudelt und halbtot.

Er verströmte außerdem den widerlich süßen Geruch von verzehrten *Lessern*.

Marissa schnappte erschrocken nach Luft und lief zu ihm. V riss sich die Jacke vom Leib, wodurch seine eigenen Verletzungen und Schnittwunden sichtbar wurden, und während Marissa Butchs verfilzte Haare streichelte, legte sich der Bruder zu seinem Freund auf das Sofa, sodass ihre Kriegerkörper ineinander verschlungen waren. Das Leuchten, das nun einsetzte, begann wie etwas in der Ferne, wie wenn man durch dichten Nebel eine Laterne sieht. Aber bald schon erfüllte die Illumination, die heilige Essenz von Vishous' Mutter, das Zimmer, gleißend wie Sonnenlicht auf einem Metallblech, warm wie ein Kaminfeuer und die einzige Rettung, die Butch besaß.

Im falschen Zusammenhang war Vs Macht ein Fluch, aber so wie jetzt eingesetzt, war sie ein Wunder, denn sie würde das Böse aus Butch herausfiltern, ihn heilen und auf eine Weise stärken, wie nur Vishous es konnte.

Marissa hatte den beiden ihre besondere Verbindung

nie verübelt, war nie eifersüchtig gewesen, dass ein anderer ihrem Geliebten etwas so Essenzielles geben konnte. Sie war bloß froh, dass es eine Möglichkeit gab, Butch vor dem Tod zu bewahren. Seit Omega ihn entführt und infiziert hatte, besaß er die Fähigkeit, Jäger zu verzehren und somit auf eine Weise zu zerstören, wie es einfaches »Töten« nicht vermochte: Butchs Vernichtung ihrer Essenz war eine Reise ohne Rückfahrkarte.

Doch der Preis war hoch.

Einige Zeit später begann das Licht zu verblassen, und die beiden lagen einfach nur noch da, erschöpft. Als Butch die Lider aufschlug, suchten seine haselnussbraunen Augen sofort Marissa, und er hob zitternd die Hand.

Sanft lächelnd fasste sie danach und legte sie an ihr Gesicht, rieb ihre Wange an seiner Handfläche. »Ich liebe dich, ich liebe dich …«

»Okay?«, krächzte er. »Du?«

»Jetzt, wo du wieder sicher zu Hause bist, ja. Tausendmal ja.«

Nun öffnete auch V die Augen und schielte zu ihr. Obwohl sie den Bruder selten berührte – Vishous war nun mal nicht der wohlig-warme Typ –, strich sie ihm über die Wange.

In einem seltenen Moment der Zärtlichkeit küsste er die Innenseite ihrer Hand.

Kurz darauf war es an der Zeit, Butch unter die Dusche zu verfrachten. Da V immer noch völlig fertig auf dem Sofa lag, half Marissa Butch den Flur hinunter und in ihr Zimmer. Oder bis fast ins Zimmer, denn er bestand darauf, stehen zu bleiben und sich draußen im Gang auszuziehen, damit er seine schmutzigen Kleider sofort in die Wäscheklappe werfen konnte, durch die sie nach unten in den Tunnel fielen.

Ihr privates Badezimmer war schlicht und klein und

gemütlich, und wie immer in diesen Situationen ließ Marissa Butch sich auf die Toilette setzen, während sie die Temperatur der Dusche einstellte. Sobald sie fertig war, half sie ihm auf, schob ihn unter den Strahl und lehnte ihn in eine Ecke.

Dann zog sie ihren Morgenmantel aus und gesellte sich zu ihm.

Er war schon hart gewesen, bevor sie sich entkleidet hatte. Und sobald er ihren Körper sah, schwoll seine Erektion noch weiter an.

Es würde hinterher noch Zeit genug bleiben, ihre Geschichten auszutauschen. Jetzt ging es darum, die gemeinsame Wellenlänge zu finden, die Verbindung, über die sie wortlos kommunizieren konnten.

Mit Seife und Waschlappen ausgerüstet, begann sie bei seinem Gesicht, fuhr sanft über die Züge, die sie so liebte, bevor sie weiter zu seinem Hals wanderte, seiner breiten Brust, den gewellten Muskelpaketen seines Bauches. Sie wusch jeden Teil von ihm, selbst sein steifes Glied, das sie mit dem Waschlappen liebkoste.

Butch rekelte sich unter ihrer Berührung. Zu mehr war er schlicht zu schwach. Stattdessen ließ er sich in die Knie sinken, bis er auf der eingebauten Marmorbank saß. Mit müdem Kopf sah er zu, wie sie ihn bearbeitete.

Dann legte sie den Lappen zur Seite.

Als sie sich hinkniete, spürte sie, wie das warme Wasser über ihren Rücken strömte, während sie sich zwischen seine Schenkel schob.

Er war prächtig, wie er da in der Ecke lehnte, seine starken Arme entspannt, sein Kriegerkörper erschöpft.

Doch sein Blick glühte heiß.

Sie umfasste seinen Schwanz mit beiden Händen, öffnete den Mund und nahm ihn in sich auf, saugte an ihm, leckte ihn.

Als Antwort ließ Butch ein Stöhnen vernehmen und schob ihr seine Hüften entgegen.

Marissa ließ sich alle Zeit der Welt, bearbeitete ihn, mal schneller, dann wieder langsamer, massierte seine Eier.

Dann sah sie auf.

Er beobachtete sie immer noch. Seine Fänge waren sichtbar, und er keuchte mit offenem Mund. Ab und zu schien er zu versuchen, sich zu bewegen. Doch mehr als eine schwache Handbewegung schaffte er nicht.

»Marissa …«, sagte er rau.

»Ja?

Während sie auf seine Antwort wartete, fuhr sie mit der Spitze seines Gliedes ihre Lippen nach. Dann ließ sie ihre Zunge um den fleischigen Kopf kreisen.

»Mach weiter bis zum Schluss«, stöhnte er. »Oh Gott, bitte nicht aufhören …«

Das Lächeln, das sie ihm schenkte, kam von tief aus ihrem Innern.

Dann setzte sie ihre Liebkosungen fort.

Und sie machte ihre Arbeit gut, sehr, sehr gut.

# 44

Als am folgenden Abend die Nacht hereinbrach, ging Paradise im Bademantel in ihrem Zimmer umher.

Craeg hatte nicht angerufen. Nicht um sieben Uhr morgens, wie sonst immer. Nicht um zwei Uhr nachmittags, als er vielleicht nicht schlafen konnte. Und auch nicht um sechs, als er vermutlich aufgestanden war und sich mit Axe auf den Weg in die Cafeteria machte.

Offensichtlich hatte sich irgendetwas verändert.

Und sie hoffte inständig, dass nicht diese eine Sache schuld daran war. Manche Männer wollten nur das, was sie noch nicht gehabt hatten. Und obwohl es Paradise schockieren würde herauszufinden, dass Craeg zu diesen Idioten gehörte, fiel ihr nichts anderes ein, was seinen ausbleibenden Anruf erklären hätte können.

Außer … es war so schön gewesen mit ihnen beiden. Wirklich gut. Und er war so lieb zu ihr gewesen.

Was diese albtraumhafte Szene in der Wohnung des Mädchens betraf: Auch wenn es tragisch war, was Peytons Cousine passiert war, glaubte sie nicht, dass es Craeg so mitnehmen würde, dass er eine Art geistigen oder emotionalen Zusammenbruch erlitt.

Als ihr verdammtes Handy schließlich klingelte, stürzte sie quer durchs Zimmer darauf zu.

Und fluchte, als sie sah, dass es bloß Peyton war.

Sie bemühte sich, sich nichts anmerken zu lassen. »Hallo. Wie geht's dir?«

Nachdem sie beide diesen Pflichtbesuch bei den unendlich traurigen Eltern absolviert hatten, waren sie getrennte Wege gegangen, aber sie hatten den Tag über Kontakt gehalten. Er hatte ihr im Lauf der Stunden einige unzusammenhängende Dinge getextet, was sie als Zeichen interpretierte, dass er die Flasche Wodka ihrer Bestimmung zugeführt hatte.

»Wir haben heute also keinen Unterricht.«

»Wie bitte?«

»Fällt aus irgendeinem Grund aus, deshalb gehen Anslam und ich bei Sal's was essen. Ich werde auch die anderen fragen.«

Während Paradise diese neue Information verarbeitete, wurde ihr vor lauter Enttäuschung ganz schwindelig. Sie hatte fest damit gerechnet, Craeg zu sehen.

Peyton erklärte, sie würden sich alle in einer Stunde dort treffen. Dann legte er auf. Paradise hingegen saß mit dem Handy in der Hand da und starrte auf das schwarze Display.

Würde Craeg überhaupt mitkommen?, fragte sie sich.

Okay, das war Bullshit. Sie hatte genug davon, hier herumzusitzen und zu warten wie irgend so ein Weibchen.

Sie holte tief Luft, wählte die Nummer, die sie auswendig kannte, weil sie sich die schon in ihrer ersten Nacht im Audienzhaus eingeprägt hatte. Als ein *Doggen* abnahm, lächelte sie professionell – als ob dieser sie am anderen Ende sehen könnte.

»Hallo«, sagte sie. »Hier spricht Abalones Tochter. Ich belästige dich nur ungern, aber wärst du so freundlich, mich mit der Klinik im Trainingszentrum zu verbinden?«

»Selbstverständlich, Herrin!«, lautete die erfreute Antwort. »Möchtet Ihr mit jemand Bestimmtem sprechen?«

»Um ehrlich zu sein …« Vielleicht war das ja einfacher,

als sie gedacht hatte. »Ich wollte eigentlich das erste der Wohnheimzimmer dort erreichen?«

»Es ist mir ein Vergnügen, bitte bleibt dran, während ich die Durchwahl nachschlage.« Es folgte ein *biep ... biep ... biep.* »Hier habe ich sie. Wenn Ihr in Zukunft direkt wählen wollt, kann ich sie Euch nennen.«

»Sehr gerne.« Sie griff nach einem Stift und kritzelte die Ziffern auf die Kleenex-Schachtel neben sich. »Vielen Dank.«

»Oder Ihr könnt auch jederzeit diese Nummer anrufen. Wir helfen gerne weiter. Bitte bleibt dran.«

»Nochmals vielen Dank.«

Während das *biep ... biep ... biep* wieder durch die Leitung klang, wurden ihre Handflächen heiß und feucht, und sie musste sich hinsetzen, weil ihre Beine angefangen hatten zu zittern.

Dann der Klingelton.

»Hallo?«, meldete sich Craeg.

Sie schluckte mühsam, ärgerte sich über sich selbst. »Ich hatte gehofft, du würdest anrufen.«

Langes Schweigen. »Hey.«

»Hör zu, ich hab dafür jetzt echt keine Geduld. Was ist los, verdammt?«

»Hast du nichts Wichtigeres zu tun?«

»Wie bitte?«, entgegnete sie scharf.

»Na ja, wo doch deine Cousine umgebracht wurde. Das nimmt deine Familie bestimmt ziemlich mit.«

»Momentan mache ich mir mehr Sorgen um dich.« Natürlich war sie betroffen und ...

Paradises Ärger entgleiste, als ihr die Bedeutung seiner Worte richtig bewusst wurde. »Oh.«

»Ja, ich bin dir gestern Nacht nach Hause gefolgt«, erklärte er. »Was wahrscheinlich eine Scheißaktion war, aber wenn man bedenkt, dass du mich angelogen hast, wer du bist und wo du herkommst, ist diese Verletzung der Privatsphäre wohl berechtigt. Nur so aus Neugier – hattest du je vor, es mir zu sagen?«

Sie stützte den Kopf in die Hand. »Craeg …«

»Ich hab dich nicht angerufen, weil ich nicht wirklich weiß, mit wem ich rede. Also, mit der Tochter des obersten Beraters des Königs, klar. Peyton war ja so freundlich, mich darüber ins Bild zu setzen.«

»Hör zu, ich bin …«

»Du bist was? Was wolltest du sagen, Paradise?« Sein Tonfall wurde noch schärfer. »Und P.S., es tut mir wirklich leid, was mit diesem Mädchen passiert ist. Wie du weißt, habe auch ich Familie verloren. Du erinnerst dich noch daran, wie es dazu kam, oder?«

Mit heftiger Deutlichkeit trat ihr die Geschichte seines Vaters, der von den Aristokraten ausgesperrt worden war, während sie sich vor den *Lessern* versteckten, wieder vor Augen.

»Craeg, ich bin nicht wie diese Leute aus diesem Haus. Und es beleidigt mich, dass du mich mit ihnen über einen Kamm scherst, nur weil ich in meine Familie hineingeboren wurde. Glaubst du, ich hatte in der Hinsicht irgendeine Wahl?«

»Oh, du bist nicht wie sie. Nein, nein, überhaupt nicht. Du hattest nur letzte Nacht zufällig Lust auf Sex, also hast du dich von einem Zivilisten entjungfern lassen, auch wenn das bedeutet, dass ich theoretisch für dieses Privileg getötet werden kann. Klar, du bist überhaupt nicht wie sie. Und du lügst auch nicht zu deinem eigenen Vorteil oder so. Nein, du nicht, meine Süße.«

»Das ist *so* unfair.«

Er lachte hart. »Halt, warte, ich weiß. Du wolltest deinem Vater die beste Geburtstagsüberraschung überhaupt präsentieren. ›Hey, Dad, stell dir vor! Ich bin mit dem Sohn eines Handwerkers zusammen.‹ Hashtag genial.«

Paradise biss die Zähne zusammen und merkte, wie ihre Gefühle zwischen Wut und Trauer, Bedauern und Empörung hin und her wechselten. »Ich habe niemandem gesagt, wer ich bin. Nicht nur dir.«

»Oh, jetzt fühl ich mich ja so viel besser. Vielen Dank.«

»Ich wollte nicht anders behandelt werden! Glaubst du, mir macht es Spaß, Abalones Tochter zu sein? Glaubst du, mir gefällt es, keine Wahl zu haben, keine Freiheit, keine ...«

»Dann war ich also nur ein Meilenstein auf deinem ›Selbstfindungstrip‹, oder wie? Toll. Also, von meiner Seite war es das. Kein Ausprobieren mehr deiner verschiedenen Persönlichkeiten auf meine Kosten. Du wirst dir ein neues Spielzeug suchen müssen. Weißt du was, Boone ist vermutlich zu haben. Er sah aus, als würde er zum ersten Mal die Gottheit erblicken, als Novo ihn gestern Abend angetanzt hat.«

Paradise sprang auf und ging im Zimmer umher. »Ich fass es nicht, dass du so engstirnig bist.«

»Engstir... willst du mich verarschen?« Er fluchte. »Okay, dann lass uns das mal hypothetisch durchspielen. Dieser Ball, der da in einer Woche bei dir zu Hause steigt, da hattest du offensichtlich vor, mich als dein Date einzuladen, richtig? Du hast nur darauf gewartet, es mir zu sagen, damit ich als dein ... oh, shit. Das nennt sich Begleiter, stimmt's? Diese Kleinigkeiten sollte ich mir besser mal merken, bevor du mich deinem Vater vorstellst und ich fünfzig Mäuse für einen Leihsmoking los bin.«

Als sie nichts erwiderte, lachte er wieder. »Ich schätze mal, das war nicht Teil des Plans, was? Ach, und falls du dich wunderst, Axe hat euch beide im Bus palavern hören. Er hat mir davon erzählt, nachdem ich zurück ins Trainingszentrum kam und er versucht hat, mich damit aufzuziehen, dass ich mit dir zusammen bin. Ich hab ihm dann erklärt, dass wir nicht wirklich ›zusammen‹ sind, du mich aber ziemlich sicher mit Eimer und Schwamm ranlassen würdest, wenn dein Auto gewaschen werden muss.«

»Du benimmst dich gerade voll daneben.«

»Und als Adelige bist du definitiv in einer Position, mir das zu sagen, habe ich recht?«

»Ich liebe dich, du Arschloch.« Wenigstens jetzt war er still. »Ja, richtig gehört. Ich hab's gesagt, und da, wo ich herkomme, darf man das als Frau nicht als Erste sagen, stattdessen wartet man, dass der Mann es tut. Ach, und weißt du, was ich sonst noch alles nicht tun darf? Ich darf ohne Aufpasser nicht in Gesellschaft eines Mannes sein. Ich darf weder arbeiten noch einen Beruf erlernen. Ich hatte diesen Sekretärinnenjob nur, weil mein Vater dringend Unterstützung brauchte und ich die Einzige war, der er vertrauen konnte. Ich musste mir meine Bewerbung fürs Trainingsprogramm hart erkämpfen, und die Erlaubnis habe ich nur bekommen, weil ich meinen Vater angelogen und behauptet habe, ich würde nie im Krieg mitmachen. Man erwartet von mir, dass ich nähe und sticke, einen Haushalt führe und schwanger werde – und du meckerst mich an, dass *ich* das Problem bin?«

»Komm, heul doch«, stieß er hervor. »Du musstest dir noch nie Sorgen darüber machen, wo deine nächste Mahlzeit herkommt, du wohnst in einem verdammten Museum aus schönen Dingen, und bitte verzeih, aber du hast keine Ahnung, wie es ist, wenn die Leute dich von oben herab behandeln, weil du im DNA-Lotto leider verloren hast!«

*»Du* behandelst mich von oben herab!«, gab sie zurück. »Du willst mich hier wohl gerade verarschen! Du schwingst dich zum Richter auf, und wen interessiert da noch, was *ich* zu sagen habe! Du bist kein bisschen anders als die *Glymera* – schau in den verdammten Spiegel,

Craeg. Du benimmst dich genauso überheblich und voreingenommen wie sie.«

Als sie schließlich verstummte, atmete sie schwer, ihre freie Hand war zur Faust geballt, und ihr Herz hämmerte laut.

»Das bringt uns nicht weiter«, murmelte er nach kurzem Schweigen.

»Du hast völlig recht. Also verpiss dich. Hab ein schönes Leben. Ich hoffe, deine ganze Selbstgefälligkeit hält dich tagsüber schön warm.«

Paradise beendete das Gespräch und war kurz davor, das Handy an die Wand zu werfen. Den Arm hatte sie bereits erhoben.

Doch dann hielt sie inne. Atmete tief durch. Sammelte sich.

Wow. Sie hatte ihre Jungfräulichkeit verloren und ihren ersten richtigen Beziehungsstreit hinter sich. Ach, ja, und auch die erste Trennung.

Innerhalb von vierundzwanzig Stunden.

Richtig optimal gelaufen.

Super.

Es dauerte eine gute Stunde, bis Paradise sich wieder halbwegs eingekriegt hatte, so sauer war sie. Ihr erster zusammenhängender Gedanke war, dass sie auf keinen Fall die ganze Nacht in ihrem Zimmer hocken würde.

Oh nein. Auf diese Art von Gefängnis durfte sie sich noch für den ganzen kommenden Tag freuen.

Sie durchwühlte ihre Schultertasche auf der Suche nach ihrem Portemonnaie. Sie würde die anderen Schüler bei diesem Italiener treffen und mit ihnen was trinken, selbst wenn es nur ein Mineralwasser war. Und falls Craeg auch dort sein sollte? Egal. Nicht ihr Problem.

Besser, sie gewöhnte sich schnell an seine Gegenwart.

Ihre Geldbörse in der Hand, wollte sie schon losziehen, doch dann hielt sie inne. Legte das Ding auf ihren antiken französischen Tisch. Noch einmal durchsuchte sie die gesamte Umhängetasche, sogar das Reißverschlussfach ganz vorne.

Dann ging sie zu dem Fach in ihrem Kleiderschrank, wo sie ihre Mäntel aufbewahrte. Der, den sie letzte Nacht angehabt hatte, hing bei den anderen. Sie griff in die Außentasche.

Das Polaroid, das sie im Apartment dort hineingeschoben hatte, war noch an seinem Platz.

Sie starrte auf das Bild.

Dann durchsuchte sie ein zweites Mal ihre Ledertasche. Nein, das andere Foto, das sie im Bus gefunden hatte, war nicht mehr da.

Jemand war an ihren Sachen gewesen und hatte es rausgenommen.

Vielleicht, weil es denjenigen … mit einem Mord in Verbindung brachte.

Sie ging zurück zu ihrem Handy und rief Peyton an. »Hallo«, sagte sie, als er sich meldete.

Da sie nichts weiter hinzufügte, hakte er nach: »Hallo? Paradise?«

»Ich glaube …«

»Du, die Verbindung ist irgendwie ganz schlecht.«

»Nein, ich hab bloß nichts gesagt.«

»Warte mal kurz.« Es raschelte, dann klang seine Stimme etwas entfernt. »Nein, du Idiot. Anslam, ich werf mir *kein* Acid ein. Verdammt – ja, dann gib mir halt 'ne X.«

Sie schloss die Augen und fragte sich, was sie hier eigentlich tat. Er war in Trauer. Und vielleicht bildete sie sich das alles ja auch nur ein.

»Parry?« Wieder Rascheln, dann schien er etwas zu trinken. »Was ist los?«

»Nichts. Tut mir leid.«

»Kommst du immer noch mit?«

»Nicht sofort«, antwortete sie. »Ich muss noch bei meinem Vater bei der Arbeit vorbei. Ich, äh, ich hab gestern Abend was Blödes gemacht.«

»Was denn?«

»Ich hab was aus dem Apartment mitgenommen.« Sie starrte das Foto an und legte es dann umgedreht auf den Tisch. Selbst wenn man nichts Genaues erkennen konnte, war es irgendwie immer noch gruselig. »Ich wollte das eigentlich nicht. Du weißt schon, dieses Foto, das ich gefunden habe?«

»Das Polaroid? Das andere?«

»Ja, das muss ich Butch und Marissa geben. Ich hab es einfach ohne nachzudenken eingesteckt. Ich vermute mal, die Bruderschaft ist draußen und kämpft, und ich kann nicht alleine zurück ins Trainingszentrum, also bring ich es kurz im Audienzhaus vorbei, dann kann es ihnen nachher jemand bringen.«

»Ja. Guter Plan. Und dann kommst du mit uns noch was essen?«

»Okay. Ich muss nur schnell duschen und mich anziehen.«

»Du bist doch so oder so wunderschön. Bis bald dann.«

Nachdem sie aufgelegt hatte, starrte sie auf ihre Füße. Was, wenn einer der Schüler etwas mit diesem Tod zu tun hatte?

Fluchend nahm Paradise ihr Handy mit ins Badezimmer, und als sie es dort auf die Ablage legte, verdrehte sie die Augen. Aber ja, sie würde rangehen, falls Craeg anrief. Wobei, nein, das würde er vermutlich nicht tun. Was auch gut so war.

Von all den Arten, wie das mit ihnen in die Brüche hätte gehen können … was für ein Schlamassel.

Außerdem war sie sich ehrlich gesagt gar nicht so sicher, dass sie sich mit ihm versöhnen wollte, selbst wenn das möglich wäre.

Lust, sagte sie sich. Dieses Gefühl war Lust gewesen, nicht Liebe. Wie sollte man sich auch nach sechs Nächten in jemanden verlieben.

Am liebsten hätte sie sich übergeben, wirklich.

Zwanzig Minuten später trug sie Jeans und einen Kaschmirpulli. Dazu ihre üblichen Halbschuhe, denn obwohl es kalt war draußen, war noch kein Schnee vorhergesagt. Dann nahm sie den Mantel, den sie in der vergangenen Nacht getragen hatte. Steckte das Foto wieder in die Tasche. Dazu ihr Portemonnaie, ihr Handy und ihr …

Drüben auf dem Nachttisch klingelte das Haustelefon. Für den Fall, dass es ihr Vater war, der sich von der Arbeit aus erkundigen wollte, wie es ihr ging, nahm sie ab. »Hallo?«

»Du hast Besuch.«

Paradise wunderte sich über die Stimme am anderen Ende. »Anslam?«

»Ja, ich bin's«, meinte er fröhlich. »Peyton hat gesagt, ich soll dich abholen kommen.«

»Ach ja? Aber ich geh gar nicht direkt ins Sal's. Ich muss zuerst noch was erledigen.«

»Dann begleite ich dich einfach.«

»Nein, danke. Wird nicht lange dauern.«

»Kommst du runter?«

Verdammt! Aber sie wollte nicht unhöflich sein. »Ja. Bin gleich da.«

»Keine Eile wegen mir.«

Nachdem sie noch mal kurz ihre Frisur überprüft hatte, verließ sie ihr Zimmer. Auf dem Weg zur Treppe hoffte sie, dass sie Anslam schnell wieder loswerden konnte. Nach ihrem Streit mit Craeg fühlte sie sich einfach nur beschissen, und dass sie völlig verdrängt hatte, dieses Polaroid vom Tatort mitgenommen zu haben, ohne jemandem etwas zu sagen, verschlimmerte den Zustand noch.

Das und die ziemlich hohe Wahrscheinlichkeit, dass sich die Untersuchung auf die Schüler würde konzentrieren müssen.

Als sie die große Treppe hinunterkam, sah sie Anslam auf den schwarz-weißen Marmorfliesen stehen. Seine Klamotten von Saks Fifth Avenue und das Aftershave von Gucci signalisierten seinen gesellschaftlichen Rang deutlicher als seine gleichmäßigen, eher unscheinbaren Gesichtszüge.

Er hatte etwas so … Teigiges an sich, dachte sie.

Keine Ahnung, wie er zu seinem Ruf als Frauenaufreißer gekommen war.

Als eine Stufe unter ihrem Fuß knarrte, drehte Anslam sich zu ihr um. »Hallo, du«, begrüßte er sie. »Siehst gut aus.«

»Danke, du auch.«

Als sie unten ankam und er die Arme öffnete, ging sie zu ihm und küsste ihn auf beide Wangen. »Hör zu, es tut mir echt leid, aber ich muss wirklich nur kurz …«

Aus dem Arbeitszimmer ihres Vaters kam ein seltsames Geräusch. Stirnrunzelnd drehte sie den Kopf. Es klang wie eine Art Quieken oder ein …

»Du wolltest noch was erledigen?«, fragte Anslam. »Was denn?«

Paradise wandte ihre Aufmerksamkeit wieder ihm zu. »Nichts Wichtiges. Ich wollte nur … was ist denn das für ein Geräusch?«

Sie ließ ihn stehen und ging zum verzierten Torbogen hinüber, der zur Bibliothek führte.

»Oh, gütige Jungfrau!«

Der Butler ihres Vaters, Fedricah, und ihre Zofe, Vuchie, saßen gefesselt und geknebelt vor dem Schreibtisch.

»Was, um alles in der Welt, ist passiert?«

Da packte Anslam sie plötzlich von hinten, riss sie herum und stieß sie mit dem Gesicht nach unten brutal zu Boden. Als Schock und Schmerz sie kurzfristig lähmten, drehte er sie auf den Rücken. Dann schob er sein Gesicht dicht an ihres heran. Er wirkte leicht gereizt.

»Wo ist das Foto? Was hast du verdammt noch mal mit meinem Foto gemacht?«

Während Paradise versuchte, sich wieder zu orientieren, und mit Armen und Beinen strampelte, durchsuchte er grob ihre Taschen.

»Ah, braves Mädchen.« Dann steckte er das Polaroid in sein Wildlederjackett. »Verdammt, Paradise – warum musstest du das bloß finden? Ich will das mit einer Frau wie dir nicht machen. Das ist nicht Teil des Plans.«

Als sie schluckte, schmeckte sie Blut und begriff, dass ihre Lippe aufgeplatzt war. »Du brauchst nicht … brauchst das nicht …«

Blitzschnell sprang er auf, und als er wiederkam, trug er einen Louis-Vuitton-Aktenkoffer bei sich. »Klar muss ich das tun. Denn du wolltest dieses Polaroid deinem Vater bringen, das hast du Peyton gesagt. Du bist so ein braves kleines Mädchen, so pflichtbewusst, dass du es nicht auf sich beruhen lassen wirst, und dann fängst du an, über die Verbindung nachzudenken. Früher oder später wirst du dich in die Cafeteria schleichen und meine Sachen durchsuchen, weil dir klar wird, dass irgendjemand aus dem Trainingszentrum dieses Foto im Bus verloren und später aus deiner Tasche genommen haben muss. Hübsche Tasche übrigens. Ich steh total auf Bally. Gute Ware.«

Während er sprach, holte Anslam eine Spritze heraus. »Sieh mal, weil ich an meiner Arbeit hänge, muss ich einen Teil davon immer bei mir tragen, und da sind Fotos das Nächstbeste, findest du nicht? Einfach perfekt, um die

Erinnerung wieder aufleben zu lassen. Jedenfalls, wenn du dann eins und eins zusammenzählst, das heißt, wenn du mehr als nur eines in meiner Tasche gefunden hättest, dann wäre ich am Arsch. Und ich kann dir versichern, ich bin in Beziehungen nie der, der unten liegt.«

Während er überprüfte, dass die durchsichtige Flüssigkeit die dünne Nadel füllte, drohte Paradises Gehirn, sie im Stich zu lassen. Der Schmerz, der Schock, die Verwirrung verknoteten ihr Nervensystem und machten jegliche sinnvolle Gedankengänge unmöglich.

Doch dann erinnerte sie sich wieder, was sie im Kampftraining gelernt hatte: Konzentration und Fokus. Konzentration und Fokus.

Das hier war jedoch keine Trainingseinheit. Um genau zu sein, war es genau die Art von Situation, auf die der Unterricht sie vorbereiten sollte.

Keine Übung. Niemand, der sie retten würde.

Außer sie selbst.

Mit einem Mal wurde ihr Kopf absolut klar: Wenn es ihm gelang, ihr was auch immer das war zu spritzen, war sie so gut wie tot, und sie würde nur eine einzige Chance zur Flucht haben.

Während sie sich betont hilflos gab, sah sie sich unauffällig nach einer Waffe um, irgendetwas, das sie benutzen konnte, um …

»Nimm es als Kompliment.« Er blickte auf sie herab. »Ich bin mir ziemlich sicher, dass du früher oder später daraufkommen würdest, dass ich es war, weil du recht clever bist für ein Mädchen …«

Mit einem kraftvollen Sprung bäumte sie sich auf und verpasste ihm einen Kopfstoß direkt ins Gesicht. Es war ihr einziger Versuch, aber sie erwischte ihn mit voller Wucht: Anslam heulte vor Schmerz auf, fiel nach hinten aufs Gesäß und hielt sich die Nase. Sofort stürzte sie sich auf ihn, warf sich auf seine Brust und riss ihm die Spritze aus der Hand. Dann drückte sie den Kolben herunter, sodass die Flüssigkeit in die Luft spritzte, bevor sie das Ding beiseitewarf.

Und ihr blieb keine Zeit.

Brüllend boxte Anslam sie gegen die Schultern, um sie von sich zu stoßen. Sein nächster Zug war, ihr dermaßen fest mit der Faust gegen den Kiefer zu schlagen, dass sie buchstäblich die Glocken läuten hörte und es ihr vor den Augen flackerte. Doch sie konnte sich keine Aussetzer leisten. Den Schmerz und die Desorientierung bekämpfend, fasste sie zwischen sie beide nach seinen Eiern, packte zu und drehte, bis er sich schreiend zur Seite warf.

Kaum hatte sie sich aufgerappelt, trat sie nach ihm, doch er packte sie am Knöchel und riss sie erneut nach unten.

Dort rollten sie hin und her, und in ihrem Hinterkopf hörte Paradise Butch sagen, dass jeder Nahkampf irgendwann am Boden endete. Es war nur eine Frage der Zeit.

Indem sie sich herumrollte, verhinderte sie, dass er sie in den Schwitzkasten nahm, doch dafür gelang es ihr auch nicht, ihn mit den Oberschenkeln zu würgen. Eine Waffe, sie brauchte … die Aktentasche. Wenn sie es irgendwie dorthin schaffen würde …

Er war stärker als sie. Sie war schneller als er. Ihre Körper knallten auf den harten Boden, Arme und Beine in ständigem Einsatz, Fäuste hieben auf den anderen ein, Blut floss.

Dann passierte es. Irgendwie gelang es ihm, mit beiden Händen ihren Hals zu packen und ihren Hinterkopf auf die Marmorfliesen zu schlagen. Einmal, zweimal …

*Fick dich!*, sagte sie tonlos, weil sie keine Luft mehr hatte.

Sie fasste nach seinen Augen, um ihm die Daumen in die Höhlen zu bohren …

Er verschwand.

Anslam war plötzlich einfach … nicht mehr da.

Für den Bruchteil einer Sekunde wappnete sie sich, rechnete mit einem weiteren Angriff. Doch dann hörte sie einen entsetzlichen Schrei.

Als sie aufblickte, sah sie Anslam über dem Boden schweben, sein Gesicht zu einer Maske des Entsetzens verzerrt, während das Blut aus seinem Mund sprudelte, seine Füße hilflos ins Nichts traten und seine Beine zuckten.

Dann wurde er wie ein Stück Abfall beiseitegeworfen.

Hinter ihm tauchte Craeg auf, in voller Kriegerhaltung, breitbeinig, die Fänge gebleckt … und in der Hand ein blutiges Schwert.

Dumpf begriff Paradise, dass es sich bei der Waffe um das Zeremonienschwert handelte, das ihr Vater als oberster Berater bei besonderen Anlässen tragen sollte. Vor ihm hatte es seinem Vater gehört … und es hing sonst an der Wand direkt neben der Haustür, wie die Tradition es vorschrieb.

Craeg kam zu ihr, kauerte sich neben sie. »Du brauchst medizinische Versorgung. Wo ist dein Handy, wo gibt es ein Telefon?«

»Mir geht's gut. Alles … in Ordnung.«

Moment mal, sie weinte. Oder war das Blut? Sie wusste es nicht genau.

Ein Rascheln ließ ihn herumfahren. »Bin gleich zurück.«

Mit schnellen Schritten eilte er mit dem Schwert in die Bibliothek. Kurz darauf war Vuchie bei ihr, und der Butler stand am Telefon am Schreibtisch.

Ungefähr zu diesem Zeitpunkt merkte sie, dass sie doppelt sah.

»Ich glaube, ich werde ohnmächtig«, sagte sie zu Craeg.

»Doc Jane ist unterwegs.«

»Lass mich nicht allein«, bat sie ihn. »Ich will dich noch ein bisschen anschreien.«

Er kniete sich neben sie. »Weil ich euren Kampf gestört habe? Ich bitte vielmals um Entschuldigung. Ich glaube übrigens, du warst dabei zu gewinnen – aber ich gehe nicht gerne Risiken ein. Tut mir leid.«

Sie öffnete den Mund, um noch etwas anderes zu sagen … aber dann gingen bei ihr die Lichter aus.

Ihr letzter Gedanke?

Als sie etwas Warmes an ihrer Hand spürte, war sie sich ziemlich sicher, dass er sie festhielt.

# 45

Als Craeg sich auf dem Rasen vor Paradises Haus materialisiert hatte, war er sich nicht sicher, ob er gekommen war, um sich mit ihr zu streiten oder zu versöhnen.

Er hatte es wirklich nicht gewusst. Es hätte so oder so laufen können.

Nachdem sie ihm am Telefon dermaßen die Meinung gegeigt hatte, war er im Trainingszentrum hin und her gerannt, bis er schließlich beschlossen hatte, sie persönlich aufzusuchen. Also hatte er einen *Doggen* gerufen und war in den Bus gestiegen, und sobald sie draußen auf der Hauptstraße waren, hatte er dem Kerl verkündet, dass er nicht bis zum üblichen Halteplatz warten konnte.

Ungefähr fünf Meilen von der Anlage entfernt hatten sie eine Lichtung gefunden.

Und weg war er, unterwegs zum Anwesen von Paradises Vater.

Wo er feststellte, dass die Eingangstür nur angelehnt war.

Sobald er eingetreten war, hatte er Paradise unter Anslam liegen sehen, wobei sie versuchte, ihm die Augen auszustechen.

So war es gekommen, dass er nun hier saß in dieser … unglaublichen Bibliothek … mit sprichwörtlichem Blut an den Händen.

Er sah sich um und schüttelte den Kopf über das riesige

Ölgemälde über dem Kamin. Der Vampir, der darauf abgebildet war, starrte den Betrachter direkt an, und Craeg konnte sich nur zu gut vorstellen, was der alte Knacker wohl sagen würde, wenn er tatsächlich sehen könnte, was für ein abgerissener Zivilist da auf seinem Seidensofa hockte. Oder dem Seidensofa seines Sohnes. Oder Enkels. Wie auch immer.

»Fuck«, murmelte er und rieb sich das Gesicht.

Ja, um ehrlich zu sein, war er hergekommen, um mit ihr zu streiten, nicht um sich zu versöhnen. Er war gekommen, um zu beweisen, dass er recht hatte: Dass sie und ihre Leute das Böse im Volk verkörperten und sie sich etwas vormachte, wenn sie glaubte, er würde ihr den ganzen Quatsch abkaufen, den sie ihm erzählt hatte.

»Aufhören«, stöhnte er.

Wenn er die Augen aufschlug, sah er den Teppich unter seinen Stiefeln. Draußen in der Eingangshalle waren Stimmen zu hören. Butch war gekommen. Und V. Und der Butler und die Zofe redeten mit ihnen.

Paradise hatte man nach oben gebracht, wo Doc Jane sich …

Ein Mann tauchte im Türrahmen zur Bibliothek auf.

Er war groß und schlank, trug einen makellosen Anzug, bei dem sogar Craeg erkennen konnte, dass er von einem Meister maßgeschneidert worden war. Mit seinem strahlend weißen Hemd, der blutroten Krawatte und dem schicken kleinen Einstecktuch in der Brusttasche war er der Inbegriff eines Aristokraten.

Und ja, er trug sogar den goldenen Siegelring am Finger.

Und ja, das waren Paradises Augen, die ihn da quer durchs Zimmer anstarrten.

Als er aufstand, nahm Craeg seine Baseballkappe ab. Er verspürte den absurden Impuls, sein T-Shirt in die Hose zu stopfen, seine Jeans abzuklopfen … oder etwas in der Art. Shit.

Der Vampir kam mit großen Schritten und respekteinflößender Miene auf ihn zu.

Craeg, der sich auf alles gefasst machte, räusperte sich. »Herr, ich bin …«

Eine Sekunde später wurde er so fest umarmt, dass er seine Knochen knacken hörte, und der Typ wollte ihn gar nicht wieder loslassen.

Während Craeg dastand wie eine Statue.

Über die Schulter von Paradises Vater hinweg konnte er sehen, wie Butch den Kopf hereinstreckte. Mit großen Augen signalisierte der Bruder Craeg mitzumachen.

Hinter dem Rücken des Vampirs hob Craeg in einer Geste von »Was soll ich tun?« hilflos die Hände.

Woraufhin Butch wild mit den Armen fuchtelte, als würde er jemanden umarmen.

Zögerlich legte Craeg die Arme um den Gentleman. Tätschelte dessen Schultern.

»Ich schulde dir mein Leben«, krächzte ihr Vater. »Heute Nacht hast du mir mein Leben erneut geschenkt, indem du ihres gerettet hast.«

Schließlich trat Paradises Vater zurück, zückte das Taschentuch und wischte sich die roten Augen. »Sag mir, wie kann ich dir das vergelten? Was kann ich für dich tun? Wie kann ich dir und den deinen zu Diensten sein?«

Craeg blinzelte wie ein verdattertes Kaninchen. Sein Hirn stand buchstäblich still. Dann platzte er heraus: »Mein Name ist Craeg.«

Als hätte ihn der Typ danach gefragt.

»Craeg. Ich bin Abalone.« Der Vampir verbeugte sich. »Zu Diensten.«

Bevor Craeg darauf reagieren konnte, kam Peyton um die Ecke auf ihn zumarschiert. »Mein Freund.«

Dann war die zweite Umarmung angesagt.

Während Peyton ihn so fest an sich drückte, dass er ihm fast die Rippen brach, hatte Craeg es mit der Erwiderung schon ein bisschen besser drauf.

»Du hast meine Aufgabe für mich erledigt«, krächzte der junge Vampir.

»Wovon redest du?«

»Butch hat mir erzählt, dass Anslam meine Cousine umgebracht hat.«

Craeg zuckte zurück – was gut war, weil er dringend ein bisschen Luft zum Atmen brauchte. Seit die Gefahr gebannt war, indem er einen verdammten Klassenkameraden getötet hatte, kam er sich vor wie in einem Paralleluniversum.

Die Sache war die: Als er Anslam aufgespießt hatte, als wäre der Scheißkerl bloß irgendein Tier, hatte er damit Paradise verteidigen wollen. Der Grund, weshalb Anslam sie angegriffen hatte, war zu diesem Zeitpunkt nicht wirklich relevant gewesen. Und war in der schrägen Phase danach auch unbeantwortet geblieben.

Peyton erzählte ihm die Geschichte mit wenigen Worten, und Craeg konnte größtenteils folgen. Zumindest glaubte er das.

Anslam und die Polaroidfotos. Anslam und sein Ruf, Frauen gegenüber aggressiv zu sein. Paradise, die richtig kombiniert hatte.

Dann wandte sich Peyton abrupt Paradises Vater zu, und die beiden umarmten sich ebenfalls.

»Also, was hältst du von diesem Kerl hier?«, meinte Peyton, als die beiden sich voneinander lösten. »Schon ein ziemlicher Held, was?«

Okay, also es war ganz schön unangenehm, von Paradises Vater auf eine Art angesehen zu werden, die an Heldenverehrung grenzte. Ja, wow – konnte er jetzt bitte gehen? Vielleicht durfte er ja gehen … er hätte zwar Paradise gerne noch gesehen, aber …

»Er ist übrigens in Parry verliebt«, verkündete Peyton. »Und sie in ihn.«

Und so kam es, dass diese Geschichte zwischen ihnen beiden so richtig offiziell bekannt wurde.

# 46

Nein, mir geht's gut.«

Paradise verzog das Gesicht bei diesen Worten. Andererseits leuchtete ihr Doc Jane auch mit einer Taschenlampe direkt in die Augen.

»Du hast eine Gehirnerschütterung«, verkündete die Ärztin und setzte sich aufs Bett. »Ist dir schlecht?«

Äh, jaaa – aber ob das daran lag, dass sie beinahe von einem Klassenkameraden getötet worden wäre oder von einem Vampir gerettet worden war, dem sie eine halbe Stunde zuvor gesagt hatte, dass er sich verpissen sollte …

»Was war noch mal die Frage?«, erkundigte sie sich. »Ach so, ja, mir ist ein bisschen übel, und mein Schädel brummt.«

Doc Jane lächelte. »Du wirst dich schnell wieder erholen. Ruh dich einfach eine Weile aus. Und bevor du fragst, ja, du kannst morgen Abend wieder zum Unterricht, aber kein Kampftraining, und übertreib's auch mit dem Sport nicht.«

»Oh. In Ordnung.« Momentan konnte sie sich überhaupt nicht vorstellen, wieder zurück im Trainingszentrum zu sein. »Dankeschön.«

»Gern geschehen. Ich werde dir nichts weiter geben als das Schmerzmittel, das du gerade genommen hast.«

»Okay. Danke.«

»Und du musst mit Mary reden«, fügte Doc Jane hinzu, während sie wieder aufstand. »Und da wird ein ›Mir geht's gut‹ nicht ausreichen. Eine solche Sache steckt man nicht so leicht weg. Dein Körper wird schneller heilen als dein Geist.«

»Wer ist Mary?«

»Rhages *Shellan,* du weißt schon. Sie ist Therapeutin.«

»Oh.«

Vielleicht sollte sie sich dafür ebenfalls bedanken?

»Ich bin da, falls du mich brauchst«, meinte die Ärztin noch, bevor sie ging.

Dann war Paradise allein.

Es war schon komisch, obwohl sie in ihrem Zimmer in Sicherheit war und unten Brüder warteten, fühlte sich das Haus nicht mehr ganz so geschützt an. Vielleicht war das der Sinn dieser Mary-Unterhaltung.

Unglaublich … Anslam ein Mörder? Vielleicht sogar ein Serienkiller?

Er hatte nie irgendwelche Anzeichen an den Tag gelegt. Er wirkte wie ein relativ normaler, wenn auch leicht unsympathischer Kerl, genau wie sie oder jeder andere aus ihrer Schicht, ihrem Volk.

Wenn sie sich vorstellte, dass sie im Unterricht neben ihm gesessen hatte, mit ihm gekämpft, geredet und gelacht hatte – und das während er … Frauen dermaßen brutal misshandelt hatte.

Das war wie ein Albtraum, sogar noch bevor sie zu dem Teil kam, wo er versucht hatte, sie umzubringen.

Nach einem Blick auf die Uhr war sie sofort noch gestresster. Es blieb nur eine Stunde bis zur Morgendämmerung, und sie wusste nicht, wo Craeg steckte. War er schon gegangen?

Sie musste ihn sehen.

Stöhnend streckte sie die Hand nach dem Haustelefon aus.

»Kann ich dir damit helfen?«

Erschrocken zuckte sie zurück und sah den Vampir höchstpersönlich in der Tür stehen. Er wies mit dem Daumen über die Schulter.

»Doc Jane hat gemeint, ich kann ruhig reingehen. Ich muss gleich los, und da wollte ich mich vorher persönlich vergewissern, dass du noch lebst.«

Paradise schloss die Augen und musste den Kopf wegdrehen, denn die Tränen flossen schnell und unaufhaltsam, aber sie wollte sie nicht zeigen.

Mit einem leisen Klicken schloss er die Tür, und eine Sekunde lang dachte sie, er wäre gegangen. Doch dann holte sie tief Luft und roch seinen Duft.

»Ich habe deinen Dad kennengelernt«, sagte er rau.

Paradise riss sich zusammen und zwang sich, ihn anzusehen. Er war nicht weiter ins Zimmer hereingekommen, was passend schien. Seine Miene war distanziert, sein Körper angespannt, seine Haltung die von jemandem, der eigentlich bereits das Haus verlassen hat, obwohl er vor ihr stand.

»Ach ja?«, sagte sie leise.

»Netter Kerl.«

»Das ist er.«

Langes Schweigen. Dann dachte sie, was soll's, und griff sich ein Taschentuch. Nachdem sie sich die Nase geputzt hatte, riss sie noch eines aus der Box, um ihre Augen abzutrocknen.

»Sorry, ich bin irgendwie ein bisschen gefühlsduselig.«

»Ist doch kein Wunder. Du bist fast ermordet worden.«

Paradise knüllte die Taschentücher zusammen und warf sie in den Papierkorb neben ihrem Bett. Dann holte sie tief Luft. »Es tut mir leid, dass ich diese ganzen Sachen zu dir gesagt habe. Dass ich dich angeschrien habe.«

»Mach dir keinen Kopf.«

»Okay.« Verdammt, aus irgendeinem Grund tat diese

Floskel, als wäre nichts davon besonders wichtig gewesen, mehr weh als ihre Gehirnerschütterung. »Verstehe.«

»Paradise, hör zu, du und ich …«

»Wir sind was?« Sie sah ihn an. »Oder geht es darum, was wir *nicht* sind? Im Sinne von nicht füreinander bestimmt? Kommt jetzt der Teil, wo du noch mal all die Gründe aufzählst, weshalb wir nicht zusammen sein können, einschließlich, wenn nicht gar vor allem, wegen meiner Herkunft? Denn falls das so sein sollte, bin ich mir ziemlich sicher, dass wir das schon am Telefon abgehakt haben.«

Als er nichts erwiderte, sondern nur den Boden betrachtete, als würde er die Stiche in ihrem bestickten Läufer zählen, ging sie davon aus, dass er in Gedanken sein endgültiges Lebewohl einübte. Das wäre dann ein Lebewohl zu ihrer Beziehung, kein auf Nimmerwiedersehen. Denn sie würde nicht aus dem verdammten Programm aussteigen, so viel stand fest: Bereits in diesen ersten paar Nächten, die sich anfühlten wie zwölftausend Jahre, hatte sie schon viiiieeeel zu viel investiert, um freiwillig aufzugeben.

»Du solltest jetzt besser gehen«, sagte sie niedergeschlagen. »Einfach …«

»Warum ich?«

Sie runzelte die Stirn. »Was meinst du?«

Als er sie ansah, waren seine Augen ganz ernst. »Ich versteh einfach nicht … warum ich? Du könntest jeden aus unserem Volk haben. Ich meine, ganze Familien würden alles dafür geben, einen Sohn mit dir zu bekommen. Du bist buchstäblich das Kostbarste auf dem Planeten – und dabei wissen sie noch nicht einmal, wie stark du bist, wie schlau … wie tough. Wie mutig und schlau. Hab ich schlau schon erwähnt?« Er studierte wieder den Teppich. »Und wunderschön. Und dann ist da noch deine Stimme.« Er malte neben seinem Kopf einen Kreis in die Luft. »Sie macht mich wahnsinnig, deine Stimme. Jeden Tag, nachdem wir aufgelegt haben, schlaf ich mit dem verdammten Handy auf der Brust ein. Als wäre ein Teil deiner Stimme, ein Teil von dir immer noch da drin.«

Okay, jetzt kamen ihr die Tränen aus einem völlig anderen Grund.

Craeg zeigte auf ihr Zimmer. »Selbst wenn du mir verzeihen könntest, dass ich mich wie ein Riesenarschloch aufgeführt habe … ich kann dir nichts bieten. Das Haus meiner Eltern hat, was, drei Zimmer und eine Miniküche. Die Arbeitsplatten sind aus Resopal, der Fußboden aus Linoleum beziehungsweise wirklich hässlichem Teppich. Das Holz ist Furnier, nicht antik. Das älteste Möbelstück, das ich besitze, stammt aus den Siebzigern – und es ist potthässlich. Ich kann dir … ich kann dir keinen Schmuck kaufen oder Autos …«

»Hör auf.«

Beim Klang ihrer Stimme verstummte er.

»So denke ich nicht«, flüsterte sie. »Und du solltest es auch nicht.«

»Was, wenn sich das ändert?«

Da wurde ihr klar, dass er ihr noch nie zuvor gezeigt hatte, wie verletzlich er war. Und, Moment mal, sprach er etwa davon, dass sie immer noch zusammen waren?

»Das wird es nicht«, beteuerte sie. »All diese Dinge sind mir völlig egal, und daran wird sich auch nichts ändern.«

»Woher willst du das wissen?«, fragte er leise. »Denn … ich liebe dich. Und wenn du morgen beschließt, oder in einer Woche … einem Jahr … dass das mit uns für dich nur eine Affäre ist oder dass du lieber mit jemandem zusammen sein willst, der mehr Klasse hat, dann werde ich das nicht überleben. Das würde mich in die Knie zwingen, und ich könnte nicht mehr aufstehen. Also lass mich einfach gehen, ja? Erlöse mich aus meinem Elend … lass mich gehen.«

Paradise wischte sich über die Augen und musste lächeln.

»Hast du mir da gerade gesagt, dass du mich liebst?« Als er nicht antwortete, fügte sie hinzu. »Ich glaube, das hast du.«

»Paradise, ich mein's ernst.«

Auf einmal tat nichts in ihrem Kopf oder Körper mehr weh, und die Angst, die wie ein lähmendes Gift durch ihre Adern geflossen war, war verschwunden.

»Ich auch«, flüsterte sie.

»Dann ja, ja, ich hab dir gerade gesagt, dass ich dich liebe. Und es tut mir leid, dass ich so über dich und deine Familie geschimpft habe. Ich bin ein Arsch, dass ich dich mit den Leuten verglichen habe, die meinen Vater umgebracht haben. Ich weiß auch nicht … ich muss immer wieder an diese erste Nacht denken, als du mich nicht allein auf dem Trampelpfad zurücklassen wolltest. So warst du mit allen, nicht nur mit mir. Du … du hättest dich selbst aus diesem Panikraum ausgeschlossen, wenn dadurch eine Person mehr reingepasst hätte.«

Er atmete zitternd aus und wischte sich mit seiner breiten Handfläche übers Gesicht, als würde auch er mit den Gefühlen kämpfen.

»Craeg, ich kann nur eines sagen.« Sie wartete, bis er sie wieder ansah. »Ich habe in dieser ersten Nacht alle geschlagen, stimmt's? Ich war als Letzte noch übrig, richtig?«

Er nickte. »Ja. Du warst unglaublich.«

»Ich würde das alles sofort wieder tun, wenn ich dir damit das Unbeweisbare beweisen könnte: Dass mein Herz weiß, was es will. So einfach und unkompliziert ist das. Wenn du willst, kannst du versuchen, dir alle möglichen Gründe auszudenken, weshalb ich das irgendwann in Zukunft anders sehen sollte, aber meine Gefühle werden sich nicht ändern. Ich wusste schon in der Nacht, als wir uns das erste Mal begegnet sind, als du ins Audienzhaus gekommen bist, dass du der Richtige bist. Wochenlang hab ich mich gefragt, ob du wohl deine Bewerbung vorbeibringen würdest. Und in der Nacht der Aufnahmeprüfung, da habe ich darauf gewartet und gebetet, dass du hereinkommen würdest. Als du dann da warst, konnte ich nichts anderes mehr denken als ›Der Jungfrau sei Dank, er ist da‹.«

Sie streckte ihm die Hand hin. »Das denke ich immer noch jedes Mal, wenn ich dich sehe, nachdem ich eine Weile von dir getrennt war. ›Der Jungfrau sei Dank … er ist da‹.«

Craeg kam langsam auf sie zu, als wollte er ihr Gelegenheit geben, es sich anders zu überlegen. Doch dann lag seine Hand auf ihrer. Er saß neben ihr auf dem Bett. Schließlich beugte er sich vor und küsste sie auf den Mund.

Nur lehnte er sich daraufhin gleich wieder zurück und wurde ernst. »Ich werde *Vergeltung* für meinen Vater üben. Ich weiß, dass du dem nicht zustimmst, aber das kann ich nicht ändern. Es tut mir leid.«

Sie schloss die Augen, weil sich ein plötzlicher Schmerz in ihre Brust bohrte. »Bitte nicht. Und das sage ich nicht, um irgendeinen entfernten Cousin von mir zu schützen. Aber es gab schon zu viele Tote. Ich versuche nur, ein anderes Lebewesen zu schützen.«

»Einen Feigling, der meinen Vater umgebracht hat.«

»Vielleicht gibt es einen anderen Weg, Gerechtigkeit walten zu lassen.« Sie drückte seine Hand. »Lass uns einfach daran arbeiten. Vielleicht gibt es eine bessere Möglichkeit. Versprochen? Für mich. Tu's für mich.«

Es dauerte lange, lange Zeit, bis er antwortete. Doch als er es schließlich tat, wirkte es wie ein Schwur. »Einverstanden. Es widerstrebt mir zwar … aber einverstanden.«

Sie setzte sich auf, schlang die Arme um ihn und spürte, wie er sie ebenfalls festhielt. »Ich liebe dich.«

»Oh, Paradise … ich liebe dich auch.«

So verharrten sie eine Ewigkeit, Arm in Arm, sagten sich zärtliche Dinge, berührten, spürten, küssten sich.

Dann klopfte es an der Tür.

Wow, Craeg sprang so schnell von ihrem Bett auf, dass er beinahe gegen die am weitesten entfernte Wand knallte.

Paradise musste ein bisschen lachen. »Herein?«

»Ich bin's, Butch«, tönte die tiefe Stimme. »Ich mach mich jetzt auf den Weg. Craeg, du musst mitkommen.«

»Okay.« Craeg machte sich auf den Weg zur Tür.

»Wann sehe ich dich wieder?«, fragte Paradise. »Fällt der Unterricht morgen Abend auch aus?«

Mit der Hand auf dem Türknauf sah er sie verschwörerisch an. »Geh um sieben an dein Handy, dann besprechen wir das.«

Mit diesen Worten und einem ziemlich sexy Zwinkern schob er sich nach draußen und schloss leise die Tür.

Paradise ließ sich in die Kissen sinken. Sie grinste so breit, dass ihr die Gesichtsmuskeln wehtaten.

# 47

*Eine Woche später …*

Warte mal, wo kommt jetzt dieses Kammerband hin?«

Craeg stand vor dem Ganzkörperspiegel in der Höhle und fing vor Panik fast an zu hyperventilieren, bis Butch hinter ihn trat. Natürlich lächelte der Bruder ihn an, als wäre er ein Idiot. Was ja auch stimmte.

»Das nennt sich Kummerbund«. Butch nahm Craeg die Schärpe ab und legte sie ihm um den Bauch. »Verdammt, mein Sohn, du wirst toll aussehen.«

»Wie viel hat dieses Teil gekostet?«

»Fünfzehntausend.« Es folgte etwas Gezerre und Geziehe, während das Ding hinten im Rücken gebunden wurde. »Und die gute Nachricht ist, dass wir beide in etwa die gleiche Figur haben, das heißt, er passt wie angegossen.«

Craeg blinzelte ein paarmal. »Fünfzehntausend? Dollar?«

»Nein, Toastbrote«, ließ sich Vishous von drüben auf dem Bett vernehmen. »Und wenn es dir dabei die Eier zusammenzieht, dann überleg dir mal, was der ganze Scheiß da drüben auf den Kleiderbügeln gekostet hat.«

Craeg warf einen Blick auf die endlosen Reihen an Klamotten in dem ansonsten sehr gepflegten und ordentlichen Schlafzimmer. »Ach du Schande.«

»Ja, Saks liebt ihn.« V zündete sich eine weitere selbst gedrehte Zigarette an. »Und Neiman Marcus.«

»Halt's Maul, V.« Butch griff nach einem schwarzen Jackett mit langen Frackschößen. »Männer wie Craeg und ich, wir müssen für unsere Damen ein bisschen Dekoration anlegen. So funktioniert das bei uns.«

Wenn es nach ihm gegangen wäre, hätte Craeg lieber seine Jeans angehabt. Aber er musste zugeben, dass das gestärkte weiße Hemd mit dem schicken Knoten am Hals, die leuchtend roten Hosenträger und die schwarze Hose mit den Satinstreifen an der Seite nicht schlecht aussahen.

Dann zog er den Frack an.

Er starrte sein Spiegelbild an, strich sich über die frisch geschorenen Haare und schüttelte dann wieder den Kopf. »Ich sehe aus wie …«

»… aus dem Ei gepellt.« Butch schlug ihm auf die Schulter. »Und jetzt raus hier, damit ich mich auch noch anziehen kann. Der Miesepeter da drüben bleibt zu Hause, weil er sich zu gut ist für so was, aber du und ich, wir werden uns prächtig amüsieren.«

Mit einem Grunzen erhob V sich vom Bett. »Aber ruft mich an, falls nicht. Ich bin immer für einen Faustkampf zu haben, und feine Pinkel verprügele ich am liebsten.«

»Du bist doch bloß sauer, weil du keinen Smoking hast.«

Vishous blieb im Türrahmen stehen und sah Craeg an. Mit einem Nicken meinte er: »Das A-Loch hat recht. Du siehst gut aus. Sie wird so stolz sein, an deinem Arm zu gehen. Lass nicht zu, dass dir irgendeiner von diesen Idioten das Gefühl gibt, minderwertig zu sein. Sie hätte jeden auf der Welt haben können, und sie hat dich gewählt. Und streck niemandem als Erster die Hand hin. Das gibt ihnen Gelegenheit, dich auflaufen zu lassen. Du wartest, bis sie dich grüßen, nicht umgekehrt, okay?«

»Danke«, sagte Craeg.

V nickte, dann verschwand er im schmalen Flur und rief: »Ich geh mal Lassiter verhauen. Und danach spiel ich wahrscheinlich noch 'ne Runde Pool mit ihm.«

»Viel Spaß, Schatz«, rief Butch ihm hinterher. Dann wandte er sich wieder Craeg zu. »Ich lass dich runter in den Tunnel. Warte in der Tiefgarage auf mich. Wir fahren zusammen.«

»Okay. Und … danke.«

Das klang so verdammt lahm.

Als er lächelte, wurde Butchs leicht schiefer Schneidezahn sichtbar. »Ich bin auch Teil eines Paars. Ich weiß, wie es ist, mit einer Frau zusammen zu sein, die …«

In diesem Moment trat Marissa aus dem zweiten Schlafzimmer und …

Craeg war sprachlos. Das Kleid … die Diamanten … das Kleid …

*Die verdammten Diamanten.*

Die Vampirin funkelte quasi von Kopf bis Fuß in Weiß, eine blendende Show aus Schönheit und Eleganz in ihrem eng anliegenden Kleid.

Doc Jane sprang hinter ihr hinaus auf den Flur. »Na, was sagt ihr? Hm? Was sagt ihr?«

Craeg blickte über die Schulter zu Butch hinüber. Der stand da wie ein Ochse und sah aus, als hätte er die Wiederkunft der Jungfrau der Schrift persönlich vor Augen.

»Raus mit dir, Kleiner«, knurrte der Bruder. »*Sofort.* Ich bin in zehn Minuten da … nein, warte … in zwanzig.«

Während Marissa Craeg anlächelte und ihm versicherte, wie umwerfend er aussah, staunte sie darüber, wie jemand komplett angezogen und gleichzeitig vollkommen nackt sein konnte.

Andererseits, so wie Butch sie anstarrte, hatte sie keinen Zweifel daran, woran er dachte.

»Komm schon, Craeg. Ich bring dich in den Tunnel«, meinte Doc Jane. »Und euch beiden viel Spaß.«

»Los, los, los, los«, murmelte Butch an Vs Partnerin gewandt. »Bevor du mehr siehst, als dir lieb ist.«

Nachdem die beiden verschwunden waren und die Tür zum Tunnel sich wieder geschlossen hatte, vollführte Marissa eine langsame Drehung vor ihrem *Hellren.* »Gefällt's dir?«

Als Antwort fiel Butch auf die Knie. Also so richtig … voll auf die Knie, sodass sie nicht mit Sicherheit sagen konnte, ob das Knacken von seinen Knochen oder den Dielenbrettern stammte.

Sie raffte den Rock ihres Kleides von Reem Acra und eilte zu ihm. »Alles in Ordnung?«

Er umfasste ihre Schultern, und seine braunen Augen studierten ihr Gesicht. »Ich würde dich gerne küssen, aber ich will dein Make-up nicht ruinieren.«

»Dann küss mich eben vorsichtig.«

Das tat er dann auch, indem er ihren Mund zärtlich mit den Lippen berührte. »Du siehst hinreißend aus, Marissa. Und es wird bei deinem Anblick heute Abend allen den Atem verschlagen.«

Sie fuhr ihm durch die Haare. »Das werden wir ja sehen.«

»Ja, das werden wir.«

Dann wurde sie ernst. »Havers kommt nicht. Das hat mich irgendwie überrascht. Schließlich war er derjenige, der mich für dieses Event vorgeschlagen hat.«

»Vielleicht ist das seine Art eines Friedensangebots. Dir die Möglichkeit zu geben, zu glänzen, ohne es durch eine Menge Getratsche zu verkomplizieren.«

»Ja.« Sie dachte an ihren Bruder, wie er am Bett des toten Mädchens saß. »Es ist fast einfacher, ihn zu verteufeln.«

»Was Havers betrifft, wenn es dir gelingt, ihm zu verzeihen … also, ich werde nie vergessen, was er dir angetan hat, aber ich werde ihn nicht umbringen, wenn ich ihn sehe. Wie wär's damit?«

Sie lachte. »Abgemacht. Ich weiß auch nicht. Ich schätze mal, wir werden sehen, was die Zukunft bringt.«

»Eines weiß ich ganz sicher«, schnurrte er, während seine Lider auf Halbmast sanken.

»Und was könnte das sein?«

Ihr Gefährte erhob sich vom Fußboden und legte seine warmen Hände um ihre Taille. Dann beugte er sich vor und flüsterte: »Ich werde derjenige sein, der dir später aus diesem Kleid raushilft.«

Lachend schlang sie ihm die Arme um den Hals und schmiegte sich an ihn. »Heißt das, ich darf dir am Ende der Nacht die Hose ausziehen?«

»O Gott …«, stöhnte er. *»Jaaaaaaaaaaaaaa …«*

# 48

Als Paradise die breite Treppe in ihrem Elternhaus hinunterstieg, hob sie mit einer Hand den fließenden Rock ihres hellblauen Kleides an. Mit jedem Schritt dachte sie an die Nacht vor einer Woche, als Anslam sie auf den Marmorfliesen am Fuß der Treppe erwartet hatte, als wäre alles in bester Ordnung, ganz locker, überhaupt nicht bedrohlich.

Für den Bruchteil einer Sekunde überkreuzten sich in ihrem Nervensystem die Drähte, und ein Adrenalinstoß fuhr ihr das Rückgrat hinunter.

Doc Jane hatte recht gehabt: Die Gehirnerschütterung war ebenso schnell geheilt wie die Prellungen, aber in ihrem Gehirn gab es einen neuen Pfad, der zwar schnell, aber nachhaltig gebahnt worden war. Die konditionierte Angstreaktion würde sie jedoch nicht dauerhaft lähmen. Dafür würde sie mit Marys Hilfe sorgen.

Als sie die letzte Stufe erreichte, trat ihr Vater aus der Bibliothek. »Oh … Paradise.«

Mit gesenktem Kopf machte sie vor ihm einen Knicks. »Vater.«

»Du siehst aus wie deine Mutter.«

Als er die Hände nach ihr ausstreckte, ging sie zu ihm. »Das ist das schönste Kompliment, das du mir machen kannst.«

»Es stimmt.« Er ließ sie vor sich eine Pirouette drehen und lächelte. »Und ich habe etwas für dich.«

»Ja?«

»Komm.«

Er zog sie mit ins Arbeitszimmer zum Schreibtisch hinüber, wo er ihr eine flache rote Schachtel mit goldener Umrandung überreichte. »Das hat ihr gehört.«

»Vater …«

»Nein, komm schon. Du musst es aufmachen.«

Mit zitternden Händen öffnete Paradise vorsichtig den Deckel. Als ihr die Luft wegblieb, trat er vor und nahm das antike Diamantkollier aus seinem Satinbett.

»Es sind achtundvierzig Diamanten, einer für jedes der ersten achtundvierzig Jahre, die ich mit deiner geliebten *Mahmen* verbracht habe. Heute Abend schenke ich es dir mit ganzem Herzen, auf dieselbe Weise, wie ich dir meine Liebe und meinen Respekt schenke. Ich könnte nicht …«

»Warte«, unterbrach sie ihn. Schüttelte den Kopf. »Ich kann das nicht annehmen.«

»Aber warum denn nicht?«

Als sie seine bestürzte Miene sah, schloss sie die Augen. »Ich muss dir etwas sagen. Es ist …«

Da sie unmöglich stillstehen konnte, ging Paradise nervös im Kreis herum. Sie konnte an nichts anderes denken als an ihre Unterhaltung über Liebe und gesellschaftlichen Status von neulich und daran, dass er sich für sie eine aristokratische Verbindung wünschte, wie er und ihre Mutter sie gehabt hatten.

Doch verglichen mit der Zeit vor dem Trainingsprogramm hatte sie nun ein viel besseres Gespür dafür, wer sie war. Und selbst wenn es ihm das Herz brechen sollte, sie würde lieben, wen sie wollte, unabhängig von Position, Schicht oder Herkunft.

»Vater, ich liebe einen Mann. Er ist Zivilist, und es ist mir egal. Um genau zu sein, glaube ich nicht, dass er dadurch weniger wert ist als irgendjemand anderes. Craeg ist …«

»Endlich!«, rief Abalone. »Endlich!« Er zog sie an sich und küsste sie auf beide Wangen. »Ich warte schon die ganze Woche!«

»Wie bitte … warten, worauf?«

»Peyton hat es mir gesagt.«

*»Wie bitte?!«*

»Und ich bin ganz deiner Meinung. Craeg ist ein Vampir von Wert, und ich kann eure Verbindung nur gutheißen. Ihr habt meinen uneingeschränkten Segen.«

Paradise runzelte die Stirn und schüttelte den Kopf. »Aber, Vater … ich verstehe nicht. Erst letzte Woche hast du mir gesagt, dass ich mich mit einem Adeligen vereinigen soll. Ich weiß, Craeg hat mir das Leben gerettet, aber du kannst keine Hundertachtzig-Grad-Wendung vollziehen und erwarten, dass ich dir das abnehme.«

»Liebes Kind«, sagte er verwundert, »wann habe ich je zu dir gesagt, dass du ein Mitglied der *Glymera* zum Gefährten nehmen sollst?«

»Wir hatten das Erste Mahl zusammen, bevor ich zum Training bin. Da hast du gesagt, dass du dir für mich eine Vereinigung wünschst, wie du und *Mahmen* sie hattet. Zwei Adelige, die von ihren Familien ausgewählt wurden.«

»Nein, ich sagte, deine *Mahmen* und ich haben wahre Liebe gefunden. Das ist es, was ich für dich will. Die wahre Liebe – solange der Mann gut zu dir ist, ist mir völlig egal, wo er herkommt. Ich beobachte das Gebaren von unsereins schon lange und bin wenig beeindruckt. Bälle und Partys sind schön und gut, aber man sollte mit der Person nach Hause gehen, mit der man vereinigt ist. Das ist viel wichtiger als jeder Stammbaum. Ich werde mich auch sicherlich bei niemandem für irgendetwas entschuldigen, sollte es Gerede geben.«

Paradise stürzte sich auf ihren Vater und drückte ihn, so

fest sie nur konnte. »Ich hab dich so lieb, dass ich gleich anfange zu weinen!«

Ihr Vater, ihr lieber, wunderbarer, perfekter Vater lachte und umarmte sie ebenfalls. »Darf ich dir jetzt diese Kette umlegen? Und gibst du endlich zu, dass Craeg dich heute Abend begleitet?«

»Ja, ja, er kommt! Oh ja! Ich kann es kaum erwarten, dass du ihn richtig kennenlernst.«

»Ich auch, Liebes … ich auch.«

Eine halbe Stunde später strömte die Schar schillernder Gäste durch die Eingangstür herein und flanierte Richtung Ballsaal. Nun, dachte Paradise, die das Spektakel beobachtete, zumindest war sie davon *ausgegangen,* dass Craeg kommen würde.

Er hatte es ihr versprochen.

Wirklich, das hatte er.

Von ihrem Standpunkt auf der Empore aus, wo die große Treppe zur Tanzfläche hinunterführte, ließ sie den Blick über die Gästeschar schweifen. Sie hielt es nicht für möglich, dass sie seine Ankunft verpasst haben könnte. Schon allein deswegen, weil der Butler alle Neuankömmlinge ankündigte, bevor sie nach unten zur Party weitergingen.

Es war ihr durchaus bewusst gewesen, dass ihm die Vorstellung, ihr Begleiter zu sein, etwas unheimlich war, aber er war nicht der Typ, der einen Rückzieher machte. Vor allem nicht, was sie betraf.

»Hallo, meine Schöne.«

»Peyton«, murmelte sie und drehte sich zu ihrem Freund um.

Während sie sich umarmten, spähte sie über seine Schulter, in der Hoffnung … nein, kein Craeg.

»Wow, fette Klunker.« Peyton bewunderte ihre Halskette. »Wo steckt dein Kerl?«

»Ich weiß es nicht.« Sie sah ihn fragend an. »Und ich dachte, du bringst diese Vampirin mit, wie hieß sie noch gleich?«

»Ach so, die. Ja. Nein. Ihr Vater hat meinen angerufen und wollte wissen, was meine Absichten sind. Auf so was lass ich mich gar nicht erst ein.«

»Warum hast du dann nicht einfach Novo gefragt?«

»Wie kommst du denn auf die Idee?« Er ließ den Blick über die Menge schweifen. »Gut, dann schau ich mal, ob ich ein Date finde. Ist irgendjemand aus unserer Generation hier, oder sind da bloß alte Knacker – warte, schau mal, ich glaube, da drüben steht eine, die noch ihre eigenen Zähne hat.«

»Peyton. Du hättest Novo fragen sollen.«

»Wen?« Er küsste sie auf die Wange. »Bis später.«

Als er lässig die mit rotem Teppich ausgelegten Stufen Richtung Tanzfläche hinunterschlenderte, zog er jede Menge Aufmerksamkeit auf sich, was Paradise wieder daran erinnerte, was für ein begehrtes Objekt ihr bester Freund innerhalb der *Glymera* war.

Der arme Tropf.

Es gab noch einen weiteren Grund, weshalb sie sich Sorgen um ihn machte. Seit jener Nacht mit Anslam bei ihr zu Hause wirkte Peyton irgendwie verschlossen. Oberflächlich war er derselbe, aber sie kannte ihn so gut, wie es nur wenige taten.

Etwas hatte sich an ihm verändert, auch wenn er es nicht zugab. Anderseits hatte ein Kumpel von ihm eine Verwandte umgebracht. Damit musste man erst einmal fertig werden.

Trotzdem wünschte sie sich sehr, er würde mit ihr reden. Oder mit irgendjemandem.

Als die Musik aufspielte und Paare sich in die Mitte des Ballsaals begaben, bauschte sie ihre Röcke ein wenig und stellte dabei fest, wie gerne sie das hier mit Craeg teilen würde. Aber das war vielleicht ein bisschen viel verlangt. Die meisten Männer würden so eine Veranstaltung stinklangweilig finden – oder, noch schlimmer, sie als eine Strafe empfinden.

Na gut. Sie musste an diesen Events nicht teilnehmen. Sie konnte ihre verdammten Diamanten genauso gut zum Bademantel tragen und wäre kein bisschen weniger glücklich. Was die Kette so wichtig machte, war schließlich, dass sie ihrer Mutter gehört hatte und nun ihre war.

Ja, ihr Vater hatte so recht. Egal wie schick diese Gäste auch waren mit ihren tollen Kleidern und ihren Juwelen und ihrem Gehabe, zwischen ihnen zu stehen war eine schale Angelegenheit. Obwohl sie durch ihr Geburtsrecht hierher gehörte, fühlte sie sich völlig außen vor, und es interessierte sie eigentlich auch nicht …

»Kommt später noch eine bessere Band?«

Mit einem bekloppten Grinsen im Gesicht drehte sie sich um. Dann erstarrte sie. Schlug sich die Hand vor den Mund. Trat einen Schritt zurück.

Craeg schüttelte den Kopf und sah entsetzt an sich herab. »Verdammt, Butch hat geschworen, dass mir dieses Ding passt. Er hat's *geschworen.*«

»Du bist …«

In seinem weißen Hemd mit Smoking und den Lackederschuhen sah ihr Freund einfach nur 007-mäßig umwerfend aus, so groß und vornehm wie alle anderen in diesem Raum. Wobei das Lustige war … sie mochte ihn mit Jeans und seiner Baseballkappe ganz genauso.

Oder, noch besser, ganz ohne Klamotten.

»Moment mal, ist das etwa das Zeremonienschwert meines Vaters?«, platzte sie heraus und musste plötzlich Tränen wegblinzeln.

Craeg strich über die goldene Scheide, die an seiner linken Hüfte hing. »Er hat mich am Eingang erwartet und darauf bestanden, dass ich das hier heute Abend trage. Er meinte, er würde es bei niemand anderem unter der Dolchhand sehen wollen, wenn seine Tochter das erste Mal in männlicher Begleitung der Gesellschaft präsentiert wird.«

Paradise musste sich räuspern. »Das ist ... eine unglaubliche Ehre.«

»Ich weiß.«

»Und du hast dir extra die Haare schneiden lassen«, stellte sie fest. Sobald es heraus war, hätte sie sich am liebsten auf die Zunge gebissen. »Ich meine ...«

»Sie waren mir schon wieder zu lang.«

Paradise machte einen Satz auf ihn zu und umarmte ihn. »VielenvielenDankdassdugekommenbistichfreumich sodassdudabist.«

Craeg lachte mit seinem tiefen Bariton und hielt sie auf diese ganz spezielle Art fest an sich gedrückt, sodass sie seine Stärke spüren konnte. »Ich wäre ja schon früher gekommen, aber meine Mitfahrgelegenheit war beschäftigt.«

»Du hast's geschafft. Das ist alles, was zählt. Und, Mann, du siehst echt so *heiß* aus.«

»Du bist auch ...« Er hielt sie ein Stück von sich weg und schien sie das erste Mal richtig anzusehen. »Wow. Was für ein Kleid, und ... sind die etwa echt? Die sind echt ... der in der Mitte ist so groß wie mein Daumennagel.«

»Die Kette hat meiner *Mahmen* gehört.«

»Sie ist fast so schön wie du.«

Während sie sich unterhielten, war sich Paradise nur allzu bewusst, dass sie von allen Seiten gemustert wurden und wie die Leute tuschelten. Es würde einen Skandal geben, ja, das würde es.

Völlig egal, dachte sie, als sie sich bei ihm unterhakte. »Kommst du mit?«

»Überall, wohin du mich mitnimmst, heute Nacht und für immer.«

Sie führte ihren Begleiter zur großen Treppe und nickte Fedricah zu, der sich sofort ehrfürchtig vor Craeg verneigte.

»Herr, es ist mir eine Ehre, Euch heute Abend begrüßen zu dürfen.«

Dann wandte sich der *Doggen* an die Menge und verkündete in seinem förmlichsten Tonfall in der Alten Sprache: *»Mistress Paradise, Tochter des Abalone, oberster Berater von Wrath, Sohn des Wrath, Vater des Wrath, und der ehrenwerte Craeg, Sohn des Brahl des Jüngeren, vergangenen Abend ausgezeichnet mit dem Königlichen Tapferkeitsorden für Verdienste um den königlichen Hof.«*

Ehrfürchtiges Schweigen senkte sich über die Menge herab, doch kurz darauf übertönte das Geschnatter sogar das Orchester.

Craeg wiederum zuckte zusammen. »Was war denn das alles? Ich habe was? Sie haben wen?«

Paradise tätschelte seine Hand. »Mein Vater hat Wrath erzählt, dass du mir das Leben gerettet hast, und der König hat dir einen Titel verliehen. Aber ich hab dich davor ganz genauso sehr geliebt. Du solltest es eigentlich erst morgen Abend erfahren. Ich glaube, unser Butler war einfach zu aufgeregt vor Freude.«

»Wie bitte?«

»Du bist jetzt quasi ein Aristokrat.«

»WAS?!«

»Denk einfach nicht dran.« Sie sah ihm direkt in die Augen. »Es ändert überhaupt nichts. Na ja, außer dass es den Idioten da unten stillschweigend signalisiert, dass sie uns mal können.«

Craeg blinzelte. Dann ließ er den Blick leise lachend über die Menge schweifen. »Dann mal los, meine paradiesische Paradise. Und vielleicht können wir uns ja später ein ungestörtes Eckchen suchen?«

Sie beugte sich zu ihm hinüber. »Ich hab da schon was im Auge.«

»So kenn ich mein Mädchen.«

Als Paradise mit ihm die Treppe hinunterschritt, schenkte sie der Gästeschar keinerlei Beachtung. Für sie waren alle diese Leute praktisch gar nicht da.

Nein, sie hatte nur Augen für ihren wunderbaren Begleiter.

»Weißt du was?«, meinte sie, kurz bevor sie den schwarzweißen Marmorfußboden erreicht hatten.

»Was denn?«

»Ich bin die glücklichste Frau auf der ganzen Welt. Hier und jetzt.«

Ja, dachte sie, als seine Brust vor Stolz anschwoll. Sie wusste genau, wer sie war … und mit wem sie zusammen war. Gemeinsam gaben sie ein verdammt tolles Paar ab.

»Ich liebe dich«, flüsterte er und zog sie in seine Arme. »Tanz mit mir.«

# Entdecken Sie die magische Welt von …

# ... J. R. Ward

## FALLEN ANGELS

*Sieben Schlachten um sieben Seelen. Die gefallenen Engel kämpfen um das Schicksal der Welt. Und ein Unentschieden ist nicht möglich …*

*Erster Band:* **Die Ankunft**
Seit Anbeginn der Zeit herrscht Krieg zwischen den Mächten des Lichts und der Finsternis. Nun wurde Jim Heron, ein gefallener Engel, dafür auserwählt, den Kampf ein für alle Mal zu entscheiden. Sein Auftrag: Er soll die Seelen von sieben Menschen erlösen. Sein Problem: Ein weiblicher Dämon macht ihm dabei die Hölle heiß …

*Zweiter Band:* **Der Dämon**
Im ewigen Kampf zwischen den Mächten des Himmels und der Hölle steht eine neue Seele auf dem Spiel: Der gefallene Engel Jim Heron soll Ex-Elitesoldat Isaac Rothe vor einem heimtückischen Dämon retten, doch eine sexy Rechtsanwältin kommt ihm dabei in die Quere …

*Dritter Band:* **Der Rebell**
Im Kampf zwischen Licht und Dunkelheit steht Ex-Engel Jim Heron vor der größten Herausforderung seines Lebens: Die Seele von Detective Thomas DelVecchio droht der Verdammnis anheimzufallen, und Jim ist der Einzige, der ihm jetzt noch helfen kann. Dass die superheiße Polizistin Sophia Reilly ein Auge auf seinen Schützling geworfen hat, macht Jims Aufgabe nicht gerade einfacher …

*Vierter Band:* **Die Begierde**
Ex-Soldat Matthias hat eine düstere Vergangenheit – an die er sich allerdings nicht mehr erinnern kann. Als er sich in die hübsche Journalistin Mels verliebt, scheint sein Leben eine Wendung zum Positiven zu nehmen. Hätte es nicht Dämonin Devina auf seine Seele abgesehen. Der Einzige, der Matthias jetzt noch helfen kann, ist Jim Heron …

*Fünfter Band:* **Die Versuchung**
Nach einer schmerzhaften Trennung beschließt die Kunstprofessorin Cait Douglass, ihr Leben radikal zu ändern. Dass sich ausgerechnet jetzt zwei superheiße Typen für sie interessieren, kommt ihr da gerade recht. Sie ahnt nicht, dass die Entscheidung, für wen ihr Herz schlägt, wahrlich eine über Leben und Tod ist …

*Sechster Band:* **Die letzte Schlacht**
Im Ringen um das Schicksal der Welt wurde die letzte Runde eingeläutet. Nun wird sich entscheiden, ob die Menschheit im ewigen Licht leben oder in die dunklen Tiefen der Hölle hinabgestürzt werden wird. Doch die Chancen, den Kampf zu gewinnen, stehen schlecht für den raubeinigen Engel Jim Heron, denn dieses Mal hat es die Dämonin Devina auf seine einzig wahre Liebe abgesehen …

# BLACK DAGGER

*Sie sind eine der geheimnisvollsten Bruderschaften, die je gegründet wurde: die Gemeinschaft der BLACK DAGGER. Und sie schweben in tödlicher Gefahr: Denn die BLACK DAGGER sind die letzten Vampire auf Erden, und nach jahrhundertelanger Jagd sind ihnen ihre Feinde gefährlich nahe gekommen. Doch Wrath, der ruhelose, attraktive Anführer der BLACK DAGGER, weiß sich mit allen Mitteln zu wehren …*

*Erster Band:* **Nachtjagd**
Wrath, der Anführer der BLACK DAGGER, verliebt sich in die Halbvampirin Elisabeth und begreift erst durch sie seine Verantwortung als König der Vampire.

*Zweiter Band:* **Blutopfer**
Bei seinem Rachefeldzug gegen die finsteren Vampirjäger der *Lesser* muss Wrath sich seinem Zorn und seiner Leidenschaft für Elisabeth stellen – die nicht nur für ihn zur Gefahr werden könnte.

*Dritter Band:* **Ewige Liebe**

Der Vampirkrieger Rhage ist unter den BLACK DAGGER für seinen ungezügelten Hunger bekannt: Er ist der wildeste Kämpfer – und der leidenschaftlichste Liebhaber. In beidem wird er herausgefordert …

*Vierter Band:* **Bruderkrieg**

Als Rhage Mary kennenlernt, weiß er sofort, dass sie die eine Frau für ihn ist. Nichts kann ihn aufhalten – doch Mary ist ein Mensch. Und sie ist todkrank …

*Fünfter Band:* **Mondspur**

Zsadist, der wohl mysteriöseste und gefährlichste Krieger der BLACK DAGGER, muss die schöne Vampirin Bella retten, die in die Hände der *Lesser* geraten ist.

*Sechster Band:* **Dunkles Erwachen**

Zsadists Rachedurst kennt keine Grenzen mehr. In seinem Zorn verfällt er zusehends dem Wahnsinn. Bella, die schöne Aristokratin, ist nun seine einzige Rettung.

*Siebter Band:* **Menschenkind**

Der Mensch und Ex-Cop Butch hat ausgerechnet an die Vampiraristokratin Marissa sein Herz verloren. Für sie – und aufgrund einer dunklen Prophezeiung – setzt er alles daran, selbst zum Vampir zu werden.

*Achter Band:* **Vampirherz**

Als Butch, der Mensch, sich im Kampf für einen Vampir opfert, bleibt er zunächst tot liegen. Die Bruderschaft der BLACK DAGGER bittet Marissa um Hilfe. Doch ist ihre Liebe stark genug, um Butch zurückzuholen?

*Neunter Band:* **Seelenjäger**

In diesem Band wird die Geschichte des Vampirkriegers Vishous erzählt. Seine Vergangenheit hat ihn zu der atemberaubend schönen Ärztin Jane geführt. Nur ist sie ein Mensch, und ihre gemeinsame Zukunft birgt ungeahnte Gefahren …

*Zehnter Band:* **Todesfluch**

Vishous musste Jane gehen lassen und ihr Gedächtnis löschen. Doch bevor er seine Hochzeit mit der Auserwählten Cormia vollziehen kann, wird Jane von den *Lessern* ins Visier genommen und Vishous vor eine schwere Entscheidung gestellt …

*Elfter Band:* **Blutlinien**

Vampirkrieger Phury hat es nach Jahrhunderten des Zölibats auf sich genommen, der Primal der Vampire zu werden. Hin- und hergerissen zwischen Pflicht und der Leidenschaft zu Bella, der Frau seines Zwillingsbruders, bringt er sich in immer größere Gefahr …

*Zwölfter Band:* **Vampirträume**
Während Phury noch zögert, seine Rolle als Primal zu erfüllen, lebt sich Cormia im Anwesen der Bruderschaft immer besser ein. Doch die Beziehung der beiden ist von Zweifeln und Missverständnissen geprägt, und Phury glaubt kaum daran, seiner Aufgabe gewachsen zu sein.

*Sonderband:* **Die Bruderschaft der BLACK DAGGER**
In zahllosen Interviews, Diskussionsbeiträgen und Hintergrundinformationen gewährt J.R. Ward ihren Lesern einen einzigartigen Blick hinter die Kulissen ihrer Mystery-Erfolgsserie. Eine exklusive BLACK DAGGER-Kurzgeschichte rundet diesen einzigartigen Materialienband ab.

*Dreizehnter Band:* **Racheengel**
Der *Symphath* Rehvenge lernt in Havers' Klinik die Krankenschwester und Vampirin Ehlena kennen und fühlt sich sofort zu ihr hingezogen. Doch er verheimlicht ihr seine Vergangenheit und seine Geschäfte, und Ehlena gerät dadurch in große Gefahr …

*Vierzehnter Band:* **Blinder König**
Die Beziehung zwischen Rehvenge und Ehlena wird jäh zerstört, denn Rehvs Geheimnis steht kurz vor der Enthüllung, was seine Todfeinde auf den Plan ruft – und die Tapferkeit Ehlenas auf die Probe stellt, da von ihr verlangt wird, ihn und seinesgleichen auszuliefern …

*Fünfzehnter Band:* **Vampirseele**
Der junge Vampir John Matthew ist in Leidenschaft zu der mysteriösen Xhex entbrannt, doch diese verbirgt ein Geheimnis, das die Bruderschaft der BLACK DAGGER in tödliche Gefahr bringt …

*Sechzehnter Band:* **Mondschwur**
Xhex wendet sich von John ab, um ihn zu schützen. Doch als der Kampf gegen das Böse ihr alles abfordert, erkennt sie, dass man dem Schicksal der Liebe nicht entkommen kann …

*Siebzehnter Band:* **Vampirschwur**
Jahrhundertelang war die ebenso schöne wie unerschrockene Vampirin Payne auf der Anderen Seite gefangen. Als sie mit ihrer Bestimmung bricht und ins Diesseits kommt, verliebt sie sich in den Arzt Dr. Manuel Manello – doch der ist ein Mensch …

*Achtzehnter Band:* **Nachtseele**
Schweren Herzens hat sich Payne von Manuel getrennt, um ihn zu schützen. Doch dann gerät Payne im Kampf gegen die Vampirjäger in tödliche Gefahr. Manuel ist der Einzige, der ihr jetzt noch helfen kann …

*Neunzehnter Band:* **Liebesmond**
Seit dem Tod seiner geliebten *Shellan* Wellsie ist der mächtige Krieger Tohr nur noch ein Schatten seiner selbst – und ausgerechnet jetzt braucht ihn die Bruderschaft am dringendsten, denn ein gefährlicher Feind hat es auf den Thron ihres Königs abgesehen. Doch als die schöne No'One auftaucht, schöpft Tohr neue Hoffnung …

*Zwanzigster Band:* **Schattentraum**
Die Beziehung zu No'One hat Tohr neue Lebensfreude geschenkt, und doch kann er Wellsie nicht vergessen. Und während die Bruderschaft in den Straßen Caldwells ihre härteste Schlacht schlägt, ist Tohrs Herz entzweigerissen: Wem gehört seine Liebe – Wellsie oder No'One?

*Einundzwanzigster Band:* **Seelenprinz**
Der mächtige Vampirkrieger Blay ist seit einem Jahr mit dem attraktiven Saxton zusammen. Doch eigentlich liebt Blay seinen besten Freund Qhuinn, der gerade dabei ist, mit der Auserwählten Layla eine Familie zu gründen …

*Zweiundzwanzigster Band:* **Sohn der Dunkelheit**
Die beiden Vampirkrieger Blay und Qhuinn sind füreinander bestimmt, doch sie können ihre Gefühle nicht zulassen. Erst als die BLACK DAGGER in Gefahr geraten, begreifen Blay und Qhuinn, was wahrer Mut bedeutet: sich auf die Liebe einzulassen …

*Dreiundzwanzigster Band:* **Nachtherz**
Die schöne Vampirin Beth wusste schon immer, dass es schwierig sein würde, mit Wrath, dem König aller Vampire, verbunden zu sein. Aber ihre Liebe zu ihm war stärker, doch nun droht Beths größter Wunsch genau diese Liebe zu zerstören …

*Vierundzwanzigster Band:* **Königsblut**
Die Herrschaft und das Leben des mächtigen Vampirkönigs Wrath sind in Gefahr. Und ausgerechnet seine große Liebe Beth wird im Kampf gegen seine Widersacher zu seiner Achillesferse …

*Fünfundzwanzigster Band:* **Gefangenes Herz**
Trez Latimers Schicksal ist seit seiner Geburt vorherbestimmt: Der künftigen Königin der Schatten als Liebessklave zu dienen. Um frei zu sein, floh er einst aus dem Reich der Schatten und lebt seither in Caldwell – immer auf der Flucht vor den Häschern der Königin. Erst als er der schönen Auserwählten Selena begegnet, schöpft Trez neue Hoffnung …

*Sechsundzwanzigster Band:* **Entfesseltes Herz**
Für seinen Bruder Trez würde iAm Latimer alles tun. Für ihn hat iAm seine Heimat aufgegeben – und die Liebe! Doch dann begegnet er einer Frau, die sein Schicksal und das seines Bruders für immer verändern könnte …

## BLACK DAGGER LEGACY

**Kuss der Dämmerung**
Die junge, hübsche Aristokratentochter Paradise will sich von der Bruderschaft der BLACK DAGGER zur Kämpferin ausbilden lassen – ein Skandal in der Vampirgesellschaft. Und dann begegnet Paradise bei den BLACK DAGGER auch noch dem attraktiven Craeg und verliebt sich in ihn. Doch Craeg gehört nicht dem Vampiradel an, und seine Liebe zu Paradise ist verboten …